必 시험에 또 나온다

읽자읽자

우리소설

2

KB186390

必 시험에 또 나온다

읽자읽자
우리소설 2

엮은이 | 박동규
펴낸이 | 손상목
펴낸곳 | 도서출판 인디북
책임편집 | 민윤식
편집 | 신선균 조혜민
디자인 | 디자인캠프
마케팅 | 이민우 정현철
관리 | 김봉환 길은자

1판1쇄 인쇄 | 2004. 4. 9
1판1쇄 발행 | 2004. 4. 15

등록일자 | 2000. 6. 22
등록번호 | 제 10–1993호
주소 | 서울시 마포구 현석동 105-56 3층
전화번호 | 02 · 3273 · 6895~6
팩스번호 | 02 · 3273 · 6897
홈페이지 | www.indebook.com

ISBN 89-89258-96-0 44810
       89-89258-95-2 (세트)

읽자읽자 우리소설 2

박동규 엮음

인디북

■ 작가와 작품 선정 근거

이 책에 수록한 작품은 다음의 '필독도서' 리스트를 우선 참고하고, '우리소설 바로읽기' 교사 모임이 추천한 작품을 추가하여 여러 차례 윤독회를 거친 끝에 결정하였다. 서울대학교 선정 필독도서 목록 / 서울시 · 부산시 국어교사회 추천도서 / 전라남도 교육청 선정 필독도서 / 주요 교육관련 인터넷 사이트 고교생 필독도서 / 제7차 국어 교육과정에 반영된 작가와 작품.

■ 어떤 작품을, 왜 수록하였나?

① 출제빈도 높은 장편소설 대폭 수록

홍명희 〈임꺽정〉, 염상섭 〈삼대〉, 황순원 〈카인의 후예〉, 이광수 〈무정〉, 채만식 〈탁류〉, 박경리 〈토지〉, 조정래 〈태백산맥〉 등 '서울대학교 선정 필독도서' 등 주요 필독도서 리스트에 올라 있는 장편소설을 대폭 수록하였다. 특히 한용운 〈흑풍〉, 황순원 〈카인의 후예〉, 홍명희 〈임꺽정〉, 조정래 〈태백산맥〉 등은 비슷한 성격의 다른 책들이 다루지 못한 작품들이다.

② 시대별 대표 작가의 대표 작품을 균형 있게

제1권은 '1920년대～1940년대'의 작가들을 중심으로, 제2권은 '1940년대～1960년대' 이전 작가를 중심으로, 제3권은 '1960년대 이후 현역 작가'를 중심으로 실었다. 이렇게 각 시대를 대표하는 작가들의 대표작들을 수록함으로써 체계적으로 우리 나라 근현대문학을 훑으며 완독完讀할 수 있도록 하였다.

③ 문학성 높은 월북 작가 작품 발굴

오랫동안 이념의 문제로 작품 이름만 전해 오던 월북 작가들의 작품 중에서 문학적 평가가 높은 작품을 정리하여 실었다. 특히 이태준, 박태원, 조명희, 최명익, 허준, 홍명희, 최서해 등의 작품은 앞으로 수능시험이나 대학입시에서 출제될 가능성이 높은 작품들이다. 이들의 대표작을 모두 수록하였다.

④ 친일작가 작품은 최대한 제외

이제까지 유사본에서 많이 소개되고 있던 친일 혐의가 강한 작가의 작품은 제외하였다. 그 대신 한평생 민족정기를 지킨 작가를 수록하였다. 한용운의 장편 〈흑풍〉이 그러한 작품이다.

■ 통합교과형 해설과 편집 구성

① 학습 효과를 높이는 입체적 구성

정확한 연보를 곁들인 '작가 약력'과, 작품을 한눈에 파악할 수 있는 '미리 보기'에 이어, 작품의 '구조 분석' '등장 인물' '플롯' 등 3가지 '학습 길라잡이'를 붙였고, 그 다음에는 작가와 작품과 관련된 학습 정보 '이것만은 놓치지 말자', 심화深化학습을 돕기 위한 질문 '깊이 생각하기'를 매 작품마다 곁들였다. 특히 '깊이 생각하기'는 단답형 해답을 지양하는 뜻에서 획일적인 해답을 싣지 않았다. 독자 스스로 자유롭게 연구하고 살펴보면서 창의적으로 작품 해석 능력을 기르도록 하였다.

② 꼼꼼하고 친절한 각주

어려운 단어, 관용구, 사라진 토속어 등은 물론 학습을 돕기 위한 도움말을 작품마다 최소 50개 이상 100여 개에 이르는 각주를 붙였다. 그래서 작품을 읽는 동안 따로 국어사전이나 백과사전을 볼 필요가 없다.

③ 초판본 원본 확인 오류 최소화

작품이 처음 발표된 신문 잡지, 초판 단행본을 일일이 찾아 이를 대조하여 교정하였다. 특히 1940년대 이전 작품의 경우 초판본 텍스트를 사용하지 않으면 원작과 틀린 내용이 되기 쉽다.

학생 시절에는 좋은 문학 작품을 많이 읽어 두어야 한다. 재미있는 만화와 신나는 게임, 영화와 DVD 등 영상물이 제아무리 흥미진진하고 한순간 짜릿한 즐거움을 준다고 해도, 젊은 날 책장을 넘겨 가면서 읽었던 문학 작품의 어느 한 대목만큼 우리 가슴에 오래오래 감동을 남겨 주는 것은 없다.

제7차 교육 과정이 이런 점을 놓치지 않고 '생활 속의 문학' 탐구를 통하여 문학 교육의 변화를 이룩하려는 방향으로 교과서를 개편하게 되면서, '우리 소설 읽기'에 대한 비중을 높여 준 것은 다행한 일이다.

따라서 대학수학능력시험이나 논술시험이 단순한 '앎'을 테스트하는 데서 한 발짝 벗어나, 학생들로 하여금 '우리 시대와 사회에 대한 종합적인 이해'와 이에 대한 '비판적인 사고 능력'을 기르는 데 초점을 맞추어 출제되는 경향으로 나아가고 있는데, 그것 또한 바람직한 변화이다.

이런 흐름은 국어 교육과 문학 학습의 진보적 변화이다. 그러나 암기 위주 문제에 익숙해 온 학생들이 이런 진보적 변화를 받아들이려면 무엇보다도 폭넓은 독서 훈련이 선행되어야 한다. 이 말은, 작가들이 다루는 시대와 역사적 환경이 다르고 작품의 경향이 다른 작품들을, 체계적으로 읽어야 한다는 뜻이다.

그러나 '문학 작품 바로 읽기'란 쉽지 않다. '되도록 많은 작품을 읽어라'라고 말은 쉽게 할 수 있다.

그러나 안 그래도 해야 할 공부가 많은 학생들에게는 한 덩어리 골칫 덩이가 늘어나는 것과 같다.

어느 시대, 어느 작가의, 어떤 작품을 읽어야 할지, 또 그 작품들에서 무엇을 생각해 내고, 비판할 것은 무엇이며, 수용할 점은 무엇인지 찾아 내기란 쉽지 않은 일이기 때문이다.

이번에 엮어 내는 '우리 소설 바로 읽기' 시리즈는 이런 고민과 물음에 대한 응답이고 모범답안이다. 이 시리즈는 우리 나라 근대 문학을 연춘원 이광수의 첫 장편소설 〈무정〉에서부터 조정래의 대하 역사소설 〈태백산맥〉에 이르기까지의 대표적 장편소설들과, 우리 나라 사실주의 문학의 첫 작품인 현진건의 〈운수 좋은 날〉에서부터 서민들의 삶을 독특하게 묘사한 양귀자의 〈원미동 시인〉에 이르기까지의 단편들을 총망라하고 있다.

뿐만 아니라 이 작품들을 가려 뽑는 데는 현직 고등학교 국어 교사 여러분들이 모여 '서울대학교 선정 고교생 필독도서' 등을 비롯한 각종 필독도서 데이터를 근거로 작품을 선정했다.

또한 이들 작품마다 현행 수능시험과 논술시험 스타일을 반영하는 통합교과형 해설과 세밀한 각주脚註를 붙였다.

이런 일련의 작업은 오랫동안 대학(서울대학교)에서 문학을 가르친 내 경험이 바탕이 되었다.

이 시리즈가, 부디 수능시험과 대학입시, 그 밖에 여러 시험을 준비하는 수험생들에게 훌륭한 길잡이가 되어 '합격'이라는 기쁨을 안겨 드리는 도우미가 되었으면 한다.

그래서 모두들 희망찬 미래를 설계하기를 소망한다.

2004년 2월 10일

엮은이 박동희

| 추천 목록 |

✱ 서울대학교 선정 필독도서

✖ 전라남도 교육청 필독, 권장 도서

❖ 한국문예창작학회 선정 10대 작품 선정

✜ 서울시 교사협의회 선정 필독도서

◉ 독서평설 독서지도작품 선정 작품

❁ 거창고등학교 필독, 권장작품 선정

◆ 우리소설 바로읽기 교사모임 필독 작품

◈ 기타 개별고등학교 필독도서 선정 작품

각 작품명 아래에 나오는 기호는 위의 추천 목록을 표기한 것입니다.

Contents

사람은 책을 만들고
책은 사람을 만든다.

- 신용호

한용운

|1879 ~ 1944|

1879년 충청남도 홍성에서 태어나다. 본관은 청주, 자는 정옥貞玉, 속명은 유천裕天이며, 법명은 용운龍雲, 법호는 만해卍海이다. 1884년 고향 마을에서 한문을 배우다. 1896년 홍주에서 동학농민운동에 가담하였으나 실패하고 고향을 떠나 출가하여 백담사 등지를 전전하다. 1909년 표훈사 불교 강사에 취임하다. 1910년 〈조선 불교 유신론〉을 탈고하다. 1913년 박한영·장금봉 등과 불교 종무원을 창설하고 1914년 〈불교대전〉을 발행하다. 1917년 오세암에서 '오도송'을 남기다. 1918년 월간지 《유심惟心》을 창간하다. 이때부터 문학 창작에 힘을 기울이다. 1919년 최린·오세창 등과 조선독립을 숙의하고 3·1운동을 주도, 33인을 대표하여 독립선언 연설을 하고 투옥되어 3년형을 받다. 1923년 '조선물산장려운동'을 적극 지원하다. 1925년 시 〈님의 침묵〉을 쓰다. 1927년 '신간회'를 발기하고 경성 지회장에 선임되다. 1929년 '광주학생의거'를 전국적으로 확대시키는 민중대회를 열다. 1930년 조선 불교 개혁안·불교 개신론 등을 발표하다. 1935년 장편소설 〈흑풍〉을 연재하다. 1943년 조선인 학병의 출정을 반대하는 글을 발표하다. 1944년 심우장에서 영양실조로 별세하다. 1962년 건국훈장 대한민국장이 추서되다.

대표작

장편 〈박명〉(1937), 시집 〈님의 침묵〉(1926) 등이 있고 불교 관련 저서에 〈조선불교유신론〉(1910), 〈불교대전〉(1914), 〈십현담주해〉(1925) 등이 있다. 1973년 〈한용운전집〉(6권)이 간행되다.

〈흑풍〉은 1935년 4월 9일부터 1936년 2월 4일까지 《조선일보》에 연재한 장편소설이다. 이 작품은 청나라 말기 격동의 중국을 배경으로 혁명적인 서왕한의 활약상을 통하여 나라를 앗긴 우리 민족의 구국 의지와 민족 계몽을 주제로 하고 있다. 이러한 주제 의식은 간접적으로 식민지 강제 통치를 일삼는 일제에 대한 민족 의식을 일깨우는 한편 식어가는 독립 투쟁 의지를 고취하려는 의도가 바탕에 깔려 있다. 작품 제목인 ‘흑풍’ 역시 그 당시 암울한 사회상과 이를 깨부수려는 혁명 의지를 암시하는 것이다. 작품의 기본 구성은 ‘만남→결혼(사랑)→헤어짐(죽음)’ 이다. 이 구조를 전개시키는 액심 요소는 은혜를 갚거나 복수를 하는 인과응보 사상이다.

사회가 극도로 암담하고 혼란하고 피폐한 청나라 말기, 중국 항주의 가난한 소작인의 아들 서왕한은 착취를 일삼는 지주 왕언석을 응징하고 상해로 갔다가 얼마 후 고향에 돌아와 적극적인 혁명투쟁에 헌신한다. 이 작품은 주인공 서왕한을 중심으로 저항과 혁명, 사랑과 희생, 배반과 복수 등이 주된 사건을 이룬다. 또한 가진 자와 못 가진 자의 갈등이 작품 전체의 플롯을 이끌어 간다. 그러나 이러한 계급 갈등의 소설 테마는 직접적으로 사회주의 사상을 옹호하는 것은 아니다. 단지 일제 치하의 조선에서 어떻게 현실적인 응전력을 확보하고 사회를 치유하느냐를 상징하는 은유적 수단의 의미를 지닌다. 왜냐하면 허약한 소작인과 노동자를 착취함으로써 작품 속에서 악인으로 매도당하는 지주와 자본가는 착취세력으

흑풍

로 등장한 일본 제국주의 지배자들을 상징하고, 가혹한 수탈 때문에 가난에 허덕이는 선량한 소작인들과 노동자들은 피압박민족, 피지배민족으로서의 조선 민중을 표상하는 것이기 때문이다. 악덕 지주 왕언석과 재벌 장지성을 주인공이 살해하는 것은 일본 수탈자들에 대한 복수 심리를 표현한 것이며, 주인공 서왕한이 사회 체제의 모순을 개혁하려는 혁명 운동은 당대 식민지 현실을 타파하려는 민족적 자주적 독립 의지를 상징화한 것이라고 할 수 있다.

〈흑풍〉은 때로는 무협소설처럼 긴장감과 흥미감이 고조되기도 하고, 어떤 때는 추리소설 요소가 군데군데 숨겨져 있다. 내용이나 주제는 물론이고 독자들을 끌어들이는 흥미성까지 골고루 두루 갖추고 있다고 할 수 있다. 특히 스토리 중간중간 삽입되는 사랑과 연애 사건 등은 이 소설에 읽는 재미를 더해 주고 있다. 〈흑풍〉을 통하여 한용운이 민족대표 한 사람으로 참가한 3·1 독립운동의 실패에서 오는 허탈감을 씻음은 물론, 민족의 독립을 반드시 성취해 내려는 그의 불굴의 의지를 엿볼 수 있다.

학습길라잡이

구조 분석

- **갈래** 장편소설.
- **주제** 격동의 중국을 배경으로 혁명적인 한국 청년의 활약상을 통하여 나라를 빼앗긴 우리 민족의 구국 의지와 민족 계몽의 구현.
- **배경** 시간은 1920~30년대 일제강점기. 공간은 중국 항주 서호, 상해, 미국 등 여러 곳.
- **시점** 전지적 작가 시점.

등장인물

- **서순보** 중국 항주 서호에 사는 소작농.
- **서왕한** 서순보의 아들. 사회개혁, 혁명 의지가 투철하다. 행동적이고 지략이 뛰어난 인물.
- **왕언석** 소작농을 괴롭히는 악질적인 지주. 지위를 악용하여 서순보의 딸을 첩으로 삼는다.
- **장지성** 부동산 투기로 재산을 긁어모은 상해의 재벌. 부도덕하고 의심이 많다. 서왕한에게 피살당한다.
- **양훈** 상해경찰청 명탐정. 사왕한을 체포하는 데 총력을 기울인다.
- **소욱** 상해경찰청장.
- 그 밖에 서왕한을 둘러싸고 사건을 이어 가는 콜난, 순옥 같은 여성들이 나오며 소작농인 이한숙, 이상철, 서영애 등이 주변 인물로 등장한다.

한용운은 당당한 작가

만해 한용운은 시집 〈님의 침묵〉(1926)을 통하여 시인으로 알려져 있지만 사실은 그가 여러 편의 '훌륭한' 소설을 썼다는 사실은 모르는 사람들이 많고 그 작품들의 의의와 문학적 평가도 아직은 미진하다. 그 이유는 한용운이 소설을 발표한 1930년대 후기에는 기라성 같은 작가들이 대거 배출되어 상대적으로 한용운 소설 작품에 대하여 문학사적 의미를 부여하기가 어려웠기 때문이다. 그러나 한용운이 〈흑풍黑風〉, 〈박명薄命〉, 〈죽음〉과 비록 완성하지 못하기는 했지만 〈후회〉, 〈철혈미인鐵血美人〉 등 결코 무시할 수 없는 작품을 써냈다는 것은 가벼이 보아 넘길 수 없다. 한용운의 소설은 예술적 기법이나 문학적 가치보다는 정신사적 가치가 높은 것이다.

왜 〈흑풍〉을 썼는가?

"나는 소설 쓸 소질이 있는 사람도 아니요, 또 나는 소설가가 되고 싶어 애쓰는 사람도 아니올시다. (중략) 이 소설은 문장이 유창한 것도 아니요, 묘사가 훌륭한 것도 아니요, 또는 그 이외에라도 다른 무슨 특장이 있을 것도 아닙니다. 오직 나로서 평소부터 여러분께 대하여 한번 알렸으면 하던 그것을 알리게 된 데 지나지 않습니다."

한용운이 〈흑풍〉 연재 직전 쓴 '작자의 말'이다. 여기서 한용운은 자신의 소설에서 작가적 소질, 의욕, 문장, 묘사 등의 장점을 기대하지 말고 자신이 말하고 싶어하는 것이 무엇인지 주목해 달라고 요청하고 있다. 말하자면 주제 의식을 강조하는 것이다. 승려이자 독립운동가이고 시인으로서 이미 일가를 이룬 후에 한용운이 새삼 생소한 장르인 소설에 손을 대게 된 진정한 의도—그것이 무엇일까를 찾아내고 파악하는 일이 한용운의 소설을 감상하는 중요한 포인트일 것이다.

소작농 서순보는 지주 왕언석에게서 소작농을 떼겠다는 통보를 받는다. 서순보는 허겁지겁 왕언석의 저택을 방문하여 계속 소작을 부칠 수 있도록 해 달라고 간청한다. 그런 서순보에게 왕언석은 딸 영애를 첩으로 주면 그리하겠다는 제안을 받는다. 결국 힘없는 소작인인 서순보는 이 굴욕적인 제안을 받아들인다. 그러나 아들 서왕한은 아버지와 달랐다. 왕한은 비럭질보다 더 못한 세상을 개혁하겠다는 야망을 품고 있었다. 누이동생 영애를 놓고 벌어지는 아버지와 지주 왕언석 사이의 갈등을 뒤로한 채 그는 직업을 구하기 위하여 상해로 올라간다. 그러나 직업을 구하기는커녕 젊은 대학생과 경찰들에게 이용만 당하다가 결국 비렁뱅이 소녀에게까지 도움을 받는다.

그러나 왕한은 그렇게 주저앉을 수가 없다. 극도로 모순된 사회 현실과 이리저리 뒤틀어진 여러 인물들에 의해 점차 분노만 쌓여 가는 왕한, 마침내 왕한은 강도 행각에 나선다. 그리고 상해의 부호 장지성을 제거한 후 그에게서 빼앗은 돈을 빈민굴에 기부한다. 왕한은 자기를 잡으려는 상해경찰청 명탐정 양훈을 교묘하게 따돌린 뒤, 오히려 상해경찰청장 소욱을 이용하여 미국 유학 길에 오른다. 유학 길에 오른 왕한은 중국과 미국 여객선에 출몰한 해적과 대결한다. 미국 유학 중에 왕한은 콜난이라는 미모의 여자를 만난다. 그러나 콜난은 바로 왕한이 살해한 장지성의 무남독녀였다. 여기에다 왕한을 둘러싸고 또 다른 유학생 순옥이 등장한다. 그러나 순옥 또한 상해경찰청장 소욱의 정보원 역할을 하기 위하여 미국으로 건너온 소욱의 조카딸 정숙이라는 사실이 밝혀진다. 여러 가지 사건을 겪은 왕한은 결국 혁명당의 일원으로 돌아와 중국을 무대로 왕성한 활동을 한다.

깊이생각하기

1. 제목 '흑풍黑風'은 절망적이고 암담한 현실黑에 비중을 둔 것인지, 이를 날려 버리는 힘風에 둔 것인지 토론해 보자.
2. 혁명당이 되어 귀국하는 주인공 서왕한은 사회주의자처럼 보이지만 사회주의자는 아니다. 이념적으로 서왕한을 어떻게 보아야 하는가?
3. 빈민굴에 거액을 기부하는 서왕한처럼 문학 작품에는 종종 의적義賊이 등장한다. 예를 들면 임꺽정, 장길산, 홍길동, 로빈후드 등이다. 그 작품을 읽고 그들과 서왕한이 다른 점을 비교하여 보자.

흑풍

◆

구직

상해시 마로에 있는 직업 소개소에 한 청년이 나타나서 취직 소개를 요구하였다. 직업 소개소의 서기는 구직자 명부록[1]을 내어놓고 그 청년을 대하여 묻기 시작하였다.

"성명이 무어요?"

"서왕한이요."

"서가에 이름 자는 무슨 자 무슨 자요?"

"임금 왕王 한수 한漢이요."

"나이는?"

"스물한 살이요."

"본적지는?"

"항주 서호 안마을이요."

"현주소는?"

"아직 일정한 주소가 없고 임시로 무료 숙박소에 있소."

"무료 숙박소라니, 어느 무료 숙박소란 말이요?"

"자유 노동자 무료 숙박소요."

---

1 명부록名簿錄. 어떤 대상자들의 이름을 적은 장부 책.

"자유 노동자 숙박소가 사천로에 있지?"

"그렇습니다."

"몇 호이던가?"

"193호요."

"학문은 얼마나 배웠소?"

"학문이라니요, 소학교를 겨우 졸업하고 3년 동안 농사일을 하였소."

"직업은 무슨 직업을 구하오?"

"아무 직업이라도 하지요. 직업을 가릴 수가 있소."

직업소개소 서기는 왕한의 말하는 대로 구직자 명부에 쓰고 나서 다시 왕한을 보더니,

"가서 기다리시오. 요구하는 곳이 있으면 통지할 터이니."

"언제까지 기다리란 말씀이요."

"언제까지라니, 기한이 있을 수가 있소. 내일이라도 요구하는 곳이 있으면 통지하는 것이고, 없으면 언제까지라도 못하는 거지요."

"지금 시일이 급한데 그렇게 한만²하여서 될 수가 있소."

"그것은 당신의 사정이지. 당신 사정이 급하다고 어디 일이 뜻대로 되오. 여기서는 양편의 요구가 있으면 소개하여 줄 뿐이요. 억지로는 못하는 것입니다."

하고 서기는 웃으면서 힘 한 푼어치 안 들이고 말하였다.

"지금 며칠 동안 상밥 사 먹을 돈도 없는데 오래 기다릴 수가 있소."

"그러면 객지에 있지 말고 집에 가서 계시오. 마땅한 곳이 있으면 집으로 통지할 터이니."

"집에 있을 형편이 되면 무엇 하러 나왔겠소. 집에도 먹을 것이 없어서 있을 형편이 못 되오."

"그러니 어쩐단 말이요. 지금이라도 나가서 다른 데라도 취직을 구해

---

2 한만閑漫. 아주 한가롭고 느긋함.

보시오. 여기는 그만해 두고."

왕한이 또 무슨 말을 하려 할 즈음에 등 뒤로부터,

"여보 그만하고 나오시오. 다른 사람도 말 좀 하겠소. 무슨 잔사설[3]이
그리 많소."

하는 말이 조금 불쾌하게 나온다.

왕한은 하려던 말을 멈추고 뒤를 돌아보니 몇십 명이나 되는 구직하러
온 사람들이 발꿈치를 맞대고 차례로 늘어서서 앞의 사람이 나오기를 기
다린다. 왕한은 그것을 보고 오래 있기가 미안하여서 하려던 말을 중지하
고 나와 버렸다.

왕한은 물을 것도 없이 서순보[4]의 아들이었다. 왕한은 소학교를 마치
고 나서 학비가 없으므로 공부를 더 하지 못하고 농사일을 하였으나 얼마
아니 되는 소작농을 지어서 집안 식구의 계량[5]도 되지 못하였다.

자기 스스로가 기한을 견디기가 어려울 뿐 아니라 늙은 부모를 봉양할
도리가 없었으므로, 생각다 못하여 무슨 직업이나 구하여 볼까 하고 막연
하게 나서서 우선 도회지인 상해로 오게 되었던 것이다. 그러나 어디를
물론하고 직업을 구하기가 그렇게 용이한 일이 아닐 뿐 아니라 촌가에서
생장[6]하여 농사를 짓다가 호미자루를 갓 놓고 나와서 도회에 대한 경험
이 없고 취직의 길을 조금도 모르는 왕한으로서는 생존 경쟁이 특별히 격
렬하고 인사의 변천이 복잡다단한 상해 같은 큰 도회지에서 짧은 시일 안
에 직업을 구하기는 쉬운 일이 아니라는 것보다 거의 불가능이었다.

왕한은 상해에 온 뒤에 수일 동안을 두고 이곳저곳을 다녀 보았으나
번화한 빛을 보고 시끄러운 소리를 듣는 이외에 자기의 목적을 위해서는
말 한 마디 물어볼 사람이 없고 발 한 자국 들여놓을 곳이 없었다.

---

3 쓸데없이 번거롭게 늘어놓는 말.
4 서왕한의 아버지. 지주 왕언석의 땅을 소작으로 부치는 농부.
5 계량繼糧. 추수한 곡식으로 한 해 동안의 양식을 이어 가는 것을 말함.
6 생장生長. 태어나 자라는 것.

왕한은 며칠 동안 경황없이 돌아다니는 사이에 조금 가지고 나섰던 노자는 다 떨어지고 어찌할 수가 없이 되었었다. 해가 질 무렵에 부두에 나가서 뱃짐 푸는 것을 구경하다가 어떤 노동자에게 무료 숙박소가 있다는 말과 직업 소개소가 있다는 말을 들었던 것이다.

그리하여 왕한은 그날 저녁 무료 숙박소에 가서 지내고 아침도 먹지 못한 채로 직업 소개소에 찾아가서 취직의 소개를 요구하였던 것이다.

직업 소개소를 다녀온 왕한은 가려야 갈 곳도 없을 뿐 아니라, 점심때가 기울도록 아무것도 먹지 못한 채로 기운을 차리기가 어려울 지경이었다.

왕한은 가는 대로 간 것이 상해 정거장에 이르렀다. 마침 남경南京 차가 도착하였으므로 많은 손님들이 내리었다. 왕한은 다른 노동자들이 손님의 짐도 받고 가방도 받아 드는 것을 보고 자기도 손님의 가방을 받아 들기로 하였다.

왕한은 여러 사람이 다투어 달려드는 틈을 헤치고 손님들이 나오는 어귀에 가까이 섰다가 어느 손님의 가방을 받아 들게 되었다. 그 손님은 금릉대학의 교표를 붙인 대학생이었다. 그 학생은 왕한에게 가방을 주려다가 주지 아니한 채로,

"남경로까지 가는데 얼마여?"
하고 반말을 하면서 업신여기는 태도로 물었다.

"처분해서 주십시오."
하고 왕한은 행여 다른 사람에게 빼앗길까 하여 가방의 손잡이를 단단히 잡고서 공손하게 대답하였다.

"처분이라니, 처음에는 그런 소리를 하고서 가지고 가서는 딴소리를 하니까 걱정이지, 아주 말을 해."

"저는 그런 사람이 아니올시다. 처분해서 주시오."

"그런 소리 그만두고 작정을 해. 여러 번 속아 보아서 인제는 아니 속을 터이니, 그렇지 않으면 다른 사람에게 들려 가지고 갈 테야."
하고 그 학생은 다른 노동자들을 돌아본다.

왕한은 다른 사람에게 들려 가지고 간다는 데 겁이 났다.

"저는 처음이라 그런 금세[7]를 모릅니다. 얼마든지 마음대로 작정하십시오."

하고 가방에 매달리다시피 하면서 애걸하였다.

"7전 주지, 싫으면 그만두고."

왕한은 그 학생이 너무도 적게 말하므로 어이가 없었으나, 한 푼이라도 더 말하다가는 다른 사람에게 빼앗길 지경이요, 그나마 아니하면 다른 도리가 없으므로 두말 아니하고,

"그리 하십시오."

하고 가방을 받아 들었다.

그 학생은 가다가 세 군데나 다른 데 가서 볼일을 보고 다른 물건을 두 가지나 사서 왕한에게 들렸다. 마침내 그 학생이 가자는 데까지 가고 보니 가외 시간이 두 시간이나 걸렸고, 왕한이가 더 들고 간 것도 가방보다 곱절이나 무거웠다.

그 학생은 왕한에게서 가방과 다른 물건을 받아 들고 집으로 들어가더니 쉽사리 나오지 않는다.

왕한은 주린 창자를 틀어쥐고 기다리고 있으면서 그 학생이 자기의 시장한 사정을 아는 고로 행여나 무엇이든지 요기를 시켜 주려고 준비하기에 더딘가고도 생각하여 보았고, 또는 삯전이라도 작정한 외에 얼마든지 더 주지 아니할까 하는 생각도 하여서, 그 학생이 오래도록 나오지 않는 이유를 아무쪼록 자기에게 유리하도록 생각하였다.

그 학생을 불러 보려고도 생각하였으나 재촉하다가 그의 감정을 상할까 하여서 그만두었다.

그 학생은 들어간 지 한 시간가량이나 있다가 누그러진 걸음으로 나오는데, 당성냥개비를 거꾸로 잡아서 이빨을 쑤시면서 게트림을 하고 나온

---

7 지금의 시세.

다. 그 학생은 데리고 간 사람을 문밖에 세워둔 채로 무엇을 실컷 먹고 나오는 모양이었다. 그것을 본 왕한은 더욱 배고픈 것을 깨달았다.

왕한은 돈푼이나 더 줄까 하고 그 학생의 얼굴만 쳐다보았다. 그 학생은 손에다 들고 나온 돈 7전을 왕한의 앞에다 집어던지며,

"정거장에서 여기 오는 데 7전까지 다 줄 것이 없지만 한 번 작정한 것이니 덜 줄 수가 있나. 오늘은 날 같은 사람을 만나서 횡재하였구먼."
하고 그 학생은 다시 안으로 들어간다.

왕한은 그 학생의 행동을 보고서 너무도 불쾌하고 지나치게 흥분되어, 당장에 무슨 일이 날 듯하였다.

그 학생의 전후 행동은 경우상으로 보나 도덕상으로 보나 사람답지가 아니하였다. 처음에 정거장에서 삯전을 작정한 것으로 말하여도 다른 사람들은 보통으로 20전이나 30전을 주는 것을 다 7전에 작정하였고, 그것은 왕한이가 그렇게라도 가겠다고 승낙하였은즉 말하지 말고라도 삯전이야 얼마를 정하였든지 곧 정한 곳으로 오는 것이 당연한 일인데, 중로에서 세 곳에 들러 딴 일을 보느라고 두 시간 이상이나 지체하고, 다른 물건을 두 가지나 사서 처음에 작정한 가방보다 곱이나 되게 들려 가지고 왔으니, 으레 작정한 삯전 이외에 얼마든지 더 주어야 옳은 일이요, 또는 삯전이야 얼마를 주든지 오는 즉시로 주어 보내야 옳을 터인데, 아무 말도 없이 데리고 간 사람을 문밖에다 한 시간이나 세워 두고 저 혼자만 무엇을 실컷 먹고 나와서, 본래 정한 삯전만 주는 바에 곱게 주지 못하고 푸르르 던져 그나마 특별히 인심 써서 주는 것처럼 말을 하고 덮어놓고 들어가는 것은 어디로 보든지 사람답지 않은 일이요, 더군다나 그 학생으로 말하면 인사를 모를 만한 무식한 사람도 아니요, 당당한 대학생이며, 그 집으로 말하여도 돈 몇 푼을 더 주고 못 주는 데 관계가 있을 만큼 구차한 집이 아니라, 가세[8]로 보나 다른 여러 가지 점으로 보아서 상당한 부잣집

8 가세家勢. 어떤 집안의 경제적 형편이나 사회적 지위나 영향력.

이었다.

그런데 그러한 사람으로서 그러한 행동을 하는 것은 인격적으로 너무도 비열한 것이요, 남에게 대하여 너무도 모욕하는 것이라 더욱 용서할 수 없는 것이었다.

왕한은 어려서부터 의협[9]을 좋아하는 쾌활한 사내였다. 게다가 4, 50명의 장정을 한 손으로 당할 만한 뛰어난 힘을 가졌다. 그리하여 길을 가다가도 다른 사람이 무리한 일을 당하는 것을 보면 반드시 바로잡아 놓고 가는 성격이었다. 왕한은 집에 있을 때는 구차한 까닭으로 굶주리고 헐벗은 때가 많이 있었으나 남에게 굽혀 지내는 일은 없었다.

그리하여 그러한 왕한으로서는 이러한 일을 당하기는 처음이었다. 왕한은 상기되어 배고픈 생각은 자취를 감추고 힘없던 얼굴빛은 붉어졌다. 왕한의 몸은 추워서가 아니라 분해서 떨렸다. 왕한은 만사를 주먹으로 해결하려 하였다.

왕한은 그 학생을 쫓아 들어가려고 하였다. 주먹을 불끈 쥐고 대문 안에 들어섰다. 왕한은 별안간에 발을 멈추었다. 피리같이[10] 나아가던 왕한이가 가재처럼 뒷걸음을 쳤다.

왕한이가 대문 안에 들어서던 순간에 무슨 생각을 하고 도로 나왔는가? 왕한은 그 학생의 일이 불쾌하기는 하나 그다지 큰일이 아니요, 또는 자기가 궁해서 직업을 구하는 중인데 힘으로써 일을 저지르면 종일을 굶고 있는 당장에도 이익이 아니요, 직업을 구하는 장래에도 좋지 못한 영향이 미칠까 하여 치밀어 오르는 불덩이를 도로 삼킨 것이었다.

해는 저녁때가 되었다. 왕한은 어디로든지 아니 갈 수가 없었다. 왕한은 그 학생이 던져 주어서 땅 위에 흩어져 있는 돈 7전을 살펴보았다.

처음에는 분이 나서 그 돈을 보려고도 아니했을 뿐 아니라 이 세상 밖

9 의협義俠 . 정의를 위하여 강자를 억누르고 약자를 돕는 일.
10 물고기 피리처럼 날쌔게.

으로 내던지고 싶었던 것이다. 그러나 나중에는 그 돈이라도 가져다가 무엇이든지 사 먹지 아니하면 아니 되게 되었다. 왕한은 그 돈을 한 번 보고 두 번 보고 세 번 보았다. 왕한은 그 돈을 집으러 가려고 할 때 공연히 용기가 없고 부끄러워서, 누가 보는 사람이 있는가 하고 좌우를 둘러보았으나 다행히 아무도 없었다.

왕한은 빠르게 가서 그 돈을 주워 가지고 손에 든 채로 한달음에 그 집 문을 벗어나서 한길에 나온 왕한은 마치 무슨 도둑질이나 하여 가지고 나온 듯이 뒤로는 부끄럽고 앞으로는 시원하였다.

이것은 왕한이가 사회적으로 처음 맛보는 쓴맛이었다. 왕한이가 분풀이를 하려고 그 학생을 쫓아 들어가던 것이 이상理想이라면, 돌아서서 돈을 집어 가지고 나온 것은 현실이었다. 그러면 현실은 언제든지 이상을 이기는 것일까? 이때,

"여보, 여보!"
하고 뒤에서 부르는 사람이 있었다.

왕한은 누가 부르는지 몰랐지만 혹은 자기를 부르는가 하고 돌아보았다. 어떤 사람이 왕한을 향하여 오면서 손짓을 한다. 왕한은 두어 발짝을 그 사람에게로 향하여 갔다.

"당신, 가방 하나 들고 정거장에 갈 수 없겠소?"
하고 부르는 사람이 묻는다.

왕한은 가방을 들고 갔다가 하도 불쾌한 일을 본지라 얼른 대답이 나가지 아니하여서 조금 주저하였으나, 다시 생각하니 사람마다 다 그러할 것이 아니요, 자기의 형편으로 말하여도 돈 7전을 가지고 그날 하루를 지낼 수가 없는 형편이므로, 그것을 사절할 수가 없었다. 그리하여,

"들고 가지요."
하고 무겁게 대답하였다.

"그럼, 이리 오시오."
하고 그 사람은 앞서 가더니 큰 여관으로 들어간다. 왕한은 그 사람의 뒤

를 따라 들어갔다. 5호실 문 앞에는 어떠한 서양 사람이 나갈 준비를 하고 서 있고, 그 방의 문지방을 걸쳐서 큰 가방이 놓여 있다. 그 사람은 그 가방을 들어내어서 왕한에게 주면서,

"이 가방을 가지고 이 양반을 따라가시오."

하고 그 사람은 눈을 서양 사람을 가리킨다. 그러자마자 순경 한 사람이 다른 방으로부터 나오더니 왕한이를 보고,

"네가 이 가방을 가지고 갈 터이냐. 나도 이 어른을 모시고 나가겠다. 같이 가자."

하고 손으로 서양 사람에게 먼저 나가기를 인도한다. 서양 사람은 뚜벅뚜벅 걸어 나간다. 그 뒤에 순경이 서고 왕한은 가방을 들고 맨 뒤에 따라갔다.

왕한은 따라가면서 생각이 났다.

'이 사람들은 삯전에 대하여 작정하지 아니하니 웬일일까? 서양 사람들은 돈이 많아서 이러한 삯전 같은 것은 묻지도 않고 후히 준다더니 그 말이 옳은가 보다.'

아까는 너무도 깍쟁이 같은 놈을 만나서 모욕을 당하였지만 이번에는 돈냥이나 생기려나 보다 하고 기쁜 생각으로 따라가면서, 음식 집을 지날 때마다 구수한 냄새와 김이 무럭무럭 나는 먹음직스런 음식을 보고서는 반드시 침을 삼키면서, 가방을 갖다 주고 삯전을 받거든 곧 그 집으로 와서 음식을 사 먹으리라고 생각하였다.

그들은 정거장에 이르렀다. 서양 사람과 순경은 1등 대합실로 들어간다. 왕한은 따라 들어가서 순경이 가리키는 곳에 가방을 놓고 서양 사람 앞에 가서 삯전 주기를 기다리고 섰다.

서양 사람은 왕한에게 대하여서는 본 체도 아니하고 차 떠나는 시각표와 벽에 걸린 시계를 번갈아 볼 뿐이다. 순경이 왕한에게 눈짓을 하면서 먼저 나갔다.

왕한은 순경을 따라 나갔다. 순경은 대합실 밖에 나가더니 왕한을 앞세우고,

"가방을 가지고 온 삯전을 얼마나 받을 테냐?"

"처분하여 주십시오."

하고 왕한은 둔한 어조로 말을 하면서 생각하던 바보다는 너무도 낙망하였다.

"저 양반은 내가 모시고 오는 손님인데 삯전은 내가 낼 터이니, 지금 마침 가진 돈이 없으니 내일 이맘때 우리 떠나던 여관으로 오너라. 그러면 내가 짐작해서 얼마든지 섭섭잖게 줄 터이니, 응."

하고 말을 꽉 누른다.

왕한은 너무도 기가 막혔다. 문제는 삯전의 많고 적은 것과 받고 안 받는 데 있는 것이 아니라, 종일 굶은 나머지 무엇이든지 사 먹고 그 밤을 지내는 것이 삯전에 달렸으므로 왕한은 순경의 말을 듣고 놀라지 않을 수 없었다.

"저의 형편이 공칙하게[11] 되었습니다. 얼마든지 지금 주셔야겠습니다."

하고 애걸하듯이 말을 하였다.

"경관이 말을 하면 그대로 듣는 것이지 잔소리가 무슨 잔소리냐. 삯전 몇 푼을 떼어먹을까 봐 그러니. 또 경관이 가방을 거저 들려 가지고 왔으면 어떻단 말이냐. 그놈 고얀 놈이로구나. 그래 지금 돈이 없으니 어쩔래? 마음대로 해 봐."

하고 주먹으로 귀퉁이를 쥐어지를 듯이 왕한을 노려본다.

왕한은 어이가 없고, 한편으로는 피가 끓어올랐으나 경관인 만큼 어찌하는 수도 없고, 말이라도 불쾌히 하였다가 다른 트집을 잡아서 성가시게 하면 자기만 곯을 것이라고 생각하였다.

"아니, 그런 게 아니오라 객지에 나서서 노자가 떨어졌습니다. 부끄러운 말씀으로 오늘 종일 아무것도 못 먹고 굶었습니다. 돈푼이나 얻으면 요기를 하려고 그럽니다."

---

11 일이 순조롭지 않게 잘못되다.

"사지가 멀쩡한 젊은 놈이 무슨 짓을 하기로니 굶고 다닌단 말이야? 아마 부랑잔 게로구나. 그나저나 내일 저녁에 그 여관으로 오너라."

하고 순경은 대합실로 들어간다.

왕한은 대합실로 쫓아 들어가서 서양 사람에게 직접으로 말을 할까 하였으나, 그러다가 순경에게 도리어 무슨 창피한 일을 당할는지 몰라서 그대로 정거장 밖으로 나왔다. 왕한은 어디로 갈는지 알 수가 없었다.

배는 고파서 허리에 힘이 없으나 돈 7전을 가지고 변변히 사 먹을 수도 없었고, 게다가 신발이 떨어져서 걸음을 걸을 수가 없게 되었다. 떨어진 신발을 조심하여 끌면서 무료 숙박소를 향하여 걷기 시작하였다.

"돈 한 푼만 줍시오."

"저는 다리 병신입니다. 한 푼 적선합시오."

"저도 한 푼만."

하는 어린아이의 소리가 왕한의 뒤에서 난다. 왕한은 못 들은 체하고 간다.

"한 푼 적선하고 갑시오."

하는 소리가 여러 입에서 일제히 나오더니 여남은 살씩 된 얻어먹는 아이 셋이 왕한의 앞을 나란히 가로막고서 절을 하여 가며 돈을 달라고 한다.

왕한은 걸음을 멈추고 그 아이들을 한참 보았다. 그 아이들은 우는 상을 하면서 번갈아가며 돈을 청구한다. 왕한은 돈지갑을 꺼내었다. 그 아이들은 서로 받으려고 가까이 와서 발을 치켜 디디고 손을 높이 든다. 왕한은 돈지갑을 거꾸로 들고 떨어지는 돈 7전을 그 아이들에게 되는 대로 나누어 주었다.

그 세 아이들은 2전 혹은 3전을 얻었다. 얻어먹는 아이들로 한 사람에게 한 푼 이상을 얻는 것은 별로 흔한 일이 아니었다. 그 아이들은 우는 상을 하던 때문고 파리한 얼굴에 웃음의 꽃이 피면서 몇 번씩이나 절을 하고 춤을 추며 뛰어간다.

왕한은 그대로 서서 뛰어가는 그들의 뒷모양을 보면서 깨닫지 못하게 빙긋이 웃었다. 왕한은 아침부터 불쾌하던 모든 생각이 찬웃음을 따라서 사라졌다.

　해는 저물었다. 전등은 아직 켜지지 아니하였다. 왕한은 여전히 무료 숙박소를 향하여 잿빛 나는 황혼의 거리를 걸어갔다. 천지는 광명하고 모든 것은 평화스러웠다. 그것은 왕한의 마음에 나타나는 현상이었다. 아아, 돈 7전으로 세 사람의 거지 아이를 즐겁게 한 것이 왕한의 마음지경[12]엔 그다지도 큰 힘을 주었다.

　왕한은 종일 굶은 채로 무료 숙박소에서 그날 밤을 쉬었다. 그날 밤의 왕한의 꿈은 편안하였다. 무료 숙박소는 대개가 왕한이와 같은 경우에 있는 사람들이 유하게 되는 처소였다. 자고 나서는 새벽부터 노동하러 가는 사람도 있고 혹은 얻어먹으러 가는 사람도 있었다.

　왕한은 일찍부터 갈 곳도 없고 주린 끝에 기운도 없어서 그대로 누워 있었다. 다른 사람들은 다 나갔는데 왕한이와 같이 남아 있는 사람이 있었다. 그는 70이 넘어 보이는 늙은이인데, 열 살이 될락말락하는 계집애 아이를 데리고 지나는 길에 노자가 떨어져서 그곳에 와서 잔 것이다. 그 계집아이는 그 영감의 외손녀였다. 그 영감은 늙고 병들어서 행복하기가 어려우므로 밥 때가 되면 손녀를 보내어 밥을 얻어다 먹을 작정으로 아침밥 때를 기다리고 있는 것이었다.

　왕한은 심심도 하고 그 영감의 사정을 알고 싶었다. 일어나 앉아서 그 영감과 말을 하다가 그 전날의 자기의 지난 일을 말하였다. 어린 계집아이는 곁에 앉아서 새까만 두 눈을 깜짝거리면서 왕한의 말을 유심히 들었다.

　해는 점점 높아졌다. 아침때가 되었다. 그 계집아이는 문을 열고 해를 쳐다보더니,

　"아침밥 때가 되었습니다. 저는 가서 밥을 얻어 가지고 오겠습니다."
하고 밥 얻는 그릇을 가지고 밖으로 나가더니 도로 돌아서서 왕한이를 보고,

---

12 마음속.

"할아버님하고 같이 앉아 계셔요. 잠깐 다녀올 터이니."

하고 어여쁘게 웃는다.

"오냐, 어서 다녀오너라."

하는 왕한은 그 아이를 귀엽게 보면서도 심상하게[13] 대답하였다. 그리고 그 노인과 같이 이야기를 계속하였다. 조금 있다가 나갔던 계집아이는 돌아왔다. 방 문밖에서부터 할아버지를 부르고 들어온다. 그 노인은 방문을 열고 그 아이를 맞아 준다. 그 아이는 웃음을 머금고 들어오더니 밥 얻은 것과 신문지에다 싼 것을 두 뭉치나 내어 놓으면서,

"할아버지, 오늘은 밥을 얻으러 갔더니 잔칫집이 있어서 여러 가지를 많이 얻어 가지고 왔어요."

하고 신문지에 싼 것을 풀어놓는다. 한 뭉치는 반찬이요 다른 한 뭉치는 떡과 과실이었다. 그 아이는 얻어 온 음식을 저의 할아버지와 왕한의 사이에 밀어 놓으면서,

"할아버지도 잡수시고 이 어른도 같이 잡수셔요."

하고 그 노인과 왕한이를 번갈아 쳐다본다.

"오냐, 먹지. 너도 먹어라."

하고 노인은 왕한을 보고,

"허물 마시고 같이 잡수십시다."

"예, 잡수십시오. 나는 아니 먹어도 관계찮습니다."

하고 왕한은 자기 앞에 놓인 음식을 그 노인 앞으로 밀어 놓는다.

"아니에요, 같이 잡수셔요. 저는 나갈 때도 같이 잡수실 것을 얻어 오려 하였고, 얻어 올 때도 그 생각을 하고 많이 얻어 왔어요. 어서 같이 잡수셔요. 어저께도 아무것도 아니 잡수셨는데 어서 잡수셔요. 모자라면 제가 더 얻어 오겠어요."

하고 그 아이는 음식 봉지를 밀어서 왕한의 앞으로 가까이 놓는다. 그 노

---

13 대수롭지 않게.

인도 자기가 먼저 먹으면서 왕한에게 같이 먹기를 권한다.

왕한은 남이 얻어 온 음식을 같이 먹기가 창피도 하고 미안도 하였으나 그다지 체면 차릴 처소가 아니요, 자기 스스로도 1주야[14]를 굶은 뒤이므로 끝끝내 거절할 용기도 없었다.

그보다도 감격한 것은, 철모르는 어린 소녀가 처음 보는 자기에게 정답게 구는 것이었다. 그리하여 그 음식을 같이 먹었다. 그 소녀는 부드러운 음식을 가려서 저의 할아버지에게 먹기를 권하면서 반드시 왕한에게도 같이 권하였다. 왕한은 그것을 받아먹으면서 홀연히 어제 자기가 가방을 들어다 주던 학생과 순경을 생각하였다. 그리하여 그 학생과 그 순경과 그 소녀를 비교하여 보았다.

그들은 같은 사람이었다. 아니다. 그들은 사람으로는 같다 할지라도 사람 노릇을 하는 데 필요한 밑천 곧 연령·학식·지위 그것에는 큰 차이가 있었다.

하나는 사람으로서 가장 높은 학문을 배우는 대학생이요, 하나는 인민을 지도하고 보호하는 경관이요, 다른 하나는 학문과 지위는 고사하고 아직 철모르는 얻어먹는 소녀였다. 그러면 학식과 지위가 있는 사람은 특별히 행위를 잘하고 철모르는 소녀로는 다소 잘못하는 일이 있다 할지라도 그다지 괴이한 일이 아닐 터인데, 그와 반대로 학식과 지위를 가진 사람의 행위는 그다지 나쁘고 철모르는 소녀의 행동은 그렇게 아름다운 것을 용이하게 알 수 없는 일이었다. 왕한은 그것을 생각하다가 분명한 해결을 얻지 못하고 모르는 결에 배부르게 먹었다.

그들은 떠나게 되었다. 그들은 노인이 어린아이를 데리고 간다는 것보다 어린아이가 노인을 모시고 가는 것이었다. 그 소녀는 모든 것을 챙겨 가지고 떠나는데, 먹고 남은 음식 중에서 한 부분은 따로 싸서 점심으로 먹으라고 왕한을 준다. 왕한은 별로 사양도 아니하고 정답게 받았다.

---

14 7일 밤낮.

왕한은 그들을 전송하였다. 왕한은 그 소녀에게 무엇이든지 주어 보내고 싶었으나 아무것도 줄 만한 것이 없었다. 왕한은 그 소녀가 지나간 허공에다 두어 방울 눈물을 가만히 뿌려 주고 그의 행복을 빌었다.

왕한은 그날도 이리저리 다녀 보았으나 한 푼도 벌지 못하였다. 저녁때 할 수 없이 순경이 삯전을 받으러 오라고 하던 여관을 찾아가 보았다.

왕한은 자기가 그 여관을 찾아가면 그 순경은 틀림없이 삯전을 주리라고는 생각지 아니하였으나 하도 할 수가 없어서 시험 조로 찾아가 본 것이었다. 왕한은 마침 어제 저녁때 자기를 부르러 나왔던 사람을 만났다. 왕한은 그 사람을 보고 반가운 듯이,

"밤새 안녕하십니까?"

그 사람이 한참 보더니,

"응, 어제 가방 가지고 가던 사람이로군, 어찌 왔어?"

"어제 오셨던 순경나리 안 오셨어요?"

"안 오셨어, 왜?"

"어제 가방 들고 간 삯전을 오늘 이리 와서 찾아가라고 하였는데……그래서 왔습니다."

"삯전을 이리 와서 찾아가라고?"

"예."

"순경에게 삯전을 찾으러 온 사람이 실없는 사람이지."

하고 그 사람은 웃는다.

"왜요?"

"왜요라니? 순경의 집에 가서 종일 일을 해 주고도 돈 한 푼도 못 받는데, 가방 들어다 준 삯전이 다 무엇이야? 그런 생각은 하지도 말고 진작 가서 다른 벌이나 하오."

"그게 무슨 말씀이요? 순경 아니라 아무에게라도 당당히 받을 것은 받아야 하지 않겠소?"

"이 양반이 독 안에 들어앉았다 나왔나…… 세상을 모르는구료. 그 순

경이 여기 오지도 아니할 것이고, 오더라도 그런 말을 하였다가는 뺨깨나 얻어맞을 테니 그런 서투른 소리는 하지도 말고 진작 가시오."

하고 그 사람은 안으로 들어가 버린다. 왕한은 자기 집에 있을 때도 순경의 행위가 무리하다는 말을 들었고 어제 저녁때 정거장에서 그 순경의 행동을 볼 때도 삯전을 받게 되리라고 생각한 것은 아니었으나 그날도 사정이 절박하여서 찾아왔던 것인데, 그 사람의 말을 듣고 보니 더욱 마음이 떨어져서 그 순경을 기다리고 싶은 생각도 없었고 다른 곳으로 찾아가고 싶은 생각도 없었다.

왕한은 자기의 당연한 삯전을 못 받는 것도 못 받는 것이거니와, 순경이라는 것은 국가의 관리로 일반 인민과 직접 관계가 있는 중요한 책임을 가지고 있어서 모르는 백성을 보호하고 지도하는 사람인데, 도리어 구차하고 힘이 없는 노동자에 대하여 그러한 무리한 일을 한다는 것은 나라를 위하여 한심한 일이라는 것을 느끼게 되었다. 그리하여 왕한은 자기 개인을 위하여 불쾌한 것보다 나라를 위하여 탄식하게 되었다.

당시의 청국[15]으로 말하면 정치가 썩어지고 백성의 정도가 얕아서 나라의 뿌리가 흔들리는 판이었다. 관리라는 것은 고등관이나 하급 관리를 물론하고 집에 들면 아편을 빨고 밖에 나가면 백성에게 토색하는[16] 것이었다.

공사[17]를 팔아서 사복[18]을 채우고 법률을 빙자하여서 백성을 그물질하는 것[19]이었다. 그리하여 소위 순경이라는 것은 백성과 직접 관계 있는 것을 다행히 여겨서 여러 가지 방법으로 토색을 하고 압박을 하는 것이었다.

그러나 어느 나라를 물론하고 나라가 망할 때는 나라를 팔아먹는 매국

---

15 청나라를 가리킴. 그러나 이 작품의 배경이 되는 청나라는 사실 우리 나라를 빗댄 것에 지나지 않는다. 일제 경찰 당국의 검열을 피하기 위한 눈가림에 지나지 않는다.
16 금품을 강제로 빼앗는.
17 공사 公事. 공공의 일.
18 사복 私腹. 사사로운 이익.
19 법률에 무식한 백성을 교묘한 방법으로 법망法網에 걸리도록 하는 짓을 가리킴.

노만 있는 것이 아니라, 나라를 근심하는 지사志士도 있는 것이었다. 그리하여 구차한 노동자에게 가방을 들려 가지고 가서 순경이라는 지위를 빙자하여 몇 푼 안 되는 삯전을 아니 주려는 더러운 지아비도 있지만, 먹고살 수가 없어서 직업을 구하러 나선 중에 끼를 굶어 가면서 남의 심부름을 하여 주고 입에 풀칠을 하고자 하는 지위도 형세도 없는 이름 없는 노동자로, 조그마한 일로 말미암아 4억 인구[20]를 가진 큰 나라를 근심하게 되는 왕한도 있었다.

왕한은 그 여관에서 돌쳐 나왔다.

왕한은 상해의 너른 천지에 갈 곳도 없었지만 못 갈 곳도 없었다. 새가 공중을 나는 것과 같았다. 그러나 새가 공중을 날 때 공중의 어느 곳이 새의 길 아닌 것이 없지만 새는 아무 데로나 날아가는 것은 아니었다. 그러나 왕한은 새만도 못하였다. 왕한은 공중에 나는 새처럼 돌아갈 곳이 있어서 찾아가는 것은 아니었다. 그리하여 새는 아무 데로나 공중을 나는 것이 목적이 아니라 자기의 깃들일 곳을 찾아가기 위하여 허공의 길을 걷는 것이었다. 그러나 왕한은 새만도 못하였다. 왕한은 공중에 나는 새처럼 돌아갈 곳이 있어서 찾아가는 것은 아니었다. 그리하여 왕한의 앞에는 길뿐이요 집이 없었으며, 허공뿐이요 목적지가 없었다.

세계의 제3위가 되는 번화한 도시 상해가 밥을 찾는 왕한에게는 세계 제1의 사막이 되었다. 왕한이가 석양을 띠고 돌아가는 길은 어제 저녁때 걸어가던 그 길이요, 왕한이가 그날 밤을 쉬는 집은 어젯밤에 꿈을 꾸던 그 집이었다.

공중의 새와 같이 헤매던 왕한에게도 마침내는 돌아가는 길이 있고 잠자는 집이 있었다. 무료 숙박소가 왕한에게는 둘도 없는 천당이었다. 아침에 떠난 소녀에게서 받은 실과[21]는 신선의 음식보다도 더욱 귀하였다.

---

20 당시 중국 인구.
21 과일.

왕한은 굶으락먹으락 그날그날을 지내는 것이 1주일이 되었다. 모든 쓴맛을 맛보면서도 장래에 희망을 붙이고 있는 것은 직업 소개소에서 통지나 오기를 기다리는 것이었다. 왕한은 직업 소개소를 찾아가서 물어라도 보고 싶었지만 물어본다고 속히 될 것도 아니고 도리어 재촉한다고 불쾌한 감정만 살는지 몰라서 기다리기만 하는 것이었다.

20일이 지난 뒤에 직업 소개소에서 왕한에게 들어오라는 통지가 나왔다. 왕한은 몹시 궁한 뒤에 벼슬이나 한 것같이 반가웠다. 그리하여 왕한은 직업 소개소 주임에게 공손히 예를 하였다.

"누구야?"

하고 직업 소개소 주임이 묻는다.

"서왕한이올시다."

"서왕한이요?"

하고 주임은 잘 모르는 듯이 왕한을 살펴본다.

"아까 오라고 통지한 사람입니다."

하고 옆에 앉았던 서기는 주임에게 일깨워 주는 듯이 말을 하였다. 주임은 그제야 알아들은 듯이,

"응, 그래."

하고 다시 왕한을 보더니,

"구직한 일이 있지?"

"예."

"어느 상점에서 점원으로 청구하는 데가 있는데 보증인을 세울 수가 있을까?"

"보증인은 어떠한 사람을 세워야 되나요?"

"어떠한 사람이라니? 상해 안에 있는 사람으로 신용 있는 사람이라야 되지."

"상해 안에는 아는 사람이 없을 뿐 아니라, 신용 있는 사람이 날 같은 사람의 보증을 서 줄 리가 있습니까?"

"그거야 보증인이 없으면 못 되는 것이지."

"점원 노릇을 하는 데 무슨 까닭으로 보증인을 세우나요?"

"저런 딱한 말이 있나? 점원이라는 것은 물건도 팔고 돈도 받으러 다니는 것인데, 근거 없는 사람을 두었다가 물건이나 돈을 가지고 달아나면 어쩌하나? 그러니까 보증을 받는 것이지."

"그것은 사람에 따라서 다른 것이지요. 저는 점원 노릇을 해도 그럴 사람은 아니오니 아무쪼록 천거하여 주십시오."

하고 왕한은 애긍하게 말하였다.

"보증인은 직업 소개소에서 받는 것이 아니라 상점의 요구가 그러니까 하는 말인데, 지금 하는 말은 자기 생각만 하는 말이요, 자기도 말은 그러하나 나중 일이 어떠할는지 알 수 있나? 아무리 도둑놈이라도 처음부터 자기가 도둑질하겠다고 말하고 하는 사람은 하나도 없거든. 도둑놈일수록 말로는 정직하고 청백한 체하는 법이요."

하고 주임은 좌우를 돌아보면서 차디찬 웃음을 웃는다. 왕한은 그 말을 들을 때 부끄럽기도 하고 불쾌도 하였다. 주임의 말이 마구 하는 말이 되어서 왕한의 귀에 거슬리기는 하였으나 사리로는 그럴듯하였다.

왕한이 스스로는 아무리 재물을 맡기더라도 조금도 틀림없을 것이 사실이지만, 세상 사람이 다 그러한 것이 아니요, 또는 다른 사람이 왕한이를 그렇게 믿을 이유가 조금도 없는 것이므로, 왕한이도 그러한 것을 생각할 때 자기가 말한 것이 도리어 어리석다는 것을 깨닫게 되었다. 그러나 주임의 말이 너무도 업신여기는 것 같아서 분하기도 하였다.

왕한은 그보다도 자기의 사정이 너무도 딱하여서 어색한 줄을 알면서도 한 말을 더하여 보았다.

"상해 안에는 아는 사람이 없으니 우리 동네 사람으로 보증을 세우면 어떨까요?"

"상점하는 사람이 점원 하나를 두자고 먼 데까지 신용조사를 갈 수가 있소? 상해 안에 있는 보증인을 세우고도 점원 노릇을 할 사람이 얼마인지 모르는 판이요. 그런 소리는 하지도 마시오."

왕한은 그 일에 대하여 더 말할 용기가 없었다.

"그러면 보증인을 세우지 않고라도 할 만한 일을 구하여 주십시오."

"노동을 하는 것은 모르겠소만, 그 외의 직업은 대개가 보증인이 있어야 되는 것이오. 보증인을 요구하지 않는 것도 아주 없는 것은 아니나 그런 것은 많지도 못하고 얻기도 어려운 것이니, 다른 데 가서 노동할 자리나 구해 보시오."

하고 주임은 다른 일을 보살핀다. 왕한은 더 할 말이 없었다. 그뿐 아니라, 가령 주임이 다른 직업을 구하여 본다 하더라도 언제까지 기다리고 있을 수는 없는 것이었다.

"이 다음에 상당한 직업이 있거든 나의 집으로 통지를 하여 주시오."

하는 말을 남기고 그곳을 나왔다. 그곳을 나와서 갈 곳 없이 걸어가는 왕한의, 만 가지의 괴로운 중에 한 가지의 희망이던 직업 소개소의 취직 소개도 깨어지고 말았다. 그리하여 왕한은 허공을 밟아 가는 것처럼 몸과 마음이 어디든지 닿는 곳이 없었다.

왕한은 집으로 돌아가려고 생각하였으나 그대로 가기에는 면목도 없고 용기도 없었다. 왕한은 어쭙잖게 취직을 구하는 것보다 노동을 하는 것이 나으리라고 생각하였다. 왕한은 며칠 동안 지내본 결과 노동이라는 것도 일자리를 얻기가 쉬운 일이 아니라는 것을 알았으나, 자기의 땀을 팔아서 그날그날의 품값을 받는 것이야 못하랴 하는 생각으로 새로운 용기를 내어서 ○○철공장으로 향하였다.

그 철공장에서는 마침 점심을 먹고 쉬는 시간이었다. 공장 밖에는 노동자들이 담배를 피고 앉았다.

"여기서 일하시는 분들이요?"

하고 왕한은 여러 사람을 향하여 물었다.

"그렇소, 왜 그러시오?"

하고 물었던 담뱃대를 빼면서 대답하는 사람이 있었다.

"여기서 아무라도 일할 수 있나요?"

"아무라도 못합니다. 공장 감독의 허가를 얻어야 일을 하게 되는데 허가를 얻기가 여간 어렵지 않습니다."

"허가를 얻으려면 어떻게 얻나요?"

"공장 감독을 찾아보고 말하면 되는 것이나, 아무 소개도 없이 뜨내기로 말을 하면 좀처럼 되기가 어렵습니다."

"공장 감독이 어디 있나요?"

"이 공장 안에 있지요."

"찾아보려면 어떻게 되나요?"

"공장 사무실에 들어가서 감독을 찾으면 볼 수가 있지요."

"그럼 찾아보고 말이나 하여 볼까요?"

"되나 안 되나 말이나 하여 보시오마는 아마 되기가 어려우리다."

"사무실을 어느 편으로 들어가나요?"

하고 왕한은 공장 쪽을 쳐다보면서 물었다.

"저기 저 문으로 들어가시면 오른편으로 유리창 단 방이 있는데 그것이 업무실이고 그 다음 방이 감독 있는 방이요."

하고 손을 들어서 가리킨다. 왕한은 그 사람이 가리키는 대로 사무실 앞에 가서 기웃기웃하였다.

"웬 사람이야?"

하고 마침 사무실에서 나오는 사람이 묻는다.

"감독 나으리 좀 뵈오려고 그럽니다."

"감독 나으리? 감독 나으리는 왜?"

"뵈옵고 할 말씀이 있어서요."

"이 방에 계셔."

하고 그 사람은 그 다음 방을 가리킨다.

"감독 나으리 계십니까?"

하고 왕한은 그 방문 앞에 가서 찾았다.

"누구냐?"

하고 감독은 방문을 열어 보지도 아니하고 말을 한다.

"잠깐 뵈올 일이 있어서 왔습니다."

"조금 기다려."

하고 한참 동안 잠잠하였다. 왕한은 방문 밖에서 기다리고 섰다. 조금 있다가 감독인 듯한 사람이 나와서 일하라는 종을 치고 여기저기 다니면서 일하는 것을 지휘하더니, 30분가량이나 지난 뒤에 돌아왔다. 그 사람은 방문을 열고 들어가려다가 그대로 서서,

"당신이 감독을 찾았소?"

하고 왕한을 향하여 묻는다.

"예, 그렇습니다."

"무슨 일로?"

"다름이 아니오라 여기 와서 일을 하려고 그럽니다."

"일을 하러?"

"예."

"무슨 일을?"

"아무 일이라도 합지요."

"철공장 일은 다른 일과 달라서 저마다 못하는 것이야."

"무엇이 다른가요?"

"철공장 일이라는 것은 힘만 가지고는 못하는 것이오. 다소의 기술이 있어야 되는 것인데, 철공 일에 대한 경험이 없으면 못하는 것이야…… 철공 일을 더러 하여 보았소?"

"해 보지 못하였습니다. 그러면 허드렛일이나 하지요."

"허드렛일 같은 것은 할 사람이 얼마든지 있을 뿐 아니라 지금 일꾼이 너무 많아 도태를 하는 중이니 할 수가 없소."

"저는 다른 사람보다 품값이 적더라도 우선 입만 얻어먹게 되면 일을 하겠습니다."

"품값이야 적든 많든 일이라는 것은 능률이 제일인데, 철공 일에 대한 경험도 없을 뿐 아니라 상당히 기술이 있는 사람이라도 지금은 할 수가 없으니 말하지 마시오."

하고, 감독은 방으로 들어가서 방문을 닫는다. 왕한은 더 말할 수가 없이 돌아 나오게 되었다. 왕한은 돌아 나오는 길에 여러 노동자들이 일하는 것을 구경하였다.

여러 가지 기계가 요란한 소리를 내고 돌아가는 사이에서 땀을 흘리며 일을 하는 것이 위험하게도 보였지만 부럽기도 하였다. 저러한 사람들은 어찌하여서 저러한 일자리를 얻게 되었나 하는 것을 생각할 때는 낙제한 학생이 우등생을 보는 것과 같이 부러웠다. 자기도 감독의 허가를 얻어서 그 중에 들어가서 일을 하였으면 얼마나 좋을는지 알 수가 없을 만큼 생각되었다. 문밖에서 왁자지껄하는 소리가 나더니 여러 사람들이 들어온다.

몸이 비대하고 비단옷을 입은 사람이 가운데 서서 들어오는데, 여러 사람들은 그를 에워싸고 공장 감독이 앞을 인도하여서 무엇을 설명한다. 공장 감독이 왕한을 보더니,

"웬 사람이 일하는 공장에 들어와 있어? 어서 나가."

하고 호기스럽고 핀잔스럽게 말을 한다.

왕한은 그러한 창피한 말을 들어 가면서 섰을 필요도 없고 용기도 없었다. 그리하여 슬금슬금 나오면서 한 눈으로는 노동자들이 일하는 것을 보고 한 눈으로는 그 사람들이 호기스럽게 들어가는 것을 보았다. 그 안에 있는 사람들은 사무원이나 노동자를 물론하고 그 사람을 향하여 인사를 하지 않는 사람이 없었다.

그러나 가운데 서서 가는 사람은 누구에게든지 인사 대답을 하는 법이 없고 거만스럽게 다니었다. 왕한은 그 사람이 누구인 것을 알고 싶어서 궁금하였으나 물을 곳이 없었다. 왕한은 문밖으로 나왔다. 문밖에는 자동차가 세 대나 놓여 있었다. 왕한은 자동차 운전수에게 물어서, 들어가던 그 뚱뚱한 사람이 그 공장 주인인 것을 알게 되었다. 왕한은 그 운전수에

게 물어서 그 공장의 내용을 대강 알게 되었다.

그 공장은 상해에서도 유명한 큰 공장으로 3천여 명의 노동자를 수용하고 1년에 수억만 원의 수입이 있는데, 해마다 백만 원 이상의 순이익을 보는 것이었다.

노동자의 품값으로 말하면, 매일 열세 시간 노동에 3, 40전을 받는 것이 보통이요, 상당한 기술이 있는 자라야 7, 80전이고 1원이 최상이었다.

왕한은 그 내용을 들은 뒤 다시금 공장주와 노동자를 비교하여 생각하였다. 들어가면 광[22]이 천만 간이 있고 나오면 자동차 마차가 있고, 입에는 맛있는 음식이 들어가고 몸에는 가볍고 따뜻한 비단옷을 걸치며, 가만히 누웠다 앉았다 하는 사이에 해마다 백만 원 이상의 순이익을 얻는 공장주와, 땀을 짜내고 뼈가 휘도록 하루에 열세 시간의 일을 하고서 3, 40전의 품값을 받는 노동자와는 도저히 천지간에 같이 사는 같은 인류라고 비교가 되지 아니하였다. 그나마 그러한 일자리도 구하다가 얻지 못한 자기는 완연히 다른 하늘에서 날아온 티끌같이 생각되었다.

자기가 집에서 구차한 것을 견디지 못하여 직업을 찾아 나오던 일, 처음으로 상해에 와서 노자가 떨어지고 무료 숙박소에 찾아갔던 일, 직업 소개소에 대한 일과 학생과 순사의 가방을 들어다 주던 일, 얻어먹는 소녀에게서 음식을 얻어먹던 일과 틈틈이 다른 곳에 일자리를 구하다가 실패한 일, 마침내 철공장에 와서 실패하고 나오던 일을 모조리 생각하였다.

그리고 그러한 반면에 돈 있고 지위 있는 사람들의 교만하고 인색하고 무리한 것을 생각하였다.

왕한의 신경은 극도로 혼란하였다. 자기를 저주도 하였고 세상을 원망도 하였다. 양자강의 흐린 물결을 부러워도 하였고 하늘의 푸른빛을 미워도 하였다. 머리를 숙이고 낙망도 하였지만 쌓여 있는 티끌 속에 쌓이고도 싶었다. 왕한은 돌이켜 생각하였다. 아무리 풍우가 심한 밤이라도 닭

---

22 세간 따위를 넣어 두는 곳간.

의 소리가 때를 잃는 것은 아니요, 아무리 급한 조수가 밀려오더라도 바다 가운데 푸른 섬이 움직이는 것은 아니었다.

　한때의 궁한 것으로 사람의 앞길을 극도로 비관하는 것은 사내의 일이 아니라고 생각한 왕한의 심경은 점점 회복되었다. 그러나 세상에 대한 불평과 흥분이 흔적도 없이 사라질 수는 없었고, 또는 그렇게 된다면 도리어 사내의 일이 아니었다.

　왕한은 며칠 있으면서 여러 방면으로 직업을 구하여 보았으나 모두 실패하고 얻은 것은 불쾌한 감정뿐이었다.

　그리하여 왕한의 감정은 이른 봄의 쇠잔한 눈처럼 풀렸다 엉겼다 하여서 한결같지 아니하였다.

　왕한은 돌아가기로 작정하였다. 천지는 한량없이 넓고 좋은 집들은 얼마든지 많았지만, 서호[23]의 한 모퉁이에 자리 잡고 있는 두어 칸의 다 쓰러져 가는 자기 집만한 곳이 없었다. 왕한은 모든 불평의 도회인 상해를 뒤에 두고 평화스러운 농촌으로 향하였다. 왕한은 상해를 떠나서 집으로 가는 동안 한 번도 상해를 뒤돌아보지 아니하였다. 또는 상해에서 지내던 가지가지의 일들을 생각하지도 아니하였다. 다만 한 가지 무료 숙박소에서 만나고 작별한 소녀를 그윽히 생각하여 보았다.

　그 소녀는 실로 아름다운 소녀라는 것이 새삼스럽게 기억되었다. 서호 가의 버드나무들은 늘어진 가지를 흐늘거리면서 왕한을 맞아 주는 듯하였다. 왕한이 돌아갈 때는 푸른 잎사귀가 그늘을 이루었다. 왕한의 회포는 과연 어떠하였는가?

---

23 왕한의 고향 마을.

강도 強盜

왕한은 집을 떠날 때 많은 희망을 가지고 갔던 것이다. 그러나 상해에 가서 그것을 풀어 버리고 그보다 많은 불평을 바꾸어 가지고 왔다. 왕한이가 이익을 보았다면 적은 희망을 주고 많은 불평을 바꾼 것이었다.

왕한은 그날 저녁에 자기 아버지로부터 언석에게 영애[24]를 빼앗기던 전후 사실을 자세히 들었다. 왕한은 본래부터 의협한 사람으로 상해에 가서 직업을 구하다가 여러 가지로 불쾌한 일을 당한 뒤에, 세상에 대한 불평이 산같이 쌓여 있는 끝에 언석의 무리한 행동을 듣고 견딜 수가 없어서, 산 같은 화약에 한 점의 불을 떨어뜨린 것처럼 쌓이고 쌓였던 분기가 일시에 폭발되어 자기의 몸까지 불사를 듯하였다.

왕한은 정신이 혼란하고 몸이 떨려서 진정할 수가 없을 만큼 흥분되었다.

그러자 한숙[25]의 아들 상철이가 찾아와서 말하는 계제[26]에 자연히 언석의 말이 났는데, 언석의 죄악을 말하면서 새삼스럽게 분개하는 상철에게,

"그러면 언석에게 분풀이를 하고 영애를 도로 데려왔으면 좋겠나?"
하고 왕한은 말하였다.

"그랬으면 좋지만 그럴 수도 없고, 그렇게 하다가 소작이나 떨어지면 탈이 아닌가."
하고 상철은 농담 비슷이 대답하였다.

"이런 못생긴 자식. 너는 대대손손이 소작인 노릇만 해 먹을 테냐? 분풀이를 하면 고만이지 뒷걱정은 무슨 뒷걱정이냐? 저렇게 못생겼으니까 계집을 아니 빼앗길 수 있나. 걱정 말고 분풀이를 할 테면 하여라. 뒷일은 내가 당할 터이니. 사내자식이 그렇게 고리타분하게 생겨서 무엇을 한단 말이냐?"

---

24 서순보의 딸. 서왕한의 여동생. 이상철과 약혼한 사이였으나 왕언석의 첩이 된다.
25 이한숙. 서순보와 한 동네에 사는 농부. 역시 왕언석의 땅을 부치는 소작농이다.
26 계제階梯. 어떤 일을 할 수 있게 된 기회.

하고 왕한은 말을 그치고 혀를 껄껄 찬다.

상철은 언석에게 대하여 원한을 품었고 영애의 생각도 간절하였으나, 분풀이할 도리도 없고 또는 뒷일이 염려되어 그러한 생각도 못하였다가, 왕한의 말을 듣고 새로운 용기가 났다.

"분풀이를 어찌하며 영애를 어찌하면 데려오겠나? 할 수 있으면 하지."

"어찌하든지 그것은 내가 하여 줄 터이니 염려 말게. 영애도 데려오라면 올 수가 있지만 기왕 헌 물건 된 것을 더럽게 데려다가 무엇을 하겠나. 언석의 둘째딸이 상당한 미인이라네. 언석의 딸에게 장가를 들었으면 좋지 아니한가. 부자의 딸이니까 물론 돈도 많이 가지고 올 것이고 어떠한가?" 하고 왕한은 기운 좋게 웃는다.

"이 사람아, 그런 농담은 그만두고 분풀이할 방법이나 생각하게." 하고 상철은 왕한의 말을 농담으로 돌렸다.

"농담이 무슨 농담이야? 사내자식이 왜 거짓말을 한단 말인가? 마음에 있거든 말만 하게. 내가 훌륭하게 장가를 들여 줄 터이니."

"나야 싫기야 하겠나, 자네 재주대로 하여 보게. 그러나 서투르게 하다 죽도 밥도 안 되면 걱정일세."

상철은 평소부터 왕한의 범상치 아니한 인격과 출중한 용력을 아는지라 모든 일을 믿고서 집으로 갔다.

하루는 왕한이가 상철을 찾아서 언석에게 분풀이하러 가자는 말을 하였다.

상철은 범상한[27] 사내였다. 전일에 왕한을 만났을 때는 왕한의 힘 있는 말을 듣고서 다소의 용기가 나서 언석에게 대한 분풀이를 하겠다고 하였지만, 급기야 그 일을 실행하러 가자는 데는 다시 주저하는 생각이 나고, 왕한의 말이 너무 거칠어서 다시금 의심스럽게 생각되었다. 그러나 며칠 전에 대답한 일을 별안간에 중지하자고 할 수도 없어서 왕한과 같이

---

27 평범한.

가기로 하였다.

왕한은 도끼 자루만한 나무 하나를 가지고 가자고 하므로 상철은 그러한 나무 한 개를 구하여 가지고 왕한의 뒤를 따라나섰다.

왕한은 상철을 데리고 큰길로 나가서 미리 준비하였던 자동차를 탔다. 일기는 흐리고 바람은 강하였다. 그것이 무슨 징조인 듯하였다.

왕한과 상철은 자동차를 타고 항주로 향하는데 서호의 긴 둑을 지나게 되었다. 두 사람의 감상은 각각 자기의 지나간 일을 생각하였다. 상철은 버드나무 밑에서 영애를 전송하던 일을 생각하고, 왕한은 상해에서 직업을 구하다가 실패하고 돌아오던 일을 생각하였다.

자동차는 어느 결에 항주 시가를 거쳐서 언석의 집 대문 앞에 이르렀다. 두 사람은 자동차에서 내리고 자동차는 기다리고 있으라고 하였다.

왕한은 큰 소리로 주인을 찾았다. 하인이 나오더니 명함을 청한다.

"우리는 명함도 없는 사람이오. 그저 손님이 왔다고 하시오."

하고 왕한이 말을 하였다.

"그렇지 않습니다. 명함을 들여보내서 승낙이 있어야 면회를 하십니다."

"그럼 명함이 없는 사람은 볼일이 있어도 언제든지 면회를 할 수가 없단 말인가? 잔말 말고 나의 말대로 여쭈어."

하는 왕한의 형세는 자못 험악하였다.

하인이 살펴보니 두 사람이 자동차는 타고 왔으나 그들의 의관이라든지 모든 차림차림이 대단치 아니하고 그 행동이 수상하게 보였다. 부잣집 하인으로 손님의 접대에 경험이 많고 눈치가 빠른 만큼 그들을 거절할 생각이 났다.

"명함이 없으면 말로라도 성함을 일러 주시오. 그리고 면회라는 것은 강제로 하는 것은 아닙니다. 그리고 지금 주인 나리도 안 계십니다."

하는 하인의 표정은 냉담하였다.

왕한은 주인이 없다는 하인의 말을 거짓말이라 생각하였다. 자기를 거절하려 든 하인의 거짓말을 들은 왕한은 당장에 상기가 되어서 얼굴이 붉어지고 머리털이 밤송이처럼 일어섰다.

"못된 놈의 집에는 하인 놈도 아니꼽구나. 요 쥐새끼 같은 놈아, 강호상호한江湖相好漢 의 첫 수다."

하고 한 손으로 하인의 멱살을 잡아서 문 안으로 던져서 태질을 치고 사랑으로 뛰어 들어갔다.

사랑에 앉았던 언석은 깜짝 놀라서 몸을 피하려 한다.

"가기는 어디로 가려고 하니, 거기 좀 앉아라."

하고 왕한은 언석의 팔을 잡아서 앉힌다. 언석은 조금도 반항하지 못하고 주저앉으면서 울고 싶을 만큼 아픈 것을 깨달았다.

"네가 왕언석이지?"

하고 왕한은 언석을 당장에 통으로 삼킬 듯이 노려본다.

"예, 나는 왕언석이요. 그런데 당신네는 누구며 웬일이요?"

언석은 놀라고 아픈 중에 가늘고 떨리는 목소리로 간신히 말을 하였다.

"응, 나는 서호 사는 서순보의 아들 왕한이고, 이 사람은 이한숙의 아들 상철이다. 그만하면 알겠나?"

하고 왕한은 언석의 앞에 놓인 비취옥 책상을 주먹으로 한 번 쳤다. 그 책상은 폭발탄 맞은 얼음 조각처럼 산산이 부서져서 사방으로 흩어진다. 그것은 왕한이 먼저 언석의 기운을 빼앗기 위하여 짐짓 한 일이었다. 그리고 딱 버티고 앉은 왕한의 형세는 개를 노리는 호랑이와 같았다.

언석은 놀랄 대로 놀라고 겁이 날 대로 나서 사지에는 맥이 풀리고 정신은 희미하였다. 그리하여 어쩔 줄을 모르고 넋 빠진 사람처럼 벌벌 떨고 있었다.

왕한은 더욱 기를 내어서 언석의 앞으로 다가앉으면서 주먹을 흔들었다.

"이놈아, 너는 어떠한 놈이기에 사람 놈으로서 그러한 못된 일만 골라가면서 행한단 말이냐? 이 주먹으로 당장에 때려죽이겠으나 나의 주먹은 너 같은 더러운 놈에게 살을 붙일 성질의 것이 아니다. 너 같은 놈은 볼기를 때려야 마땅하겠다."

하고 상철을 돌아보면서,

"네, 이놈을 잡아 내려서 뜰 아래에 엎어 놓아라."

상철은 그 광경을 보고 상쾌도 하고 우습기도 하였다. 일이 너무 거칠게 되는 것을 보고서 따라온 것을 후회하였다. 될 수 있으면 회피할 생각도 없는 것은 아니나 시위를 떠난 화살처럼 이미 저지른 일이라 거둘 수가 없어서 왕한이 하라는 대로 복종하는 수밖에 없이 되었다. 상철은 일어서서,

"이리 나와."

하고 언석을 향하여 말하였다. 언석은 새파랗게 질린 얼굴과 떨리는 목소리로 왕한을 향하여,

"여보, 할 말이 있으면 그저 하지, 이게 무슨 해거駭擧[28]요? 아무 말이든지 들어줄 터이니 말씀을 하시오."

"아니, 나는 너에게 무슨 청을 하러 온 사람은 아니다. 너에게 소작을 얻으러 왔다든지 돈을 취하러 왔다든지 그러한 등의 청구를 하러 온 것은 아니다. 다만 너의 버릇을 가르치러 온 것이다. 잔말 말고 하라는 대로 하여라. 까딱하면 죽여 버릴 것이다."

하고 왕한은 상철을 향하여 잡아 내리기를 재촉한다.

언석은 무슨 말을 하고자 할 즈음에 상철은 달려들어서 언석의 멱살을 잡아서 끌어내려 뜰 아래에 엎어 놓았다.

"자네 가지고 온 막대기 있지. 그것이 지금 쓰려고 가지고 온 것일세. 그것으로 자네 분이 풀어지도록 그놈의 볼기를 실컷 때리게."

하고 왕한은 상철에게 말하였다.

상철은 집장執杖 사령[29]처럼 언석의 바지를 뭉기고 허리띠로 언석의

---

28 해괴한 짓.
29 장형杖刑을 집행하는 사령.

두 발목을 묶어 놓았다. 언석의 살은 기름지고 윤택하였다. 그것을 본 상철은 홀연히 이상한 충동을 받았다. 그것은 언석이 그러한 살몸으로 자기와 정혼하였던 영애를 짓밟았으리라는 것을 연상한 까닭이었다.

상철은 머리끝까지 분이 났다. 그리하여 대번에 언석의 볼기를 끊을 듯 흥분되었다.

언석은 땅바닥에 엎드려서 어찌할 수가 없었다. 경위를 따져서 항거할 수도 없고, 그렇다고 체면상에 애걸복걸 빌 수도 없었다. 그리하여 당하는 대로 당할 요량을 잡고서 아무 말 없이 있었다.

상철은 분이 난 김에 손가락 끝에다 침을 발라서 매를 단단히 잡고서 한숨에 언석의 볼기에서 피가 나도록 30대를 때렸다.

언석은 처음에는 아무 소리가 없이 조용히 맞다가 나중에는 할 수 없이 아프다고 소리를 지르면서 다리를 비비 틀었다.

언석은 하늘이 무너지는 듯하였다. 언석은 호화로운 집에서 나서 귀하게 자라고 호강으로 늙었다.

어려서부터 종아리 한 대 맞아 보지 못하고 손톱 밑에 가시만 들어도 의학박사를 불러 대고, 남에게 대단치 아니한 창피한 말을 들어도 명예훼손죄로 고소를 하던 터인데, 소작인의 아들에게 추상 같은 호령을 듣고 맨땅에서 볼기를 맞는 것은 꿈에도 당할 수가 없는 것이었다.

언석은 꿈인지 천지개벽이 된 것인지 희미하게 생각되었다.

왕한은 언석이 아프다고 소리지르는 것을 듣고서,

"네가 볼기 맞는 것이 그다지도 아프냐? 정혼하였던 처녀를 무리하게 빼앗고, 그 정혼하였던 두 집에서 받는 고통에 비교하면 너의 아픈 것은 10의 1도 못되는 것이다. 나에게서 받은 너의 상처는 치료할 수가 있지만 너에게서 받은 우리들의 상처는 치료할 수가 없는 것이다. 너의 윤택한 볼기는 무엇을 먹고 저렇게 살이 찐 것이냐?"

"네 그놈을 끌어올려라."

하고 왕한은 상철을 보았다. 상철은 자유로 움직이지 못하는 언석을 반은 끌고 반은 안아서 방 안에 들여놓았다.

언석은 매를 맞아서 살이 아프고 욕을 당하여서 마음이 아팠다. 아프고 괴로운 몸과 마음이 서로 침노하여서 새파랗게 질려 있는 칠분七分의 송장이 되었다.

언석은 눈을 감고 누워 있었다. 왕한은 먼 하늘을 바라보았다.

상철은 턱을 괴고 문 앞에 앉았다. 큰바람이 지나간 뒤처럼 한참 동안 잠잠하였다. 방 안의 공기는 비리고 무거웠다. 태양은 서쪽으로 기울었다.

"네가 나의 여동생을 빼앗아 올 때, 나의 여동생과 정혼하였던 이한숙의 아들을 돈 있는 집 처녀에게 소개하여 장가를 들여 준다고 하였다지?" 하고 왕한은 딴 포도를 꺼내어서 다 죽어 가는 언석에게 물었다.

언석은 분한 것으로는 대답할 생각이 없고 아픈 것으로는 대답할 기운이 없었다. 그러나 무서운 것으로는 감히 대답을 아니할 수가 없었다.

"그런 일이 있었으나 한숙 씨가 승낙을 안 해서 고만두었소."

"아니다. 그 당자인 이상철이가 여기 있으니 지금 당장 돈 있는 처녀에게 장가를 들여 주어라."

"그러나 지금 당장에야 어찌할 수가 있소? 그러면 차차 소개하여 주지요."

"차차가 무엇이냐? 이 다음 일을 누가 아니. 지금 당장 하여라. 내가 들으니 너의 딸이 있다는구나. 너는 정혼한 나의 동생을 빼앗아다가 여러 째 첩도 삼았는데, 정혼도 아니한 너의 딸을 남의 아내로 소개하는 것이야 정당한 일이 아니냐? 들을 테냐? 안 들을 테냐? 만일 안 들으면 이 주먹으로 당장에 때려죽이고 네 딸을 빼앗아 가겠다."

기운이 없어서 눈도 못 뜨고 누워 있는 언석의 앞으로 왕한은 주먹을 쥐고 달려든다.

"혼인도 혼인 나름이지. 이런 혼인이야 언제 승낙을 받고 육례를 갖추어서 하겠니? 이놈의 집은 혼인도 강제로 하는 놈의 집이니까 이번 혼인도 강제로 하자."

하고 왕한은 벌떡 일어서서 안문을 박차고 한달음으로 안집으로 들어갔다.

그 집 여자들은 안마당에 모여 서서 사랑에서 일어나는 일을 엿듣고 있었다.

그 중에는 물론 언석의 딸도 있었고 영애도 있었다. 그들은 언석을 위하여 걱정도 하고 무서워도 하였다. 그러다가 나중에 왕한이 언석에게 하는 말을 들었다. 그 말을 듣고서 놀라지 아니한 사람이 없었지만 언석의 둘째딸은 벌벌 떨면서 도망하려고 하던 판이었다.

그들은 왕한이 뛰어 들어오는 것을 보고서 질겁을 하여 고양이를 만난 쥐들처럼 움직이지도 못하고 소리도 지르지 못하였다. 지나치게 무서워서 떨기조차 못하였다.

왕한의 눈에는 먼저 영애가 보였다.

"영애냐? 잘 있니? 언석의 둘째딸이 누구냐?"

하고 왕한은 여러 사람을 둘러보다가 처녀인 언석의 둘째딸에 눈이 가서 멈춘다.

"오빠, 이게 웬일이요? 조금 참으셔요."

하고 영애는 왕한에게 매어달린다.

"이년아, 너는 부자 놈의 첩이 되어서 호강을 하니까 좋으냐? 참는 것이 다 무엇이냐? 너는 시집을 왔거니와 너의 남편 되려던 사람도 장가들어야지. 언석의 딸년이 누구냐? 어서 말해라. 말을 아니하면 너 먼저 죽여 버리겠다."

하고, 왕한은 매어달리는 영애를 뿌리치고 주먹으로 겨눈다.

"저기여요."

하고 영애는 겁이 나서 몸을 움츠리면서 왕한이 주목하던 처녀를 가리킨다.

왕한은 솔개가 병아리를 채 가듯이 영애가 가리키는 처녀의 머리채를 번쩍 들고 사랑으로 나가서 언석의 앞에 놓았다. 그 처녀는 숨소리는 조금 높았으나 얼굴은 빛을 잃고 정신은 희미하였다.

"이것이 너의 딸년이지? 지금 시집을 보낼 터이니 폐백으로 돈 만 원

내놓아라. 너의 사위 될 사람은 알다시피 너의 소작인으로 구차하니까 폐백을 주어야 될 것이다. 돈을 아니 내면 안 될 터이니 알아서 하여라."

하고 왕한은 주먹을 들고 언석에게로 달려든다.

언석은 분하고 부끄럽고 무섭고 아프고 괴로워서 정신 상태가 어떻다고 말할 수가 없었다. 그리하여 언석은 의식이 없는 허수아비처럼 왕한이 하라는 대로 따라가게 되었다. 언석은 하인을 불러서 금고 열쇠를 주면서 금고를 열고 돈 만 원을 내어오라고 하였다.

하인은 금고를 열고 돈을 있는 대로 내어서 세어 보니 만 원이 못 되고 7천여 원밖에 없었다. 하인은 그 돈을 내어놓고 나갔다.

"있는 돈이 만 원이 못 되니 모자라는 것은 소절수 小切手[30]로 드리리까?"

하고 언석은 말하였다.

"아니다. 소절수로 가져가려면 부족액뿐만 아니라 몇 만원이라도 가져가겠지만 이번 온 것은 돈이 목적이 아니다. 만 원이라는 숫자가 확정한 것은 아니니까 있는 대로 가져갔으면 고만이지, 반드시 만 원을 채울 필요는 없는 것이다."

하고 왕한은 껄껄 웃으며 그 돈을 받아서 천 원은 자기가 가지고 6천 원은 상철을 주었다.

"돈 천 원은 내가 가져야 무엇을 사기도 하고 노자도 하겠으니, 6천여 원은 가지고 가서 혼인 잔치나 하게."

왕한은 상철을 대하여 이렇게 말하고 다시 언석을 향하여,

"나는 볼일을 다 보았으니까 가겠다. 너의 딸은 지금 데리고 갈 터이니 그리 알아라."

하고 왕한은 한편으로 상철을 재촉하고 한 손으로 언석의 딸을 붙들고 나간다. 언석은 무슨 말을 하였자 쓸데없는 것을 아는 고로 아무 말도 하지

---

[30] 수표

않고, 언석의 딸은 말을 하려도 입이 열리지 않고, 반항을 하려도 몸이 움직이지 않았다. 상철은 곁눈으로 슬금슬금 언석의 딸을 보았다. 그때 그들의 심리로 말하면, 언석의 마음은 한량없이 괴로웠으나 우선 왕한이 떠나는 것만은 다행하였다.

왕한의 마음은 처음부터 나중까지 통쾌하였다. 상철의 마음은 분풀이를 한 것으로는 상쾌하고 언석의 딸의 어여쁜 얼굴에 만족하였으나 뒷감당이 어려워서 가슴이 울렁거렸다. 언석의 딸은 마음이 있다고 하자니 허수아비 같고 마음이 없다고 하자니 목숨이 있는 사람이었다.

왕한은 상철과 언석의 딸을 데리고 문밖으로 나가서 기다리던 자동차를 타고 가 버렸다.

언석의 집은 폭풍우를 겪은 가을 동산 같았다. 깨어진 책상 조각은 떨어진 나뭇잎처럼 어지럽게 흩어지고 사람들은 풀이 죽어서 생기가 없게 되었다.

언석의 가족들은 비로소 사랑으로 모여들어서 언석을 구호하였다.

언석의 집에는 가족도 많고 하인도 여러 사람이 있었다. 그런데 언석이가 그 지경을 당하도록 한 사람도 나서서 말리기는 고사하고 말 한마디 하는 일이 없었다. 그러한 풍파가 일어나도록 집안사람이 모를 리는 없었을 것이요, 알았으면 여러 사람이 나서서 그 일을 말릴 수도 있는 것이요, 왕한을 제지할 수도 있는 것이었다.

만일 집안사람의 힘으로 왕한을 제지할 수가 없다면 이웃 사람에게 응원을 청할 수도 있는 일이요, 하다못해 경찰에 고발이라도 할 수 있는 일이었다. 그런데 언석이 그렇게 참혹한 일을 당하도록 한 사람도 나서지 않는 것은 괴이한 일이었다.

언석이 그 광경을 당하는 동안에 집안사람은 남녀노소 없이 총출동을 하였었다. 그리하여 그들은 사랑방의 주위에 숨어 있어서 언석이 당하는 일을 보고 듣기만 하고 한 사람도 꼼짝하지 못하였다. 그것은 무슨 까닭이었던가? 언석은 유명한 부자로 가혹한 일을 많이 해서 인심을 잃었으니만큼 협박도 많이 받고 강도도 여러 번 당하였다.

그러는 동안에 가족들이 소송도 일으키고 경찰에 고발도 하여서 당장에는 면한 일도 있었으나, 그것으로 말미암아 나중에 참혹한 화를 당한 일이 한두 번이 아니었다. 그러므로 언석은 가족과 하인들에게 단속하여 무슨 사변이 있더라도 자기 명령이 아니면 조금도 망동하지 말라고 단단히 약속을 하였던 것이다. 그러므로 언석의 가족들은 그 사변에 대하여 알은 체도 아니하고 다른 사람에게 알리지도 않을 뿐 아니라, 혹은 다른 사람이 그 일을 알까 두려워하여 밖으로 통하는 문을 모조리 잠가서 외인의 통행을 금하였던 것이다.

그리하여 사랑에서는 우박이 쏟아지는 살풍경이 일어났으나 온 집안은 암행어사의 출도를 만난 탐관오리의 집안처럼 긴장하면서 고요하였다.

왕한은 언석의 집에서 나와서 조금 가다가 상철을 작별하고 술집에 들어가서 배갈 세 근을 한 그릇에 부어서 단숨에 마시고, 돼지고기를 불근불근 씹으면서 나오다가 독일식 육혈포 한 자루와 불란서식 비수匕首 한 자루를 샀으니 그것은 강도질할 준비로 산 것이었다.

왕한은 차를 타고 상해로 향하였다. 왕한은 상해로 온 뒤로 부자를 조사하였다.

장지성張之成 이라는 사람은 유명한 부자였다. 그러나 지성은 공익사업에는 한 푼도 쓰지 않고 다만 화려한 집을 짓고 많은 첩을 두었다. 사사로 사치하고 즐거운 생활을 하여서 여러 사람이 원망하고 타매하는[31] 바가 되었다.

지성은 부자로 유명하다기보다 인색하기로 유명하여 아동주졸兒童走卒[32]까지라도 지성의 이름을 모르는 사람이 없고 지성의 이름을 아는 사람

---

31 몹시 경멸하거나 더럽게 생각하여 욕하는.
32 아이들과 남의 심부름하느라고 바쁜 사람.

은 반드시 욕을 하게 되었다. 상해에서는 인색한 사람을 말할 때는 반드시 지성을 가리켜서 비유하였다.

왕한은 지성에게 대하여 손가락에 침을 발랐다. 그리하여 지성의 내용을 조사하였다. 그리하여 지성이 현금 수십만 원을 상해은행에 저금하여 두고 상해 시가지의 토지 수십만 평을 가진 것을 알게 되었다. 왕한은 제1차의 강도질을 지성에게 착수하기로 결심하고 연구에 연구를 더하였다.

어느 날의 일이었다. 왕한은 좋은 양복에 자동차를 타고 지성의 집을 찾아가서 명함을 들였다.

왕한의 명함에는 '상해토지주식회사 서무과장 송치영 宋致英' 이라고 씌어 있었다.

지성은 좀처럼 모르는 사람을 면회하지 않는 것이다. 그러나 상해 시가지에 대한 토지 장사를 하는 만큼 왕한의 명함을 보고 토지 매매에 관계 있는가 하여 의심 없이 면회를 하였다.

"나는 송치영입니다. 명함에서 보신 것과 마찬가지로 상해토지주식회사 서무과장으로 있는 사람입니다. 아시는 바와 같이 우리 회사는 영국 사람이 경영하는 것인데 조금 상의할 일이 있어서 왔습니다."

하고 왕한은 지성에게 첫인사로 말하였다.

"예, 무슨 말씀이요?"

"댁에서 부두 근처에 토지를 가지신 것이 있지요?"

"예, 조금 있습니다."

"그것이 모두 몇 평이나 되나요?"

"부두 근처에 있는 것만은 일만여 평밖에 아니 됩니다."

"그것도 가액價額 으로 말을 하면 적지 않겠습니다. 미안한 말씀이나 그 토지를 팔지 않겠습니까?"

"예, 그것이 본래 소용이 되어서 산 것이 아니고 그 토지를 저당 잡았다가 빚 값으로 차지한 것입니다. 상당한 값을 준다면 팔지요."

하고 지성은 기회를 얻은 듯이 좋은 빛으로 대답하였다.

"그럼 좋습니다. 그러나 다른 소용이 되지 않고 한 만 평가량만 쓰겠는데 그리도 될 수가 있습니까?"

"그거야 얼마든지 소용되는 대로 쓰시지요."

"그러면 가격은 어찌할까요?"

"그것은 토지의 위치에 따라서 가격이 다르니까 여기 앉아서 작정할 수는 없지요."

"그러면 같이 가지요."

하고 지성은 그 토지를 빚 값에 맡은 뒤로 팔려고 하여도 작자가 없어서 애를 쓰다가, 자원하여 사자는 사람이 있으므로 이익을 볼 것을 예상하고 마음이 기뻤다.

왕한은 지성과 같이 자동차를 타고 토지 있는 곳으로 나갔다. 지성은 왕한에게 대하여 토지의 범위를 자세히 가르쳐 주었다. 그리고 부두에 가까울수록 값이 비싸고 부두에서 떨어질수록 값이 싼 것을 말하였다.

왕한은 부두에서 조금 떨어져 있는 곳을 지정하여서 만 평에 120만 원으로 가격을 결정하였다. 지성은 비싼 값을 받는 데 만족하여서 기쁜 마음을 이기지 못하였다. 왕한은 수일 후에 돈을 치르겠다고 약속을 하고 지성과 손을 나누어서 각각 돌아갔다.

왕한은 수일 후에 지성을 찾아갔다.

"토지 값을 오늘쯤 치르려고 하였더니 뜻밖에 고장이 생겨서 수일 후에야 되겠습니다. 미안하지만 용서하십시오."

하고 왕한은 미안한 듯이 말을 하였다.

"조금 늦어도 관계없습니다. 그러나 고장은 무슨 고장인가요?"

"우리 회사에서 상해은행과 거래를 하는데 그 은행의 내용이 파탄이 되어서 내용으로는 수일 전부터 지불 정지가 되고 내일부터는 정식으로 지불 정지를 하게 되었는데, 우리 회사에서도 수백만 원의 저금을 찾지 못하게 되어서 손해가 적지 아니합니다. 그러나 토지 값은 달리 변통하여 치르겠습니다. 그 은행의 내용은 아직 절대 비밀에 부치는 것인즉 아무에게도 누설하지 마십시오. 만일 예금한 사람들이 그 내용을 알면 너도나도 하고 달려가서 돈을 찾을 것이 아닙니까? 아마 상해 안에서 손해 보는 사람들이 많을 것입니다."

"상해은행이 상당히 신용 있는 은행인데 어찌 졸지에[33] 그러하게 되었을까요?"

하고 지성은 놀라는 기색을 감추려고 하면서도 자연히 얼굴빛이 변하면서 근심스런 표정으로 말하였다.

"내용을 자세히는 모르나 빚을 준 것이 잘못되어서 수천만 원의 손해를 보는 모양입니다. 은행이란 것은 빚을 잘못 주면 그리 되는 것이 아닙니까?"

하고 왕한은 태연히 말을 하고 지성을 작별하고 나가 버렸다.

때는 오후 두 시였다.

지성은 자기가 돈을 맡기고 쓰는 상해은행이 파산된다는 말을 듣고 대단히 놀랐다. 지성은 왕한이 나가자마자 급히 자동차를 타고 상해은행으로 달렸다.

"지금 급히 쓸 일이 있는데 저금한 돈을 찾아가야 되겠소."

하고 지성은 침착한 체하면서도 실로는 당황하게 말을 하였다.

그 말을 듣는 은행장은 조금 이상하게 여기면서 지성의 얼굴을 쳐다보더니,

"무슨 일이 그리 급하시오. 아마 매우 급하신 모양입니다그려. 말씀하시는 기색을 보니."

"예, 조금 급합니다. 오늘 오후 네 시 안으로는 써야 하겠는데 시간이 급합니다."

하고 지성은 벽에 걸린 시계를 쳐다보더니 다시 자기의 회중시계를 내어 본다.

---

33 예측하거나 대처할 여지도 없이 갑자기.

"세 시가 다 되어 가는데 큰일났군. 어서 보십시오."

하고 지성은 말을 계속하여 아무쪼록 은행 시간 전에 돈을 찾으려고 하였다.

"이것 보십시오. 4월 24일 현재로 남은 돈이 33만 2천 7백 90원입니다."

"그러면 그 돈을 전부 다 찾아간다는 말씀인가요?"

"예, 그것도 오히려 부족입니다."

"얼마나 부족이 되는지 더 쓰실 테면 얼마든지 꾸어 드리지요."

지성은 조금 이상한 눈으로 은행장을 보면서,

"부족은 되지만 꾸기까지 할 것은 없고 저금한 것이나 주시오."

"소절수를 드릴까요?"

"아니오, 현금으로 주십시오."

"무슨 일에 쓰시기에 그 돈을 다 현금으로 쓰신단 말이요?"

"그런 일이 있습니다. 어서 주십시오. 시간이 늦었습니다."

하고 지성은 소절수로 받았다가 그것이 만일 부도수형不渡手形[34]이 되면 어찌하나 하는 생각으로 현금을 청구한 것이었다.

은행장은 출납과원을 불러서 지성의 통장에 실린 대로 현금을 가져오라고 하였다.

다른 사람 같으면 돈 찾는 사람이 직접 출납과에 가서 돈을 찾겠지만, 지성은 그 은행에 거래를 많이 하는 부자라 은행장도 특별히 대접하여 돈을 그리로 가져오라고 한 것이다.

조금 있다가 출납과원은 백 원짜리 지화[35]로 한아름을 안고 왔다. 지성은 낱낱이 셀 수가 없어서 큰 덩어리로만 세어 받았다. 지성은 무슨 큰일이나 한 듯이 이마에 땀을 흘렸다. 지성은 손수건으로 이마에 땀을 씻고 다행한 듯이 은행장을 보고 웃었다.

은행장은 지성의 전후 행동을 보고서 여러 가지로 이상하게 생각하였

---

34 지급인으로 지정된 은행이 지급을 거절한 수표.
35 종이 돈.

으나 특별히 주목까지는 아니하였다.

　지성은 시계를 쳐다보더니 은행장에게 머리를 굽혀 인사하고 돈 가방을 들고 나왔다. 지성은 잃어버렸던 돈을 찾은 것처럼 다행하고 기뻤다. 혼자 웃으며 층계를 내려와서 은행의 바깥문을 나서자마자,

　"여기 오셨습니다그려. 지금 가시는 길입니까? 하마터면 못 만날 뻔하였습니다. 댁으로 갔더니 은행으로 오셨다고 하여서 곧 쫓아왔습니다. 어서 저와 같이 가십시다."

하고 바쁜 낯색으로 공손히 말하는 것은 왕한이었다.

　지성은 놀라는 듯이,

　"왜 그러시오? 어디를 가자는 말이오?"

　"토지 값을 찾으러 가십시다. 우리 회사 주인이 급한 일이 있어서 오늘 밤에 영국으로 떠나게 되었는데, 우선 빚을 얻어서 토지 값을 치르기로 하였습니다. ○○호텔에서 만나기로 하였는데 어서 같이 가십시다. 토지 값을 오늘 찾지 못하면 나중 일이 어찌 될는지 모르겠습니다."

　지성은 그 토지를 보통 시가보다 비싸게 팔았으므로 행여 기회를 놓칠까 염려하던 중에 값을 치르겠다는 말을 듣고 횡재나 한 것처럼 기뻤다.

　"그럼 같이 갑시다."

하고 지성은 왕한하고 같이 자동차를 탔다. 왕한은 운전수를 지휘하여 ○○호텔로 향하였다. ○○호텔은 서서瑞西[36] 사람이 경영하는 호텔인데 복잡한 시가를 떠나서 전원田園의 취미를 가지게 할 양으로 상해 시가에서 조금 떨어져 있는 작은 언덕 아래에 소나무를 의지하여 지은 것으로 대부분 외국 손님들이 드는 곳이었다.

　"영감이 상해은행에 거래가 계시던가요?"

하고 왕한은 장지성이가 상해은행에 거래하는 것을 알고 거짓 상해은행의 파탄된 것을 말하여 지성으로 하여금 저금한 돈을 찾게 하여, 그 돈을

---

36 스위스.

읽자읽자 우리 소설

60

찾아 가지고 오는 것을 알면서 짐짓 물었다.

"아니오, 거래가 무슨 거래요?"

하고 지성은 거짓말로 대답하기 시작하였다.

"거래가 있고 없고 관계가 없지만 만일 거래가 있다면 아까 내가 잘못한 말이 있어서 하는 말씀입니다."

"무슨 잘못한 말이 있다는 말씀이요?"

"아까 내가 그 은행의 파탄된 것을 말씀하지 않았어요? 만일 영감께서 그 은행에 거래가 계시다면 내가 그 은행의 내용 파탄을 말한 것은 잘못이 아니요."

"거래도 없고, 거래가 있기로니 그런 말씀을 한 것이 잘못될 것이 무엇이요?"

"그야 영감에게야 잘못될 것이 없겠지요. 잘못될 것이 없다느니보다 도리어 다행할는지도 모르지요. 그러나 만일 영감이 그 은행에 저금한 것이나 많이 있어서 내 말씀을 듣고 곧 찾는다면 그 은행에서는 큰일이 아닌가요?"

"저금한 것도 없고, 설사 저금한 것이 있다기로니 우리 같은 사람의 저금이 얼마나 되겠소? 은행이 파탄이 된대도 아무 관계가 없으니 염려 마시오."

하고 지성은 처음부터 끝까지 시침을 떼었다.

왕한은 껄껄 웃고 말았다.

자동차는 어느 겨를에 ○○호텔 앞에 이르렀다. 운전수가 자동차를 돌려서 호텔로 들어가려 하는 그때였다.

"자동차를 바로 몰아라."

하고 왕한은 들 밖으로 나가는 길을 가리키면서 운전수를 지휘한다.

"○○호텔은 이리로 들어갑니다."

하고 운전수는 자동차를 멈추고서 주저하였다.

"○○호텔은 이리로 들어가지만 다른 데 볼일이 있으니 말이지."

"다른 데 볼일이 무슨 볼일이요, 호텔로 들어갑시다."

지성은 조금 의심하는 표정으로 이렇게 말하였다.

"그런 것이 아니라, 우리 회사 주인이 저 밖에 삼림 속에서 회사 사원들과 술을 가지고 가서 산보를 하는 중입니다. 이 길로 나가서 같이 들어오는 것이 좋겠지요. 그러지 않으면 늦기가 쉬울 것이니까 일이 늦으면 재미가 없습니다."

지성은 조금 의심하고 주저하였으나 늦으면 재미없다는 말에 자극되었다.

그 회사 주인이 그날 밤에 영국으로 떠난다는데, 만일 늦어서 돈을 치르지 못하면 다음 일을 알 수가 없으므로 아무쪼록 돈을 속히 받기 위하여 듣기만 하고 있었다.

운전수는 자기 주인이 아무 말도 아니하는 것을 보고서 왕한의 지휘대로 자동차를 몰았다. 조금 가다가 큰길을 버리고 우편으로 꺾어서 옆길로 들었다. 조금 가다가 다리를 건넜다. 우편은 숲이고 좌편은 들이었다. 인가는 멀고 왕래하는 사람은 없었다. 바로 그 순간이었다.

"스톱!"

하는 큰 소리가 운전수의 귀에 들렸다. 운전수는 어디서 나는 소리인지 모르면서도 급히 정거를 하였다.

왕한은 포켓에서 마침 챙겨 두었던 육혈포를 꺼내어서 아무 말도 없이 총부리를 지성의 가슴에 대었다.

지성은 눈이 뒤집힐 만큼 놀라면서,

"악―"

소리를 치고 피하려 하였으나 때는 이미 늦었다.

"탕!"

하는 한소리가 들 하늘을 움직이면서 지성은 피를 흘리고 거꾸러진다. 화약내와 피비린내는 사람의 코를 물들인다. 운전수는 뜻밖에 그 광경을 보고서 몸서리를 치면서 달아나려고 운전대에서 움직인다.

"이놈아, 어디로 가?"

하고 왕한은 총부리를 돌려서 운전수에게 겨눈다. 운전수는 벌벌 떨면서 도로 운전대에 앉았다.

왕한은 지성의 가방을 가지고 자동차에서 내려 다시 총부리를 운전수에게 대고 쏘려고 하다가 무엇을 생각하더니, 총을 거두고 지성의 가방에서 돈 뭉치를 꺼내어 약 3분의 1을 뚝 떼어서 운전수에게 던지고 머뭇머뭇하다가 아무 말도 없이 어디로인지 가 버렸다. 그것은 왕한이 운전수에게 많은 돈을 주고 그 돈을 가지고 도망하게 하여 강도의 혐의를 운전수에 씌우자는 것이었다.

운전수는 뜻밖에 왕한이 자기 주인을 죽이는 것을 보고서 하도 겁이 나서 도망하려 하다가, 왕한이 총으로 겨누는 바람에 달아나지 못하고 정신없이 운전대에 앉았다가 왕한이 간 뒤에 겨우 정신을 차려 살펴보니, 지성은 자동차에 피를 흘리고 죽어 늘어져 있고 자기 앞에는 커다란 지전 뭉치가 놓여 있었다. 운전수는 정신이 없는 중에도 떨리는 손으로 그 돈을 대강 세어 보니 10만 원이 되는 것을 알았다. 운전수는 처음에는 무서워서 떨렸지만 그 돈을 세어 본 뒤로는 흥분이 되어서 더욱 떨렸다.

운전수는 그 돈이 어떠한 돈인지를 몰랐다. 왕한이 자기를 준 것이라고는 생각지 못하고 왕한이 겁결에 빠뜨리고 간 것이 아닌가 하고 생각하였다. 그러나 다시 생각하니, 자기가 정신없이 앉았을 때 왕한이 자기를 향하여 던져 주던 것이 어렴풋이 기억된다. 그래서 마침내는 왕한이 자기를 준 것이라고 생각하였으나 그 이유를 알지 못하였다.

왕한이 자기를 어여뻐 여겨서 그러한 큰돈을 주었다는 것도 이유가 서지 않고, 아무 이유가 없이 돈을 주었다는 것은 더구나 말이 되지 않는 것이다.

운전수는 자기의 뒷일을 생각하여 보았다. 운전수는 3, 40원에 지나지 않는 월급을 받아서 구차한 생화를 하여 가던 나머지 10만 원이라는 큰

돈이 생겼으니 첫째로 그것을 버릴 마음이 없었고, 또는 그 돈을 가지고 주인집에 돌아가서 사실대로 말을 한데도 누구든지 곧이들을 리가 없으리라고 생각하였다. 왜 그러냐 하면, 사람을 죽이고 돈을 빼앗아 가는 흉악한 강도가 10만 원이라는 큰돈을 무고히[37] 운전수에게 주고 갈 리가 만무한 까닭이었다. 그렇다면 자기가 도리어 여러 가지로 단련만 받을 것인즉, 그 돈을 가지고 집으로 갈 수도 없었고, 그 돈을 지고 도망한다면 누구든지 자기가 지성을 죽이고 돈을 빼앗아 갔다고 생각할 것이다. 그리하여 운전수는 이리 할 수도 저리 할 수도 없어서 주저하였다.

그러나 그때의 형편이 오래 주저할 수가 없었다. 그리하여 운전수는 그 돈을 가지고 달아나 버렸다.

늦은 봄이라고도 할 수 있고 첫여름이라고도 할 수 있는 꽃 떨어지고 잎 피는 삼림森林 사이에는, 피를 흘리고 누워 있는 상해 제일류 부자 장지성의 시체를 실은 자동차만이 움직이지 않고 놓여 있었다. 삼림 사이로 새어 비치는 저녁 볕은 지성의 피 흔적을 더욱 붉게 물들였다.

왕한은 지성을 죽이고 돈을 빼앗은 뒤에 유유히 걸어서 삼림 사이로 들어갔다. 왕한은 삼림 사이에 앉아서 큰일을 저지른 뒤에 헐떡거리는 마음을 서늘한 바람에 쉬고 자기의 신변을 염려하여 사방을 살펴보는 동시에 특별히 운전수의 거동을 살피다가 마침내 운전수가 도망하는 것을 보고서 자기의 술책이 적중된 것을 기뻐하였다.

왕한은 무거운 공포와 가벼운 후회를 느끼며 상해를 향하여 걸어가면서 여러 가지의 생각이 복잡하였다. 왕한이 가는 길옆에는 상해에서 유명한 빈민굴이 있었다. 그 빈민굴은 3천여 호에 2만 명의 인구가 살고 있는 곳인데, 가족을 이루어서 사는 사람도 많이 있었지만 독신 남녀들이 공동생활을 하는 곳도 많이 있었다.

---

37 아무 까닭 없이.

왕한은 빈민굴로 들어가는 갈림길에 서서 조금 주저하다가 무슨 생각을 하였는지 발길을 빈민굴로 돌리었다. 왕한은 빈민굴로 들어가서 이곳저곳을 구경하였다. 그들의 생활은 실로 참담하였다. 그들은 대부분이 땅을 파고 움[38]을 묻었으며 지붕은 양철 조각이나 뗏장[39]으로 이었으며, 벽은 풍우[40]를 가리지 못하였다. 먹는 것은 대부분 얻어다 먹고 집에서 지어 먹는대야 나물밥이 아니면 강냉이죽이었다. 입는 것은 몸을 가리지 못하고 이부자리는 마른 풀이나 짚검불이었다.

왕한은 돌아다니다가 독신자들이 공동 생활하는 처소로 들어갔다. 그것은 남녀 각종의 인물들이 모여 있는 곳이었다. 그 사람들은 묵은 때에 숨어 있는 창백한 얼굴에 떨어진 옷을 백 번이나 기워 입고 제멋대로 흩어져 있다.

혹은 앉고 혹은 서고, 혹은 눕고, 혹은 엎드리고, 혹은 반쯤 누웠다.

그 사람들 중에는 헌 신을 깁는 사람, 떨어진 옷을 꿰매는 사람, 제 몸을 제 손으로 만지면서 앓는 소리를 하는 사람, 이야기책을 보는 사람, 그 밖의 대부분은 이 사냥을 하는 사람이었다. 그들은 굶고 벗은 나머지 병이 들어서 말하는 귀신이요, 생기 없는 사람이었다. 그리하여 그 처소는 저 세상과 이 세상을 아울러서, 한편 문은 무덤으로 통하고 한편 문은 세상으로 통하였다.

그들은 오늘의 사람이라고 하기보다는 내일의 귀신이라고 하는 것이 마땅하고, 가령 목숨만은 부지한다고 할지라도 살아 있는 기미가 조금도 있는 것같이 보이지 않았다. 그러나 그들은 찡그린 얼굴과 걱정하는 소리만을 가진 것은 아니었다.

그들이 모여 앉은 군데군데에서는 크고 작은 웃음소리가 이따금 새어나왔다. 그것은 수십만 원을 허리에 두르고서도 오히려 근심이 있는 왕한

---

38 움막.
39 잔디를 흙이 붙은 뿌리째 떠낸 조각.
40 풍우風雨. 비바람.

으로, 굶고 벗는 중에서도 오히려 기쁨이 있는 그들의 웃음소리를 들은 것이었다. 사람은 돈이 있다고 웃음만 있는 것이 아니고, 돈이 없다고 눈물만 있는 것은 아니었다.

왕한은 그들을 향하여 도거리[41]로 간략한 인사를 한 뒤에 그들이 빈민굴에 오게 된 사정을 차례로 물어보았다. 사람이 곤궁한 지경에 처하였을 때는 자기의 사정과 불편을 말하여 남에게 들리는 것도 한 가지의 위안이 되는 것이었다. 그리하여 그들은 왕한의 물음에 따라서 각각 자기의 사정을 말하기 시작하였다.[42]

"나는 본래 농촌 사람으로 농사를 지어 먹고 살았습니다. 처음에는 내 논마지기를 부쳐 먹다가 과중한 세납과 그 외에도 여러 가지 무는 것이 많아서 남의 빚을 지기 시작하였습니다. 그리하다가 빚이 점점 늘어 가므로 빚쟁이의 독촉을 견디지 못하여 논마지기를 팔아서 빚을 갚고 나니 자연히 소작농이 되었습니다. 지금 세상에 남의 소작농을 지어 가지고 셈이 됩니까? 가혹한 지주의 도조賭租[43]를 물고 소작인의 차지는 3분의 1도 못 됩니다. 그것을 가지고 식량을 대어서 먹을 수가 없으므로 부득이 빚을 얻어먹게 됩니다. 그러면 그 이듬해에는 도조 내고 조금 남는 것은 타작 마당에서 빚 값으로 빼앗기게 됩니다. 그리하다가 소작농도 할 수가 없이 되어 파산을 하고 식구들은 제각기 빌어먹으러 나갔습니다. 그런데 나는 이리저리 다니면서 얻어먹다가 이곳에 와서 있게 되었습니다."
하는 사람도 있었다.

"나는 본래 소자본이나마 가지고 장사를 하였습니다. 그리하다가 차차 시세는 좋지 못하고 대자본가들이 논을 많이 가지고 대규모로 상업을 경영하여, 한편으로는 중소상업中小商業을 합병하고 한편으로는 소자본의

---

41 따로따로 나누지 않고 한데 합쳐서.
42 여기서부터 작가는, 몇 사람의 입을 빌려, 사실은 우리 나라 사람들의 참혹한 사정을 그대로 빗대어 이야기하려고 한 것이다.
43 남의 논밭을 빌려서 부치고 그 대가로 해마다 내는 벼.

상업을 압박하기 위하여 손해를 보아 가면시라도 팔기를 경쟁하니, 저은 자본으로는 그것을 경쟁할 수가 없으므로 자연히 소자본의 상업은 몰락이 되게 됩니다. 그리되는 사품[44]에 나도 파산을 당하여서 나중에는 이러한 생활을 하게 되었습니다."

하는 사람은, 때가 묻고 떨어지긴 했으나 산동주山東紬[45] 바지에 비단 마고자를 입었는데, 말을 하고 나서 두 손으로 옷깃을 여민다.

"나는 노동자로서 어느 철공장에서 일을 하면서 얼마 아니 되는 품값으로 그날그날을 겨우겨우 살아가다가, 공장 감독의 잘못으로 기계에 다쳐서 다리가 끊어졌습니다. 그리하여 일을 못하게 되니 공장주는 치료비도 아니 주고 당장에 내어쫓습니다그려. 그러하니 어찌할 수가 있습니까? 친구에게 업혀서 공장을 나오게 됐습니다. 자혜병원 무료과에 가서 다리를 치료하고 나니 이제는 노동도 못 해먹게 되어서 이 지경이 되었습니다."

하는 사람은 무릎만 있는 한편 다리를 만지면서 자못 흥분이 되는 듯하였다.

"나는 본래 상당한 가정에 태어나서 곱게 자라다가 부모의 명령으로 어느 부잣집으로 시집을 갔습니다. 남편 되는 사람은 본래부터 방탕한 사람으로 미국에 유학을 갔다 오더니, 내가 교육을 받지 못하였다는 이유로 강제 이혼을 당하였습니다. 시집살이하는 몇 해 동안에 친가에는 모진 전염병으로 온 가족이 다 죽어 버리고 별로 다른 일가도 없사온즉 세상 형편을 아무것도 모르고 빌어먹을 줄을 조금도 모르는 약한 여자로 시집에서 나와서 어찌할 수가 있습니까? 그리하여 이리저리 다니다가 어느 사람의 소개로 부잣집의 침모로 들어가게 되었습니다. 그리하여 1년 동안이나 잘 있다가 우연히 병이 들어서 일을 하지 못하게 되니까 치료를 하여 볼 여가도 없이 내어쫓습니다그려. 그래 그 집에서 쫓겨나서 앓아 가

---

44 어떤 동작·일 등이 진행되는 기회.
45 산동에서 나는 유명한 비단.

며 얻어먹다가 이곳에 와서 있습니다. 세상에 돈 있는 사람들은 인정이라는 것은 조금도 없는 모양이지요. 아마 부자되는 사람들은 인정을 팔아서 돈을 사나 봐요."

하는 가엾은 여자는 병색이 사라지지 아니한 채로 기운 없이 말을 하고서

"후!"

하고 한숨을 내쉰다.

그 밖에 여러 사람의 말이 있었으나 대개는 대동소이하고 그 외에는 아편을 먹다가 그 지경이 되었다는 사람이 많았다.

특별한 일로는, 부자의 자식으로 방탕한 생활을 하다가 가산을 탕진하고 그리 되었다는 사람, 벼슬을 다니면서 토호질[46]을 하다가 민요民擾를 만나서 재산의 몰수를 당하고 그리 되었다는 사람, 철저한 공산주의로 자기의 재산을 가난한 사람에게 나누어 주고 일부러 빈민굴 생활을 한다는 사람, 빈민굴 생활이 취미가 있어서 자원하고 그리 되었다는 사람들이 있었으나, 그러한 사람들은 몇 되지 않았다.

그들의 사정을 종합하여 보면 특수한 사정을 가진 몇 종류의 사람을 제외하고는 그 대부분이 지주나 자본가의 착취를 견디지 못하여 마침내 비참하고 가엾은 생활을 하나에서 열까지 되풀이하고 있는 것이었다.

그 중의 한 사람이 나서서 왕한에게 말을 한다. 그 사람은 똑똑하고 식자가 있어 보이는 사람으로 나이 40세가량이 되어 보이는 사람이었다.

"우리 같은 사람들의 가치 없는 사정을 물어 주시니 너무도 감격하외다. 빈민굴의 사정을 대개 말씀하여 드리겠습니다. 여기 있는 사람들의 생활은 가지각색입니다. 젊은 사람들은 날품을 팔아서 사는 사람도 있고, 뜨내기로 도붓장사[47]를 하여서 사는 사람도 있고, 혹은 어줍지 아니한 기술로 무엇을 만드는 사람도 있고, 그 나머지 대부분은 다 빌어먹습니다.

---

46 지방 양반이 세력을 믿고 무고한 백성에게 가혹한 행동을 일삼던 짓.
47 이리저리 떠돌아다니며 물건을 파는 장사. 행상行商.

그런데 아무리 악식이나마 끼니를 찾아 먹을 수가 있습니까? 굶는 때가 절반입니다. 사람으로서 이러한 생활을 하는 것이 얼마나 비참하고 괴로운 것입니까? 그런데 이 이상의 더 큰 괴로움이 있습니다. 그것은 다른 것이 아니라 경찰 당국에서 빈민굴을 헐어 버리고 다른 곳으로 가라는 것입니다. 그 이유는 도시 근처에 빈민굴이 있으면 도시의 미관을 방해하고 걸인들이 흩어지면 시의 체면을 손상한다는 것입니다. 그러나 기실은 다른 이유가 있습니다. 이 빈민굴의 터가 상해에서도 제일 유명한 부자인 장지성의 땅인데, 그자가 이 토지를 사용하기 위하여 세력으로 경찰 당국에 말하여서 도시의 체면과 미관에 방해된다는 구실로 우리들을 내쫓으려고 하는 일입니다. 장지성으로 말하면, 엄청난 부자로서 이만한 토지는 있으나 없으나 마찬가지로, 이 토지를 영원히 우리에게 빌려 준대도 가위 구우일모九牛一毛**48**입니다. 그러한데 날마다 떠나라고 독촉을 하니 어찌할는지 모르겠소."

하는 그 사람은 뜨거운 격분과 싸늘한 슬픔이 같은 세력으로 폭발되어서, 한쪽 눈에는 더운 눈물이 흐르고 한쪽 눈에는 찬 눈물이 흘렀다.

왕한은 그 사람의 말을 듣다가 더욱이 장지성의 토지라는 말을 듣고서 이상하게 긴장한 빛을 띠었다.

"말씀을 잘 들었습니다. 그런데 한때 빈민굴 생활을 한다고 사람의 일생을 비관할 것은 아닙니다. 부귀와 빈천은 언제까지든지 그대로 있는 것은 아닙니다. 어제의 부귀하던 사람이 오늘날의 빈천한 사람으로 될 수도 있는 것이요, 오늘날의 빈천하던 사람이 내일의 부귀한 사람으로 될 수도 있는 것입니다. 세상일은 큰 수레바퀴와 같아서 쉬지 아니하고 돌아가는 것입니다. 밤이 된다고 태양이 죽는 것은 아닙니다. 장마가 진다고 푸른 하늘이 떠나가는 것은 아닙니다. 서에서 지던 해는 내일이 되면 동에서 다시 돋고, 구름에 가리었던 하늘은 구름이 걷히면 그 빛이 더욱 깨끗한

---

48 '아홉 마리 소의 털 중에서 털 한 가닥'이란 뜻. 아주 많은 것 중의 아주 적은 것을 말함.

것입니다. 사람은 잘살기 위하여 스스로 힘쓸 뿐입니다. 깊은 바다에 들어가서 진주를 캐는 사람이 있다면, 험한 산에 올라가서 옥을 캐는 사람도 있는 것입니다."[49]

하고 왕한은 곤궁에 빠진 사람을 격려하는 연설처럼 말을 하였다.

왕한은 빈민굴의 사정을 듣고 마음으로 결정한 바 있어서 말을 계속하였다.

"빈민굴의 호수는 얼마나 되나요?"

"호수는 3천여 호요, 인구는 2만여 명입니다."

"그러면 세계적으로 대가족입니다그려."

"빈민굴을 한 가족이라고 하면 양量으로는 세계적 대가족이 될는지 모르지만, 질로는 세계적 소가족이 될 것입니다."

"2만여 명의 인구 중에서 노동을 할 만한 사람이 얼마나 될까요?"

"청년과 장년으로 상당한 노동을 할 만한 사람이 4분의 1은 될 터이니 5천 명가량이 되겠고, 그 나머지는 할 수 없는 노약과 병든 사람을 제하고는 깜냥[50]대로 쉬운 노동은 할 수가 있겠지요."

"그러면 노동할 재료가 없어서 못하십니다그려."

"그렇습니다."

"이 빈민굴의 전체에 대하여 무슨 통제 기관이 없나요?"

"통제 기관이 변변히 있겠습니까마는, 같은 사정의 여러 사람이 모여 살자니까 공동의 질서를 유지하기 위하여 조직한 것이 있으나 변변치 않습니다."

"그러면 그 기관을 주장하시는 분이 몇 분이나 됩니까?"

"한 4, 5인 되지요."

"그러면 당신도 거기에 관계가 계십니까?"

---

49 '고생 끝에 낙이 온다'는 식의 덕담이다. 그러나 이런 대목을 통하여 작가는 나라를 잃고 궁핍한 생활로 절망 속에서 살아가는 독자들에게 희망을 주려고 하는 것이다.
50 일을 할 수 있는 능력.

"예, 나도 조금 관계가 있습니다."

"그러면 내가 조금 할 말씀이 있는데 그분들을 잠깐 모아 주실 수가 있습니까?"

"무슨 말씀인지는 모르나 그 사람들을 모으기는 어렵지 않습니다. 곧 모으지요."

하고 그 사람은 다른 사람을 시켜서 네 사람을 불러왔다.

그 소문을 들은 동리 사람들은 이상히 여겨서 많이 모여들었다.

왕한은 가방에서 돈 20만 원을 꺼내어서 청하여 온 사람들 앞에 놓았다.

"이것이 얼마 되지 않지만 이것을 가지고 이 빈민굴의 전체를 위하여 적당하게 써 주시기 바랍니다. 나의 생각에는 이것을 그대로 소비하는 것보다 무슨 공장 같은 것을 만들어서 생산을 하는 것이 좋을 듯합니다."

하는 왕한의 말에, 그들은 너무도 뜻밖의 일이라 무엇이라고 대답을 해야 좋을는지 알 수가 없었다. 혹은 꿈인가 하고 생각하는 사람도 있었다.

그들은 그것이 진정한 돈인지 혹은 장난꾼이 휴지 뭉텅이를 가지고 조롱하는 것인지, 혹은 요술하는 사람이 요술로 지화를 만들어서 속이는 것인지, 혹은 협잡꾼이 위조지폐를 가지고 자기들을 농락하여 협잡을 하려는 것인지 알 수가 없었다.

그들은 처음에는 놀랐고 다음에는 기뻤고 나중에는 의심이 났다. 그러나 그들은 아무리 생각하여도 꿈이 아니요 아무리 보아도 진짜 돈이었다. 나중에는 진짜 돈을 확실히 기부하는 것을 알게 되었다.

그리하여 그들의 기쁨은 정도를 지나쳐서 슬픔으로 변하였다. 오늘은 왕한에 대하여 먼저 무엇이라고 대답을 하여야 옳을 터인데, 주려는 대답보다 받는 감격이 급해서 대답의 말보다 감격의 눈물이 앞을 섰다. 사람의 눈물이라는 것은 슬픔의 눈물보다 감격의 눈물이 더욱 급한 것이었다. 그리하여 2만여 명의 구차한 사람에게 새로운 생명을 주는 기쁜 자리에서 웃음의 꽃만이 피어야 마땅하겠는데, 주위의 공기는 갑자기 변하여서 눈물의 비만이 소리쳐 온다. 그리하여 그 사람들이 대답하기 전이었다.

"나는 갑니다."

하고 왕한은 일어서서 나오려 한다.

그들은 다시 놀랐다. 그들은 눈물을 그치고 일제히 일어나면서,

"가시다니요, 그게 무슨 말씀입니까?"

하고 왕한을 둘러싸고 어쩔 줄을 몰랐다.

"나는 더 볼일이 없으니까 가겠습니다."

"그런데 당신이 누구시며 이것이 웬일이십니까?"

그 중의 한 사람이 나서서 말을 한다.

"나는 사람이고 준 것은 돈입니다. 그렇게만 알았으면 그만이지 더 알아서 무엇을 하겠소."

"그게 무슨 말입니까? 2만여 명의 죽게 된 우리를 살려 주시는 은인의 거주·성명도 모른대서야 말이 됩니까. 거주와 성함이나 일러 주십시오."

"그것은 아실 것이 아닙니다. 나는 나의 거주·성명을 여러분에게 알리기 위하여 돈을 드린 것은 아닙니다."

하고 왕한은 뒤를 돌아보지도 아니하고 빠른 걸음으로 가 버렸다.

그들은 꿈에서 깨어나지 못한 사람들처럼 우두커니 서서 왕한의 가는 뒷모양을 바라보다가, 왕한이 굽이진 길을 돌아서 보이지 아니하는 때에 들어갔다. 그들은 의논이 분분하였다.

"그런데 그게 웬 사람일까?"

"글쎄, 웬 사람인지 알 수 있나."

"그게 정말 사람일까?"

"그럼, 그게 사람이지 귀신인가?"

"그런데, 그 사람이 주고 간 것이 정말 돈인지 자세히 보게."

조금 어뜩비뜩한 듯한 사람이 달려들어서 백 원짜리 지전 한 장을 빼어 가지고 양쪽으로 뒤쳐가며 자세히 보더니,

"놈들 귀신같이 만들었다. 이것이 가짜 지전일세. 가짜는 가짜라도 진짜와 조금도 다름이 없이 만들었는데 여간 사람은 몰라보겠네. 그러면 그렇

지, 지금 세상에 어느 사람이 진짜 돈을 20만 원이나 공연히 주고 기겠나."
하면서 자기의 아는 것을 자랑한다.

다른 한 사람이 달려들어서 그 사람이 가진 지전을 빼앗으면서,

"어디 이리 주게. 내가 좀 볼 터이니 그럴 리가 있나."
하고 호주머니에서 당성냥을 꺼내어 세 개를 한꺼번에 켜서 들고 그 지전을 불빛에 비추어 보더니,

"아닐세, 이게 정말 지전일세. 위조한 지전은 제아무리 잘한 것이라도 속무늬가 없는 법일세. 이리 와서 이것 좀 보게."
하고 먼저 보던 사람을 끌어당기어서 지전 속의 숨은 무늬를 가리켜 보인다. 다른 사람들의 의논이 일어난다.

"그런데, 그 사람이 거주·성명도 일러 주지 아니하니 이상한 일이 아닌가?"

"여보게들, 그게 사람이 아닐세. 하느님이 우리들을 불쌍히 여겨서 사자使者를 보내어 돈을 준 것일세. 지금 세상에 사람이야 누가 그렇게 많은 돈을 허수이 주겠나."

"글쎄, 의문은 의문이야. 알지도 못하는 사람이 아무 까닭도 없이 돈 20만 원을 준다는 것이 아무리 생각하여도 알 수 없는 일이야."

밖에는 여자들과 아이들이 모여들어서 공론이 불일하다.[51]

"그런데 20만 원이 얼마요?"
"20만 원이 만 원씩 스무 곱쟁이라요."
"에구, 많기도 하여라. 그 돈을 다 무엇 하나?"
"그 돈을 가지면 좁쌀을 몇 섬이나 살까?"
"에구, 좁쌀을 사서 밥 좀 실컷 해 먹었으면."
"에구, 그 돈으로 떡 좀 사 먹었으면."

---

51 불일不— 하다. 일치하지 않다.

"어머니, 나 그 돈으로 고무신 사 주어."

"고기 좀 사다가 푹 끓여서 한 그릇 먹었으면 좋겠다."

"우리 집은 자꾸 새는데 함석 조각을 사다가 덮었으면 좋겠다."

"우리 아이들은 학질을 앓아도 약 한 첩 지어 주지 못하였는데, 그 돈으로 금계랍[52]이나 사다 주었으면……."

이렇게 자기의 사정대로 말을 하는 여러 사람들은 그들의 처지와 그들의 사정으로 그럴듯한 말들이었다. 죽을 지경에서 살길을 얻은 그들은 순진하게 기쁨에 잠겨져 웃고 뛰고 노래하고, 혹은 감격에 넘쳐서 울기도 하였다.

그들 중에 지사인知事人 이라고 할 만한 사람들이 모여서 그 돈의 용도를 의논하였다. 그 돈 중의 소부분을 떼어 우선 구급救急를 하고, 나머지 돈은 공장을 설치하기로 하였다.

왕한은 빈민굴에서 나와서 바로 상해로 들어갔다. 여관을 옮겨서 조금 궁벽한 곳에 소재를 정하고 여러 가지의 동정을 보기로 하였다.

상해 경찰계는 물 끓는 듯하였다. 상해 일류 부호 장지성을 피스톨로 죽이고 돈을 빼앗아 간 대강도 사건이 발생하자, 그날로 빈민굴에 알지도 못하는 사람이 20만 원이라는 큰돈을 던지고 갔으므로 그것은 상해의 천지에 하루 동안에 폭탄과 꽃다발이 아울러 떨어진 듯하였다. 그리하여 일반 인심도 적지 아니하게 움직였지만, 특별히 경찰 당국에서는 비상한 충동을 일으켰다.

그뿐 아니라 상해 경찰계에서 항주 왕언석의 집 사건까지 알게 되었다. 언석의 집에서 왕한의 사변을 당한 뒤에 그 집에서는 아무리 비밀을 지킨다고 하였으나, 자연히 한두 입을 건너서 여러 사람이 알게 되고, 상

---

52 금계랍 金鷄蠟 . 염산키니네. 키니네를 염산에 화합시켜 만든 바늘 모양의 흰 가루. 해열 진통제로 쓰임.

철이 언석의 딸을 데려다가 사는 일도 있고 하여, 왕한의 사건을 항주 경찰서에서 알게 되어 왕한을 찾게 되었으므로 상해 경찰계에서도 그 일을 알게 되었다.

상해 경찰계에서는 지성에 대한 강도사건을 '자동차 강도 사건'이라 하고, 빈민굴에 돈을 주고 간 일도 조사할 필요가 있다고 하여서, 그것을 '빈민굴 사건'이라 하고, 왕언석의 집 사건은 '항주 사건'이라 하였다.

상해에는 일반 경찰계에 이름이 높은 양훈楊勳이라는 명탐정이 있었다.

경찰 당국에서는 자동차 강도 사건과 빈민굴 사건의 조사를 양훈에게 맡기었다. 양훈은 그 사건들의 조사를 착수하기 전에 먼저 조사의 범위와 방침을 연구하였다.

양훈은 첫째로 자동차 사건에 대하여 자동차 운전수를 의심하였으나, 혹은 항주 사건과 빈민굴 사건과 서로 연락 관계가 없는가 하고 의심하였다. 그러나 그것은 자동차 강도 사건이 항주 사건이 있은 뒤 며칠 안 되는 사건이요, 빈민굴 사건은 사건의 내용이 하도 이상할 뿐 아니라 자동차 강도 사건이 있은 후 불과 몇 시간 뒤의 일이므로, 행여나 연락 관계가 있나 하는 막연한 의심뿐이었다. 그러나 자동차 사건의 조사가 순조롭게 진행되지 않는 때는 그 사건들까지 조사하기로 하였다.

양훈은 먼저 자동차 강도 사건을 조사하기로 하였는데, 제1착으로 지성의 집과 상해은행을 조사하기로 하고, 처음에 지성의 집에 가서 조사를 하였으나 지성이 상해은행으로 돈을 찾으러 간다고 자기 집 자동차를 타고 갔다는 사실 이외에 아무것도 알 수가 없었다.

양훈이 며칠 동안에 지성의 집에 내왕한 사람이 없느냐고 물었으나 그 것도 아는 사람이 없었다.

지성은 본래부터 아들이 없는 사람으로 사랑방에도 혼자 거처하고, 사랑방 심부름을 하는 사람으로는 자동차 운전수가 청지기를 겸하여서 있었으므로, 전일에 왕한이 수차 왕래하였으나 지성과 자동차 운전수를 만난 이외에는 아무도 본 사람이 없었던 것이다. 그리하여 양훈은 그 이상 더 알 수가 없었으므로 상해은행에 가서 조사를 하였으나, 거기서도 지성이 저금하였던 돈 30여만 원을 현금으로 찾아 가지고 갔다는 이외에 조금도 다른 사실을 알 수가 없었다. 그리하여 양훈도 조사를 그 이상 더 할 길이 없어서 자동차 운전수를 유일한 혐의자로 단정하고, 다시 지성의 집에 가서 운전수의 성행性行[53]과 인상을 자세히 물은 뒤에 그것을 낱낱이 수첩에 적어 가지고 돌아왔다.

양훈의 제1차의 조사는 실패한 것이었다. 그 사건에 대하여 운전수를 혐의자로 인정하는 것은 일반이 추측하는 일이라 조금도 신기한 것이 없는 까닭이었다. 양훈은 그날 저녁에 잠을 자지 아니하고 생각하여 보았으나 무슨 계획이 나서지 아니하여서, 다만 빈민굴 사건을 조사하여 보기로 하였다. 양훈은 자기가 명탐정이요 그 사건이 대사건이니만큼, 어찌하든지 그 사건을 자기의 손으로 해결하여서 자기의 명성을 높이려고 결심하였다.

양훈은 그 이튿날 일찍이 빈민굴에 가서 조사를 한 결과, 많은 흥미를 가졌으나 마침내는 낙망하였다. 흥미를 가진 것은 돈을 주고 간 사람의 행동이었다. 한꺼번에 20만 원이라는 큰돈을 빈민굴에 기부할 때는 그 사람이 큰 부자인 것이 사실인데, 자기가 자선심으로 기부를 한다면 자기 집에 앉아서 빈민굴 사람들을 불러다가 돈을 준다든지, 그러지 아니하면 빈민굴을 위하여 돈을 적당히 써 달라고 관청에 의뢰할 것이고, 자기가 가지고 가서 돈을 준다 할지라도 자기의 가족이라든지 하다못해 아는 사람이라도 데리고 가서 정정당당히 줄 것이요, 그 일이 공공연한 일일 뿐 아니라 명예스런 일인 만큼 으레 자기의 거주 성명과 기부하는 이유를 말할 것인데, 그러지 아니하고 현금을 20만 원이나 가진 부자로서 자기 단신으로 행색이 초라하게 돈을 들고 가서, 마치 거만스런 신사가 길가에 앉은 거지에게 동전 한 푼을 던져 주는 듯이 20만 원을 허술히 던져 주고

---

[53] 성질과 행실.

서, 자기의 거수·성명도 일러 주지 아니하고 도망하는 사람처럼 간 것은, 아무리 생각하여도 인정에 가깝지 아니한 이상한 일이었다.

하나는 극히 흉악한 살인 강도 사건이요, 하나는 극히 훌륭한 자선사업이었다. 그리하여 두 가지 일을 연관시키기가 어려웠다. 그러나 같은 사건의 연락되는 일로도 어떠한 곡절을 지나서는 정반대의 현상을 낼 수도 있는 것인즉, 두 사건의 성질이 다른 것만으로는 연락이 아니 된다고 단념할 수는 없는 일이었다. 그러나 양훈이 낙망한 것은 두 사건의 성질이 다른 것이 아니고 돈을 준 사람의 인상이었다.

만일 그 두 사건이 연락이 된다면, 돈을 준 사람의 인상이 지성의 집 운전수의 인상과 같아야 될 터인데, 운전수의 인상은 키가 작고 몸집이 뚱뚱한데 빈민굴에 돈을 준 사람의 인상은 키가 크고 몸집이 후리후리하여서, 두 사람의 인상이 비슷지도 아니한 것이었다. 그리하여 빈민굴 사건에서 자동차 강도 사건의 단서를 얻어 볼까 하던 양훈의 계획은 완전히 실패하였다.

양훈은 두 방면의 조사에 자기가 예상하던 바와는 맞지 아니하였으므로 다소 실망을 하였으나, 우선 자동차 강도 사건에 대해서는 그것이 범죄 행위는 아니라 할지라도 사실이 이상한 만큼 정체를 알기 위하여 돈임자를 조사하기로 하였다. 각처의 경찰과 연락하여 그들을 잡으려 하였으나 1주일이 지나도록 그들의 자취는 알 수 없었다.

양훈은 항주 사건을 조사하기로 하고 언석의 집에 가서 자세히 조사한 결과 왕한에 대한 일을 알게 되었다.

양훈은 홀연히 활기를 띠어서 자동차 강도 사건이 항주 사건― 빈민굴 사건으로 더불어 연락된 것을 단정하고 회심會心의 미소를 띠었다.

그것은 왕한의 인상과 빈민굴에 돈을 준 사람의 인상이 같은 까닭이었다. 그리하여 언석의 집에서 대사건을 일으킨 왕한이 빈민굴에 20만 원을 기부하였다면, 돈이 없는 왕한이 그 돈이 어디서 났는가가 문제인즉, 그 돈은 반드시 지성을 죽이고 빼앗은 것이라고 생각하였다.

왕한이 언석에게 한 일로 본데도 목적은 강도의 목적이 아니었으나 행위는 강도의 행위와 조금도 다를 것이 없은즉, 왕한은 강도의 소질이 있었고, 언석의 집 사건이 있은 뒤로 왕한은 어디로 갔는지 알 수가 없자, 며칠이 아니 되어 자동차 강도 사건이 났은즉, 세 사건의 주인공이 모두 왕한이라고 인정하였다. 다만 남은 문제는, 왕한과 운전수의 관계와 왕한이 어찌하여 20만 원을 빈민굴에 기부하였는가 하는 의심이었다.

양훈은, 자동차 사건의 주인공이 왕한이라면 어찌하여 운전수를 그 자리에서 죽이지 아니하였으며, 운전수와 공모한 것이라면 빼앗은 돈 30여만 원을 반분하였을 터인데, 왕한이 20만 원 돈을 가질 수가 있나 하는 것을 의심하였으나, 그것은 왕한이 운전수와 공모를 하였으나 왕한은 주범主犯이요 운전수는 종범從犯인 까닭에, 왕한이 많이 가지고 운전수가 조금 가진 게든지, 그렇지 아니하면 두 사람이 공모는 하였으나 돈을 빼앗은 뒤에 왕한이 무리하게 더 가진 것이든지, 두 가지 중의 하나라고 생각하였다. 그리하여 유명한 명탐정인 양훈의 명민하고 주밀한 관찰력으로도 왕한이 운전수에게 10만 원 돈을 주어서 도망하게 한 줄은 꿈에도 생각지 못하였다.

더욱 알기 어려운 문제는, 왕한이 20만 원을 빈민굴에 준 것이 무슨 까닭이냐 하는 것이었다. 사람을 죽이고 돈을 빼앗은 살인 강도가 세상에 용납지 못할 죄인이라면 왕한은 그만큼 흉악한 사람이요, 2만여 명의 빈민을 구제하기 위하여 수십만 원을 보시布施[54]하는 것은 어진 사람의 자선사업인데, 그렇게 잔인하고 흉악한 왕한이 어찌하여 그러한 착하고 훌륭한 일을 하였을까.

같은 사람으로 시간으로는 한 시간 이내, 거리로는 십 리 이내에서 피스톨을 가진 한 손으로는 악마의 행동을 하고, 돈을 주는 한 손으로는 보살의 행동을 하였다는 것은 천고에 풀기 어려운 수수께끼였다.

---

54 자비심으로 남에게 조건 없이 베푸는 것.

그러니 양훈은 왕한이가 언석의 집에서 행한 일을 미루어서 그것도 괴이치 아니한 일이라고 생각하였다.

왕한이 언석의 집에서 행한 일은 난폭하기 짝이 없는 행동이어서 강도의 성격이 있는 것을 볼 수가 있으나, 그러한 폭행을 동기로 말하면 의협한 데서 시작하였고, 그때의 형편으로는 언석에게 돈을 얼마든지 빼앗을 수가 있었는데, 현금으로 있는 7천여 원만 빼앗아서 6천 원을 상철에게 주고 자기는 천 원만 가진 것을 미루어 본다면, 왕한은 흉악한 강도적 소질을 가진 동시에 의협한 호걸적 성격을 가진 것을 알 수가 있으므로, 왕한은 넉넉히 강도 사건과 빈민굴 사건을 아울러 내었으리라고 생각하였다.

양훈은 무엇보다도 자기가 예상한 것이 맞은 것을 기뻐하여서 마음으로 양양자득[55]하였다. 남은 문제는 왕한을 잡는 것인데, 양훈은 어찌하든지 지혜와 힘을 다하여 왕한을 잡아서 자기의 수완을 천하에 자랑하려고 가만히 결심하였다.

양훈은 왕한의 집에 가서 왕한의 사진을 얻는 동시에 왕한에 대한 특징 · 습관 · 기호嗜好 등 수사에 필요한 것을 자세히 알아 가지고 돌아가서, 왕한과 운전수를 잡기로 수사 방침을 결정하고, 각처의 경찰과 연락을 취하여 그들을 잡기에 착수하였다.

그 사건들은 대사건인 만큼 그 사건들의 대강의 내용과 그 사건에 대한 경찰 당국의 수사 방침이 각 신문에 발표되었으므로 간 데마다 여러 사람들의 이야깃거리가 되었다.

으슥한 곳에 숨어 있어서 자기의 일에 대하여 동정만 보던 왕한은 신문의 기사를 보고 자기가 혐의자가 된 것을 알게 되었다. 왕한은 경찰의 눈을 피하기 위하여 학생으로 변장하고 가만히 북경으로 도망하여 성명을 허철許哲이라 변성명하고 일정한 주소가 없이 피신하여 다니면서 자기의 뒷갈망[56]을 생각하여 보았다.

---

55 양양자득揚揚自得. 뜻을 이루어 거들먹거리는 것.

왕한은 경찰의 손에 붙들리기만 하면 사형을 받든지 적어도 종신 징역이 되겠으므로 뒷걱정이 여간이 아니었다.

그리하여 적당한 계획을 생각하여 실행하기로 하였다.

(이하 줄임)

1934년 《조선일보》

---

56 뒷감당.

강경애

|1907 ~ 1944|

        1907년 황해도 송화에서 가난한 농민의 딸로 태어나다. 1909년 부친을 여읜 뒤 1913년 재혼한 모친을 따라 장연으로 이주하다. 1923년 평양 숭의여학교를 다니다 동맹휴학에 관련되어 퇴학당한 후 서울 동덕여학교 3학년으로 편입학하다. 1925년 《조선문단》에 〈가을〉이란 시를 발표하고 1931년 《조선일보》에 단편 〈파금破琴〉 그리고 같은 해 장편소설 〈어머니와 딸〉을 연재하면서 작가 활동을 시작하다. 이후 개벽사에서 발행하는 《혜성》, 《제일선》 등에 '빈궁'의 문제를 본격적으로 파헤치는 작품을 잇따라 발표함으로써 1930년대 문단에 독특한 위치를 확보하다. 1932년 황해도 황주 사람 장하일과 결혼하여 간도에 살면서 작품 활동을 계속하는 한편 《조선일보》 간도 지국장을 맡기도 하다. 1936년 무렵부터 신병을 앓기 시작하여 1940년 서울 경성제대 부속병원에서 치료를 받다. 1944년 삼방 약수터에서 요양하던 중 신병이 악화되어 죽다.

대|표|작

단편 〈채전〉(1933), 〈원고료 이백원〉(1935), 중편 〈소금〉(1932), 〈산남〉(1936), 〈지하촌〉(1936), 장편 〈인간 문제〉(1934) 등이 있다.

〈인간 문제〉는 1934년 《동아일보》에 연재한 장편소설이다. 이 작품은 일제 식민지 통치 아래에서 신음하는 농민과 노동자의 삶이 얼마나 비참한가를 보여 준다. 그리고 그 고통과 비극은 어느 한 개인이 해결해야 할 문제가 아니라 모든 '인간의 문제'임을 제시하고 있다. 당시 창작의 자유가 극도로 제한되어 있는 시대 여건에서, 항일 투쟁 같은 소재를 직접 다루지 않는 대신 농민 운동과 노동 쟁의의 문제를 이렇게 정면으로 다루었다는 점이 놀랍다.

이 작품을 읽을 때는, 우선 작품의 앞부분에 등장하는 '원소怨沼'라는 못에 얽힌 전설이 암시하는 사실을 눈여겨보아야 한다. '악독한 장자 첨지의 고래등 같은 기와집이 큰 못으로 변했다'는 용연의 전설은 이 작품의 주제와 의도를 확실하게 나타내는 전제이다. 그럼에도 작가는 작품의 맨 마지막 구절에서 '수천 년 동안 풀지 못하는 인간 문제를 풀 인간은 누구냐'고 되묻는다.

이 작품은 또한 사회와 체제에 대한 고발성이 강한 만큼 노동운동을 계도하는 목적성이 너무 분명한 점이 표현상의 약점으로 지적되기도 한다. 그러면서도 노동자들과 그들이 일하는 공장의 생생한 현장 묘사는 소재의 빈약성을 극복했다는 점에서 높이 평가되고 있다. 예를 들면 인천 부두와 방적 공장의 빼어난 묘사는 이 작품의 여러 가지 약점을 커버하고

인간문제

도 남는 장점이다. 그러나, 비록 주제는 무겁지만 여주인공 선비가 걷는 '여자의 일생'을 따라가는 읽을거리도 여느 대중소설 못지않다. 선비는 가난한 머슴의 딸로 태어나 어려서 부모를 잃고 주인에게 순결을 짓밟힌 채 고향을 버리고 방적 공장의 여직공으로 일하다가 폐결핵으로 죽는 것이다.

학습길라잡이

구조 분석

- **갈래** 장편소설
- **주제** 일제 강점기 빈궁한 농민과 노동자의 비참한 삶의 모습을 통한 고발.
- **배경** 시간은 일제 강점기. 공간은 용연 지방과 서울, 인천.
- **시점** 3인칭 전지적 작가 시점.

등장인물

- **선비** 주인 정덕호에게 정조를 빼앗기는 민수의 딸. 그 후 스스로 노동자가 되어 방적 공장에서 노동운동을 펼치다가 폐결핵으로 죽는다.
- **첫째** 소작농의 아들. 인천 부두 노동자가 되어 신철과 함께 노동운동에 투신한다.
- **신철** 첫째에게 노동운동을 해야 한다는 것을 일깨워 준다. 그러나 본인은 전향한다.
- **정덕호** 지주에다 면장까지 하면서 농민을 수탈하고 기만하는 전형적인 인물.

〈인간 문제〉의 문체

이 작품의 문체는 1930년대 작품이라고 믿기 어려울 만큼 고도로 세련된 현대적 감각의 문체이다. 요즈음 작가들과 견주어도 손색이 없다. 이 작가와 동시대 작가들, 예를 들면 이상, 김유정, 이효석, 채만식, 황순원 등에 전혀 뒤지지 않는 개성적 문체이다. 특히 시각적인 표현, 청각적이고 촉감적인 이미지를 표현하는 감각이 뛰어나다.

남북한 모두 평가하는 작품

이 작품은 북한에서 쓴 조선문학사나 연변문학사, 남쪽에서 쓴 한국문학사 등에서 모두 높은 평가를 받고 있다. 카프 계열 작가의 작품 중에서는 이처럼 강렬한 주제 의식을 탁월한 문체로 표현한 작품이 드물기 때문이다.

줄거리따라잡기

전반부는 용연 지방(농촌)이 무대이다.

'선비'의 아버지 '민수'는 용연 마을 지주 정덕호의 일꾼이다. 덕호의 지시로 빚을 받으러 갔다가 오히려 채무자의 빈궁상을 보고 그를 동정하여 도와준 죄로 덕호에게 맞아 죽는다. 어머니마저 죽자 선비는 덕호의 집에서 몸종으로 지내다가 결국 덕호의 꾀임에 빠져 순결을 잃는다. 선비는 덕호의 집을 도망쳐 나와 자기처럼 덕호에게 농락당하고 서울로 상경한 간난네를 찾아간다. 선비를 좋아하는 남자는 고향 청년인 '첫째'와 서울 사람 '신철'이다. 첫째는 덕호에게 반항하다가 그의 교묘한 술책에 속아 땅도 빼앗기고 고향 땅을 등진다. 신철은 원래 덕호의 딸 옥점의 친구로서 놀러 왔다가 선비의 모습을 보고 반하게 되고 옥점이가 싫어진다. 그래서 부모끼리 맺은 결혼 약속을 좇지 않고 집을 뛰쳐나와 인천에서 부두 노동자 생활을 하다가 첫째를 만나게 되고, 그를 의식 있는 노동자로 키우기 위해 많은 학습을 시킨다.

후반부는 인천이 주무대(고무공장 등)이다.

서울에 올라온 선비는 노동자로 생활하다가 간난네를 만나 인천에 있는 방적 공장에 취직한다. 새로운 삶을 시작한 것이다. 이 공장 여공들은 기숙사에 수용되어 온갖 방법으로 노동력을 착취당한다. 이 무렵 노동운동에 발을 깊숙하게 디딘 간난네는 자본가의 횡포와 노동자가 겪는 아픔을 극복하기 위하여 '비밀한 일'을 벌이다가 이를 선비에게 맡기고 공장을 탈출한다. 간난이 떠난 후 선비는 공장 감독이 유혹을 해 오지만 이를 뿌리치고 자기 일을 다하다가 결국은 폐결핵이 악화되어 죽는다. 한편 첫째는 신철에게서 깨우침을 얻어 자신의 현실을 철저히 인식하고 공장 내 노동운동을 돕다가 부두 노동자의 파업을 성취시킨다. 그러나 반대로 신철은 전향하는데, 이때 선비가 죽었다는 소식을 듣는다. 마침내 첫째는 인간 문제는 신철과 같은 지식인을 믿을 것이 아니라 노동자들 스스로 해결해야 한다는 것을 뼈저리게 절감하기에 이른다.

깊이생각하기

1. 이 작품의 주제를 좀더 자세하게 살펴보자.

2. 궁핍한 식민지 시대, 여성은 남성보다 더 차별받는 삶을 살아야 했다. 구체적으로 이 작품 속에서 그런 사례를 찾아보자.

3. 이 작품의 여주인공 '선비'는 실제 작가의 모습이라고 할 만큼 자서전적 요소가 강하다. 작가의 생애를 입수해서 작품과 비교해 보자.

인간문제

✖

　이 산등에 올라서면 용연 동네를 저렇게 뻔히 들여다볼 수가 있다. 저기 우뚝 솟은 저 양기와집이 바로 이 앞 벌 농장 주인인 정덕호 집이며, 그다음 이편으로 썩 나와서 양철집이 면역소面役所[1] 그 다음으로 같은 양철집이 주재소[2]며, 그 주위를 싸고 컴컴히 돌아앉은 것이 모두 농가들[3]이다.

　그리고 그 아래 저 푸른 못이 원소怨沼[4]라는 못인데, 이 못은 이 동네의 생명선이다. 이 못이 있길래 저 동네가 생겼으며 저 앞 벌이 개간된 것이다. 그리고 이 동네 개 짐승까지라도 이 물을 먹고 살아가는 것이다.

　이 못은 언제 어떻게 생겼는지 물론 아무도 아는 사람이 없을 것이다. 그러나 이 동네 농민들은 이러한 전설을 가지고 있다. 그들은 이 전설을 유일한 자랑거리로 삼으며, 따라서 그들이 믿는 신조로 한다. 그들에게서 들으면 이러하였다.

　옛날 이 원소가 생기기 전에, 이 터에는 장자첨지[5]가 수없는 종들과 전

---

1 면사무소.

2 주재소駐在所. 요즘의 경찰관 파출소.

3 양기와집에 사는 부자, 양철집 주재소, 면사무소, 그리고 농민들이 사는 초라한 초가집. 이 배경 설정만으로도 농민들은 악독한 부자, 관청, 경찰들에게 가혹하게 수탈당할 것이라는 이 작품의 진행 방향이 암시되고 있다.

4 반어적 성격을 지닌 명칭. '원한 서린 못' 이라는 이 연못이 사실은 이곳 농민들의 젖줄이다.

지[6]와 살진 가축들을 가지고 살았다는 것이다. 그런데 그 첨지는 하도 인색하여서, 연년이[7] 추수하는 곡식을 미처 먹지 못하고 곡간에서 푹푹 썩여 내도 근처 어려운 사람들을 구제할 생각은 고사하고, 어쩌다 걸인이 밥 한술을 구걸하여도 그것이 아까워서는 대문을 닫아걸고 끼니를 끊여 먹었다는 것이다.

그런데 마침 몇 해를 거푸 흉년이 들어서 이 동네 사람들이 모두 굶어 죽게 되었을 때 그들은 하루에도 몇 번씩 장자첨지에게 애걸을 하였다. 그러나 첨지는 들은 체도 하지 않고 오히려 그들을 나무라고 문간에도 들이지 않았다는 것이다. 그러므로 그들은 하는 수 없이 몰래 작당을 하여 가지고 밤중에 장자첨지네 집을 습격[8]하여 쌀과 살진 짐승들을 끌어냈다는 것이다.

이런 일이 있은 후 며칠 만에 장자첨지는 관가에 고소장을 들여 이 근처 농민들을 모두 잡아가게 하였다. 그래서 무수한 악형을 하고 혹은 죽이고 그나마는 멀리 쫓아 버렸다는 것이다.

아버지, 어머니 혹은 아들딸을 잃어버린 이 동네 노인이며 어린것들은 목이 터지도록 아버지, 어머니를 부르며 혹은 아들과 딸을 찾으며 장자첨지네 마당가를 떠나지 않고 울었다는 것이다.

그래서 울고 울고 또 울어서 그 눈물이 고이고 고여서 마침내는 장자첨지네 고래잔등 같은 기와집이 하룻밤 새에 큰 못으로 변하였다는 것이다. 그 못이, 즉 내려다보이는 저 푸른 못이다. 표면에 나타나는 이 못의 넓이는 누구나 얼핏 보아도 짐작하겠지만, 이 못의 깊이는 이때까지 아는

---

5 장자첨지 長者僉知. 장자는 큰 부자를 점잖게 부르는 말이며 첨지는 나이 많은 어른을 대접하여 부르는 호칭이다. 알기 쉽게 말하면 '부자어른'이라는 뜻.
6 경작지.
7 해마다.
8 수탈당하던 농민들이 그냥 주저앉지 않고 적극적인 자기 보호 행동을 하는 데서 이 작품을 쓴 작가의 성향을 알 수 있다.

사람이 한 사람도 없었다. 옛날에 어떤 사람이 이 못의 깊이를 알고자 하여 명주실꾸리를 몇 꾸리든지 넣어도 끝이 안 났다는 그런 말은 아직까지도 남아 있다.

이 동네 농민들은 어디서 새로 이사 오는 사람들이 있으면 반드시 쫓아가서 원소의 전설부터 이야기하고 그리고 자손이 나서 말을 배우기 시작할 때부터 이 전설을 가르쳐 주는 것이다. 그래서 어린애들로부터 어른까지 이 전설을 머리에 꼭꼭 기억하고 있다. 그리고 이 원소에 대하여서 막연하나마 어떤 기대를 가지고 있는 것이다.

그러므로 이 농민들은 무슨 원통한 일이 있어도 이 원소를 보고 위안을 얻으며 무슨 괴로운 일이 있어도 이 원소를 바라보면 사라진다고 하였다.

사명일四名日[9] 때면 그들은 떡이나 흰밥을 지어 이 원소 부근에 파묻으며 옷이며 신발까지도 내다 버리는 것이다. 그만큼 그들은 정성을 표하곤 하였다. 더구나 그들이 불치의 병에 걸렸을 때도 이 원소에 와서 빌면 그 병은 곧 물러간다고 그들은 말하였다.

이러한 원소를 가진 그들이건만 웬일인지 해를 거듭할수록 나날이 궁핍과 고민만이 닥쳐왔다. 그래서 근년에는 그들의 먹는 것이란 밀죽과 도토리뿐이므로 흰밥이며 떡을 해다 파묻는 일도 드물었다.

그들의 이러한 아픔과 쓰림은 저 원소라야만 해결해 줄 것 같았다. 그래서 그들은 언제나 원소를 바라보며 위안을 얻었다.

예나 지금이나 저 원소의 물은 푸르고 푸르다. 흰 옷감을 보면 물들이고 싶게 그렇게 푸르다.

억새풀이 길길이 자란 그 밑으로 봄을 만난 저 원소 물이 도랑으로 새어 흐르고 또 흐른다. 그 주위로 죽 돌아선 늙은 버드나무는 겉보기에는 다 죽은 듯하건만 그 속에서 새 움이 파랗게 돋아난다.

---

9 4대 명절. 정월 설 · 오월 단오 · 팔월 추석 · 섣달 동지.

어디서 왔는지 모르는 물매미 한 마리가 탐방 뛰어들어, 시원스럽게 원형을 그리며 돌아간다. 그러자 어디서인지 신발 소리가 가볍게 들려온다.

신발 소리가 차츰 가까워지더니 산등으로 계집애 하나가 뛰어 올라온다. 그는 무엇에 쫓기는 모양인지 자주자주 뒤를 돌아보며 숨이 차서 달려 내려온다.

계집애는 이 동네서 흔히 볼 수 있는 메꽃[10] 물을 들인 저고리를 입었으며 얼굴빛은 좀 푸른 기를 띠었으나 티없이 맑았다. 그리고 손에 든 나물바구니가 몹시 귀찮은 모양인지 좌우 손에 번갈아 쥐다가는 머리에 이었다가 그도 시원치 않아서 이번에는 가슴에다 안으며 낯을 찡그린다. 그리고 흘금흘금 산등을 돌아본다.

"이놈의 계집애, 꼼짝 말고 서라!"

소리를 버럭 지르며 다그쳐 오는 속력은 몹시도 빨랐다. 계집애는 가슴에 안았던 바구니를 머리에 이며 죽을힘을 다하여 내려오다가 그만 푹 거꾸러져 언덕 아래로 굴러 내렸다. 바구니는 그냥 데굴데굴 굴러 내려간다.

나무꾼 애는 이것이 재미스러워 킥킥 웃으면서 계집애 곁으로 오더니 막아섰다.

"이 계집애, 진작 싱아[11]를 줄 것이지 도망질은 왜 하니. 아무려면 나한테 견딜 것 같니. 좋다! 넘어지니 맛이 어때?"

흑흑 느껴 우는 계집애는 벌떡 일어나며 바구니가 어디로 갔는가 하여 둘러보다가 저편 보리밭 머리에 있는 것을 보고야 나무꾼 애를 힐끔 쳐다본다. 그리고 슬며시 돌아선다. 나무꾼 애는 얼핏 뛰어가서 바구니를 들고 왔다.

"이놈의 계집애! 싱아 다 꺼내 먹는다, 봐라."

---

10 메꽃과에 속하는 여러해살이 덩굴 풀이다. 여름이 되면 나팔꽃처럼 생긴 큰 꽃이 낮에 피었다가 저녁에 시든다. 뿌리 줄기는 먹거나 약용으로 쓰인다.

11 산이나 들에 있는 풀. 6월부터 8월 사이에 흰 꽃이 핀다. 어린잎과 줄기는 날것으로 먹는데 맛이 시다. 그래서 이름도 싱아.

계집애가 서 있는 앞에 바구니를 갖다 놓고 그는 손을 넣어 싱아를 꺼냈다. 그리고 일변 어석어석 씹어 먹는다. 계집애는 또다시 힐끔 쳐다보더니,

"이리 다오, 이 새끼!"

앞으로 다가서며 바구니를 뺏는다. 나무꾼 애는 계집애의 뾰로통한 모양이 우스워서 킥 웃었다. 그리고 계집애 눈등의 먹사마귀가 그의 눈을 끌었다.

"너 요게 뭐냐?"

나무꾼 애는 계집애의 눈등을 꾹 찔렀다. 계집애는 흠칫하며 나무꾼 애의 손을 홱 뿌리치고,

"아프구나! 새끼두."

"계집애두 꽤 사납게는 군다……. 나 하나만 더……."

나무꾼 애는 코를 훌떡 들이마시며 손을 내밀었다. 계집애는 그의 부드러운 음성에 무서움이 다소 덜려서 바구니에서 싱아를 꺼내 내쳐 주었다.

나무꾼 애는 떨어진 싱아를 주워 껍질도 벗기지 않고 '시시' 하고 침을 삼키며 먹다가 웬일인지 앞이 허전한 듯해서 바라보니, 있거니 한 계집애가 없다. 그래서 두루 찾아보니 계집애는 벌써 원소를 돌아가고 있다.

"고놈의 계집애! 혼자 가네."

나오는 줄 모르게 이런 말이 굴러 나왔다. 그는 멀리 계집애의 까뭇거리는 모양을 바라보며 그도 동네로 들어가고 싶은 맘이 부쩍 들었다.

"이애 선비야! 나하고 같이 가자."

소리를 지르며 달려 내려갔다. 그가 원소까지 왔을 때는 계집애는 보이지 않았다. 그는 아무 데나 펄썩 주저앉았다.

"고놈의 계집애……. 혼자 가네. 고런 어디서……."

이렇게 투덜거렸다.

한참 후에 무심히 내려다보니, 원소 물 위에 그의 초라한 모양이 뚜렷이 보인다. 그는 생각지 않은 웃음이 픽 하고 나왔다. 그리고 물을 들여다

보며 다리 팔을 놀려 보고 머리를 기웃거릴 때, 아까 뾰로통해 섰던 계집애의 눈등에 있는 먹사마귀가 얼핏 떠오른다.

"고게 뭐야?"

하며 그는 휘끈 돌아보았다. 아무도 없다.

"고놈의 계집애, 정말……."

그는 계집애가 사라진 버드나무숲 저편을 바라보며 이렇게 중얼거렸다. 따라서 물 먹고 싶은 생각이 버쩍 들었다. 그래서 그는 벌떡 일어서며 땀 밴 적삼을 벗어 풀밭에 휙 집어던지고 언덕 아래로 내려갔다.

그는 넙적 엎드려 목을 길게 늘여 물을 꿀꺽꿀꺽 마신다. 목을 통하여 넘어가는 물은 곧 달큼하였다. 한참이나 물을 마신 그는 얼핏 일어나며 가쁜 숨을 후유 하고 내쉬었다.

원소를 거쳐 불어오는 실바람은 짙은 풀내를 아득히 싣고 와서 땀에 젖은 그의 겨드랑이를 서늘하게 말려 준다. 그는 휭 맴돌이를 쳤다.

"내 지게……?"

무의식간에 그는 이렇게 중얼거리자, 그가 계집애를 따라 여기까지 온 것을 생각하고 단숨에 달음질쳐서 산등으로 올라갔다. 그리고 지게 있는 곳으로 와서 낫을 가지고 산 옆으로 돌아가며 풀을 깎기 시작하였다.

풀을 깎아 가지고 지게 곁으로 온 그는 그 지게를 의지하여 벌렁 누워 버렸다. 풀내가 강하게 끼치며 속이 후련해진다. 잠이라도 한잠 푹 자고 싶었다. 그래서 그는 눈을 감았다.

갑자기,

"첫째야!"

하고 누가 부른다.

잠이 사르르 오던 그는 깜짝 놀라 벌떡 일어났다. 그래서 휘휘 돌아보니 이 서방이 나무다리를 짚고 씩씩하며 이편으로 온다.

"이 서방!"

그는 이 서방을 보니 반가움과 함께 배고픔을 깨달았다.

"너 여기 있는 것을 자꾸 찾아다녔구나."

이 서방은 나무다리를 꾹 짚고 서서 귀여운 듯이 첫째를 바라본다. 그들의 그림자가 산 아래까지 길게 달려 내려갔다. 첫째는 나뭇짐을 낑 하고 지며,

"날 찾아다녔어?"

"그래 해가 져 가는데두! 어머니께 대답질을 하면 쓰나. 후담에는[12] 그러지 말아라."

첫째는 이 서방과 가지런히 걸으며 '히이……' 웃었다. 그리고 강한 햇빛을 눈이 부시도록 치느끼며 그는 지금이 아침인지 저녁인지 분명치를 않았다.

"어머니가 밥 지어 놓고 여간 너를 기다리지 않는다."

어머니에 대한 노염을 풀어 주려고 이 서방은 말끝마다 어머니를 불렀다.

"밥 했어?"

첫째는 멈칫 서서 이 서방을 보다가 무심히 저편 들을 바라보았다. 석양빛에 앞 벌은 비단결 같다.

"이 서방, 나두 올부터는 김 좀 맸으면……."

이 서방은 가슴이 뜨끔하였다. 그리고 저것이 벌써 김을 매고 싶어하니 어쩐단 말이누 하는 걱정과 함께 지난날에 일하고 싶어 날뛰던 자기의 과거가 휙 떠오른다. 그는 후 한숨을 쉬며 불타산을 멍하니 노려보았다.

"이 서방, 난 김매구, 이 서방은 점심 가지고 나헌테 오구, 그리구, 또 ……."

그는 말만 해도 좋은지 방긋방긋 웃는다. 이 서방은

"너 김맬 밭이 있냐?"

하고 금방 입이 벌어지려는 것을 꿀꺽 삼켜 버렸다. 따라서 가슴속에서 무엇이 울컥 맞받아 나온다.

---

12 다음부터는.

"그러구 이 서방도 동냥하러 다니지 않고 내가 농사한 곡식을 먹구."

이 서방은 그만 우뚝 섰다. 그리고 나무다리를 힘 있게 짚었다. 그가 일생을 통하여 이러한 감격에 취하여 보기는 아마 처음일 것이다. 반면에 차디찬 이 세상을 이같이 원망하기도 역시 처음이었다. 그가 어려서부터 남의 집을 살며 별별 모욕을 받다 못해서 이 다리까지 부러졌지만, 아! 첫째는 흥이 나서 말을 하다가 돌아보니 이 서방이 따르지 않는다. 그는 멈칫 섰다.

"이 서방! 왜 울어?"

첫째는 눈이 둥그래서 이편으로 다가온다. 이 서방은 눈물을 쥐어 뿌린다. 그리고 나무다리를 다시 놀린다.

"어머니가 또 뭐라고 했구만. 그까짓 어머니 내버려 둬!"

눈을 실쭉하니 뜬다. 이 서방은 놀라 첫째를 바라보며, 아까 싸운 노염이 아직도 남아 있음인가? 그렇지 않으면 이 아이가 무엇 때문에 어머니에 대한 증오심이 이리도 큰가?

"이애, 너 무슨 말을 그렇게 하니? 못쓴단다."

이렇게 말하는 이 서방은 이애가 벌써 자기 어머니의 옳지 못한 행위를 눈치 챔인가? 하는 생각이 얼핏 들며, 유 서방과 영수, 그리고 요새 같이 다니는 대장장이[13]가 번갈아 떠오르자, 그들의 치정 관계를 아는지라 그는 말할 용기를 잃어버렸다.

그들은 밀밭머리 좁은 길로 들어섰다.

"이 서방! 오늘 돈 얼마나 벌었어?"

이 말에 이 서방은 용기를 얻어,

"이애 돈이 다 뭐가, 오늘은 저 앞 벌 술막집 잔치하는 데 종일 가 있다가, 이제야 왔다."

"잔칫집에……. 그럼 떡 얻어 왔지, 떡 얻어 왔지?"

---

13 어머니의 불륜 상대가 세 명이나 된다.

작대기를 구르며 이 서방을 바라본다.

"그래, 얻어 왔다."

"얼마나?"

그는 입맛을 다시며 대든다.

"조금 얻어 왔다."

"또 엄마 주었지?"

"아니 그냥 있다."

이애가 실망할 것을 생각하고 그는 이렇게 말하면서도 눈허리에 벌레가 지나는 것 같았다.[14]

"이 서방, 나는 떡만 먹고 산다면 좋겠더라."

그는 침을 꿀꺽 넘겼다.

"내 이 봄엔 많이 얻어다 줄 것이니 이 배가 터지도록 먹으렴."

첫째는 히이 웃으면서 작대기로 돌부리를 툭툭 갈긴다. 이런 때 그의 내리뜬 눈은 볼수록 귀여웠다.

그들이 집까지 왔을 때는 어슬어슬한 황혼이었다. 첫째 어머니는 문밖에 섰다가 그들이 오는 것을 보고,

"저놈의 새끼 범두 안 물어 가."

나오는 줄 모르고 이런 말을 하고도 가슴이 선뜩하였다. 이때까지 기다리던 끝에 악이 받쳐 이런 말을 하고도, 곧 후회가 되었던 것이다.

첫째는 나뭇짐을 벗어 놓고 일어난다.

첫째는 방으로 들어오며,

"나 떡."

뒤따르는 이 서방을 돌아보았다. 첫째 어머니는 냉큼 시렁 위에서 떡 담은 바가지를 내려놓았다.

"잡놈의 새끼, 배는 용히 고픈 게다……. 떡 떡 하더니 실컷 먹어라."

---

14 마음에 거리끼는 것이 있어 불편한 상태를 나타내는 말.

첫째는 떡 바가지를 와락 붙잡더니, 떡을 쥐어 뚝뚝 무질러[15] 먹는다. 그들은 물끄러미 이 모양을 바라보며 저것이 얼마나 배가 고파서 저 모양일까 하고 측은한 생각까지 들었다. 첫째는 순식간에 그 떡을 다 먹고 나서,

"또 없나?"

첫째 어머니는 등에 불을 켜 놓으며,

"없다. 그만치 먹었으면 쓰겠다."

"밥이라도 더 먹지."

이 서방은 불빛에 빨개 보이는 첫째 어머니의 볼을 바라보며 이렇게 말하였다. 첫째 어머니는 등 곁에서 물러앉으며,

"얘는 저 이 서방이 버려 놓는다니, 자꾸 응석을 받아 줘서……. 저 새끼가 배부른 게 어디 있는 줄 아오. 욕심 사납게 있으면 있는 대로 다 먹으려 드는데."

아까 떡 한 개 더 먹고 싶은 것을, 첫째가 오면 같이 먹으려고 두었던 것이나, 막상 첫째가 배고파 덤비는 양을 보고는 차마 떡그릇에 손을 넣지 못하였던 것이다. 그러나 마침내 한 개도 남기지 않고 다 먹는 것을 보니 섭섭하였다.

"이 서방, 나가자우."

첫째는 벌써 눈이 감겨 오는 모양이다. 이 서방은 첫째 어머니와 이렇게 마주 앉아 있는 것이 얼마든지 좋으나, 첫째의 말에 못 견뎌서 안 떨어지는 궁둥이를 겨우 떼었다. 그리고 나무다리를 짚고 일어나며,

"나가자."

첫째도 일어나서 이 서방의 손에 끌려 건넌방으로 나왔다. 그리고 곧 아랫목에 쓰러져서, 몇 번 다리 팔을 방바닥에 들놓더니 쿨쿨 잔다. 이 서방은 어둠 속으로 첫째를 바라보며, 아까 첫째가 빙긋빙긋 웃으며 아무 거침없이 하던 말을 다시금 되풀이하였다. 그리고 나오는 줄 모르게 한숨

---

15 한 부분을 잘라 버리고. 홍명희의 〈임꺽정〉에도 나온다.

을 푹 쉬었다. 안방에는 벌써 누가 왔는지, 수군수군하는 소리가 그의 귀로만 들어오는 듯하였다.

"어느 놈이 또 왔누?"[16]

한숨 끝에 이렇게 중얼거리며, 어느 놈의 음성인지를 분간하려고 귀를 가만히 기울였다.

암만 분간하렸으나 원체 가늘게 수군거리니 분명치를 않았다. 그저 첫째 어머니의 호호 웃는 소리가 간혹 들릴 뿐이다.

그는 잠을 이루려고 눈을 감고 있으나, 그것들의 수군거리는 소리에 잠이 홀랑 달아나고 화만 버럭버럭 치받친다. 이놈의 집을 벗어나야지. 이걸 산담? 그는 거의 매일 밤 이렇게 성을 내면서도 번번이 이 꼴을 또 보는 것이다.

그는 벌떡 일어나서 담배를 피워 물고 창문 곁으로 다가앉았다. 뚫어진 문 새로는 달빛이 무지개같이 쏘아 들어온다. 그는 담배를 빨아 연기를 후 뿜었다. 달빛에 어림해 보이는 구불구불 올라가는 저 연기! 그것은 흡사히 자기 가슴에 뿜어 오르는 어떤 원한 같았다.

그는 무심히 곁에 놓아둔 나무다리를 슬슬 어루만졌다. 그는 언제나 속이 답답할 때마다 이 나무다리를 어루만지는 것이다. 아무 반응이 없는 이 나무다리! 사정없이 뻣뻣한 이 나무다리! 그나마 이 나무다리가 그의 둘도 없는 동무인 것이다.

"고놈의 계집애 정말⋯⋯."

이 서방은 놀라 돌아보니, 첫째가 입맛을 쩍쩍 다시며 잠꼬대하는 소리다. 이 서방은 첫째가 잠꼬대한 말을 다시금 되풀이하며, 저 애가 벌써 어떤 계집애를 생각함에서 이런 말을 하는가? 하는 의문도 들었다. 그러나 그것은 쓸데없는 자기의 생각 같았다. 따라서 첫째를 장성하게 못할 수만 있다면 어디까지든지 그를 어린애 그대로 두고 싶었다. 첫째의 장래

---

16 첫째 어머니가 정부를 자주 집에 불러들인다는 점을 암시하고 있다.

도 자기가 걸어온 그 길과 조금도 다를 것 같지 않았기 때문이다.

그는 이러한 생각을 하며 첫째 곁으로 바싹 가서 가만히 들여다보았다. 그는 여전히 씩씩 잔다. 지금 이 순간이 첫째에게 있어서는 다시없는 행복스러운 순간 같았다. 그리고 낮에

"나도 김매고 싶어."

하던 말을 다시금 생각하며 그의 볼 위에다 볼을 갖다 대었다.

첫째의 볼로부터 옮아오는 따뜻한 이 감촉! 그리고 기운 있게 내뿜는 그의 숨결, 자기의 살과 피가 섞여 있은들 이에서 더 뜨거울 수가 있으랴!

그는 무의식간에 첫째의 목을 꼭 쓸어안으며,

"내 비록 병신이나마 나머지 여생은 너를 위하여 살리라."

하고 몇 번이나 맹세하였다.

마침 자끈하는 소리에 이 서방은 머리를 번쩍 들었다.

"이 개갈보 같은 년아!"

목청껏 지르는 소리에 지정[17]이 지렁지렁 울린다. 이 서방은 문 곁으로 바싹 다가앉았다.

"아이, 이 양반이 미쳤나? 왜 이래."

"요년 아가리 붙여라, 이 더러운 쌍년, 네년이 저놈뿐이 아니라 나무다리 비렁뱅이도 붙인다지! 저런 쌍년, 에이 쌍년!"

침을 탁 뱉는 소리가 난다. 이 서방은 '나무다리 비렁뱅이도 붙인다지' 하던 말이 언제까지나 귓가를 싸고돌았다. 그때 전신이 떨리며 손발 하나 놀릴 수가 없었다.

"아이쿠, 이년놈들 잘한다."

짝짝쿵 하는 소리가 자주 들렸다. 영수와 새로 다니는 대장장이와 맞붙은 모양이다.

"흥, 하룻개 범 무서운 줄 모른다더니, 네게 두고 이른 말이구나. 이 경

---

17 지정 地釘. 집을 튼튼하게 하기 위하여 머릿돌 대신 땅속에 박는 기둥.

칠 자식, 그래 온전한 부인인 줄 알았나?"

어떻게나 하는지 죽는 소리를 한다.

"이년놈들 내 칼에 죽어 봐라."

"아이 저 칼! 저 칼!"

첫째 어머니의 이 같은 소리에 이 서방은 벌컥 일어나며 나무다리를 짚고 뛰어나갔다. 안방 문짝이 떨어져 봉당 가운데 넘어졌으며, 등불조차 꺼져서 캄캄하였다.

"이거 이거."

숨이 차서 헐떡이며 첫째 어머니는 칼을 쑥 내밀어 준다. 이 서방은 칼을 받아 들고 부엌으로 나가며 어따가 이 칼을 둬야 좋을지 몰라 한참이나 왔다갔다하다가 나뭇단 속에 감추어 놓고 안방으로 들어갔다.

"이거 왜들 이러슈. 점잖으신 터에 참으시죠들."

서로 어우러진 것을 뜯어 놓으려니,

"이 자식은 왜 또 이래……. 너 깡뚱발이로구나. 너도 한몫 들어 매 좀 맞으려니?"

누구인지 발길로 탁 찬다. 이 서방은 팩 하고 나가자빠졌다. 그 바람에 나무다리는 어디로 달아났는지 암만 찾아봐도 없다. 이 서방은 온 봉당을 뻘뻘 기어다니며 나무다리를 찾았다. 그리고 몇 해 싸 두었던 원한이 일시에 폭발됨을 깨달았다. 그러나 그는 꾹 참으며 나무다리를 얻어 짚고 밖으로 뛰어나왔다.

전 같으면 밖에 구경꾼들이 얼마든지 모였을 터[18]이나 오늘은 밤이 오랜 까닭인지 아무도 없었다. 그는 나뭇가리 곁으로 와서 우두커니 서 있었다.

컴컴한 저 불타산 위에 뚜렷이 솟은 저 달! 저 달조차도 이 서방의 이 나무다리를 비웃느라 조롱하느라 이 밤을 새우는 것 같았다.

---

[18] 이런 소동이 처음이 아니라는 것을 알 수 있다.

"이 서방!"

찾는 소리에 이 서방은 휘끈 돌아보았다.

첫째가 씨근덕거리며 내달려 왔다. 이 서방은 첫째의 버릇을 아는지라 가슴이 뜨끔해지며 저놈이 또…… 하고 불안을 느꼈다. 그리고 곧 첫째 곁으로 와서 그의 꽁무니를 꾹 붙들었다.

오줌을 다 눈 그는 울컥 내닫는다.

"이놈들! 이놈들!"

목통이 터져라 하고 고함을 치며 내닫다가 이 서방이 붙든 것을 알자 주먹으로 몇 번 냅다 쳤다.

"놔, 이거!"

"이애 첫째야! 첫째야! 너 그러면 못쓴다, 응. 이애 매맞는다, 응, 이애."

"매맞아도 좋아, 이놈들."

이번에는 사정없이 머리로 이 서방의 가슴을 들이받았다. 이 서방은 또다시 자빠졌다. 첫째는 나는 듯이 지게 곁으로 가서 낫을 뽑아 가지고 안으로 들어간다.

"이애! 이애!"

이 서방은 너무 급해서 벌벌 기어 달려들어 가며 그의 발목을 붙들었다. 이 눈치를 챈 첫째 어머니는 내달아 왔다. 그리고 대문 빗장을 뽑아 들었다.

"이놈의 새끼, 왜 자지 않고 지랄이냐."

"흥, 저놈의 새끼들은 왜 남의 집에 와서 지랄이누."

안방에서는 더한층 지끈자끈하는 소리가 벼락치듯 난다. 이 서방은 소름이 쭉 끼쳤다. 안방의 놈들이 이리로 기울어지면 어린 첫째는 어디든지 부러지고야 말 것 같았다. 따라서 옛날에 자기가 주인과 맞붙어 싸우다가 이 다리가 부러지던 기억이 새삼스럽게 떠오르며 그때 그 비운이 오늘에 또 이 어린것에게 사정없이 닥치는 듯싶었다.

이 서방은 첫째의 발길에 채여 이리저리 굴면서도 그의 발목은 놓지 않았다. 그때 코에서는 선혈이 선뜻선뜻 흘러나온다.

첫째는 이 광경을 돌아보고서야 숨이 가빠서 헐떡헐떡하면서 돌아선다. 이 서방은 벌떡 일어나며 그의 목을 꼭 쓸어안았다. 그러자 이 서방의 눈에서는 눈물이 좌르르 흘러나왔다.

선비 어머니가 뒤뜰에서 이엉[19]을 엮어 나가며 약간씩 붙은 나락을 죽 훑어서 옆에 놓인 바가지에 후르르 담을 때 밖으로부터 선비가 뛰어 들어온다.

"엄마."

숨이 차서 들어오는 선비를 이상스레 바라보며 그의 어머니는,

"왜 무엇을 잘못하다가 꾸지람을 들었냐?"

선비는 머리를 설레설레 흔들며 어머니 귀에다 입을 대었다.

"엄마, 저어……. 큰댁 아지머님과 신천댁[20]과 싸움이 나서 큰집 영감이 생야단을 하셨다누."

선비 어머니는 귓가가 간지러워서 조금 머리를 돌리며,

"밤낮 싸움이구나. 그래 누가 맞았니?"

"그전에는 큰댁 아지머니를 때리지 않았어? 그런데 오늘은 신천댁을 사정없이 때리네, 아이 불쌍해!"

선비는 무심히 나락바가지에 손을 넣어 휘저어 보면서 얼굴에 슬픈 빛을 띤다.

"남의 첩질하는 년들이 매를 맞아야 하지. 그래 큰어미만 밤낮 맞아야 옳겠니?"

딸의 새침한 얼굴을 바라보았다. 올봄부터는 선비의 두 뺨에 홍조가

---

19 초가지붕 위에 덮기 위해 엮은 볏짚이나 보릿짚. 또는 억새나 갈대 따위로 엮어 만든 물건.

20 옛날에는 여성들은 이름으로 불리지 않았다. 출신지 이름을 붙여서 청주댁, 신천댁 하고 부르곤 했는데 이런 것들도 여성을 업신여긴 사례 중의 하나이다.

약간 피어오른다.

"그래두 엄마, 신천댁의 말을 들으니 그가 오고 싶어 온 게 아니라 저의 아부지가 돈을 많이 받고 팔아서 할 수 없이 왔다고 그러던데?"

"하긴 그렇다고 하더라……. 그러기에 돈밖에 무서운 것이 없어."

선비 어머니는 지금 매를 맞고 울고 앉아 있을 신천댁의 얼굴을 생각하며 꽃봉오리같이 피어오르는 선비의 장래가 새삼스럽게 걱정이 되었다.

"어서 가서 무얼 하려무나. 왜 그러고 앉아 있니. 오늘 빨래에 풀하지 않니?"

"해야지."

그는 어머니 말이 어려워 부시시 일어나면서 다시 한 번 나락바가지를 들여다보았다. 그리고 빙긋이 웃었다.

"엄마, 이것도 찧으면 쌀이 한 되나 될 것 같우, 참……."

"이애 얼른 가 봐라."

"응."

선비는 나락바가지를 놓고 밖으로 나간다. 그의 어머니는 물끄러미 딸의 뒷모양을 바라보며 세월이란 참말 빠르구나! 하고 탄식하였다. 그리고 선비도 오래 데리고 있지 못할 것을 깨달으며 가슴이 찌르르 울렸다.

그는 무의식간에 한숨을 푹 쉬며 손을 내밀어 이엉초를 꾹 쥐고 물끄러미 바라보았다. 손끝은 짚에 닳아져 빨긋빨긋하게 피가 배었다. 그때 얼핏 떠오른 것은 자기의 남편이다.

남편의 생전에는 비록 빈한하게는 살았을망정, 이렇게 이엉을 엮는 것이라든지 울바자[21]를 세우는 것 같은 그런 밖의 일은 손도 대 보지 않았다. 보다도 봄이 되면 으레 이 모든 것이 새로 다 되는 것이니…… 하고 무심히 지내 보냈던 것이다.

그러나 남편이 세상을 떠나고 보니 모두가 그의 손끝 가지 않는 것이

---

21 갈대나 수수깡, 또는 싸리 같은 것으로 발처럼 엮어서 만든 울타리.

없고 힘은 배곱[22]을 쓰건만 무슨 일이나 마음에 들도록 되는 일이 하나도 없었다.

집안 살림 명색치고 단 두 간 살이를 하더라도 시재[23] 돌멩이 하나 놓일 자리에 놓여야 하고 새끼 한 오라기 헛되이 버릴 것이 없었다.

남편이 생존한 때는 뜰을 쓸어 치는 비 같은 것이나 벽을 바르는 매흙[24] 같은 것도 그리운 줄을 모르고 되는 대로 쓰고 버리고 하였건만 지금에는 그것조차도 마음 놓고 쓸 수도 없거니와 손수 마련치 않으면 쓸 것도 없었다.

그는 이러한 생각을 하며 이엉초는 또 누구의 손을 빌려 저 지붕에다 올려 펼까 하는 걱정이 불쑥 일어난다. 지붕 해 이을 새끼는 그가 며칠 밤 자지 못하고 꼬아서 네 사리[25]나 만들어 두었고, 이 이엉 엮는 것도 내일 까지면 마칠 것이나 지붕 한복판에 덮는 용구새[26] 트는 것이라든지 이엉 초를 지붕 위에 올려 펴고 새끼로 얽어매는 것 같은 것은 남정들의 손을 빌려야 할 것이었다.

그는 속으로 누구의 손을 좀 빌릴까…… 하고 두루두루 생각해 보다가, 에라 되든지 안 되든지 내가 그만 이어 볼까 하고 흘끔 지붕을 쳐다보았다.

작년에 한 해를 건넜음인지 우묵우묵 골이 진 그 새에 풀이 이따금씩 파랗게 보인다. 그는 벌컥 일어나며,

"왜 날 두고 혼자 갔누?"

하고 중얼거렸다. 그리고 머리를 돌려 저 앞을 바라보았다. 그의 눈앞에 얌전하게 돌아앉은 작은집과 큰집! 모두가 말쑥하게 새로 이엉을 해 이

---

22 이중 표현 중의 하나이다. 배+곱= 배.
23 지금 가지고 있는 돈이나 곡식, 물품 등의 액수나 수량.
24 벽 거죽을 곱게 바르는 데 쓰는 보드라운 흙.
25 이엉 뭉치를 세는 단위.
26 비가 와도 빗물이 스며들지 못하도록 이엉 위에 덮어씌우는 것.

었다. 그 위로 햇빛이 노랗게 덮이었다.

쨍쨍히 내리쬐는 봄볕을 받아 샛노랗게 빛나는 저 지붕과 지붕! 얼마나 저 지붕들이 부럽고도 탐스러운 것이냐! 그는 눈을 꼭 감았다. 그러나 그 지붕들은 점점 더 또렷또렷이 나타나 보인다. 그리고 그 지붕 새로 굵다란 남편의 손끝이 스르르 떠오른다. 그리고 임종시까지 차마 눈을 감지 못하고 끼르륵 하고 숨이 넘어가던 그! 그의 남편 김민수는 위인 된 품이 몹시도 착하고 정직하였다. 그러므로 정덕호 앞으로 몇십 년의 부림을 받았어도 일동전 한 닢 축내지 못하는 것이 그의 특성이었다. 그리고 아무리 몸이 고달프더라도 덕호의 명령이라면 물불을 헤아리지 않고 덤벼들곤 하였다.

그래서 온 동네 사람들까지도 민수를 믿어 왔으며 덕호 역시 믿었다. 그러므로 거액의 돈받이[27] 같은 것은 일부러 민수에게 맡기곤 하였다.

이렇게 지내기를 근 20년이었던, 지금으로부터 8년 전 겨울이었다. 바로 선비가 일곱 살 잡히던 때였다.

그날 아침부터 함박눈이 부슬부슬 떨어졌다. 이날도 민수는 일찍 일어나서 덕호네 집으로 왔다. 그래서 안팎 뜰을 쓸고 소 여물까지 끓여 놨을 때 덕호는 나왔다.

"자네 오늘 방축골 좀 다녀오겠나?"

민수는 머리를 굽실해 보이며,

"다녀옵지유."

"좀 이리 오게."

덕호는 쇠죽간을 거쳐서 사랑으로 들어간다. 그도 뒤를 따랐다. 덕호는 아랫목에 놓아 둔 문갑을 뒤져 장부를 꺼내 놓고 한참이나 들여다보더니,

"아니 방축골 그놈이 근 50원이나 되네그레……. 자네가 가서 꽤 받을까? 그놈은 몹시 질긴데."

---

[27] 수금.

민수는 머리를 숙인 채 가만히 있다. 덕호는 안타까운 듯이,

"가 보겠나, 어떻게 하겠나? 가서 받지 못할 바에는 꼴찌아비를 보내겠네, 응 말을 해."

민수는 뭐라고 대답을 해야 좋을지 몰라 얼굴이 뻘개지며 머뭇머뭇한다.

"에이그 저 사람! 왜 그렇게 사람이 영악지를 못해……. 좌우간 갔다 오게. 그러구 말이야, 이번에 안 물면 집행하겠다고 말을 똑똑히 좀 해. 그러구 좀 단단히 채여."

덕호는 살기가 얽힌 눈을 똑바로 뜨고 민수를 바라본다.

"가는 김에 명호와 익선이도 찾아보게."

"네."

"그럼 오늘 꼭 가게."

덕호는 다시 한 번 다지고 나서 장부를 문갑 안에 넣고 일어선다. 그리고 잔기침을 두어 번 하고 밖으로 나간다. 민수는 곧 그의 뒤를 따라 나왔다. 가마 부엌에서 여물 끓인 내가 구수하게 났다.

민수는 여물을 푹 떠 가지고 외양간으로 가니 벌써 소는 냄새를 맡고 부시시 일어나 구유 곁으로 나온다. 그리고 더운 김이 뭉클뭉클 오르는 여물을 맛이 있게 먹는다.

여물을 다 퍼 지르고는 민수는 밖으로 나왔다. 여전히 함박눈은 소리 없이 푹푹 쏟아진다. 그는 근심스러운 듯이 하늘을 쳐다보며,

"눈이 오는데……."

이렇게 중얼거렸다.

집까지 온 민수는 신발을 부덕부덕하였다. 선비 어머니는 의아한 눈으로 남편을 바라보았다.

"어디 가시려나요, 뭐?"

"음, 저기 돈 받으러."

"아, 뭐 오늘 같은 날에요."

"왜 오늘이 어떤가? 이렇게 함박눈 오는 날이 오히려 푸근하다네."

옆에서 말똥말똥 바라보던 선비는 얼른 일어나 아버지 품에 안기며,

"아버지 나두 가, 응."

머리를 갸웃하고 들여다본다. 민수는 딸을 꼭 껴안으며 밥상에 마주 앉았다. 그리고 밥을 좀 뜨는 체하고 곧 일어났다.

"내 가면 며칠 될 것이니 그동안 선비 잘 간수하게. 불도 뜨뜻이 때고."

"눈 오는 날 가실 게 뭐예요…… 다른 사람의 몸은 몸이 아니고 쇳덩 인 줄 아나베."

선비 어머니는 주인 영감을 눈앞에 그리며 이렇게 중얼거렸다.

"아 그 사람…… 별소리 다 해."

민수는 눈을 크게 떴다. 선비 어머니는 얼굴이 빨개지며 선비의 손을 어루만진다. 민수는 선비의 머리를 두어 번 쓰다듬어 본 후에 문을 열고 나섰다. 눈빛에 눈허리가 시큰시큰하였다.

"안녕히 다녀오세요."

아내의 인사를 귓결에 들으며 민수는 성큼성큼 걸었다. 한참이나 수굿 하고 걷던 그는 선비의 울음소리에 휘끈 돌아보니 선비가 눈 속으로 뛰어 온다.

민수는 선비를 바라보고 무의식간에 몇 발걸음 옮겨 놓았을 때 선비 어머니는 선비를 붙들어 안으며 우두커니 섰다. 민수는 두어 번 손짓을 하여 들어가라는 뜻을 보이고 돌아섰다.[28]

아까보다 눈은 점점 더 많이 쏟아진다. 함박꽃 같은 눈송이가 그의 입 술 끝에 녹아지고 또 녹아졌다. 그때마다 그는 찬 냉수를 마시는 듯하여 가슴이 선뜻하곤 하였다.

길이란 길은 모두 눈에 묻혀 버리고 길가의 낯익은 나무들도 눈송이에 흐리었다. 그리고 그 높은 불타산도 뿌옇게 보일 뿐이다.

민수는 길을 찾을 수가 없어 한참이나 밭고랑으로 혹은 논둑을 밟다가

---

28 부녀와 부부가 작별하는 장면에서 심상치 않은 일이 일어날 것을 암시하고 있다.

동네를 짐작하고야 길을 찾곤 하였다. 그리고 눈에 젖었던 신발은 얼어서 대그럭 소리를 내었다. 이렇게 눈 속에 푹푹 빠지며 민수가 간신히 몇 집을 둘러 방축골까지 왔을 때는 벌써 그가 집에서 떠난 지 이틀째 되는 황혼이었다.

"주인 계시우?"

걸레로 한 주먹씩 틀어막은 문을 열고 나오는 주인은 민수를 보자 한 층 더 얼굴이 허옇게 질린다.

"이 눈 오는데 어떻게 여기를……. 어서 들어가십시다."

민수는 방 안으로 들어가니 너무 캄캄해서 지척을 분간하는 수가 없었다. 그는 한참이나 눈을 감고 있다가 가만히 떠 보니 숨이 답답해지며 차라리 오지 말았더면…… 하는 후회가 곧 일어난다. 그리고 이 저녁거리나마 있을 것 같지 않았다.

"참 이 눈 오는데……. 제가 한번 들어가려고 했지마는 너무 오래 빈말로만 올려서 어디…… 참 오작[29]이나 치우셨겠습니까."

주인은 어느 것부터 먼저 말해야 좋을지 몰라 쩔쩔맸다.

"여보게 저녁 진지 짓게. 뭐 찬이 어디 있어야지……."

그의 아내는 머리를 내려 쓸며 부시시 일어 나간다. 민수는 정신을 가다듬어 아랫목을 바라보았다. 시커먼 누더기 속에서 조잘조잘하는 소리가 자주 들리며 누더기가 빠끔하고 열리더니 까만 눈알이 수없이 반들거렸다. 그리고 킥킥 웃는 소리가 난다. 몇 아이나 되는지 모르나 어쨌든 한두 아이가 아님은 즉시 알았다.

이 저녁부터는 바람까지 일었는지 바람 소리가 휙 몰려갔다가 몰려온다. 그리고 문풍지가 드르릉드르릉 울리며 눈보라가 방 안으로 스르륵 몰려들었다. 민수는 방 안에 앉았느니보다 차라리 밖에 어떤 토굴 같은 곳

---

29 '오작'은 옛날에 시체를 조사할 때 그 시체를 만지며 임검하는 하인을 가리키는 단어. 그러니까 '오작을 치우셨겠다'는 말은 '엄청나게 고생하셨겠다'는 표현이다.

이 있으면 그리로 나가서 이 밤을 지내고 싶은 맘이 부쩍 들었다. 그러나 이 밤에 어디가 토굴이 있는지를 모르고 무턱대고 나갈 수도 없어서 맘을 졸이며 앉았노라니 마치 바늘방석에 앉은 것 같고, 더구나 이 밤새에 몇 사람의 죽음을 볼 것만 같았다.

밥상이 들어온다. 민수는 배고프던 차에, 한술 떠보리라 하고 술을 드니, 밥이 아니라 죽이었다. 조죽에 시래기를 넣어서 끓인 것이다. 민수는 비록 남의 집을 살았을지언정, 일생을 통하여 이러한 음식을 먹어 보기는 처음이었다. 그리고 조겻내까지 나서 그의 비위에 몹시 거슬리나 꾹 참으며 국물을 후루루 들이마셨다.

그때 아랫목에서 애들이 벌떡벌떡 일어났다.

"엄마 나 밥!"

"엄마 나 밥! 응야."

이 모양을 바라보는 주인은 눈을 부릅뜨며,

"저놈의 새끼들을 모두 쳐죽여 버리든지 해야지, 정……."

그리고 민수를 돌아보며,

"어서어서 많이 잡수시유, 저놈들은 금시 먹고도 버릇이 그래서 그럽니다그려."

민수는 손끝이 가늘게 떨렸다. 그리고 술을 들 용기가 나지 않았다. 그래서 그만 술을 놓고 물러앉았다.

"왜, 왜 안 잡수십니까, 뭐 자실 것이 되어야지유."

주인은 머리를 벅적벅적 긁으며 상을 밀어 놓았다. 사남매는 일시에 욱 쓸어 일어나며 저마다 죽 그릇을 잡아당기기에 먹지도 못하고 싸움만 벌어졌다.

주인은 벌떡 일어나더니 장죽을 들고 돌아가며 붙인다. 민수는 너무 민망하였다. 그래서 주인을 붙들며,

"이게 무슨 일이오니까. 애들이 다 그런 게지유. 놔유, 어서 놔유."

상 귀에서 흐른 죽을, 그 중 어린것이 입을 대고 쭉쭉 핥아먹는다. 이

꼴을 보는 주인 마누라는 나그네 보기가 부끄러운 듯이 어린애를 붙들어 다 젖을 물리고 콧물을 씻는 체하면서 고름 끈을 눈에 갖다 대곤 한다.

애써 말리는 나그네의 생각을 함인지, 주인은 씩씩하며 맷손을 놓고 물러앉는다.

"아 글쎄 글쎄, 새끼는 왜 그리 태었겠수. 이것두 아마 죄지유.[30] 전생에서 무슨 큰 죄를 지고 나서 이 모양인지."

홧김에 때리기는 하고도 그만 억울하고 분하여서 소리쳐 울고 싶은 것을 겨우 참는 모양이다. 못 먹이고 못 입히기도 억울한데 더구나 굶고 앉은 그들을 공연히 때렸구나…… 하는 후회가 일었던 것이다.

이제까지 아우성치고 울던 그들이건만 그런 일은 언제 있었느냐는 듯이 누더기 속에서 소곤소곤하고는 킥킥 웃는다.

민수는 그날 밤 잠 한잠 못 자고 이런 생각 저런 생각을 되풀이하였다. 그리고 남의 일이라도 남의 일 같지를 않고 자기의 앞에도 이런 비운이 닥쳐오지나 않으려나 하는 불안이 문풍지를 울리는 바람과 같이 꼬리에 꼬리를 물었다.

이렇게 밤을 새우고는 민수는 채 밝기도 전에 일어나 앉았다. 추운 방에서 자서 그런지 몸이 가뿐치를 않고 아무래도 감기에라도 걸린 것 같다.

"몹시 치우시지유?"

주인은 마주 일어나 앉는다. 민수는 얼결에,

"네…… 뭐."

이렇게 분명치 못한 대답을 하며 담배를 피워 물었다. 그리고 담뱃갑을 주인 앞으로 밀어 놓았다. 주인은 황송한 듯이 머리를 숙이며 담배를 붙여 문다. 민수는 담배를 한 모금 쑥 빨며 무심히 들으니 벌써 아랫목에서 소곤소곤하는 소리가 들린다. 민수는 얼핏 머리를 들어 아랫목을 바라

---

30 잘사는 사람들에게 자식 숫자는 '다복'의 상징이었지만, 가난한 사람들에게는 자식 하나 하나가 '먹는 입'을 가리키는 데 지나지 않았다.

보았다.

아무것도 분간치 못할 컴컴한 속으로 그침 없이 조잘거리는 이 소리. 지금쯤은 우리 선비도 깨어서 제 어미와

"아부지 어디 갔나?"

하고 조잘조잘하겠지…… 하는 생각이 들었다. 뒤이어 선비의 얼굴이 저 아랫목 위로 스르르 떠오른다.

"엄마, 배고파!"

민수는 이 소리가 꼭 선비의 음성 같아서 깜짝 놀랐다. 그래서 무의식 간에 담뱃대를 놓았다. 그 다음 순간 그 음성이 선비의 음성이 아니라고 부인하면서도 웬일인지 가슴이 짜르르 울려서 견딜 수가 없었다.

민수는 안타까웠다. 그만 곧 일어나 이 자리를 벗어나고 싶었다. 그가 벌컥 일어났을 때 그는 무의식간에 그의 염낭[31] 안에서 1원짜리 지폐를 꺼내 가지고 나왔다. 그래서 주인의 손에 쥐어 주었다.

"애들 밥 한 끼 해 주!"

주인은 어리둥절하였다. 그리고 자기 손에 쥐인 것이 돈이라는 것을 깨닫자 칵 쓰러지며 엉 하고 울고 싶었다. 민수는 두 다리가 가늘게 떨리는 것을 깨달았다. 다음 순간에 덕호의 성난 얼굴을 똑똑히 보았다. 그는 진저리를 쳤다. 그리고 주인의 붙잡는 것을 뿌리치고 그 집을 나왔다.

간밤 동안에 얼마나 바람이 불었는지 눈이 이리 몰리고 저리 몰려 어떤 곳은 눈 산을 이루어 났다. 민수는 신발 소리를 사박사박 내며 분주히 걸었다. 흰 눈 위에는 이따금씩 날짐승들의 발자국이 꽃잎같이 뚜렷이 났다.

민수는 속이 불편하였다. 이제 덕호를 만나 뭐라고 말할 것이 난처하였던 것이다. 그래서 그는 이리저리 궁리해 보며 혹은,

"2원만 받았다고 속일까? 그리고 나중에 내 돈으로 슬그머니 갚더라도……. 그래도 속이느니보다는 바로 말을 해야지. 주인님도 사람이지,

---

31 아가리 부분에 끈을 꿰어서 여닫도록 만든 작은 주머니.

그 말을 다 하면 설마한들 잘못했다고 할까? 그렇지는 않겠지."

이렇게 속으로 다투나, 두 가지가 다 시원치를 않았다. 누가 곁에 있으면 물어라도 보고 싶게 안타까웠다. 그러나 마침내는 속이기로 결정하고 억지로 마음을 가라앉히려 하였다. 그러나 그것은 쓸데없는 일이었다. 사내자식이 돈 1원이 무엇이기에…… 하며 스스로 꾸짖어도 보았다.

이렇게 망설이며 다투면서 동네까지 온 그는 반가워야 할 이 동네건만 발길이 얼른 들여놓아지지를 않았다. 그래서 그는 동구에 멍하니 서서 한참이나 무엇을 생각하다가 들어왔다.

덕호의 집까지 온 민수는 사랑 문 앞에서 발을 툭툭 털며 주인님이 사랑에 계시지 않았으면…… 하고 가만히 문을 열었다. 욱 쓸어 나오는 담배 연기 속에서 덕호의 늘 피우는 담뱃내를 후끈 맡았을 때 그는 머뭇머뭇하였다.

"몹시 칩지, 어서 들어와 불 쬐게."

덕호는 머리를 기웃하여 내다본다. 둘러앉은 노인들도 한마디씩 말을 던졌다. 민수는 하는 수 없이 방으로 들어갔다. 그리고 화로를 피하여 앉았다.

덕호는 문갑 위에서 산판[32]을 꺼내 들며,

"그래 이번에는 좀 주던가? 방축골 그놈이?"

덕호는 그가 너무 미워서 이름도 부르지 않는 것이다. 민수는 얼굴이 빨개지며 머뭇머뭇하다가,

"아니유."

"아 그래 그놈을 가만히 두고 왔단 말인가? 사지라도 부러치고 오지?"

"뭐, 물 턱이……."

민수는 말끝을 마치지 못하고 푹 숙일 때 상가에 흐르는 죽을 젖 빨듯이 빨아먹던 어린애가 얼핏 떠오른다. 그리고 그 어두운 방 안이 휙 지나

---

32 주판.

친다. 민수의 늘어진 말에 덕호는 화가 버쩍 났다.

"물 턱 없는 놈이 남의 돈을 왜 쓴단 말인가!"

소리를 버럭 지른다. 민수는 꿈칠 놀라 조금 물러앉았다. 덕호의 손길이 그를 후려치는 것으로 알았던 것이다.

"그래 딴 놈들은?"

"바 받았습니다."

덕호는 찡그렸던 양미간을 조금씩 펴며,

"그래 얼마씩이나 받았는가?"

"아마 3원……."

민수는 자기 말에 깜짝 놀랐다.

"2원 받았습니다."

하고 말하려던 것인데, 누가 이렇게 시켜 주는지 몰랐다. 다음 순간 그는 모든 것을 바로 말하리라 하고 결심하였다. 두 귀는 무섭게 운다.

"모두 이자만 받았네그려……. 그 방축골 놈 때문에 일났어! 아 그놈이 잘라먹으려고 든단 말이여. 받아 온 것이나 내놓게."

민수는 지갑 속에서 돈을 내어 덕호 앞으로 밀어 놓았다. 그의 손끝은 확실히 떨렸다. 덕호는 지전을 당기어 세어 보더니,

"2원뿐일세?"

의아한 듯이 바라본다. 민수는 머리를 번쩍 들었다. 그의 눈에는 어린애 같은 천진한 애원이 넘쳐흐른다.

"저 남성네 어린것들이 굶어…… 굶어 있기에 주, 주었습니다."

마침내 그의 눈에는 눈물이 그득 괴었다.

"뭐?"

순간으로 덕호의 눈이 뒤집히며 들었던 산판을 휙 집어 뿌렸다. 산판은 민수의 양미간을 맞히고 절거륵 저르르 하고 떨어진다.

"이 미친놈아, 그렇게 자선심 많은 놈이 남의 집은 왜 살아. 나가! 네 집구석에서 자선을 하겠으면 하고 말겠으면 말아라."

돌아앉은 사람들은,

"그만두슈, 다."

"글쎄 글쎄, 제가 배가 고파서 무엇을 사 먹었다든지, 혹은 쓸 일이 있어 썼다면야 당연한 일이 아니겠수. 아 이 미친놈은 터들터들 가서 보행료도 못 받아 처넣으면서 그런 혼 나간 짓을 하니 분하지 않우? 이애 이놈 나가라!"

덕호는 벌컥 일어나며 발길로 냅다 찬다. 사람들이 아니면 실컷 두드리고 싶으나 체면을 생각해서 꾹 참고 다시 앉았다.

"그 돈 1원이 많아서 그런 게 아니여. 그놈이 내 돈을 통째 삼키려는 판에 피천[33] 한 푼이나 왜 준단 말이냐, 이놈아."

덕호는 이를 북북 갈며 사뭇 죽일 듯이 달려들다가 그만 휙 나가 버린다. 돌아앉았던 사람들도 뿔뿔이 가 버리고 말았다. 한참 후에 민수는 정신을 차려 돌아보니 아무도 없다. 그리고 눈이 텁텁한 듯하여 만져 보니 양미간이 좀 달라진 듯하였다.

민수는 이렇게 주인에게 매를 맞고 욕을 먹었지만 웬일인지 분하지도 노엽지도 않고 오히려 속이 푹 가라앉으며 무슨 무거운 짐을 벗어 놓은 듯하였다.

그는 얼핏 일어나 그의 집으로 왔다.

그가 싸리문을 열 때 선비 모녀는 뛰어나왔다. 칵 매달리는 선비를 안은 민수는 뜻하지 않은 눈물이 앞을 가렸다. 그리고 사남매의 모양이 또다시 떠오른다. 오늘은 그들이 무엇을 좀 먹어 보았을까? 하며 방 안으로 들어갔다. 물끄러미 부녀의 모양을 바라보던 선비 어머니는,

"미간 새가 왜 그래요?"

"왜 무엇이 어떤가."

그는 손으로 양미간을 비벼치며 드러눕는다. 선비 어머니는 이불을 내

---

33 아주 적은 액수의 돈.

려 덮으며 어디서 몹쓸 놈을 만나 곤경을 당하였나? 혹은 노독 때문인가? 하고 생각하며,

"진지 지을까요?"

"글쎄! 미음³⁴이나 좀 먹어 볼까……. 쑤게나."

미음 쑤라는 말에 선비 어머니는 남편의 몸이 불편하다는 것을 확실히 알았다. 그래서 어디가 아프냐고 물으려니 민수는 눈을 꾹 감고 돌아눕는다.

그날부터 민수는 자리에서 일어나지 못하고 몹시 앓았다. 선비 어머니는 온갖 애를 다 썼으나 아무 효험이 없었다.

어떤 날 선비 어머니는 밖으로부터 들어오며 눈등이 빨개졌다.

"큰집 영감님한테 산판으로 맞았단 말이 참말입니까?"

"누가 그러던고?"

"아 뭐, 다들 본 사람들이 그러던데요."

"듣그러워! 그런 말 청신해 가지고 다닐 것이 없느니……. 좀 또 맞았다면, 영감님이 나를 미워서 때렸겠나, 부모 자식 새 같으니……."

"아니, 글쎄 맞기는 분명합니다그려."

"듣그럽다는데…… 이 사람."

그는 앓는 소리를 하며 돌아눕다가, 무슨 생각을 하였는지 눈을 번쩍 뜨고 아내를 바라보았다.

"내가 만일 죽게 된다더라도, 그런 쓸데없는 말을 곧이들어서는 못 써……."

민수는 자기 병세가 아무래도 심상치 않음을 알았다. 그러나 덕호에게서 맞은 것이 원인이 되었다고는 꿈에도 생각해 본 적이 없었다. 죽는다는 말이 남편의 입에서 떨어지자, 선비 어머니는 그만 아뜩하여 다시는 두말도 꺼내지 못하였다.

---

34 돈 받으러 갔던 집에서 먹었던 조죽이 생각난 까닭이다. 순간 민수의 마음속에는 '나는 미음이라도 먹을 수 있다'는 안도감과 못사는 그들에 대한 미안함이 교차하는 것이다.

그 후 며칠 만에 민수는 드디어 가고 말았다. 선비가 안타깝게 매달려 우는 것도 모르고…….

이러한 과거를 되풀이한 선비 어머니는 어느새 눈물이 볼을 적시었다. 그는 눈물을 씻고 나서, 다시 한 번 그의 지붕을 쳐다보았다. 주인을 잃어버린 컴컴한 저 지붕! 저 지붕에 남편의 굵다란 손길이 몇천 번이나 돌아갔을까!

싸리문 열리는 소리에, 선비 어머니는 선비가 오는가 하고, 얼른 주저앉았다. 그리고 눈물 흔적을 없이 한 후에 이엉을 엮었다. 그러자 방문 소리가 났다. 선비 어머니는 선비가 아니라 딴 마을꾼이 오는가 하여 귀를 기울였다.

"어데들 다 갔수?"

말소리를 듣고야 선비 어머니는 누구임을 알았다.

"아이 어떻게 우리 집에를 다 오시요."

선비 어머니는 곧 일어나며 뒷문을 열었다. 방문을 시름없이 열고 섰는 신천댁은 푸석푸석 부은 눈에 약간 웃음을 띠며,

"일하시댔소?"

말끝을 이어 한숨을 푹 쉬었다.

"어서 들어와요."

신천댁은 방 안으로 들어와 앉으며 뒤뜰을 물끄러미 바라보더니,

"우리 어머니두 지금…….'

말을 맺지 못한다. 선비 어머니는 무엇을 의미한 말임을 얼핏 깨달으며 측은한 생각이 불쑥 들었다.

"왜 어데가 편치 않으세요?"

"선비 어머니, 난 내일 그만 우리 집으로 갈까 봐…….'

눈물이 샘처럼 솟는다. 선비 어머니는 뭐라고 말해야 좋을지 몰라 한참이나 멍하니 앉았다가,

"그게 무슨 말을 그렇게 합니까."

"난 정말 그 집에선 못살겠어. 글쎄 안 나오는 아이를 어떻게 하라고 자꾸 들볶으니 글쎄 살겠수?"[35]

이제 겨우 20이 될락말락하는 그의 입에서 자식 말이 나올 때마다 선비 어머니는 잔망하게[36] 보았다. 동시에 측은한 맘도 금치 못하였다.

"왜 또 무어라고 허십데까?"

"글쎄 요전에 월경을 한 달 걸른 것은 선비 어머님도 잘 알지, 그런데 오늘 아침에 그게 나왔구려!"

"나왔어요? 월경도 걸러 나오는 수도 있지요."

"글쎄 그 빌어먹을 것이 왜 남의 애를 태우겠소."

신천댁이 월경을 건너니 덕호는 먹을 것을 구해 들이느라 보약을 쓰느라 온 동네 사람들까지 들볶아 댔던 것이다. 덕호가 하늘같이 떠받칠 때는 웬일인지 밉더니만 오늘 저렇게 시름없이 와서 앉은 것을 보니 측은도 하고 우습기도 하였다.

"아니 이제 날 테지, 벌써…… 글쎄."

"그러기 말이에요. 내 나이 30이 됐소, 40이 됐소. 글쎄, 그 야단을 할 턱이 뭐겠수."

신천댁은 한숨을 쪽 쉬더니,

"난 내일 가겠수. 자꾸 가라니깐 어떡해요."

"그게야 영감님이 일시 허신 말씀이겠지요."

그는 머리를 좌우로 흔들고 말소리를 낮추어,

"요새 영감님이 간난네[37] 집에를 다닌다우."

선비 어머니는 눈을 둥그렇게 떴다.

(이하 줄임)

1934년 〈동아일보〉

---

35 정덕호가 아들을 보기 위하여 젊은 여자인 신천댁을 첩으로 들였다는 것을 알 수 있다.
36 하는 행동이 얄밉고 맹랑하게.
37 '간난이'라는 이름은 소작인 정도 되는 신분의 여인임을 말하고 있다.

독서란 **자기**의 머리가

남의 머리로 생각하는 일이다.

- 쇼펜하우어

허준

|1910 ~ ? |

　　1910년 평안북도 용천에서 태어나다. 중앙고보와 일본 호세이대학을 졸업하다. 《조선일보》 기자로 일하다. 1935년 시 〈모체〉, 1936년 단편 〈탁류〉를 《조광朝光》에 발표하면서 문단에 나오다. 8 · 15 해방을 만주에서 맞고 북한에 정착하다. 1945년 조선문학가동맹에 가입하다. 해방을 전후한 조국의 현실과 인간의 내면 세계를 깊이 있게 탐구하는 작품을 여러 편 발표하다.

대 l 표 l 작

〈야한기〉(1938), 〈습작실에서〉(1941), 〈잔등〉(1946), 〈한식일기〉(1946), 〈평때저울〉(1948), 〈역사〉(1948) 등이 있다.

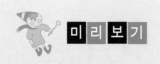

〈잔등〉은 해방 이듬해인 1946년에 발표한 작가 허준의 중편소설이다.

해방이 되자, 만주 등지에 징용으로 끌려 나갔던 한국인들은 서울로 돌아온다. 이 작품은 바로 나와 친구 방方이 만주 장춘에서 함경도 회령, 청진을 거쳐 서울로 오기까지 겪는 체험담이다. 작가는 이 작품에서 해방을 맞는 한국인이 일본인에 대하여 품고 있는 상반된 두 가지 모습을 그리고 있다.

이 작품은 귀국하는 주인공의 여정을 다루면서도 당대의 시대적 현실을 사실적으로 묘파하고 아울러 인간적 삶의 따뜻한 애정을 표현한다. 제목으로 사용한 '잔등殘燈'이라는 '불빛'을 상징하는 것은 인간에 대한 작가의 따뜻한 시각을 말하는 것이다. 귀국 여정에는 해방의 감격도, 고통스러웠던 식민지 체험에 대한 푸념도, 새로운 각오나 희망도 끼어들지 못한다. '나'는 너무나 갑자기 찾아온 광복을 맞아 거의 무감각하게 무개화차에 올라타 피난민 대열에 휩싸인다. 그러면서 나는 광복을 맞는 동포들이 패망한 일본을 어떠한 태도로 대하는지 관심을 갖는다. 청진에서 만난두 사람이 그 반응의 실상을 보여 주는 극단적인 예인 셈이다. 한 사람은 광복 이후 새 시대를 걸머져야 할 소년이다. 소년은 일본인들의 거동을 샅샅이 '위원회'에 고발하여 일본인에 대한 철저한 증오심을 대변한다. 다른 한 사람은 청진역 앞에서 국밥을 팔고 있는 할머니이다. 이 노파는 일제 때문에 아들을 잃는다. 그러나 아들과 함께 일제 식민지 통치를 비

잔등

판하다가 죽은 일본인을 생각하며 노파는 패망한 일본인들의 거지 같은 행색에 동정과 연민의 눈물을 흘린다.

　이 두 사람을 통하여 '나'는 해방의 흥분 속에서 균형을 잃어버린 증오심을 확인하고, 패자 일본인에게 보내는 동정과 비애를 맛보기도 한다. 이 소설의 마지막 장면은 '나'가 회령에서 친구를 다시 만나 서울로 향하는 기차를 타고 청진을 떠나는 것이다. '나'는 청진을 떠나면서 할머니의 모습을 황량한 폐허 위에 깜박이는 '잔등殘燈'으로 받아들인다.

구조 분석

- **갈래**   중편소설. 귀향소설.
- **주제**   해방의 감격, 식민지 시대의 분노와 복수심, 혼란기의 무질서를 뛰어넘는 새로운 인간 정신의 모색.
- **배경**   시간적 배경은 해방 직후. 공간적 배경은 만주와 함경북도 회령, 청진 여러 곳.
- **시점**   1인칭 관찰자 시점.

등장인물

- **나(천구)**   징용에 끌려갔다가 고향으로 돌아오는 내면적 성격의 소유자. 만주 장춘, 회령, 청진을 거쳐 서울로 돌아오는 도중에 일본인에 대한 우리 민족의 두 가지 태도를 체험하는 인물.
- **방 方**   '나'와 함께 귀국 길에 오르는 친구. 사교적이고 행동적이다.
- **소 년**   뱀장어를 잡아 일본인들에게 파는데, 실제로는 돈 많은 일본인들을 알아내어 이를 한국인들에게 알려 준다. 일본인에 대한 복수심이 크다.
- **할머니**   국밥 장수. 소싯적에 남편을 잃고 독립 운동하던 외아들마저 감옥에서 죽는다. 그러나 일본인에게 연민의 정을 가지는 인정 많은 노인.

플롯

- **발단**   '나'는 친구 '방 方'과 함께 장춘에서 청진으로 향한다.
- **전개**   열차를 놓치는 바람에 '방'과 헤어진다.
- **위기**   수성강 둑에서 뱀장어를 잡는 소년을 만난다.
- **절정**   청진역에서 국밥 장사를 하는 할머니를 만난다.
- **결말**   친구 '방'과 함께 다시 군용 열차로 청진을 떠나 서울로 향한다.

'귀향소설'은 어떤 작품?

주인공이 자신의 고향으로 돌아가는 스토리의 소설은 모두 귀향소설이라고 할 수 있다. 몇 작품을 예로 들어 보자.

첫째, 황석영의 〈삼포 가는 길〉. 주인공이 고향 '삼포'로 돌아가는 이야기이다. 주인공은 도시화, 산업화에 밀려 고향을 잃어버렸다는 생각을 한다.

둘째, 김승옥의 〈무진 기행〉. 서울에서 돈 많은 미망인과 결혼하여 제약 회사 전무가 된 '나'라는 주인공이 고향에서 예전의 모습으로 돌아가려 하지만 결국은 아내의 전보를 받고 현실로 복귀한다는 내용이다.

셋째, 이무영의 〈제1과 제1장〉. 도시에서만 살아서 농사를 제대로 짓지도 못하면서 얼마 안 되는 곡식마저 지게로 짊어지지 못해 타고난 농군인 아버지에게 타박을 받고 더 열심히 농사를 지어야겠다고 다짐하며 농촌에 적응해 가는 도시 젊은이의 모습이 그려진 작품이다.

줄거리따라잡기

'나'는 친구 '방方'과 장춘에서 청진까지 타고 오던 열차를 놓친다. 방과 헤어진 뒤 화물차를 얻어 타고 청진 못 미쳐 수성까지 오게 된다. 나는 제방을 따라 내려가다가 삼지창을 들고 뱀장어를 잡는 한 소년을 발견한다. 이 소년은 뱀장어를 잡아서 일본인에게 팔고 있었다. 그러나 사실은 숨어 있는 돈 많은 일본인들을 찾아내 한국인들에게 알리는 일이 주업이라는 것을 알게 된다. 소년은 일본인들에 대한 복수심으로 가득 차 이 일에 앞장서고 있다. 나는 그런 소년을 망연히 바라만 본다. 방을 만나기 위하여 청진역에 왔을 때, 국밥 장사를 하는 어떤 할머니를 만난다. 할머니는 갓 서른에 남편을 여의고, 독립 운동을 하던 아들마저 일제 경찰에 잃었다. 그런 불행한 과거에도 불구하고 할머니는 원한과 저주를 넘어 일본인에게까지 관대하고 동정적인 태도를 보인다. 나는 이 할머니에게서 '희망의 넓고 아름다운 시야'를 발견한다. 나와 방은 다시 군용 열차로 청진을 떠난다. 나의 머릿속에는 국밥 집 할머니의 잔등殘燈, 뱀장어를 잡던 소년의 잔등殘燈이 흐린 불빛으로 아로새겨진다. 나는 해방된 조국에서 이국 병사들의 감시를 받으며 남행 열차에 몸을 싣는다.

깊이생각하기

1. 이 작품의 제목으로 사용된 '잔등殘燈'이 상징하는 의미가 무엇인지, 소설의 시간적 공간적 배경을 염두에 두고 설명해 보자.

2. 작가는 패망자 일본에 대하여 한국인이 보여 주는 행동 패턴을 두 가지로 제시하였다. 이 가운데서 복수심에 불타는 '소년'과, 일본인에 대하여 연민의 정을 지닌 국밥 장수 할머니의 행태에 대해서 각각 그 행동의 '당위성'을 설명해 보자.

잔등

♦

장춘서 회령까지 스무 하루를 두고 온 여정이었다.

우로[1]를 막을 아무런 장비도 없는 무개화차[2] 속에서 아무렇게나 내팽개친 오뚝이 모양으로 가로 서기도 하고 모로 서기도 하고, 혹은 팔을 끼고 엉거주춤 주저앉아서 서로 얼굴을 비비대고 졸다가는 매연煤煙에 전 남의 얼굴에다 건 침[3]을 지르르 흘려 주기질과 차에 오를 때마다 떼밀고 잡아채고 곤두박질을 하면서 오는 짝패이다가도 하루아침 홀연히 오는 별리別離[4]의 맛을 보지 않고는 한로寒露[5]와 탄진炭塵[6] 속에 건너 매어진 마음의 닻줄이 얼마만한 것인가를 알고 살기 힘든 듯하였다.

이날 아침 방方과 나는 도립병원 뒤 어느 대단히 마음 너그러운 마나님 집에서 하룻밤을 드새이고[7] 나왔다.

아래윗방의 단 두 칸 집인데 샛문 턱에 팔고뱅이를 붙이고 부엌을 내다보고 주부와 이야기를 주고받고 하는 늙은이는 이집 할머니이신 모양

---

1 우로雨露. 비와 이슬.
2 무개화차無蓋貨車. 지붕이 없는 화차.
3 묽지 않고 진한 침.
4 이별. 헤어짐.
5 차가운 이슬.
6 탄갱 안의 공기 속에 떠다니는 아주 작은 석탄 가루.
7 쉴 만한 장소에서 밤을 지내고.

이요, 손자가 서너너덧 될 것이요 손녀가 있고, 집으로만 한다면 도무지 용납될 여지가 있는 것 같지 않기도 했으나, 이집 주부로서는 역시 이날 밤 목단강[8]엔가 가서 농사를 짓던 주인 동생의 돌아온 기쁨도 없지 않다고 해서 그랬든지,

"오늘 우리 시동생도 지금 막 목단강서 나왔답니다."

하는 말을 수없이 되풀이하면서 비좁은 방임을 무릅쓰고 달게 우리를 들게 한 것이었다.

이집 저집 이 여관을 기웃 저 여관을 기웃하다가 할 수 없이 최후적으로[9] 찾아든 낯선 우리가 미안할 만큼 우리의 딱한 형편을 진심으로 동정한 것은 분명한 주부뿐이어서 밖에 나갔던 남편이 돌아와 찌뿌드드한 얼굴을 하고 못마땅한 듯이 아래윗방을 한두 번 오르내리는 것을 보고,

"생원과 같이 금생金生서 걸어오신 분들이랍니다. 서울까지 가시는 손님들이래요."

하였다. 그러고는 남편에게나 손님인 우리들에게 양쪽으로 다 같이 미안하게 된 변명으로,

"어쩌면 한 정거장만 더 갔다 주면 될걸 게서 내려놔요. 이 밤중에 글쎄."

하고 혼자 혀를 끌끌 차며 할머니를 보았다.

남편은 마지못해 지듯이

"글쎄 우리 식구가 있으니 말이지."

하며 윗방으로 올라와 방바닥에 널려 놓았던 것을 주섬주섬 거두고 게다가 자기 자리와 동생 자리도 껴보았다.

이런 경위를 지남이 없었다 하더라도 미안할 대로 미안하였고 고마울 대로 고마웠을 우리인지라 아침 부엌에서 식기를 개숫물[10]에 옮겨 담는

---

8 목단강牧丹江. 만주 지방의 큰 강인 송화강松花江 지류이다.

9 마지막으로.

10 설거지할 때 그릇을 씻는 물. 개수.

소리, 지피는 나무에 불이 이는 소리가 들리기 시작하는 데는 더 자고 있을 수도 없는 처지였다.

깨끗이 가시지 않은 피곤을 우리는 도리어 쾌적히 생각하며, 주부에게 아이 과자 값을 쥐어 주고, 동이 트인 지 얼마 아니 되는 정거장으로 가는 길에 나선 것이었다.

방은 터지고 째어진 양복바지를 몇 군덴가 호았는데[11] 오는 도중에 거의 검정이 된 회색 춘추복에 목다리 쓰꾸화를 신고 와이셔츠 바람으로 노타이 노모자에 목에, Good morning △ 祝君무安 이란 붉은 글자가 간 상해에서 온 타리 수건을 질끈 동이고 나는 8월 달부터 꺼내 입지 않을 수 없었던 흑색 써지 동복에 방의 외투를 걸쳤다.

길림吉林서 차를 만나지 못하여 사흘 밤 묵는 동안에 나는 무료한 대로 제법 영국 신사가 맬 법한 모양으로 넥타이만은 꽤 단정하게 맨 셈인데, 그것도 이순[12]이 가까운 동안을 만져 보지 못한 데다가 원체 빡빡 깎고 나선 중머리이므로 해를 가리자고 쓴 소프트가 얼마나 뒤로 떨어지게 제쳐 썼던지 방이 내게 던지는 잔 광파[13]가 무한히 흐늘거리는 수없는 윙크로, 그 짓이 어떻게나 유머러스하였던 것인지 짐작 못할 것이 아니었다.

"지금 막 변소에 갔다가 일어서자니까 만돌린[14]이란 놈이 제절로 둘룽 둘룽 떨어져 내려오지 않소 글쎄."

방은 와이셔츠 소매 밖으로 풀자루같이 비어져 나온 북만[15]의 군인을 위하여 만든 두툼한 털내의를 몇 벌인가 걷어붙인 위에다가 두 손가락을 발딱 제쳐들고 게딱지 집듯 집어 보인다. 집게발에 물린 것과 같이

---

11 천을 겹쳐 땀을 곱걸지 않고 일정한 간격으로 꿰맸는데.
12 이순耳順. 예순 살 나이를 일컫는다.
13 광파光波. 빛의 파동.
14 달걀을 쪼갠 것 같은 모양의 몸통에 네 쌍의 줄을 픽으로 퉁겨서 소리를 내는 서양 현악기.
15 북만北滿. 북만주.

섬세하게 하는 그 거조[16]가 실로 거대한 몸집을 한 그에게 대조적인 효과의 우스움을 아니 품게 하는 수가 없다. 그러고 나서는 지난번 금생에서 늦게 들어와서 요기하던 장국밥집 앞마당에 오자 절름거리기를 시작한다.

걸어오는 도중에 회령 가면 여덟 시에 떠나는 차가 있다는 사람의 말을 곧이 듣고 그 연락을 대기 위하여 20여 리 길을 반달음질로 온 것이며, 또 그의 발이 혹 부르틀 염려가 없지 않았던 것이며를 짐작 못할 것이 아니고 보건대, 만돌린의 발생을 우려하는 그 한탄 조가 짐짓 황당한 작심[17]만은 아님이 분명하나 이런 여고旅苦[18]가 없던 예전부터 술집 앞에 와서 절름거리는 그의 대의大義랑 못 짐작할 것이 아니어서,

"여보 주을朱乙[19]이 앞에서 손빼를 헤기고[20] 기다리는데 다리를 절다니요."

하면서도 지난밤 그렇게도 회령 술을 찬송하던 그의 얼굴을 바로 보기에 견디지 못하였다. 나도 사실은 술집 앞에서 절름거리고 싶은 충동이 없는 것도 아니요, 만돌린쯤에 이르러서는 벌써 문제도 아니었다.

그들의 동의를 지각해 온 지는 어제오늘의 일이 아니지만 이러고 있을 수 없다는 나의 대방침[21]이 그에게 주을 온천을 상기하게 하자는 데 불과하였다.

우리가 안봉선安奉線[22]을 택하지 않고 이렇게 먼 길을 돌아오는 이유로는 이쪽이 비교적 안전하다는 경험자의 권고에도 있는 것이지만 우리의 여정을 청진이나 주을에서 절반으로 끊어 가지고 일단 때를 벗고 가자

---

16 행동거지.
17 마음을 먹는 것.
18 여행을 할 때 겪는 괴로움.
19 함경북도 경성군에 있는 도시. 온천이 유명하다.
20 손짓을 해서.
21 대방침大方針. 큰 계획.
22 평안북도 안동과 만주 봉천을 오가는 기차.

[23] 함도 일종의 유혹이 아닐 수는 없었던 것이다.

열흘이고 스무 날이고 주을에 푸욱 잠겨서 만주의 때를 뺄 꿈이 있어서 그런 것만은 아니지만 어쨌든 그 실현성의 여하는 불문하고 당장의 형편이 우리에게 그런 소뇌주의小腦主義에 빠져 있게를 못할 것만 같은 까닭이었다.

첫째, 돈이었다. 함경도만 들어서면 여비쯤은 염려 없다는 방의 말을 지나친 장담으로만 알고 떠난 길은 아니지만 정작 와 보니 교통상 불편으로 갈 데를 마음대로 가지 못할 것을 생각 못하였던 것이 잘못이요, 간다 더라도 부모형제라면 몰라도 그저 막연한 친구로만 하여서는 오래간만에 만난 터에 딱한 사정을 입 밖에 내지 못하는 정리[24]의 일면도 없지 아니한 것이다.

추위도 무서웠다. 프르등등한 날씨가 어느 때 서리가 올지 어느 때 눈을 퍼부을지 모르는 것을 아무런 옷의 준비도 없이 떠나지 아니할 수 없었던 길을 짤막한 방의 오버[25] 하나를 가지고야 어떻게 하는가.

셋째로는 기차였다. 지금 형편으로 본다면 기차의 수로 본다든지 편리로 본다든지 닥치는 그 시각 시각마다 극상極上[26]의 것이어서 닥치는 순간을 날쌔게 붙잡아야 할 행운도 당장 당장이 마지막인 것 같은, 적어도 더 나아질 희망이 없다는 불안과 공포심도 작용하지 않을 수 없었다.

"잘못하다간 서울까지 걸어간다는 말 나지."
하는 마음이 사람들 가슴에 검은 조수와 같이 밀려들었다.

닥쳐오는 추위와 여비 문제와 고향을 까마득이 둔 향수가 나날이 깊어 들어가서 일종의 억제할 수 없는 초조와 불안이 끓어오름에는 그들과 다름이 없었으나 반면에는 만조[27]에 따라오는 조금[28]과 같이 아무리 보채

---

23 온천을 하고 가자.
24 정리情理. 인정과 도리.
25 '오버코트'의 준말.
26 가장 좋은.

어 보아도 아니 된다는 관점에 한번 이르기만 하는 날이면 그때는 그때로서 그 이상 유창流暢한[29] 사람이 없다 할 만큼 유창한 사람이 되는 나이기도 하였다.

"그렇게 되면 그렇게 된 대로 또 어떻게라도 되겠지."

명확한 예측이 서지 아니한 채 이런 낙관부터 가지고서 계속되는 몇 날이고 몇 날이고를 안심입명[30] 하였다는 듯이 지내는 것이었다.

이것은 방에게 있어서도 일반이었다. 나와 이 성질은 마치 수미首尾[31]를 바꾸어 놓은 가자미 몸뚱어리 모양으로 노상 지축거리면서 태평하게 콧노래를 흥얼거리고 다니고 주막에 앉으면 궁둥이가 질기고 누우면 다섯 발 늘어나다가도 한 번 정신이 들어야 할 때 이르면 정거장 구내에 뛰어 들어가 어느새 소련 병에게 군용차를 교섭하기도 하고 또 날쌔게 화차에 뛰어오르기도 하였다. 나를 체념을 위한 행동자行動者라 할 수가 있다면 그는 관찰과 행동을 앞세운 체관자[32]라 할 수가 있을 것 같았다. 내항상 불랭크를 수행하는 찌푸린 궁상한[33] 얼굴 대신에 항심恒心[34]이 늘 배어 나온 것 같은 잔 팡파가 흐늘거려 마지않는 그 눈언저리가 이를 증명하였다.

그가 교제적[35]인 것과 내가 돌발적[36]인 것 그가 원심적遠心的[37]인 것과 내가 내연적內延的인 것 그가 점진적[38]인 것과 내가 돌발적이요 발작

---

27 만조滿潮. 밀물이 가장 많이 들어왔을 때를 말함.
28 밀물과 썰물의 차가 아주 작아지는 때.
29 말을 거침없이 잘하는.
30 안심입명安心立命. 마음이 안정되고 모든 것을 하늘에 맡기는 것을 가리킴.
31 머리와 꼬리.
32 체관자諦觀者. 사물의 본체를 꿰뚫어 보는 사람.
33 궁하게 생긴 상.
34 항상 지니고 있는 떳떳한 마음.
35 사교적.
36 별안간 행동하는.
37 원운동을 하는 물체가 운동의 중심으로부터 멀어지려고 하는 작용과 같은.

적[39]인 것 — 이곳에도 이 음양陰陽[40]의 원리가 우리의 여행을 비교적 순조롭게 하는지도 알 수 없는 일이었다. 그러지 않고서야 기차가 두 정거장 가서도 내려놓고 세 정거장 가서도 내려놓는 이 여행을 수없는 정거장에서 갈아타고 오면서 회령까지 오기로 친대도 몇 달 걸렸을지 모르는 일이었다.

방이 장국밥집 앞에서 절름거리기를 마지않는 동안에 정거장 방향에만 마음을 두고 있던 나는 폭격을 받아서 형해[41]조차 남지 않은 사람을 정리하느라고 쳤을 새끼줄 너머로 거무스름한 동체胴體[42]의 쭉 뻗어 나간 건 물상[43]이 놓여 있음을 희미하니 이슬을 짓다 남은 아침 연애[44] 속으로 내려다보았다.

"으응, 차가 와."

옆구리를 쿡 찌르는 바람에 방은 늘씬한 그 허리가 한 발이나 훔츠려 들어가는 듯하였으나 어시호[45] 이때 생긴 긴장미는 우리가 재지는 걸음[46]으로 정거장에 이르기까지 풀리지 아니하였다.

차는 역시 군용이었다. 자동차 장갑차 대포 같은 병기가 실렸음은 물론 시량柴糧[47]인지 천막을 쳐서 내용을 가리운 차까지 치면 한 삼십여 개도 더 된 차로 맨 뒤 끝에는 서너 개 유개화차도 달려 있었다.

이날도 여느 날과 달라야 할 일이 없어서, 이 세 대 유개차 지붕 위는

---

38 점차로 조금씩 나아가는 것.

39 발작하듯 하는 것.

40 우주 만물을 구성하는 상반된 성질의 두 가지 기운을 가리킴. 달과 해, 겨울과 여름, 북과 남, 여자와 남자 등은 모두 음과 양으로 구분하는 것임.

41 사람의 몸, 혹은 몸을 이룬 뼈.

42 물체의 중심을 이루는 부분. 비행기를 예로 들면, 비행기의 날개와 꼬리를 제외한 몸체 부분.

43 물상物像. 물체의 생김새나 모습.

44 '아지랑이'의 옛말.

45 어시호於是乎. 이제서야.

46 재빠른 걸음.

47 땔나무와 양식.

벌써 빽빽이 사람들이 올라가 앉아서 팔짱을 낀 사람, 무릎을 끌어안은 사람, 턱을 받치고 앉은 사람, 머리를 무릎 속에 들이박은 사람, 이런 사람들이 끼이고 덮이고, 밟힌 듯이 겹겹이 앉아 있어서 어디나 더 발 뿌리를 붙여 볼 나위가 있을 것 같지 아니함도 일반이었다.

입은 것, 쓴 것, 신은 것, 두른 것, 감은 것, 찬 것, 자세히 보면 그들의 차림 차림으로 하나 같은 것을 찾아낼 수가 없겠건만, 그러나 그들이 품은 감정 속의 두서너 가지 열렬한 부분만은 색별色別[48]할래야 색별할 수 없는 공동한 특징이 되어서 그 가슴속 깊이 묻히어 있음을 알기는 쉬운 일이었다.

고개를 무릎 틈바구니에 박고 보지는 아니하나 만사를 내어 던진 듯이 완전한 체념 속에 주저앉은 듯한 중년의 사람 그도 그의 두 귀만은 무슨 소리를 기대하는 것이었다.

그들의 열원[49]은 한결같았고 또 한데 뭉친 것이었다.

그들 중에서,

"왔다."

하는 소리가 한 마디 들리자 지붕 위에 정착해 있던 군중의 수없는 머리는 전후로 요동하였고, 위로 비쭉비쭉 솟아났다. 와악 하고 소연한 소리조차 와글와글 끓는 듯하였다.

보니 과연 대망[50]의 화통[51]이 남쪽 인도교 가드 밑을 지나 꽁무니를 내대이고 물래걸음을 쳐서 온다.

우리는 이 경쾌한 조그마한 몸뚱어리로 말미암아 얼마나 애를 쓰는지 마치 '예스'가 아니면 '노'라도 뱉어 주어야 할 경우에 이른 사내를 앞에다 놓고 애타는 웃음만 웃고 맴도리질[52]하는 연인과도 같았다. 우리는 그

---

48 종류에 따라 구별하는 일.
49 열원熱願. 열렬히 원하는 것.
50 대망待望. 기다리고 바라는 일.
51 기차나 기선의 굴뚝. 여기서는 기차 그 자체를 말함.

믿기지 않는 일거일동에 예민하지 아니할 수 없었으며 그 밑 빠른 거취에 실망하면서 우직하게 따라가지 아니할 수도 없었다.

나도 저들과 같이 두서너 가지 색별하여 갈라놓을 수 없는 감정의 열렬한 몇 부분을 가진 한 사람에 틀림없을진대 이 모진 연인으로 말미암아 물불을 가리지 못하게 하는 열망적인 환희와 동시에 일층[53] 이상 정도의 초조와 불안과 그리고 얄궂은 체념을 동반하는 위구[54]를 품지 아니할 수는 없는 노릇이었다.

"어떻게 하자는 웃음이며 어디 와서 머물 맴도리야."

나는 여러 번 역증[55]이 나던 버릇으로 막연히 이런 소리를 가슴속에서 다시금 불러일으키며 방이 장춘에서 가지고 온 증명을 들고 소련 병에게 교섭하는 것을 보고 있었다.

그러나 역시 운명은 손길이 아니 보이는 바람과 같다고나 해야 할 것처럼 바람에 불리우는 줄이야 누가 모를까만 아침이 아니고는 어느 연로[56]에 기쁨을 놓고 가고 어느 연로에 슬픔을 놓고 갔는지 더듬어 알기 힘든 것인가 하였다.

방이 천막 친 차 언저리에 발 뿌리를 붙이고 기어올라갈 적에 차는 떠났다. 그리고 차 위에서 발 디딜 만한 데를 골라 디딘 뒤에 기립을 하여 몸을 돌이켰을 때, 비로소 그는 철로 한가운데 놓인 나를 보았다.

두 손으로는 무겁게 짊어진 륙색[57]의 들메 줄[58]을 잡고 떨어지다 붙은 듯한 과히[59] 제쳐 쓴 모자를 쓰고 두툼한 홀렁홀렁한 호신 속에 망연히

---

52 '맴'은 어떤 둘레를 빙빙 도는 것. 맴도리질은 가타부타 결정하지 않는 행동을 가리킴.

53 한결 더. 한층.

54 염려하고 두려워함.

55 몹시 언짢거나 못마땅하게 여겨 내는 성.

56 연로沿路. 큰길의 좌우 부근.

57 등에 메는 등산용 배낭.

58 륙색이 벗겨지지 않도록 매는 줄.

59 심하게.

서서 바라보는 나를 그는 어떻게 보았을까 — 그는 두 사내 사이에 벌어져 가는 거리에 앞서 일층 차에 앞서가는 걸로만 보이게 하자는 것처럼 뒤에 떨어지는 나를 향하여 섰다가 이렇게 된 형편임을 보고서는 다시는 어쩔 수 없음을 깨달은 듯이 얼른 체념의 웃음을 웃어 던지었다. 그러고는 손을 들어 머리 위에서 휘저었다. 이때 그가 혼신의 힘을 다하여 차상車上의 몸이 된 것임을 알고 그의 심중도 어떠하리라는 것을 나는 모를 수가 없었다. 나도 손을 들었다. 차 머리가 가드를 지나 커브를 돌아 차차 속력이 가해짐이 분명할 때 유발적인 이외에 아무런 동기도 없이 올라간 내 손은 제 힘을 빌어 다시 무겁게 내려왔다.

이제는 완전히 홀로 된 것을 느끼며 철로에서 나와 폼으로 발을 옮겨디딜 때까지 몇 개 붉은 글자의 행렬은 오랫동안 나의 눈앞에서 현황[60]하게 어른거리었다.

굿모닝 ▲祝君早安▲Good Morning

철로 한복판에 서서 진행해 가는 차를 전별[61]할 때부터가 별로 이 이별에 부당함을 느끼었음은 아니나 허물어지다 남은 플랫폼 위 한구석 찬이슬에 젖은 돌팡구[62] 위에 륙색을 놓고 그 위에 걸쳐 앉았을 때는 무슨 크나큰 보복이나 당한 사람처럼 방과 나와의 교유 관계에서 오는 인과因果에까지 생각이 이르러, 그 여운이 새삼스러히 머리를 스치고 지나감을 아니 느낄 수 없었다.

나는 생래生來[63]의 성질로 해서 사람에게 대하는 태도가 혹 애걸하는 모양도 되고 혹 호소하는 자태로도 보여서 지저분한 후줄근한 주책없는

---

60 어지럽고 황홀하게.
61 전별餞別. 헤어지는 것.
62 '돌멩이'의 사투리.
63 세상에 태어난 이래.

인상을 누구에게나 주었을는지는 모르지만 그렇다고 해서 그 이상 어느 누구의 우의友誼를 이용하자 하지 않았음에는 비단 방에게뿐 아니라 누구에게 있어서도, 또 예전이나 지금이나 다를 데가 없었다.

"보복은 무슨 보복이든 인과는 어디서든 오는 인과."

나는 이 불의의 별리에 아무러한 나의 죄도 인정할 수가 없었다.

혹 허물이 있었는지는 모르고 잘못됨이 있었는지는 모르나, 그런 의식쯤이야 나의 고독에 대한 용력勇力[64]과 인내력을 집어삼킬 것까지는 못 되었다. 내가 부르르 털고 일어나서 때마침 우연히 타게 된 추레[65] 위의 몸이 되어, 방이 탔을 군용 화차가 머문 어느 소역小驛을 반시간도 못하여 따라잡을 때가 오기 전까지는 다만 세상은 무한히 넓고 먼 것이라는 느낌 외엔 운명에 대한 미미한 의식조차 없었던 것을 발견하였을 뿐이었다.

내 몸을 휩쓸어 넘어뜨리고 가려는 거침없이 달리는 추레 위에서 일어나서 나는 허연 연기를 내뿜으며 기진맥진하여 누워 있는 방이 앉았을 화차를 먼 빛에 바라보며 그 방향을 향하여 한없이 내 모자를 내 흔들었다.

이렇게 해서 2백 몇 리가 된다던가 3백 몇 리가 된다던가 하는, 나에게는 천 리도 더 되고 만 리도 더 되는 길을 서른 몇 사람으로 만든 일행의 한 사람이 되어 나는 떠난 지 불과 서너 시간이 다 못 되어 청진에 다다른 것이었다. 그것은 아무리 급한 그때 내 형편으로서의 불소한[66] 금액이었다 하더라도 참으로 돈에다 비길 상쾌한 세 시간만은 아니었다.

우리가 자동차에서 내린 것은 청진을 한 정거장 다 못 간 수성輸城이라는 역 앞 다릿목이었으나 20리 길을 남겨 놓은 곳이라고 하는데도 바다가 있음직한 방향을 앞에 놓고 산으로 병풍같이 둘러싼 구획 안에 검은

---

64 용기와 힘.
65 앞에서 끄는 견인차에 이끌려 하물이나 여객을 실어 운반하는 차.
66 불소不少한. 적지 않은.

굴뚝이 수없이 불쑥불쑥 비어져 나온 것이 치어다 보이는 데서 우리는 떨어진 것이었다.

정말인지 아닌지는 몰라도 청진까지 다 들어가면 자동차를 빼앗긴다는 운전수의 말을 곧이 들으려고 하며 일변으로 감사하는 마음을 금하지 못하면서 가리켜 준 대로 다릿목에서 십자로 가로질러 달아나는 제방을 외로[67] 꺾어 따라 들어가서 나는 동으로 동으로 발을 옮기고 있었다.

처음엔 사실 나는 이 수성이라는 정거장 앞에서 내렸을 적에 한참 동안 서서 망설이지 아니할 수 없었다.

"만일 방이 탄 차가 이곳을 통과함이 틀림없는 사실이고 볼진대 청진을 다 가서 그 피난민이 오글오글한 정신을 못 차릴 정거장이란 곳에 나가서 만나자느니보다는 여기서 기다리고 있다가 와 닿는 차를 맞아서 타고 같이 청진으로 들어감이 좋지 아니할까."

아무리 목표지가 지척간에 와 닿았다 하더라도, 20리란 길은 무거운 짐을 짊어지고 장차 지뚝거리기를[68] 시작할 곤곤한 길손에게, 이만한 트집을 갖게 하기에는 충분한 것이 있었다.

째 수를 가린다면[69] 가령 제1 목적지라고나밖에 하지 못할 목적지이겠지만 어쨌든 이 목표한 곳에 도달한 안심감에다가 지난밤 금생에서 떨어져서 회령까지 허덕이고 뛰어온 괴로운 구차한 추억이라든가, 오늘은 의외로 또 편안하게 올 수 있는 나머지 채 꺼지지 않고 남아 있는 사치욕이라든가, 게다가 시장한 것이다.

이미 내 허기증은 도중에서부터 시작된 것이었다. 어젯밤 이래 먹지 아니한 데다가 깨끗한 산과 청명한 계곡의 맑은 공기를 절단하듯 일로 매진하여 탄 차가 다사한[70] 초가을의 광명을 헤치고 나아옴을 깨달을 때 생

---

67 왼쪽으로.
68 절룩거리기를.
69 몇 번째인가 수를 헤아린다면.
70 따뜻한.

기지 않고는 못 배길 헛헛증도 없지 아니했을 것이다.

　여태까지 이러한 조건이 일시 내 마음의 피댓줄을 늦추게 하였으나, 그러나 서서 아무리 휘둘러본대야 역 앞에 인가라고는 일본인의 관사식 건축이 몇 개 뭉키어 건너편 언덕 밑에 연하여 놓여 있을 뿐, 노변에조차 떡 한 자박⁷¹ 파는 데가 없다. 나는 군 입맛을 몇 번 다시었다. 그리고 방과 만나는 수단으로서도, 이편이 불리하고, 도리어 위험성조차 적지 아니할 것을 생각하였다.

　방이 타고 오는 차가 군용차이고 보매, 이러한— 소역에 설 일이 있을 것도 같지 아니하려니와, 방과 내가 회령서 나누일 때, 장차 어디서 만나고 어떻게 하자는 의논조차 할 새 없이, 참으로 돌연 떨어지기는 한 처지이지만, 방의 친척이 청진에 많이 산다는 것으로, 열흘이든 스무 날이든 예서 때를 빼고 가자 한 우리들의 담화⁷²로만 보더라도, 청진에서 만나자는 것은 암묵한⁷³ 가운데 일종 우리들의 약조가 되어 있다고도 할 고장이었다. 말하자면 우리 두 이인삼각⁷⁴ 선수가 발을 맞추어 가지고 떠나야 할 제1 목표지에 다름없었다. 그렇거늘 이 난시⁷⁵에 청진과 같은 대역에서 사람을 만나기 혼잡할 구차함과, 의구쯤은 문제로 삼을 것도 아니어서, 방도 게서 만나고, 밥도 빨리 가서 게서 먹고, 여로도 게서 풀 결론으로 마음을 편달하여 떠나온 것이었다.

　날은 유별히 청명하여서 어깨 너머로 넘어간 류색의 두 갈래 들메 줄은 발자국을 옮겨 놓는 대로 불쾌함을 곁따르지 아니한 압박감을 줄 뿐, 물에 부풀어 일어난 것 모양으로 우둥퉁하게 생긴, 아무렇게나 된 질질 끌리는 호신 밑에서는 어느덧 발가락과 발바닥 밑에 축축한 땀이 반죽이

---

71 덩어리.
72 담화談話. 서로 이야기를 주고받음.
73 의사를 밖으로 나타내지 않은.
74 이인삼각二人三脚. 두 사람이 옆으로 서서 두 발목을 서로 묶고 세 발처럼 뛰는 경기.
75 난시亂時. 세상 어지러운 때.

되어 얼마간의 쾌감조차 가지고 배어 나온다.

　자동차에서 내린 일행 중 몇 사람은 나남羅南 가는 방향이라고 하여 오던 길을 바로 더 걸어가 버리고 더러는 촌으로 들어간 사람도 있는 뒤에 4, 5인 혹 5, 6인씩 짝패가 되어 청진으로 들어가는 이들의 뒤를 홀로 전군殿軍[76]이 되어 나는 따라갔다.

(이하 줄임)

1946년 《대조》

---

[76] 대열의 맨 뒤에 따르는 군대.

최명익

|1903~? |

　　　　　　1908년 평양에서 태어나다. 1916년 평양고보에 입학
하다. 1928년 홍종인, 김재광, 한수철 등과 함께 문예동인지《백치白雉》
를 발간하고 여기에 〈희련시대〉, 〈처의 화장〉 등을 발표하다. 1930년《중
외일보》에 발표한 단편 〈붉은 코〉로 문단에 데뷔하다. 1936년 단편 〈비오
는 길〉을《조광》에 발표하다. 그의 작품은 이 상의 작품과 함께 지식 계급
의 불안 의식을 성실하게 표현한 심리주의 소설의 최고봉의 하나로 평가
되다. 해방 이후 활동은 자세하지 않다. 다만 평양예술문화협회 회장과
북조선문학예술총동맹 중앙 상임위원 등을 역임한 것으로 알려져 있다.

대│표│작

〈무성격자〉(1937), 〈역설〉(1938), 〈봄과 신작로〉(1939), 〈심문〉(1939), 〈장삼이사〉(1941) 등이 있다.

〈장삼이사〉는 작가가 1941년 4월호《문장文章》에 발표했다. 혼잡한 기차 안에서 관찰자인 '나'의 눈에 비친 '그렇고 그런' 사람들의 이야기를 다룬 내용이어서 제목이 '장삼이사張三李四'이다.

3등 열차로 여행하는 관찰자 '나'의 좌석 주위에는 중년 신사, 캡을 쓴 젊은이, 가죽재킷, 당꼬바지, 곰방대 영감, 촌마누라, 그리고 정체를 알 수 없는 여인 등이 앉아 있다. 한 젊은이의 실수로 중년 신사에게 관심이 집중되고, 이 관심은 다시 그 옆에 있는 젊은 여자에게로 옮겨간다. 드디어 그 신사가 '갈보 장사'를 하는 인신매매범이며 달아났던 여인을 찾아서 데리고 돌아가고 있는 중이라는 사실이 드러난다. 그러나 '나'는 그들과 아무런 관계도 맺지 않는다. 화자인 '나'는 그들을 그냥 '당꼬바지', '곰방대 영감' 등의 일반 명사로 부를 뿐이다.

〈장삼이사〉가 우리 나라 문학사에서 중요한 위치를 차지하고 있는 까닭은 이 시대 다른 많은 소설들과 달리 섬세한 심리 묘사를 하는 데 있다. '여자 장사'라는 비도덕적 행위를 하는 사람이 승객이 가득 찬 기차 안에서 아무렇지 않게 자신의 체험담을 넉살 좋게 떠들어대고, 승객들은 도망치다 잡혀 온 여자를 동정하기는커녕 그녀에 대한 속물적 호기심으로 인신매매범이 막 쏟아 내는 언행에 동조해 가는 과정이 치밀하게 그려지고 있다. '나'는 천박하지만 가엾은 그 여인을 놀려대면서 약자에 대하여 마치 강자나 된 듯한 태도로 정신적 폭력을 즐기는 옆 사람들에게서

장삼이사

심한 역겨움을 느낀다. 이런 과정을 사실적으로 묘사하는 솜씨는 이 작품의 가장 빛나는 부분 가운데 하나이다.

그러나 관찰자이자 화자인 '나'는 내가 느낀 자의식 상황을 서술하지는 않고 눈에 보이는 대상을 관찰하는 데 집중한다. 예를 들면 '나'는 그 '여자'가 청년에게 모욕을 당한 끝에 견디지 못하고 자살할 거라고 생각한다. 그러나 그 여인은 '옥주 년'이 잡혔으니 만나면 즐거울 것이라고 돌아와서 말한다. 뻔뻔스러울 만큼 끈질긴 현실 인식이며 생명력이 아닐 수 없다. 그 모습을 보게 되니 '나'는 그만 껄껄 웃어 버리고 싶은 충동마저 억누를 정도이다. 결국 육체와 정신을 잃거나 더럽혀지면서도 생존 상태를 유지하고 있는 이 시대 삶의 생생한 모습이 내 생각과는 관계없이 제시되고 있을 뿐이다.

학습길라잡이

구조 분석

- **갈래** 단편소설.
- **주제** 궁핍한 하층민의 삶의 애환과 한 여인이 잡초처럼 강인하게 살아가는 생명력.
- **배경** 시간적 배경은 일제강점기 말기, 공간적 배경은 기차 안.
- **시점** 1인칭 관찰자 시점.

주요 등장인물

- **나** 관찰자. 기차 여행을 하면서 여러 사람들이 빚어내는 세태를 목격하는 인물.
- **신사** 인신매매범. 경박하며 인정이 없는 인물.
- **여인** 달아났다가 붙잡힌 창녀. 모욕을 당하면서도 웃음을 잃지 않는 강인하고 질긴 성격.
- **당꼬바지, 가죽재킷, 촌마누라** 기차에 탄 승객들.

플롯

- **발단** 열차 출발한다. 가래침 소동.
- **전개** 마주 보고 있는 좌석에 앉은 여러 유형의 인물들.
- **위기** 술판이 벌어지고 인신매매범의 '여자 장사' 이야기와 붙잡힌 여인에 대한 관심.
- **절정** 신사가 내린 후 차에 탄 청년이 여인을 때리다.
- **결말** 자살할지도 모른다는 '나'의 염려에도 불구하고 평온한 일상을 되찾은 여인.

장삼이사

글자 뜻을 그대로 풀이하자면 장張 씨네 셋째 아들과 이李 씨네 넷째 딸 정도의 뜻이 된다. 다시 말하면 그저 그렇고 그런 평범한 사람이라는 뜻이다. 이와 비슷한 말에 갑남을녀甲男乙女, 필부필부匹夫匹婦, 초동급부樵童汲婦 등이 있다.

깊이생각하기

1. 이 작품에는 유난히 평안도 지방 사투리 대화가 많다. 평안도 지방 사투리를 서울 표준말로 바꿔 보자.

2. 주인공인 '나'는 다만 관찰자일 뿐이다. 어떤 구절들이 '관찰자'임을 가리키는지 예시해 보자.

3. 중년 신사가 데리고 탄 '젊은 여인'은 어떤 성격인가? 작품 속에서 찾아 읽고 토론해 보자.

장삼이사

♦

그렇게 붐비고 법석하는 정거장 폼의 혼잡을 옮겨 싣고 차는 떠났다. 그런 정거장의 거리와 기억이 멀어 감을 따라 이 3등 찻간에 가득 실린 무질서와 흥분도 차차 가라앉기 시작하였다.

앉을 수 있는 사람은 앉고 섰을 밖에 없는 사람은 선 채로나마 자리가 잡힌 셈이다.

이 찻간 한끝 바로 출입구 안짝에 자리 잡은 나 역시 담배를 피워 물고 주위를 돌아볼 여유가 생겼던 것이다.

'웬 사람들이 무슨 일로 어디를 가느라 이 야단들인가.'[1]

혼잡한 정거장이나 부두에 서게 될 때마다 이렇게 중얼거려 보는 것이 나의 버릇이지만 그러나,

'이 중에는 남 모를 설움과 근심 걱정을 가지고 아득한 길을 떠나는 이도 있으려니……'

이런 감상적인 심정으로보다도, 지금은 단지 인산인해라는 사람 틈에 부대끼는 괴로운 역정일는지 모를 것이다. 그렇다고 지금도 그런 역정으로 주위를 흘겨보는 것은 아니다. 물론 또 아득한 길을 떠나는 사람의 서러운 표정을 찾아 구경하려는 호기심도 없었다. 만일 그런 것이 있다면 방심 상태인 내 눈의 요깃거리는 되겠지만.

---

1 여기서부터 '나'의 관찰이 시작된다.

방심 상태라면 나만도 아닌 모양이었다. 긴장에서 방심 상태로, 그래서 사람들은 각기 제 본색으로 돌아가 각각 제 버릇을 회복하게 되는 것이었다.

그런 우리들 중에 모자 대신 편물 목테(목도리)를 머리에다 감은 농촌 젊은이가 금방 회복한 제 버릇으로 그만 적잖은 실수를 저지르고 말았다. 실수라는 것은, 통로에 섰던 그 젊은이가 늘 하던 제 버릇대로 뱉은 가래침이 공교롭게도 나와 마주 앉은 중년 신사의 구두 콧등에 떨어진 것이었다. 물론 그것만도 적잖은 실수겠지만 그렇게까지 여러 사람의 눈이 둥그래서 보게쯤 큰 실수로 만든 것은 그 구두의 발작적 행동이었다.

아닌 게 아니라 그 구두[2]는 발작적으로 통로 바닥이 빠져라고 쾅쾅 뛰놀았다. 그러나 그리 매끄럽지가 못한 구두코라 용이히[3] 떨어질 리가 없었다. 그래 더욱 화가 난 구두는 이번에는 호되게 허공을 걷어차기 시작했다. 그래 튀어나는 비말飛沫의 피해를 나도 받았지만 그 서슬에 어쩔 줄을 모르고 서 있던 그 젊은이는 정면으로 튀어나는 비말을 피하여 그저 뒤로 물러서기만 했다. 그러나 그 젊은이의 동행인 듯한 노인이 제 보꾸러미[4]에서 낡은 신문지를 한 줌 찢어 젊은이를 주었다. 젊은이는, 당장 걷어차거나 쫓아 나와 물려는 맹수나 어르듯이 그 구두 콧등 앞으로 조심히 신문지 쥔 손을 내밀어 보았다. 그러나 구두는 물지도 차지도 않고 도리어 그 손을 피하듯이 움츠러들었다. 그러자 희고 부드러운 종이가 그 구두코를 닦기 시작하였다. 그런 종이는 많기도 하고 아깝지도 않은 모양이었다.

주위의 사람들은 그 구두가 그렇게 야단할 때보다도 더 의외라는 듯이 수북이 쌓이고 또 쌓이는 종이 무더기를 일삼아 보게쯤 되었다. 그렇게 씻고 또 씻고 필요 이상으로 씻는 것은 그 젊은이가 기껏 미안해 하라고 일부러 그러는 것 같기도 하였다. 혹은 그것이 더러워서만 그런다기보다

---

2 구두를 신은 중년 신사를 가리킴. 즉 구두 = 중년 신사.
3 용이하게. 쉽게.
4 물건을 꾸려 싼 보자기.

도 더러운 사람의 것이므로 더욱 그런다는 듯도 한 것이었다.

그래서 일삼아 보고 있던 사람들은 모두 입을 비죽이고 외면을 하고 말았다. 물론 그 젊은이는, 미안 이상의 모욕감으로 얼굴이 빨개져서 천장만을 쳐다보며 이따금 한숨을 지었다. 그 중년 신사와 통로를 격하여 나란히 앉은 당꼬바지[5]는 다소의 의분을 느꼈음인지 그 우뚝한 코를 벌름거리며 흰자 많은 눈으로 연방 그 신사를 곁눈질하였다. 그러나 그 신사의 눈과 마주치기만 하면 슬쩍 시선을 거두고 딩딩한[6] 코를 천장으로 치키고 마는 것이었다. 그렇게 그 신사의 눈과 마주치기를 꺼려하는 것은 비단 당꼬바지만이 아니었다. 오히려 코가 꽤 딩딩한 당꼬바지도 그럴 적에야—할 정도로 그 신사의 눈은 보기에 좀 불안스럽도록 뒤룩거리는 눈방울이었다. 일부러 점잔을 빼느라 혹은 노상 호령기를 뽐내느라 그런지, 그렇지 않으면 혹시 약간 피해 망상광의 증상이 있어 저도 어쩔 수 없이 뒤룩거리게 되는 눈인지도 모를 것이었다. 어쨌든 척 마주 보기가 거북스러운 눈이라 아까 신문지를 주던 곰방대 영감은 담배를 붙이며 도적해 보던 곁눈질을 들키자, 채 불이 당기기도 전에 성냥을 불어 끄리만큼 낭패한 것이었다.

이렇게 되고 보니, 그렇지 않아도 본시부터 이렇다 할 이야깃거리가 없이 덤덤하던 우리 자리는 더욱 멋쩍게 되고 말았다. 그렇다고 누가 솔선해서 그런 침묵을 깨뜨려야 할 책임자가 있을 리 없는 자리였다.

그러나 그때 당꼬바지 옆에 앉은 가죽재킷 입은 젊은이가 맞은편에 캡 쓴 젊은이에게

"자네 지리가미[7] 가졌나."

하여,

---

5 일제강점기 때 남자들에게 입기를 권장하던 바지. 바짓가랑이 아랫부분이 몸에 착 붙게 만들어 행동이 간편하도록 했음.
6 크면서도 옹골찬.
7 휴지의 일본말.

"응 있어."

하고, 일부러 꺼내까지 주는 것을

"이 사람 지리가민 나두 있네."

하고 한 뭉치 꺼내 보이며 코를 풀기 시작하였다. 그래서 캡 쓴 젊은이는 킬킬 웃으면서 맞은 코를 풀어서는 그런 종이가 수북한 통로 바닥으로 던졌다.

그러나 그 옆의 당꼬바지가 빙그레 웃었을 뿐 아무런 반응도 없고 말았다. 내 앞의 신사는 그저 여전히 눈을 뒤룩거리며 두세 번 큰 하품을 하였을 뿐이다. 좀 실례의 말이지만 마주 앉은 내가 느끼는 그 신사의 하품은 옛말이나 괴담에, 사람을 취하게 하는 무슨 김이나 악취를 뿜는다는 두꺼비의 하품 같은 것이었다.

이런 실례의 말을 해 놓고 보면 정말 그 신사는 어딘가 두꺼비 같은 인상을 주는 것이었다. 심심한 판이라, 좀 따져 본다면, 앞서도 늘 해 온 말이지만, 언제나 먼저 눈에 띄는 그 뒤룩거리는 눈, 그 담에는 떡 다물었달밖에 없이 너부죽한 입, 그리고 언제나 굳은 침을 삼키듯이 불럭거리는 군턱, 이렇게 두드러진 특징만을 그리는 만화라면 통 안 그려도 무방일 듯한 극히 존재가 모호한 코, 아무리 두꺼비라도 코가 없을 리 없고, 있다면 으레 상판에 있게 마련이겠지만 나는 아직 두꺼비의 상판에서 코를 구경한 적은 없었다. 그렇더라도 두꺼비의 상판은 제법 상판이듯이 그 신사의 얼굴에도 그 코만은 있어도 무방 없어도 무방으로 극히 빈약하기보다 제 존재를 영 주장하지 않고 그저 겸손히 엎드린 코였다. 혹시 그런 것이 숨을 쉬기 위해서만 마련된 정말 코다운 코일는지도 모를 것이다. 소위 융준隆準[8]이라고, 현재 당꼬바지의 코같이 우뚝한 코는 공연히 남에게 건방지다는 인상을 주거나 좀만 추워도 이내 빨개지기만 하는 부질없는 것일는지도 모를 것이다.

---

[8] 우뚝한 코.

이같이 부질없는 용모 파기를 해 가면서까지 그를 흘금흘금 바라보게 되는 것은 아까의 그 실수 사건으로만 그런 것도 아니었다. 물론 그의 지나친 결벽성(?)이 우리의 주의를 끌었을 뿐 아니라 반감을 샀던 것도 사실이지만, 그렇지 않더라도 본시가 그는 우리들 중에서는 가장 두드러진 존재였던 것이다. 마치 소학생들이 저희 반 애들을 그린 그림에 제일 크게 그려 놓은 급장 모양으로 우리네 중에서는―우리라야 서로 바라볼 수 있는 통로 좌우의 앞뒤, 네 자리의 오월동주吳越同舟 격으로 모여 앉은 사람들이지만―가장 큰 몸뚱어리에다 가장 잘 차렸을 뿐 아니라 그 가장 뚱뚱한 배를 흐물거리는 숨소리도 가장 높았던 까닭이었다.

그같이 우리네의 주의를 끌 밖에 없는 그 중년 신사는 몇 번째 하품을 하고 난 끝에 제 옆자리 창 밑에 끼어 앉은 젊은 여인의 등 뒤로 손을 넣어서 송기떡[9] 빛 종이를 바른 넓적한 고량주 병을 뒤져내었다. 차 그릇 뚜껑에 가득 따른 술잔을 무슨 쓴 약이나 벼르듯 하다가 그 번지레한 얼굴에 통주름살을 그으며 마시었다. 떨리는 손으로 또 한 잔을 연해 마시고는 낙타 외투에 댄 수달피 바늘 털에서 물방울이라도 튀어날 만큼 부르르 몸서리를 치고는 또 그 여인의 등 뒤로 손을 넣어서 궁둥이 밑에서나 빼낸 듯한 편포[10]를 한쪽 찢어 씹기 시작하였다. 풍기는 독한 술내에 사람들의 시선은 또다시 그에게로 모일밖에 없었다. 첩첩 입 소리를 내며 태연히 떠들고 있는 그의 벗어진 이마에는 금시에 게 알 같은 땀방울이 솟구치고 그 가운데 일어선 극히 빈약한 머리털 몇 오리가 무슨 미생물의 첩모捷毛[11]나 같이 나불거리었다. 그렇게 발산하는 그의 체온과 체취여니 하면 우리는 금방 이 후끈한 찻간에 산소 부족을 느끼며 그를 바라보는 동안에 차차 그의 입노릇이 떠지고 지금껏 누구를 노리듯이 굴리던 눈방울이 금시에 머루려 해지고 건침[12]이 흐를 듯이 입 가장자리가 축 처지

9 소나무의 어린 가지 속껍질로 만든 떡.
10 칼로 난도질하여 납작하게 만든 고기 포.
11 속눈썹.

며 그는 한 번 꺼득 조는 것이었다. 좀 과장해 말하면 미륵불이 연화대蓮花臺에서 꼬꾸라지는 순간 같은 것이었다. 껀뜩, 제 김에 놀란 그 신사는 떡돌[13]에 치우는 두꺼비 꿈에서나 놀라 깬 것처럼 그 충혈된 눈이 더욱 휘둥그레져서 옆의 여인을 돌아보고는 안심한 듯이 기지개를 켰다. 그러고는 까맣게 잊었던 일이나 생각난 듯이 분주히 일어나 외투를 벗어 놓고 지리가미를 두 손으로 맞잡아 썩썩 부비며 변소로 들어갔다.

사람들의 시선은 허퉁하게 비어진 그 자리 저편 끝에 지금까지 그 신사의 그늘 밑에 숨어 있던 듯이 송그리고 앉은 젊은 여인에게로 쏠리었다. 그렇다고 우리가 그 여인을 지금 비로소 발견했다는 것은 아니다. 그러면 또 화형花形이나 같이 아꼈다가 그럴 듯한 장면이 되어 지금 비로소 등장시키는 셈도 아닌 것이다. 그 여인은 처음부터 궐녀[14]와 마주 앉은, 즉 내 옆 자리의 촌마누라와 같이, 무슨 이야깃거리가 될 만한 아무런 말도 행동도 없이 그저 담배만을 피우고 있었던 것이다.

회색 외투를 좀 퇴폐적으로 어깨에만 걸친 그 여인은 지금 제가 여러 사람의 시선 앞에 놓여 있는 것을 아는지 모르는지 그저 제 버릇인양 이편 손으로 퍼머넌트를 쓸어 올려 연방 귓바퀴에 걸치며 여전히 창밖만을 내다보고 있었다. 내다본다지만 창밖은 벌써 어두워 닫힌 겹유리창에는 궐녀의 진한 자주빛 저고리 그림자가 이중으로 비치어, 해글러 놓은 화롯불같이 도리어 이편을 반사하는 것이었다. 이런 형용은 좀 사치한 것 같지만, 그런 화롯불 위에 올려놓은 무슨 백자 그릇같이 비추인 궐녀의 얼굴 그림자 속에 빨갛게 켜지는 담뱃불을 불어 끄려는 듯이 그 여인은 동그랗게 모은 입술로 연기를 뿜고 있었다.

그때 이편 문이 열리며, 차표를 보여 달라는 선문先聞을 놓고 여객 전무가 들어왔다. 차례가 되어 차장이 어깨를 흔들어서야 이 편으로 얼굴을

---

12 마른침.
13 떡을 칠 때 안반 대신 사용하는 납작하고 반반한 돌.
14 궐녀厥女. 그 여자.

돌린 여인은

"조샤깽[15], 짜뽀[16]요."

하는 젊은 차장을 힐끗 쳐다보고 다시 외면하면서,

"쓰레노 히도와 못데루노요."[17]

하였다.

"쟈, 쓰레노 히도와?"[18]

젊은 차장이 되묻는 말에 역시 외면한 대로 여인은 이 편 손 엄지손가락을 들어 뒷담을 가리키며,

"하바카리."[19]

하였다.

여객 전무는 제 차표를 왜 제가 가지고 있지 않느냐고 나무랐다. 그 말을 받아

"그러하농고 안데."[20]

하고 젊은 차장이 또 퉁명스럽게 핀잔을 주었다.

그 여인은 홱 얼굴을 돌려 그들의 뒷모양을 흘기고는 눈살을 찌푸리며 돌아앉았다. 불쾌하다기보다 금방 울 듯한 얼굴이었다. 그만 일에 왜 저럴까 싶도록 히스테릭한 태도요 절박한 표정이었다. 그 후에 짐작한 것이지만, '그 자가 제 돈으로 산 차표라고 제가 가지는 걸 내가 어떻게 하느냐'고 울며 푸념이라도 하고 싶은 낯빛이었던 것이다.

차표를 뒤져내고, 어감만으로도 불안한 '검사'가 무사히 끝나서, 다시 차표를 간직하고 난 사람들은 사소한 흥분과 긴장이나마 치르고 나서 안도하는 낯빛이었다. 그러나 그런 우리네 중에 유독 말썽거리가 되어 아직

---

15 승차권.

16 차표.

17 일행이 가지고 있어요.

18 그러면 일행은?

19 화장실.

20 그렇게 하는 거 안돼.

도 그 흥분을 삭이지 못하는 모양인 그 여인의 행색은 더욱 우리의 주의를 끌 밖에 없었다.

'그 신사의 딸일 리는 없고 혹 첩?' 내가 이런 생각을 하고 있을 때,

"만주루 북지루 댕겨 보문 돈벌인 색씨 장사가 제일인가 보둔."

당꼬바지가 불쑥 이런 말을 시작하였다. 모두 덤덤히 앉았던 사람들은 마침으로 흥미 있는 이야깃거리가 생겼다는 듯이 시선이 그에게로 몰리자 그의 옆에 앉은 가죽재킷이 그 말을 받았다.

"돈벌이야 작히 좋은가요, 하지만 자본이 문제거든. 색씨 하나에 소불하[21] 돈 천 원은 들어야 한다니까."

"이것이라니 아무리 요즘 돈이 구루서니, 천 원이문 만 냥이 아니오."

이렇게 놀란 것은 물론 곰방대 영감이었다. 그러자 아까 그 실수를 한 젊은이가,

"요즘 돈 천 원이 무슨 생명 있나요. 웬만한 달구지 소 한 놈에도 천 원을 안 했게 그럽네까."

하고 이번에는 조심히 제 발부리에다 침을 뱉었다.

"그랜 해두, 넷날에야 원틀루 에미나이보단 소 끔새가 앞셌디 될 말인가."

"넝감님, 건 촌에서 민메누릿감우루 딸 팔아먹던 넷말이구요……."

우리들은 그의 턱을 따라 새삼스레 그 여인을 유심히 보게 되었다. 나 역시 그 여인의 정체를 짐작할 수 있었다.

여전히 담배를 피우고 창밖만을 내다보고 있던 그 여인은 그런 말과 시선으로 보이지 않는 채찍을 등골에 느끼는 듯이 한 번 어깨를 흠칫 하고 외투를 치켜 올리는 것이었다. 아까부터 그 여인의 저고리 도련[22]을 만져 보고 치맛자락을 비죽여 보던 촌마누라는 무엇에 놀라기나 한 것같이 움츠린 손으로 자기 치마 앞을 털었다.

---

21 소불하少不下. 적어도.
22 저고리나 두루마기 옷자락의 끝 둘레 부분.

"사람들이 벌어먹는 꼴이 다 각각이거든."

"각각일 밖에 안 있나."

"어째서."

"각각 저 생긴 대루 벌어먹게 매련이니까 다르지."

"그럼 누군 갈보 장사나 해먹게 생겼던가."

"보구두 몰라."

"어떻게."

"옆에다 색씰 척 데리구 가잖아."

"하하하."

"하하하."

가죽재킷과 캡이 이렇게 받고 치기로 떠들고 웃었다.

그러자,

"건 웃음의 말씀이라두, 정말 사실루 사람을 척 보문 알거덩요."

당꼬바지는 이렇듯 자기가 꺼낸 갈보 타령이 맹랑하게 시작한 말이 아니었다는 것을 별명이나 하듯이 빈자리를 턱으로 가리키며,

"이잘 보소그레, 쾌애니 저 혼자 점잖은 척하누라구 눈쌀이 꿋꿋해 앉았어두 상판에 개기름이 번즐번즐한 거이 어디 점잖은 데가 있소."

하였다.

"다들 그러니끼니 그런가 부다 하디, 목잔[23] 좀 불량해두, 이대 존대라구, 난 첨엔 어디 군쭈산가 했소."

하는 노인은 고무신 부리에 곰방대를 털었다. 그런 노인의 말에 당꼬바지는,

"녕감님두 의대 조대나 새나요. 요즘엔 돈만 있으문 군쭈사가 아니라두 누구나 그보다두 띔떼먹게 채릴 수 있다우."

하고 껄껄 웃는다.

"그래두 저한테 물어보소 메라나,······난······우리 겉은 건······."

---

23 눈매는.

이렇게 말끝을 마물지 않고 만 것은 그 실수를 저지른 젊은이였다. 역시 천장을 쳐다보는 그는 웬 까닭인지 아까보다도 더 얼굴이 빨개지는 것이었다. 사람들은 또 웬 까닭인지 와하하 웃음을 터뜨렸다.

"아까 미섭습데까?"[24]

실컷 웃고 난 캡이 이렇게 묻자 또들 웃었다. 그 말을 받아 당꼬바지가 빈정거리는 투로 이런 말을 하였다.

"왈루 미섭긴 정말 점잖은 사람이 미섭다우. 이렇게 (역시 턱으로 빈자리를 가리키며) 점잖은 테하는 사람이야 뭐 미서울 거 있소. 이제 두구 보소. 아까 보디 않았소. 고샐 못 참아서 배갈을 먹드니 피꺽피꺽 피께질[25]을 하는 걸 보디. 그런 잔 보긴 지뚱무러워두 사꿰만 노문 사람 썩 도쉔다."

이런 시빗거리의 그 신사가 배갈을 먹고 한 번 껀뜩 존 것은 사실이지만 피께질을 한 적은 없었다. 그러나 이렇게 흉을 잡자고 하는 말에는 도리어 사실 이상으로 사실에 가깝게 들리는 말이었다.

"피께질을 했다!"

이번에는 가죽재킷이 이렇게 따지고는 또들 웃었다.

그때 변소에 갔던 신사가 돌아왔다. 제 자리에 돌아온 그는 그 새만 해도 무슨 변화가 생기지 않았나 경계하듯이 이 사람 저 사람의 얼굴을 둘러보며 다시 외투를 입었다. 사람들은 모두 웃음을 거두고 말을 끊고 말았다.

지금껏 이 편을 유의했던 모양인 차장이 달려와 차표를 검사하며 아까한 말을 되풀이하고,

"고마리마쓰네."[26]

로 나무랐다.

당황한 신사는,

---

24 무서웠습니까.
25 딸국질.
26 곤란합니다.

"헤헤 스미마셍, 도모 스미마셍."[27]

을 뇌고 또 뇌며 빨개진 낯으로, 겸연쩍다기보다 비굴한 웃음을 지어 보이는 것이었다. 그러고 나서 차표를 다시 속주머니에다 집어넣으며 그는 누가 들으라는 말인지, 그렇다기보다도 여러 사람이 다 들어 달라고 간청이나 하는 듯한 제법 눈웃음을 지어 보이며,

"제길, 후중쯩後重症 이 나서×××　×××[28] 하기만 하디 원채 씨원히 나오야디요."(아무리 작자가 결벽성을 포기하고 시작한 이 작품이지만 이××의 의음擬音[29] 만은 복자覆字 하는 것이 작자인 나의 미덕일 것이다.)

하고는 헤헤헤 웃는 것이었다. 확실히 부드러운 말씨였다. 그리고 사교적인 웃음이었다. 아닌 게 아니라 그 신사의 그런 말과 웃음은 여간만 효과적인 것이 아니었다.

"거 정말 급하웬다. 후중쯩이 정 심한 땐, 깝진 네펜네 첫아이 낳기만이나 한걸이요."

이같이 솔선하여 동정한 것은 당꼬바지였다. 그 말에 다른 사람들도 지금껏 그 남자를 백안시하던 눈에 웃음을 띠게 되었다.

"건 뭐 병이 아니라 술 탈이니긴, 메칠만 안 자시문 맬하리요."

또 이런 급성적 우정으로 충고한 것은 캡 쓴 젊은이였다.

"그럴래니 데런 양반이야 찾아오는 손님으루 관텅 교제루 어디 뭐 술을 안 자실래 안 자실 수가 있을라구."

곰방대 노인이 이렇게 경의를 표하는 말에,

"아마 그럴 걸이요."

하고 가죽재킷 젊은이가 동의하였다.

이런 동정과 우의를 대번에 얻게 된 그 남자는 몇 번 신트림을 하고 나서,

"물론 것두 그렇구, 한 십 년 만주루 북지루 댕기멘서 그 추운 겨울엔

---

27 미안합니다. 정말 미안합니다.

28 아마도 대변을 볼 때 나는 '푸드득 푸드득' 하는 의성어일 것이다.

29 효과음.

호주루[30] 살아 버릇해서 여게 나와서두 안 먹던 못합네다가레."

하며 옆에 놓인 고량주 병을 들어 약간 흔들어 보고 만져 보는 것이었다.

"영업하는 덴 만준가요 북진가요."

"뭐어 안 가 본 데 없디요. 첨엔 한 사오 년 일선으루 따라당기다가 너머 고생스럽드라니 그 담엔 대련서 자리 잡구 하다가 신경 와선 자식놈들한테 다 밀어 맽기구 난 작년부터 나오구 말았소."

"그새 큰일났갔소고레."

당꼬바지가 또 묻는 말에,

"뭐 거저……, 그래 다른 노름 봐서야……."

하며 만지던 술병을 여인의 등 뒤로 밀어 넣으려 할 때 지금껏 눈여겨보고 있던 곰방대 노인이,

"거어 어디 이 녕감두 한 잔 먹어 볼까요."

하며 나앉았다.

"어어 참, 미처 생각을 못해서 실렐 했구만요, 이제라두 한 잔씩들 같이 합세다."

그래서―이거 원 뜻밖―그러구 보니 이 영감 덕이로군―하하하―이런 웃음과 농지거리로 뜻밖의 술판이 벌어졌다.

그 중에 나만은 술을 통 먹지 못하므로 돌아오는 잔을 사양할 밖에 없었다. 그들이 굳이 권하려 들지 않는 것이 여간만 다행한 일이 아니었다. 그러나 그들이 술 못 먹는 나를 아껴서보다도, 아무리 사람 좋은 그들이지만 지금껏 말 한마디 참견할 기회가 없이 그저 침묵을 지킬 밖에 없는 나에게까지 그런 우정을 느낄 수는 없을 것이다. 그래서 그들은 나를 경원하게 되는 모양이었다. 또 단순한 경원이라기보다도 자칫하면 좀 전의 이 신사와 같이 반감과 혐오의 대상일는지도 모를 것이었다.

이 뜻밖에 벌어진 술판의 판을 치는 이야깃거리는 물론 그 남자의 내

---

30 호주好酒로. 술을 좋아해서.

력담과 사업 이야기였다.

"……사실 내 놓구 말이디, 돈벌이루야 고만한 노릇이 없쉔다. 해두, 그 에미나이들 송화가 오죽한가요. 거어 머어 한 이삼십 명 거느릴래문 참 별의별 꼴 다 봅네다……."

쩍하면 앓아 눕기가 일쑤요, 그래두 명색이 사람이라 앓는 데 약을 안 쓸 수 없으니 그러자면 비용은 비용대로 처들어가고 영업은 못하고, 요행 나으면 몰라도 덜컥 죽으면 돈 천 원쯤은 어느 귀신이 물어간지 모르게 장비葬費 까지 보숭이 칠을 해서 없어진다는 것이었다.

"앓다 죽는 년이야 죽고파서 죽갔소. 그래 건 또 좀 양상이디만, 이것들이 제 깐에 난봉이 나디 않소. 제법 머어 죽는다 산다 하다가는 정사합네 하디 않으문 달아나기가 일쑤구……."

이렇게 말이 채 끝나기 전에 술잔이 돌아와 받아 든 그는,

"이게 다섯 잔 쩬가?"

하며 들여다보는 그 잔은 할 수만 있으면 면하고 싶지만 그러나 우정으로 달게 받아야 할 희생 같은 잔인 모양이었다. 그래서 마시기로 결심한 그는 일종 비장한 낯빛을 지으며 꿀꺽 들이켰다. 그리고는 부르르 몸서리를 치자 더욱 붉어진 눈방울을 더욱 크게 치뜨며,

"사람이 기가 맥혜서, 글쎄 이 화상을 찾누라구 자식놈들은 만주 일판을 뒤지구 난 또 여기서 돈 쓰구 애 먹은 생각을 하문 거저 쥑에두……."

이런 제 말에 벌컥 격분한 그는 주먹을 번쩍 들었다. 막 그 여인의 뒷덜미에 떨어질 그 주먹을 쳐다보는 사람들은 한순간 숨을 죽일 밖에 없었다. 한순간 후였다. 와하하 사람들의 웃음이 터지었다. 그 주먹이 슬며시 내려오고 그 주먹의 주인이 히히히 웃고 만 까닭이었다. 그동안 눈을 꼭 감을 밖에 없었던 나는 간신히 그 여인을 바라보았다.

여인은 제 얼굴 그림자를 통 살라 버리도록 담배를 빨아 들이키고 있었다.[31] 그런 주먹의 용서를 다행하거나 고맙게 여기는 눈치는 조금도 찾아볼 수 없었다. 그런 여인의 태도에는 지금의 풍파는 있었던 것 같지도

않았다. 하기야 한순간, 실로 한순간이었지만.

터졌던 웃음소리는 아직도 허허 킬킬 하는 여운으로 계속되었다. 나는 그런 그들의 웃음을 악의로 듣지는 않았다. 오히려 폭력의 중지에 안심하고 학대 일순 전에 놓치는 요술 같은 신사의 관용을 경탄하는 호인들의 웃음이라고도 할 것이다. 그러나 그런 웃음이 주먹보다도 그 여인의 혼을 더욱 학대하는 것 같은 건 웬 까닭일까.[32]

그때 차는 어느 작은 역에 멎었다. 아까 실수한 젊은이와 곰방대 노인이 내렸다. 그들은 그런 웃음을 채 웃지 못한 채 총총히 내리고 만 것이다. 밤중의 작은 역이라 그 자리에 대신 오르는 사람도 없이 차는 또 떠났다.

"좌우간 무던하겠쉐다. 저이 집 식구가 많아두 씩둑깍둑 말썽인데 그것들이 어떻게 돌아 먹은 년들이라구."

당꼬바지는 코멘 소리로 또 말을 시작하였다.

그러나 그 신사는 어느새 건득 졸다가는 눈을 뜨고 눈을 떴다가는 또 졸고 할 뿐 대답이 없었다. 아직도 좀 남은 술병은 마주 앉은 세 사람 사이로 돌아갔다.

"이왕이문 데 색씨 오샤쿠루[33] 한 잔 먹었으문 도오캤는데."

"말 말게, 이제 하든 말 못 들었나."

"뭘."

"남 정든 님 따라 강남 갔다 붙들레서 생이별하구 오는 판인데 무슨 경황이 자네 우샤쿠하겠나."

"오샤쿠할 경황두 없이 쓰라이 시쓰렝이문[34] 발쎄 죽었지 죽어."

"사람이 그렇게 죽기가 쉬운 줄 아나."

---

31 여인이 이런 일을 여러 번 당했다는 점을 은연중에 묘사하고 있다.
32 사람들이 모욕을 당하는 여인을 돕기는커녕 은근히 조롱하면서 강자의 정신적 횡포를 즐기는 모습을 혐오하는 '나'의 심리 상태를 묘사하는 대목이다.
33 따라 주는 술로.
34 가슴 아픈 실연이면.

"나아니와케 나이요[35] 정말 말이야 도망을 하지 아니치 못하리만큼 말이야 알겠나? 도망을 해서라두 말이야 잇쇼니 나루[36] 하지 않으문 못살고이비토문[37] 말이야, 붙들렸다구 죽여주소 하구 따라올 리가 없거든 말이야, 응 안 그래? 소라아 기미[38] 혀라두 깨물고 죽을 것이지 뭐야, 응 안 그래."

이런 말이 나오자 그 여인은 무엇에 찔린 듯이 해쓱해진 얼굴을 그 편으로 돌리었다. 그 편에서 지껄이는 사람들을 바라보는 그 눈은 지금 그런 말을 했느냐고 묻기라도 할 듯한 눈[39]이었다. 그러나 취한 그들은 그런 여인의 눈과 마주쳐도 조금도 주춤하는 기색도 없었다. 도리어 당꼬바지는,

"거 사실 옳은 말이야, 정말 앗사리한[40] 계집이문 비우쌀 좋게 도망두 안 할걸."

이렇게 그 여인의 얼굴을 보이지 않는 말의 채찍으로 후려갈기었다.

"자, 어서 술이나 마저 먹지. 거 왜 아무 상관없는 걸 가지구 그럴 거 있나."

가장 덜 취한 모양인 가죽재킷이 중재나 하듯 말하며 잔을 건네었다. 잔을 받아 든 젊은이는 비척 몸을 가누지 못하면서 또 지껄이었다.

"가노죠[41] 말이야, 뎅까노 가루보쟈 나이까[42] 왜 우리한테 상관이 없어."

그때 차창 밖에 전등의 행렬이 보이자 차가 멎었다. 금시에 정신이 든 듯한 두 젊은이는,

---

35 뭐라구 어림도 없어요.
36 함께 살자.
37 연인이면.
38 그렇다면 너.
39 여인의 수치심과 분노가 담긴 눈.
40 깨끗한.
41 그 여자.
42 천하에 갈보 아니야.

"우린 여기서 만츰 실례합니다."

"한참 심심치 않게 잘 놀았는데요."

"사요나라."[43]

이런 인사를 던지듯 지껄이며 분주히 나가고 말았다.

새 사람들로 그 자리를 메우고 차는 다시 떠났다.

한참 동안 코를 골며 잠이 들었던 그 신사는 떠들썩한 통에 깨기는 했으나 아직도 채 정신이 안 나는 모양이었다.

당꼬바지는 이야기 동무를 한꺼번에 잃고 갑갑한 듯이 하품을 하다가 다음 역에서 내리고 말았다. 내 옆의 촌마누라도 내려서 나는 그 자리로 옮겨 젊은 여인과 마주 앉게 되었다.

그 신사는 시렁에서 손가방과 모자를 내리었다. 다음 S역에서 내릴 모양이다. 끌러 놓았던 구두끈을 다시 매고 난 신사는 손수건으로 입과 눈을 닦으며,

"그래 그만하문 너 잘못 간 줄 알디."

"……"

"내가 없다구 무서운 줄 모르구들……. 어디 실컷들 그래 봐라."

"……"

이렇게 혼잣말같이 중얼거리었다. 여자는 역시 담배만 피우고 있었다. 새로 들어온 사람들은 지금까지의 사정을 모르므로 이런 말에 뛰어들어 한때 무료를 잊을 이야깃거리를 삼을 수는 없었다. 이 이상 더 그 여인을 치고 차는 말이나 눈초리도 없이 S역에 닿았다.

여자를 데리고 내릴 줄 알았던 신사는 차창을 열고 거의 쏟아질 듯이 상반신을 내밀었다. 혼잡한 플랫폼에서 누구를 찾는지 두리번거리던 그는 고함을 치기 시작하였다. 몇 번 부르자 차창 앞에 달려온 젊은이에게

---

[43] 잘 가요.

물었다.

"네 형이 온대드니 어떻게 네가 왔니."

"형님은 또×××에 가게 됐어……."

"겐 또 왜?"

그 젊은이는 털모자를 벗어 쥔 손가락으로 머리를 긁적거리며 난처한 대답을 하는 것이다.

"그새 옥주 년이 또 달아나서……."

"뭐야."

"옥주 년이 또……."

"이 새끼."

창틀을 짚었던 손이 번쩍하고 젊은이의 뺨을 갈겼다. 겁결에 비켜서는 젊은이가,

"그래두 니여 잽혀서 지금 찾으레……."

하는 것을,

"듣기 싫다."

하며 또 한 번 뺨을 철썩 후려쳤다.

"정말 찾긴 찾았단 말인가? 어서 이리 들어나 오날."

들어온 젊은이는, 빨리 손쓴 보람이 있어×××에서 붙들었다는 기별을 받고 찾으러 갔다고 설명하였다. 비로소 성이 좀 풀린 모양, 신사는 여기 일이 바빠서 제가 갈 수 없는 것을 걱정하고 여인의 차표와 자리를 내주고 내렸다.

또 차가 떠났다. 차창 밖의 그 신사는 뒤로 흘러가고 말았다.

앉으려던 젊은이는 제 얼굴을 쳐다보는 그 여인의 눈과 마주치자 아무런 말도 없이 그 뺨을 후려쳤다. 여인은 머리가 휘청하며 얼굴에 흐트러지는 머리카락을 늘 하던 버릇대로 귓바퀴 위에 거두어 올리었다. 또 한 번 철썩 소리가 났다. 이번에는 여인의 저편 손가락 끝에서 담배가 떨어졌다. 세 번째 또 소리가 났다. 여인은 떨리는 아랫입술을 악물었다. 연기

로 흐릿한 불빛에도 분명히 보이리만큼 손자국이 붉게 튀어 오르기 시작하는 뺨이 푸들푸들 경련을 일으키는 것이었다. 하얗게 드러난 앞니로 악물은 입 가장자리가 떨리는 것은 북받치는 울음을 참는 모양이었다. 그러나 마주보는 내 눈과 마주친 그 눈은 분명히 웃고 있었다. 그러고 보면 경련하는 그 뺨이나 악물은 입술도 참을 수 없는 웃음을 억제하는 것같이 보이기도 하였다. 나는 나를 잊어버리고 그러한 여인의 얼굴을 바라볼 밖에 없었다. 종시 여인의 눈에는 눈물이 어리기 시작하였다. 한 번만 깜빡하면 쭈르르 쏟아지게 가득 눈물이 괴었다. 나는 그 눈을 더 마주볼 수는 없어서 얼굴을 돌릴 밖에 없었다.

"어데 가?"

조금 후에 이런 젊은이의 고함 소리가 났다.

"……."

여인은 대답이 없이 눈물에 젖은 얼굴을 수건으로 가리며 턱으로 변소쪽을 가리켰다. 여인이 가는 곳을 바라보고 변소 문 여닫는 소리를 듣고 또 지금 차가 전속력으로 달리고 있다는 것을 몸으로 짐작한 그는 비로소 안심한 듯이 담배를 꺼내 물고,

"실례합니다."

하고 문턱에 놓인 성냥을 집어 갔다. 여인의 성냥이 아까 창으로 내다보던 그 남자의 팔꿈치에 밀려서 내 편으로 치우쳤던 것이다.

"고맙습네다. 참 이젠 너무 실례해서……."

성냥을 도로 갖다 놓으며 수작을 붙이려 드는 것이었다.

그 젊은이가 이같이 추근추근 말을 붙이는 데 대꾸할 말도 없었지만 그보다도 나는 어쩐지 현기가 나고 몹시 불안하였다. 잠시 다녀올 길이지만 지금까지 퍽 지리한 여행을 한 것 같고 앞으로도 또 그래야 할 길손같이 심신이 퍽 피로한 듯하였다.

그런 신경의 착각일까, 웬 까닭인지 내 머릿속에는 금방 변기 속에 머리를 처박고 입에서 선지피를 철철 흘리는 그 여자의 환상이 선히 떠오르

는 것이다. 따져 보면 웬 까닭이랄 것도 없이 아까 심상치 않게 잘 놀았다는 그들의 하잘것없는 주정의 암시로 그렇겠지만, 또 그리고 나야 남의 일이라 잔인한 호기심으로 즐겨 이런 환상도 꾸미게 되는 것이겠지만, 설마 그 여인이야 제 목숨인데 그만 암시로 혀를 끊을 리가 있나 하면서도 웬 까닭인지 머릿속에 선한 그 환상이 지워지지가 않는 것이었다. 더욱이나 아까 입술을 악물고도 웃어 보이던 그 눈을 생각하면 역력히 죽을 수 있는 매진 결심을 보여 준 것만 같아서 더욱 마음이 초조해지고 금시에 뛰어가서 열어 보고 안 열리면 문을 깨뜨리고라도 보고 싶은 충동에 몸까지 들먹거리기도 하는 것이었다.

지나간 사정을 알 리 없는 새로 들어온 사람들은 물론이요, 그 젊은이까지도 이런 절박한 사정(?)은 모를 터인데, 나까지 이렇게 궁싯거리기만 하는 동안에 사람 하나를 죽이고 마는 것이 아닐까―이렇게까지 초조해하면서도 그런 내 걱정이 어느 정도까지 망상이요 어느 정도까지가 이성적인지 갈피를 잡을 수 없어 더욱더 초조할 밖에만 없었다.

이런 절박한 사태(?)를 짐작도 할 리 없는 사람들은, 단순히 때리고 맞는 그 이유만이 궁금한 모양이었다.

"그 왜들 그럽네까."

궁금한 축 중의 한 사람이 나 대신 말을 받아 묻는 것이었다.

"거어 머 우서운 일이디요."

하고 그 젊은이는 싱글싱글 웃으면서,

"가따나 그 에미나이들 송화에 화가 나는데, 집의 아바지까지 그러니……, 아바지한테 얻어맞은 억울한 화풀일 그것들한테나 하디 어데다 하갔소. 그래서 거저……"

하고는 히들히들 웃는 것이었다. 묻던 사람도 따라 웃었다.

듣고 보면 더 캐물을 것도 없이 명백한 대답이었다. 때릴 수 있어 때리고 맞을 처지니 맞는 것뿐이었다.

이런 명백한 현실을 듣고 보는 동안에도 나의 망상은(?) 저대로 그냥 시간적으로까지 진행하여, 지금 아무리 서둘러도 벌써 일은 저지르고 만 것이었다. 싸늘하게 굳어진 여인의 시체가 흔들리는 마룻바닥에서 무슨 짐짝이나 같이 퉁기고 뒹구는 양이 눈 감은 내 머릿속에서도 굴러다니는 것이었다.

아아, 그러나 이런 나의 악몽은 요행 짧게 끊어지고 말았다. 그 여인이 내 무릎을 스치며 제 자리로 돌아왔다. 무사히 돌아올 뿐 아니라, 어느새 화장을 고쳤던지 그 뺨에는 손가락 자국도 눈물 흔적도 없이 부우옇게 분이 발려 있는 것이었다. 그리고 당장이라도 직업 의식적인 추파로 내게 호의를 표할 듯도 한 눈이었다. 어쨌든 나는 그 여인이 그렇게 태연히 살아 돌아온 것이 퍽 반가웠다.

"옥주 년도 잽혔어요?"

내가 비로소 듣는 그 여인의 말소리였다.

"그래, 너이 년들 둘이 트리[44] 했던 거로구나."

하는 젊은이의 말도, 지난 일이라 뭐 탄할 것도 없다는 농쪼였다.

"트리야 뭘 했댔갔소. 해두 이제 가 만나문 더 반갑 갔게 말이웨다."

이런 여인의 말에 나는 웬 까닭인지 껄껄 웃어 보고 싶은 충동을 겨우 억제하였다.

1941년 4월호 《문장》

---

44 서로 비밀리에 약속하는 것.

좋은 책을 읽는 것은
과거의 가장 뛰어난 사람들과 대화를 나누는 것과 같다.

- 데카르트

조명희

|1894 ~ 1938|

1894년 충청북도 진천에서 가난한 양반 집 아들로 태어나다. 서울 중앙고보를 중퇴하고 1919년 일본 도요東洋 대학 동양철학과에 입학하여 고학으로 학교를 다니다. 1924년 적로笛蘆라는 필명으로 시집 〈봄 잔디밭 우에〉를 간행하다. 1925년 '카프'에 가담하여 1920년대 프롤레타리아 문학 활동을 펴다. 1928년 일제의 탄압을 피하여 소련으로 망명하여 한인촌 교사로 일하면서 연해주에서 발행되던 한인신문 《선봉》,《노력자의 조국》등에 글을 발표하면서 소련에서 한인 문학 건설에 힘쓰다. 1934년 소련작가동맹 원동遠東 지부 간부로 있다가 일본 간첩 혐의로 체포되어 1938년 총살당하다. 대표적인 호는 포석抱石.

대│표│작

희곡 〈김영일의 사〉(1921), 단편 〈땅 속으로〉(1925), 〈낙동강〉(1927) 등이 있다.

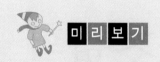

〈낙동강〉은 조명희의 대표작이며, 사회주의 혁명 의식을 주제로 삼았다는 점에서 카프 문학을 대표하는 작품 가운데 하나이다. 이전까지의 신경향파 작가들이 자연발생적인 계급주의 내용을 작품화한 데 비하여 이 작품은 분명한 목적을 갖고 계급 의식과 정치 투쟁의 시각으로 쓴 작품이다. 이전의 프로 문학이 추상적인 구호에 그쳤다면 비로소 이 작품에 와서 구체적인 인물과 구체적인 투쟁이 제시되고 있다.

주인공 박성운은 고등교육을 받은 덕택에 안정된 직업과 사회적 지위를 확보할 수 있었다. 그러나 민족주의에 눈을 뜨면서 그는 안락한 생활을 청산하고 사회 혁명 운동에 적극 가담한다.

이로 인해 박성운은 감옥에 갇혀 모진 고문을 당하기도 하지만 마침내 '민족주의자'에서 '사회주의자'로 변신하여 철저한 의식으로 무장하고 투쟁 전선에 나선다. 그러나 오랜 감옥 생활 끝에 병을 얻게 되고 고향으로 돌아온 얼마 후 죽는다. 애인 백정의 딸 로사는 그의 투쟁을 이어 가기 위하여 소련행 열차에 오른다.

〈낙동강〉은 일제 강점기 우리 사회의 이중고를 그리고 있다. 이는 '식민지 통치'라는 족쇄와 '자본주의'라는 굴레이다. 따라서 작가는 억눌리며 당하기만 하는 노동자와 농민의 편에서 그들이 주인 되는 사회주의 세상의 당위성을 이야기하고 있다. 사회주의 사상을 지닌 주인공 박성운의

일생을 그리면서 한편으로는 민족주의 운동의 좌절 과정도 동시에 보여
주고 있는 것이다.

학습길라잡이

구조 분석

- **갈래** 단편소설.
- **배경** 시간적 배경은 일제 강점기 1920년대 중반. 공간적 배경은 수탈당하고 가난한 낙동강 하구 마을. 사상적 배경은 사회주의 사상.
- **시점** 전지적 작가 시점.
- **주제** 일제 식민지 치하 수탈당하는 농촌의 실상과 한 혁명가의 비극적인 삶.

등장인물

- **박성운** 사회주의 혁명가. 만주, 상해, 북경 등지에서 독립운동을 하고 돌아와 야학과 노동 운동을 통하여 투쟁하다가 일제에 체포되어 모진 고문으로 죽는 인물.
- **로사** 백정의 딸. 서울에서 여고보를 졸업하고 보통학교 여훈도를 하다가 고향에 와서 혁명 운동에 가담하는 여성. 박성운의 애인이며 박성운의 뒤를 이어 혁명가가 되기 위하여 고향을 떠나는 인물.

플롯

- **발단** 겨울밤, 병들어 보석으로 출옥하는 박성운.
- **전개** 박성운의 성장 과정과 사회주의자가 된 내력. 북간도에서 돌아와 농민 운동을 하기까지의 사정.
- **위기** 박성운이 펼치는 농민 운동과 소작 쟁의 투쟁이 점점 쇠퇴한다.
- **절정** 박성운과 뜻을 합치는 동지이자 애인 로사.
- **결말** 박성운의 죽음을 애도하는 행렬. 로사는 대륙행 열차를 탄다.

아쉬운 소설적 기법

이 작품은 주제는 분명하다. 그러나 이를 형상화하는 데 서툰 점이 엿보인다. 플롯도 탄탄하지 못하다. 과거와 현재의 이야기가 단절되지 않은 상태로 자연스럽게 연결되지 않고 있다. '사회주의 혁명 의식'이라는 주제를 표현하는 데도 의도가 너무 앞선 나머지 예술적으로 형상화하는 데는 미흡했다.

〈낙동강〉의 무대는 구포

이 작품의 무대는 모두 구포 일대이다. 구포 벌, 구포 벌의 갈대밭, 구포 벌을 중심으로 한 삼각주 일대의 마을들, 구포 시장, 구포 주변에 있었던 것으로 추측되는 형평사 사무소, 구포 나루터, 구포 역 등등……. 남자 주인공 박성운과 여자 주인공 로사도 모두 구포 사람이며 나머지 등장인물들도 모두 구포 벌 주변 자연 부락 사람들이다. 〈낙동강〉이 발표된 1927년 무렵의 구포는 1935년 일제가 낙동강 제방을 쌓은 뒤 완전히 그 모습이 사라졌다. 박성운이 죽은 뒤 그의 애인 로사가 러시아로 가기 위해 기차를 타고 떠나는 이 소설의 마지막 부분에 등장하는 구포 역은 1903년에 개통된 역이고 1985년 지금의 역사가 신축되었기 때문에 당시의 모습은 전혀 남아 있지 않다.

깊이생각하기

1. 작품 시작 부분에 나오는 경상도 민요 사사는 어떤 암시를 하고 있는가를 살펴보자.

2. 이 작품은 이전의 경향파 작품과는 달리 보다 진보한 의식을 보여 주고 있다. 어떤 점이 다른지 구체적 구절을 예로 들어 설명해 보자.

3. 이 작품이 지닌 가장 큰 형식적 결함은 무엇인지 알아보자.

낙동강

❖

    낙동강 칠백 리, 길이길이 흐르는 물은 이곳에 이르러 곁가지 강물을 한 몸에 뭉쳐서 바다로 향하여 나간다.[1] 강을 따라 바둑판 같은 들이 바다를 향하여 아득하게 열려 있고, 그 넓은 들 품 안에는 무덤무덤의[2] 마을이 여기저기 안겨 있다.

    이 강과 이 들과 거기에 사는 인간— 강은 길이길이 흘렀으며, 인간도 길이길이 살아왔었다. 이 강과 이 인간, 지금 그는 서로 영원히 떨어지지 않으면 아니 될 것인가?

봄마다 봄마다
불어내리는 낙동강 물
구포 벌에 이르러
넘쳐넘쳐 흐르네.
흐르네— 에— 헤— 야.

철렁철렁 넘친 물
들로 벌로 퍼지면

---

1 이 작품의 무대는 낙동강 하구인 구포. 구포의 지형을 설명하는 대목이다.
2 무더기 무더기의.

만 목숨 만만 목숨의

젖이 된다네.

젖이 된다네 — 에 — 헤 — 야.

이 벌이 열리고

이 강물이 흐를 제

그 시절부터

이 젖 먹고 자라 왔네.

자라 왔네 — 에 —헤 — 야.

천 년을 산, 만 년을 산

낙동강! 낙동강!

하늘가에 간들

꿈에나 잊을소냐.

잊힐소냐 — 아 —하 — 야.

　어느 해 이른 봄에 이 땅을 하직하고 멀리 서북간도로 몰려가는 한 떼의 무리가 마지막 이 강을 건널 제, 그네들 틈에 같이 끼어 가는 한 청년[3]이 있어 뱃전을 두드리며 구슬프게 이 노래를 불러서, 가뜩이나 슬퍼하는 이사꾼[4]들로 하여금 눈물을 자아내게 하였다 한다.

　과연 그네는 뭇강아지 떼같이 이 땅 어머니의 젖꼭지에 매달려 오래오랫동안 살아왔다. 그러나 그 젖꼭지는 벌써 자기네 것이 아니기 시작한 지도 오래였다. 그러던 터에 엎친 데 덮친다고 난데없는 이리 떼 같은 무리가 닥쳐와서 물어박지르며[5] 빼앗아 먹게 되었다.

---

3 주인공 박성운을 가리킨다.
4 단순한 이사가 아니다. 농사지을 땅을 찾아서 서북간도로 이주하는 농민들이다.

인제는 한 모금의 젖이라도 입으로 들어가기 어렵게 되었다. 하는 수 없이 이 땅에서 표박하여[6] 나가게 되었다. 이렇게 된 것을 우리는 잠깐 생각하여 보자.

이네의 조상이 처음으로 이 강에 고기를 낚고, 이 벌에 곡식과 열매를 딴 때부터 세지도 못할 긴 세월을 오래오래 두고 그네는 참으로 자유로웠었다. 서로서로 노래 부르며 서로서로 일하였을 것이다. 남쪽 벌도 자기네 것이요, 북쪽 벌도 자기네 것이었었다. 동쪽도 자기네 것이요, 서쪽도 자기네 것이었다.[7]

그러나 역사는 한 바퀴 굴렀었다. 놀고먹는 계급이 생기고, 일하며 먹여 주는 계급이 생겼다. 다스리는 계급이 생기고 다스려지는 계급이 생겼다. 그로부터 임자 없던 벌판에 임자가 생기고 주림을 모르던 백성이 굶주려 가기 시작하였다. 하늘에 햇빛도 고운 줄을 몰라 가게 되고 낙동강의 맑은 물도 맑은 줄을 몰라 가게 되었다. 천 년이다 오천 년이다 이 기나긴 세월을 불평의 평화 속에서 아무 소리 없이 내려왔었다. 그네는 이 불평을 불평으로 생각지 아니하게까지 되었다. 흐린 날씨를 참으로 맑은 날씨인 줄 알 듯이. 그러나 역사는 또 한 바퀴 구르려고 한다. 소낙비 앞잡이 바람이다. 깃발이 날리었다. 갑오 동학[8]이다. 을미 운동[9]이다. 그 뒤에 이 땅에는 아니, 이 반도에는 한 괴물이 배회한다. 마치 나래치고 다니는 독수리같이. 그 괴물은 곧 사회주의[10]다. 그것이 지나치는 곳마다 기어가는 암나비 궁둥이에 수없는 알이 쏟아지는 셈으로 또한 알을 쏟아 놓고 간다. 청년 운동, 농민 운동, 형평 운동,[11] 노동 운동, 여성 운

---

5 짐승이 달려들어 물어뜯으며 몸부림치다.
6 정처 없이 떠돌아다니다.
7 발단에 해당하는 대목인데, 서술 방법이 자못 서사적이다.
8 1894년 갑오년, 조선 고종 때 전봉준 등이 선봉이 되어 일으킨 농민 혁명.
9 1895년 을미년, 일본이 명성황후를 시해하자 백성들이 일본을 몰아내려고 일으킨 운동.
10 일제의 식민지 통치가 가혹하면 할수록 사회주의는 점점 깊게 뿌리를 내리고 있었다.
11 일제 강점기인 1923년부터 백정들을 위시해서 천민들이 일으킨 신분해방 운동.

동……. 오천 년을 두고 흘러가는 날씨가 인제는 먹장구름에 싸여 간다. 폭풍우가 반드시 오고야 만다. 그 비 뒤에는 어떠한 날씨가 올 것은 뻔히 알 노릇이다.

이른 겨울의 어두운 밤, 멀리 바다로 통한 낙동강 어귀에는 고기잡이 불이 근심스레 졸고 있고, 강기슭에는 찬 물결이 울리는 소리가 높아질 때다. 방금 차에서 내린 일행은 배를 기다리느라고 강 언덕 위에 옹기종기 등불에 얼비쳐 모여 섰다. 그 가운데는 청년 회원, 형평 사원, 여성 동맹원, 소작인 조합 사람, 사회 운동 단체 사람들이 대부분을 차지하였다. 동저고릿 바람[12]에 헌 모자 비스듬히 쓰고 보따리 든 촌사람, 검정 두루마기, 흰 두루마기, 구지레한 양복, 혹은 루바슈카[13] 입은 사람, 자켓 깃 위에 짧은 머리털이 다팔다팔하는 단발랑斷髮娘,[14] 혹은 그대로 틀어 얹은 신여성,[15] 인력거 위에 앉은 병인, 그들은 ○○감옥의 미결수로 있다가 병이 위중한 까닭으로 보석 출옥하는 박성운이란 사람을 고대 차에서 받아서 인력거에 실어 가지고 마을로 들어가는 길이다.

"과연, 들리는 말과 같이 지독했구먼. 그같이 억대호 같던 사람이 저렇게 될 때야 여간 지독한 형벌을 하였겠니. 에라 이 몹쓸 놈들."

이 정거장에 마중을 나와서야 비로소 병인을 본 듯한 사람의 말이다.

"그래 가지고도 죽으면 병이 나서 죽었닥 하겠지."

누가 받는 말이다.

"그러면 와 바로 병원을 갈 일이지, 곧장 이리 온단 말고?"

"내사 모른다. 병인 당자가 한사코 이리 온닥 하니……."

"이기 와 이리 배가 더디노?"

---

12 남자용 저고리만 입은 차림을 가리킨다.
13 러시아 남자들이 입는 블라우스 모양의 상의.
14 파마하지 않은 상태로 목덜미 부분에서 가지런하게 자른 여자 머리 스타일.
15 이와 같은 머리를 '트레머리' 라고 했고, 이 스타일은 신여성의 상징이었다.

"아, 인자 저기 뱃머리 돌렸다. 곧 올락 한다."

한 사람이 저쪽 강기슭을 바라보며 지껄인다. 인력거 위의 병인을 쳐 다보며

"늬 춥지 않나?"

"괜찮다. 내 안 춥다."

"아니, 늬 춥거든, 외투 하나 더 주까?"

"언제. 아니다 괜찮다."

병인의 병든 목소리의 대답이다.

"보소, 배 좀 빨리 저 오소."

강 저편에서 뱃머리를 인제 겨우 돌려서 저어 오는 뱃사공을 보고 소 리를 친다.

"예―."

사이 뜨게 울려 오는 소리다. 배를 저어 오다가 다시 멈추고 섰다.

"저 뭘 하고 있노?"

"각중[16]에 담배를 피워 무는 모양이로구나. 에라, 이 문둥아.[17]"

여러 사람의 웃음은 와그르 쏟아졌다. 배는 왔다. 인력거 탄 사람이 먼 저다.

"보소, 늬 인력거. 사람 탄 채 그대로 배에 오를 수 있능가?"

한 사람이 인력거꾼 보고 묻는 말이다.

"어찌 그럴 수 있능기오."

"아니다. 내사 내리겠다."

병인은 인력거에서 내리며 부축되어 배에 올랐다. 일행이 오르자 배는 삐걱삐걱하는 노젓[18] 맞히는 소리와 수라수라하는 물 젓는 소리를 내며

---

16 짧은 시간.

17 경상도 지방에서 친한 사이에 허물없이 부르는 애칭. '서당에서 함께 글공부하는 친구' 라는 뜻의 말인 '문동文童'이 와전되었다는 설도 있다. '문디' 라고 하기도 한다.

18 노젓→놋좆. 노를 끼우는 나무못.

저쪽 기슭을 바라보고 나아간다. 뱃전에 앉은 병인은 등불 빛에 보아도 얼굴이 참혹하게도 여위어졌음을 알 수 있다.

"보소. 배 부리는 양반. 뱃소리나 한마디 하소, 예."

"각중에 이 사람, 소리는 왜 하락고?"

옆에 앉은 친구의 말이다.

"내 듣고 싶다……. 내 살아서 마지막으로 이 강을 건너게 되는지도 모를 일이다……."

"에라 이 백주 쩜 없는 소리만 탕탕……."

"아니다, 내 참 듣고 싶다. 보소, 배 부리는 양반, 한마디 아니하겠소?"

"언제, 내사 소리할 줄 아능기요."

"아, 누가 소리해 줄 사람이 없능가?……아, 로사! 참 소리하소, 의…… 내가 지은 노래하소."

옆에 앉은 단발랑을 조른다.

"노래하락고?"

"응, '봄마다 봄마다' 해라, 의."

봄마다 봄마다
불어내리는 낙동강 물
구포 벌에 이르러
넘쳐넘쳐 흐르네.
흐르네— 에— 헤— 야.

경상도의 독특한 지방색을 띤 민요 '닐리리조'에다가 약간 창가 조를 섞은 그 노래는 강개하고도 굳센 맛이 띠어 있다. 여성의 음색으로서는 핏기가 과하고 음률로서는 선이 좀 굵다고 할 만한, 그러나 맑은 로사의 육성은 바람에 흔들리는 강 물결의 소리를 누르고 밤하늘에 구슬프게 떠돌았다. 하늘의 별들도 무엇을 느낀 듯이 눈을 끔벅끔벅하는 것 같았다.

지금 이 배에 오른 삶들이 서북간도 이사꾼들은 비록 아니언마는 새삼스러이 가슴이 울리지 아니할 수는 없었다.

그 노래 제3절을 마칠 때 박성운은 몹시 히스테리컬하여진 모양으로 핏대를 올려 가지고 합창을 한다.

천 년을 산 만 년을 산
낙동강! 낙동강!
하늘가에 간들
꿈에나 잊을소냐
잊힐소냐— 아— 하— 야.

노래는 끝났다. 성운은 거진 미친 사람 모양으로 날뛰며, 바른팔 소매를 걷어들고 강물에다 잠그며, 팔에 물을 적셔 보기도 하며, 손으로 물을 만지기도 하고 끼얹어 보기도 한다. 옆 사람이 보기에 딱하던지,

"이 사람, 큰일났구만. 이 병인이 지금 이 모양에, 팔을 찬물에다 정구고 하니, 어쩌잔 말고."

"내사 이래 죽어도 좋다. 늬 너무 걱정 말아."

"늬 미쳤구나……백죄……."

그럴수록에 병인은 더 날뛰며, 옆에 앉은 여자에게 고개를 돌려

"로사! 늬 팔 걷어라. 내 팔하고 같이 이 물에 정궈 보자."

여자의 손을 잡다가 잡은 채 그대로 물에다 잠그며 물을 저어 본다.

"내가 해외에 다섯 해 동안을 떠돌아다니는 동안에도, 강이라는 것이 생각날 때마다 낙동강을 잊어본 적은 없었다……. 낙동강이 생각날 때마다 내가 이 낙동강의 어부의 손자요, 농부의 아들임을 잊어본 적도 없었다……. 따라서, 조선이란 것도."

두 사람의 손이 힘없이 그대로 뱃전 너머 물 위에 축 처져 있을 뿐이다. 그는 다시 눈앞의 수면을 바라다보며 혼잣말로

"그 언제인가 가을에 내가 송화강[19]을 건널 적에, 이 낙동강을 생각하고 울은 적도 있었다……. 좋은 마음으로 나간 사람 같고 보면 비록 만리 밖을 나가 산다 하더라도 그같이 상심이 될 리 없으련마는……."

이 말이 떨어지자, 좌중은 호흡조차 은근히 끊어지는 듯이 정숙하였다. 로사는 들었던 고개가 아래로 떨어지며 저편의 손이 얼굴로 올라갔다. 성운의 눈에서도 한 방울의 굵은 눈물이 뚝 떨어졌다. 한동안 물소리만 높았다. 로사는 뱃전에 늘어져 있던 바른손으로 사나이의 언 손을 꼭 잡아당기며

"인제 그만둡시대, 의."

이 말끝 악센트의 감칠맛이란 것도 경상도 여자의 쓰는 말 가운데서도 가장 귀염성이 드는 말투였다. 그는 그의 손에 묻은 물을 손수건으로 씻어 주며 걷었던 소매를 내려 준다.

배는 저쪽 언덕에 가 닿았다. 일행은 배에서 내리자, 먼저 병인을 인력거 위에다 싣고는 건너 마을을 향하여 어둠을 뚫고 움직여 나갔다.

그의 말과 같이, 박성운은 과연 낙동강 어부의 손자요, 농부의 아들이었다. 그의 할아버지는 고기잡이로 일생을 보냈었고 그의 아버지는 농사꾼으로 일생을 보냈었다. 자기네 무식이 한이 되어 그 아들이나 발전을 시켜 볼 양으로 그리하였던지, 남 하는 시세에 좇아 그대로 해 보느라고 그리하였던지, 남의 논밭을 빌려 농사를 지어 구차한 살림을 하여 나가면서도, 어쨌든 그 아들은 가르쳐 놓았다. 서당으로, 보통학교로, 도립 간이 농업학교로…….

그가 농업학교를 마치고 나서, 군청 농업 조수로도 한두 해를 있었다. 그럴 때 자기 집에서는 자기 아들이 무슨 큰 벼슬이나 한 것같이 여기며, 만나는 사람마다 자기 아들 자랑하기가 일이었었다. 그러할 것 같으면 동

---

19 남자 주인공 박성운이 만주 지역에 있었다는 것을 암시하고 있다.

네 사람들은 또한 못내 부러워하며, 자기네 아이들도 하루바삐 어서 가르쳐 내놓을 마음을 먹게 되었다.

그러다가 마침 독립 운동이 폭발하였다. 그는 단연히 결심하고, 다니던 것을 헌신짝같이 집어던지고는 독립 운동에 참가하였다. 일마당[20]에 나서고 보니 그는 열렬한 투사였다. 그때쯤은 누구나 예사지만 그도 또한 1년 반 동안이나 철창 생활을 하게 되었었다.

그것을 치르고 집이라고 나와 보니 그동안에 자기 모친은 돌아가고, 늙은 아버지는 집도 없게 되어 자기 딸(성운의 자씨)에게 가서 얹혀 있게 되었다. 마침 그해에도 이곳에서 살 수가 없게 되어 서북간도로 떠나가는 이사꾼이 부쩍 늘 판이다. 그들 부자도 그 이사꾼들 틈에 끼어 멀리 고향을 등지고 떠나가게 되었었다(아까 부르던 그 낙동강 노래란 것도 그때 성운이가 지어서 읊던 것이었다).

서간도로 가 보니, 거기도 또한 편안히 살 수가 없는 곳이었다. 그 나라의 관헌의 압박, 횡포는 여간이 아니었다. 그의 부자도 남과 한가지 이리저리 떠돌았다. 떠돌다가, 그야말로 이역 타향에서 늙은 아버지조차 영원히 잃어버리게 되었었다.

그 뒤에 그는 남북 만주, 노령,[21] 북경, 상해 등지로 돌아다니며, 시종이 일관하게 독립 운동에 노력하였었다. 그러는 동안에 다섯 해의 세월이 갔다. 모든 운동이 다 침체하고 쇠퇴하여 갈 판이다. 그는 다시 발길을 돌려 고국으로 향하게 되었다. 그가 조선으로 들어올 무렵에, 그의 사상상에는 큰 전환이 생기었다. 그것은 다른 것이 아니라 이때껏 열렬하던 민족주의자가 변하여 사회주의자로 되었다는 말이다.

그가 갓 서울로 와서, 일을 하여 보려 하였으나 그도 뜻과 같이 못하였

---

20 농가에 딸려 있는 '일하는 마당'을 말하지만 여기서는 독립 운동 그 자체를 가리킴.
21 노령露領. 러시아 영토.

다. 그것은 이 땅에 있는 사회 운동 단체라는 것이 일에는 힘을 아니 쓰고, 아무 주의 주장에 틀림도 없이, 공연히 파벌을 만들어 가지고 동지끼리 다투기만 일삼는 판이다. 그는 자기와 뜻이 같은 사람끼리 어울려, 양방의 타협 운동도 일으켰으나 아무 효과도 없었고, 여론을 일으켜 보기도 하였으나 파쟁에 눈이 뻘건 사람들의 귀에는 그도 크게 울리지 못하였다. 그는 분연히 떨치고 일어서며

"이 파벌이란 시기가 오면 자연히 궤멸될 때가 있으리라."

고 예언같이 말을 하여 던지고서는, 자기 출생지인 경상도로 와서 남조선 일대를 망라하여 사회 운동 단체를 만들어서 정당한 운동에만 힘을 쓰게 되었다. 그리고 자기는 자기 고향인 낙동강 하류 연안 지방의 한 부분을 떼어 맡아서 일을 보게 되었다.

그리고 그는 이 땅의 사정을 보아

"대중 속으로!"[22]

하고 부르짖었다.

그가 처음으로, 자기 살던 옛 마을을 찾아와 볼 때 그의 심사는 서글프기 가이없었다.[23] 다섯 해 전 떠날 때는 백여 호 대촌이던 마을이 그동안에 인가가 엄청나게 줄었다. 그 대신에 예전에는 보지도 못하던 크나큰 함석지붕 집이 쓰러져 가는 초가집들을 멸시하고 위압하는 듯이 둥두렷이 가로 길게 놓여 있다. 그것은 묻지 않아도 동척[24] 창고임을 알 수 있다. 예전에 중농이던 사람은 소농으로 떨어지고, 소농이던 사람은 소작농으로 떨어지고, 예전에 소작농이던 많은 사람들은 거의 다 풍지박산하여 나가게 되고, 어렸을 때부터 정들었던 동무들도 하나도 볼 수 없었다. 그들은 모두 도회로, 서북간도로, 일본으로 산지사방 흩어져 갔다. 대대

---

22 일제 강점기 농민 운동을 지칭하는 말은 '브나로드 운동' 즉 '대중 속으로' 이다.
23 끝이 없었다.
24 일제 강점기 우리 농민을 수탈하던 '동양척식주식회사' 의 줄임말.

로 살아오던 자기네 집터에는 옛날의 흔적이라고는 주춧돌 하나 볼 수 없었고(그 터는 지금 창고 앞마당이 되었으므로), 다만 그 시절에 사립문 앞에 있던 해묵은 느티나무만이 지금도 그저 그 넓은 마당 터에 홀로 우뚝 서 있을 뿐이다. 그는 쫓아가서 어린아이 모양으로 그 나무 밑동을 껴안고 맴을 돌아보았다. 뺨을 대어 보았다 하며 좋아서 또는 슬퍼서 어찌할 줄을 몰랐다. 그는 나무를 안은 채 눈을 감았다. 지나간 날의 생각이 실마리 같이 풀려 나갔다. 어렸을 때 지금 하듯이 껴안고 맴돌기, 여름철에 꼭대기까지 기어올라가 매미 잡다가 대머리 벗어진 할아버지에게 꾸지람당하던 일, 마을의 젊은이들이 그네를 메고 놀 때엔 자기도 그네를 뛰겠다고 성화 바치던 일, 앞집에 살던 순이란 계집아이와 같이 나무 그늘 밑에서 소꿉질하고 놀 제 자기는 신랑이 되고 순이는 새악시가 되어 시집가고 장가가던 흉내를 내던 일, 그러다가 과연 소년 때 이르러 그 순이란 처녀와 서로 사모하게 되던 일, 그 뒤에 또 그 순이가 팔려서 평양인가 서울로 가게 될 제, 어둔 밤 남모르게 이 나무 뒤에 숨어서 서로 붙들고 울던 일, 이 모든 일이 다 생각에서 떠돌아 지나가자 그는 흐르륵 느껴지는 숨을 길게 한 번 내쉬고는 눈을 딱 떴다.

'내가 이까짓 것을 지금 다 생각할 때가 아니다……. 에잇…… 째…….' 하고 혼자 중얼거리고는 이때껏 하던 생각을 떨어 없애려는 듯이 획 발길을 돌려 걸어 나갔다. 그는 원래 정情의 사람이었다. 그러나 그는 근래에 그 감정을 의지로 누르려는 노력이 많은 터이다.

"혁명가는 생무쇠쪽 같은 시퍼런 의지의 마음씨를 가져야 한다!"

이것은 그의 생활의 지표이다. 그러나 그의 감정은 가끔 의지의 굴레를 벗어나서 날뛸 때가 많았다.

그는 먼저 일할 프로그램을 세웠다. 선전, 조직, 투쟁— 이 세 가지로. 그리하여 그는 먼저 농촌 야학을 실시하여 가지고 농민 교양에 힘을 썼었다. 그네와 감정을 같이할 양으로 벗어부치고 들이덤비어 그네들 틈에 끼어 생[25] 일도 하고, 농사 일터나, 사랑 구석에 모인 좌석에서나, 야학 시간에서나, 기회가 있는 대로 교화에 전력을 썼었다.

그 다음에는 소작 조합을 만들어 가지고 지주, 더구나 대지주인 동척의 횡포와 착취에 대하여 대항 운동을 일으켰었다.

첫해 소작 쟁의에는 다소간 희생자도 내었지만 성공이다. 그 다음해에는 아주 실패다. 소작 조합도 해산 명령을 받았다. 노동 야학도 금지다. 동척과 관영의 횡포, 압박은 이루 말할 수가 없었다. 아무리 인정이 있으나, 아무리 참을성이 있으나, 이 땅에서는 어찌할 수 없었다. 모든 것이 침체되고 말 뿐이었다. 그리하여 작년 가을에 그의 친구 하나는 분연히 떨치고 일어서며

"내 구마[26] 밖으로 갈란다. 여기에서 무슨 일을 할 수 있는가? 하자면 테러지. 테러밖에는 더 없다."

"아니다. 그래도 여기 있어야 한다. 우리가 우리 계급의 일을 하기 위하여는 중국에 가서 해도 좋고 인도에 가서 해도 좋고 세계의 어느 나라에 가서 해도 마찬가지다. 하지만 우리 경우에는 여기 있어서 일하는 편이 가장 편리하다. 그리고 우리는 죽어도 이 땅 사람들과 같이 죽어야 할 책임감과 애착을 가지고 있다."

이같이 권유도 하였으나, 필경에 그는 그의 가장 신뢰하던 동무 하나를 떠나보내게 되고 만 일도 있었다.

졸고 있는 이 땅, 아니 움츠러들고 있는 이 땅, 그는 피 칠할 일이 생기고 말았다. 그것은 다른 것이 아니다. 이 마을 앞 낙동강 기슭에 여러 만 평 되는 갈밭이 하나 있었다. 이 갈밭이란 것도 낙동강이 흐르고 이 마을이 생긴 뒤부터, 그 갈을 베어 자리를 치고 그 갈을 털어 삿갓을 만들고 그 갈을 팔아 옷을 구하고 밥을 구하였었다.

---

25 가공을 하지 않은, 손대지 않은 상태를 가리키는 말. 생짜. 그러니까 '생 일'은 '농민들이 하는 일과 똑같은 일'을 뜻함.
26 그만.

기러기 떴다. 낙동강 우에

가을 바람 부누나 갈꽃이 나부낀다.

이 노래도 지금은 부를 경황이 없게 되었다. 그 갈밭은 벌써 남의 물건이 되고 말았다. 그것은 이 촌민의 무지로 말미암아, 10년 전에 국유지로 편입이 되었다가 일본 사람 가또란 자에게 국유 미간지 처리라는 명의로 넘어가고 말았다. 이 가을부터는 갈도 벨 수가 없었다. 도 당국에 몇 번이나 사정을 하였으나 아무 효과가 없었다. 촌민끼리 손가락을 끊어 맹서를 써서 혈서 동맹까지 조직하여서 항거하려 하였다. 필경에는 모두가 다 실패뿐이다. 자기네 목숨이나 다름없이 알던 촌민들은 분김에 눈이 뒤집혀 가지고 덮어놓고 갈을 베어 제쳤다. 저편의 수직꾼하고 시비가 생겼다. 사람까지 상하였다. 그 끝에 성운이가 선동자라는 혐의로 붙들려 가서 가뜩이나 경찰 당국에서 미워하던 끝에 지독한 고문을 당하고 나서 검사국으로 넘어가서 두어 달 동안이나 있다가 병이 급하게 되어 나온 터이다.

그런데 여기에 한 에피소드가 있다. 그것은 이해 여름 어느 장날이다. 장거리에서 형평 사원들과 장꾼 — 그 중에서도 장거리 사람들과 큰 싸움이 일어났다. 싸움 시초는 장거리 사람 하나가 이곳 형평사 지부 앞을 지나면서 모욕하는 말을 한 까닭으로, 피차에 말이 오락가락하다가 싸움이 되고 또 떼싸움이 되어서 난폭한 장거리 사람들이 몽둥이를 들고 형평 사원 촌락을 습격한다는 급보를 듣고, 성운이가 앞장을 서서 청년 회원, 소작인 조합원, 심지어 여성 동맹원까지 총출동을 하여 가지고 형평 사원 편을 응원하러 달려갔었다. 싸움이 진정된 후

"늬도 이놈들, 새 백정이로구나"

하는 저편 사람들의 조소와 만매慢罵[27]를 무릅쓰고도 그는

"백정이나 우리나 다 같은 사람이다……. 다만 직업의 구별만 있을 따

---

27 상대를 얕잡아 보고 함부로 욕하거나 꾸짖는 것.

름이다……. 무릇 무슨 직업이든지, 직업이 다르다고 사람의 귀천이 있는 것은 결코 아니다. 그것은 옛날 봉건 시대 사람들의 하는 말이다……. 더구나 우리 무산 계급은 형평 사원과 같이 손을 맞붙잡고 일을 하여 나가지 않으면 아니 된다. ……그러므로 형평 사원과 우리 무산 계급[28]은 한 형제요, 동무로 알고 나아가야 한다."

하고 여러 사람 앞에서 열렬히 부르짖은 일이 있었다.

이 뒤에, 이곳 여성 동맹에는 동맹원 하나가 더 늘었다. 그것이 곧 형평 사원의 딸인 로사다. 로사가 동맹원이 된 뒤에는 자연히 성운과도 상종이 잦아졌다. 그럴수록에 두 사람의 사이는 점점 가까워지며 필경에는 남다른 정이 가슴속에 깊이 들어 배게까지 되었었다.

로사의 부모는 형평 사원으로서, 그도 또한 성운의 부모와 마찬가지로 딸일망정 발전을 시켜 볼 양으로 그리하였던지, 서울에 보내어 여자고등보통학교를 졸업시키고 사범과까지 마친 뒤에 여훈도[29]가 되어 멀리 함경도 땅에 있는 보통학교에 가서 있다가 하기 방학에 고향에 왔던 터이다. 그의 부모는 그 딸이 판임관[30]이라는 벼슬을 한 것이 천지개벽 후에 처음 당하는 영광으로 알았었다. 그리하여 그는 '내 딸이 판임관 벼슬을 하였는데, 나도 이 노릇을 더 할 수 있는가?' 하고는 하여 오던 수육업[31]이라는 직업도 그만두고, 인제 그 딸이 가 있는 곳으로 살러 가서 새 양반 노릇을 좀 하여 볼 뱃심이었다. 이번에 딸이 집에 온 뒤에도 서로 의논하고 작정하여 놓은 노릇이다. 그러나 천만 뜻밖에 그 몹쓸 큰 싸움이 난 뒤부터 그 딸이 무슨 여자청년회 동맹이니 하는데 푸떡푸떡 드나들며, 주의자니 무엇이니 하는 사나이 틈바구니에 끼어 놀고 하더니 그만 가 있던

---

28 무산 계급無産階級. 글자 뜻 그대로 가진 재산이 없는 까닭에 자기 자신의 노동력으로 생활하는 사람. 자본주의 사회의 최하층 계급을 가리킨다. 프롤레타리아트.

29 여교사.

30 판임관判任官. 1912년, 조선총독부는 교육 분야에도 판임관 직제를 신설하였다. 교사로서 5년 이상 근무한 자 중에서 이 판임관을 선임하였다고 한다.

31 정육점.

곳도 아니 가겠다, 다니던 벼슬도 내어놓겠다 하고 야단이다. 그리하여 이네의 집안에는 제일 큰 걱정거리가 생으로 하나 생겼다. 달래다, 구슬리다, 별별 소리로 다 타일러야 그 딸이 좀처럼 듣지를 않는다.

필경에는 큰소리까지 나가게 되었다.

"이년의 가시네야! 늬 백정 놈의 딸로 벼슬을 했으면 무던하지 그보다 무엇이 더 나은 것이 있더노?"

하고 그의 아버지가 야단을 칠 때

"아배는 몇백 년이나 조상 때부터 그 몹쓸 놈들에게 온갖 학대를 다 받아 왔으며, 그래도 그 몹쓸 놈들의 썩어 자빠진 생각을 그저 그대로 가지고 있구만. 내사 그까짓 더러운 벼슬이고 무엇이고 싫소구마……. 인자 참사람 노릇을 좀 할란다."

하고 딸이 대거리를 할 것 같으면

"아따 그년의 가시네, 건방지게……. 늬 뭐락 했노? 뭐락 해?"

그의 어머니는 옆에서 남편의 말을 거드느라고,

"야, 늬 생각해 보아라. 우리가 그 노릇을 해 가며 늬 공부시키느라고 얼마나 애를 먹었노. 늬 부모를 생각하기로 그럴 수가 있능가? 자식이라고 딸자식 형제에서 늬만 공부를 시킨 것도 다 늬 덕을 보자꼬 한 노릇이 아니냐?"

"그러면 어매 아배는 날 사람 노릇 시킬라고 공부시킨 것이 아니라, 돼지 키워서 이 보듯이 날 무슨 덕 볼라꼬 키워 논 물건으로 알았다는 게오?"

"늬 다 그 무슨 쏘리고? 내사 한마디 못 알아듣겠다……. 아나, 늬 와 이라노? 와?"

"구마, 내 듣기 싫소. ……내 맘대로 할라요."

할 때, 그 아버지는 화가 버럭 나서

"에라 이……. 늬 이년의 가시네, 내 눈앞에 뵈지 말아. 내사 딱 보기 싫다구마."

하고는 벌떡 일어나 나가 버린다.

　이리하고 난 뒤에 로사는 그 자리에 폭 엎으러져서 흑흑 느껴 가며 울기도 하였다. 그것은 그 부친에게 야단을 맞고 나서 분한 생각을 참지 못하여 그러는 것만도 아니었다. 그의 부모가 아무리 무지해서 그렇게 굴지만, 그 무지함이 밉다가도 도리어 불쌍한 생각이 난 까닭이었다.

　이러할 때도 로사는 으레 같이 성운에게로 달려가서 하소연한다. 그럴 것 같으면 성운은

　"당신은 최하층에서 터져 나오는 폭발탄 같아야 합니다. 가정에 대하여, 사회에 대하여, 같은 여성에 대하여, 남성에게 대하여, 모든 것에 대하여 반항하여야 합니다."

하고 격려하는 말도 하여 준다. 그럴 것 같으면 로사는 그만 감격에 떠는 듯이 성운의 무릎 위에 쓰러져 얼굴을 파묻고 운다. 그러면, 성운은 또

　"당신은 또 당신 자신에 대하여서도 반항하여야 되오. 당신의 그 눈물 …… 약한 것을 일부러 자랑하는 여성들의 그 흔한 눈물도 걷어치워야 되오. 우리는 다 같이 굳센 사람이 되어야 합니다."

　이같이 로사는 사랑의 힘, 사상의 힘으로 급격히 변화하여 가는 사람이 되었다. 그의 본 성명도 로사가 아니었다. 어느 때 우연히 로사 룩셈부르크의 이야기가 나올 때 성운이가 웃는 말로

　"당신 성도 로가고 하니, 아주 로사라고 지읍시다, 의. 그리고 참말로 로사가 되시오."

하고 난 뒤에 농이 참 된다고, 성명을 아주 로사로 고쳐 버린 일이 있었다.

　병든 성운을 둘러싼 일행이 낙동강을 건너 어둠을 뚫고 건너 마을로 향하여 가던 며칠 뒤 낮결이었다. 갈 때보다도 더 몇 배 긴긴 행렬이 마을 어귀에서부터 강 언덕을 향하고 뻗쳐 나온다. 수많은 깃발이 날린다. 양렬로 늘어선 사람의 손에는 긴 외올 베 자락이 잡혀 있다. 맨 앞에 선 검정 테 두른 기폭에는 '고 박성운 동무의 영구'라고 써 있다.

그 다음에는 가지각색의 기다. 무슨 '동맹', 무슨 '회', 무슨 '조합', 무슨 '회', 무슨 '사'. 각 단체 연합장임을 알 수 있다. 또 그 다음에는 수많은 만장이다.

'용사는 갔다. 그러나 그의 더운 피는 우리의 가슴에서 뛴다.'

'갔구나. 너는! 날 밝기 전에 너는 갔구나! 밝는 날 해맞이 춤에는 네 손목을 잡아볼 수 없구나.'

'……'

'……'

이루 다 셀 수가 없다. 그 가운데에는 긴 시구詩句 같이 이렇게 벌려서 쓴 것도 있었다.

'그대는 평시에 날더러 너는 최하층에서 터져 나오는 폭발탄이 되어라 하였나이다. 옳소이다. 나는 폭발탄이 되겠나이다. 그대는 죽을 때도 날더러 너는 참으로 폭발탄이 되어라 하였나이다. 옳소이다. 나는 폭발탄이 되겠나이다.'

이것은 묻지 않아도 로사의 만장[32]임을 알 수 있었다.

이해의 첫눈이 푸뜩푸뜩 날리는 어느 날 늦은 아침, 구포역에서 차가 떠나서 북으로 움직여 나갈 때이다. 기차가 들녘을 다 지나갈 때까지, 객차 안 들창으로 하염없이 바깥을 내다보고 앉은 여성이 하나 있었다. 그는 로사이다. 아마 그는 돌아간 애인이 밟던 길을 자기도 한번 밟아 보려는 뜻인가 보다. 그러나 필경에는 그도 머지않아서 다시 잊지 못할 이 땅으로 돌아올 날이 있겠지.

1927년 7월호 《조선지광》

---

[32] 만장輓章. 죽은 사람을 슬퍼하여 비단 같은 천에 글을 적어 깃발처럼 만든 것.

한 세대의 **독자**들이 결국

        한 세대의 **필자**들로 이어질 것이다.

                    - 스필버그

김동리

|1913 ~ 1995|

　　　1913년 경북 경주에서 태어나다. 대구 계성중학, 서울 경신고보를 다니다가 중퇴하다. 1934년 《조선일보》 신춘문예에 시 〈백로〉가 입선한 뒤, 이듬해 1935년 《조선중앙일보》 신춘문예에 단편 〈화랑의 후예〉, 1936년 《동아일보》에 단편 〈산화〉가 연이어 당선되어 작가가 되다. 1940년 일제 어용 문학단체인 조선문인보국회 가입을 거부하고 만주 지방을 방랑하다. 1945년 해방 후에는 좌익 문학단체에 맞서 '한국청년문학가협회'를 결성하고 회장을 맡아 순수문학, 본격문학, 신인간주의 문학을 옹호하는 선봉에 서다. 1947년 《경향신문》 문화부장 1948년 《민국일보》 편집국장을 역임하다. 그 후에는 서라벌예술대학, 중앙대 예술대학장 등을 역임하며 후진 양성에 힘을 쏟다. 본명은 시종 始鍾.

대 l 표 l 작

단편 〈바위〉(1936), 〈무녀도〉(1936), 〈황토기〉(1939), 〈헐거부족〉(1947), 〈역마〉(1948), 〈사반의 십자가〉(1958), 〈등신불〉(1963), 평론 〈순수문학의 진의〉(1946), 〈문학과 자유의 옹호〉(1947), 〈민족문학론〉(1948) 등이 있다.

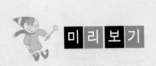

〈역마驛馬〉는 작가 김동리가 1948년에 발표한 단편소설이다. 이 작품은 '역마', '역마살' 또는 당사주唐四柱로 상징되는 한국인의 운명관을 그린 작품이다. 그래서 이 작품에는 '운명에 순응함으로써 자기 자신을 구원한다'는 작가의 인생관이 강하게 배어 있다. 이 작품의 주제는 우리가 흔히 '역마살'이라고 말하는 '운명론'이다. 젊은 시절 한 남사당과 하룻밤 맺은 인연으로 태어난 주인공 옥화는 자기 자신도 떠돌이 중과의 인연으로 아들(성기)을 낳는다. 그러니까 아들은 태어날 때부터 이미 운명적으로 역마살 운명인 것이다. 그 역마살 때문에 괴로워하지만 결국 아들은 역마살인 자신의 운명을 받아들이게 된다.

〈역마〉에서는 '필연성'보다는 '하룻밤 인연'이 계속 반복된다. 하루 저녁 인연으로 남사당(체 장수)에게서 옥화를 낳은 할머니, 떠돌이 중에게서 아들 성기를 낳은 옥화, 마침내 엿목판을 메고 유랑의 길에 오르는 성기 등 역마살의 내력은 3대로 이어진다. 옥화가 체 장수가 데리고 온 계연이 자기의 이복 동생임을 알아차리는 계기 등 이야기를 이끌어 나가는 주요한 사건들이 모두 우연으로 이루어진다. 그러나 이런 우연들은 단순한 우연이 아니라 운명의 위치로 올라와 있다. 등장인물들의 삶은 자신의 의지나 선택으로 결정되지 않는다. 그들의 운명은 이미 주어져 있고, 인간의 힘으로는 벗어날 수 없는 단단한 힘에 갇혀 있는 것이다.

전해 내려오는 전설 같은 민속적인 소재를 통하여 토속적인 분위기 속에

역마

서 등장 인물들의 삶과 운명을 시적詩的으로 승화한 이 작품은 〈무녀도〉,
〈황토기〉, 〈바위〉 등과 함께 작가의 운명론적 인생관을 보여 주는 대표작
중의 하나이다.

학습길라잡이

구조 분석

- **갈래** 단편소설.
- **주제** 운명(역마살)에 순응하는 인간의 고통과 구원.
- **배경** 공간적 배경은 전라도와 경상도 경계 지역인 화개장터. 시간적 배경은 옛날 어느 때. 특정한 시대가 아니어도 됨.
- **시점** 3인칭 전지적 작가 시점.

등장인물

- **옥화** 화개장터 주막집 주인. 성기의 모친이자 체 장수의 딸. 아들의 역마살 제거에 실패하고 운명에 순응하게 함.
- **성기** 옥화의 아들. 계연을 사랑하지만 맺어질 수 없는 운명이다. 역마살 운명에 순응하여 고향을 떠나는 인물.
- **체 장수** 옥화의 부친. 36년 전 떠돌이 여인과 하룻밤 인연으로 옥화를 낳았음.
- **계연** 체 장수의 딸. 옥화의 이복 여동생.(성기의 이복 이모)

플롯

- **발단** 옥화는 아들(성기)의 역마살을 없애려 하고, 체 장수 영감은 딸 계연을 옥화에게 맡기고 장사를 떠난다.
- **전개** 성기와 계연의 관계가 사랑으로 발전함.
- **위기** 옥화가 계연의 왼쪽 귓바퀴에 있는 사마귀를 발견하고 동생일 거라는 예감을 하게 됨.
- **절정** 계연이 성기의 이모임이 밝혀지고, 둘의 사랑이 운명적으로 불가능하게 됨.
- **결말** 중병을 앓고 난 성기는 운명에 순응, 엿장수로 집을 떠남.

이것만은 놓치지 말자

역마살이 끼었다

역마살이란 늘 이리저리 떠돌아다니는 팔자를 일컫는다. 옛날에는 지금처럼 통신 수단이나 교통 시설이 발달하지 않았기 때문에 일정한 거리마다 역참驛站을 두고 그곳에서 말을 갈아타며 급한 볼일을 보러 다니곤 했다. 이 역참에 준비해 둔 말이 바로 '역마驛馬'이다. 이 역마는 당연히 많은 곳을 다니게 마련이다. 그리고 '살煞'은 사람을 해치는 독한 기운을 가리킨다. 따라서 '역마+살'이라고 하면 천성적으로 역마처럼 이리저리 떠돌아다닐 팔자라는 뜻이다.

깊이 생각하기

1. 이효석의 〈메밀꽃 필 무렵〉에서 허생원이 아들을 찾는 단서는 왼손잡이였고, 이 작품에서는 귀밑에 있는 사마귀이다. 이런 사례가 다른 소설 작품에도 더 있는지 찾아보자.
2. '화개장터'는 전라도와 경상도의 접경지이고 앞으로는 섬진강, 뒤로는 지리산이 있어서 역마살 인생이 거쳐 가는 장소로는 아주 알맞은 곳이다. 화개장터에 대하여 지리, 역사, 문화 유산 등을 살펴보자.
3. 작품에 등장하는 역마살, 당사주, 시천역 등에 대하여 더 많은 자료를 수집해서 공부해 보자.

역마

♦

   '화개장터' 의 냇물은 길과 함께 흘러서 세 갈래로 나 있었다. 한 줄기는 전라도 땅 구례 쪽에서 오고 한 줄기는 경상도 쪽 화개협花開峽[1]에서 흘러내려, 여기서 합쳐서, 푸른 산과 검은 고목 그림자를 거꾸로 비치인채, 호수같이 조용히 돌아, 경상 전라 양도의 경계를 그어 주며, 다시 남으로 남으로 흘러내리는 것이, 섬진강 본류였다.

   하동, 구례, 쌍계사의 세 갈래 길목이라 오고가는 나그네로 하여, '화개장터' 엔 장날이 아니라도 언제나 흥성거리는 날이 많았다. 지리산 들어가는 길이 고래로 허다하지만, 쌍계사 세이암洗耳岩의 화개협 시오 리를 끼고 앉은 '화개장터' 의 이름이 높았다. 경상 전라 양 도 접경이 한두 군데일 리 없지만 또한 이 '화개장터' 를 두고 일렀다. 장날이면 지리산 화전민들의 더덕, 도라지, 두릅, 고사리들이 화갯골에서 내려오고 전라도 황아 장수들의 실, 바늘, 면경, 가위, 허리끈, 주머니끈, 족집게, 골백분[2] 들이 또한 구례 길에서 넘어오고 하동 길에서는 섬진강 하류의 해물 장수들이 김, 미역, 청각,[3] 명태, 자반조기,[4] 자반고등어들이 올라오곤 하여

---

1 화개 골짜기. 골짜기 깊숙한 곳에 쌍계사가 있고, 이 골짜기로 오르면 지리산 연하천, 삼도봉, 벽소령, 세석 평전이 가깝다.

2 뼛가루로 만들었다는 여자 화장용 흰색 가루분.

3 해조류 가운데 하나. 녹색의 줄기는 사슴뿔 비슷하게 생겼고, 부드럽다. 김장 때 김치의 고명으로 쓰이고 날것으로 무쳐 먹기도 함. '청각채' 라고도 함.

산협山峽 치고는 꽤 성한 장이 서는 것이기도 했으나, 그러나 '화개장터' 의 이름은 장으로 하여서만 있는 것이 아니었다.

장이 서지 않는 날일지라도 인근 고을 사람들에게 그곳이 그렇게 언제나 그리운 것은, 장터 위에서 화갯골로 뻗쳐 앉은 주막마다 유달리 맑고 시원한 막걸리와 펄펄 살아 뛰는 물고기의 회를 먹을 수 있기 때문인지도 몰랐다. 주막 앞에 늘어선 능수버들 가지 사이사이로 사철 흘러나오는 그 한恨 많고 멋들어진 춘향가 판소리,[5] 육자배기[6]들이 있기 때문인지도 몰랐다. 게다가 가끔 전라도 지방에서 꾸며 나오는 남사당[7] 여사당 협률協律 창극[8] 광대들이 마지막 연습 겸 첫 공연으로 여기서 으레 재주와 신명을 떨고서야 경상도로 넘어간다는 한갓 관습과 전례傳例[9]가 '화개장터' 의 이름을 더욱 높이고 그립게 하는 것인지도 몰랐다.

가운데도 옥화玉花 네 주막은 술맛이 유달리 좋고 값이 싸고 안주인 즉 옥화의 인심이 후하다 하여 화개장터에서는 가장 이름이 들난 주막이었다. 얼마 전에 그 어머니가 죽고 총각 아들 하나와 단 두 식구만으로 안주인 옥화가 돌아올 길 망연한 남편을 기다리며 살아간다는 것이라 하여 그들은 더욱 호의와 동정을 기울이는 것인지도 몰랐다. 혹 노자가 딸린다거나 행장이 불비[10]할 때 그들은 으레 옥화네 주막을 찾았다.

"나 이번에 경상도서 돌아올 때 함께 회계하지라오."

---

4 소금에 짭짤하게 절인 조기.

5 이 지역은 판소리에서 말하는 '동편제'가 융성했던 곳이다. 동편제는 조선 영조 때의 명창 송흥록宋興祿을 잇는 판소리 유파로서, 굵고 웅장한 시김새로 짜여 있다. 전라도의 동북 지역인 운봉·구례·순창·흥덕 등에서 융성했다. 이에 비해 서편제는 서부 전라도 지방에서 융성했다.

6 남도 지방에서 널리 불리던 잡가 가운데 하나. 곡조가 활발하다.

7 옛날에 이곳저곳 떠돌아다니면서 춤·노래·곡예 등의 굿판을 벌이며 생계를 잇던 남자 패거리를 말함. 여자들은 여사당이라고 함.

8 대사 대신 창唱으로 극을 이끌어 가는 민속극.

9 전부터 있었던 사례. 선례 先例.

10 제대로 갖추어지지 않은.

그들은 예사로 이렇게들 말하곤 하였다.

늘어진 버들가지가 강물에 씻기우고, 저녁놀에 은어가 번득이고 하는 여름철 석양 무렵이었다.

나이 예순도 훨씬 더 넘어 뵈는 늙은 체[11] 장수 하나가, 쳇바퀴와 바닥감들을 어깨에 걸머진 채 손에는 지팡이와 부채를 들고 옥화네 주막을 찾아왔다. 바로 그 뒤에는 나이 열 대여섯 살쯤 나 뵈는 몸매가 호리호리한 소녀 하나가 조그만 보따리를 옆에 끼고 서 있었다. 그들은 무척 피곤해 보였다.

"저 큰애기까지 두 분입니까?"

옥화는 노인보다 '큰애기'의 얼굴을 바라보며 이렇게 물었다. 노인은 조용히 고개를 끄덕였다.

그날 밤 저녁상을 물린 뒤 노인은 옥화에게 인사를 청했다. 살기는 구례에 사는데 이번엔 경상도 쪽으로 벌이를 떠나온 길이라 하였다. 본시 여수가 고향인데 젊어서 친구를 따라 한때 구례에 와서도 살다가, 그 뒤 목포로 광주로 전전하였고, 나중 진도로 건너가 거기서 열 일여덟 해 사는 동안 그만 머리털까지 세어져서는, 그래 몇 해 전부터 도로 구례에 돌아와 사는 것이라 하였다. 그렇지만 저런 큰애기를 데리고 어떻게 다니느냐고 옥화가 묻는 말에 그러잖아도 이번에는 죽을 때까지 아무 데도 떠나지 않으려고 했던 것인데 떠나지 않고는 두 식구가 가만히 굶을 판이라 할 수 없었던 것이라 하였다.

"그럼, 저 큰애기는 할아부지 딸입니까?"

옥화는 '남폿불' 그림자가 반쯤 비낀 바람벽 구석에 붙어 앉아 가끔 그 환한 두 눈으로 이쪽을 바라보곤 하는 소녀의 동그스름한 어깨를 바라보며 이렇게 물었다.

___
11 가루를 곱게 치거나 액체를 거르는 데 쓰는 기구

노인은 또 고개를 끄덕였다. 그리 평생 객지로만 돌아다니고 나니 이제 고향 삼아 돌아온 곳[求禮]이래야 또한 객지라 그들 아비 딸이 어디다 힘을 입고 살아가야 할는지 아무 데도 의탁할 곳이 없다고 그들의 외로운 신세를 한탄도 했다.

"나도 젊었을 때는 노는 것을 좋아했지라오. 동무들과 광대도 꾸며 갖고 댕겨 봤는디, 젊어서 한번 바람 들어 놓게 평생 못 가기 마련이랑게⋯⋯ 그것이 스물네 살 때 정초닝게 꼭 서른 여섯 해 전일 것이여, 바로 이 장터에서도 하룻밤 논 일이 있었지라오."

노인은 조용히 추억의 실마리를 더듬는 듯, 방안을 두리번거리며 살펴보곤 하는 것이었다.

"어이유! 참 오래전일세!"

옥화는 자뭇 놀라운 시늉이었다.[12]

이튿날은 비가 왔다.

화개장날만 책 전을 펴는 성기性騏 는 내일 장 볼 준비도 할 겸 하루를 앞두고 절에서 마을로 내려오고 있었다.

쌍계사에서 화개장터까지는 시오 리가 좋은 길이라 해도, 굽이굽이 벌어진 물과 돌과 산협의 장려한 풍경이 언제 보나 그에게 길 멀미를 내지 않게 하였다.

처음엔 글을 배우러 간다고 할머니에게 손목을 끌리다시피 하여 간 곳이 절이었고, 그 다음엔 손위 동무들의 사랑에 끌려다니다시피쯤 하여 왔지만 이즘 와서는 매일같이 듣는 북소리, 목탁 소리, 그리고 그 경을 치게 희맑은 은행나무, 염주나무[菩提樹], 이런 것까지 모두 싫증이 났다.

당초부터 어디로 훨훨 가 보고나 싶던 것이 소망이었지만, 그러나 어디로 간다는 건 말만 들어도 당장에 두 눈이 시뻘개져서 역정을 내는 어

---

12 서른여섯 해 전의 노인과 옥화가 '인연'이 있음을 암시하고 있다.

머니였다.

"서방이 있나, 일가 친척이 있나, 너 하나만 믿고 사는 이년의 팔자에 너조차 밤낮 어디로 간다고만 하니 난 누굴 믿고 사냐?"

어머니의 넋두리는 인제 귀에 못이 박일 정도였다.

이러한 어머니보다도 차라리, 열 살 때부터 절에 보내어 중질을 시켰으니, 인제 역마살驛馬煞[13]도 거진 다 풀려 갈 것이라고 은근히 마음을 느꾸시는 편이던 할머니, 그러나 갑자기 세상을 떠나 버렸다. 당사주唐四柱라면 사족을 못 쓰던 할머니는 성기가 세 살 났을 때 보인 그의 사주에 시천역時天驛[14]이 들었다 하여 한때는 얼마나 낙담을 했던 것인지 모른다. 하동 산다는 그 키가 나지막한, 명주 치마저고리를 입은 할머니가 혹시 갑자 을축[15]을 잘못 짚지나 않았나 하여, 큰절(쌍계사를 가리킴)에 있는 어느 노장[16]에게도 가 물어보고 지리산 속에서 도를 닦아 나온다던 어떤 키 큰 영감에게도 다시 뵈어 봤지만 시천역엔 조금도 요동이 없었다.

"천성 제 애비 팔자를 따라갈려는 게지."

할머니가 어머니를 좀 비꼬아 하는 말이었으나 거기 깊은 원망이 든 것도 아니었다. 그러나 이런 말엔 각별나게 신경을 쓰는 옥화는,

"부모 안 닮는 자식 없단다. 근본은 다 엄마 탓이지."

도리어 어머니에게 오금을 박고 들었다.

"이년아 에미한테 너무 오금 박지 마라. 남사당을 붙었음, 너를 버리고 내가 그놈을 찾아갔냐, 너더러 찾아 달라 성화를 댔냐?"

그러나 서른여섯 해 전에 꼭 하룻밤 놀다 갔다는 젊은 남사당의 진양조[17]

---

13 한곳에 머물러 살지 못하고 늘 이곳저곳을 떠돌아다니게 되어 있는 운명.
14 당사주에 나오는 사람의 운수 가운데 하나. 생시에 역성驛星이 드는 운을 가지고 있는 관계로 이곳저곳 어디론가 바삐 움직여야 재물을 모으고 성공할 수 있는 운을 타고난 사람의 운명을 말한다. 이런 운을 가지고 있는 사람들은 한곳에 머물거나 한 가지 일에만 안주한다면 매사에 실패하기 쉬워 항상 새로운 곳으로 움직여 나가야만 한다는 것이다.
15 여기서는 태어난 해를 셈하기 위하여 갑자 을축 병인…… 하고 헤아리는 것을 가리킴.
16 늙은 스님.

가락에 반하여 옥화를 배게 된 할머니나, 구름같이 떠돌아다니는 중과 인연을 맺어 성기를 가지게 된 옥화나 다 같이 '화개장터' 주막에 태어났던 그녀들로서는 별로 누구를 원망할 턱도 없는 어미 딸이었다. 성기에게 역마살이 든 것은 어머니가 중 서방을 정한 탓이요, 어머니가 중 서방을 정한 것은 할머니가 남사당에게 반했던 때문이라면 성기의 역마 운[18]도 결국은 할머니가 장본이라, 이에 할머니는 성기에게 중질을 시켜서 살[19]을 때우려고도 서둘러 보았던 것이고, 중질에서 못다 푼 살을 이번에는 옥화가 그에게 책장사라도 시켜서 풀어 보려는 속셈인 것이었다. 성기로서도 불경 佛經 보다는 암만해도 이야기책에 끌리는 눈치요, 중질보다는 차라리 장사라도 해 보고 싶다는 소청이기도 하여, 그러나 옥화는 꼭 화개장만 보기로 다짐까지 받은 뒤, 그에게 책 전[20]을 내어 주기로 했던 것이었다.

성기가 마루 앞 축대 위에 올라서는 것을 보자 옥화는 놀란 듯이 자리에서 일어나 앉으며,

"더운데 왜 인저사 내려오냐?"

곁에 있던 수건과 부채를 집어 그에게 주었다.

지금까지 옥화에게 이야기책을 읽어 들려주고 있는 듯한 낯선 계집애는, 책 읽던 것을 멈추고 얼굴을 들어 성기를 바라보았다. 갸름한 얼굴에 흰자위 검은자위가 꽃같이 선연한 두 눈이었다. 순간, 성기는 가슴이 찌르르하며 갑자기 생기 띄어진 눈으로 집 앞에 늘어선 버들가지를 바라보았다.

얼마 뒤, 계집애는 안으로 들어가고, 옥화는 성기의 점심상을 차려 들고 나와서,

---

17 판소리 또는 산조散調 장단의 한 가지. 24박 1장단의 가장 느린 속도로, 6박자 넷으로 나눌 수도 있고 12박자 둘로 나눌 수도 있다. 진양조 장단.
18 역마살이 있을 운명.
19 역마살.
20 책을 파는 가게.

"체 장수 딸이다."

하였다. 어머니도 즐거운 얼굴이었다.

"체 장수라니?"

성기는 밥상을 받은 채, 그러나 얼른 숟가락을 들지도 않고, 그의 어머니의 얼굴을 쳐다보았다.

"구례 산다더라. 이번에 어쩌면 하동으로 해서 진주 쪽으로 나가 볼 참이라는데 어제 저녁에 화갯골로 들어갔다."

그리고 저 딸아이는 그 체 장수의 무남독녀인데 영감이 화갯골 쪽으로 들어갔다 나와서, 하동 쪽으로 나갈 때 데리고 가겠다고, 하도 간청을 하기에 그동안 좀 맡아 있어 주기로 했다면서 옥화는 성기의 눈치를 살피듯 그의 얼굴을 물끄러미 바라보았다.

"화갯골에서는 며칠이나 있겠다던고?"

"들어가 보고 재미나면 지리산 쪽으로 깊이 들어가 볼 눈치더라."

그러고 나서, 옥화는 또,

"그래도 그런 사람의 딸같이는 안 뵈지?"

하였다. 계연契姸이란 이름이었다.

성기는 잠자코 밥숟가락을 들었다. 그러나 밥은 반도 먹지 않고, 상을 물려 버렸다.

이튿날 성기가 책 전에 있으려니까, 그 체 장수 딸이 그의 점심을 이고 왔다. 집에서 장터까지래야 소리 지르면 들릴 만한 거리였지만, 그래도 전날 늘 이고 다니던 '상돌엄마'가 있을 터인데 이렇게 벌써 처녀 티가 나는 남의 큰애기더러 이런 사환을 시켜 미안하단 생각이 들었다. 그러나 정작 그녀 쪽에서는 그러한 빛도 없이, 그 꽃송이같이 화안한 두 눈에 웃음까지 담은 채, 그의 앞에 밥 함지를 공손스레 놓고는, 떡과 엿과 참외들을 팔고 있는 음식 전 쪽으로 곧장 눈을 팔고 있었다.

"상돌엄만 어디 갔는디?"

성기는 계연의 그 아리따운 두 눈에서 홍건한 즐거움을 가슴으로 깨달으며, 그러나 고개는 엉뚱한 방향으로 돌린 채, 차라리 거칠은 음성으로 이렇게 물었다.

"손님이 마루에 가뜩 찼는디 상돌엄마가 혼자사 바뻬 서두닝께 어머니가 지더러 갖고 가라 했어요."

그동안 거의 입을 열어 말하는 일이 없었던 계연은, 성기가 묻는 말에 의외로 생경한 전라도 쪽 토음土音으로 이렇게 말했다. 그 가냘프고 갸름한 어깨와 목하며, 어디서 그렇게 힘차고 괄괄한 음성이 울려 나오는 것인지 알 수가 없었다. 한 줌이나 될 듯한 가느다란 허리와 호리호리한 몸매에 비하여 발달된 팔다리와 토실토실한 두 손등과 조그맣게 도톰한 입술을 가진 탓인지도 몰랐다.

"계연아, 오빠 세숫물 놔 드려라."

이튿날 아침에도 옥화는 상돌엄마를 부엌에 둔 채 역시 계연에게 성기의 시중을 들게 하였다. 세숫물을 놓는 일뿐 아니라 숭늉 그릇을 들고 다니는 것이나 밥상을 차려 오는 것이나 수건을 찾아 주는 것이나 성기에 따른 시중은 모조리 그녀로 하여금 들게 하였다. 그러고는,

"아이가 맘이 컴컴치 않고, 인정이 있고, 얄미운 데가 없어."

옥화는 자랑삼아 이런 말도 하였다.

"즈이 아버지는 웬일인지 반 억지 비슷하게 거저 곧장 나만 믿겠다고, 아주 양딸처럼 나한테다 맡기구 싶은 눈치더라만······."

옥화는 잠깐 말을 끊어서 성기의 낯빛을 살피고 나서 다시,

"그래 너한테도 말을 들어 봐야겠고 해서 거저 대강 들을 만하고[21] 있었잖냐······ 언제 한번 데리고 가서 칠불七佛 구경이나 시켜 줘라."
하는 것이, 흡사 성기의 동의를 구하는 모양 같기도 하였다.

그리고 나서 옥화는 계연의 말을 옮겨, 구례 있는 저의 집이래야 구례읍에서 외따로 떨어진 무슨 산기슭 밑에 이웃도 없이 있는 오막살인가 보

---

[21] 듣기만 하고.

더라고도 하였다.

"그럼 살림은 어쩌고 나왔을까?"

"살림이래야 그까진 거 머 방문에 자물쇠 채워 두었으면 그만 아냐. 허지만 그보다도 나그네 길에 데리고 나선 계연이가 걱정이지."

이러한 옥화의 말투로 보아서는 체 장수 영감이 화갯골에서 나오는 대로 계연을 아주 양딸로 정해 둘 생각인 듯이도 보였다. 다만 성기가 꺼릴까 보아 이것만을 저어하는 눈치 같았다. 지금까지 몇 번이나 옥화는 성기더러 장가를 들라고 권했으나 그는 응치 않았고, 집에 술 파는 색시를 몇 차례나 두어도 보았지만 색시 쪽에서 간혹 성기에게 말썽을 내인 적은 있어도 성기가 색시에게 그러한 마음을 두는 일은 한 번도 있은 적이 없어, 이러한 일들로 해서, 이번에도 옥화는 그녀로 하여금 성기의 미움이나 받지 않게 할 양으로 그녀의 좋은 점만 이야기하는 듯한 눈치 같기도 하였다.

아랫집 실과가게에서 성기가 짚신 한 켤레를 사 들고 오려니까 옥화는 비죽이 웃는 얼굴로 막걸리 한 사발을 그에게 떠 주며,

"오늘 날씨가 너무 덥잖냐?"

고 하였다. 술 거를 때 누구에게나 맛뵈기 떠 주기를 잘하는 옥화였다. 계연이는 방에서 옷을 갈아입고 있었다.

"계연아, 너도 빨리 나와, 목마를 텐데 미리 좀 마시고 가거라."

옥화는 방을 향해서도 이렇게 소리를 질렀다.

항라[22] 적삼에 가는 삼베 치마를 갈아입고 나오는 계연은 그 선연한 두 눈의 흰자위 검은자위로 인하여 물에 어리인 한 송이 연꽃이 떠오르는 듯하였다.

---

22 명주·모시·무명실 등으로 짠 옷감의 하나. 구멍이 송송 뚫려 있어 여름 옷감으로 적합하다.

"꼭 스무 해 전에 내가 입었던 거다."

옥화는 유감有感 한[23] 듯이 계연의 옷맵시를 살펴 주며 말했다.

"어제 꺼내서 품을 좀 줄여 났더니만 청승스리 맞는고나. 보기 보단 품을 여간 많이 입잖는다. 이 앤…… 자, 얼른 마셔라. 오빠 있음 무슨 내외할 사이냐?"

그러자 계연은 웃는 얼굴로 술잔을 받아 들고 방으로 들어가 마시고 나오는 모양이었다.

성기는 먼저 수양 버드나무 밑에 와서 새 신발에 물을 축이었다. 계연이도 곧 뒤를 따라나섰다. 어저께 성기가 칠불암七佛庵 까지 책값 수금 관계로 좀 다녀올 일이 있다고 했더니, 옥화가 그러면 계연이도 며칠 전부터 산나물을 캐러 간다고 벼르는 중이고, 또 칠불암 구경은 어차피 한번 시켜 주어야 할 게고 하니, 이왕이면 좀 데리고 가잖겠느냐고 하였다.

성기는 가슴도 좀 뛰고, 그래서, 나물을 내가 어떻게 아느냐고, 싫다고 했더니 너더러 누가 나물까지 캐라느냐고, 앞에서 길만 끌어 주면 되잖느냐고 우기어, 기승한 어머니에게 성기는 더 항변을 못하고 말았던 것이다.

성기는 처음부터 큰길을 버리고, 사람이 잘 다니지 않는, 수풀 속 산길을 돌아가기로 하였다. 원체가 지리산 밑이요, 또 나뭇길도 본디부터 똑똑히 나 있지 않은 곳이라, 어려서부터 자라난 고장이라곤 하지만 울울한[24] 수풀 속에서 성기는 몇 번이나 길을 잃은 채 헤매곤 하였다.

쳐다보면 위로는 하늘을 찌를 듯한 높은 산봉우리요, 내려다보면 발아래는 바다같이 뿌우연 수풀뿐, 그 위에 흰 햇살만 물줄기처럼 내리퍼붓고 있었다. 머루, 다래, 으름은 이제 겨우 파랗게 메아리져 있고, 가지마다 새빨간 복분자(나무딸기), 오디(산뽕나무의 열매)는 오히려 철이 겨운 듯 한머리 까맣게 먹물이 돌았다.

---

23 느끼는 바가 있는.
24 나무가 무성한.

성기는 제 손으로 다듬은 퍼런 아가위나무 가지로 앞에서 칡덩굴을 헤쳐 가며 가고 있는데, 계연은 뒤에서 두릅을 꺾는다, 딸기를 딴다, 하며 자꾸 혼자 처지곤 하였다.

"빨리 오잖고 뭘 하나?"

성기가 걸음을 멈추고 서서 나무라면 계연은 딸기를 따다 말고, 두릅을 꺾다 말고, 그 조그맣고 도톰한 입술을 꼭 다물고는 뛰어오는 것인데, 한참만 가다 보면 또 뒤에 떨어지곤 하였다.

"아이고머니 어쩔거나!"

갑자기 뒤에서 계연이가 소리를 질렀다. 돌아다보니 떡갈나무 위에서, 가지에 치맛자락이 걸려 있다. 하필 떡갈나무에는 뭣 하러 올라갔을까고, 곁에 가 쳐다보니, 계연의 손이 닿을 만한 위치에 그 아래쪽 딸기나무 가지가 넘어와 있다. 딸기나무에는 가시가 있고 또 비탈에 서 있어 올라갈 수가 없으니까, 그 딸기나무와 가지가 서로 얽힌 떡갈나무 쪽으로 올라간 모양이었다. 몸을 구부려 손으로 치맛자락을 벗기려면 간신히 잡고 서 있는 윗가지에서 손을 놓아야 하겠고, 손을 놓았다가는 당장 나무에서 떨어질 형편이다. 나무 아래서 쳐다보니 활짝 걷어 올려진 베 치마 속에, 정강마루까지를 채 가루지 못한 짤막한 베 고의가 훤한 햇살을 받아 그 안의 뽀오얀 것을 그대로 보여 주고 있었다.

성기는 짚고 있던 생나무 지팡이로 치맛자락을 벗겨 주려 하였으나, 지팡이가 짧아서 그렇겠지만 제 자신도 모르게, 지팡이 끝은 계연의 그 발가스레하고 매초롬한 종아리만을 자꾸 건드리고 있었다.

"아이 싫어! 남에서 떨어진당게!"

계연은 소리를 질렀다. 게다가 마침 다람쥐란 놈까지 한 마리 다래 덩굴 위로 타고 와서, 지금 막 계연이가 잡고 서 있는 떡갈나무 가지 위로 건너뛰려 하고 있다.

"아 곧 떨어진당게! 그 막대로 저 다램[25]이나 때려 줬음 쓰겠는디."

계연은 배 아래를 거진 햇살에 훤히 드러내인 채 있으면서도 다래 덩굴 위에서 이쪽을 건너다보고 그 요망스런 턱주가리를 쫑긋거리고 있는 다람쥐가 더 안타까운 모양으로 또 이렇게 소리를 질렀다.

"요놈의 다램이가……."

성기는 같은 나무 밑둥치에까지 올라가서야 겨우 계연의 치맛자락을 벗겨 주고, 그러고는 막대로 다시 조금 전에 다람쥐가 앉아 있던 다래 덩굴도 한번 툭 쳤다. 이 소리에 놀랐는지 산비둘기 몇 마리가 '푸드득' 하고 아래쪽 머루 덩굴 위로 날아갔다.

"샘물이 있어야 쓰겠는디."

계연은 치맛자락을 걷어 올려 이마의 땀을 씻으며 이렇게 말했다.

모롱이를 돌아 새로운 산줄기를 탈 때마다 연방 더 우악스런 멧부리요, 어두운 수풀을 지나 환하게 열린 하늘을 내다볼 때마다 바다같이 질편한 골짜기에 차 있느니 머루, 다래 덩굴이요, 딸기, 칡의 햇덩굴이다. 산속으로 들어갈수록 여기저기서 난장판으로 뻐꾸기들은 울고, 이따금씩 낄낄거리고 골을 건너 날아가는 꿩 울음소리마저 야지[26]의 가을 벌레 소리 듣는 듯 신산을 더했다.

해는 거진 하늘 한가운데를 돌아 바야흐로 머리에 불을 끼었고, 어두운 숲 그늘 속에는 해삼 같은 시꺼면 달팽이들이 허연 진물을 토한 채 땅에 붙어 늘어졌다.

햇살이 따갑고, 땀이 흐르고, 목이 마를수록 성기들은 자꾸 덩굴 속으로만 들짐승들처럼 파묻히었다. 나무딸기, 덤불딸기, 산 복숭아, 아가위, 오디, 손에 닿는 대로 따서 연방 입에 가져가지만 입에 넣으면 눈 녹듯 녹아질 뿐, 떨적지근한 침을 삼키면 그만이었다. 간혹 이에 걸린다는 것이 아직 익지 않은 산 복숭아, 아가위 따위인데, 딸기 녹은 침물로는 그 쓰고 떫은 것마저 사양 없이 씹어 넘겨졌다. 먹을수록 목이 마른 딸기를 계연은

---

25 다람쥐.
26 야지野地. 산이 적고 들이 많은 지방.

그 새파란 산 복숭아서껀, 둥그런 칡 잎으로 하나 가득 따서 성기에게 주었다. 성기는 두 손바닥 위에다 그것을 받아서는 고개를 수그려 물을 먹듯 입을 대어 먹었다. 먹고 난 칡 잎은 아무렇게나 덩굴 위로 던져 버린 채 칡 덩굴이 담뿍 감겨 있는 다래 덩굴 위에 비스듬히 등을 대이고 누웠다.

계연은 두 번째 또 칡 잎의 것을 성기에게 주었다. 성기는 성가신 듯이 그냥 비스듬히 누운 채 그것을 그대로 입에 들이부어 한입 가득 물고는 나머지를 그냥 덩굴 위로 던졌다. 그리고 그는 곧 코를 골기 시작하였다.

세 번째 칡 잎에다 딸기 알 머루 알을 골라 놓은 계연은 그러나 성기가 어느덧 잠이 들어 있음을 보자 아까 성기가 하듯 하여 이번엔 제가 먹어 치웠다.

"참 잘도 잔당게."

계연은 혼잣말로 중얼거리며 자기도 다래 덩굴에 등을 대이고 비스듬히 드러누워 보았으나 곧 재채기가 났다. 목이 몹시 말랐다. 배도 고팠다.

갑자기 뻐꾸기 소리가 무서워졌다.

"덩굴 속에는 샘물이 없는가?"

계연은 덩굴을 헤치고 한참 들어가다 문득 모과나무 가지에 이리저리 얽히고 주렁주렁 열린 으름 덩굴을 발견하였다.

"이것이 익어 있음 쓰겄는디."

계연은 이렇게 중얼거리며 아직도 파아란 오이를 만지듯 딴딴하고 우들우들한 으름을 제일 큰놈으로만 세 개를 골라 따 쥐었다. 그리하여 한나절 동안 무슨 열매든지 손에 닿는 대로 마구 따 입에 넣곤 하던 버릇으로 부지중 입에 가져가 한 번 덥석 물어 떼었더니 이내 비릿하고 떫직스레한 풀 같은 것이 입에 하나 가득 끼었다.

"아, 풋내 나!"

계연은 입 안의 것을 뱉고 나서 성기 곁으로 갔다. 해는 벌써 점심때도 겨운 듯 갈증과 함께 시장기도 들었다.

"일어나 샘물 찾아 가장게."

계연은 성기의 어깨를 흔들었다.

성기는 눈을 떴다.

계연은 당황하여, 쥐고 있던 새파란 으름 두 개를 성기의 코끝에 내어 밀었다. 성기는 몸을 일으켜 그녀의 둥그스름한 어깨와 목덜미를 껴안았다. 그리고는 입술이 포개졌다.

그녀의 조그맣고 도톰한 입술에서는 한나절 먹은 딸기, 오디, 산 복숭아, 으름 들의 달짝지근한 풋내와 함께, 황토 흙을 찌는 듯한 향긋하고 고수한 고기 냄새가 느껴졌다.

까악까악 하고 난데없는 까마귀 한 마리가 그들의 머리 위로 울며 날아갔다.

"칠불은 아직 멀지라?"

계연은 다래 덩굴에 걸어 두었던 점심을 벗겨 들었다.

화갯골로 들어간 체 장수 영감은 보름이 넘도록 돌아오지 않았다. 떠날 때 한 말도 있고 하니 지리산 속으로 아주 들어간 모양이라고, 옥화와 계연은 생각하고 있었다.

"산중에서 아주 여름을 내시는 갑네."

옥화는 가끔 이런 말도 하였다. 그리고 그들은 끈기 있게 이야기책을 들고 앉곤 하였다. 계연의 약간 구성진 전라도 지방 토음은 날이 갈수록 점점 더 맑고 처량한 노래 조를 띠어 왔다.

그동안 옥화와 계연의 사이에 생긴 새로운 사실이 있다면, 옥화가 계연의 왼쪽 귓바퀴 위에 있는 조그만 사마귀[27] 한 개를 발견한 것쯤이었다.

어느 날 아침, 그녀의 머리를 빗어 땋아 주고 있던 옥화는 갑자기 정신을 잃은 사람처럼 참빗 쥔 손을 부들부들 떨고 있었다.

"어머니 왜 그리여?"

---

27 옥화와 계연이 한 핏줄이라는 것을 암시하는 증표.

계연이 놀라 물었으나 옥화는 그녀의 두 눈만 멀거니 바라보고 있을 따름 말이 없었다.

"어머니 왜 그러시여."

계연이 또 한 번 물었을 때, 옥화는 겨우 정신이 돌아오는 듯, 긴 한숨을 내쉬며,

"아무것도 아니다."

하고, 다시 빗질을 시작하는 것이었다.

계연은 속으로 이상한 생각이 들었으나 아무것도 아니라는 옥화에게 다시 더 캐어물을 도리도 없었다.

이튿날 옥화는 악양岳陽에 볼일이 좀 있어 다녀오겠노라면서 아침 일찍이 머리를 빗고 떠났다. 성기는 큰방에서 낮잠을 자고 있었다. 소나기가 왔다. 계연이가 밖에서 빨래를 걷어안고 들어오면서,

"어쩔거나, 어머니 비 만나시겠는디!"

하였다. 그녀의 치맛자락은 바깥의 신선한 비바람을 묻혀다 성기의 자는 낮을 스쳐 주었다. 성기는 눈을 뜨는 결로 손을 뻗쳐 그녀의 치맛자락을 거머잡았다. 그녀는 빨래를 안은 채 고개를 홱 돌이켜 성기의 얼굴을 가만히 바라보았다. 그녀의 두 볼에 바야흐로 조그만 보조개가 패려 할 때, 밖에서 인기척이 났다.

"어머니 옷 다 젖겄는디!"

또 한 번 이렇게 말하며, 계연은 마루로 나갔다. 성기는 어느덧 또 코를 골기 시작하였다.

성기가 다시 잠이 깨었을 때는, 손님들이 마루에서 막걸리를 마시고 있었다. 계연은 그들의 치다꺼리를 해 주고 있는 모양으로 부엌에서,

"명태랑 풋고추밖엔 안주가 없는디!"

하고 소리가 났다.

나중 손님들이 돌아간 뒤, 성기는 그녀더러,

"어머니 없을 땐 손님 받지 말라고."[28]

약간 볼멘소리로 이런 말을 하였다.

"허지만 오늘 해 넘김 이 술은 시어질 것인디, 그냥 두면 어머니 오셔서 화내시지 않을 것이오?"

계연은 성기에게 타이르듯이 이렇게 말했다. 조금 뒤 그녀는 다시 웃는 낯으로 성기 곁에 다가서며,

"오빠, 날 면경 하나만 사 주시오. 똥그란 놈이 꼭 한 개만 있었음 쓰겠는디."

하였다. 이튿날이 마침 장날이라 성기는 점심을 가지고 온 그녀에게 미리 사 두었던 조그만 면경 하나와 찰떡을 꺼내 주었다.

"아이고머니!"

면경과 찰떡을 보자, 계연은 놀란 듯이 소리를 질렀다. 그녀는 그 꽃같은 두 눈에 웃음을 담뿍 담은 채 몇 번이나 면경을 들여다보곤 하더니, 그것을 품속에 넣고는 성기가 점심을 먹고 있는 곁에 돌아앉아 어느덧 짝짝 소리까지 내며 찰떡을 먹고 있었다.

성기는 남이 보지 않게 전 앞에 사람 그림자가 얼씬할 때마다 자기의 몸을 이리저리 움직여서 그것을 가리워 주었다. 딴은 떡뿐 아니라 참외고 복숭아고 엿이고 유과고 일체 군것을 유달리 좋아하는 그녀의 성미인 듯하였다. 집 앞으로 혹 참외 장수나 엿장수가 지나가는 것을 보면 계연은 골무를 깁거나 바늘겨레²⁹를 붙이다 말고, 튀어 일어나 그것들이 시야에서 사라질 때까지 멀거니 바라보며 섰곤 하였다.

한번은 성기가 절에서 내려오려니까, 어머니는 어디 갔는지 눈에 띄지 않고, 그녀만이 마루 끝에 걸터앉은 채 이웃 주막의 놈팡이 하나와 더불어 함께 참외를 먹고 있었다. 성기를 보자 좀 무안스러운 듯이 얼굴을 약간 붉히며 곧 일어나 반가운 표정을 지어 보였다.

---

28 성기는 계연이가 술손님인 남자들과 이야기하는 것이 싫다.
29 헝겊 속에 솜이나 머리카락을 넣어 바늘을 꽂아 두도록 만든 작은 물건.

"아, 오빠!"

"……."

그러나 성기는 그러한 그녀를 거들떠도 보지 않고 그대로 자기의 방으로만 들어가 버렸다. 계연은 먹던 참외도 마루 끝에 놓은 채 두 눈이 휘둥그래서 성기의 뒤를 따라왔다.

"오빠 왜?"

"……."

"응, 왜 그리어?"

"……."

그러나 성기는 아무런 대꾸도 없었다. 그녀가 두 팔을 성기의 어깨 위에 얹어, 그의 목을 껴안으려 했을 때, 성기는 맹렬히 몸을 뒤틀어 그녀의 팔을 뿌리치고는 돌연히 미친 것처럼 뛰어들어 따귀를 때리기 시작하였다.

처음 그녀는,

"오빠, 오빠!"

하고 찡그린 얼굴로 성기를 쳐다보며 두 손을 내어 밀어 그의 매질을 막으려 하였으나, 두 차례 세 차례 철썩철썩 하고, 그의 손이 그녀의 얼굴에 와 닿자 방구석에 가 얼굴을 쿡 처박은 채 얼마든지 그의 매질에 몸을 맡기듯이 하고 있었다.

이튿날 장에 점심을 가지고 온 계연은 그 작고 도톰한 입술을 꼭 다문 채, 말이 없었으나, 그의 꽃같이 선연한 두 눈엔 어저께의 일에 깊은 적의도 원한도 품어 있지 않는 듯하였다.

그날 밤 그녀가 혼자 강가에 나와 있는 것을 보고, 성기는 그녀의 뒤를 쫓아 나갔다. 하늘엔 별이 파랗게 빛나고 있었으나 나무 그늘은 강가를 칠야[30]같이 뒤덮고 있었다.

"오빠."

---

30 아주 캄캄한 밤.

계연은 성기가 바로 그녀의 곁에까지 왔을 때 일어나 성기의 턱 앞으로 바싹 다가 들어서며 낮은 목소리로 이렇게 불렀다.

"오빠, 요즘은 어쩌자고 만날 절에만 노 있는 것이여?"

그 몹시도 굴곡이 강렬한 전라도 지방 토음이 이렇게 속삭이었다.

그 즈음 성기는 장을 보러 오는 날 이외에는 절에서 일체 내려오지를 않았다. 옥화가 악양 명도[31]에게 갔다 소나기에 젖어 돌아온 뒤부터는, 어쩐지 그와 그녀의 사이를 전과 달리 경계하는 듯한 눈치라, 본래 심장이 약하고 남의 미움받기를 유달리 싫어하는 그는, 그러한 어머니에 대한 노여움도 있고 하여 기어코 절에서 배겨 내려 했던 것이었다.

이날 밤만 해도 계연의 물음에, 성기가 무어라고 대답도 채 하기 전에,

"계연아, 계연아!"

하는, 옥화의 목소리가 또 어느덧 들려오고 있었다. 성기는 콧잔등을 찌푸리며 말을 하려다 말고 입을 다물어 버렸다.

'아, 어머니도 어쩌면 저다지 야속할까?'

성기는 갑자기 목이 뿌듯해졌다.

반딧불이 지나갔다. 계연은 돌 위에 걸터앉아, 손으로 여뀌 풀[32]을 움켜잡으며, 혼잣말같이, 또 무어라 속삭이는 것이었으나 냇물 소리에 가리어 잘 들리지 않았다.

이튿날 아침 일찍이 성기가 방 안으로, 부엌으로 누구를 찾으려는 듯 기웃기웃하다가 좀 실망한 듯한 낯으로 그냥 절로 올라가고 말았을 때, 그녀는 역시 이 여뀌 풀이 있는 냇물 가에서 걸레를 빨고 있었던 것이다.

사흘 뒤에 성기가 다시 절에서 내려오니까, 체 장수 영감은 마루 위에서 막걸리를 마시고 있고, 계연은 고개를 떨어 버린 채 마루 끝에 걸터앉아 있었다. 머리를 감아 빗고 새 옷―새 옷이래야 전날의 그 항라 적삼을

---

31 명도明圖. 마마를 앓다가 죽은 어린 계집아이의 귀신이 내린 무당.
32 마디풀과의 한해살이 풀. 6월부터 9월 사이에 흰 꽃이 핀다. 잎과 줄기를 짓이겨 물에 풀어서 고기를 잡는 데 쓴다. 잎이 몹시 매워 조미료로도 쓰임.

다시 빨아 다린 것을 갈아입고, 조그만 보따리 하나를 곁에 두고, 슬픔에 잠겨 있던 계연은, 성기를 보자 그 꽃같이 선연한 두 눈에 갑자기 기쁨을 띠며 허리를 일으켰다. 그러나 바로 그 다음 순간, 그 노기를 띤 듯한 도톰한 입술은 분명히 그들 사이에 일어난 어떤 절박하고 불행한 사실을 전하고 있었다.

막걸리 사발을 들어 영감에게 권하고 있던 옥화는 성기를 보자,

"계연이가 시방 떠난단다."

대번에 이렇게 말했다.

옥화의 말을 들으면, 영감은 그날, 성기가 절로 올라가던 날 저녁때에 돌아왔었더라는 것이었다. 그 이튿날이니까 즉 어저께, 영감은 그녀를 데리고 떠나려고 하는 것을 하루 더 쉬어 가라고 만류를 해서, 그래 오늘 아침엔 일찍이 떠난다고 이렇게 막 행장을 차려서 나서는 길이라 하였다.

그러나 이것은 실상 모두 나중 다시 들어서 알게 된 것이었고, 처음은 그저 쇠뭉치로 돌연히 머리를 얻어맞은 것같이 골치가 떵하며, 전신의 피가 어느 한곳으로 쫙 모이는 듯한, 양쪽 귀가 머리 위로 쫑긋이 당기어 올라가는 듯한, 혀가 목구멍 속으로 말려 들어가는 듯한, 눈 언저리에 퍼런 불이 번쩍번쩍 일어나는 듯한, 어지러움과 노여움과 조마로움이 한데 뭉치어 발끝에서 머리끝까지의 그의 전신을 어디로 휩쓸어 가는 듯만 하였다. 그는 지금껏 이렇게까지 그녀에게 마음이 가 있어 떨어질 수 없게 되었으리라고는 너무도 뜻밖이었다. 그것이 이제 영원히 헤어지려는 이 순간에 와서야 갑자기 심지에 불을 켜듯 확 타오를 마련이던가, 하는 것이 자꾸만 꿈과 같았다. 자칫하면 체면도 염치도 다 놓고 엉엉 울음이 터질 것만 같이 목이 징징 우는 것을, 그러는 중에서도 이 얼굴을 어머니에게 보여서는 아니 된다는 의식에서 떨리는 입술을 깨물며, 마루 끝에 궁둥이를 찧듯 털썩 앉아 버렸다.

"아들이 참 잘생겼소."

영감은 분명히 성기를 두고 하는 말인 모양이었다. 그러나 성기는 그

쪽으로 고개를 돌려 보지 않은 채, 그들에게 무슨 적의나 품은 듯이 앉아 있었다.

옥화는 그동안 또 성기에게 역시 그 체 장수 영감의 이야기를 전해 들려주고 있는 모양이었다. 지리산 속에서 우연히 옛날 고향 친구의 아들이 된다는 낯선 젊은이 하나를 만났다. 그는 영감의 고향인 여수에서 큰 공장을 경영하는 실업가로, 지리산 유람을 들어왔다가 이야기 끝에 우연히 서로 알게 되었다. 그는 영감에게 함께 고향으로 돌아가 살자고 했다. 영감은 문득 고향 생각도 날 겸 그 청년의 도움으로 어떻게 형편이 좀 펴일 것같이도 생각되어 그를 따라 여수로 돌아가기로 결정을 하고 나오는 길이라 ……, 옥화가 무어라고 한참 하는 이야기는 대개 이러한 의미인 듯하였으나, 조마롭고 어지럽고 노여움으로 이미 두 귀가 멍멍하여진 그에게는 다만 벌떼처럼 무엇이 왕왕거릴 뿐 아무것도 분명히 들리지 않았다.

"막걸리 맛이 어찌나 좋은지 배가 부르당게."

그동안 마지막 술잔을 들이키고 난 영감은 부채와 지팡이를 집어 들며 이렇게 말했다.

"여수 쪽으로 가시게 되면 영영 못 보게 되겠구만요."

옥화도 영감을 따라 일어서며 이렇게 말했다.

"사람 일을 누가 알간디, 인연 있음 또 볼 터이지."

영감은 커다란 미투리에 발을 끼며 말했다.

"아가, 잘 가거라."

옥화는 계연의 조그만 보따리에다 돈이 든 꽃주머니 하나를 정표[33]로 넣어 주며 하직을 하였다.

계연은 애걸하듯 호소하듯 한 붉은 두 눈으로 한참 동안 옥화의 얼굴을 쳐다보고만 있었다.

"또 오너라."

---

33 핏줄임을 암시하는 선물이다.

옥화는 계연의 머리를 쓸어 주며 다만 이렇게 말하였고, 그러자 계연은 옥화의 가슴에다 얼굴을 묻으며 엉엉 소리를 내어 울기 시작하였다.

옥화가 그녀의 그 물결같이 흔들리는 둥그스름한 어깨를 쓸어 주며,

"그만 울어, 아버지가 저기 기다리고 계신다."

하는 음성도 이젠 아주 풀이 죽어 있었다.

"그럼 편히 계시오."

영감은 옥화에게 하직을 하였다.

"할아부지, 거기 가 보시고 살기 여의찮거든 여기 와서 우리하고 같이 삽시다."

옥화는 또 한 번 이렇게 당부하는 것이었다.

"오빠, 편히 사시오."

계연은 이미 시뻘겋게 된 두 눈으로 성기의 마지막 시선을 찾으며 하직 인사를 했다.

성기는 계연의 이 말에 꿈을 깬 듯, 마루에서 벌떡 일어나, 계연의 앞으로 당황히 몇 걸음 어뜩어뜩 걸어오다간, 돌연히 다시 정신이 나는 듯 그 자리에 화석처럼 발이 굳어 버린 채, 한참 동안, 장승같이 계연의 얼굴만 멍하게 바라보고 있었다.

"오빠, 편히 사시오."

이렇게 두 번째 하직을 하는 순간까지도, 계연의 그 시뻘건 두 눈은 역시 성기의 얼굴에서 그 어떤 기적과도 같은 구원만을 기다리는 것이었고, 그러나 성기는 그 자리에 그냥 주저앉아 버릴 뻔하던 것을 겨우 버드나무 가지를 움켜잡을 수 있었을 뿐이었다.

계연의 시뻘겋게 상기된 얼굴은, 옥화와 그녀의 아버지가 그녀들을 지켜보고 있다는 것도 잊은 듯이 성기의 얼굴만 뚫어지게 바라보고 있었으나, 버드나무에 몸을 기대인 성기의 두 눈엔 다만 불꽃이 활활 타오를 뿐, 아무런 새로운 명령도 기적도 나타나지 않았다.

"오빠, 편히 사시오."

하고, 거의 울음이 다 된, 마지막 목소리를 남기고 돌아선 계연의 저만치 가고 있는 항라 적삼을, 고운 햇빛과 늘어진 버들가지와 산울림처럼 울려 오는 뻐꾸기 울음 속에 성기는 우두커니 지켜보고 있을 뿐이었다.

　성기가 다시 자리에서 일어나게 된 것은 이듬해 우수 경칩[34]도 다 지나, 청명淸明[35] 무렵의 비가 질금거릴 즈음이었다. 주막 앞에 늘어선 버들가지는 다시 실같이 푸르러지고 살구, 복숭아, 진달래들이 골목 사이로 산기슭으로 울긋불긋 피고 지고 하는 날이었다.

　아들의 미음 상을 차려 들고 들어온 옥화는 성기가 미음 그릇을 비우는 것을 보자, 이렇게 물었다.

　"아직도 너, 강원도 쪽으로 가 보고 싶냐?"

　"……"

　성기는 조용히 고개를 돌렸다.

　"여기서 장가들어 나랑 같이 살겠냐?"

　"……"

　성기는 역시 고개를 돌렸다.

　—그해 아직 봄이 오기 전, 보는 사람마다 성기의 회춘을 거의 다 단념하곤 하였을 때, 옥화는 이왕 죽고 말 것이라면, 어미의 맘속이나 알고 가라고 그래, 그 체장수 영감은, 서른 여섯 해 전 남사당을 꾸며 와 이 '화개장터'에 하룻밤을 놀고 갔다는 자기의 아버지임에 틀림이 없었다는 것과, 계연은 그 왼쪽 귓바퀴 위의 사마귀로 보아 자기의 동생임이 분명하더라는 것을 통정[36]하노라면서, 자기의 왼쪽 귓바퀴 위의 같은 검정 사마귀까지를 그에게 보여 주었다.[37]

---

34 24절기 가운데 하나. 우수雨水는 2월 19일경, 경칩驚蟄은 3월 6일경.

35 24절기의 하나. 4월 5일경. 춘분春分과 곡우穀雨 사이에 있다.

36 '통사정'의 준말.

37 그렇다면, 계연은 성기의 이모가 되는 셈이다.

"나도 처음부터 영감이 '서른 여섯 해 전'이라고 했을 때 가슴이 섬하긴 했다. 그렇지만 설마 했지, 그렇게 남의 간을 뒤집어 놀 줄이야 알았나. 하도 아슬해서 이튿날 악양으로 가 명도까지 불러 봤더니 요것도 남의 속을 빤히 들여다나 보는 듯이 재줄대는구나, 차라리 망신을 했지."

옥화는 잠깐 말을 그쳤다. 성기는 두 눈에 불을 켜듯한 형형한 광채를 띠고, 그 어머니의 얼굴을 쳐다보고 있었다.

"차라리 몰랐으면 또 모르지만 한 번 알고 나서야 인륜이 있는디 어찌겠냐."

그리고 부디 에미 야속타고나 생각지 말라고, 옥화는 아들의 뼈만 남은 손을 눈물로 씻었다. 옥화의 이 마지막 하직같이 하는 통정 이야기에 의외로도 성기는 도로 힘을 얻은 모양이었다. 그 불타는 듯한 형형한 두 눈으로 천장을 한참 바라보고 있던 성기는 무슨 새로운 결심이나 하듯 입술을 지그시 깨물고 있었다.

아버지를 찾아 강원도 쪽으로 가 볼 생각도 없다. 집에서 장가들어 살림을 할 생각도 없다 하는 아들에게, 그러나, 옥화는 이제 전과 같이 고지식한 미련을 두는 것도 아니었다.

"그럼 어쩔라냐? 너 좋을 대로 해라."

"……."

성기는 아무런 말도 없이 도로 자리에 드러누워 버렸다.

그리고 나서 한 달포나 넘어 지난 뒤였다.

성기가 좋아하는 여러 가지 산나물이 화갯골에서 연달아 자꾸 내려오는 이른 여름의 어느 장날 아침이었다. 두릅회에 막걸리 한 사발을 쭉 들이키고 난 성기는 옥화더러,

"어머니 나 엿판 하나만 맞춰 주."

하였다.

"……."

옥화는 갑자기 무엇으로 머리를 얻어맞은 듯이 성기의 얼굴을 멍하니

바라보고 있었다.

그런 지도 다시 한 보름이나 지나, 뻐꾸기는 또다시 산울림처럼 건드러지게 울고, 늘어진 버들가지엔 햇빛이 젖어 흐르는 아침이었다. 새벽녘에 잠깐 가는 비가 지나가고, 날은 다시 유달리 맑게 개인 '화개장터' 삼거리 길 위에서, 성기는 그 어머니와 하직을 하고 있었다. 갈아입은 옥양목 고의 적삼에, 명주 수건까지 머리에 질끈 동여매고 난 성기는, 새로 맞춘 새하얀 나무 엿판을 질빵**38** 해서 느직하게 엉덩이 즈음에다 걸었다. 윗목판에는 새하얀 가락엿이 반 넘어 들어 있었고, 아랫목판에는 팔다 남은 이야기책 몇 권과 간단한 방물**39**이 좀 들어 있었다.

그의 발 앞에는, 물과 함께 갈리어 길도 세 갈래로 나 있었으나, 화갯골 쪽엔 처음부터 등을 지고 있었고, 동남으로 난 길은 하동, 서남으로 난 길이 구례, 작년 이맘때도 지나 그녀가 울음 섞인 하직을 남기고 체 장수 영감과 함께 넘어간 산모퉁이 고갯길은 퍼붓는 햇빛 속에 지금도 하동 장터 위를 굽이돌아 구례 쪽을 향했으나, 성기는 한참 뒤 몸을 돌렸다. 그리하여 그의 발은 구례 쪽을 등지고 하동 쪽을 향해 천천히 옮겨졌다.

한 걸음, 한 걸음, 발을 옮겨 놓을수록 그의 마음은 한결 가벼워져, 멀리 버드나무 사이에서 그의 뒷모양을 바라보고 서 있을 어머니의 주막이 그의 시야에서 완전히 사라져 갈 무렵 하여서는, 육자배기 가락으로 제법 콧노래까지 흥얼거리며 가고 있는 것이었다.**40**

1948년 1월호 《백민》

---

38 짐을 지는 데 쓰는 줄.

39 여자용 화장품 · 바느질 기구 · 패물 따위.

40 성기는 자기의 운명을 받아들였다. 떠돌이 인생이 고달프긴 하지만 어쩌랴. '역마살'이 자신의 팔자인 것을. 운명에 순응하는 작가의 인생관이 집약된 결말이다.

독서처럼 **값싸게** 주어지는
영속적인 **쾌락**은 또 없다.

- 몽테뉴

황순원

|1915 ~ 2000|

　　1915년 평안남도 대동군에서 태어나다. 1929년 정주 오산중학교를 거쳐 1930년 평양 숭실중학교로 옮기다. 1934년 일본 와세다대학 제2고등학원, 1936년 와세다대학 영문과를 다니다. 1937년 단편 〈거리의 부사〉를 발표하고 1940년 〈황순원 단편집〉을 발간하다. 1941년부터 일제의 한글 말살 정책 때문에 소설들을 써 두기만 하고 발표를 보류하다. 8 · 15 해방 직후 공산 체제를 피하여 월남하여 서울고등학교 국어교사로 둥지를 틀다. 1946년 '조선청년문학가협회'에 가담하다. 1957년부터 경희대 국문과 교수로 부임한 이후 평생을 봉직하다. 1957년 예술원 회원이 되다.

대I표I작

단편 〈별〉(1941), 〈독짓는 늙은이〉(1948), 〈목넘이 마을의 개〉(1948), 〈곡예사〉(1952), 〈학〉(1953), 〈소나기〉(1953) 등이 있고, 장편 〈별과 같이 살다〉(1947), 〈카인의 후예〉(1953), 〈인간접목〉(1955), 〈나무들 비탈에 서다〉(1960), 〈일월〉(1962), 〈움직이는 성〉(1973), 〈신들의 주사위〉(1982) 등이 있다.

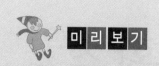

〈카인의 후예〉는 해방 전후의 시대적 상황을 묘사한 많은 작품들 가운데서 걸작 중의 걸작이라는 평가를 받고 있다. 1945년 북한 땅에서 토지 개혁이 실시된 이후 지주 제도가 몰락하는 과정을 이 작품은 다양하게 묘사한다. 많은 농민들은 급변하는 상황에 직면해 의리보다는 눈앞의 자기 이익을 좇아 행동하고, 마름들은 과거의 소행이 두려워 지주를 비판하는 데 앞장선다. 오작녀 아버지 도섭 영감도 무자비한 토지개혁 세력의 행동 대원으로 변신한다. 이는 사회주의에 대한 동조라기보다도 생존 본능으로 인한 공포감 때문이었다. 박훈은 토지개혁이 시작되면서 체념 상태가 되어 소극적인 행동으로 일관하며 토지에 대한 미련을 버린다. 이런 박훈에 비해 오작녀는 모든 일에 적극적이고 열정적인 태도로 임한다. 두 사람의 성격적인 상이함은 박훈에게 오작녀는 단순한 연인 이상의 존재로 부각된다. 다시 말하면 오작녀는 '모성'을 지닌 '구원의 존재'인 것이다. 이런 점을 분명하게 보여 주는 대목은 바로 인민 재판이다. 마름의 딸을 농락했다는 명목으로 박훈이 재판을 받게 되는데, 오작녀는 그들이 부부가 되었다고 밝힌다. 그래서 지주(박훈)가 농민의 딸과 결혼하였다 하여 재산 몰수를 면한다. 그러나 남편 아닌 외간 남자를 선택한 오작녀의 행동은 전통적 도덕에 대한 도전을 의미하는 것이다.

〈카인의 후예〉는 인간이 어느 정도 악해질 수 있는가를 보여 주는 작품이다. 일단 극한 상황이 되면 인간은 죄 없는 사람을 죽이는 일까지도

카인의후예

서슴지 않는다고 작가는 주장하고 싶었는지 모른다. 우리 민족의 암울했
던 한 시대적 비극을 직시하면서 작가는 독자들에게 '카인의 후예'임을
반성하라고 가르치는 것 같다.

학습길라잡이

구조 분석

- **갈래** 장편소설.
- **주제** 해방 직후 북한 어느 마을의 토지개혁과 신분을 뛰어넘는 젊은 남녀의 사랑.
- **배경** 시간적인 배경은 해방 직후, 소련 점령군 시절. 공간적 배경은 평안남도 양짓골.
- **시점** 전지적 작가 시점.

주요 등장인물

- **박훈** 토지개혁이 시작되자 삼촌(박용제)과 같이 핍박 받는 인물. 지주의 아들로 지주가 된 전형적인 지식인이며 결벽한 양심주의자, 진실한 사랑을 믿는 신념인. 그러나 삼촌의 죽음을 계기로 행동적인 인간형인 '카인'으로 변신하여 도섭 영감을 죽이려고 작정한다.

- **오작녀** 어렸을 때부터 박훈을 좋아했으나 신분 때문에 결혼했다가 친정으로 돌아온 여인. 결국은 박훈의 사랑을 확인하고 양짓골을 떠난다. 애인 박훈을 보호하기 위해서 모든 위험에 용감하게 맞서는 당찬 여인.

- **도섭 영감** 부잣집 아들이었으나 가산을 탕진한 후 떠돌이 생활을 하다가 박훈네 마름이 된다. 해방 직후 토지개혁에 앞장서서 지주인 박훈네를 배신하고 자신의 이익을 좇아 행동한 인물. 냉혈한 기회주의자.

- **오작녀 남편** 건달. 나름대로 멋과 의리를 지닌 인물.

- **박용제** 박훈의 삼촌. 토지를 몰수당하고 끌려가 광산에서 막노동을 하다가 탈출하여 고향으로 돌아온다.

- **박혁** 박용제의 아들, 박훈의 사촌 동생. 울분을 참지 못하고 행동으로 옮기는 적극적 성격의 인물.

- **당손이 할아버지** 인간의 도리를 존중하는 노인.

- **흥수** 이중 성격의 기회주의자.

- **삼득이** 오작녀 남동생. 단순하고 힘센 곰 같은 청년.

이것만은놓치지말자

카인은 누구인가?

〈구약성서〉에 나오는 인물이다. '카인'은 하느님이 창조한 최초의 인간인 아담과 이브의 두 아들 가운데 맏아들이다. 그는 동생 '아벨'을 죽인다. 이것은 바로 인류가 최초로 저지른 살인이다. 이 작품의 제목 〈카인의 후예〉란 최초의 살인자이며 형제를 질투하고 증오한 카인의 피를 받은 후손이라는 뜻이다. 해방이 되자 토지개혁을 앞두고 마을 사람들의 증오와 갈등이 깊어지고, 마침내 살인으로까지 이어진다. 이것은 해방 직후 북한 전 지역에서 일어난 일인 동시에 우리 민족 내부에서 빚어진 질투, 증오, 살인 사건 가운데 하나일 뿐이다. 이 비극과 범죄는 카인과 아벨, 아담과 이브를 거쳐 인류의 원죄와 연결된다. 그러니까 이 작품은, 북한의 한 작은 마을에서 벌어진 사건을 인류의 원죄로까지 연결시키기도 하고, 또 반대로 인류의 원죄라는 거대한 주제를 시골 마을에서 일어난 작은 사건으로 상징화시키는 작품이기도 하다.

〈구약성경〉에 나오는 카인

아담과 이브는 두 아들을 낳았다. 농부가 된 큰아들 카인은 동생인 아벨과 같이 하나님께 제사를 지내기로 하였다. 양치기였던 아벨은 처음 태어난 살찐 새끼 양을 기꺼이 하나님께 바쳤다. 새끼 양을 태우는 연기가 제단에서는 똑바로 하늘을 향하여 올라갔다. 하나님께서는 아벨과 그의 제물은 받으셨다. 그러나 카인은 땅에서 나는 열매를 가져와 주님께 드렸으나, 하나님께서 기꺼이 받지 않으셨다. 왜냐하면 카인은 바르게 행하지 않았으며, 죄의 욕망이 가득했기 때문이다. 카인은 하나님께서 받지 않자 몹시 격노하고 안색이 변했다. 동생을 시기한 카인은 아벨과 이야기하는 척하다가 들에서 동생에게 달려들어 그만 죽이고 말았다. 그때 하나님께서 카인에게 말씀하셨다.

"네 동생 아벨이 어디 있느냐?" 카인은 화를 내며 투덜거렸다. "나는 모릅니다. 내가 뭐 동생이나 지키는 자입니까?" 그러자 하나님은 카인을 꾸짖었다. "네가 무엇을 하였느냐? 네 동생 핏소리가 땅에서부터 내게 부르짖느니라. 땅이 그 입을 벌려 네 손으로부터 네 동생의 피를 받았으니, 이제 너는 땅으로부터 저주를 받으리라. 이제 땅을 경작하여도 네게 그 효력을 내지 않을 것이요, 너는 땅에서 도망자와 떠돌이가 되리라." 그래서 카인은 농사 짓기를 그만두고 이곳저곳을 헤매며 다니는 떠돌이 신세가 되었다.

줄거리따라잡기

　　박훈이 평양에서 공부하는 동안 지주인 할아버지와 부모가 돌아가신
다. 그는 고향으로 돌아와 농토를 관리하는 한편 야학을 세워 학교에 가
지 못하는 소작인들의 자녀를 가르치게 된다. 해방이 되고 북한 정권이
들어서면서 토지개혁의 물결은 박훈의 고향 양짓골에까지 밀려온다. 20
년 동안 훈의 집 마름으로 일했던 도섭 영감은 토지개혁이 실시되었다는
소문을 듣고 변심한다. 그는 농민위원장직을 맡고, 딸 오작녀와 아들 삼
득이에게 더 이상 훈을 좋아하지 말라고 엄명을 내린다. 오작녀는 훈의
수발을 들어 주며 어느새 서로 사랑하고 있음을 확인한다. 농민대회가 열
리고 지주인 박용제와 윤 주사는 반동분자로 몰려 숙청을 당하게 되나 훈
은 오작녀의 도움으로 간신히 숙청을 면한다. 딸의 소행 때문에 박훈네
토지를 갖지 못하게 된 도섭 영감은 훈의 할아버지 송덕비를 도끼로 때려
부순다. 훈은 도저히 양짓골에 살 수 없음을 깨닫고 오작녀와 월남할 계
획을 세운다. 이 무렵 훈은 순안으로 돌아오다가 도섭 영감이 주도했던
농민대회 때 숙청당한 삼촌 박용제의 처참한 모습을 보게 된다. 사동 탄
광에 끌려갔다가 탈출한 박용제는 트럭에서 몸을 날려 자살한 것이다. 오
작녀와 순안을 떠나 월남하려고 했던 훈은 마음을 돌려 도섭 영감을 죽이
기로 결심한다. 이 무렵 도섭 영감은 아들 삼득이 때문에 농민위원장 자
리에서 쫓겨난다. 도섭 영감은 훈과 맞선 끝에 훈의 칼에 옆구리를 찔린
다. 영감은 낫을 휘둘러 훈을 죽이려고 하지만 남몰래 훈의 신변을 걱정
해 미행하던 삼득이가 이를 막다가 상처를 입는다. 삼득이는 훈에게 자기
누이동생 오작녀를 데리고 빨리 양짓골을 떠나라고 말한다. 훈은 삼득이
말대로 오작녀와 함께 양짓골을 떠난다.

읽자읽자 우리 소설

1. 도섭 영감은 오랫동안 지주인 박훈네 마름이었다. 그런데도 토지개
   혁이 실시되자 박훈을 배신한다. 왜 도섭 영감이 박훈네를 배신하는
   지 그 이유와 배경을 설명해 보자.

2. 이 작품의 기둥 스토리는 해방 직후 실시된 북한의 토지개혁이다.
   여러 자료를 찾아 읽고 공과功過를 이야기해 보자.

3. 박훈과 오작녀의 사랑은 단순한 남녀간의 사랑 이상의 의미를 지녔
   다고 할 수 있다. 작품 전체를 통하여 이들간의 사랑이 어떠한 변화
   를 겪고 있는지 살펴보자.

4. 이 작품 여주인공 오작녀는 현재의 남편이 아닌 박훈을 선택한다.
   이것을 근거로 이 작품의 제목 〈카인의 후예〉가 지니는 상징적 의미
   를 생각해 보자.

카인의 후예

*

별이 쏠리는 밤이었다. 바람이 꽤 세었다. 서북 지방의 밤 공기가 아직 찰 대로 찬 3월 중순께였다.

산막골 고갯길을 넘어오는 사내가 있었다. 박훈이었다.

엔간히 술이 취한 듯 걸음이 허청거렸다. 그는 지난 넉 달 동안이나 어떤 보람을 느껴 가면서 경영해 오던 야학을 어제 당에서 나온 공작대원에게 접수를 당한 것이었다.[1] 아무런 예고도 없었다. 훈이 야학 시간이 되어 가 보니 벌써 낯모를 청년이 교단을 점령하고 있었다. 오늘 저녁 이렇게 술이 좀 지나친 것도 그 허전감에서 온 것인지도 몰랐다.

길 오른편은 적이 가파롭게 경사진 개간지[2]요, 왼편은 소나무 숲이었다. 이 사이로 외발자국 오솔길이 나 있었다. 여름이면 쑥과 뱀딸기 덩굴로 해서 거의 덮이다시피 되는 길이었다.

왼편 소나무 숲이 '쏴아' 하고, 크나큰 물결소리를 내었다. 훈은 어쩌면 숨이 막힐 정도로 이 찬 바람을 얼굴 전체에 받았다. 그러면서 그는 적잖이 술기가 간 정신으로도 이 찬 바람 속에 이미 봄을 마련한 송진 냄새가 풍겨 있음을 느끼는 것이었다. 코를 벌름거려 보았다.

---

1 이 작품의 시간적 배경은 8·15 해방 직후, 소련군이 점령한 시기이고 아직은 북한 정권이 들어서기 전이다. 이 작품에 등장하는 '공작대원'이니 '인민위원회'니 하는 것들은 북한 정권 수립을 준비하는 조직들 가운데 하나이다.
2 버려져 있던 거친 땅을 일구어 만든 논밭.

오른편 앞쪽 밋밋한 등성이 위에, 검은 나무 그림자가 나타나기 시작했다. 훈의 삼촌네 소유로 되어 있는 과수원이었다. 벌써 몇 해째 손을 대지 않고 내버려 두어, 거의 폐목이 되다시피 한 과수원이었다.

훈이 과목 그림자에 눈을 주었다. 올해도 꽃을 피우리라. 그리고 과실 구실도 못하는 열매가 작년보다도 더 얼마 안 되게 달렸다 떨어지고 썩고 하리라.

과수원의 검은 그림자가 점점 면적을 넓혀 갔다. 과수원 둘레로 돌아가며 심은 아카시아 울타리. 이것은 또 잘라 주지 않고 그냥 내버려 두어, 이제는 제대로 굵은 나무들이 돼 있었다.

이 아카시아 울타리 한 끝에 희끄무레한 그림자가 하나 붙어 있었다. 오작녀다. 거기서 훈 자기를 기다리고 있는 것이다.

좀 전에 술집 아주머니가 한 농담이 떠올랐다. 목이 빠져라 하고 기다릴 오작녀를 생각해서라도 어서 집으로 돌아가야 하지 않느냐는 것이었다. 훈은 못 들은 척 그 말을 흘려 버리고 말았다.

고향에 돌아온 후로 3년이란 세월을 젊은 여인과 단둘이 한 지붕 밑에서 살아왔으니 노상 그런 말도 날 만한 일이었다. 그리고 사실 훈은 언제부터인가 밖에서 돌아올 때마다 거기 오작녀가 기다리고 있다는데 저도 모를 어떤 위안 같은 것을 느끼는 것이었다.

지금도 그것을 느꼈다. 그러나 이 오작녀와의 한 지붕 밑 살림도 머지않아 끝이 난다는 생각이었다.

그러자 오늘쯤 오작녀와 마지막으로 한번 장난을 쳐 보고 싶은 생각이 들었다. 이쯤에서 서리라. 그래 언제나 부끄럼 타듯 저만큼에서만 기다리는 오작녀를 여기까지 오게 하리라.

훈이 섰다.

그러나 아카시아 울타리 쪽에서는 아무 움직임도 없었다.

소나무 숲을 불어 지나는 바람 소리만이 한층 높았다. 한 소리가 멀리 꼬리를 끌고 달아나는가 하면, 그 소리가 미처 사라지기도 전에 새로운 소리가 뒤따라 일어나곤 했다.

바람 소리에 귀를 기울이고 있던 훈은 문득 지금 자기가 생각해 낸 장난이 어이없는 짓같이만 느껴졌다. 자리를 뜨려 했다.

그러자 아카시아 쪽에서 움직였다. 오작녀가 이리로 달려온다고 생각됐다. 그러나 오작녀의 희끄무레한 그림자는 이리로 오는 것이 아니고, 아카시아 울타리로부터 훈이 서 있는 왼편 앞쪽으로 사선을 그으며, 소나무 숲 속으로 들어가는 것이었다. 그게 여간 빠른 동작이 아니었다.

훈은 번쩍 정신이 드는 심사였다. 거기 소나무 숲에는 오작녀보다 앞서 다른 그림자 하나가 달아나고 있는 것이 아닌가. 훈은 전신의 감각으로 그게 사내의 그림자라는 것을 느꼈다. 등골로 찬 기운이 스치고 지나갔다. 그러자 훈은 저도 모르는 새 그들의 뒤를 따라 숲 속을 달리고 있었다.

어디 이런 돌부리³가 많이 있었을까. 이 부근에 어디 이런 잡목의 나무 가장이가 무성해 있었을까. 훈은 곧잘 돌부리에 채어 무릎을 꿇다시피 하고, 꼿꼿한 나무 가장이에 면상⁴과 목줄기를 째이었다.

그러면서도 제 힘껏 달렸다. 나무 가장이를 헤치기 위해, 대고 두 손을 어둠 속에 허우적거렸다.

앞선 그림자나 뒤쫓는 오작녀의 그림자가 잘도 달리는 것이었다. 꼭 산에 익은 짐승의 내달림이었다.

훈은 종내 두 그림자를 잃고 말았다. 걸음을 멈추고 귀를 기울였다. 바닷물 소리 같은 바람 소리가 '쏴아쏴아' 거릴 뿐, 사람의 기척 소리라곤 들려오지 않았다.

저만치 그 평토⁵가 다 된 옛무덤 자리가 어둠 속에서도 짐작되었다. 그 한 끝에 이 산중 어느 소나무보다도 특출나게 굵고 높은 산신나무⁶가 밤

---

3 땅 위로 내민 돌멩이의 뾰족한 부분.

4 면상面上. 얼굴 위쪽.

5 평토平土. 무덤의 봉분이 평평해져서 평지처럼 된 상태.

6 산신목山神木. 무덤을 보호한다고 하여 무덤 옆에 심는 나무.

하늘에 검은 몸뚱이를 드러내 놓고 있었다.

그리로 아무렇게나 주저앉아 버렸다. 이곳은 한 50여 평 나무도 들어서지 않은 잔디밭인 데다 해양한 곳이어서, 훈이 늦가을로부터 이른 봄에 걸쳐 늘창 해바라기하러 올라오는 자리였다.

고만큼 뛰었는데도 목에서 쇳내가 나며 땀이 내뱄다. 나무 가장이에 째인 면상이며 목이며 손등이 쓰렸다.

어쩐지 온몸이 노곤해져 드러누웠다.

하늘의 별들이 눈앞에서 핑 돌았다. 눈을 감아 버렸다.

'좀 전에 오작녀가 뒤쫓은 그 그림자는 대체 누구일까.'

땀이 걷히우며 밑으로부터 올라오는 냉기로 인해, 등골이 오싹거렸다. 이 오싹거림은 대체 그가 누굴까 하는 좀 전의 검은 그림자로 해서, 한층 심해지는 듯했다.

그것이 사내인 것만은 틀림없었다. 그리고 몰래 자기의 뒤를 밟거나, 거기 어디 숨어서 자기네의 동정을 살피고 있는 것도 틀림없었다.

훈은 소위 토지개혁[7]이란 걸 앞둔 요즈음 뜻 않았던 때, 뜻 않았던 곳에서 느끼곤 하는 어떤 강박감이 어제오늘에 와서는 어떤 구체성을 띠어 가지고 신변 가까이 닥쳐왔음을 느꼈다. 어제 밤에는 야학을 접수당했다. 이제 무슨 변이 몸에 와 닿을는지 모르는 것이었다. 새로이 온몸에 소름이 끼쳐지면서 술기운도 다 사라지는 심사였다.

아무튼 이젠 일어나 내려가야겠다. 이러다가는 정말 감기 들겠다. 그러면서도 그는 좀처럼 몸을 일으키지 못하고 있었다.

바람 소리가 잠시 그쳤다. 별로 주위가 고즈넉해지면서, 자기를 중심으로 한 얼마의 구역이 따로 떨어져 나간 느낌이었다. 부자연스러웠다. 이 자기를 중심으로 한 구역 밖, 어느 한곳에 누가 몸을 숨겨 가지고 이쪽

---

7 북한에서는 1946년 3월 5일, 북조선임시인민위원회 명령으로 지주의 토지를 몰수하여 노동자, 농민에게 무상 분배하는 조치가 잇따랐다. 아직 이른바 '북조선정부'가 들어서기도 전이었다.

을 감시하고 있는 것만 같았다.

눈을 번쩍 뜨며 상반신을 일으켰다.

"집으루 내레가시야디요."

언제 와 있었는지 오작녀가 곁에 와 있었다.

훈이 말없이 일어나 앞장을 섰다.

여기서 집으로 내려가는 길만은 아무리 밤길이라 해도 발에 익었다. 고향에 돌아와 3년 동안이나 친해 온 길이었다. 그런데 웬일인지 다리가 자꾸 헤던거려, 꺼멓게 드러나 보이는 잡목에 몇 번이고 부딪쳤다. 이제 는 술 때문이 아니었다. 대체 좀 전의 그 그림자가 누구일까 하는 생각이 적잖이 마음을 헝클어 놓는 것이었다.

오작녀가 앞질러 앞장을 섰다. 그러고는 훈의 걸음걸이를 재어, 꼭 두어 걸음 앞을 서 길잡이 노릇을 하는 것이었다.

"오작녀, 대체 그게 누구요?"

대답이 없었다.

"따라가다 놓쳤수?"

"아니요."

"그럼?"

다시 말이 없었다.

"누군지 모를 사람입디까?"

"아니요."

"그럼?"

다시금 오작녀는 말이 없다가, 무슨 애원이나 하는 듯한 어조로,

"선생님."

하고는 잠시 사이를 두어,

"내일 말씀 드레서는 안 돼요?"

전에 없는 일이었다. 그네가 이처럼 훈의 물음에 대답을 피해 보기는 처음인 것이었다. 심상치 않은 곡절이 있는 것 같았다.

그럴수록 훈은 기어이 오작녀의 입으로부터 그자가 누구인가를 알아내고 싶어졌다. 그리고 자기가 캐어물으면 오작녀 편에서도 결국은 말하고야 말 것을 알고 있었다. 그러나 그만두었다. 오작녀가 말하기 힘들어하는 것을 알아냈댔자 무어 시원한 일도 없을 것 같은 것이었다. 그저 이제는 어서 집으로 돌아가 눕고만 싶었다.

　잡목 숲이 다하자 바로 거기에 양짓골 집들이 어둠 속에 반원을 그리며 널려 있었다. 모두 등을 이리 돌리고 널려 있는 품이 흡사 무슨 나락더미 같았다.

　이 반원 한복판 안 굽이에 다른 나락더미보다 월등하게 드러나 뵈는 것이 훈의 집이었다.

　저녁상을 보자 오작녀는 조용히 밖으로 나섰다.

　아버지네 집으로 가 보지 않고는 못 견딜 심사였다. 누구와 결판을 내고만 싶었다. 글쎄 삼득이(남동생) 그 애가 어쩌자고 그런 짓을 할까. 남의 뒤를 밟다니 될 말이냐. 그것도 다른 사람 아닌 박 선생의 뒤를.

　오작녀 아버지네 집은 훈네 집에서 왼편으로 한 50미터 떨어진 곳에 있었다. 함석집이었다.

　오작녀는 아버지네 집 마당에 들어서며 잠깐 망설였다. 바둑이가 와 다리에 휘감겼다. 가슴이 더 뒤설레이었다. 그러나 마음을 가다듬어 먹고 문고리를 가 잡았다.

　방에는 어머니 혼자뿐이었다. 남폿불 앞에 동그마니 앉아 바느질손을 잡고 있다가, 방문 여는 소리에 놀라는 눈을 들었다.

　"너 오니?"

　"다들 어디 갔소?"

　"저녁 먹구들 나가드라."

　어머니는 말소리마저 무엇을 염려하고 겁내 하는 빛이었다. 그게 요새 와서 더 심해진 것 같았다.

소녀 시절에는 웃기 잘하기로 유명했던 오작녀 어머니였다. 대수롭지 않은 일에도 웃음이 앞서곤 했다. 갓 시집와서도 그랬다. 웃어른 없는 시집살이라 흉허물없이 동네 젊은 여인들과 만나면, 무슨 이야기들 끝에고 곧잘 웃음을 터뜨리곤 하는 것이었다.

이렇던 웃음이 어느새 그네의 동글납작한 얼굴로부터 자취를 감추어 버리고 말았다. 살림이 고된 탓은 아니었다.

빽빽한 바위 밑 같은 남편의 그늘이 그리 만들었는지 모를 일이었다. 무어 남편 되는 도섭 영감이 유별나게 아낙을 들볶는 것은 아니었다. 마치 바위 편에서 무슨 생각이 있어 그 밑의 풀나무를 어쩌는 것이 아니듯이. 그저 남편의 바위 밑에서 이 여인은 차차로이 제 웃음을 잃고, 그 자리에 어떤 그늘이 대신한 것이었다. 그것이 요즘 와서는 더 심했다. 아무렇지도 않은 일에 깜짝깜짝 놀라기까지 했다.

"삼득인 늘 밤늦게 댕기우?"

"글쎄 그러누나."

반드시 삼득이가 그러는 것도 아니건만, 누이 되는 사람이 걱정 비슷이 하는 말에, 어머니도 덩달아 이렇게 말을 하고는 이번에는 혼잣말로,

"밤엔 집에들 있어 줬으면 도캈는데……."

"아바진 또 요새 왜 그러우?"

"글쎄 말이다."

"어머니가 좀 말을 해요."

어머니가 놀라는 눈을 이리 돌렸다.

"요새 아바지가 박 선생한테 너무해요. 디나간 일두 생각해야디 나빠요. 이제 토디개혁인가 뭔가 된다구 해서 그럴 수가 이시요? 어머니가 좀 말을 해요. 어머닌 왜 아바지한테 말 한마디 못하구 삽네까?"

오작녀 아버지 도섭 영감은 20여 년 동안이나 훈네 토지를 관리해 온 마름[8]이었다. 그동안 웬만한 지주 못지않게 잘 살아왔다. 그것이 요즈음 토지개혁이란 걸 앞두고는 모든 행동에 있어서 달라진 것이었다. 그게 오

작녀에게는 못마땅했다.

딸의 말에 오작녀 어머니의 눈이 더 놀라고 겁먹어 갔다.

'이 애가 어쩌자고 갑자기 이런 소릴 해쌓는지 모르겠다. 가만있지 못하고. 이 애가 이러다간 집안에 큰 풍파를 일으킬라.'

"그리구 또 삼득인……."

오작녀 어머니의 손이 가늘게 움직였는가 하면, 손은 그대로 있는데 바느질감만이 무릎에서 흘러 떨어졌다.

"가만!"

그러고는 떨리는 손길이 딸의 팔을 와 붙들며 나직한 말로,

"아바지다!"

오작녀도 그만 흠칫하고 귀를 기울였다.

그러나 아무 소리도 들리지 않았다.

"아바지야!"

어머니가 다시 숨소리만으로 속삭였다.

수십 년 같이 살아오는 동안, 이 여인은 이처럼 다른 사람이 알아듣지도 못하는 남편의 인기척을 알아듣는 것이었다.

좀만에 과연 뜰로 들어서는 인기척이 들렸다. 오작녀는 저도 모르게 훌 일어섰다. 그러고는 문고리를 잡고 생각난 듯이,

"삼득이 들어오믄 낼 바주⁹ 엮게스리 좀 보내 주우."

그러나 어머니는 그저 바느질감만 뒤적이고 있는 것이었다. 그것은 지금 자기네가 나타내고 있는 낯빛을 남편에게 눈치 채이지 않기 위한 몸짓이기도 했다.

오작녀는 섬돌¹⁰에 올라선 아버지와 어겼다. 고개를 수그린 채 총총걸음을 쳤다.

---

8 지주(地主 ― 이 작품에서는 박훈네)를 대리하여 소작지를 관리하는 사람.
9 바자. 울타리로 쓰기 위하여 수수깡, 대나무 등으로 엮어 놓은 것.
10 방에 오르내리기 위하여 만든 돌층계. 댓돌.

문득 좀 전에 어머니한테 한 말이 후회처럼 뒤따랐다. 정작 어머니가 아버지더러 무슨 말을 해서 풍파라도 일어나면 어쩌나.

그러나 다음 순간, 오작녀의 가슴속에는 좀 전에 어머니한테 말할 때보다도 더 굳세인 어떤 딴 힘이 머리를 들고 일어섬을 느꼈다. 무슨 일이 있든 한번은 벌어질 일이다. 아버지가 나쁘다. 아버지가 박 선생에게 그럴 수가 없다. 그리고 또 삼득이도…….

"애애!"

어둠 속에서 오작녀는 뒷덜미나 짚이듯 그 자리에 서고 말았다.

"네 남편이 돌아왔드라."

이번에는 뒤통수를 되게 얻어맞는 감이었다. 아버지의 말을 못 알아들은 듯, 잠시 그러고 서 있었다.

다음에는 지금 들은 말에서 도망이나 하듯이 급히 그곳을 떠났다. 점점 걸음을 빨리 했다.

귓속에서 세찬 바람이 일어 윙윙 휘몰아치는 소리가 들렸다. 그 바람 속에 '남편이 돌아왔다' 하는 소리가 들렸다.

눈앞이 어지러웠다. 걸음이 허청거려졌다. 이런 자기를 도저히 자기의 힘으로 부축해 나가지 못할 것만 같았다.

대문 기둥을 붙잡고 기대었다.

눈을 들어 앞을 보았다. 훈의 방에 불이 꺼져 있었다.

퍼뜩 정신이 들었다. 박 선생이 저녁상을 물리지도 않고 불을 끌 만큼 그동안 자기는 어디 가 무엇을 하고 있었을까. 큰 실수를 했다. 어서 상을 치워야겠다. 이제는 다른 생각은 없었다.

그제야 안뜰로 걸어 들어가는 오작녀의 걸음걸이는 거기에 자기를 부축해 주는 어떤 힘이나 붙잡은 듯이 온전한 것이었다.

훈은 저녁을 뜨는 둥 마는 둥 그대로 자리 속으로 들어갔다. 그러자 웬일인지 이날은 온몸이 매시시해지며 곧 잠 같은 게 들어 버렸다. 그리고 어지러운 꿈을 꾸었다.

　야학당 앞에 가 있었다. 1층으로 길게 지은 소학교 한가운데 불이 켜져 있어 그곳이 야학당이었다.

　훈은 오늘 밤 몸이 편찮아 누워 있다가, 그래도 자기가 맡은 시간만은, 하고 나온 길이었다. 죽은 듯이 엎드려 있는 집채 한가운데에 여기만은 이렇게 살아 있다는 듯이 켜져 있는 불빛. 몸이 편찮지만 잘 왔다고 생각했다.

　현관으로 들어섰다. 현관 바로 오른편 방이 야학당이었다.

　야학당에서는 지금 공부 중이었다.

　교단 쪽 문 앞을 지나 뒷문으로 갔다. 그리 들어가 한 시간이 끝나기를 기다릴 참이었다.

　조심히 뒷문을 밀어 열었다. 교단에서 웬 낯선 사내가 강의를 하고 있었다. 언뜻 보는 눈에, 개털 오바를 입은 키가 자그마한 청년이었다. 함경도 사투리가 억세었다.

　교단 옆 의자에는 언제나처럼 홍수가 꼿닥하니 앉아 있었다. 이 사람은 훈과 함께 야학을 시작한 사람 중의 한 사람이었다.

　그리고 언제나같이 남폿불[11] 옆자리에는 오작녀가 앉아서 열심히 교단 쪽을 바라보고 있었다.

　그런데 훈이 채 방에 들어서기도 전에, 거기 뒷곁에 앉았던 청년 하나이 맞받아 나왔다. 명구였다. 이 사람도 처음부터 훈을 도와 야학을 해 오는 청년 중의 한 사람이었다.

　명구 청년은 훈을 복도 한옆으로 데리고 가더니 귓속말로, '당에서 나와시요' 했다.

　귓결에 교단 쪽에서는 이런 말귀가 들려왔다…….

　"교육이란 건 결국 뉘기가 뉘기에게, 즉 어떤 계급[12]에 속하는 사람이

───────────────

11 석유를 넣은 그릇의 심지에 불을 붙이고 유리로 만든 등피를 끼운 남포등으로 켠 불.

어떤 계급에 속하는 사람에게 대해서 행해지는가 하는 게 가장 중요한 것이올시다!"

밖으로 나왔다. 그런데도 웬일인지 자기는 그냥 야학당 안에 있는 것이었다.

오작녀를 찾고 있었다. 늘 낮은 남폿불 옆자리에 있던 오작녀가 없었다.

보니, 저기 그늘진 한구석에 혼자 쓸쓸히 앉아 있었다. 눈의 광채까지 거두어져 있었다.

보통 때는 그렇게 어수룩하던 오작녀가 야학당 남폿불 밑에서는 마냥 눈에다 불을 켜 드는 것이었다. 놀라운 총기도 이 눈에서 오는 듯, 배우는 것을 누구보다도 먼저 깨우쳐 갔다. 이 오작녀가 오늘은 그 눈의 광채를 거두어 가지고, 그늘진 한구석에 혼자 앉았는 것이다.

문득 오작녀가 자리에서 일어섰다. 그러고는 그늘 속을 걸어 남폿불 있는 데로 가더니 입김으로 남폿불을 꺼 버리는 것이었다. 이제부터는 이 남폿불도 소용없다는 듯이.

명구 청년이 가까이 오며, 오늘로 야학이 마지막이라고 속삭였다.

불출이가 걸상들을 한옆으로 몰아 놓기 시작했다. 이 사람은 또 저녁마다 난로에 불을 피우고 뒷거둠을 해 주고 하는 사람이다. 그런데 오늘 밤 불출이의 뒷거둠질은 꼭 마지막 치움질을 하는 그런 거둠질이었다.

사촌 동생 혁이가 훈더러 어서 가자고 재촉했다.

훈은 어둠 속에서 얼마든지 등골을 스치고 지나가는 오한과 전율을 느껴야만 했다.

어느새 또 이번에는 밖에 나와 있었다. 현관 앞에서 오작녀를 기다리는 참이었다.

좀처럼 오작녀가 나오지 않았다. 아무 때까지라도 오작녀가 나오기를

---

12 이 사람이 말하는 계급이란 지배자(자본가)와 피지배자(프롤레타리아)를 가리킨다. 프롤레타리아가 바로 무산계급 無産階級 이다. 공산주의는 이 무산계급이 주인 되는 사회를 지향한다.

기다리리라 마음먹었다. 그러는데 사실은 기다리는 게 훈이 아니고, 오작녀인 것이다. 장소도 야학당 현관 앞이 아니고, 산막골 고갯길 과수원 모퉁이었다. 오작녀는 지금 남폿불까지 켜 들고 훈을 기다리고 있는 것이었다.

훈은 한번 장난을 치고 싶은 생각이 들었다.

거기 소나무 뒤에 몸을 숨겼다. 그러나 곧 오작녀에게 들키고 말았다.

훈이 산속으로 달리기 시작했다. 오작녀가 뒤따라 왔다. 아까 생시에는 오작녀가 앞서 달리고 훈이 뒤따라 달렸는데 꿈속에는 훈이 앞서 달리는 것이었다.

훈은 이럴 필요가 없다고 생각하면서도 그냥 달렸다. 자꾸 돌부리에 채어 넘어지고 나무 가장이에 얼굴과 목줄기와 손목이 할퀴어졌다.

'오작녀가 와 붙들어 줬으면 좋겠다' 그러니까, 와 붙들어 주었다.

그리고 오작녀는 훈의 얼굴의 생채기를 빨기 시작했다. 목줄기의 생채기도 빨아 주었다.

나중에는 혀로 핥기 시작했다. 이마며, 어깨며, 가슴이며 모조리 돌아가서 핥아 주는 것이었다. 부끄러웠다.

그러면서도 오작녀가 하는 대로 내맡겨 두었다. 그게 어쩐지 행복스럽기까지 했다.

그러다 보니, 오작녀가 들고 있는 남폿불이 지나치게 화안히 켜져 있는 것이었다. 그건 오작녀의 타는 듯한 그 눈 때문에 더한지도 몰랐다.

부끄러웠다. 그러면서도 행복스러웠다.

푸뜩 이런 자기를 누구에게 엿보여서는 안 된다는 생각이 들었다. 불을 끄라고 했다. 그러나 오작녀는 불을 끌 염[13]을 않는 것이었다.

훈이 입김으로 남폿불을 불었다. 안 꺼졌다. 자꾸 불었다. 그래도 안 꺼지는 것이었다. 안타까웠다. 그러다가 잠이 깨었다.

거기 자기를 들여다보고 있는 오작녀를 발견했다. 남폿불이 화안히 켜

---

13 염습. 무엇을 하려고 하는 생각.

져 있었다.

훈은 깨달았다. 오작녀가 자기 생채기에 머큐롬을 바르고 몸의 땀을 씻어 주고 있었다는 것을.

"어디 대단히 펜티 않은 모양인데요. 식은땀을 막 흘리시구, 잠꼬대를 하시구……."

오작녀는 자못 걱정스런 빛이었다.

"괜찮우."

이런 일은 그에게 있어 오늘 밤에 비롯한 증세는 아니었다.

오작녀는,

"저녁상을 내가려구 들어왔다가 상채기에 피가 내뱄기에……."

이렇게 밤중에 훈의 방에 들어오게 된 걸 말하고 나서

"여러 군데 째넀는데요. 그리구 식은땀을 막 흘리시구……. 요새 신상이 더 안돼시요."

그 책임이 자기에게나 있는 듯한 말씨였다.

"괜찮우."

그러면서 훈은 이제 잠 속의 일이 그대로 잠꼬대를 통해 오작녀에게 알려지지나 않았나 하는 생각에 절로 눈이 감겨지며,

"불을 좀 꺼 주우."

했다.

그러나 이것도 역시 꿈속에서 한 말을 다시 되풀이하는 것 같아,

"을은 그대로 놔 두우."

해 버렸다.

감은 훈의 우묵한 눈이 검은 눈썹 밑에서 더 그늘져 있었다. 그저 땀기 머금은 넓은 이마만이 남폿불에 엇비치어 희게 드러나 보였다. 스물아홉 이라고는 도저히 볼 수 없는 서른이 훨씬 넘어 뵈는 얼굴이었다.

좀만에, 이마에서 거의 삼각형을 이루며 내려간 빠른 하관[14]이 약간 움직였다. 혀끝으로 메마른 입술을 축여 보는 것이었다. 그러고는 불빛을

피하듯 돌아눕고 말았다.

밤 뻐꾸기 우는 소리가 들려왔다.

뒷산에서는 그냥 산바람이 솔숲을 울리고 있었다. 그 소리에 뻐꾸기 울음소리가 한껏 멀리 지워졌다가는 이어지곤 했다.

문득 훈은 어릴 때의 일이 떠올랐다.

밤중에 무서운 꿈을 꾸고 난 뒤였다. 어디선가 밤 뻐꾸기 우는 소리가 들려왔다. 전설에 나오는 큰아기바윗골 뻐꾸기 생각이 났다. 무턱대고 어머니의 품을 파고들었다. 그러면 무서움은 사라지고 얼마든지 아늑한 것이었다.

지금 훈은 이 어릴 때 어머니 품속에서 맛본 재릿한 행복감을 되도록이면 오래 지속시켜 보려 했다.

그러나 다음 순간 좀 전에 꿈속에서 자기가 어머니 아닌 오작녀에게 몸을 내맡기고 만족스럽던 일이 떠올라 이불을 머리 위까지 막 쓰고 말았다.

오작녀는 오작녀대로 잠시 자기 방으로 건너가야 할 것도 잊고, 뻐꾸기 소리에 귀를 기울이고 있었다. 그리는 그네의 눈은 무엇을 꿈꾸는 듯한 빛으로 변해 있었다.

"형님, 어데 펜티 않수?"

미닫이 여닫는 소리를 들었다. 누가 방에 들어선 것을 알 수 있었다. 그리고 목소리로 해서 그가 사촌 동생 혁이라는 것도 알았다.

훈은 잠이 들어 있는 게 아니었다. 그러면서도 또 이상스럽게 잠에서 완전히 깨나지 않은 심사였다.

"아니, 얼굴을 왜 이르케 다텠수?"

손이 와 이마를 짚었다.

---

14 하관은 얼굴의 광대뼈 아래쪽을 가리킨다. '하관이 빠르다는 것'은 얼굴 전체에 비하여 하관이 매우 좁고 뾰족하다는 뜻.

눈을 뜨니 눈이 시도록 방 안이 화안했다. 지금 한창 남쪽 들창 너머로 맑은 햇살이 들이붓고 있었다. 밖은 바람도 잔 모양이었다.

"열은 없는 것 같은데…… 어데 넘어뎄수?"

"아니."

훈은 뿌둑해져 오는 눈을 도로 감아 버리고 말았다.

혁이 베갯머리로 바싹 다가앉으며,

"데, 형님!"

하고 불러 놓고는 잠시 사이를 두어,

"남이 아반 죽은 거 압네까?"

훈은 그제야 완전히 잠이 깨지는 느낌이었다.

"어젯밤, 낫에 띨레 죽어시요."

사촌 동생의 얼굴이 바로 위에 와 있었다. 무엇에 몹시 흥분해 상기된 얼굴이었다.

"밤둥에 남이 오만이 잠이 깨 보니간 자리가 축축하드래요. 애가 오줌을 쌌나 하구 더듬어 봤드니, 오줌치구는 별나게 끈적끈적하드라나요. 그래 살페 봤드니, 글쎄 남이 아반 가슴에 낫이 꽂데 있디 않가시요?…… 그러구 보니깐, 좀 전에 문소리가 난 걸 잠결에두 듣긴 했대요. 그러나 남이 아반이 뒷간에 나가는 걸루만 알았대요. 아마 그때 누가 들어왔든 모양이디요."

남이 아버지는 농민치고 보기 드물 만큼 허약한 사람이었다. 이 남이 아버지가 가난한 농군이라고 해서 얼마 전에 면 농민위원장이 되었다.

"종내 일이 벌어디구야 말았쉐다!"

훈도 그렇게 느꼈다. 오래간만에 가슴속이 뜨거워 올랐다. 저쪽에서 어떤 조직체로 굴레를 씌우려 드는 이 마당에 이쪽에서도 가만있을 수 없다는 생각이었다.

그러는 훈의 눈앞에 남이 아버지네 올망졸망하니 많은 아이들의 모습이 떠올랐다. 모두 검게 자리 잡은 큰 눈들을 하고 있었다.

그 중 큰애 하나이 해방 전 해에 죽었다. 영양부족이었다. 남이 아버지는 안주 수리조합 공사에 보국대로 뽑혀 나가고 없었다. 남이 어머니는 남이 어머니대로 그날도 옥수수를 쪄 가지고 순안 장으로 들어가고 없었다.

저녁때, 남이 어머니가 돌아와 보니, 움푹 꺼진 눈과 반쯤 벌려진 입 안에 파리떼가 가득 메워져 있었다. 이미 죽은 지가 오랜 것이었다. 아래 아이들은 그걸 모르고 있었다. 자기네의 언니가 오늘은 하루 종일 잠만 잔다고 생각한 것이었다.

"아직 누가 쥑엔는디는 몰라두 어느 펜 사람이란 건 짐작할 수 있디 않아요?"

훈은 새삼스러이 군턱이 진 사촌 동생의 얼굴[15]을 쳐다보았다. 훈은 벌써 남이 아버지가 죽임을 당했다는 말을 듣는 순간, 그것이 어느 편에서 한 일이라는 걸 알고 있었다.

그리고 이것으로 일은 시작됐다는 느낌이었다. 그러나 그것을 남이 아버지의 입장에서 볼 때, 그가 의식하고 농민위원장이 됐던 게 아니고 저편에서 시키는 일이니 그저 멋도 모르고 되었다는 데 생각이 미치자, 남이 아버지는 역시 억울한 죽음을 당했다는 생각이 들었다.

"아니 대단히 몸이 펜티 않은 모양이군요. 약을 제다 잡수야디요."

"괜찮아."

"그럼 몸조심하십쇼…… 가 봐야겠군……. 대테 누가 그런 대담한 짓을 했을까."

신난다는 듯이 혁이 일어섰다. 햇볕의 한끝이 혁의 두터운 앞가슴에 안겼다 다시 거기 구들바닥에 떨어졌다.

눈이 부셨다. 훈은 다시 눈을 감았다. 사촌 동생의 활기 띤 발자취 소리가 대문 밖으로 사라지는 게 들렸다.

그러자 훈은 갑자기 사촌 동생에게 할 말이 있음을 느꼈다. 뒤이어 누

---

15 '군턱이 진 얼굴'은 훈의 사촌 동생 혁도 지주 신분이란 걸 암시하고 있다.

구에게라 없이 가슴 곳을 치밀어 오르는 어떤 슬픔에 가까운 노여움 같은 걸 느끼는 것이었다.

　오작녀 아버지 도섭 영감은 면 인민위원회 숙직실에 군 당부에서 나온 공작대 책임자와 마주 앉아 있었다. 개털 오바를 입은 청년이었다.
　"동무 내 동무의 과거르 둘추지 앙이하겠소. 그 대신 앞으루 일 많이 하오."
　"선생이 하라는 대루 무슨 일이든지 하디요. 말씀만 하십시오."
　도섭 영감은 20여 년 동안이나 훈네 마름으로 있는 게 이제 와서 꿀리는 것이었다.
　"먼저 지주와의 관계르 깨끗이 청산하오."
　"벌써 그 사람과는 아무 상관이 없습니다."
　"앞으루 그걸 행동으루 보이오."
　"선생이 하라는 대루 무슨 일이든지 다 하리다."
　"선생이라 그러지 말구 동무라 부르오. 그러문 동무."
하고, 개털 오바 청년은 말소리를 좀 낮추어,
　"어제 밤에 그 박가의 집에 무슨 별다른 기색이 뵈인 게 없소?"
　도섭 영감이 그게 무슨 말인지 몰라 잠시 머뭇거리는데, 청년이 다시,
　"밤에 누가 그 집에 오구 간 사람은 없나 말이오?"
했다.
　도섭 영감이 그 언제나처럼 맨숭맨숭 칼로 민 머리를 한 번 기웃하면서,
　"불만은 늦게꺼지 케데 있어쓴데요."
　"요지음 그 집에 자주 드나드는 사람이 뉘기 뉘기요?"
　"그 사람 사춘 아우 혁이가 드나들구…… 명구라는 애두 드나들드군요."
　"그 명구새끼가 어제 밤엔 그 집에 앙이 왔댔소?"
　"낮에는 와서 뒷산에서 무슨 니얘길 하는 걸 봤습네다."
　"불출이새끼는 앙이 왔댔소?"

"개는 과히 그 집에 드나들디 않습니다."

개털 오바 청년은 알겠다는 듯이 고개를 끄덕이고 나서,

"그러믄 동무. 동무가 오늘부터 놈들의 테로에 맞아 죽은, 전 농민위원장 동무의 뒤를 이어 이르 맡아보오. 우리의 사업은 잠시래두 공백이 있어서는 앙이 되는 게요. 그러믄 동무, 지끔두 이 얘기르 했지만 먼저 지주와의 관계르 깨끗이 청산하구, 무자비한 투쟁으로 해야 하오. 그렇게 하믄 동무의 과거의 과오는 말하지 앙이하겠소."

도섭 영감은 이제는 살았다는 심정이었다. 좀 전에 사람이 와서 면 인민위원회에서 부른다는 말을 들었을 때는, 오늘이야 기어이 무슨 일을 당하느니라 하고 가슴이 우주주했던 것이었다.

집으로 돌아오는 길에서 도섭 영감의 역시 뻔뻔히 밀어 수염 한 오라기 없는 큰 입 가장자리에는 어떤 아지 못할 미소까지 어리어 있었다.

그는 자기가 벌써 얼마 전부터 지난날의 지주였던 훈과 왕래를 끊은 게 잘했다고 생각했다. 그것을 앞으로는 더 칼로 베듯이 해 버려야 한다고 마음먹었다.

그러면서 그는 또 이런 생각도 하는 것이었다. 남이 아버지가 죽은 건 그자가 원래 몸이 약해빠져서 만만히 본 탓이다. 아마 나라면 나이는 좀 늙었어도 누가 감히 손을 댈 염을 못하렸다. 어디 누구 손을 대볼 테면 대보라지, 누가 어떻게 되나?

도섭 영감은 가래를 한 번 크게 돋구어 탁 옆으로 내뱉었다.

보안서 사환 애가 와서, 서에서 훈을 부른다고 했다.

오작녀가 자기가 대신 가서 무슨 일인지 알아보고 오겠다는 걸, 훈이 그럴 것 없다고 자리에서 일어났다. 약간 어지러웠다.

보안서는 바로 면 인민위원회에서 몇 집 떨어지지 않은 곳에 있었다. 순안으로 가는 신작로를 앞에 안고 있었다.

훈이 보안서로 가니, 세 사람의 사내가 앉아 있었다. 정면 테이블 안쪽

에 정복한 서원 하나, 그리고 이쪽 세로 놓인 테이블에 개털 오바를 입은 청년 하나, 그리고 그 맞은편 벽 밑에 의자만을 놓고 앉았는 홍수. 이렇게 셋이 솥발 형국을 이루고 앉아 있었다.

"게 앉으십시오. 이렇게 오시라구 해서 미안하웨다."

서원이 부드럽게 입을 열었다.

"······잠깐 물어볼 말이 있어서 오시라구 했는데요······. 처음에 야학을 시작한 게 언제부터디요?"

"작년 시월 하순께부텁니다."

"시작할 때 누구누구가 시작했습네까?"

"저와 제 사촌 동생, 그리구 명구라는 청년과 여기 앉았는 홍수씹니다."

홍수는 아까부터 고딱하니 서원 편만 바라보고 있었다.

그는 이제 면 민청위원장이 돼 있었다.

"선생은 뭣을 맡아 가리켔습네까?"

"국어와 역사를 맡아 가르켔습니다."

"단군이 실재한 인물입네까?"

"어떤 민족의 역사건 상고로 올라가면 신화시대와 전설시대가······."

"아니."

하고, 서원은 훈의 말을 막아 논 후, 푸뜩 이쪽에 앉아 있는 개털 오바 청년에게로 눈을 주었다.

서원이 눈을 거두어 자기 테이블 위로 가져갔다. 거기에는 무엇을 가득 적은 종이조각이 한 장 놓여 있었다.

"선생이 야학에서 단군을 실재한 인물로 가리켔는가 어캤는가 말씀해 주시요."

"고대 씨족 사회에 뛰어난 인물이 있어서 그를 단군이라 하였다구 볼 수 있습니다. 그러나 이는 단지 신화 전설에······."

"알 만하오. 당신은 단군을 실재한 인물로 취급했소."

개털 오바 청년이 자기 앞만 바라보며 말을 가로챘다.

훈은 조금 더 말하고 싶었다. 그러나 그만두었다. 끝없는 논의일 것 같았다. 그러면서 훈은 이 개털 오바 청년을 어디서 본 듯하다고 생각했다.

서원이 테이블 위의 종이조각을 내려다보면서 말을 이었다.

"선생의 사춘 동생 혁씨는 뭣을 가리켔습네까?"

"산술입니다."

"그리구 명구라는 사람은 뭣을 가리켔습네까?"

"여기 앉았는 홍수씨와 함께 농업을 가르켔습니다."

"명구는 왜 야학에 나오디 않게 됐습네까?"

"모르겠습니다."

"선생이 야학에 안 나오게 된 건 몸이 약해서 그런 줄로 압니다. 그런데 명구는 왜 안 나옵니까? 거기에 무슨 까닭이 있디 않습네까?"

"별루 까닭이 있다구 생각지 않습니다. 제 생각 같애선 자기 자신이 좀 더 공부해 가지구 남을 가르키겠다는 생각인지 모르겠습니다."

"명구가 지금 어디 있습네까?"

"넘은 동리에 삽니다."

"그건 압니다. 어젯밤에 어디루 갔느냐 말입니다."

"어젯밤에 어디루 가다니요?"

"어젯밤에 어디루 자취를 감췄습니다. 선생은 어디루 갔는디 알 겝니다."

"모릅니다."

"아무 말도 없었읍네까?"

"무슨 말 말입니까?"

"그게 우리가 알려는 게요."

개털 오바 청년이 다시 말을 가로챘다.

"아무것도 들은 말 없습니다."

서원이 테이블 위 종이조각을 내려다보며,

"최근에 명구를 만난 게 언젭네까?"

"어젭니다."

"그때 무슨 말을 했습네까?"

"별루 한 말이 없습니다. 뒷산에 앉아 있누라니까 그 사람이 왔습니다. 서루 말없이 한참 앉아 있었습니다. 그러다가 나중에 그 사람이 일어서면서 나더러, 건강이 좋잖아 보이니 조심하라는 말을 했습니다."

여기서 개털 오바 청년이 또 무슨 말을 할 듯하다가, 담배 연기만 훅 내뿜고 마는 것이었다.

서원이 다시 종이조각을 들여다보며 말을 이었다.

"어젯밤 선생은 무엇을 했습네까?"

"산막골에 다녀왔습니다."

"불출이 오만네 술집 말이요? ……그래 게서 불출일 봤습네까?"

"뵈지 않습디다."

서원은 여기서 다시 개털 오바 청년 쪽을 한 번 쳐다보고는 종이조각에로 눈을 떨구었다.

"어젯밤 집에서 늦두룩 등불을 케 두었디요?"

"몸이 편찮았습니다."

개털 오바 청년이 담배꽁초를 아무렇게나 테이블 모서리에 비벼 끄면서,

"어젯밤 술을 먹었지?"

"예."

"몸이 편찮다믄서?"

"철 바뀜 전후에서 불면증이 오군 합니다. 그래서 술을 먹구야 잠을 자군 합니다."

"얼굴의 상처는 언제 그렇게 됐소?"

"어젯밤 술이 과했던 모양입니다."

"이게 뉘 해요?"

개털 오바 청년이 책 한 권을 테이블 위에 올려놓았다.

"제 것입니다."

세계 사상전집 중의 한 권이었다. 개털 오바 청년이 책을 폈다. 미리 접어 두었던 책장이 나왔다.

"여기 푸로레타리아 독재니, 테로리즘이니 하는 대목에다가 붉은 연필루 줄을 쭉욱쭉 그어 놓은 건 당신이 한 게요?"

"명구 청년이 한 것입니다. 자기가 모를 데를 그렇게 표해 두었다가 나한테 문군 했습니다. 아마 농업학교 2학년밖에 더 못 다닌 사람으로서는 어려운 모양입니다."

"그러믄 알 만하오……. 우리 간단히 이 얘기르 합시다. 어젯밤 농민위원장 동무가 테로를 맞아 죽었소. 그 범인이 명구와 불출이요. 우리는 그 간나 아새끼들이 간 데르 알아야겠소. 그래서 당신을 오라구 한 게요."

"아까도 말했지만 저는 모릅니다."

"불출이는 그만두구래두 명구 간 데래두 좋소."

"사실 저는 모릅니다."

"지금 나는 당신에게 애거르(애걸) 하구 있는 게 앙이오! 명령이요! 당신은 이 명령에 복종할 의무가 있소!"

벌떡 청년은 자리에서 일어났다.

"나는 다 알고 있다! 너 이 간나아 새끼들이 야학이라구 시작한 것부터가 일종 반동 결사다! 농민들을 꾀려 한 수작이다. 역사라구 해 가지구 단군 이야기나 해 주구……. 다아 안다. 너어 간나 새끼들 본심으! 역사르 그렇게 안개에 싸 가지구 진정한 역사적 발전을 감춰 보려는 게지? 앙이 된다! 아무리 너이 반동들이 발버둥일 쳐두 이미 역사는 우리 무산 대중의 것이다. 우리 무산 대중의 조국, 쏘비엣트 로시아의 예르 봐라! 그래 아직두 농민들을 놈들의 노예루 만들어 보려는 거냐? 앙이 된다! 지금 노동자와 농민은 자본주의와 지주에게 대한 불 같은 증오심으루 피비린내나는 투쟁을 개시하구 있다! 물론 우리는 이 싸움에서 승리할 것이다! 그건 틀림없는 사실이다. 우리 뒤에는 약소 민족의 해방자이며 은인이신 위대한 스딸린 대원수가 계시다!"

청년은 불 같은 눈을 훈에게 붓고 있었다.

"우리는 너어 반동의 손에서 야학을 접수했다! 그러자 너어 반동분자 새끼들은 새로운 음모를 계책한 것이다. 그것이 이번 농민위원장 동무를 살해하는 거루 나타났다. 놈들이 꽤 오래 계책해 온 것두 자알 알구 있다. 놈들은 첫 착수루 불출이란 새끼르 매수했다. 노름판에만 좇아댕기는 불출이 새끼르 손쉽게 매수한 것이다. 그러구서는 그놈으 새끼가 밤마다 놀라 가는 척하구 농민위원장 동무네 집으루 갔다. 기회르 엿보자구 그런 게다. 그러다가 어젯밤에 손을 대었다. 물론 불출이 그느므 새끼가 이르치르구사 말았다. 낫을 사용한 것을 보믄 안다. 낫이란 칼과는 달라 써 보지 못한 사람에겐 여간 불편한 게 앙이다. 손을 댄 놈은 불출이다. 그러나 그 새끼가 주모자는 앙이다. 주모자는 따루 있다. 찌른 자리가 다른 데가 앙이구, 꼭 심재앵(심장)이다. 그게 어두운 밤중에 한 일이다. 나는 우연이라구 앙이 본다. 뉘가 뒤에서 상당히 연습을 시킹 게 드러난다. 그 간나아 새끼들 중의 한 새끼가 명구다. 반동 자작농 겸 지주의 아들놈인 명구다. 그러나 이런 계획을 그 간나아새끼 혼자서 했다구는 앙이 본다. 분명이 배후에 무엇이 있다. 그런데 당신은 모른다구만 한다. 그러나 어디까지나 알아내구야 말겠다. 우리들 앞에 쉽길 수 있는 게라군 이 세상에느 없다. 그게 아무리 깊이 든 비밀이래두 그예에 드러나구야 말 게다. 그건 마치 당신이 중학 때부터 대학까지 서울 가 있었기 때문에 서울말을 쓰지만, 역시 평안도 사투리가 남아 있는 것과 같은 게다. 내가 함경도 사투리르 못 고치는 거나 마찬가지루……. 언제나 본색은 드러나구야 마는 게다. 그때는 당신은 더 용서르 받을 수 없다. 우리는 농민위원장 동무가 흘린 피으 몇천 배 몇만 배루 그 원수르 갚구사 말겠다. 우리는 지끔이래두 당신을 구금할 수 있다. 우리가 지끔 가지구 있는 증거루래두 충분하다. 그러나 우리는 그렇게 앙이한다. 일본 제국주의자 새끼들처럼 사라므 구속 앙이한다. 그러나 이 점으 하나 알아 둬야 한다. 앞으루 이 동네에서 10리 이상 떠나서는 앙이 된다. 그때는 허가르 받아야 한다!"

개털 오바 청년이 자리에 앉았다.

훈이 자리에서 일어났다.

다른 아무 생각도 없었다. 그저 이 개털 오바 청년이 그제 저녁 야학당에서, 교육이라는 것은 누가 누구에게 즉 어떤 계급에 속하는 사람이 어떤 계급에 속하는 사람에 대해서 행해지는가가 가장 중요한 것이라던, 바로 그 사람이라는 생각만을 몇 번이고 되풀이하고 있었다.

훈은 지금 이런 생각이라도 붙들지 않고는 제 발로 이곳을 걸어 나갈 수 없을 것만 같았다.

홍수는 여전히 의자에 곧추 앉은 채 서원 쪽으로만 고개를 돌리고 있었다.

무슨 왁자한 소리에 푸뜩 정신이 들어 보니, 산신나무 바로 앞까지 와 있었다. 훈은 저도 모르는 새 산등 길을 넘어 돌아오고 있은 것이었다.

왁자한 소리는 오작녀 아버지 도섭 영감네 안뜰에서 들려왔다. 말소리는 분명치 않으나 대단히 노한 도섭 영감의 언성이었다.

훈은 거기 아무 데나 주저앉았다…….

도섭 영감은 오작녀의 머리채를 감아쥐고 밀었다는 낚아채고 밀었다는 낚아채고 하면서,

"이년, 칵 뒈데라!"

소리를 연발했다.

오작녀는 그저 붙잡힌 머리를 감싸 안은 채 아버지가 하는 대로 비틀거렸다. 낚아채일 때 위로 들리어지는 얼굴빛은 쌔하얗게 질려 있었다. 고통마저 잊은 빛이었다.

옆에서 어쩔 줄을 모르고 부들부들 떨고만 있던 어머니가 간신히,

"이건 놓구 말씀하시소고례."

하며, 어릿어릿 가까이 와 남편의 손을 붙들려 했으나,

"님잔 가만있어!"

영감의 팔꿈치에 밀리어 그만 나가 딩굴어 버렸다.

"이년이 아바질 기갈하려 들거든! 백 번 쥑에두 시원티 않을 년 같으니라구……."

이렇게 무서운 도섭 영감을 훈이 전날 직접 목도한 일이 있었다.

중학 2, 3년 때 일이었다. 겨울 방학이 되어 할아버지 댁에 나와 있었다.

훈이 한옆에 서서 콩 마당질 구경을 하고 있었다. 거기에 웬 한 중년 농부 하나가 왔다. 담뱃진 밴 노랑 수염을 한 사내였다. 훈이 처음 보는 사람이었다.

이 사내가 별반 볼일이 있어 온 사람 같지 않게, 마당 한 모서리에 섰다.

도섭 영감도 누가 거기 왔다는 것에는 눈도 주지 않는 태도였다. 도리깨질을 계속하였다. 그렇게 자연스럽게 사내 있는 데까지 도리깨질을 해 갔다. 그러자 도섭 영감이 소리를 질렀다.

"안 돼!"

노랑 수염 사내가 조용히 낡은 무명 조끼 주머니에서 담뱃대를 꺼냈다. 부싯돌도 꺼냈다. 그러면서 조용조용 말을 건네었다. 도리깨질 소리에 먹히어 무슨 말인지는 알아들을 수 없었다.

"안 된다니까!"

소리와 함께 도섭 영감이 도리깨채로 냅다 사내의 어깨를 밀쳐 버렸다. 사내의 몸뚱이가 모로 내동댕이쳐졌다.

사내는 저도 모를 쓴웃음을 입가에 떠올리며, 우선 담뱃대 떨어진 곳부터 찾아 윗몸을 일으키려 했다. 그러자 도섭 영감의 도리깨가 내려와 사내를 갈겼다. 다시 나가 넘어졌다. 또 사내가 일어나려 했다. 도리깨가 또 내려왔다. 어느새 사내의 귀 언저리와 코와 입술에서는 피가 흐르고 있었다.

훈이 달려가 도섭 영감의 도리깨채를 붙잡았다. 그러나 훈의 힘 같은 건 문제가 아니었다. 그냥 도섭 영감의 도리깨는 적당한 간격을 두고 사내를 향해 내렸다.

그런 도섭 영감의 얼굴에는 아무런 표정도 나타나 있지 않았다. 흰 무명 수건을 질끈 동인 언제나 칼로 맨숭맨숭 민머리. 역시 뺀뺀히 밀어 수염 한 오라기 없는 네모진 얼굴에 이것만은 검게 꼬리를 치킨 눈썹. 그리고 완강히 앞으로 툭 내밀어진 턱. 이런 도섭 영감의 얼굴이 콩 널기를 내리칠 때와 다름없는 빛으로 사내를 향해 도리깨를 내리는 것이었다.

훈은 어찌할 바를 모르면서 몸만 떨었다.

누가 달려와 쓰러진 사내의 몸을 안아 일으켰다. 오작녀였다.

저걸 어쩌나, 할 새도 없이 이번에는 오작녀의 등허리를 향해 도리깨가 떨어졌다. 오작녀가 비틀거리며 앞으로 나가 쓰러지려 했다. 한 번만 더 도리깨가 내리면 응당 쓰러지고 말 것이었다.

훈이 저도 모르게 오작녀에게로 달려갔다. 그러고는 두 팔을 벌려 오작녀를 막았다. 푸뜩 오작녀가 훈 쪽으로 고개를 돌렸다 거두었다. 그 언제나 눈꼬리가 없어 보이게 큰 눈. 훈은 이 눈과 부딪치자 이제 자기 등에 내릴 도리깨 같은 건 잊고 있었다.

도리깨가 다시는 내려오지 않았다. 도섭 영감도 차마 훈에게까지 도리깨를 내릴 수는 없었던 것이리라.

오작녀가 사내를 부축해 일으켰다.

뒤에 알고 보니, 도섭 영감이 사내를 그처럼 한 데는 무어 대단한 까닭이 있어 그런 것도 아니었다. 노랑 수염 농부는 뒷마을 사람으로 역시 훈네 소작인이었다. 그가 여지껏 도지로 부치던 논을 내년부터는 반작[16]으로 해 달란 것이었다. 며칠 전에도 그 일로 도섭 영감한테 왔다가 안 된다는 말을 듣고 돌아갔던 것인데, 이날 다시 왔다가 그 변을 당한 것이었다. 그 즈음 벌써 훈의 아버지는 이 도섭 영감에게 농토 관리에 관한 것을 일체 맡기다시피 하고 있었다.

도리깨 사건이 있은 후로, 훈은 도섭 영감이 마냥 무섭게만 생각되었다.

---

16 반작 半作. 소득이나 수확을 절반씩 나누어 가지는 것.

그러나 이런 도섭 영감이 아버지가 세상을 떠났을 때, 누구보다도 서러워했다. 아들인 훈 자신보다도 더 서러워하는 것 같았다. 그것은 자기를 알아주던 사람이 이제는 이 세상에 없다는 데서 오는 슬픔인지도 몰랐다. 늙은 사내가 이처럼 목을 놓아 슬피 우는 것을 훈은 그 전에도 그 후에도 본 적이 없었다.

역시 근본 성미는 악할 수 없는, 단순한 사람이라는 걸 알 수 있는 듯했다. 그러면서 훈은 마음먹었다. 앞으로도 모든 일을 이 도섭 영감에게 맡겨 하리라고.

훈이 평양 집을 거두어 가지고 시골로 나오기로 했다. 전쟁 말기가 가까워 올수록 볶아대는 성가심을 시골 와 박혀 있음으로 해서 좀 면해 보자는 것이었다. 바로 해방 전전 해의 일이었다.

집터는 미리 준비돼 있었다. 비석거리 뒤 양짓골이었다. 아버지가 생전에 집 자리로 정했던 곳이었다. 만일 아버지가 협심증으로 그처럼 갑자기 세상을 떠나지만 않았던들 여기 집을 내다 짓는 것 이미 실현을 보았을 것이었다.

좌향[17]을 정한다든가, 지대[18]를 닦는다든가, 목수를 지휘한다든가 하는 따위 전부를 도섭 영감이 도맡아 해 주었다.

가을도 깊어서 시작한 집이라, 무던히 서둘러야만 했다. 안방 두 간에 부엌 간반 그리고 건넌방 간반이 한일자로 된 안채와, 앞에다 헛간 두 간을 짓는데, 바람벽은 종내 초벌밖에 더 바르지 못하고 말았다. 그리고 본시는 안채와 헛간 사이를 돌담으로 막을 작정이었던 것을 이것도 수수깡 바자[19]로 대신하는 수밖에 없었다.

---

17 풍수 지리에서, 묏자리와 집터 따위를 쓸 때 등진 방위와 향한 방위를 아울러 이르는 말. 가령, '자좌오향子坐午向'은 자방子方인 북쪽을 등지고, 오방午方인 남쪽을 향한 방위를 가리킴.

18 지대地帶. 어떤 특징에 따라 주위와 구별되는 일정한 범위의 땅. 여기서는 집터를 말함.

19 울타리를 만드는 데 쓰이는 대·갈대·수수깡·싸리 따위로 발처럼 엮은 물건.

한창 물자가 바르던 때라, 비록 개와는 이었을망정 재목도 말 아니었다. 얼핏 보아 모든 것이 꾸리다 만 집 같았다.

그래도 뒤뜰에 우물만은 하나 파 있었다. 토역[20]에 쓸 물이 있어야 해서, 집을 세우기 시작하면서 미리 팠던 것이었다.

그렁저렁 사람이 들 수 있게끔 되어서 훈은 우선 밥이나 해 주고, 빨래나 주무를 노파가 하나 필요했다. 도섭 영감이 자기네 오작녀를 데려다 시중을 들게 하면 어떻겠느냐고 했다. 오작녀는 그즈음 남편한테 구박을 받아 시집을 못살고 돌아와 있었다.

훈의 머리에는 오작녀의 그 타는 듯한 눈이 먼저 떠올랐다. 전에 서울 가 공부할 때나 평양에 돌아와 있는 동안 훈은 몇몇 여자와 안 일이 있었다. 그때마다 이상스리 떠오르는 건 이 오작녀의 눈이었다. 그리고 어느 여자이고 이 오작녀의 눈보다 못하다는 생각이었다. 한번은 부모의 권도 있고 해서 어떤 여자와 약혼까지 할 뻔한 일이 있었다. 무엇 하나 나무랄 데 없는 여자였다. 그것을 훈은 퇴해 버렸다. 그저 어쩐지 눈이 마음에 들지 않는다는 이유로.

이번 고향에 돌아와 훈은 그리 멀지 않은 거리를 두고 한두 번 아니게 오작녀를 보아 왔다. 전날의 날씬하던 몸매가 약간 굵어진 게 30전의 난숙한 여인이 돼 있었다. 그러나 그네는 번번이 이편과 마주치는 걸 의식적으로 피하는 듯 등 뒤로만이었다.

이 오작녀와의 한 지붕 밑 살림이 시작되었다. 처음에는 오작녀가 자기 집에서 자고 다니면서 시중을 들었으나, 한번 훈이 세찬 감기로 앓아 눕게 되자부터 병구완을 위해 건넌방에 와 있게 된 것이 그대로 머물러 있게 된 것이었다.

오작녀의 눈은 전과 다름없었다. 그저 훈과 한 집에 있게 된 후로도, 그네는 좀처럼 훈을 향해 이 눈을 바로 쳐들지 않는 것이었다. 볕에 그슬

---

20 흙을 이기거나 바르는 일.

러서도 본래의 맑은 맵시를 간직하고 있는, 그 도톰하고도 부드러운 선으로 둘린 얼굴. 이것도 훈을 대할 적마다 무엇에 수줍듯 다소곳이 숙여 버리는 것이었다.

어떤 애수에 가까운 그늘이 그네의 몸 전체를 감싸고 있는 듯했다. 어려서 명랑하던 사람이, 아마 그것은 결혼에 실패한 여인이 지녀야만 하는 모습인지도 몰랐다. 훈은 처녀 오작녀를 마지막으로 본 뒤로 오늘에 이르기까지의 10여 년이라는 세월이 풍겨다 주는 어떤 적막감 같은 걸 느껴야만 했다.

그러나 이상한 일이었다. 시골이라고 결코 피난처는 아니었다. 전쟁이 가져오는 핍박은 시골이 한층 심한 듯했다. 직접 육안에 보이고, 피부에 쓸렸다. 그러나 이 모든 것을 오작녀와 같이면 견딜 수 있을 것 같았다. 훈 저로서도 모를 일이었다.

해방이 되었다.

초벽인 채 내버려 두었던 바깥 담벼락을 세 벌 다 발랐다. 뒤뜰 우물도 깨끗이 가시어 냈다. 그리고 그동안 수수깡 바자인 채로 두었던 울타리를 돌담으로 고치기 위해 사면에서 돌멩이를 모아 들였다. 모두 도섭 영감이 앞장서 해 주었다.

훈과 오작녀 사이에도 변화가 생겼다. 언제부터인가 오작녀는 다소곳이 고개만 숙이고 있지 않게 되었다. 밖에 나간 훈을 기다리게 되고, 그것이 밤인 경우엔 어둠을 타 가지고 훈을 마중 나오게쯤까지 됐다. 훈은 또 훈대로 집에 오작녀가 기다리고 있다는 것만으로, 어딘가 가슴이 흐뭇해지는 것이었다.

그러는 동안, 돌담 쌓기에 넉넉한 돌이 모이었다. 그러나 돌담은 언제까지나 둘려지지 않는 것이었다. 수수깡 바자라도 갈아쳐야 할 형편이었다. 그것마저 그대로였다. 도섭 영감이 나서서 해 주어야 할 터인데 해 주지 않는 것이었다. 그즈음 벌써 소작료는 46제니 37제니 하고, 지주에게 불리한 조건만이 떠돌고 있었다.

그것이 이즈음 와선 도섭 영감이 훈네 집 울타리는 고사하고, 훈과 대면하는 것조차 꺼리는 듯, 짐짓 제 편에서 외면을 하는 것이었다. 그것은 또 이제 토지개혁이 실시되어 지주의 토지를 모조리 몰수해 가지고 농민에게 무상 분배를 한다는 말이, 이 가락골 마을에도 떠들어 오자부터의 일이었다.

훈은 모든 것이 세월의 탓이리라 했다…….

도섭 영감네 안뜰에서는 그냥 싸우는 소리가 들려왔다.

"이년아, 넌두 인젠 그만 식모살일 해라!"

도섭 영감은 오작녀의 머리채를 끌어 잡은 채였다.

"아바진 박 선생한테 너무해요!"

팽팽히 켕겨진 머리카락 밑에서, 오작녀는 입에 거품을 물었다.

"뭣이 어때? 이, 이 당장에 목을 눌러 쥑일 년 같으니라구!"

"그래 몸이 펜티 않아 밤 늦두룩 불을 케 놓은 걸 개지구……."

"애, 애 넌두 입 좀 다물구 있거라."

어머니는 저렇게 무서운 아버지에게 대드는 딸이 예사 정신은 아니라고 생각하며, 이제는 땅바닥에 펄썩 주저앉은 채 벌벌 떨기만 하는 것이었다.

"……그런 일을 개지구 다른 데 가서 니를 건 뭐야요!"

"에익!"

도섭 영감의 발길이 오작녀의 뒷덜미를 와 밟았다. '헉' 하고, 오작녀는 네 활개를 펴고 옆드러졌다.

"이 홰냉년의 엠나이 새낄 칵 쥑에 버리구 말아야디……. 밤둥에 남의 사내 방에 들어가 있은 게 잘했단 말이디? 이 홰냉년의 엠나이 새끼야……. 네 남편이 아직두 눈이 시퍼렇게 살아 있다. 살아 있어!"

다시 발길이 내렸다.

"흙…… 쥑에 주소…… 흙…… 어서…… 속 시원히…… 흙…… 쥑에 주소……."

숨넘어가는 소리였다.

오작녀 어머니는 '에그' 소리만 지르며 대고 땅을 글고 맴을 돌고 있었다.

그제야 거기 서 있던 삼득이가 움직였다. 아버지 가까이로 갔다. 실은 어머니가 진작부터 이 삼득이더러 싸움을 좀 말리라고 하고 싶었으나, 이 아들마저 무서운 아버지에게 내맡기고 싶지가 않아 그냥 두었던 것이었다.

삼득이가 아버지의 팔을 가 붙들었다. 도섭 영감이 홱 뿌리쳤다.

그러나 삼득이의 손은 물러나지 않았다. 이번에는 머리채 감아쥔 아버지의 손을 잡았다. 잡고는 손아귀를 펴기 시작했다.

"이 새끼가……."

도섭 영감이 머리채 감아쥔 손에 부드득 힘을 주었다. 그 손을 삼득이가 병을러 펴 놓았다.

도섭 영감이 힐끗 아들 편을 쳐다보았다. 놀라는 눈치였다. 이 새끼가 언제 이렇게 힘을 쓰게 되었느냐는 듯. 그러나 다음 순간,

"데리 물러나디 못하간?"

버럭 소리를 지르며, 다시 머리채를 잡으려 했다.

삼득이가 얼른 새에 들어 아버지를 안았다.

"누님은 집으로 가소. 내일 바주 엮으러 갈 게니."

"이 백당넘의 새끼가……."

도섭 영감이 주먹을 들어 아들을 내리쳤다. 그러나 주먹이 채 내려가지 않았다. 삼득이가 양 겨드랑 밑을 떠받친 것이었다.

도섭 영감은 안간힘을 써 아들을 떠밀어 버리려 했다. 그러나 도리어 제 편에서 한걸음 뒤로 물러나고 말았다. 이번에는 그 자리에 버티고 서 있으려 했다. 그러나 자꾸 한 걸음 한 걸음 뒤로 떠밀리어 나갔다.

"이 백당넘의 새끼가 아바지두 몰라보구……."

사립문 앞까지 가서야 삼득이는 발걸음을 멈추었다.

후다닥 도섭 영감이 지게 작대기를 집어 들었다. 그러나 이미 그 한 끝은 삼득이에게 단단히 붙잡혀 있었다.

도섭 영감의 노한 눈이 아들을 노려보았다. 검은 눈썹 꼬리가 퍼뜩거렸다. 작대기 잡은 손이 부르르 떨었다. 작대기를 놓고 말았다.

"모두 다 뒈데 없어데라! ……데 홰냉년의 엠나이 새낀 인젠 우리 집 안 사람 아니다. 나보구 아바지라구 글디 말아…… 이 백당넘의 새끼 년 두 그놈의 바줄 엮어만 줘 바라, 당장 손모가질 꺾어 버리디 않나!"

못마땅한 듯, 도섭 영감이 토방으로 올라가 쭈그리고 앉아 버렸다. 대통을 내어 담배를 붙여 물었다. 담배 한 대를 거의 다 태우고 나니까 약간 마음이 진정되었다. 문득 자기도 인제는 늙었다는 생각이 들었다. 그러나 뒤미처 오는 것은, 저놈의 새끼 놈들이 아직 철이 없어 아무것도 모른다는 생각이었다. 세상이 어떻게 돌아가는 줄도 모르는 연놈 같으니라고. 이대로 옛 지주한테 붙어 우물쭈물하다가는 큰코다칠 것도 모르고. 어떻게 해서든지 이 고비를 무사히 넘겨야 한다.

도섭 영감의 주름 잡힌 이마에 새로운 땀방울이 맺히기 시작했다.

훈이 산을 내려왔다. 자기 집 곁을 지나 비석거리로 내려갔다.

웃골과 하천 방면으로 가는 도로와 안동네로 들어가는 행길, 그리고 순안으로 들어가는 길이 서로 모였다 갈라지는 세 어름 길가 한옆에 비석이 서 있었다. 끝이 뾰족한 대리석 네모 비였다. 훈의 할아버지의 송덕비.

이 비석을 중심하고 세어름 길가에는 여남은 채의 초가집이 늘어서 있었다. 거기 비석 맞은편 우물가 집이 당손이 할아버지네 집이었다. 훈이 가끔 마을 오는 곳이었다. 당손이 할아버지는 칠순이 넘은 오늘날까지 손자인 당손이 하나를 데리고 살아오는 늙은이였다.

당손이 할아버지는 오늘도 당손이와 가마니를 치다가 훈을 보고 돌아앉았다. 새하얀 머리요, 수염이었다.

"어뜨케 얼굴이?"

"어젯밤 술이 과했든가 봅니다."

"교사(훈을 이렇게 불렀다)는 본래 몸이 약해 놔서……. 약줄 좀 조심해야디……. 더구나 요새 세강이 하두 소란해 놔서……."

"예……. 그런데 저, 할아버지, 도섭 아즈반네가 옛날엔 잘살았대지
요?"

"그렇디. 본시 영웃골 사람으루, 한때 홍진사네라믄 근방에서 쩡쩡했
디. 그래 오작네 아반두 열아믄 살꺼지는 잘산 사람이야. 자기 아부지가
금광엔가 실패해 개지구 가산을 탕진해 버리기꺼지는……."

"그러믄 그때 어려서 이 동리두 떠들어 왔군요."

"아니디. 패가하구 나선 여기저기 떠돌아다니믄서 고생두 수태 한가부
드군. 어레서 잘살 때는 독훈장[21]꺼지 친 시절이 있었다는데……."

훈도 도섭 영감이 무슨 적음질 같은 것을 할 때, 자기 앞감당은 해 나
가는 것을 알고 있었다.

"……스무남은 돼서 이 동네루 떠들어와서는 마츰 교사 어르신네를
만나 개지구 잘된 셈이디. 네편네두 예와서 얻구……."

"아버지가 모든 것을 도섭 아즈반한테 맫겨 한 건 압니다."

"그랬디. 오작네 아반이 일을 잘 보기두 했어. 그르나 너무 디나틴 데
가 있었디. 찍하믄, 내리누를 놈은 꿋꿋 내리눌러야디 우자우자했다가는
한이 없다구 하믄서, 자기 비위에 틀린 소작인한테는 못살게 굴었디. 그
덕택에 한때는 이름 붙은 날이믄 소작인들한테서 닭이니 떡이니 들이밀
리군 했어. 아마 디주보담두 더 위했을껄. 가다 오다 교사 할아부지가 오
작네 아반더러, 소작인들 너무 억울하게 하디 말라는 말이라두 할 것 같
으믄, 세상에 이르케 디주가 많아서야 어드케 일을 해 먹겠느냐구 야단친
일두 한두 번이 아니야. 들리는 말에, 교사 어르신네는 한번 믿구 일을 맫
긴 이상에는 그 사람이 다소 잘못하는 일이 있어두 눈감아 주는 수밖에
없다는 말을 했다드군."

당손이 할아버지는 볏짚 한 줌을 쥐어 잎을 따기 시작했다.

---

21 독훈장 獨訓長 . 개인 과외 선생.

"저, 할아버지, 남이 아버지 이 얘기 들으셨습니까?"

"음. 오늘 아침 당손이 애가 밖에 나갔다 듣구 왔든군. 글쎄 착하디착한 사람이 그르케 되다니. 누가 척질 사람두 아닌데……. 다 된 세상이야. 대테 어떤 악귀 같은 놈의 짓인디."

훈은 그것이 명구와 불출이의 짓이라는 말을 하지 못했다. 아무리 그것이 사실이라 하더라도 자기 입으로 그것을 확인하고 싶지가 않은 것이었다.

"……뒤에 남은 사람들이 불쌍트군. 오늘 밤 당장 덮을 게 없다구 피묻은 이불을 빨구 있디 않았나."

당손이 할아버지는 돌아앉아 바딧손을 잡으며, 혼잣말로,

"세상이 하두 소란스러워서……."

그러고는 바디를 내리치면서 생각난 듯이,

"참……. 그자가 돌아왔드군."

했다.

훈은 당손이 할아버지가 분명히 누구가 돌아왔다고 말한 것 같은데, 그만 바딧소리로 해서 잘 알아듣지를 못해,

"누구 말입니까?"

하고 물었다.

"오작네 남편 되는 자 말이야. 그자가 글쎄 수삼 년 동안 뵈디 않드니 어제 이 앞으루 디나가드구만."

훈은 문득 깨달아지는 게 있었다. 어젯밤 산속으로 달아난 사내가 다른 누가 아니고 그였구나. 그래서 오작녀가 누구라는 것을 말하기 힘들어했구나. 등골이 오싹해졌다.

역시 자기는 이곳을 떠나야 한다고 생각했다. 그러자 다른 하나의 자기가 있다가, 너는 앞으로 허가 없이는 10리 밖을 못 나간다고 했다. 할수 없다. 있는 날까지 있는 수밖에. 훈은 이런 이유에서라도 여기 그대로 남아 있는 수밖에 없다는 사실이 왜 그런지 언짢지가 않은 것이었다. 그

런 자기가 한편 무서웠다.

훈이 자리에서 일어났다.

우물 앞에서 혁과 마주쳤다.

"아, 여게 오셨댔소? 그런 걸 무르구 찾아댕겠군."

혁이 훈의 앞으로 다가오더니 귀 가까이 입을 대고,

"어젯밤 일은 명구하구 불출이가 한 짓이드군요."

그러고는 훈의 기색을 한번 살피고 나서 다시,

"그 친구들이 그르케 대담할 줄은 꿈에두 몰랐쉐다."

혁의 상기된 얼굴이 석양에 어리어 더 붉게 보였다.

훈은 말없이 사촌 동생의 옆을 빠져 집 쪽으로 걸어 올라가기 시작했다.

혁은 사촌 형이 오늘은 어떻게 되었다고 생각했다.

훈이 갑자기 무엇을 잊은 듯한 생각에 고개를 돌렸다. 사촌 동생 혁에게 할 말이 있었다. 그러나 혁은 벌써 안동네로 통하는 행길에 들어서 있었다. 활개 걸음이었다. 학생 티가 그대로 드러나 보였다. 혁은 서울고등공업에 적을 둔 학생이었다. 여름 방학에 시골 왔다가 해방을 맞은 것이었다.

이쪽으로 누운 그림자가 미처 따라가지 못할 만큼 활갯짓하는 혁의 뒷모양을 바라보며, 훈은 아까 아침에 느꼈던 어떤 슬픔에 가까운 노여움 같은 걸 다시 한 번 느꼈다.

집에서는 저녁상을 들이는 오작녀가 오늘따라 폭 고개를 수그렸다.

낮에 아버지와 싸운 것도 남편 문제로 생겼는지 모를 일이었다. 역시 자기는 이곳을 떠나가야만 한다는 생각이 들었다.

돌아서는 오작녀의 턱에 생채기가 나 있었다.

"잠깐 ……, 턱이 많이 다친 것 같은데."

오작녀는 주춤하며,

"괜티 않아요."

훈이 탈지면에 머큐롬을 적셔 가지고 왔다.

"자아……."

"괜티 않아요."

돌아선 채 오작녀는 조용히 고개까지 저어 보였다. 언제나처럼 곱게 빗겨져 있는 머리였다.

"자, 잠깐……."

그제야 오작녀가 돌아섰다. 훈의 말이면 거역하지 않겠다는 몸짓이었다.

훈이 약을 바르는 동안, 오작녀는 살풋이 눈을 감고 있었다. 눈꺼풀이 부어 있었다. 적잖이 운 눈이었다.

이런 오작녀의 얼굴에 걷히었던 핏기가 차차 돌아왔다. 귀밑에, 뺨에, 눈언저리에, 코에 그러다가 코끝에 핏기가 모이는 듯 하더니, 눈이 몇 번 실룩거렸다. 거기에 이슬방울이 맺혀 나왔다. 이슬방울이 부서졌다. 꼬리를 끌고 뺨을 흘러내렸다. 얼굴이 흔들렸다. 어깨와 가슴이 흔들렸다. 아랫도리가 흔들렸다. 온몸이 흔들렸다.

그러나 오작녀는 아무것도 깨닫지 못했다. 그저 몸뚱이가 자꾸 허공으로 떠올라가는 듯함을 느꼈다. 오작녀는 그대로 몸을 내맡기고 있었다.

이날 밤, 비석거리 탄실네 집 앞마당에는 화톳불[22]을 둘러싸고 마을군[23]이 모여 있었다.

"강계 땅에서는 벌써 토지개혁이란 게 됐다믄서?"

칠성이 아버지가 강 목수를 건너다보며 하는 말이었다.

"넝변 따에서두 했다드군."

강 서방은 목수 일을 제법 잘했다. 그래서 강 목수라는 이름으로 통했다. 동리에서 새로 집을 세운다든가 낡은 집을 고칠 때는 으레 강 서방을

---

22 장작을 한군데에 모아 피운 불.
23 마을꾼. 이웃에 놀러 다니는 사람.

불러 대지만, 강 서방 편에서 남의 집이나 닭장 지어 주기, 지게 만들어 주기, 심지어는 맷돌 손잡이 깎아 주기에 이르기까지 아주 신이 나서 잘 해 주는 것이었다.

이 강 목수가 또 어디서 주워 들이는지 바깥소문을 제일 먼저 옮겨 놓곤 하는 것이었다.

"그래. 그 토디개혁이란 게 되믄 어뜨케 되는 겐가?"

탄실이 아버지가 혼잣말처럼 중얼거렸다.

무어 새로 듣는 말이 되어 그러는 게 아니었다. 이제 토지개혁이란 게 실시되면 농사꾼에게 거저 논밭을 나눠 준다는 말은, 지난 초닷새 날짜로 법령이란 게 발포된 후로 수없이 들어오는 말이었다. 그러나 그게 도시 미덥지가 않은 것이었다. 땅을 거저 주다니? 세상에 어디 공짜가 있단 말이냐.

그것은 비단 탄실이 아버지뿐만의 생각은 아니었다. 거기 모여 앉은 누구나가 다 같은 생각이었다.

그러면서도 한편 구미가 당기지 않는 바도 아니었다. 논밭이 자기의 것이 된다! 생각할수록 가슴이 설레이는 일이었다.

그러나 다음 순간 이들은 자기가 무슨 바래서는 안 될 것이나 바래는 것처럼 죄스러운 것이었다. 공연히 대통을 땅에 두드려 보고, 코를 풀어 내고, 헛기침을 해 보고 했다.

"어디선간 동네 체니 총각, 홀애비 과부를 모주리 짝을 붙에 주었대."

강 목수는 자기가 이런 자리에 이런 이야기를 생각해 낸 것이 잘됐다고 생각하며,

"글쎄, 체니 총각, 홀애비 과부를 한자리에 모아 놓구설랑 참붕잽이(술래잡기)를 시켰대. 그래가지구설랑 처음에 서루 붙잡은 사람끼리 짝을 붙에 주었대."

"거 참, 복갈죽갈이로군."

하고 칠성이 아버지가,

"가만 있자, 우리 동네에두 체니 총각, 홀애비 과부가 적디않이 있겠다? 한번 그러케 해 봤으면……."

"그러다 이 갑성이가 분디나무집 할마니를 붙들면 제격일라."

탄실이 아버지의 말에 웃음이 터졌다.

분디나무집 할마니는 칠순이 넘은 과부요, 갑성이는 올해 갓 스물 난 총각이었다.

그래도 갑성이는 의젓이 팔짱을 끼고 앉았다가,

"난 탄실일 붙들랴는데."

하여, 새로운 웃음이 터졌다.

탄실이는 올해 열일곱 난 처녀애.

탄실이 아버지는

"망할 놈 같으니라구."

하면서도 따라 웃는 것이었다.

모두들 필요 이상으로 큰 웃음이요, 필요 이상으로 긴 웃음이었다. 그것은 그렇게 함으로써 요즈음 자기네를 어지럽히는 생각을 감싸 보기라도 하려는 듯한 웃음이었다.

푸뜩 웃음들을 멈추었다. 그러고는 한곳으로 고개를 돌렸다.

언제 거기에 와 있었을까. 오작녀 아버지 도섭 영감이 바로 뒤에 와 있었다. 한 손에다는 두레박을 들고.

"지금이 어느 때라구 이르케들 왜 앉아서 허튼 수작이나 하구 웃구 떠들구 야단이야!……강 목수 자녠 관만 짜왔데게레. 표말두 하나 알맞추 깎아 놔야디. 상여두 낡은 것이니 한번 돌봐 손질을 해 놓구……. 그리구 자네들은 또 밤경을 가는 게 아니구 이게 뭐야!"

화톳불에 두레박 물을 홱 끼얹어 버리는 것이었다.

마을군들은 자기네의 등줄기에나 부어지는 듯, 화닥닥 일어들 섰다.

초상집에는 사람이 가득 모여 있었다.

강 목수랑은 하는 수 없이 봉당에들 앉는 수밖에 없었다. 역시 남이 아버지가 농민위원장 지낸 것이 대단하다는 생각이 들었다.

훈이 나중 온 사람들에게 자리를 내어 주려 일어서려는데, 저쪽에 앉았던 김 의사가,

"박 선생, 어떻게 생각하오?…… 난 이 세상에서 가장 사람에게 필요한 물건일수록 값없이 거저 얻게 매런이라고 생각하는데?"

훈은 이 사람이 또 무슨 말을 하려 이러나 하며, 김 의사의 까진 이마를 바라보았다. 김 의사는 10여 년 전, 나이 30도 못 되어 이 동네로 왔을 때 이미 앞이마가 까져 있었다.

"첫째 우리 사람에게 데일 필요한 공기를 보시요. 돈 안 내고 거저 마십니다. 다음으루 물만 해두 그렇디요. 도외디 같은 데서 사 먹는다구 해두 데일 싼 게 물일 것입니다. 그건 이 물이란 게 우리 사람에게 아주 필요한 물건이기 때문이디요.……그런데 보십시오. 우리에게 하루라두 없어서는 안 될 낭식 문데는 어떤가? 그것을 만든 사람은 굶주리구, 그것을 만드는 일과는 아무 상관두 없는 놈들이 배불리 먹구 뚱땅거리는 형편이 아닙니까? 왜 그럴까요? 그것은 디주라는 착취 계급이 있기 때문입니다. 농토와는 아무 상관두 없는 놈들이 주인 행세를 하기 때문입니다. 이래서 될까요? 응당 농토는 밭갈이 할 줄 아는 농민이 주인이 돼야 할 것입니다……. 그래서 나는 이번 토디개혁이 실시되기 전에 알마 안 되는 농토디만 솔선해서 바쳤습니다."

여기서 김 의사는 이마의 땀을 씻으면서 힐끗 한곳을 바라보았다.

거기에는 웬 낯선 청년들이 앉아 있었다. 공작대원으로 나와 있는 청년들일 것이었다.

훈은 김 의사의 말을 어느 글에선가 읽은 듯하다고 생각하면서, 결국 이 사람이 자기를 붙들고 그런 말을 하는 뜻이란, 제가 솔선해서 토지개혁에 협력했다는 걸 여러 사람에게 알리기 위함일 거라고 생각했다.

김 의사는 이 동네로 들어오자 면소 앞에다 자리를 잡았다. 처음에는

초가집을 사고 왔던 것이, 2, 3년 후에는 부연[24]을 단 기와집으로 고쳐졌다. 가난한 사람의 병은 봐주지도 않는다는 소문이었다. 그리고 그가 돈놀이를 한다는 소문도 났다. 매해 전답을 몇 뙈기[25]씩 사들였다. 해방 전에는 꽤 오붓한 지주가 돼 있었다.

훈이 다시 자리에서 일어나려고 하며 관 쪽을 한번 바라보았다. 관에는 흰 광목 필이 칭칭 감겨져 있었다. 쌀 반 가마니와 함께 면 인민위원회에서 특배를 받은 것이었다.

아까 낮에 당손이 할아버지가 남이네 집에서는 당장 산 사람이 덮을 게 없어서 피 묻은 이불을 빨고 있더라고 한 말이 떠올랐다. 그러자 훈에게는 어쩐지 지금 이 관을 감은 흰 광목 필이 이 자리에 어울리지 않는 듯이만 느껴졌다. 습한 흙냄새가 자꾸만 코를 싸아하게 하는 검게 그슬린 담벼락에 비겨 그것은 지나치게 희었다.

벌컥 샛문이 열리면서 남이가 뛰어 들어왔다. 손에다 쌀밥을 한 옴큼 움켜쥐고 있었다.

뒤따라 왁자하니 머리를 헝클인 뉘동생[26]이 들어왔다.

남이는 등으로 뉘동생을 막아 내며, 움켜쥔 밥덩이를 먹어 대는 것이었다. 코와 입 언저리에 대구 밥풀이 들러붙었다.

뉘동생이 기어이 남이의 손을 끌어다 손아귀에 든 밥을 깨물고야 말았다. 남이가 '아얏' 소리를 지르며 손을 빼냈다. 손가락을 물린 것이다.

그러나 곧 다시 남이는 제 손바닥의 남은 밥알을 핥기 시작했다.

훈은 더 오래 그것을 바라볼 수가 없었다.

이튿날 아침, 삼득이는 훈네 수수깡 바자를 엮으러 왔다.

---

24 부연附椽. 처마의 서까래 끝에 덧다는 서까래. 부연을 달면 처마가 위로 들리게 되므로 멋이 있다. '며느리서까래'라고도 부른다.
25 논밭을 세는 단위.
26 누이동생.

도섭 영감은 이 아들의 하는 양을 못 본 척했다. 보아하니 아들놈이 자기 말을 들을상 싶지가 않은 것이었다. 턱 벌어진 아들의 우지개가 새삼스레 쳐다보였다. 이놈이 이제는 아이가 아니라는 생각이었다. 그러면 그럴수록 이 아들놈이 세상 어떻게 돌아가는 줄도 모르고 저런다는 생각에 울화가 치밀었으나, 이제 그놈을 붙들고 아웅다웅해 보았댔자 남만 위일 뿐 소용없을 것 같아 한 번 헛가래를 크게 돋구어 내고는 못 본 척 돌아서고 말았다.

훈은 훈대로 툇마루에 나와 앉아, 지금에 와서 수수깡 울타리를 새로 해 칠 필요가 무어냐는 생각이었다. 영변이나 박천 지방에서는 벌써 토지개혁이라는 게 실시되어, 지주들이 속속 추방을 당하고 있지 않으냐. 그게 언제 자기에게 와 닿을지 모를 일인 것이었다.

훈이 뒷산에라도 올라가려 뜰로 내려섰다.

일각대문²⁷을 나서려는데,

"그래 무슨 일루 박 선생님의 뒤를 밟았니?"

나지막하나마 다짐하는 오작녀의 말소리가 들렸다.

훈은 가슴이 철렁하여 발걸음을 멈추었다. 그젯밤에 자기의 뒤를 밟은 사람이 오작녀의 남편이 아니고 삼득이였던가.

삼득이는 대체 무슨 일로 자기의 뒤를 밟은 것일까. 이즈음 와서 변해 가는 사람들의 심정에 부닥칠 때마다 느껴지는 그 어떤 설움보다도 더 큰 무엇이 가슴을 내리눌렀다.

오작녀의 말에 삼득이는 아무 대꾸가 없었다.

"어디 한번 속 시원히 말이나 해 봐라. 대테 무슨 일루 그런 짓을 했는디……."

수수깡 다루는 소리만 들릴 뿐 삼득이는 여전히 아무 대꾸가 없었다.

"우리 집안 식구들은 왜 모두 그 모냥이가? 아바진 아버지대루 미친

---

27 일각대문一角大門. 대문간 없이 기둥을 양쪽에 둘 세워 문짝을 단 대문.

사람처럼 굴구, 넌 또 너내루 그러니……"

　문득 훈은 이제 삼득이의 입에서 나올 대답이 한껏 무섭게만 여겨졌
다. 그 무서운 대답을 막아 버리기라도 하듯이 일각대문을 나서, 일부러
울 바자 엮는 곁을 지나쳤다.

　오작녀가 훈에게 무슨 할 말이라도 있는 것처럼 새끼줄을 놓고 일어서
려는 눈치다가 그만두었다.

　삼득이는 그저 잠자코 바자만 엮고 있었다. 그 옆얼굴이 그대로 아버
지 도섭 영감을 닮아 있었다. 벌써 이태 전에 삼득이는 억센 소년이었다.

　훈이 고향에 돌아온 이듬해 봄에 얼마의 논을 자작한 일이 있었다. 절
박해 오는 식량 사정을 모면해 보자는 것이었다. 자기 앞 공출량도 제대
로 못 감당해 나가는 소작인들한테 식량을 의탁할 수는 없는 것이었다.

　훈이 처음으로 모판을 만들어 보았다. 모내기도 해 보았다. 밤늦게까
지 물꼬[28]도 지켜보았다. 어느 것 하나 뼛골이 빠지지 않는 일이 없었다.
그런데도 훈의 하는 일이란 모두가 시늉에 지나지 못했다.

　삼득이와 오작녀가 없었던들 농사는 지어지지 못했을 것이었다. 훈은
이 소년과 여인의 일하는 품을 몇 번이나 경탄의 눈으로 바라보았는지 몰
랐다. 그것은 손수 흙을 만지기 전에는 느껴 보지 못한 심정이었다.

　그해 가을이 되었다. 예년에 없이 심한 공출이 나왔다. 주재소와 면소
에서 통털어 나와서 볶아대었다. 볏짚낟가리 밑을 들추어냈다. 눈 무더기
속이나 부엌바닥에 파묻은 쌀되마저 끄집어냈다.

　훈은 될 대로 되라는 심사였다. 소출이 공출량보다도 적은 것이었다.

　하루는 삼득이가 와서 오작녀와 낟알 감출 의논을 했다. 재밤중이었다.

　오작녀는 광 속 독 밑을 파고 게다 묻자고 했다. 삼득이가 잠자코 볏가
마니를 지고 집 뒤로 돌아갔다. 본시 말술이 적은 소년이었다. 그게 믿음
직스러웠다.

---

28 논에 물이 넘나들도록 만든 좁은 어귀.

벼 다섯 가마니를 뒷 울안 우물 속에 넣었다.

공출 미납한 사람들이 주재소로 불려갔다. 훈의 대신으로 삼득이가 갔다. 훈이 자작한다고 했으나, 실은 삼득이가 지은 농사나 다름없었다. 타작도 삼득이의 손으로 한 것이었다.

삼득이는 소출이 그것밖에 더 나지 않았다고 했다. 주재소 주임이 예에 의해 버선을 벗으라고 하고는 쇠좆몽둥이로 갈기기 시작했다.

불려 온 사람 가운데 분디나무집 할머니가 있다가 삼득이더러 좀 엄살을 피우라고 했다. 그렇게 빳빳이 견디어 내면 더 맞지 않느냐는 것이다. 그러나 열일곱 살짜리 삼득이는 아픈 소리를 내지 않았다. 그저 쇠좆몽둥이가 내릴 적마다 그 매를 한 대 두 대 세듯, 눈알만 붉어져 가는 것이었다.

훈이 집에 앉았을 수만 없어 주재소로 찾아갔다. 경우에 따라서는 우물 속에 감추어 둔 볏가마니를 내놓을 작정이었다.

어떤 곳에서는 지주들이 주재소에 얼쩡거려 웬만한 일은 눈감아 주고 있다는 걸 알고 있었다. 그러나 훈은 아직 고향에 돌아온 후로, 이들 주재소에 어떤 사람이 와 있는지도 모르는 형편이었다.

주재소 대문 앞에 이르자 오작녀가 먼저 와 있다가 훈의 팔소매를 붙들었다. 훈이 이리 찾아온 뜻을 다 알고 있다는 눈치였다.

주재소 안에서 쇠좆몽둥이질하는 소리가 고대로 들려 나왔다. 오작녀는 그 소리 하나하나에 흠칫흠칫 놀라는 것이었다. 그러는 그네의 눈도 점점 붉어져 갔다.

훈이 다시 주재소로 들어가려 했다. 오작녀가 팔소매를 붙들고 놓아주지 않았다. 그 손이 얼마든지 와들와들 떨렸다.

오작녀와 훈이 삼득이를 부축해 가지고 돌아왔다. 삼득이는 사흘 동안이나 제 발로 바깥출입을 못했다.

훈은 우물물에 잠겼던 벼를 절구에 찌어 먹으면서, 이 삼득이의 일을 생각하고는 목이 메이곤 했다. 그러면서 그는 지난날 자기 아버지가 삼득이 아버지에게 대한 이상으로 자기도 앞으로 이 삼득이를 대하리라 마음 먹었다.

이런 삼득이가 요즈음 와서는 자기의 뒤를 밟게쯤까지 되다니…….

푸뜩 정신이 들어 보니, 앞개울 농머리로 나가는 길에 와 있었다. 이즈음 훈은 가끔 이런 일이 있었다. 정신이 들어 보면 자기도 모르는 새에 좀 전에 생각했던 것과는 딴판인 짓을 하고 있곤 하는 것이었다. 지금도 자기는 뒷산에 올라가려고 나선 것인데 이렇게 농머리로 나오고 있었다.

농머리란 냇둑에 서 있는 봉우리가 용의 머리 같다고 해서 그렇게 부르는 개울이었다. 개울 이쪽은 갯버들이 무더기 져 있고, 건너편은 모래판이었다. 이 편 우라리진 기슭에는 아직 얼음장이 붙어 있었다.

유리 조각 깨지는 소리 같은 게 나곤 했다. 얼음장이 풀려 나가는 소리였다. 부서진 얼음 조각들은 그대로 물에 가라앉는가 하면 떠내려가곤 했다. 작은 얼음 조각이면 떠내려간다고 생각할 새도 없이 녹아 없어지기도 했다.

훈이 이번에는 요것이 풀려 나간다고 한 얼음장을 지켜보았다. 그러나 이곳저곳에서 딴 얼음 조각들이 먼저 바짝바짝 부서져 나갔다. 몇 번이고 헛 맞추었다.

그러다가 훈은 무엇에 놀란 사람처럼 윗몸을 앞으로 내밀었다.

갯버들 가지가 얼음에 붙어 있었다. 가지에는 숱한 버들개지가 달려 있었다. 그 중 적잖은 버들개지가 얼음에 붙어 있었다. 그런데 이 버들개지들이 자기 둘레의 얼음을 두어 푼씩 녹여 가지고 있는 것이었다. 어느 버들개지나 모두 한결같이 그랬다.

이 아직 털도 제대로 피우지 못한 버들개지들이 그처럼 자기 둘레의 얼음을 녹여 가지고 있다는 것에 훈은 절로 가슴속이 다스러워짐을 느꼈다.

개울 건너의 벌판은 아직 겨울에서 깨어나지 못한 삭막한 들판이었다. 그런데 이 삭막해 뵈는 들판 한가운데서 지금 아지랑이 같은 것이 피어오르고 있었다. 들불이었다.

훈이 저도 모르게 눈을 감았다. 그러면 그의 가슴속에도 잔댓불이 피어오르는 것이었다. 그것은 아직 훈이 평양으로 이사해 들어가기 전, 아홉인가 열 살 때의 일이었다. 이른 봄철이었다.

같은 또래의 사내애들과 같이 산막골 넘어가는 언덕에서 불장난을 하며 놀고 있었다. 마른 잔디가 풀풀 타는 양이 여간 재미있는 게 아니었다. 그리고 불이 웬만큼 퍼진 다음에 그것을 끄는 맛이 또 좋은 것이었다.

그런데 한번은 퍼진 불이 아무리 끄려고 해도 꺼지지 않았다. 발로 비비면 죽은 듯 하다가 다시 살아나곤 했다. 저고리들을 벗어 치기 시작했다. 그러나 도리어 불티만 날려 놓아 불 자리가 넓어져만 갔다.

덜컥 겁들이 났다. 하나 둘 달아나기 시작했다. 나중에 훈 혼자만이 남았다. 자기도 이제 도망가는 수밖에 없다고 생각하고 있을 때였다.

오작녀가 달려왔다. 나물 바구니를 집어 팽개치더니 그대로 불 위에 뒹굴기 시작했다. 한 자리를 끄고 나서는 다음 자리로 가 뒹굴었다. 이렇게 해서 불을 다 껐다.

훈은 그저 놀라운 눈으로 오작녀가 하는 양을 보고만 있었다. 그러다가 훈은 다시 한 번 놀랐다. 불을 다 끄고 일어나는 오작녀의 눈에서 이상한 것을 발견한 것이었다. 저도 모르게

"네 눈에서 불이 붙는다."

했다.

오작녀는 자기 눈썹이 탄다는 줄로만 안 듯, 손으로 눈을 비볐다. 훈이 다시 네 눈 속이 탄다고 했다. 사실 그것은 타는 눈이었다. 이것이 훈이 오작녀의 눈을 발견한 처음이었다…….

지금 감고 있는 훈의 눈앞에 또 하나의 타는 듯한 오작녀의 눈이 떠올랐다.

그것은 평양으로 이사해 들어간 지 몇 해 만에 여름 방학이 되어 할아버지 댁에 나왔을 때의 일이었다.

그날 훈은 이 냇가 모래 속에 묻혀 있었다. 한여름 뙤약볕이 싫지 않은

소년 시절이었다.

얼마나 그러고 있었을까. 문득 후끈거리는 모래 냄새에 섞여 무르익은 참외 냄새가 풍겨 왔다.

눈을 떠 좌우를 살펴보았다. 아무것도 없었다. 도로 눈을 감았다.

그냥 무르익은 참외 냄새가 풍기어 왔다. 머리 위쪽을 살펴보았다. 거기 두 개의 검정 참외가 가지런히 놓여 있었다.

누구의 짓인지 알 수 있었다. 거기 냇둑 밭머리에 오작녀가 애(삼득이)를 업고 섰다가 획 돌아서 달아나는 것이었다.

순간, 훈은 오작녀가 획 돌아서며 이리 준 눈을 보았다. 타는 듯한 눈이었다.

저도 모르게 참외 한 개를 집어 깨물었다. 꿀같이 단물이 온 입 안에 퍼졌다. 그대로 온몸에 스몄다.

지금도 훈에게는 그 타는 듯한 오작녀의 눈과 함께 어떤 그윽한 향기가 그대로 맡아지는 것만 같았다.

눈을 떴다. 옆을 살피고 뒤를 돌아다보았다. 깜짝 놀랐다. 저만치 오작녀가 와 있지 않은가.

"기척도 없이 언제 그렇게?"

오작녀가 미안한 듯이,

"선생님이 뭣을 생각하시구 계신 것 같애서……."

실은 요즈음 훈은 또 공연한 일에 놀라는 버릇이 있었다. 그러나 이날 훈의 놀람은 또 달랐다. 무엇에 취하는 듯한 놀람이었다. 금방 되살아왔던 소년 시절의 일이 그대로 현실로 이어지는 듯한 느낌이었다.

오작녀의 눈을 찾았다. 그러나 오작녀는 두어 걸음 앞에 눈을 떨군 채,

"집에 웃골 윤 주사가 오셨데요."

했다.

훈이 그곳을 떠나려다가 멈칫 서며,

"참, 잠깐 이리 오우."

오작녀가 무슨 일인가 하고 가까이 왔다.

"여기 버들개지를 좀 봐요. 자기 둘레의 얼음을 조렇게 녹여 놓은걸……. 꼭 무슨 체온이라두 있는 것 같지 않우?"

오작녀가 말없이 버들개지를 내려다보다가 가지 하나를 꺾어 냈다. 그러는 오작녀의 양 볼이 복숭아빛으로 물들어 있었다. 본시 붉은 볼이 이른 봄바람으로 해서 더 짙게 물들어진 듯한 빛이었다.

논두렁 길로 들어서며 훈이,

"여기가 예전에는 모두 밭이드랬지? 아마 이 논과 저 논이 주로 차미를 심든 밭이구……."

수리조합이 생기면서 이 일대가 모두 논으로 변한 것이었다.

"그때의 그 검정 차미…… 실은 검정이가 아니구 녹색인 것이 그렇게 검게 뵈두록 짙은 녹색 빛깔…… 그리구 그 부드럽구두 미끄러운 감촉 …… 그리구 그 짜게스리 단 내음새…… 그리구 그 물기가 서리는 주황빛 속살……."

훈이 말하는 검정 참외란 지난날 농머리 모래판에서 오작녀가 몰래 갖다 놓고 달아난 그 검정 참외를 두고 하는 말이었다. 그 후, 훈은 같은 검정 참외를 수없이 많이 먹어 왔지만 그날의 그것처럼은 달고 향그럽지는 않았다고 생각되는 것이었다.

"참, 선생님은 전부터 차매를 도와하셨디요."

오작녀도 그때 일을 생각하고 있는 것일까.

"여름철 과물이라면 먼저 떠오르는 게 차미지…… 그르나 어디 요샛 거야 그게 차미라구……."

훈은 지금 이 일대의 밭이 모두 논으로 변하고, 그때의 검정 참외의 빛깔과 맛이 변한 것처럼, 그동안 사람의 생활과 감정도 변했다는 걸 말하고 싶었는지도 몰랐다.

몇 걸음 뒤서 오던 오작녀가 잠시 무엇을 주저주저하다가,

"데, 선셍님 용서해 달라우요."

했다.

훈이 돌아다보았다.

오작녀는 수그린 고개를 외면하면서,

"삼득이 말이야요. 그 애가 그럴 애가 아닌데…… 왜 그런 짓을 했느냐구 해두 통 말이 없습네다레……. 다시는 그런 짓 말라구 단단히 타일러시요. 한 번만 용서하시라우요."

"용서구 뭐구 있소. 그게 삼득이 탓이 아니구 세상 탓인걸……."

"다시는 그런 짓 않을 거야요. 그 애만은 그런 애가 아니야요."

그러나 훈은 앞으로 그 애가 더 나빠질 테니 두고 보라는 심정이었다.

"아바지만은 모르가시요. 그러나 그 애만은……."

"너무 그런 일루 속 쓰지 마우. 인제 오작녀두 자기 일 좀 생각해야 할 게요. 남편두 돌아오구 했으니……."

훈은 기어이 할 말을 꺼내 놓았다고 생각했다.

"선생님, 제 일만은 걱정 마시라구요. 제 일은 벌써 제가 결심한 바가 이시요."

"물론 내가 여게를 썩 떠나기만 하면 그만일 게요. 그러나 왜 그런지 지금 당장은 떠날 수가 없는 심정이오. 무어 농토에 애착이 있어서 그러는 건 아니오……. 그 사람들이 오늘이라두 날더러 멀리 떠나라구 하면 떠나겠소. 그러나 그 말을 들을 때꺼지는 여길 떠나구 싶지가 않소……. 그렇다구 해서 오작녀까지 나와 행동을 같이할 필요는 없소. 처음 오작녀가 우리 집에 와 있게 됐을 때부터 난 내가 지주요 오작녀는 소작인의 딸이란 관계를 생각해 본 적은 없소. 그게 이제 와선 더더구나 그런 관계란 없어졌다고 보오. 조금도 지난날의 의리 관계를 생각해서 나와 행동을 같이할 필요는 없소."

"선생님, 저두 처음부터 선생님이 우리 집 디주라구 해서 와 있는 게 아니야요. 그리구 선생님, 버릇없는 계집의 말 같다만, 앞으루 선생님이 여기 계시는 동안만은 저더러 나가라는 말씀만은 말아 달라우요."

"오작녀를 위해 좋지 않을 게요."

"전 아무래두 도와요. 선생님께서만 나가라는 말씀을 않으신다믄……."

이것은 오작녀가 벌써부터 별러 오던 말이었다. 이 말을 훈에게 할 일만 생각해도 절로 가슴이 두근거리곤 했다. 그것을 이제 훈에게 다 말해 버린 오작녀는 앞이 훤히 트이는 느낌이었다.

뻐꾸기 소리가 들려왔다.

오작녀가 고개를 들었다. 큰아기바윗골 쪽이었다.

그러자 오작녀는 가슴속이 무엇으로 가득해짐을 느꼈다. 큰아기바위의 슬픈 전설보다 자기가 너무 지나치게 행복한 것 같았다.

갑자기 등골이 오싹거렸다. 두 손으로 볼을 짚어 보았다. 열이 또 오르는 것 같았다. 지난밤도 오작녀는 알지 못할 열에 떠, 온 밤을 시달린 것이었다. 오작녀의 얼굴이 점점 검붉어져 갔다. 갯버들 가지를 든 손이 오들오들 떨렸다.

그러나 오작녀는 이런 고뿔[29]쯤 아무것도 아니라고 했다.

소달구지 한옆에 윤 주사가 중절모를 벗어 들고 기다리고 있었다.

"방으루 들어가시지 않구."

"그동안 별고 없었나."

윤 주사가 훈의 손을 잡았다. 도톰하고 따뜻한 손이었다.

"폐양[30] 들어가시는 길입니까?"

윤 주사는 평양에 오고 갈 때는 으례건 소달구지를 이용하는 것이었다. 소달구지로 순안까지 가 기차를 타고, 평양서 나올 때는 또 미리 전갈을 하여 소달구지를 순안까지 마중 나오게 했다. 이렇게 평양과 오가는 길에 가끔 훈네 집에를 들렀다.

"아니, 오늘은 자네를 좀 볼려구 왔네."

---

29 감기.

30 평양.

훈의 아버지와 윤 주사는 세교[31] 관계로 형님 아우님으로 지냈다. 자연 훈은 윤 주사를 아저씨로 대해 오는 것이었다.

달구지 끌고 온 사람이 보자기에 싼 것을 오작녀에게 내주었다.

"마침 웃골엔 술이 떠러뎃데게레. 그래 조그만 병아리만 하나 잡아 가지구 왔디."

"그런 걸 가지구 다니실 게 있나요."

윤 주사는 달구지꾼을 향해,

"그럼 자네는 이 길루 순안 들어가 소 번지나 신케 개지구 오게."

하고는, 다시 고개를 이리로 돌리며,

"요 뒤 산막골엔 술이 떨어디디 않는대믄서?"

하고는,

"오늘은 바주두 엮구 하니 우리 게 가서 한잔씩 할까?"

했다.

"아무케나요."

그러나 윤 주사는 무엇을 생각한 듯,

"하긴 요새 밖에 나다니믄서 술 먹을 때가 아닙데. 우리 예서 받아다 한잔씩 하세. 조용히 니얘기나 하믄서……."

그건 오작녀도 그렇게 생각했다. 훈을 함부로 술좌석에 내보내고 싶지가 않은 것이었다.

오작녀는 닭을 찍어 풍로에 올려놓고 집을 나섰다. 그리고 산막골이 내려다뵈는 등성이에 올라서며 생각했다. 술을 얼마나 받아 와야 하나? 한 되 다 받아 와야 하나, 반 되쯤이면 되나? 손에 든 되들이 병을 내려다보았다.

반 되만 하자. 박 선생의 몸을 생각해서라도 반 되만 하자.

푸뜩 냄비가 끓어 넘을는지도 모른다는 생각이 들었다. 풍로 문을 닫

31 세교世交. 대대로 사귀어 온 교분.

고 나올걸. 절로 걸음이 빨라졌다.

　불출이 어머니네 집에는 벌써 술꾼들이 와 있는 기색이었다.

　오작녀가 조용히,

　"아즈만 있소?"

하니, 안으로부터 지게문이 열리었다.

　방 안은 담배 연기가 자옥했다. 안이 잘 들여다보이지 않았다.

　그러자 오작녀의 눈에 콱 들어오는 얼굴이 있었다. 아찔했다. 담배 연기보다 더 짙은 안개 같은 것이 눈앞을 가리고 지나갔다. 사내 하나이 맞받아 일어서며,

　"허, 이게 누구야? 참 오래간만인데!"

　오작녀의 귀마저 먹먹해지고 말았다.

　"호랭이 제 말하믄 온다구, 그러디 않아두 네 말을 하구 있었다!……그래, 재미 어떠냐? 신접살림³²이?……오라, 오늘은 또 낭군이 잡수실 술꺼지 받으러 왔군 그래…… 그르나 이년아, 네 본 남편이 아직 이르케 시퍼렇게 살아 있다! 이 홰냉년아!"

　사내가 와락 문설주를 붙잡으며 밖으로 달려 나오려는 기세인 것을 불출이 어머니가 매달리다시피 붙들었다.

　"아즈만 이것 좀 놓소!……그래 이르케 시퍼렇게 살아 있는 남편을 두구 서방질을 해? 이 한칼에 배를 갈라 쥑일 년 같으니라구……. 아즈만 이것 좀 놓소! 내 데년의 배를 당장 갈라 놓구 말갔쉐다!"

　"이 사람이 왜 이럴까. 술 깨 가지구 논정이 말할 게디."

　"아니, 내가 술 취해서 이러는 줄 압네까? 나두 사내자식이웨다! 사내자식이 눈이 시퍼래서 제 네편네 빼앗기는 거 보구두 가만있으란 말이우? 그래, 이년아! 그 박가 놈이 돈냥이나 있다구 붙었나? 인젠 그 박가 놈의 돈두 쓸데없는 세상 됐다!……에익, 그 박가 놈부터 가서 띨러 쥑

---

32 결혼하여 처음으로 차린 살림살이.

이구 말아야디! 아즈만 이것 좀 놓소!"

방 안에 앉았던 사내가 일어섰다. 홍수였다.

"최 동무! 이리 와 앉우."

"변 선생, 그렇디 않습네까? 박가 놈이 디난 세월에 돈푼이나 있었기 로서니 그깐 게 이제 와서 뭡니까?"

"자아, 최 동무, 이리 와 앉우."

홍수가 팔을 잡아끌었다.

그제야 오작녀 남편은 못 견디는 척 자리에 돌아가 앉았다.

"변 선생이 말리시니 오늘은 이만해 둡니다만 당장 사생결단을 낼래댔 쉐다."

지난날 홍수가 수리조합 간선 주임으로 있을 때, 오작녀 남편은 그 밑 에서 급수원 노릇을 한 적이 있었다. 당시 홍수는 꽤 까다로운 사람이었 다. 오작녀 남편은 급수원 자리 떨어지지 않기 위해 술을 사 안긴다 뭣을 해 준다 하고 야단을 떨었다.

그런 홍수가 해방 후 이번에 만나자 아주 다르게 대해 주는 것이었다. 말부터 '해라'가 아니오 '하시오'였다. 그게 오늘은 또 자기에게 술까지 사 주는 게 아닌가. 이런 홍수가 나서서 말리는 터이니 못 견디는 척하지 않을 수 없었다.

"그럼 아즈만, 술이나 한 잔 더 주우."

불출이 어머니가 이 말에는 대답 없이 홍수 편을 바라보았다. 술을 더 내어도 좋으냐는 뜻이었다.

"최 동무에게 대포 한 잔 더 올리우."

"사실 오늘은 변 선생이 계셋기 말이디……."

"선생이라구 하디 말구 동무[33]라 부르시오."

---

[33] 늘 친하게 어울리거나 함께 노는 사람. 북한에서는 계급이 없다는 상징으로 '동무'라는 말을 많이 쓰고, 그 후부터 남쪽에서는 '동무'보다는 '친구'라는 호칭으로 바뀌었음.

"아니 별말씀을…… 변 선생이야 변 선생이디 어디 가갔쉐까?……오늘은 변 선생이 말랬기 말이디 그 년놈이 내 손에 결단나는 날이 댔쉐다."

"정말이디 최 동무두 무던히 속이 상할 꺼요. 그르나 모든 게 최 동무 생각 여하에 달리디 않았소? 안 그래?"

"내 무슨 일이 있어두 그 박가 놈하구 담판을 짓구야 말갔쉐다."

한편, 오작녀는 오작녀대로 자기가 어떻게 술 반 되를 받아 들었는지도 몰랐다. 신열도 나 있었다. 그러나 이만 것에 져서는 안 된다는 생각이었다.

문득 냄비가 끓어 넘을지도 모른다는 생각이 났다. 이제는 어서 집으로 돌아가야 한다는 생각뿐이었다. 그러면서 오작녀는 오늘 박 선생이 여기 오지 않은 게 얼마든지 다행스러웠다.

(이하 줄임)

1953년 《문예》

오상원

|1939 ~ 1985|

　　　평북 선천에서 태어나다. 용산고를 나와 서울대 불문
과를 졸업하다. 졸업하자마자 《동아일보》기자가 되다. 1953년 '극협' 의
희곡 현상 모집에 〈녹스는 파편〉이 당선되고 1955년 《한국일보》 신춘문
예에 단편 〈유예猶豫〉가 당선되어 작가로 데뷔하다. 1957년 《현대문학》에
발표한 〈모반〉으로 동인문학상을 받다. 1970년대 이후는 창작활동보다
는 언론인 생활에 치중하다. 1973년 논설위원이 되다.

대l표l작

〈유예〉(1955), 〈균열〉(1955), 〈증인〉(1956), 〈모반〉(1957), 〈부동기〉(1958), 〈황선지대〉(1960), 장편 〈백
지의 기록〉(1958) 등이 있다.

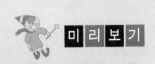

'한 시간 후면 나는 그들에게 끌려 나간다. 대장은 말할 테지. 뒤를 돌아보지 말고 똑바로 걸어가시오. 발자국마다 사박사박 눈 부서지는 소리가 날 것이다. 아니, 어쩌면 놈들은 미제 전투복이 탐이 나서 홀랑 빨가벗겨서 걷게 할지 모른다.'

〈유예〉의 한 대목이다. 여기서 '나'는 6·25전쟁 때 한국군 낙오병을 지휘하는 소대장이다. 적의 후방에 침투했다가 옆에서 선임 하사가 죽는 장면을 목격한다. 그러고는 곧이어 인민군과 교전 중 생포된다. 이제 막 심문을 마친 '나'는 허름한 지하 움막에 내팽개쳐지고 정확히 한 시간 후면 총살당할 것이다.

전후문학파戰後文學派에 속하는 오상원은, 전쟁에 휘말려 무의미하게 희생되는 인간의 생명과 파괴되는 개인의 삶을 휴머니즘의 관점에서 파헤친 작가이다. 〈유예〉는 이러한 작가의 문학 정신에 충실한 작품이다. 〈유예〉에는 포로가 되어 적군의 회유를 거부하고 처형당하기까지 '그'의 의식 속에 명멸하는 전쟁의 무의미성, 가치를 상실한 인간 생명 등에 대한 생각의 단편들이 주마등처럼 나타났다가 사라지곤 한다.

주인공이 처한 현재 상황과 관련한 주인공의 의식의 흐름에 초점을 맞추고 있으므로 작품은 처음부터 끝까지 긴박감을 잃지 않으며 인간 생명에 대한 안타까움을 느끼게 한다. 특히 1인칭과 3인칭 시점을 적절하게

유예

교차시켜 가면서 주인공의 내면 의식과 독백을 중심으로 서술하는 구성
기법은 감동적이다.

학습길라잡이

구조 분석

- **갈래**   단편소설. 심리소설.
- **주제**   전쟁이라는 극한 상황 속에서 죽음을 앞둔 인간의 실존적 고뇌와 전쟁의 비인간성.
- **배경**   시간적 배경은 6 · 25전쟁 당시의 겨울, '한 시간'이라는 삶의 유예 기간. 공간적 배경은 전쟁으로 폐허가 된 어느 산골 마을, 움막, 눈 덮인 대지.
- **시점**   전체적으로는 3인칭 전지적 작가 시점이나 주인공의 자의식이 깊어져 독백을 할 때는 1인칭 주인공 시점으로 바뀐다.

등장인물

- **그(나)**   주인공. 패주하는 낙오병들을 지휘하는 소대장. 내면 의식이 깊어질 때 시점이 '나'가 된다.
- **선임 하사**   '그'의 부하. 극한 상황에서 의연하게 죽음을 맞이한다. '그'의 의식 세계를 보여 주는 주변 인물.

플롯

이 작품은 의식의 흐름을 도입한 까닭에 발단→전개→위기→절정→결말로 이어지는 전형적인 구성 방식으로 설명하기는 힘들다. 다시 말하면 특별한 사건 없이 주인공이 총살당하기 직전에 유보된 한 시간을 중심으로 떠오르는 의식 세계를 시간 순서를 무시한 채 서술하는 구성을 취하고 있다.

- **발단**   인민군에게 잡혀 총살당하게 된 '그'의 심리적 갈등을 제시한다.
- **전개**   북으로 진격했으나 적의 배후 깊숙이 들어가 몇 차례 전투를 치르고 겨우 6명만 남게 된다.
- **위기**   인민군의 처형 장면을 보다가 처형당하는 사람이 자신일 것이라고 인식하고 사격하다가 부상당하고 체포된다.

- ■ **절정** 전쟁에 헛되이 죽는 인간 존재의 비극을 눈 덮인 들판을 주제로 암시한다.
- ■ **결말** 처형 직전의 마지막 의식 세계를 제시한다. 전쟁의 비인간성과 실존성을 부각시킨다.

 이것만은 놓치지 말자

〈유예〉의 특징

이 작품 속에 나오는 '붉은 피'는 '인간의 생명'을, '하얀 눈'은 전쟁의 비극적 상황을 상징하면서 '인간의 생명에 대한 무관심'을 제시하고 있다. 두 이미지를 극명하게 대조시킴으로써 주인공이 총살당해 죽음에 이르는 과정을 더 비극적으로 선명히 제시하는 효과가 있다.
〈유예〉의 또 다른 특징은 문장이 짧다는 것이다. 이런 짧은 문체는 '죽음'이라는 상황을 생생하게 전달해 주는 효과가 있다. 그 밖에도 주인공의 내면 세계를 중점적으로 다루어 시간의 순차성은 거의 무시되고 있다.
'한 시간 후면 모든 것은 끝나는 것이다'라는 표현이 여러 차례 반복되어 사용되는데, 이것은 무의미한 반복이 아니다. 이는 주인공의 '의식의 흐름'을 적절히 제시하는 것으로, 죽음 앞에 직면한 인물의 강박 관념을 표현한 것이다.

1. 이 작품은 독특한 플롯을 가지고 있다. 플롯의 특징을 정리하여 생각해 보자.
2. 결말 부분에서 주인공이 죽음을 받아들이는 장면을 통하여 작가가 나타내려고 한 주제가 무엇인가 이야기해 보자.
3. 이 작품의 중요한 배경인 '눈'의 이미지가 주제의 형상화에 기여하는 점이 무엇인지 살펴보자.

유예

◆

몸을 웅크리고 가마니 속에 쓰러져 있었다. 한 시간 후면 모든 것은 끝나는 것이다.[1] 손과 발이 돌덩어리처럼 차다. 허옇게 흙벽마다 서리가 앉은 깊은 움 속,[2] 서너 길 높이에 통나무로 막은 문 틈 사이로 차가이 하늘[3]이 엿보인다.

퀴퀴한 냄새[4]가 코를 찌른다. 냄새로 짐작하여 그리 오래된 것 같지는 않다. 누가 며칠 전까지 있었던 모양이군. 그놈이나 매한가지지, 하고 사닥다리를 내려서자마자 조그만 구멍으로 다시 끌어올리며 서로 주고받던 그자들의 대화가 아직도 귀에 익다. 그놈이라고 불린 사람이 바로 총살 직전에 내가 목격하고 필사적으로 놈들의 사수射手를 향하여 방아쇠를 당겼던 그 사람이었을까…… 만일 그 사람이 아니었다면 또 어떤 사람이었을까…… 몸이 떨린다. 뼛속까지 얼음이 박힌 것 같다.

소속 사단은? 학벌은? 고향은? 군인에 나온 동기는? 공산주의를 어떻게 생각하시오? 미국에 대한 감정은? 그럼…… 동무의 말은 하나도 이치에 당치 않소.

---

1 주인공이 한 시간 후 죽는다는 것을 암시하고 있다. 첫 문장에 작품의 결말을 미리 언급함으로써 독자들로 하여금 긴장감을 높여 주는 효과가 있다.
2 외부와 완전히 단절된 상황을 서술하고 있다.
3 '움 속'과 마찬가지로 이것 역시 주인공의 절망적인 상태를 나타내고 있다.
4 썩고 상해서 비위가 상할 정도로 나쁜 냄새.

동무는 아직도 계급 의식[5]이 그대로 남아 있소. 출신 계급을 탓하지는 않소. 오해하지 마시오. 그 근성이 나쁘다는 것뿐이오. 다시 한 번 생각할 여유를 주겠소. 한 시간 후, 동무의 답변이 모든 것을 결정지을 거요.[6]

몽롱한 의식 속에 갓 지나간 대화가 오고 간다. 한 시간 후면 모든 것은 끝나는 것이다.[7] 사박사박 걸음을 옮길 때마다 발밑에 부서지는 눈, 그리고 따발총[8] 총구를 등 뒤에 느끼며, 앞장서 가는 인민군 병사를 따라 무너진 초가집 뒷담을 끼고 이 움 속 감방으로 오던 자신이 마음속에 삼삼히[9] 아른거린다. 한 시간 후면 나는 그들에게 끌려 예정대로의 둑길을 걸어가고 있을 것이다. 몇 마디 주고받은 다음, 대장은 말할 테지. 좋소. 뒤를 돌아다보지 말고 똑바로 걸어가시오. 발자국마다 사박사박 눈 부서지는 소리가 날 것이다. 아니, 어쩌면 놈들은 내 옷에 탐이 나서 홀랑 빨가벗겨서 걷게 할지도 모른다(찢어지기는 하였지만 아직 색깔이 제 빛인 미美 전투복이니까……).

나는 빨가벗은 채, 추위에 살이 빨가니 얼어서 흰 둑길을 걸어간다. 수발의 총성. 나는 그대로 털썩 눈 위에 쓰러진다. 이윽고, 붉은 피[10]가 하이얀 눈을 호젓이 물들여 간다. 그 순간 모든 것은 끝나는 것이다. 놈들은 멋쩍게 총을 다시 거꾸로 둘러메고 본대本隊[11]로 돌아들 간다. 발의 눈을 털고, 추위에 손을 비벼 가며 방 안으로 들어들 갈 테지. 몇 분 후면 그들은 화롯불에 손을 녹이며, 아무 일도 없었던 듯 담배들을 말아 피우고 기지개를 할 것이다.[12]

---

5 자본주의 사회에 있는 사회적 계급에 대한 의식을 말함.
6 인민군 심문관이 주인공에게 전향을 권유하는 대목.
7 '한 시간 후면 끝나는 것이다' 작가는 이 구절을 계속 반복하여 긴장을 높인다.
8 소련제 경기관총을 가리키는 속칭.
9 잊혀지지 않고 또렷하게.
10 하얀 눈 위에 뿌려지는 붉은 피. 죽음을 상징하는 이미지가 너무나도 선명하다.
11 본부 부대.
12 삶과 죽음의 무의미성을 암시하는 대목. 이런 표현들에서 작가의 실존주의가 엿보인다.

누가 죽었건 지나가고 나면 아무것도 아니다. 그들에겐 모두가 평범한 일들이다. 나만이 피를 흘리며 흰 눈을 움켜쥔 채 신음하다 영원히 묵살되어 묻혀 갈 뿐이다. 전 근육이 경련을 일으킨다. 추위 탓인가…… 쾨쾨한 냄새가 또 코에 스민다. 나만이 아니라 전에도 꼭 같이 이렇게 반복된 것이다.

싸우다 끝내는 죽는 것, 그것뿐이다. 그 이외는 아무것도 없다. 무엇을 위한다는 것, 무엇을 얻기 위한다는 것, 그것도 아니다. 인간이 태어난 본연의 그대로 싸우다 죽는 것, 그것뿐이라고 생각하였다.

북으로 북으로 쏜살같이 진격은 계속되었다. 수차의 전투가 일어났다. 그가 인솔한 수색대는 적의 배후 깊숙이 파고 들어갔다. 자주 본대와의 연락이 끊어지기 시작하였다.

초조한 소대원의 얼굴은 무전사에게로만 쏠렸다. 후퇴다! 이미 길은 모두 적에 의하여 차단되었다. 적의 어느 편을 뚫고 남하할 것인가? 자주 소전투가 벌어졌다. 한 명 두 명 쓰러지기 시작하였다. 될 수 있는 한 적과의 근접을 피하면서 산으로 타고 올랐다. 기아와 피로, 점점 낙오되고 줄어 가는 소대원, 첩첩이 쌓인 눈과 추위 그리고 알 수 없는 방향을 더듬으며 온갖 자연의 악조건과 싸우지 않으면 안 되었다. 연이어 계속되는 눈보라 속에 무릎까지 덮이는 눈 속을 헤매다 방향을 잃은 그들은 악전고투[13] 끝에 산 밑을 더듬어 내려와서 가까운 그 어느 마을로 파고 들어갔다. 텅 빈 마을, 집집마다 스산히 흩어진 채 눈 속에 호젓이 파묻혀 있다. 적이 들어온 흔적도 지나간 흔적도 없다. 되었다. 소대원들은 뿔뿔이 헤쳐져서 먹을 것을 샅샅이 뒤졌다. 아무것도 없다. 겨우 얼어빠진 감자 한 자루뿐, 이빨에 서벅서벅 얼음이 마주치는 감자 알맹이를 씹었다. 모두 기운에 지쳐 쓰러졌다. 일시에 피곤과 허기가 납덩어리처럼 내린다. 발가락마다 얼음이 박혔다. 눈보라는 더욱 세차게 몰아치고 밤이 다가왔다.

---

[13] 매우 어려운 조건 속에 힘들게 싸우는 것을 말함.

산속의 밤은 급히 내린다. 선임 하사[14]만이 피로를 씹어 가며 문지방에 기대어 앉아 있었다.

밖은 휘몰아치는 눈보라뿐, 선임 하사도 잠시 눈을 붙였다. 마치 기습이라도 있을 듯한 밤이다.

그러나 아무 일도 없이 아침이 왔다.

또 눈과 기아와 추위와의 싸움이 계속되었다. 한 사람, 두 사람, 이 자연과의 싸움에 쓰러지기 시작하였다. 소대장님, 하고 마지막 한 마디를 외치고 눈 속에 머리를 박고 쓰러지는 부하들을 볼 때마다 그는 그 곁에 무릎을 꿇고 그 싸늘한 마지막 시선을 지켰다. 포켓을 찾아 소지품을 더듬는 그의 손은 항시 죽어 간 부하의 시체보다 더 차가웠다. 소대장님, 우러러 쳐다보는 마지막 부하의 그 눈빛, 적막을 더듬어 가며 죽음을 재는 그 눈은 얼음장보다도 더 차가운 그 무엇이 있었다.

"소대장님…… 북한 출신입니다. 홀몸입니다. 남한에는…… 누구도 없습니다. 이것이 이북 제 고향 주소입니다."

꾸겨진 기슭마다 닳아져서 떨어졌다. 그것을 받아 들던 그의 손, 부하의 손을 꼭 쥐어 주었다.

그 이상 더 무엇을 할 수 있었으랴…….

이제 남은 것은 그를 포함하여 여섯 명뿐.

눈 속에 쓰러져 넘어진 그들을 그대로 남겨 놓은 채 그들은 다시 눈 속을 헤쳤다. 그의 머릿속에 점점 불안이 다가왔다. 이윽고 ○○지점까지 왔을 때다. 산줄기는 급격히 부드러워져 이윽고 쑥 평지로 빠졌다. 대로大路 다.

지형과 적정敵情 을 탐지하러 내려갔던 선임 하사가 급히 달려왔다. 노상에는 무수히 말굽 자리와 마차의 수레바퀴 그리고 발자국 자리가 있다는 것이다. 선임 하사의 손에는 말똥이 하나 쥐어져 있었다. 능히 그것은

---

14 장교 바로 아래 계급. 지휘관의 명령을 받아 병사들을 지휘한다.

손 힘으로 부스러뜨릴 수 있었다. 그들이 지나간 것이 그리 오래되지 않았다는 증좌다. 밤을 기다릴 수밖에 없다. 그리하여 어둠을 이용하여 도로를 횡단하고 다시 앞에 바라보이는 산줄기를 타고 오를 수밖에는 없다.

밤이 왔다. 행동을 개시하였다. 그들은 될 수 있는 한 낮은 지대를 선택하고 대로에 연한 개천 둑을 이용하였다. 무난히 대로를 횡단하였다. 논두렁에 내려서자 재빠르게 은폐물을 이용해 가며 걸음을 다그었다.[15] 이제 약간의 안도감을 느끼고 걸음을 늦추었다.

그때다. 돌연 일 발의 총성과 더불어 한 마디 비명을 남기고 누가 쓰러졌다. 모두 콱 눈 속에 엎드렸다.

일순간이 지났다. 도대체 총알은 어디서부터 날아온 것인가? 그 방향을 종잡을 수가 없다. 그가 적정을 살피려고 고개를 드는 순간 또 총알이 날아왔다. 측면에서부터다. 모두 응전[16] 자세를 취하기 위하여 대로 쪽으로 각도를 돌렸다.

그러나 절대적으로 불리하다. 놈들은 우리의 위치를 알고 있지만 우리는 적 쪽의 위치를 잡을 수가 없다. 그렇다고 이대로 언제껏 있을 수도 없다. 아무리 밤이라 할지라도 흰 눈 위다. 그들은 산기슭까지 필사적으로 포복[17]을 단행하였다. 동시에 총알은 비 오듯 집중된다. 비명과 더불어 소대장님, 하고 외치는 소리, 그는 눈을 꾹 감았다. 땀이 비 오듯 흐른다. 그는 눈을 꽉 감은 채 포복을 계속하였다. 의식이 다자꾸 흐린다. 산기슭 흰 눈 속에 덮인 관목 숲이 눈앞에서 뿌여니 흩어진다. 총성은 약간 잦아졌다. 산기슭으로 타고 오르는 순간 선임 하사가 쓰러졌다. 그는 선임 하사를 부축하고 끌며 산속으로 산속으로 들어갔다.

얼마나 산속 깊이 들어왔는지도 모른다. 정신을 잃고 쓰러져 누웠을 때는 이미 새벽이 가까워서였다.

---

15 서둘렀다.
16 적의 공격에 맞서 싸우는 것.
17 배를 땅에 대고 납작 엎드려 기는 것.

몹시 춥다. 몸을 약간 꿈틀거려 본다. 전 근육이 추위에 마비되어 감각을 잃은 것만 같다. 이제 모든 것이 끝나는 것이다. 퀴퀴한 냄새가 코를 찌른다. 어렴풋이 눈 속에 부서지는 구두 발자국 소리가 들려온다. 점점 가까워진다. 시간이 된 모양이다. 몸을 일으키려고 움직거려 본다. 잠시 몽롱한 시각이 흐른다. 발자국 소리가 점점 멀어지기 시작하였다. 아무것도 아니다. 아무것도 아닌 것이다. 몹시 춥다. 왜 오다가 다시 돌아가는 것일까…… 몽롱하게 정신이 흩어진다.

전공 과목은? 왜 동무는 법과를 선택했었소? 어렸을 때부터 동무는 출신 계급적인 인습 관념에 젖어 있었소. 그것을 버리시오.

나는 동무와 같은 인물을 아끼고 싶소. 나는 동무를 어느 때라도 맞아들일 마음의 준비를 가지고 있소.

문지방으로 스미어 오는 가는 실바람에 스칠 때마다 화롯불이 붉게 번지어 갔다.

나는 동무를 훌륭한 청년으로 보고 있소. 자, 담배를 태우시오.

꾸부러진 부젓가락으로 재 위를 헤칠 때마다 더욱 붉게 불꽃이 번진다.

그렇다면 동무처럼 불쌍한 청년은 또 이 세상에 없을 거요. 나는 심히 유감스럽소. 동무의 그 태도가 참으로 유감이오(인제 모든 것은 끝나는 것이다). 왜 동무는 내 얼굴을 그렇게 차갑게 쳐다보고만 있소? 한마디 대답도 없이 입을 다문 채…… 알겠소. 나는 동무가 지키고 있는 그 침묵으로 동무가 말하고 있는 그 모든 것을 이해할 수 있소. 유감이오.

주고받던 대화, 조그만 방 안, 깨어진 질화로가 어렴풋이 머릿속을 스친다. 그는 무겁게 몸을 뒤틀었다. 희미하게 또 과거가 이어 온다.

그들이 정신을 잃고 쓰러졌을 때는 이미 새벽이 가까워서였다. 산속의 아침은 아름답다. 눈 속의 아침은 아름답다. 눈 속에 덮인 산속의 새벽은 더욱 그렇다. 나뭇가지마다 소복이 쌓인 눈이 햇빛에 반짝인다. 해가 적이 높아졌을 때 그는 겨우 몸을 일으켰다. 선임 하사는 피에 붉게 젖은 한쪽 다리를 꽉 움켜쥔 채 의식을 잃고 쓰러져 있다. 검붉은 피가 오른편 어깻죽지와 등허리에 짙게 얼룩져 있다. 그는 급히 선임 하사를 부축하여 일으켰다.

조용히 눈을 뜬다. 그리고 소대장을 보자 쓸쓸히 입가에 웃음을 지었다. 그 순간 그는 선임 하사를 꼭 그러안고 뺨을 비벼대었다. 단 둘뿐! 이제는 단둘이 남았을 뿐이었다.

"소대장님, 인제는 제 차례가 된 모양입니다."

그는 조용히 선임 하사의 얼굴을 지켰다. 슬픈 빛이라고는 조금도 없다. 오랜 군대 생활에 이겨 온 군은 의지가 엿보일 뿐이다.

선임 하사, 그는 2차 대전시 일본군에 소집되어 남양 전투[18]에 종군하다 북지北支[19]로 이동, 일본의 항복과 더불어 포로 생활 2개월을 거치고 팔로군,[20] 국부군,[21] 시조時潮[22]가 변전變轉 되는[23] 대로 이역을 표류하다 고국으로 돌아와 다시 군문[24]으로 들어선 것이었다. 군대 생활이 무엇보다도 재미있다는 그, 전투가 자기 생활 속에서 제일 신이 나는 순간이라는 그였다.

"사람은 서로 죽이게끔 마련이오. 역사란 인간이 인간을 학살해 온 기록이니까요. 그렇게 생각지 않으시오? 난 전투가 제일 재미있소. 전투가 일어나면 호흡이 벅차고 내가 겨눈 총구에 적의 심장이 아른거릴 때마다 나는 희열을 느낍니다. 나는 그 순간 역사가 조각되고 있는 것같이 느껴지거든요. 사람이란 별 게 아니라 곧 싸우는 것을 의미하고, 싸우다 쓰러지는 것을 의미할 겁니다."

이것이 지금껏 살아온 태도였다. 이것뿐이다. 인제 그는 총에 맞았다.

---

18 일본군이 벌인 태평양(남양) 지역 전투를 가리킴.
19 영어로 쓴다면 북지north china. 베이징, 허베이 성, 산둥 성, 허난 성 등이 북지이다.
20 제2차 대전 때 활약한 중국 공산당 주력 부대.
21 중화민국 국민정부 군대.
22 시대의 흐름.
23 이리저리 변하여 달라지는 대로.
24 군문軍門. 군대를 말함.

자기 차례가 된 것을 알 뿐이다. 어렴풋이 희미한 기억을 타고 선임 하사의 음성이 떠오른다. 그는 몸을 조금 일으키려고 꿈지럭거리다가 그대로 펄썩 쓰러졌다.

바른편 팔 위에 경련이 일어난 것이다. 혓바닥을 깨물고 고통의 일순을 넘겼다. 이제 모든 것은 끝나는 것이다. 선임 하사의 생각이 이어 온다.

"소대장님, 제 위치는 결정되었습니다. 안심하십시오."

분명히 말을 끝낸 선임 하사는 햇볕이 조용히 깃드는 양지쪽으로 기어가서 늙은 떡갈나무에 등을 기대고 앉았다.

햇볕을 받아 가며 조용히 내리 감은 눈, 비애도, 슬픔도, 고독도, 그 어느 하나도 없다. 다만 눈 속에 덮인 산속의 적막, 이것이 그의 얼굴 위에 내릴 뿐이다. 의식을 잃은 듯 몸이 점점 비스듬히 허물어지다가 털썩 쓰러졌다. 그는 급히 다가가서 선임 하사를 일으키려 하였다. 그 순간 눈을 가늘게 떴다. 입가에 미소가 가벼이 흐른다. 햇볕이 따스히 그 입가의 미소를 지킨다.

"이대로……."

눈을 감았다. 잠시 가는 숨결이 중단되며 이어 갔다. 무릎까지 파묻히는 눈 속을 헤치며 남쪽으로 남쪽으로 걸었다. 몇 번이고 의식을 잃고 그대로 쓰러졌다. 때로는 눈보라와 종일 싸워야 했고, 알 길 없는 방향을 더듬으며 헤매어야 했다. 발이 얼어 감각이 없다. 불안과 절망이 그를 엄습하기 시작하였다. 내가 잡은 방향이 정확한 것인가? 나의 지금 이 위치는? 상의할 아무도 없다. 나 하나뿐. 그렇다고 이대로 서 있을 수도 없다. 그는 한 걸음 한 걸음 눈을 헤치며 걸었다. 어디까지 어떻게 걸어야 하는 것인가? 언제껏 이렇게 걸어야 하는 것인가? 밤이면 눈 속에 묻혀서 잤다. 해가 뜨면 또 걸어야 한다. 계곡, 비탈, 눈이 쌓인 관목 숲, 깎아 세운 듯 강파르게 솟은 산마루. 그는 몇 번이고 굴러 떨어졌다. 무릎이 깨어지고 옷이 찢어졌다. 피로와 기아, 밤이면 추위와 더불어 고독이 엄습한다. 악몽, 다시 뒤덮이는 악몽. 신음 끝에 눈을 뜨면 적막과 어둠뿐. 자주 흩어지는 의식은 적막 속에 영원히 파묻혀만 간다. 나는 이대로 영원히 눈 속에 묻혀 사라져 버리는 것이 아닌가? 그러나 밤은 지새고 또 새벽은 온다. 그는 일어났다. 눈 속을 또 헤쳐야 한다. 산세는 더욱 험악하여만 가고 비탈은 더욱 모질다. 그는 서너 길이나 되는 비탈길에서 감각을 잃은 발길의 헷갈림으로 굴러 떨어졌다. 잠시 의식을 잃었다가 다시 본 정신이 들기 시작하였을 때 그는 어떤 강한 충격으로 입술을 꽉 깨물었다. 전신이 쿡쿡 쑤신다.

그는 기다시피 하여 일어섰다. 부르쥔 주먹이 푸들푸들[25] 떨고 있다.

세 길…… 네 길…… 까마득하다. 그러나 올라가야만 한다. 그는 이를 악물고 기어오르기 시작하였다. 전신에서 땀이 비 오듯 흐른다. 정신이 다자꾸 흐린다. 하늘이 빙그르르 돈다. 그는 눈을 꽉 감고 나무뿌리를 움켜쥔 채 잠시 정신을 가다듬는다. 또 기어오른다. 나무뿌리가 흔들릴 때마다 눈덩어리와 흙덩어리가 부서져서 내린다. 악전 끝에 그는 비탈에 도달하였다. 도달하던 순간 그는 의식을 잃고 그대로 쓰러졌다.

밤이 온다.

또 새벽이 온다. 그는 모든 것을 잊었다. 한 발자국, 한 발자국, 눈을 헤치며 발걸음을 옮기는 것, 이것이 그에게 남은 전부였다. 총을 둘러멜 기운도 없어 허리에다 붙들어 매었다. 그는 다자꾸 흩어지는 의식을 가다듬어 가며 발걸음을 옮겼다.

한 주일째 되던 저녁, 어슴푸레하게 어둠이 깃들 무렵 그는 이 험한 준령을 정복하고야 말았다.

다음날 해가 어언간 높아졌을 무렵에 그는 눈을 떴다. 그는 순간 놀라지 않을 수 없었다.

바로 눈앞, C자 형으로 산줄기가 돌아 나간 그 움푹 파인 복판에 집들이 점점이 산재하여 있는 것이 아닌가! 이것을 모르고 눈 속에서 밤을 보

---

25 몸을 반복해서 크게 떠는 모양.

냈다니…… 소복이 집들이 둘러앉은 마을! 가슴이 뭉클하고 눈물이 핑 돌았다. 그는 눈물을 머금으며 마을로 마을로 내려갔다. 마을 어귀에 다다랐다. 집 문들이 제멋대로 열어젖혀진 채 황량하다. 눈이 마을 하나 가득히 쌓인 채 발자국 하나 없다. 돼지우리, 소 헛간, 아! 사람들이 사는 곳! 그는 방 안으로 들어갔다. 열어젖힌 장롱…… 방바닥 하나 가득히 먼지 속에 흩어진 물건들……. 옷! 찢어진 낡은 옷들! 그는 그 옷들을 주워서 꽉 움켜쥐었다. 아, 사람의 냄새! 때묻은 사람의 냄새! 방 안을 둘러본다. 너무도 황량하다. 사람 사는 곳이 이렇게 황량해지는 수는 없는 것만 같이 느껴진다. 아무리 몇 번이고 보아 온 그것이었다 할지라도…….

그 순간 그는 이상한 발자국 소리를 듣고 한쪽 벽으로 몸을 피했다. 흙이 부서진 벽 구멍으로 밖의 동정을 살폈다. 아무 일도 없는 것 같다. 스산한 내 정신의 탓인가? 그러나 다음 순간 그는 확실히 사람들의 음성을 들은 것 같았다. 기대와 긴장이 동시에 서린다. 그는 담 구멍을 통하여 사방을 유심히 살폈다. 한 50미터쯤 떨어진 맞은편 초가집 뒤 언덕길을 타고 한 떼가 몰려가고 있다. 그들은 얼마 안 가 멈췄다.

멀리서 보기에도 확실히 군인임엔 틀림이 없다. 미군 전투 복장도 끼어 있는 듯하다. 벌써 아군 선내[26]에 들어와 있는 것인가? 그러면……? 그는 숨죽여 이 광경을 지키고 있었다. 그러나 좀 수상쩍은 데가 있었다. 누비옷[27]을 입은 군인의 그 누비옷의 형식이 문제다. 그는 좀더 이 정체를 파악하기 위하여 맞은편 초가집으로 옮겨가지 않으면 안 되었다. 그는 담 벽을 따라 교묘히 소 헛간과 낟가리를 이용하여 그 집 뒷마당까지 갈수가 있었다. 뒷 담장에 몸을 숨기고 무너진 담 구멍으로 그들의 일거일동[28]을 지켰다. 눈앞의 그림자처럼 아른거린다. 그들이 주고받는 말소리가 간간이 들려온다.

---

26 방어선 내.
27 안 감과 바깥 감 사이에 솜 따위의 보온재를 넣고 미싱으로 가로세로 누빈 옷을 말함.
28 일거일동一擧一動. 동작 하나하나.

동무…… 총살. 이 두 마디가 그의 머릿속에 못박혔다. 눈앞이 아찔한다. 그는 정신을 더욱 가다듬고 그들의 일거일동을 살폈다. 머리가 덥수룩하고 야윈 얼굴에, 내의 바람의 한 청년이 양 손을 등 뒤로 묶인 채 맨발로 서 있는 것이 눈에 띄었다.

"동무는 우리 인민의 처사에 이의가 있소?"

그 위엄으로 보아 대장인가 싶다.

"생명체와 도구와는 다른 것이오. 내 이상 더 무엇을 말하고 싶겠소? 나는 포로가 되었을 때 비로소 내가 확실히 호흡하고 있는 인간이라는 것을 알았을 뿐이오. 나는 기쁘오. 내가 한 개의 기계나 도구가 아니었다는 것, 하나의 생명체인 인간으로서 살아 있다는 것, 그리고 인간으로서 죽어 간다는 것, 이것이 한없이 기쁠 뿐입니다."

명확한 차가운 음성이었다.

"좋소."

경멸적인 조소가 입술에 어렸다.

"이 둑길을 따라 똑바로 걸어가시오. 남쪽으로 내닫는 길이오. 그처럼 가고 싶어하던 길이니 유감은 없을 것이오."

피해자는 돌아섰다. 한 발자국, 한 발자국 걷기 시작하였다. 뒤에서 두 놈이 총을 재었다.

바야흐로 불길을 뿜으려는 총구를 등 뒤에 받으며, 조금도 주저 없이 정확한 걸음걸이로 피해자는 눈길을 헤쳐 가고 있었다. 인제 몇 발의 총성과 더불어 그는 무참히 쓰러지고 말 것이다. 곧바로 정면에 눈을 준 채 조금도 흩어질 줄 모르는 그의 침착한 걸음걸이…….

눈앞이 빙빙 돈다. 그는 마치 저 언덕길을 걸어가고 있는 것이 자기인 것만 같았다. 순간 그는 총을 꽉 움켜쥐었다. 내일을 위해 오늘의 싸움을 피한다는 것은 비겁한 수단이다. 지금 저 눈길을 걸어가고 있는 피해자는 그가 아니라 나 자신이다. 내가 지금 피살당하여 가고 있는 것이다. 쏴야 한다. 그는 사수를 겨누었다. 숨죽이는 순간, 이미 그의 총구에서는 빗발

같이 총알이 쏟아져 나갔다. 쓰러진다. 분명히 두 놈이 쓰러졌다. 그는 다음 다음 연달아 쏘았다. 일순간이 지나자 응수가 왔다. 이마에선 줄곧 땀이 흐른다. 눈앞이 돈다. 전신의 근육이 개머리판의 진동에 따라 약동한다. 의식이 자주 흐린다. 그는 푹 고개를 묻고 쓰러졌다. 위기일발. 다시 겨눈다. 또, 어깨 위에 급격한 진동이 지나간다. 다자꾸 흩어지는 의식. 놈들의 사격이 뚝 그쳤다. 적은 전후 좌우로 흩어져서 육박[29]하여 오고 있다. 의식을 잃은 난사.[30] 그는 벌떡 일어섰다.

그 순간 푹 쓰러졌다. 의식이 깜빡 사라진다. 갓 지나간 격렬한 총성의 여음이 귓가에서 감돈다. 몸 어느 한 구석이 쿡쿡 찌르고, 끈적끈적한 액체가 흘러내리고 있는 것 같다. 소리가 난다. 무엇이 다가오고 있다. 머리를 쾅하고 내리친다. 그 순간 의식을 잃었다.

바른편 팔 위에 격통[31]이 일어난다. 그는 간신히 왼편 손으로 오른편 팔을 더듬었다. 손끝에 오는 감촉이 끈적끈적하다. 손을 떼었다.

눈앞으로 가져갔다. 그 손끝과 손가락 사이에는 피, 검붉은 피가 함뿍 젖어 있다. 어디선가 두런두런 말소리가 들린다. 담배 연기가 자욱하다. 먼지와 거미줄이 뽀얗니 눌어붙은 찢어진 천장 구멍으로 사라져 간다. 방 안이다. 방 안에 뉘어져 있는 것이다. 이따금 흰 눈을 밟고 지나가는 발자국 소리가 희미한 의식 속에 떠오른다. 점점 멀어져 가는 발자국 소리를 따라서 그의 의식도 희미해진다.

그 후 몇 번이고 심문[32]이 지나갔다. 모든 것은 결정되었다.

인제 모든 것은 끝나는 것이다. 얼음장처럼 밑이 차다. 아무 생각도 없다. 전신의 근육이 감각을 잃은 채 이따금 경련을 일으킨다. 발자국 소리가 난다. 말소리도. 시간이 되었나 보다. 문이 삐그덕거리며 열리고, 급기

---

29 바짝 가까이 다가옴.
30 난사亂射. 총이나 대포를 조준하지 않고 마구 쏘는 것.
31 격통激痛. 아주 심하게 아픔.
32 심문審問. 자세히 따져서 묻는 것.

야 어둠을 헤치고 흘러 들어오는 광선을 타고 사닥다리가 내려올 것이다. 숨죽인 채 기다린다. 일순간이 지났다. 조용하다. 아무런 동정도 없다. 어쩐 일일까……? 몽롱한 의식의 착오 탓인가. 확실히 구둣발 소리다. 점점 가까워 오는…… 정확한……. 그는 몸을 일으키려 애썼다. 고개를 들었다. 맑은 광선이 눈부시게 흘러 들어온다. 사닥다리다.

"뭐 하고 있어! 빨리 나와!"

착각이 아니었다.

그들은 벌써부터 빨리 나오라고 고함을 지르며 독촉하고 있었다. 한 단 한 단 정신을 가다듬고, 감각을 잃은 무릎을 힘껏 괴어 짚으며 기어올랐다. 입구에 다다르자 억센 손아귀가 뒷덜미를 움켜쥐고 끌어당겼다. 몸이 밖으로 나가는 순간, 눈 속에서 그대로 머리를 박고 쓰러졌다. 찬 눈이 얼굴 위에 스치자 정신이 돌아왔다. 일어서야만 한다. 그리고 정확히 걸음을 옮겨야 한다. 모든 것은 인제 끝나는 것이다. 끝나는 그 순간까지 정확히 나를 끝맺어야 한다.

그는 눈을 다섯 손가락으로 꽉 움켜 짚고, 떨리는 다리를 바로잡아 가며 일어섰다. 그리고 한 걸음 한 걸음, 정확히 걸음을 옮겼다. 눈은 의지적인 신념으로 차가이 빛나고 있었다.

본부에서 몇 마디 주고받은 다음, 준비 완료 보고와 집행 명령[33]이 뒤이어 떨어졌다.

눈에 함빡 쌓인 흰 둑길이다. 오! 이 둑길…… 몇 사람이나 이 둑길을 걸었을 거냐……. 훤칠히 트인 벌판 너머로 마주 선 언덕, 흰 눈이다. 가슴이 탁 트이는 것 같다. 똑바로 걸어가시오. 남쪽으로 내닫는 길이오. 그처럼 가고 싶어하던 길이니 유감 없을 거요. 걸음마다 흰 눈 위에 발자국이 따른다. 한 걸음 두 걸음, 정확히 걸어야 한다. 사수 준비! 총탄 재는 소리가 바람처럼 차갑다. 눈앞에 흰 눈뿐, 아무것도 없다. 이제 모든 것은

---

33 주인공을 처형하라는 사형 집행 명령.

끝난다. 끝나는 그 순간까지 정확히 끝을 맺어야 한다. 끝나는 1초 1각까지 나를, 자기를 잊어서는 안 된다.

걸음걸이는 그의 의지처럼 또한 정확했다.[34] 아무리 한 걸음, 한 걸음 다가가는 걸음걸이가 죽음에 접근하여 가는 마지막 길일지라도 결코 허트른, 불안한, 절망적인 것일 수는 없었다. 흰 눈, 그 속을 걷고 있다. 흰 칠히 트인 벌판 너머로, 마주 선 언덕, 흰 눈이다. 연발하는 총성, 마치 외부 세계의 잡음만 같다. 아니, 아무것도 아닌 것이다. 그는 흰 속을 그대로 한 걸음, 한 걸음, 정확히 걸어가고 있었다. 눈 속에 부서지는 발자국 소리가 어렴풋이 들려온다. 두런두런 이야기 소리가 난다. 누가 뒤통수를 잡아 일으키는 것 같다. 뒤 허리에 충격을 느꼈다. 아니, 아무것도 아니다. 아무것도 아닌 것이다.[35]

흰 눈이 회색빛으로 흩어지다가 점점 어두워 간다.[36] 모든 것은 끝난 것이다. 놈들은 멋쩍게[37] 총을 다시 거꾸로 둘러메고 본부로 돌아들 테지. 눈을 털고 주위에 손을 비벼 가며 방 안으로 들어갈 것이다. 몇 분 후면 화롯불에 손을 녹이며 아무 일도 없었던 듯 담배들을 말아 피우고 기지개를 할 것이다. 누가 죽었건 지나가고 나면 아무것도 아니다.[38] 모두 평범한 일인 것이다. 의식이 점점 그로부터 어두워 갔다. 흰 눈 위다. 햇볕이 따스히 눈 위에 부서진다.[39]

1955년 1월 《한국일보》

---

34 실존주의적 표현이다.
35 죽음에 직면한 불안한 내면 심리를 짧은 문장으로 반복 서술하고 있다.
36 흰색에서 회색으로. 죽음에 이르는 과정을 눈빛이 변하는 것을 통하여 제시하고 있다.
37 어색하고 쑥스럽게.
38 전쟁의 비극성과 죽음의 무의미성을 다시 한 번 강조한 표현이다.
39 마지막으로 죽음의 무의미성을 강조하고 있다.

김성한

|1919 ~ |

1919년 함경남도 풍산에서 태어나다. 함흥의 함남중학, 일본 야마구치 고교를 마치고 도쿄 대학에 입학했다가 중퇴하다. 해방이 되자 귀국하여 언론계에 투신하여 1955년 《사상계》 주간, 1958년 《동아일보》 논설위원, 1973년 편집국장 등을 역임하다. 1950년 《서울신문》 신춘문예에 단편 〈무명로〉가 당선되어 작가 생활을 시작한 이후 단편 〈암야행〉, 〈제우스의 자살〉 등의 문제작을 잇따라 발표하다. 1954년 양문사에서 단편집 〈암야행〉을 발간하고 1955년 프로메테우스와 신이 5분간의 협상을 통하여 신의 질서에 저항하는 인간의 승리를 암시하는 단편 〈오분간〉을 발표하다. 1956년 영국의 헨리 5세 때의 재봉공 바비도가 이단으로 몰려 불에 타 죽는 과정을 통하여 교회의 횡포에 저항하는 진정한 신앙, 인간의 존엄성 등을 그린 〈바비도〉를 발표하다. 1963년 영국으로 건너가 맨체스터 대학에서 사학을 전공하다. 1955년 첫회 동인문학상, 1957년 제5회 자유문학상을 받다.

대|표|작

단편 〈암야행〉(1954), 〈오분간〉(1955), 〈바비도〉(1956) 등이 있고 장편 〈이성계〉(1966), 〈요하〉(1968), 〈이마〉(1975), 〈임진왜란〉 등이 있다.

〈오분간〉은 신과 프로메테우스가 1대 1로 대화를 나누는 5분 동안의 짧은 시간이 스토리의 전부이다. 이 5분 동안에 지상에서는 주로 지도적인 위치에 있는 정치·사회·문화·종교계 인간들의 온갖 부정과 파렴치한 행위가 판을 치고 있다. 이 작품에서 묘사하는 인간 세상의 여러 형태의 부정과 혼란은 신과 프로메테우스에게는 단 5분간에 불과하다. 이런 사실은, 인간 세상이란 고작 물리적 시간으로 헤아릴 가치도 없는 하찮은 것임을 역설적으로 패러디하는 셈이다.

프로메테우스가 코카서스 바윗등에서 쇠사슬을 끊은 것을 안 신은 천사를 보내 프로메테우스를 불러 올린다. 하지만 2천 년을 쇠사슬에 묶여 산 프로메테우스가 쉽게 응할 까닭이 없다. 신과 프로메테우스는 중립 지대의 구름에서 협상을 벌인다. 프로메테우스가 자유를 얻은 세상은 이미 신의 세상이 아니다. 신은 세상을 수습하자고 제의하지만 프로메테우스는 그게 역사라면서 콧방귀만 뀐다. 신은 크게 한숨을 쉬고, 프로메테우스는 세상이 되어 가는 꼴이 마음에 들어 연방 무릎만 친다. 회담은 5분 만에 끝나 버리고 신은 "아! 이 혼돈의 허무 속에서 제3 존재의 출현을 기다리는 수밖에 없다"고 혼자 중얼거린다.

이것이 이 작품의 스토리이다. 구조가 특이하다. 우선 소설 기법상의 특징부터 말하면 신의 세계와 인간의 세계를 동시에 보여주는 '동시묘사

오분간

법'을 사용하고 있다. 이것은 '이중 노출'로 화면을 처리하는 방법인데 신에게 도전한 프로메테우스의 세계와 온갖 부정부패, 비리, 권모술수, 불륜의 행각 등이 무질서하게 벌어지는 지상의 모습을 대비시킴으로써 강렬한 문명 비판의 효과를 올리고 있다. 또 하나의 특징은 현실 속의 부조리를 신화적 요소와 결합시켜 해석함으로써 인간 사회의 부조리의 근원, 인간의 근원적 속성을 해명하려는 작가적 시도가 엿보인다는 점이다.

구조 분석

- **갈래** 단편소설.
- **주제** 신의 섭리와 현실의 부조리에 대한 인간 정신의 항의.
- **배경** 시간적 배경은 가상의 시대 5분간. 공간적 배경은 신의 세계와 지상의 세계의 중립 지대, 즉 구름 위.
- **시점** 3인칭 전지적 작가 시점.

등장인물

- **프로메테우스** 신의 독선을 증오하고 신의 잔인성에 저항한다.
- **신神** 자신의 창조물인 인간에 대하여 실망하고 회의한다.
- **이정민** 한국의 뒷골목에서 배회하는 인물. 시대적 상황을 잘 반영하고 있다.

플롯

이 작품은 신과 프로메테우스가 대화하는 형식이기 때문에 전통적인 소설 구성 방식을 초월한다고 볼 수 있다.

- **발단** 프로메테우스가 묶여 있던 쇠사슬을 풀었다는 사실이 신에게 알려진다.
- **전개** 신은 천사를 보내 1대 1 협상을 제의한다.
- **위기** 프로메테우스가 왼눈을 똑바로 뜨고 신을 쳐다본다. 신은 두려움을 느껴 손을 잡자고 말한다.
- **절정** 세상은 부글부글 끓고, 신은 담판을 지으려 결심한다.
- **결말** 5분간의 협상은 끝났다. 신은 제3 존재의 출현을 기다릴 수밖에 없다고 말한다.

신화에 그려진 프로메테우스

프로메테우스는 인간이 창조되기 전에 지상에 거주하였던 거인족인 티탄족의 한 사람이었다. 신은 그와 그의 동생(에피메테우스)에게 인간을 만들고, 인간과 다른 모든 동물에게 생존 유지에 필요한 여러 능력을 주라는 임무를 주었다. 그래서 에피메테우스는 어떤 동물에게는 날개를 주고, 다른 동물에게는 날카로운 발톱을 주고, 또 다른 동물에게는 몸을 덮는 단단한 껍질을 주었다. 그런데 인간의 차례가 왔을 때 에피메테우스는 '능력'을 다 써 버렸으므로 인간에게 줄 것이 없었다. 그래서 형(프로메테우스)에게 문의하였더니, 형은 여신 아테네의 도움으로 태양의 이륜차二輪車에서 불을 얻어 그 불을 인간에게 주었다. 이 불 때문에 인간은 모든 동물보다 우월하게 되었다. 이 불로써 동물을 정복할 무기를 만들 수 있었고, 토지를 경작할 도구도 만들 수 있었으며, 집을 짓고 따뜻하게 살 수 있게 되었다. 뿐만 아니라 여러 가지 기술을 발명하고, 상업의 수단인 화폐를 만들 수 있게 된 것도 이 불의 혜택이었다.

프로메테우스는 인류의 친구이다. 제우스가 노하였을 때 인류를 위하여 중간에 개입하고 인간에게 문명과 기술을 가르쳤다. 그러나 그런 점들이 제우스의 분노를 사게 되었다. 그래서 제우스는 그를 코카서스 산 바윗등에 쇠사슬로 묶어 놓았다. 프로메테우스가 만일 제우스의 의지에 복종하였더라면 이와 같이 고통스런 형벌을 종료시킬 수도 있었을 것이다. 그러나 그는 이와 같은 짓을 하는 것을 경멸하였다. 그래서 그는 부당한 수난에 대한 영웅적인 인내와, 압제에 반항하는 의지력으로 상징되고 있다.

1. 이 작품에 보면 '지상에서는 신과 프로메테우스의 괴뢰들이 제각기 자기가 잘났다고 팔뚝질을 하고 있다' 는 대목이 있다. 그럼 신의 괴뢰는 누구이며 프로메테우스의 괴뢰는 누구인지를 확인하고 그들이 주장하는 바를 이야기해 보자.

2. 간디, 아인슈타인, 히로히도, 사르트르, 나세르 등 이 작품에 등장하는 인물들은 1950년대 세계사의 주요 인물들이다. 이들을 중심으로 1950년대의 세계사를 살펴보자.

3. 결말 부분에서 신은 '제3 존재의 출현을 기다리는 수밖에 없다' 고 탄식한다. 신이 기다리는 제3 존재는 어떠한 존재인가? 작품 속에서 신이 한 말을 근거로 정리해 보자.

오분간

프로메테우스[1]가 코카서스[2]의 바윗등에서 녹슨 쇠사슬을 끊은 것은 천사가 도착하기 1분 전이었다. 2천 년을 두고 비바람을 맞는 동안 그는 모진 고난 속에서 자유를 창조하였다. 쇠사슬을 끊은 것은 결코 자유가 그리워서 한 일이 아니었다. 당초에 그렇게도 지긋지긋이 밉살스럽던 쇠사슬도 2천 년의 고난을 같이한 지금에 와서는 도리어 정다움을 느끼게 하였다. 그저 호기심에서 한번 툭 채어 본 것이 끊는 결과를 가져왔을 뿐이다. 그 자신으로서는 쇠사슬은 결코 자유와 속박의 경계선이 아니었다. 장구한 세월을 두고 쇠사슬과 겨룬 끝에 쇠사슬을 짓밟는 논리를 배운 것이었다.

---

1 그리스 신화에 나오는 티탄족族 이아페토스의 아들로서, '먼저 생각하는 사람'을 의미한다. 주신主神 제우스가 감추어 둔 불을 훔쳐 인간에게 내주어서 인간에게 맨 처음 문명을 가르친 장본인이다. 불을 도둑맞은 제우스는 복수를 결심하고 '판도라'라는 여성을 프로메테우스에게 보낸다. 이때 프로메테우스의 동생 '에피메테우스'는 형이 말리는 데도 그녀를 아내로 삼는다. 이 때문에 '판도라의 상자' 사건이 일어나 인류의 불행이 비롯되는 것이다. 또한 프로메테우스는 코카서스의 바위에 쇠사슬로 묶여, 날마다 낮에는 독수리에게 간을 쪼여 먹히고, 밤이 되면 간은 다시 회복되어 영원한 고통을 겪게 된다. 그러다가 드디어 영웅 헤라클레스가 독수리를 죽이고, 헤라클레스의 아버지 제우스가 이를 기뻐한 나머지 프로메테우스의 고통을 해방시켜 준다. 프로메테우스가 제우스의 노여움을 산 원인에 관해서는, 제물祭物로 바친 짐승의 맛있는 부위를, 계략을 써서 제우스보다 인간 편이 더 많이 가지도록 했기 때문이라는 설도 있다. 이 작품의 모티프는 바로 그리스 신화의 이런 이야기에 근거하고 있다.
2 러시아 남부, 카스피 해와 흑해 사이에 있는 산악 지역. 카프카스.

그러기에 쇠사슬이 썩은 새끼 모양으로 끊어진 후에도 그냥 그 자리에 머물러 있었다. 2천 년의 과거는 바윗등에 한 개 움직일 수 없는 무엇으로 결정結晶되어 버티고 있는 것이었다.

"신께서 지금 당장 올라오시랍니다."

소리도 없이 나타난 천사는 생긋 웃으면서 애교를 떨었다. 2천 년 만에 처음 보는 이 모습에도 그는 놀라지 않았다. 눈 한 번 깜빡이지 않고 뚫어지게 보다가 그는 물었다.

"애, 너 기집애냐, 사내냐?"

"아이 참, 신께서 올라오시래요."

"기집애냐, 사내냐 말이다……."

"천사에 무슨 성별이 있어요? 그건 지상의 기준이에요."

"지상의 기준?"

프로메테우스는 한 걸음 다가서 얼굴을 천사에게 부딪칠 듯 들이대면서 말을 이었다.

"그렇다, 지상의 기준으로 너는 무어냐 말이다."

"남자도 여자도 아니에요."

"흥 그럴 거다. 너 따위 중성이 그자[3]를 둘러싸구 있으니까 죽두 밥두 안 되지 뭐냐 말이다."

"전 그런 건 몰라요. 신께서 오시라는데 빨리……."

"응, 알았다. 오라구 해서 갈 내가 아니다. 고기를 많이 먹구 얼마나 살

---

3 그리스 신화에 나오는 최고의 신 제우스를 가리킴. 그리스 민족의 주신主神으로, 은혜로운 비를 내리게 하는 신이다. 호메로스의 2대 서사시 〈일리아스〉, 〈오디세이아〉 등을 통하여 여러 가지 신화와 전설이 되어 오늘날까지 전해지고 있다. 그리스 신화에서 제우스는 티탄이라고 불리는 거인신족巨人神族 가운데 하나인 크로노스와 그의 아내 레아의 아들이다. 포세이돈·하데스·헤스티아·데메테르·헤라 등의 동생으로, 6형제 가운데 막내이며 누님인 헤라를 아내로 삼고 있다. 제우스는 올림포스산의 신들 위에 군림하고 그 권위는 다른 신들의 권위를 모두 합친 것보다도 위대하였다. 이 작품에서 작가는 프로메테우스와 제우스의 힘 겨루기를 통하여 예리한 문명 비판을 하고 있다.

쪘나. 그렇잖아두, 한번 꼬락서니를 보려던 참에 잘됐다."

"그런 천벌 맞을 소리! 고기라군 냄새만 맡아두 질색이신데."

프로메테우스는 돌아서 손가락으로 멀리 벌판을 가리켰다.

"애, 기집애야!"

"뭐라구? 저더러 기집애라구?"

"내 눈에는 틀림없는 기집애니까 기집애라구 하는 거 아냐?"

"프로메테우스가 기집애라면 천사두 기집애 될까?"

"땅 위에 내려와서까지 주둥아릴 맘대루 놀리다간 큰 코 다칠 줄만 알
아. 여기는 내 땅이란 걸 알아야지. 일찍이 너의 나라에서는 달이어 나타
나라 하니 달이 나타났다지. 여기서는 내가 나타나라는 건 무어든지 나타
나고야 만다. 너 따위 하나쯤이야⋯⋯."

천사는 화가 나서 팽 돌아서 금시 날아가려고 했다. 프로메테우스는
날갯죽지를 부여잡아 주저앉혔다.

"요놈의 기집이, 여기는 내 세계라니까. 눈을 들어 저 아래를 내려다보
아라. 지금 너의 신이 잡아가는 생명이 얼마나 많은지 똑똑히 보란 말이
다. 이 넓은 목장에 짐승과 풀을 뜯어먹고 사는 사람이라는 동물을 길렀
다가 때가 차면⋯⋯ 아 저것 봐, 아인슈타인[4]을 또 잡아가는구나⋯⋯
저렇게 잡아다 먹는 거 아냐, 제멋대로 뛰놀아서 노린내나는 놈은 지옥칸
에 쓸어 넣었다가 염라대왕더러 먹으라 하구, 염란지 무엔지 찌끼나 먹는
더러운 자식⋯⋯ 그리구 티 하나 안 묻은 깨끗한 놈만 골라잡아서는 천
당칸에 비장했다가 살금살금 혼자 먹는 거 아니냐 말이다."

천사는 여기서 일대 충성심을 발휘하였다.

"먹긴 누가 먹어요? 그런 억설[5]루 신성[6]을 모독[7]⋯⋯."

---

4 '상대성 이론'으로 유명한 미국의 물리학자. 아이슈타인이 사망한 해가 1955년이므로 이
 작품의 시간적 배경은 1955년 전후라고 할 수 있다.

5 억설臆說. 근거도 없이 억지로 우기는 말.

6 신성神聖. 신의 숭고하고 존엄함.

"한 번 더 일러둔다. 여긴 내 세계야. 저어기 인도 평야를 봐라. 기차가 달리지? 너의 나라에 기차가 있던? 그보다 더 큰 걸 보여줄까? 태평양 저쪽을 좀 보기로 합시다, 숙녀께서. 저 무럭무럭 일어나는 것이 원자탄[8]이란 거야. 나는 유형지流刑地[9] 이 지상에서 내 자유를 창조하고 내 방향을 결정하고 내 환상을 구현했어…… 저런 것두 신이 주신 거라구 공을 가로채진 않겠지……."

"그렇게 어려운 건 난 몰라요. 하지만 신이 사람을 잡아먹다니, 이런 벼락맞을 소리가 어딨어요?"

"흥, 안 잡아먹어? 얘, 깨끗이 살아서 천당[10]인가 극락[11]인가 한 데 들어갔던 석가니 공자니, 이순신이니, 아우구스티누스[12]니 다 어디 갔어? 잡아서 날고기를 먹지 않았나 말이다."

천사는 할 말이 있을 듯하면서도 무어라 대답해야 할지 몰라 딴전을 쳤다.

"늦었다구 큰일 날 텐데 어서 갑시다."

"신의 명령을 거역하면 너의 윤리로는 최대의 죄악이지. 가 보려무나."

"아이 참, 모시구 오라구 하셨는데."

프로메테우스는 껄껄 웃었다.

"허허…… 모시구 오라는 걸 못 모시구 가두 큰 죄지. 성가신 시어머니 모시기보다두 더 골치 아프겠다. 불쌍하구나."

"딴소리 말구 빨리 가요."

---

7 모독冒瀆. 욕되게 하는 것을 가리킴.
8 원자폭탄. 우라늄·플루토늄 등의 원자 핵분열로 생기는 에너지를 살상 또는 파괴 목적에 이용한 폭탄. 1945년 7월 16일 뉴멕시코주 남부 사막에서 시험 폭파를 한 후 이해 8월 6일 처음으로 일본 히로시마, 나가사키에 실제로 투하되었다.
9 귀양살이 하는 곳.
10 기독교에서 말하는 천국天國. 은총과 축복이 가득한 곳.
11 극락極樂. 불교에서 말하는, 지극히 안락하고 자유로운 세상.
12 철학자이자 사상가. 초대 그리스도교 교회가 낳은 성인聖人이기도 하다.

천사는 발을 동동 굴렀다.

"가지, 그러나 여기 한 가지 조건이 있다. 나는 너의 나라에까진 못 가겠다. 속여서 데려다 놓구선, 껀을 잡아서, 또 쇠사슬에 맬라구. 2천 년을 고생했으니 그만 건 다 알구 있어. 가서 이렇게 말해라. 중립 지대에서 만나잔다구. 신의 세계와 내 세계의 중간 말이다."

천사는 또 발을 굴렀다.

"아이 빈정대지 말구 어서 가세요."

"요놈의 계집이, 이것은 최대의 양보다! 이게 싫거든 여기 와서 만나라구 해라!"

프로메테우스가 소리를 빽 지르자 천사는 겁을 집어먹고 날아가 버렸다.

그림자같이 밤낮 따라다니는 천사를 코카서스로 보내고 나서 신은 혼자 조용히 앉아 투명한 아인슈타인의 얼[13]을 집어삼켰다. 연전에 모한다스 K. 간디[14]의 얼을 씹어 먹은 이후 처음 맛보는 성찬이었다.

간디는 자기의 진지한 충복이었다. 깨끗한 맛은 있어도 이렇다 할 반응은 없었다. 그러나 이번 아인슈타인의 경우는 일종의 흥분까지 느꼈다. 자기에게 충실하면서도 90도의 직각으로 달아나는 이 자의 얼은 푸등푸등한 물고기를 잡는 맛이 있었다.

널찍한 아메리카 벌판에서 말 한마디로 지구 전체를 쩡쩡 울리는 이 고기를 그물로 넹쿵 떠올렸을 때의 감격이란 이루 형언할 수 없었다. 그 물 속에서 훌쩍훌쩍 뛰는 것을 숨통을 한 대 갈기니 옆으로 쓰러졌다. 아담과 이브의 풍속을 따라 아니꼽게 걸친 옷을 잡아 벗기고 한 주먹으로 쓱 쳐드니, 티 하나 없이 미끈하고 투명했다.

맑은 수증기 속에 잠깐 담갔다가 다시 끄집어내 가지고 자색 구름에

---

13 영혼. 정신.
14 인도의 민족운동 지도자이자 사상가. 인도에서는 '독립의 아버지'라고 불린다.

걸터앉아 먹기 시작하였다. 봄바람이 산들산들 불어 왔다. 광활한 세계였다. 거칠 것이 없었다. 기분이 좋았다. 절대를 부인하는 상대성[15]의 원심성[16]은 후추가루같이 짜릿짜릿한 맛이 있었다.

먹다가 곁눈을 팔았다. 신은 깜짝 놀랐다. 프로메테우스란 놈이 쇠사슬을 끊었다. 이것은 일대사가 아닐 수 없었다. 여태까지는 제 아무리 수작을 부린다 하여도 내 사슬에 얽매어 있었거늘, 거기는 넘을 수 없는 제약이 있었다. 그러나 사슬에서 풀려 나왔다는 것은 무한한 자유를 의미한다. 내 목장을 송두리째 약탈할 최대의 위기다.

프로메테우스가 왼눈을 똑바로 뜨고 쳐다본다. 신은 질렸다. 예전같이 젊어서 기운이나 팔팔하면 단박 내려가서 없애 버리겠지만, 이젠 늙어서 그 힘이 없다. 더구나 지상에는 프로메테우스균이 우글우글하는 판이다.

프로메테우스가 천사의 날갯죽지를 휘감아 쥐고 무어라고 중얼거린다.

"저놈이 저렇게까지 시건방지게 됐나? 조화가 무쌍하기에 좀 불러다가 톡톡히 훈계를 하려고 했는데……."

땅 둘레는 온통 프로메테우스 왕국으로 전화하고, 이번에는 자기가 이 고장에 유형을 당하는 신세가 될 판이다.

다가오는 검은 구름을 입바람으로 불어 버리고 유심히 내려다보았다. 지상은 날라리판[17]이었다. 활개치는 프로메테우스의 아들딸들은 괴상한 곡에 맞춰서 룸바[18]를 추고 있었다. 산과 들과 강과 바다, 앉아 돌아가고 거꾸로 돌아가고 서서 돌아가고, 입춤 · 어깨춤 · 팔춤 · 다리춤, ─내일은 없고 오늘만이 존재하고 자기만이 으뜸이고 남은 보잘것없고, 긁어서 속여서 빼앗아 배만 채우면 그만이었다.

자기의 아들딸들은 교회니 절간이니 성당이니 하는 케케묵은 집에 모

---

15 아인슈타인이 제창한 현대물리학상 중요한 이론인 '상대성 이론' 을 말함.
16 원심성遠心性. 원운동을 하는 물체가 운동의 중심으로부터 멀어지려고 하는 성질.
17 건들거리고 빈둥거리는 사람들이 모여드는 장소.
18 쿠바 등지에서 비롯된 춤. 1930년경부터 전 세계로 전파되어 사교춤으로 유행했다.

여 들어 가느다란 모가지를 빼들고 장단도 안 맞는 노래를 부르다가는 무어라고 중얼거리며 기도라는 것을 한담시고 입을 놀리고 있었다. 입만 놀리면 천하 대사가 저절로 풀리는 줄 아는 모양이었다. 거기다가 또 슬금슬금 곁눈을 판다. 룸바 곡이 그리운 모양이었다.

기척도 없이 부는 바람에 백발이 날렸다. 신은 정신 없이 지상을 내려다보면서 생각에 잠겼다. 목장의 황폐는 이루 형언할 수 없었다.

그렇다고 프로메테우스는 결코 왕기王器[19]는 아니다. 재치 있는 회계관은 될지언정 왕기는 못 된다. 지知로 시종할 뿐 덕이 없다. 결국 지상은 무주無主[20]의 땅이 될 것이다. 분립, 항쟁의 마당이 될 것이니, 나도 프로메테우스도 아닌 무지의 유령이 억센 팔뚝으로 휘감아 쥐고 짓밟아 제패할 것이다.

길은 오직 하나 있을 뿐이었다. 프로메테우스와 손을 잡는 것이었다. 2천 년 풍상에 갈고 닦은 그의 머리를 내 회계관으로 이용하는 데 있다.

신과 프로메테우스는 중립 지대 구름 위에서 1대 1로 회담을 열었다. 멀리 지상 풍경은 한 폭의 파노라마같이 눈에 들어왔다. 뚱뚱한 신은 숨이 차서 허덕이고, 초췌한 프로메테우스는 두 눈만 유난히 반짝인다. 신은 한바탕 트림을 하고 이빨을 쑤시면서 말했다.

"그동안 잘 있었느냐?"

프로메테우스는 입을 한 번 삐쭉하면서 흘겨보고 코웃음을 쳤다.

"쇠사슬에 얽어매 놓구 죽기만 기다리던 양반이 잘 있었느냐구? 도대체 그런 말이 어디서 나오는 거요?"

신은 눈을 부릅떴다.

"이놈, 내가 누군 줄 알고 함부로 입을 놀리는 거냐?"

---

19 왕이 될 만한 자질.
20 주인이 없는.

지상에서는 신과 프로메테우스의 괴뢰[21]들이 제각기 자기가 옳다고 자기가 잘났다고 팔뚝질을 하였다.

비오 12세[22]는 외쳤다.

"종교분열 이후 교계를 어지럽힌 모든 종파는 자기의 잘못을 회개하고 카톨릭으로 귀정[23]하라."

몰로토브[24]는《프라우다》지[25]에 대서 특기하였다.

"모든 종교는 아편이다. 가장 과학적인 유물변증법만이 진리다. 모든 종교를 타도하자. 부르주아적 지식 체계를 하루바삐 청산하라. 지상에서 자본주의 국가를 말살하자."

비구승[26]과 대처승[27]은 한국 각처에서 어둠을 헤치고 주먹질을 하였다.

"너 같은 것두 중이냐? 파계하구, 술 먹구, 계집질하구, 감투 운동하는 작자가 무슨 중이냐? 절간은 내 절간이다. 내놓으란 말이다. 이 자식아!"

"너같이 시대에 역행하구 거지 노릇 하는 케케묵은 송장 같은 자식이 무슨 중이란 말이냐? 시대가 달라졌단 사실을 알아야지. 절간은 내 절간이다. 얼씬하다간 모가지를 비틀어 죽여 버린다, 이 도둑놈아!"

부흥회에서 설교하던 장로와 목사는 책상을 두드리며 외쳤다.

"세상을 구할 자는 오직 우리 장로교[28]밖에 없습니다. 천주교에서 구호 물자를 많이 준다고 그리로 달아나는 사람은 이를테면 구할 수 없는 마귀의 꾀임에 빠진 것입니다. 여러분 그렇게 물질이 그립습니까…… 자, 다 같이 마음을 가라앉히고 주기도[29]를 올립시다. 하늘에 계신 우리

---

21 괴뢰(傀儡). 꼭두각시.

22 피오스 12세. 1939년부터 1958년까지 재위한 로마의 교황.

23 귀정歸正. 바른길로 돌아오는 것.

24 러시아의 정치가이며 외교관이다. 제2차 세계대전 당시 외무장관을 지냈고 1953년 스탈린 사망 후 다시 외무장관이 되었다.

25 러시아의 모스크바에서 발행되는 일간 신문. 1912년 창간했다.

26 결혼하지 않은 중.

27 결혼한 중.

28 그리스도교의 개신교 교파 가운데 하나.

아버지 이름을 거룩하게 하옵시며…… 우리를 시험에 들지 말게 하옵시
고 다만 악에서 구하옵소서. 대개 나라와 권세와 영광이 아버지께 영원히
있사옵나이다. 아멘."

프로메테우스는 못마땅해서 옆을 향하여 휘파람을 불었다. 신이 일찍
이 이렇게 무엄한 놈은 본 일이 없었다. 화가 치밀어서 온몸이 떨렸으나
참을 수밖에 없었다. 침을 꿀꺽 삼키고 억지로 웃음까지 띠었다.

"저걸 좀 내려다보아라. 과거는 잊어버리자. 저걸 수습해야 할 거 아니
냐? 요컨대 너와 나의 싸움이니 적절히 타협하잔 말이다."

프로메테우스는 머리를 흔들었다.

"그게 역사죠. 역사는 당신과 나의 투쟁의 기록이니까."

"그러나 이건 진전이 아니란 말세다."

"당신의 종말이 가까웠으니까……."

"내 종말은 즉 세상의 종말이 아니냐?"

"흥, 그거 또 괴상한 얘기로군."

사르트르**30**는 입에 거품을 물면서 열변을 토하였다.

"일찍이 나는 신으로부터의 자유를 부르짖었습니다. 인간의 제약성 중
에서 가장 뿌리 깊은 것이 무엇인지 아십니까? 그것은 신입니다. 신은 로
고스라고 자인하지 않았습니까? 그것은 설사 실제로 우주를 창조했다 할
지라도 단 한 번밖에 없는 현상입니다. 조작된 이 현상의 관념이 천당과
지옥을 들고 우리를 협박하고 있는 것입니다. 이것을 분명히 인식하고 자
기 창조의 길을 선택하느냐 못하느냐, 여기 인생의 기로가 있는 것입니

---

29 예수 그리스도가 제자들에게 직접 가르쳐 준 기도. 전문은 다음과 같다. "하늘에 계신 우
리 아버지여, 이름이 거룩히 여김을 받으시오며, 나라에 임하옵시며, 뜻이 하늘에서 이
룬 것같이 땅에서도 이루어지이다. 오늘날 우리에게 일용할 양식을 주옵시고 우리가 우
리에게 죄 지은 자를 사하여 준 것같이 우리 죄를 사하여 주옵시고, 우리를 시험에 들게
하지 마옵시고 다만 악에서 구하옵소서. 대개 나라와 권세와 영광이 아버지께 영원히 있
사옵나이다. 아멘."
30 프랑스의 실존주의 작가. 1964년 '노벨문학상'을 거부해서 화제가 되었다.

다. 이 용단이야말로 겹겹으로 싸여 있는 자아[31]의 감옥 창살을 부수고 무한과 영원과 전체와 일치하는 계기를 이루는 것입니다."

수상의 자리에서 떨어진 길전무吉田茂[32]는 화가 나서 어둠을 타고 몰래 명치 신궁[33] 앞에 세 번 절하고 손뼉을 딱딱 쳤다.

"메이지 덴노사마[34], 하토야마[35]란 놈을 하루속히 죽어 자빠지게 하옵소서. 내가 덴노사마의 손주가 불쌍해서 다시 한 번 가미사마로 떠받들려구 공작하는 도중에 이놈이 훼방을 놓았으니 가미카제〔神風〕[36]를 획 불려서 반대당을 모조리 싹 쓸어가 버리소서."

바오다이[37]는 리비에라 별장에서 발가숭이 첩을 싹싹 어루만지면서 젖통을 쪽쪽 빨았다. 아까 도박에서 잃은 5만 불이 약간 아깝지만 하는 수 없었다.

"고 딘 디엠이란 놈이 건방지게스리 나를 파면해? 내가 저를 파면한다는 건 말이 돼두. 그까짓 나라야 망하건 말건, 마담, 나는 당신이 좋아."

"사내가 그게 뭐유? 더구나 대낮에. 일국의 원수가 이게 무슨 꼴이우? 하여튼 오늘은 잘해 주께 내일은 어서 돌아가 3군의 선두에 서서 레오니다스[38]처럼 목숨을 걸고 싸우시이소야."

---

31 자아自我. 대상의 세계와 구별된 인식과 행위의 주체인 나.

32 일본의 정치가. 제2차 세계대전 후 제1차 요시다 내각을 조직하고 총리를 지냈다.

33 일본의 근대화를 주도한 메이지 왕과 왕비를 기리기 위하여 1920년에 건립한 신궁이다.

34 천황.

35 일본의 정치가. 요시다 시게루의 라이벌. 1945년 일본자유당 창당, 1952년 중의원 의원, 1954년 일본민주당 창당, 내각 총리.

36 가미〔神〕는 신, 카제〔風〕는 바람이라는 뜻. 즉 '신이 일으키는 바람'이라는 뜻이다. 일본인들의 말로는 고려 시대 몽고군을 막아 준 것도 '가미카제' 덕분이었고, 제2차 세계대전 당시 육탄 공격으로 미군을 공격했던 비행기 이름도 '가미카제 특공대'였다.

37 베트남 구엔 왕조의 마지막 황제. 1926년 13대 황제로 즉위, 제2차 세계대전이 끝난 직후인 1945년 9월 호치민이 베트남민주공화국 독립을 선언하자 퇴위하여 이 정권의 고문이 되었다가 1946년 홍콩으로 망명하였다. 1949년 프랑스와의 협약에 따라 베트남 원수元首로 취임하였으나 방탕한 생활을 계속하므로 민심이 이반하여 1954년 국민투표에서 총리 고 딘 디엠에게 패배하였다.

38 기원전 5세기의 스파르타의 왕. 페르시아 군이 침입하자 이에 맞서 싸우다.

"듣기 싫어, 다릴 좀더 벌려. 쥬땜므.[39]"

종로 기생은 노래를 불렀다.

"인생 일장춘몽이니 아니 놀지를 못하리라."

백발을 바람에 날리면서 신은 크게 한숨을 지었다. 프로메테우스는 한편 가엾기도 하지만 이가 갈리게 고초를 겪은 생각을 하면 건드리지 않을 수가 없었다.

"백만 년을 두고 성령의 피를 빨았으니 이제 그 독재의 임종을 슬퍼하는 길입니까?"

신은 묵묵히 앉아서 멀리 지상계를 내려다보면서 지극히 감개무량한 표정이었다. 이윽고 그는 장탄식[40]을 하였다.

"허허— 생각하면 세상도 변했구나⋯⋯. 그러나 만물의 씨를 뿌려야 하고, 길러야 하고, 때가 오면 목을 잘라서 없애 버려야 하는 내 일도 결코 쉬운 일은 아니었다. 너희들은 이것을 신의 독재라 하고 신의 호사라 하지만, 절대로 그렇지 않다. 시지프스의 운명[41]을 신의 형벌이라고 하지 말아라. 그것은 스스로 마련한 길이었다. 나도 일정한 궤도를 달려서 오늘에 이르렀다. 이것은 내가 택한 나의 무거운 짐이었다."

김 국장은 흥에 겨워서 기생을 껴안았다.

"너 오늘 밤 나하구 안 잘래?"

허 사장은 한잔 술을 부어 공손히 대감께 바쳤다.

---

39 영어의 'I love you'와 같은 뜻의 프랑스어.

40 장탄식長歎息. 긴 한숨을 내쉬며 탄식함.

41 신을 속인 죄로 시지프스가 저승에 끌려가니 그곳에는 가혹한 형벌이 기다리고 있었다. 높은 바위산 기슭에 있는 큰 바위를 산꼭대기까지 밀어 올리는 것이었다. 시지프스는 온 힘을 다하여 바위를 꼭대기까지 밀어 올렸다. 그러나 바로 그 순간 바위는 다시 밑으로 굴러 떨어졌다. 시지프스는 다시 바위를 밀어 올려야만 했다. 그리하여 시지프스는 다시 굴러 떨어질 것을 뻔히 알면서도 산 위로 계속 바위를 밀어 올려야 하는 영겁의 형벌을 받는다. 여기서 말하는 시지프스의 운명은 이것을 뜻하는 것이다.

"사업이 이만큼 된 것은 그저 대감 덕택이올시다. 앞으로 조금만 더 대부해 주시면 만사형통이겠습니다."

북경 방송은 5개년 계획 제2년도 성과를 발표하였다.

"작년보다 다음 같은 증산을 보였습니다. 강철은 ×%, 자전거는 □%, 밀가루는 △%, %%, %%, %, %, %, %, %%%%%%%%%%%, %, %, %, 평균 ◎%."

프로메테우스는 듣는 둥 마는 둥 하면서 손가락을 딱딱 울렸다. 너는 너, 나는 나라는 태도가 역력히 보였다. 신은 다시 입을 닫치고 멀리 허공을 쳐다보다가 북경 방송에 깜짝 놀란 듯이 정색을 하였다.

"아, 또 협박이로구나. 저 소리만 들으면 온몸이 오싹오싹한다. 노끈을 가지고 각각으로 목을 졸라매는 것만 같구나. 너는 너의 안티테제[42] 앞에 그냥 범연히 앉아 있을 수 있느냐?"

"남의 걱정이 좀 지나치지 않을까요?"

한마디 던지고 그는 돌아앉았다. 신은 힐끔 쳐다보다 입맛을 다셨다.

"지나치게 자기 재주를 믿는 것도 사고야. 이제 막다른 골목이라는 것을 알아야지."

"막다른 골목에도 빠질 구멍은 있답니다."

"강철에도 구멍이 있다더냐?"

"뚫으면 있죠."

"자신도 도를 넘으면 오만이야."

히로히도[43]는 황실 생물학 연구소에서 미꾸라지를 만지작거리다가 오줌이 마려워서 사루마다[44]에 몇 방울 똑똑 떨어뜨리면서도 늠름한 태도

---

42 정립定立의 상대되는 말. antithese. 이것은 정립의 부정 또는 반대를 말한다. 사물의 발전단계에서 맨 처음 상태가 부정되고 새로이 나타난 상태를 말한다.
43 제2차 세계대전 당시 항복 성명을 읽은 일본 왕.

로 변소에 갔다. 아끼히도[45]는 목간통에서 모가지의 때를 벗기다가 음모에 흥미를 느끼고 자로 재 보았다. 최장 1촌 5푼, 최단 3푼. 나세르[46]는 카델 오다[47]의 유령을 보고 기겁을 했다. 그는 정신 없이 외쳤다.

"나기부[48]는 오다의 일파다. 지식 분자의 앞잡이다. 지식 분자를 숙청해라. 힘은 무지의 아들이다. 애급[49] 천하에서 지식을 없애라!"

성격분열증에 걸린 이정민은 중절모를 넌지시 젖혀 쓰고 종로 3가 여관 대문간 방을 뚫어지게 들여다보면서 알맞는 여성을 물색하는 중이었다. 지게꾼 개똥쇠는 하루 품삯 200환에서 20환을 떼어 막걸리 한잔 걸치고 남대문 지하실로 휘청거리며 들어갔다.

김 목사는 강 전도부와 교회 뒷간에서 키스하였다. 금산사 주지 박 스님은 개고기에 약주 한잔 얼근히 취해서 장 과부를 껴안았다. 유 강도는 황 집사네 만딸을 강간하는 중이었다. 뇌물을 받아 먹고 예심으로 형무소에 갇힌 법관은 고물고물[50] 생각하였다.

"……가만있자, 그자는 수십 년 친구라구 해 두자. 친구끼리 돈을 주고받는다, 이건 무상으로 할 수 있는 노릇이니까…… 그렇지, 빠질 구멍은 여기 있겠다."

덜레스[51]는 성명서를 발표하였다.

"중공[52]이 이 이상 한 걸음이라도 자유 세계의 영역을 침범할진대 대

---

44 남자용 팬츠를 가리키는 일본말.
45 히로히도의 아들. 현재 일본 왕이다.
46 전 이집트 대통령. 1952년 쿠데타에 성공하여 혁명위원회의 지도자가 되었고 1954년 총리, 1956년 대통령에 선출되었다. 수에즈운하를 국유화하고 1958년 아랍연합공화국 대통령으로 선출되었으나 1970년 심장마비로 죽었다.
47 나세르의 정치적 라이벌.
48 이집트 군인 · 정치가. 1952년 나세르와 함께 쿠데타를 일으키고 1953년 이집트 초대 대통령이 되었으나 나세르와 대립하다가 1954년 실각하였다.
49 애급埃及. 이집트를 표기하는 한자어.
50 떡고물은 뇌물을 가리키는 속어. '고물고물' 역시 뇌물을 가리킨다.
51 1950년대 아이젠하워 정부 시절 미국 국무부장관을 지낸 인물.
52 현재의 중국. 중국과 국교를 맺기 전까지는 중공中共이라고 불렸다.

량 보복을 각오해야 할 것이다. 이것은 적당한 시기와 적당한 장소에서 원자탄을 포함하는 모든 무기에 의한 대량적 보복을 의미한다."

네루[53]는 혼자 중얼거렸다.

"싸워서는 안 된다. 원자력은 평화 사업에 이용해야 한다."

원자력 위원장 스타라우스는 TV에서 말했다.

"새로 나온 수소탄[54]의 위력은 도저히 상상조차 할 수 없는 정도이기 때문에 그 실험을 중지한 것입니다."

네바다에서는 또 원자탄이 터졌다.

신과 프로메테우스는 말없이 마주앉았다. 무한과 영원이 교차하는 점에 구원의 정적을 간직한 침묵이었다. 프로메테우스는 침묵이 싫고 성지가 싫었다. 네바다에서 터지는 원자탄 소리에 그는 신이 나서 무릎을 쳤다.

"원자탄이 터지는구나. 아, 기분이 좋다."

프로메테우스의 거동을 뚫어지게 보던 신은 조용히 말했다.

"그것은 내 큰 실수였다. 일찍이 나는 너를 잘못 보았다. 만물, 어느 것이나 한 번 스타트한 것은 제자리에 머물러 있지 않듯이, 지知도 구르고 유발하고 비약한다는 것을 생각지 못하였다. 이 관성의 법칙을 최고도로 발휘한 것은 너 프로메테우스일 게다. 옛날 불을 훔쳐가던 프로메테우스는 살금살금 내 지혜를 훔쳐서 이제 너는 이를테면 지의 로고스[55]다. 그러나 지라는 것은 다양성, 분열 대립성이 있어서 폭발은 되어도 용해는 안 된다는 것을 알아야 한다. 이제 너두 극한에 가까운 듯하구나."

이정민은 골라잡았다. 엉덩이가 유난히 큰 계집이었다. 다른 여자들은 킥킥 웃었다. 정민은 눈을 흘기고 엉덩이와 함께 다른 방으로 나가려는

---

53 인도의 정치가. 간디의 후계자.

54 수소폭탄. 수소의 원자핵이 융합하여 헬륨의 원자핵을 만들 때 방출되는 에너지를 살상·파괴용으로 이용한 폭탄. 1952년 미국, 1953년 소련이 실험에 성공하였다.

55 사물의 존재를 한정하는 보편적인 법칙이며 행동이 따라야 할 준칙. 이 법칙과 준칙을 인식하고 이를 따르는 분별과 이성을 의미한다.

판이었다.

"하필이면 항아리 같은 엉덩일 골라잡아?"

"눈깔이 아니라 뜸자리지."

"고년 석 달 만에 처음 맛을 보겠구나."

안방으로 들어간 줄만 알았던 정민은 어둠 속에서 구두를 찾다가 문을 확 열어젖히고 두 눈을 부라렸다.

"이 더―러운 년들아, 내가 엉덩이 보러 왔지 상판 보러 온 줄 알았더냐?"

프로메테우스는 일어서 발끝으로 장단을 맞추면서 콧노래를 불렀다. %[56]는 계속 되었다. 신도 천천히 일어서 그의 어깨에 손을 얹고 타일렀다. 그러나 그는 외면을 하고 있었다.

"프로메테우스, 이것이 공동의 위기라는 것을 알아야 한다. 아까도 말했지만, 너한테는 종합적 기준이 없어. 네 아무리 자신이 있다 하여도 분립 폭발 충돌을 거듭하는 과정에서는 남의 밥밖에는 될 것이 없다. 다행히 나에게는 기준이 있어. 아니 나는 보편적 기준 자체다. 그러니 우리가 합쳐야만 살 길이 트인다는 말이다."

"그래서?"

"나를 도와 달란 말이다."

"어떻게요?"

"내 부하가 돼서 내 시키는 대로 해 달란 말이다."

프로메테우스는 배를 걸어안고 너털웃음을 쳤다.

"허허…… 허허……, 영감님. 프로메테우스는 아리스토텔레스[57]는 아닙니다요."

신은 고개를 숙이고 눈만 깜빡였다.

애란[58]의 메마른 땅을 갈던 농부 마틴은 보습에 걸려 나온 켈트족[59]의

---

56 북경 방송의 경제 개발 실적을 발표하는 %를 가리킨다.
57 고대 그리스의 유명한 철학자. 프로메테우스가 자기는 결코 아리스토텔레스처럼 지혜로운 철학자가 아니라는 뜻으로 비아냥대고 있음.

두개골을 발길로 찼다.

"더―러워서, 오늘은 재수 없게 이 따위가 다 튀어나와."

이 대학생, 김 대학생, 주 대학생, 안 여자대학생은 비밀 댄스홀에서 춤을 추다가 걸상에 걸터앉아 맥주를 마시면서 한숨 돌리고 재잘거렸다.

"평론가 K는 돼먹지 않았다. M은 그 따위로 소설가라구? T는 케케묵은 자식이 데데해서. 그 원 참 사르트르, 카뮈,[60] 카프카,[61] 리처즈,[62] 포크너,[63] 헤밍웨이,[64] 모리아크,[65] 리드, 스펜더,[66] 알베레스[67] 무어니 무어니 해두 한국에서는 우리가 제일이다. 이런 이름은 아무도 모를 게다."

"얘 가만 있자, 쥬리안 반다가 어떤 사람이더라?"

"쥬리안 반다가 무어냐?"

"하여튼 불란서 사람인 것만은 아는데. 에에또 너의 집에 인명사전이나 문예사전이 없니?"

"없다!"

"시시한 소리 말구 맥주나 마셔, 마드모아젤 안, 왈츠 한번 춥시다."

"얘 정다산丁茶山[68]이 어딨는 산이니?"

"전라도쯤 있겠지 그까짓 건 그렇구, 에라스무스란 게 무슨 뜻이니?"

"에라는 에로에 통하구, 스무스는 정확하게 발음하면 스무―쓰니까 결

---

58 애란愛蘭. 아일랜드.

59 켈트족은 인도와 유럽어족의 일파로 기원전 2천 년경부터 유럽에 흩어져 살고 있던 민족이다. 원래 독일 일대에 거주하였으나 호전적인 민족성과 강력한 철기 문화를 바탕으로 남하하기 시작하여 프랑스, 영국 지방으로 진출했다.

60 〈이방인〉, 〈시지프스의 신화〉로 유명한 프랑스 작가.

61 〈성〉, 〈변신〉, 〈심판〉을 쓴 작가.

62 영국의 문예비평가. 대표작에 〈문예비평의 원리〉(1924)가 있다.

63 윌리엄 포크너. 미국의 작가. 대표작에 〈음향과 분노〉 등이 있다.

64 〈무기여 잘 있거라〉, 〈노인과 바다〉 등으로 유명한 미국 작가.

65 1952년 노벨문학상을 수상한 프랑스 소설가. 대표작 〈파리새 여자〉가 있다.

66 스티븐 스펜더. 영국의 세계적 시인.

67 프랑스의 문예비평가.

68 조선 후기 실학자 정약용丁若鏞을 가리킨다. 다산은 그의 호.

국 연애가 잘돼 간다는 뜻이지 뭐야!"

잘난 학생들은 입을 놀리고, 왈츠 곡은 울리고, 이정민은 깔고 누웠던 여자를 밀어젖히고 벌떡 일어나 앉았다. 어둠 속에서 허덕이는 자기의 자세가 너무나 역력히 눈앞에 떠오른 것이었다.

"인테리 근성."

그는 이렇게 중얼거렸으나 환상은 어쩔 수 없는 중압으로 육박해 왔다. 또 발작이 일어났다. 아무 저항 없는 공기도 겹겹이 싸인 성벽같이 느껴졌다. 벗어나려고 몸부림쳤다.

"후후우, 이놈의 세상은 왜 이렇게 나만 못살게 구는 거야! 응, 신? 후우 이름이 좋아 신이더냐? 그렇게 은총이 철철 흐르는 작자가 왜 내가 아오지 탄광에서 강제노동 할 때 손톱 하나 까딱 안 했느냐 말이다. 내게 힘없는 것만이 탈이다. 힘만 있어 보아라, 찢구 받구 부수구 모조리 녹초를 만들어 없애 버린다. 후우 이 더러운 년이 모가지를 쑥 잡아 뺄라, 어서 내 앞에서 없어지지 못하느냐!"

주먹으로 뒤통수를 한대 갈기고, 버둑거리는 것을 발길로 찼다. 모자부터 집어쓰고 아무렇게나 옷을 주워 걸치고는 휘청거리면서 대문 밖에 나섰다. 여자가 뒤를 따라나와 악을 썼다.

"이 도둑놈아 사람은 왜 치는 거야아!"

이정민은 서슴지 않고 협낭에서 돈 한 뭉치 집어서 냅다 던졌다.

"옛다 이걸 받아 먹구 하루 빨리 죽어 자빠져라."

안 여자대학생은 왈츠에 지쳐서 땀이 흐르고 길전무吉田茂는 층층대를 내려오고, 박 스님은 장 과부와 입을 맞췄다.

세상은 부글부글 끓었다. 걷잡을 수 없는 혼돈 속에서 교지狡智와 폭력과 간악[69]이 활개를 치면서 신의 옆구리를 차겠다고 날치는 판이었다. 신

---

69 간악奸惡. 간사하고 악독함.

의 얼굴에는 결심의 빛이 나타났다.

"정녕 안 되겠느냐?"

프로메테우스는 응수하였다.

"영감이 한번 내 부하가 되시구려!"

신은 발을 굴렀다.

"이놈, 이 무엄한 놈아! 나는 나다!"

"나두 나죠."

"어쩔 테냐!"

"흥."

"맘대루 해라!"

"맘대루 해라!"

회담은 5분간에 끝나고 제각기 자기 고장을 향해서 아래 위로 떠났다. 도중에서 신은 혼자 중얼거렸다.

"아! 이 혼돈의 허무 속에서 제3 존재의 출현을 기다리는 수밖에 없다. 그 시비를 내 어찌 책임질쏘냐."

이정민은 행길에 나서 크게 숨을 내쉬었다.

"후우, 세상은 여전하구나, 지이프 차두 가구, 앗다 기생은 웃구, 하이야[70]가 달리구. 사내자식은 휘청거리구, 더러웁다 더어러워. 관성의 법칙[71]이로구나."

1955년 《사상계》

---

70 택시.

71 정지하고 있던 물체는 계속 정지하려는 성질을 갖고, 운동하는 물체는 계속해서 운동을 하려는 성질을 갖는 것을 말한다. 예를 들어 정지하고 있던 버스가 갑자기 출발하면 우리의 몸은 순간 뒤로 쏠리게 되는데, 이는 정지하고 있던 우리 몸이 계속 정지해 있으려는 관성에 의해 몸은 그대로인데 차만 앞으로 가게 되어 순간 뒤로 넘어지는 것이다. 반대로 버스가 갑자기 급정거를 하게 되면 계속 움직이려는 관성에 의해 몸은 계속 운동하여 앞으로 가는데 차는 멈추게 되어 몸만 앞으로 쏠리게 되는 것이다.

전광용

|1919 ~ 1988|

함경남도 북청에서 태어나다. 1946년 경성고등상업학교, 1951년 서울대학교 국문과, 1953년 서울대 대학원을 졸업하다. 학생 시절부터 문학에 심취하여 1939년《동아일보》신춘문예에 〈별나라 공주와 토끼〉가 입선하고, 1947년 '시탑詩塔' 동인으로 활동하다. 1955년에 단편 〈흑산도〉가 《조선일보》신춘문예에 당선하면서 작가생활을 시작하다. 1962년 〈꺼삐딴 리〉로 제7회 '동인문학상'을 받다. 1955년부터 1984년까지 서울대 국문과 교수로 재직하다. 1973년 문학박사 학위를 받고 1974년 펜클럽한국본부 부회장, 1980년 한국비교문학회 회장을 맡다. 호는 백사白史.

대|표|작

단편 〈사수〉(1959), 〈충매화〉(1960), 〈목단강열차〉(1974), 장편 〈창과 벽〉(1967), 〈태백산맥〉(1978) 등이 있다.

　〈꺼삐딴 리〉는 일제강점기와 8·15해방, 6·25전쟁 등 민족의 수난기를 역사적 배경으로 삼아 그때그때 시세를 좇아 살아가는 한 의사의 삶을 제시하여 민족적 운명의 비극을 형상화한 작품으로, 우리 현대문학 작품 중에서 가장 성공한 '인물소설'로 평가되고 있다. 작가는 주인공 이인국 박사를 통하여 시대적 인간의 전형典型을 보여 준다. 그는 일제 시대 때는 일본인에게, 소련군 점령 시대 때는 소련군에게, 다시 월남해서는 미국대사관 직원에게 아부하는 기회주의자로 설정되어 있다.

　이인국 박사는 종합 병원을 운영하는 의사다. 병원은 매우 정결하나 다른 병원보다 치료비가 갑절 비싸다. 그는 병의 증세보다 경제적 능력을 판단하는 양면 진단으로써 철저히 돈 버는 데 주력한다. 어느 날, 미 국무성 초청을 받기 위하여 미 대사관 직원과의 약속 시간을 맞추려고 회중시계를 꺼내 보다가 30년 전 과거를 회상한다. 이 시계는 제국 대학을 졸업할 때 부상으로 받은 시계다. 이인국은 완전한 황국 신민으로 동화되어 철저히 일본인으로 살아왔었다. 해방이 되자 친일파로 낙인찍혀 감옥에 갇힌다. 그러나 여기서도 스텐코프 장군의 뺨에 붙은 혹을 제거하는 수술에 성공하여 친소파로 돌변한다. 1·4후퇴 때 가족과 함께 월남, 이인국 박사는 미국 점령 치하의 상황에 맞는 처세술로 현실에 적응한다.

　〈꺼삐딴 리〉는 주인공 이인국 박사를 중심으로 그려지는 인물소설이

꺼삐딴 리

다. 처음부터 소설은 이인국 박사의 삶의 방식을 철저히 해부한다. 주인공은 자기 자신의 일신만을 위한 처세술로써 같은 시대인들과는 달리 개인적 영달을 좇는 도덕적 파탄자이다. 이인국은 자기 삶에 대하여 반성하지 않는다. 오히려 정당화한다. 따라서 작가는 이러한 주인공을 지칭할 때 '박사'라는 호칭을 붙여 일정한 거리감을 유지하고 있다. 주인공에 대하여 비판적 시각을 지닌 것이다.

학습길라잡이

구조 분석

- **갈래** 단편소설. 풍자소설.
- **주제** 시류를 좇아 타협하면서 자신의 안일만을 위하여 변절하고 순응해 가는 기회주의적 인간 비판.
- **시점** 3인칭 전지적 작가 시점.
- **배경** 시간적 배경은 일제강점기 말기부터 8·15 해방, 6·25 전쟁, 전쟁 직후 1950년대까지이다. 공간적 배경은 북한과 남한.

등장인물

이 작품은 이인국의 인생 역정과 변신에 초점을 맞추고 있다. 따라서 주변 인물(아들, 딸, 일본인, 소련인, 미국인)들은 이인국의 생애를 파악하는 데 필요한 들러리들이다.

- **이인국** 외과 의사. 인술보다는 돈을 버는 데 몰두하는 이기주의자. 시대의 변화에 민감하게 적응하고 변신술에 능한 기회주의자. 전형적인 변절적 순응주의자.
- **나미** 일제 때 이름은 나미꼬. 미국에 유학 중인 이인국의 딸. 동양학을 전공하는 외국인 교수와 결혼하려고 함.
- **아내** 이인국이 거제도 수용소에 있을 때 죽음.
- **아들(원식)** 해방 후 스텐코프 소좌의 백으로 요직에 있는 당 간부 추천을 받아 소련 유학을 갔으나 생사를 알 수 없는 이인국의 아들.
- **혜숙** 이인국의 20년 연하의 후처.
- **스텐코프** 이인국이 얼굴에 있는 혹 수술을 해 준 뒤로 이인국의 후원자가 되는 소련군 장교.
- **브라운** 미 대사관 직원. 이인국의 미 국무성 초청을 돕는다.

플롯

이 작품은 역순행적 구성과 몽타주 구성이다.

- **발단** 이인국이 미 대사관의 브라운과 약속 시간을 맞추려고 회중시계를 바라보다가 과거를 회상하기 시작한다.
- **전개** 일제 치하 말기 이인국은 일본인에게 아부하여 시의원도 지내고 유명인사로 산다.
- **위기** 해방 직후 친일 행적이 드러나자 이인국은 감옥에 갇힌다.
- **절정** 스텐코프 소좌의 혹을 수술해 준 뒤 극적으로 풀려나 다시 안락한 생활을 누린다.
- **결말** 이인국은 월남하여 영어로 처세술을 바꾼다. 브라운 씨의 도움으로 미 국무성 초청을 받는다.

이것만은놓치지말자

꺼삐딴은 무슨 뜻?

'꺼삐딴'이란 영어 '캡틴 captain'과 같은 뜻의 러시아 말이다. 발음을 제대로 적으면 '까 삐딴'으로 적는데 발음이 와전되어 '꺼삐딴'이 된 것이다. 8·15 해방 직후 소련군이 북한 에 진주하자 '우두머리' 또는 '대장'의 뜻으로 많이 쓰였다.

이 작품은 이인국 박사가 브라운 씨를 만나러 가는 현재의 상황에서 자신의 과거를 회상하는 형식으로 되어 있다. 소설의 서두 부분과 마지막 부분은 현재, 가운데 부분은 과거에 대한 회상이다. 이 과거에 대한 회상 중 잠시 현재가 배경이 되기도 한다. 이런 구성 방식을 가리켜 '타임 몽타주time montage' 구성이라고 한다. 현재와 과거의 진행은 아래와 같다.

- **현재**　이인국 박사의 처세술과 인간성. 회상 매개체 1 : 회중시계.
- **과거**　일제 치하(일어로 처세함).
- **현재**　미 대사관으로 가는 자동차 안. 회상 매개체 2 : 석간신문 머리기사.
- **과거**　광복 후(러시아어로 처세함).
- **현재**　브라운에게 고려 청자를 선물하고 미 국무성 초청을 받다.

이 작품 주인공 이인국 박사와 같은 인물형은 우리 소설에 자주 등장하는 흥미 있는 인간형이다. 예를 들면 김승옥의 〈무진기행〉의 주인공 윤희중, 유진오의 〈김강사와 T교수〉의 T교수가 비슷한 인물이다. 세 사람 다 시세를 좇아 사는 인물이라는 점에서 공통점을 갖는다. 다만 〈무진기행〉의 주인공은 그런 자신의 모습에 회의를 느끼지만 이인국 박사는 아무런 갈등 없이 적극적으로 시세를 좇는다. 따라서 〈무진기행〉의 작가는 주인공에게 연민을 느끼고 있지만 〈꺼삐딴 리〉의 작가는 비판적 시선으로 주인공을 바라보고 있다는 점이 다르다. 오히려 이인국 박사는 유진오의 〈김강사와 T교수〉에 나오는 T교수와 닮은 점이 많다.

깊이생각하기

1. 이 작품은 풍자문학이라고 할 수 있다. 어떤 점에서 그러한지 이야기해 보자.

2. '꺼삐딴 리'라는 인물은 어떤 인물형인가?

3. 이 작품 속에는 과거를 회상하는 매개체가 되는 소품이 두 가지 나온다. 그것은 무엇이며 무엇을 회상하게 만드는지 자세히 알아보자.

4. 만약 이인국 박사의 행위를 비판한다면 어떻게 비판하겠는가? 반대로 이인국 박사를 옹호한다면 어떻게 옹호하겠는가?

꺼삐딴 리

◉

수술실에서 나온 이인국李仁國 박사는 응접실 소파에 파묻히듯이 깊숙이 기대어 앉았다.

그는 백금 무테 안경[1]을 벗어 들고 이마의 땀을 닦았다. 등골에 축축이 밴 땀이 잦아 들어감에 따라 피로가 스며 왔다. 2시간 20분의 집도[2] 위장 속의 균종菌腫[3] 적출. 환자는 아직 혼수 상태에서 깨지 못하고 있다.

수술을 끝낸 찰나 스쳐 가는 육감, 그것은 성공 여부의 적중률을 암시하는 계시 같은 것이다. 그러나 오늘은 웬일인지 뒷맛이 꺼림칙하다.

그는 항생질 의약품이 그다지 발달하지 않았던 일제 시대부터 개복수술[4]에 최단 시간의 기록을 세웠던 것을 회상해 본다.

맹장염이나 포경 수술, 그 정도의 것은 약과다. 젊은 의사들에게 맡겨 버리면 그만이다. 대수술의 경우에는 그렇게 방임할 수만은 없다. 환자 측에서도 대개 원장의 직접 집도를 조건부로 입원시킨다. 그는 그것을 자랑으로 삼아 왔고 스스로 집도하는 쾌감을 느꼈었다.

그의 병원 부근은 거의 한 집 건너 병원이랄 수 있을 정도로 밀집한 지

---

1 백금은 은백색을 띠는 귀금속. 순금보다 비싸고 단단하다. 그래서 백금으로 만든 테 없는 안경은 여간 부자가 아니고서는 쓸 수 없는 안경이다. 이인국 박사가 돈이 많다는 것을 뜻한다.
2 칼(메스)을 잡고 수술을 하는 것.
3 혹과 비슷하게 생긴 종기. 세균이 침입하여 생긴다.
4 배를 째고 하는 수술.

읽자읽자 우리 소설

330

대다. 이름 없는 신설 병원 같은 것은 숫제 비장날 시골 전방[5]처럼 한산한 속에 찾아오는 손님을 기다리고 있는 형편이다.

그러나 이인국 박사는 일류 대학병원에까지 손을 쓰지 못하여 밀려오는 급환자들 틈에 끼어 환자의 감별에는 각별한 신경을 쓰고 있다.

그것은 마치 여관 보이가 현관으로 들어서는 손님의 옷차림을 훑어보고 그 등급에 맞는 방을 순간적으로 결정하거나 즉석에서 서슴지 않고 거절하는 경우와 흡사한 것이라고나 할까.

이인국 박사의 병원은 두 가지의 전통적인 특징을 가지고 있다.

병원 안이 먼지 하나도 없이 정결하다는 것과, 치료비가 여느 병원의 갑절이나 비싸다는 점이다.

그는 새로운 환자의 초진初診에서는 병에 앞서 우선 그 부담 능력을 감정하는 데서부터 시작한다. 신통하지 않다고 느껴지는 경우에는 무슨 핑계를 대든가, 그것도 자기가 직접 나서는 것이 아니라 간호원더러 따돌리게 하는 것이다.

그렇게 중환자가 아닌 한 대부분의 경우, 예진豫診[6]은 젊은 의사들이 했다. 원장은 다만 기록된 진찰 카드에 따라 환자의 증세와 아울러 경제 제도를 판정하는 최종 진단을 내리면 된다.

상대가 지기知己나 거물급이 아닌 한 외상이라는 명목은 붙을 수가 없었다. 설령 있다 해도 이 양면 진단[7]은 한 푼의 미수未收[8]나 결손도 없게 한, 그의 인생을 통한 의술 생활의 신조요 비결이었다.

그러기에 그의 고객은, 왜정 시대는 주로 일본인이었고, 현재는 권력층이 아니면 재벌의 셈속에 드는 축이어야만 했다.[9]

---

5 장날이 아닌 날의 시골 장터 가게. 장날이 아니면 시골 장터 가게는 파리만 날린다.
6 환자를 자세히 진단하기 전에 미리 간단하게 진찰하는 일.
7 두 가지 면. 여기서는 환자의 몸 상태와 환자의 경제적 능력 두 가지.
8 돈이나 물건 값을 받지 못함.
9 이인국 박사네 병원에 절대 손해를 끼칠 턱이 없는 고객들이다.

그의 일과는 아침에 진찰실에 나오자 손가락 끝으로 창틀이나 탁자 위를 훑어 무테 안경 속 움푹한 눈으로 응시하는 일에서 출발한다.

이때 손가락 끝에 먼지만 묻으면 불호령이 터지고, 간호원은 하루 종일 원장의 신경질에 부대껴야만 한다.

아무튼 그의 단골 고객들은 그의 정결한 결벽성[10]에 감탄과 경의를 표해 마지않는다.

1 · 4 후퇴시 청진기가 든 손가방 하나를 들고 월남한 이인국 박사다. 그는 수복되자 재빨리 셋방 하나를 얻어 병원을 차렸다. 그러나 이제는 평당 50만 환을 호가[11]하는 도심지에 타일을 바른 2층 양옥을 소유하게 되었다. 그는 자기 전문인 외과 외에 내과, 소아과, 산부인과 등 개인 병원을 집결시켰다. 운영은 각자의 호주머니 셈속이었지만 종합 병원의 원장 자리는 의젓이 자기가 차지하고 있다.

이인국 박사는 양복 조끼 호주머니에서 18금 회중시계[12]를 꺼내어 시간을 보았다.

2시 40분!

미국 대사관 브라운 씨와의 약속 시간은 20분밖에 남지 않았다. 이 시계에도 몇 가닥의 유서 깊은 이야기가 숨어 있다. 이인국 박사는 시계를 볼 때마다 참말 '기적'임에 틀림없었던 사태를 연상하게 된다.

왕진[13] 가방과 38선을 넘어온 피난 유물의 하나인 시계, 가방은 미군 의사에게서 얻은 새것으로 갈아 매어 흔적도 없게 된 지금, 시계는 목숨을 걸고 삶의 도피행을 같이 한 유일품이요, 어찌 보면 인생의 반려伴侶이기도 한 것이다.

---

10 이 정결성과 결벽성은 자기의 약점을 가리는 위장 행위이기도 하다.

11 호가呼價. 값을 부르다.

12 이 회중시계는 이인국 박사가 과거, 특히 일제 시대 때를 회상하는 중요한 매개체이다.

13 왕진往診. 의사가 출장 치료하는 것.

밤에 잘 때도 그는 시계를 머리맡에 풀어 놓거나 호주머니에 넣은 채로 버려 두지 않는다. 반드시 풀어서 등기 서류, 저금통장 등이 들어 있는 비상용 캐비닛 속에 넣고야 잠자리에 드는 것이었다. 거기에는 또 그럴 만한 연유가 있었다. 이 시계는 제국 대학을 졸업할 때 받은 영예로운 수상품이다. 뒤쪽에는 자기 이름이 새겨져 있다.

그 후 30여 년, 자기 주변의 모든 것이 변하여 갔지만 시계만은 옛 모습 그대로다. 주변뿐만 아니라 자기 자신은 얼마나 변한 것인가. 20대 홍안[14]을 자랑하던 젊음은 어디로 사라진 것인지 머리카락도 반백이 넘었고 이마의 주름은 깊어만 간다. 일제 시대, 소련국 점령 하의 감옥 생활, 6·25 사변, 삼팔선, 미군 부대, 그동안 몇 차례의 아슬아슬한 죽음의 고비를 넘긴 것인가.

'월섬[15] 17석'

우여곡절 많은 세월 속에서 아직도 제 시간을 유지하는 것만도 신기하다. 시간을 보고는 습성처럼 째각째각 소리에 귀 기울이는 때의 그의 가느다란 눈매에는 흘러간 인생의 축도가 서리는 것이었다. 그 속에서도 각모角帽[16]와 쓰메에리[17] 학생복을 벗어 버리고 신사복으로 갈아입던 그날의 감회를 더욱 새롭게 해 주는 충동을 금할 길 없는 것이었다.

이인국 박사는 수술 직전에 서랍에 집어넣었던 편지에 생각이 미쳤다.

미국에 가 있는 딸 나미. 본래의 이름은 일본식의 나미꼬다.[18] 해방 후 그것이 거슬린다기에 나미로 불렀고 새로 기류계[19]에 올릴 때는 꼬子를 완전히 떼어 버렸다.

---

14 홍안紅顔. 젊은 시절을 표현할 때 쓰는 말이다.

15 '월섬'은 오랜 전통을 자랑하는 미국의 유명한 시계메이커. 명품 시계의 대명사로 불렸다.

16 일제 시대 대학생들이 쓰던 사각모자.

17 깃을 세운 학생복.

18 주인공이 얼마나 철저하게 일본인 행세를 했는지 증명하는 예이다.

19 현 주민등록 제도와 비슷함. 본적지 이외의 장소에서 살게 될 때 그 주소를 신고해야 했다.

나미짱! 딸의 모습은 단란하던 지난날의 추억과 더불어 떠올랐다.

온 집안의 재롱둥이였던 나미, 그도 이젠 성숙했다. 그마저 자기 옆에서 떠난 지금, 새로운 정에서 산다고는 하지만 이인국 박사는 가끔 물밀어 오는 허전한 감을 금할 길이 없었다.

아내는 거제도 수용소에 있을 때 죽었고, 아들의 생사는 지금껏 알 길이 없다.

서울에서 다시 만나 후처로 들어온 혜숙惠淑. 20년의 연령차에서 오는 세대의 거리감을 그는 억지로 부인해 본다. 그러나 혜숙의 피둥피둥한 탄력에 윤기가 더해 가는 살결에 비해 자기의 주름 잡힌 까칠한 피부는 육체적 위축감마저 느끼게 하는 때가 없지 않았다.

그들 사이에서 난 돌 지난 어린것, 앞날이 아득한 이 핏덩이만이 지금의 이인국 박사의 곁을 지켜 주는 유일한 피붙이다.

이인국 박사는 기대와 호기에 가득 찬 심정으로 항공 우편의 피봉을 뜯었다.

전번 편지에서 가타부타 단안은 내리지 않고 잘 생각해서 결정하라고 한 그 후의 경과다.

'결국은 그렇게 되고야 마는 건가……'

그는 편지를 탁자 위에 밀어 놓았다. 어쩌면 이러한 결말은 딸의 출국 이전에서부터 이미 싹튼 것인지도 모른다는 생각이 들었다.

대학에서 영문과를 택한 딸, 개인 지도를 하여 준 외인 교수, 스칼라십[20]을 얻어 준 것도 그고, 유학 절차의 재정 보증인을 알선해 준 것도 그가 아닌가. 우연한 일은 아니다.

그러한 시류에 따라 미국 유학을 해야만 한다고 주장한 것은 오히려 아버지 자기가 아닌가.

동양학을 연구하고 있는 외인 교수. 이왕이면 한국 여성과 결혼했으면

---

20 장학금. 달러 사정이 나빴던 당시에는 스칼라십을 받지 않으면 아예 유학을 떠날 수 없었다.

좋겠다던 솔직한 고백에, 자기의 학문을 위한 탁월한 견해라고 무심코 찬의를 표한 것도 자기가 아니던가. 그것도 지금 생각하면 하나의 암시였음이 분명하지 않은가.

이인국 박사는 상아로 된 오존 파이프[21]를 앞니에 힘을 주어 지그시 깨물며 눈을 감았다.

꼭 풀 쑤어 개 좋은 일을 한 것만 같은 분하고도 허황한 심정이다.

'코쟁이 사위.'

생각만 해도 전신의 피가 역류하는 것 같은 몸서리가 느껴졌다.

'더러운 년 같으니, 기어코……'

그는 큰기침을 내뱉었다.

그의 생각은 왜정 시대 내선 일체內鮮一體[22]의 혼인론이 떠돌던 이야기에 꼬리를 물었다. 그때는 그것을 비방하거나 굴욕처럼 느끼지는 않았다. 오히려 당연한 것으로 해석했고 어찌 보면 우월한 것으로 생각하지 않았던가. 그런데 이 경우는……[23]

그는 딸의 편지 구절을 곱씹었다.

'애정에 국경이 있어요?'

이것은 벌써 진부하다. 아비도 학창 시절에 그런 풍조는 다 마스터했다. 건방지게, 이게 새삼스레 아비에게 설교조로…… 좀더 솔직하지 못하고……

그러니 외딸인 제가 그런 국제결혼의 시금석이 되겠단 말인가.

'아무튼 아버지께서 쉬 한 번 오신다니 최종 결정은 아버지의 의향에

---

21 코끼리 어금니뼈로 만든 파이프. 앞에 나오는 백금 무테 안경과 함께 이인국 박사의 부유함을 나타내는 소도구이다.

22 '일본과 조선은 하나'라는 뜻. 1937년부터 시행한 일제의 조선 통치정책 방향. 이는 전쟁협력을 얻어 내고 온갖 전쟁 물자를 수탈하기 위한 속임수에 지나지 않았다. 여기서 내內는 내지內地, 즉 일본 본토를 말한다. 물론 선鮮은 조선.

23 똑같은 경우인데도, 일제 때의 행위는 정당하며 뿌듯한 우월감마저 느꼈는데, 지금의 행위는 부당하게 느낀다는 점에서 주인공 이인국 박사의 이중적 태도를 보여 주는 대목이다.

따라 결정할 예정입니다만……'

그래 아버지가 안 가면 그대로 정하겠단 말인가.

이인국 박사는 1대 잡종의 유전 법칙[24]이 떠오르자 머리를 내저었다. '흰둥이 손자' 생각만 해도 징그럽다.

그는 내던졌던 사진을 다시 집어 들었다.

대학 캠퍼스 같은 석조전[25]의 거대한 건물, 그 앞의 정원, 뒤쪽에 짝을 지어 걸어가는 남녀 학생, 이 배경 속에 딸과 그 외인 교수가 나란히 어깨를 짚고 서서 웃음을 짓고 있다.

'흥 놀기는 잘들 논다……'

응, 신음 소리를 치며 그는 자리에서 일어섰다. 아무튼 미스터 브라운을 만나 이왕 가는 길이면 좀더 서둘러야겠다. 그 가장 대우가 좋다는 국무성 초청 케이스의 확정 여부를 빨리 확인해야겠다는 생각이 조바심을 쳤다.

그는 아내 혜숙이 있는 살림방 쪽으로 건너갔다.

"여보, 나미가 기어코 결혼하겠다는구려."

"그래요……"

아내의 어조에는 별다른 감동이나 의아도 없음을 이인국 박사는 직감했다. 그는 가능한 한 혜숙이 앞에서 전실 소생[26]의 애들 이야기를 하는 것을 삼가 왔다.

어떻게 보면 나미의 미국 유학을 간접적으로 자극한 것은 가정 분위기의 소치[27]라는 자격지심이 없지 않기도 했다.

나미는 물론 혜숙을 단 한 번도 어머니라고 불러 준 일이 없었다.

혜숙이 또한 나미 앞에서 어머니라고 버젓이 행세한 일도 없었다.

---

24 일반적으로 잡종의 교접으로 태어난 제1대 잡종은 대개 '잡종 강세'라고 한다.
25 석조전石造殿. 돌로 지은 궁전.
26 전처前妻가 낳은 자식들.
27 어떤 까닭으로 생긴 바. 또는 무슨무슨 탓.

지난날의 간호원과 오늘의 어머니, 그 사이에는 따져서 표현할 수 없는 미묘한 감정들이 복재[28]되어 있었다.

　"선생님의 일이라면 무엇이든지 돕겠어요."

　서울에서 이인국 박사를 다시 만났을 때 마음속 그대로 털어놓은 혜숙의 첫마디였다.

　처음에는 혜숙이도 부인의 별세를 몰랐고, 이인국 박사도 혜숙이의 혼인 여부를 참견하지 않았다.

　혜숙은 곧 대학병원을 그만두고 이리로 옮겨 왔다.

　나미는 옛정이 다시 살아 혜숙을 언니처럼 따랐다.

　이들의 혼인이 익어 갈 때 이인국 박사는 목에 걸리는 딸의 의향을 우선 듣기로 했다.

　딸도 아버지의 외로움을 동정하고 있었다. 자기 자신 아버지의 시중이 힘에 겨웠고 또 그 사이 실지의 아버지 뒤치다꺼리를 혜숙이 해 왔으므로 딸은 즉석에서 진심으로 찬의를 표했다.

　그러나 시간이 흐를수록 혜숙과 나미의 간격은 벌어졌고, 혜숙은 남편과의 정상적인 가정 생활에서 나미가 장애물이 되는 것 같은 느낌을 차츰 가지게 되었다.

　혜숙 자신도 처음에는 마음 놓고 이인국 박사를 남편이랍시고 1대 1로 부르진 못했다.

　나미의 출발, 그 후 어린애의 해산, 이러한 몇 고개를 넘는 사이에 이제 겨우 아내답게 늠름히 남편을 대할 수 있고 이인국 박사 또한 제대로의 남편의 체모[29]로 아내에게 농을 걸 수 있게끔 되었다.

　"기어코 그 외인 교수와 가까워지는 모양인데."

　이인국 박사는 아내의 얼굴을 직시하지는 못하고 마치 독백하듯이 뇌

---

28 복재伏在. 숨어 있음.
29 체면.

까렸다.

"할 수 있어요? 제 좋다는 대로 해야지요."[30]

마치 남의 이야기를 하는 것처럼 이인국 박사에게는 들려왔다.

"글쎄, 하기는 그렇지만……."

그는 입맛만 다시며 더 이상 계속하지 못했다.

잠을 깨어 울고 있는 어린것에게 젖을 물리고 있는 아내의 젊은 육체에서 자극을 느끼면서 이인국 박사는 자기 자신이 죄를 지은 것만 같은 나미에 대한 강박 관념을 금할 길이 없었다.

저 어린것이 자라서 아들 원식元植이나 또 나미 정도의 말상대가 될래도 아직 20여 년의 세월이 흘러야 한다.

그때 자기는 70이 넘는 할아버지다.

현대 의학이 인간의 평균 수명을 연장하고, 암 같은 고질이 아닌 한 불의의 죽음은 없다 하지만, 자기 자신이 의사이면서 스스로의 생명 하나를 보장할 수 없다.

'마누라는 눈앞에서 나는 새 놓치듯이 죽이지 않았던가.'

아무리 해도 저 놈이 대학을 나올 때까지는 살아야 한다. 아무렴, 때가 때인 만큼 미국 유학까지는 내 생전에 시켜 주어야지.

하기야 그런 의미에서도 일찌감치 미국 혼담을 맺어 두는 것도 그리 해로울 건 없지 않나. 아무렴 우리보다는 낫게 사는 사람들인데. 좀 남 보기 체면이 안 서서 그렇지.

그는 자위인지 체념인지 모를 푸념을 곱씹었다.

"여보, 저걸 좀 꾸려요."

이인국 박사의 말씨는 점잖게 가라앉았다.

"뭐 말이에요?"

아내는 젖꼭지를 물린 채 고개만을 돌려 되묻는다.

---

30 전실 자식들 일에는 관여하지 않겠다는 의도가 깔려 있다.

"저 병 말이오."

그는 화장대 위에 놓은 골동품을 가리켰다.

"어디 가져가셔요?"

"저 미 대사관 브라운 씨 말이야. 늘 신세만 졌는데……."

아내가 꼼꼼히 싸 놓은 포장물을 들고 이인국 박사는 천천히 현관을 나섰다. 벌써 석간신문이 배달되었다.[31]

아무리 생각해도 그것은 분명 기적임에 틀림없는 일이었다. 간헐적[32]으로 반복되어 공포와 감격을 함께 휘몰아치는 착잡한 추억. 늘 어제일 마냥 생생하기만 하다.

1945년 8월 하순.

아직 해방의 감격이 온 누리를 뒤덮어 소용돌이칠 때였다.

말복末伏도 지난 날씨건만 여전히 무더웠다. 이인국 박사는 이 며칠 동안 불안과 초조에 휘둘려 잠도 제대로 자지 못했다. 무엇인가 닥쳐올 사태를 오들오들 떨면서 대기하는 상태였다.

그렇게 붐비던 환자도 얼씬하지 않고 쉴 사이 없던 전화도 뜸하여졌다. 입원실은 최후의 복막염 환자였던 도청의 일본인 과장이 끌려간 후 텅 비었다.

조수와 약제사는 궁금증이 나서 고향에 다녀오겠다고 떠나갔고 서울 태생인 간호원 혜숙만이 남아 빈집 같은 병원을 지키고 있었다.

2층 10조[33] 다다미방에 훈도시[34]와 유까다[35] 바람에 뒹굴고 있던 이인국 박사는 견디다 못해 부채를 내던지고 일어났다.

---

31 다음 대목부터 시간적 배경은 과거로 거슬러 올라간다. 역순행하는 것이다.
32 일정한 간격을 두고 반복하는 것.
33 조[疊]는 다다미 한 장을 말함. 그러니까 10조는 다다미 10장을 깔아 놓은 크기이다.
34 일본 남자들이 입던 속옷의 하나.
35 욕의浴衣. 목욕 옷의 하나.

그는 목욕탕으로 갔다. 찬물을 퍼서 대야째로 머리에서부터 몇 번이고 내리부었다. 등줄기가 시리고 몸이 가벼워졌다.

그러나 수건으로 몸을 닦으면서도 무엇인가 짓눌려 있는 것 같은 가슴속의 갑갑증을 가셔 낼 수는 없었다.

그는 창문으로 기웃이 한 길가를 내려다보았다. 우글거리는 군중들은 아직도 소음 속으로 밀려가고 있다.

굳게 닫혀 있는 은행 철문에 붙은 벽보가 한길을 건너 하얀 윤곽만이 두드러져 보인다.

아니 그곳에 씌어 있는 구절.

'친일파, 민족 반역자를 타도하자.'

옆에 붙은 동그라미를 두 겹으로 친 글자가 그대로 눈앞에 선명하게 보이는 것만 같다.

어제 저물녘에 그것을 처음 보았을 때의 전율이 되살아왔다.

순간 이인국 박사는 방 쪽으로 머리를 홱 돌렸다.

'나야 괜찮겠지……'

혼자 뇌까리면서 그는 다시 부채를 들었다. 그러나 벽보를 들여다보고 있을 때 자기와 눈이 마주치는 순간, 일그러지는 얼굴에 경멸인지 통쾌인지 모를 웃음을 비죽이 흘리면서 아래위로 훑어보던 그 춘석이 녀석의 모습이 자꾸만 머릿속으로 엄습하여 어두운 밤에 거미줄을 뒤집어쓴 것처럼 꺼림텁텁하기만[36] 했다.

그간 놈 하고 머리에서 씻어 버리려 해도 거머리처럼 자꾸만 감아 붙는 것만 같았다.

벌써 6개월 전의 일이다.[37]

---

36 마음과 뱃속이 언짢고 시원하지 않다.
37 시간적 배경이 과거 속에서 다시 6개월 전 과거로 이동한다.

형무소에서 병 보석[38]으로 가출옥[39]되었다는 중환자가 업혀서 왔다.

휑뎅그런 눈에 앙상하게 뼈만 남은 몸을 제대로 가누지도 못하는 환자. 그는 간호원의 부축으로 겨우 진찰을 받았다.

청진기의 상아 꼭지를 환자의 가슴에서 등으로 옮겨 두 줄기의 고무줄에서 감득되는 숨소리를 감별하면서도, 이인국 박사의 머릿속은 최후 판정의 분기점을 방황하고 있었다.

입원시킬 것인가, 거절할 것인가······.

환자의 몰골이나 업고 온 사람의 옷매무새로 보아 경제 정도는 뻔한 일이라 생각되었다.

그러나 그것보다도 더 마음에 켕기는 것이 있었다. 일본인 간부급들이 자기 집처럼 들락날락하는 이 병원에 이런 사상범을 입원시킨다는 것은 관선 시의원[40]이라는 체면에서도 떳떳치 못할뿐더러, 자타가 공인하는 모범적인 황국 신민皇國新民[41]의 공든 탑이 하루아침에 무너지는 결과를 가져오는 것이라는 생각이 들었다.

순간 그는 이런 경우의 가부 결정에 일도양단[42]하는 자기 식으로 찰나적인 단안을 내렸다.

그는 응급 치료만 하여 주고 입원실이 없다는 가장 떳떳하고도 정당한 구실로 애걸하는 환자를 돌려보냈다.[43]

환자의 집이 병원에서 멀지 않은 건너편 골목 안에 있다는 것은 후에

---

38 죄수가 병이 들어 풀려나는 것.
39 죄수를 형기 만료일 이전에 조건부로 사회에 복귀시키는 제도.
40 일제 강점기 때 조선인의 참정권을 허락한다는 속임수로 이른바 일제 정책에 협력하는 조선인 유지들에게는 허울만 그럴듯한 시의회 의원이란 직을 주었었다.
41 군국주의 일제 강점기 때 일본인들은 이른바 '천황이 다스리는 나라의 신하된 국민' 이란 뜻으로 자신들을 지칭하곤 하였다.
42 일도양단一刀兩斷. 단칼에 두 동강을 냄. 어떤 일을 결정할 때 주저하지 않고 대번에 결정짓는 것을 가리킴.
43 이인국이 사상범을 거절하고 일본인을 선택하는 반민족적 태도를 보여 주는 장면.

간호원에게서 들었다. 그러나 그쯤은 예사로운 일이었기에 그는 그대로 아무렇지도 않게 흘려 버렸다.

그런데 며칠 전 시민 대회 끝에 있는 해방 경축 시가 행진을 자기도 흥분에 차 구경하느라고 혜숙이와 함께 대문 앞에 나갔다가, 자위대[44] 완장을 두르고 대열에 끼인 젊은이와 눈이 마주쳤다.

이쪽을 노려보는 청년의 눈에서 불똥이 튀는 것 같은 살기를 느꼈다.

무슨 영문인지 모르고 어리병병하던 이인국 박사는, 그것이 언젠가 입원을 거절당한 사상범 환자 춘석이라는 것을 혜숙에게서 듣고야 슬금슬금 주위의 눈치를 살피며 집으로 기어 들어왔다.

그 후 그는 될 수 있는 대로 거리로 나가는 것을 피하였지만 공교롭게도 어제 저녁에 그 벽보 앞에서 마주쳤었다.

갑자기 밖이 왁자지껄 떠들어 대었다. 머리에 깎지를 끼고 비스듬히 누워서 갈피를 잡을 수 없는 생각에 골몰하던 이인국 박사는 일어나 앉아 한길 쪽에 귀를 기울였다. 들끓는 소리는 더 커졌다. 궁금증에 견디다 못해 그는 엉거주춤 꾸부린 자세로 밖을 내다보았다. 포도에 뒤끓는 사람들은 손에 손에 태극기와 적기赤旗[45]를 들고 환성을 울리고 있었다.

'무엇일까?'

그는 고개를 갸웃하며 다시 자리에 주저앉았다.

계단을 구르며 급히 올라오는 발자국 소리가 들려왔다. 혜숙이다.

"아마 소련군이 들어오나 봐요. 모두들 야단법석이에요……."

숨을 헐떡이며 이야기하는 혜숙이의 말에 이인국 박사는 아무 대꾸도 없이 눈만 껌뻑이며 도로 앉았다. 여러 날째 라디오에서 오늘 입성 예정이라고 했으니 인제 정말 오는가 보다 싶었다.

---

44 정식 치안 기구가 들어서기 전, 북한에서는 열성 공산주의자들이 치안을 맡는다는 구실로 '자위대'를 조직했다.

45 공산당 깃발.

혜숙이 내려간 뒤에도 이인국 박사는 한참 동안 아무 거동도 못하고 바깥쪽을 내다보고만 있었다.

무엇을 생각했던지 그는 움찔 자리에서 일어났다. 그러고는 벽장문을 열었다. 안쪽에 손을 뻗쳐 액자들을 끄집어내었다.

'國語常用국어상용[46]의 家 가'

해방되던 날 떼어서 집어넣어 둔 것을 그동안 깜박 잊고 있었다.

그는 액자의 뒤를 열어 음식점 면허장 같은 두터운 모조지를 빼내어 글자 한 자도 제대로 남지 않게 손끝에 힘을 주어 꼼꼼히 찢었다.

이 종잇장 하나만 해도 일본인과의 교제에 있어서 얼마나 떳떳한 구실을 할 수 있었던 것인가. 야릇한 미련 같은 것이 섬광처럼 머릿속을 스쳐 갔다.

환자도 일본말 모르는 축은 거의 오는 일이 없었지만 대외 관계는 물론 집 안에서도 일체 일본말만을 써 왔다. 해방 뒤 부득이 써 오는 제 나라 말이 오히려 의사 표현에 어색함을 느낄 만큼 그에게는 거리가 먼 것이었다.

마누라의 솔선수범하는 내조지공[47]도 컸지만 애들까지도 곧잘 지켜 주었기에 이 종잇장을 탄 것이 아니던가. 그것을 탄 날은 온 집안이 무슨 경사나 난 것처럼 기뻐들 했었다.

"잠꼬대까지 국어로 할 정도가 아니면 이 영예로운 기회야 얻을 수 있겠소."

하던 국민총력연맹 지부장의 웃음 띤 치하 소리가 떠올랐다.

그 순간, 자기 자신은 아이들을 소학교로부터 일본 학교에 보낸 것을 얼마나 다행으로 여겼던 것인가.

그는 후―한숨을 내뿜었다. 그러고는 지금 통장의 잔액을 깡그리 내

---

46 '국어를 쓰는 집'이라는 뜻이다. 물론 여기서 말하는 '국어'는 '일본어'이다. 이 액자는 노골적으로 친일 행위를 한 증거물이다.

47 내조의 공. 아내가 남편의 일을 돕는 것을 가리켜 내조內助라고 한다.

주던 은행 지점장의 호의에 새삼 고마움을 느끼는 것이었다.

그것마저 없었더라면……등골에 오싹하는 한기가 느껴 왔다. 무슨 정치가 오든 그것만 있으면 시내 사람의 절반 이상이 굶어 죽기 전에야 우리 집 차례는 아니겠지. 그는 손금고가 들어 있는 안방 단스[48]를 생각하면서 혼자 중얼거렸다.

이인국 박사는 무슨 일이 일어나도 꼭 자기만은 살아남을 것 같은 막연한 기대를 곱씹고 있다.

주위가 어두워 왔다.

지축이 흔들리는 것 같은 동요와 소름이 가까워졌다. 군중들의 환호성이 터져 올랐다. 만세 소리가 연방 계속되었다.

세상 형편을 알아보려고 거리에 나갔던 아내가 돌아왔다.

"여보, 당꾸[49] 부대가 들어왔어요. 거리는 온통 사람들 사태가 났는데 집 안에 처박혀 뭘 하구 있어요……."

"뭘 하기는?"

"나가 보아요. '마우재'[50]가 들어왔어요……."

어둠 속에서 아내의 음성은 격했으나 감격인지 당황인지 알 길이 없었다.

'계집이란 저렇게 우둔하고 대담한 것일까…….'

이인국 박사는 엷은 어둠 속에서 마누라 쪽을 주시하면서 입맛을 다셨다.

"불두 엽때 안 켜구."

마누라가 전등 스위치를 틀었다. 이인국 박사는 백 촉 전등이 너무 환한 것이 못마땅했다.

"불은 왜 켜는 거요?"

"그럼 켜지 않구 캄캄한데…… 자, 어서 나가 봅시다."

마누라가 이끄는 데 따라 이인국 박사는 마지못해 하면서 시침을 떼고

---

48 장롱, 옷장의 일본말.
49 탱크의 일본식 발음.
50 러시아 사람을 가리키는 함경도 지방 사투리.

따라 나섰다.

헤드라이트의 눈부신 광선. 탱크 부대의 진주는 끝을 알 수 없이 계속되고 있다.

이인국 박사는 부신 불빛을 피하면서 가로수에 기대어 섰다. 박수와 환호성, 만세 소리가 그칠 줄 모르는 양안兩岸을 끼고 탱크는 물밀듯 서서히 흘러간다. 위 뚜껑을 열고 반신을 내민 중대가리의 병정은 간간이 '우라아'[51] 하면서 손을 내흔들고 있다.

이인국 박사는 자기와는 아무 관련도 없는 이방 부대라는 환각을 느끼면서 박수도 환성도 안 나가는 멋쩍은 속에서 멍하니 쳐다보고만 있다. 그는 자기의 거동을 주시하지나 않나 해서 주위를 두리번거렸다.

그러나 아무도 그에게는 관심을 두는 일 없이 탱크를 향하여 목청이 터지도록 거듭 만세만 부르고 있지 않은가.

'어떻게 되겠지…….'

그는 밑도 끝도 없는 한 마디를 뇌이면서 유유히 집으로 들어왔다.

민요 뒤에 계속 되던 행진곡이 그치고 주둔군 사령관의 포고문이 방송되고 있다.

이인국 박사는 라디오 앞에 다가앉아 귀를 기울였다.

시민의 생명 재산은 절대 보장한다. 각자는 안심하고 자기의 직장을 수호하라. 총기銃器 일본도日本刀 등 일체의 무기 소지는 금하니 즉시 반납하라는 등의 요지였다.

그는 문득 단스 속에 넣어 둔 엽총에 생각이 미치었다. 그러면 저것도 바쳐야 하는 것일까. 영국제 쌍 발, 손때 묻은 애완물같이 느껴져 누구에게 단 한 번 빌려 주지 않았던 최신형 특제품이었다.

이인국 박사는 다이얼을 돌렸다. 대체 서울에서는 어떻게들 하고 있는 것일까. 거기도 마찬가지다. 민요가 아니면 행진곡이 나오고 그러다가는

---

51 '만세' 라는 뜻의 러시아 말.

건국 준비 위원회의 누구인가의 연설이 계속된다.

대체 앞으로 어떻게 될 것인가 궁금증을 해결할 방법이 없다.

해방 직후 2, 3일 동안은 자기도 태연하였지만 뻔질나게 드나들던 몇 몇 친구들도 소련군 입성이 보도된 이후부터는 거의 나타나질 않는다. 그 렇다고 자기 자신이 뛰어다니며 물을 경황은 더욱 없다.

밤이 이슥해서야 중학교와 국민학교를 다니는 아들딸이 굉장한 구경 이나 한 것처럼 탱크와 로스케[52]의 이야기를 늘어놓으며 돌아왔다.

그들은 아버지의 심중은 아랑곳없다는 듯이 어머니, 혜숙이와 함께 저 희들 이야기에만 꽃을 피우고 있었다.

앞일은 대체 어떻게 전개될 것인지 뛰어넘을 수가 없는 큰 바다가 가 로놓인 것만 같았다.[53] 풀어낼 수 있는 실마리가 전연 다듬어지지 않는 뒤헝클어진 상념 속에서 그래도 이인국 박사는 꺼지려는 짚불을 불어 일 으키는 심정으로 막연한 한 가닥의 기대만을 끝내 포기하지 않은 채 천장 을 멍청히 쳐다보고만 있었다.

지난 일에 대한 뉘우침이나 가책 같은 건 아예 있을 수 없었다.

자동차 속에서 이인국 박사는 들고 나온 석간을 폈다.[54]

1면의 제목을 대강 훑고 난 그는 신문을 뒤집어 꺾어 삼면으로 눈을 옮 겼다 '北韓(북한) 蘇聯留學生(소련유학생) 西獨(서독)으로 脫出(탈출)'

바둑돌 같은 굵은 활자의 제목. 왼편 전단을 차지한 외신 기사. 손바닥 만한 사진까지 곁들여 있다.

그는 코허리에 내려온 안경을 올리면서 눈을 부릅떴다.

그의 시각은 활자 속을 헤치고 머릿속에는 아들의 환상이 뒤엉켜 들이 차 왔다. 아들을 모스크바로 유학시킨 것은 자기의 억지에서였던 것만 같

---

52 러시아 사람을 얕잡아 가리키는 말.
53 친일 행위를 한 주인공의 절망적인 상황을 나타내고 있다.
54 이 대목으로 시간적 배경은 잠시 현재로 돌아왔다가 다시 소련군 점령 시대로 돌아간다.

았다.

출신 계급, 성분, 어디 하나나 부합될 조건이 있었단 말인가. 고급 중학을 졸업하고 의과 대학에 입학된 바로 그해다.

이인국 박사는 그때나 지금이나 자기의 처세 방법에 대하여 절대적인 자신을 가지고 있다.

"얘, 너 그 노어 공부를 열심히 해라."

"왜요?"

아들은 갑자기 튀어나오는 아버지의 말에 의아를 느끼면서 반문했다.

"야 원식아, 별수 없다. 왜정 때는 그래도 일본말이 출세를 하게 했고 이제는 노어가 또 판을 치지 않니. 고기가 물을 떠나서 살 수 없는 바에야 그 물 속에서 살 방도를 궁리해야지. 아무튼 그 노서아 말 꾸준히 해라."

아들은 아버지 말에 새삼스러이 자극을 받는 것 같진 않았다.

"내 나이로도 인제 이만큼 뜨내기 회화쯤은 할 수 있는데, 새파란 너희 낫세로야 그걸 못하겠니?"

"염려 마세요, 아버지……."

아들의 대답이 그에게는 믿음직스럽게 여겨졌다.

이인국 박사는 심각한 표정으로 말을 이었다.

"어디 코 큰 놈이라구 별것이겠니, 말 잘해서 진정이 통하기만 하면 그것들두 다 그렇지……."

이인국 박사는 끝내 스텐코프 소좌[55]의 배경으로 요직에 있는 당 간부의 추천을 받아 아들의 소련 유학을 결정짓고야 말았다.

"여보, 보통으로 삽시다. 거저 표나지 않게 사는 것이 이런 세상에선 가장 편안할 것 같아요. 이제 겨우 죽을 고비를 면했는데 또 재까지 그 '높이 드는' 복판에 휘몰아 넣으면 어쩔라구……."

"가만있어요, 호랑이두 굴에 가야 잡는 법이오. 무슨 세상이 되든 할

---

55 소좌少佐. 소령.

대로 해 봅시다."

"그래도 저 어린것을 어떻게 노서아까지 보낸단 말이오."

"아니, 중학교 야들도 가지 못해 골들을 싸매는데, 대학생이 못 가 견딜라구."

"그래도 어디 앞일을 알겠소……."

"괜한 소리, 쟤가 소런 바람을 쏘이구 와야 내게 허튼소리 하는 놈들도 찍소리를 못할 거요. 어디 보란 듯이 다시 한 번 살아 봅시다."

아들의 출발을 앞두고, 걱정하는 마누라를 우격다짐으로 무마시키고 그는 아들의 유학을 관철하였다.

'흥, 혁명 유가족두 가기 힘든 구멍을 이인국의 아들이 뚫었으니 어디 두구 보자…….'

그는 만장의 기염을 토하며 혼자 중얼거리고는 희망에 찬 미소를 풍겼다.

그 다음 해에 사변이 터졌다.

잘 있노라는 서신이 계속하여 왔지만 동란 후 후퇴할 때까지 소식은 두절된 대로였다.

마누라의 죽음은 외아들을 사지로 보낸 것 같은 수심에도 그 원인이 있었다고 그는 생각하고 있다.

이인국 박사는 신문 '다찌기리'[56] 속에 채워진 글자를 하나도 빼지 않고 다 훑어 내려갔다. 그러나 아들의 이름에 연관되는 사연은 한 마디도 없었다.

'이 자식은 무얼 꾸물꾸물하느라고 이런 축에도 끼지 못한담…… 사태를 판별하고 임기 응변의 선수를 쓸 줄 알아야지, 멍추같이…….'

그는 신문을 포개어 되는 대로 말아 쥐었다.

'개천에서 용마가 난다는데 이건 제 애비만도 못한 자식이야.'

그는 혀를 찍찍 갈겼다.

---

56 다찌기리. 박스형 기사를 가리키는 일본말.

'어쩌면 가족이 월남한 것조차 모르고 주저하고 있는 것이나 아닐까. 아니 이제는 그쪽에도 소식이 가서 제게도 무언중의 압력이 퍼져 갈 터인데…… 역시 고지식한 놈이 아무래도 모자라…….'

그는 자동차에서 내리자 건가래침을 내뱉었다.

'독또르 리,[57] 내가 책임지고 보장하겠소. 아들을 우리 조국 소련에 유학시키시오.'

스텐코프의 목소리가 고막에 와 부딪는 것만 같았다.

자위대가 치안대로 바뀐 다음 날이다. 이인국 박사는 치안대에 연행되었다. 시멘트 바닥에 무릎을 꿇고 앉은 그는 입술이 파랗게 질려 있었다. 하반신이 저려 오고 옆구리가 쑤신다. 이것만으로도 자기의 생애를 통한 가장 큰 고역이라고 그는 생각하고 있다. 그러나 그것보다는 앞으로 닥쳐올, 예기할 수 없는 사태가 공포 속에 그를 휘몰았다.

지나가고 지나오는 구둣발 소리와 목덜미에 퍼부어지는 욕설을 들으면서 꺾이듯이 축 늘어진 그의 머리는 들릴 줄을 몰랐다.

시간만이 흘러가고 있었다.

그의 머릿속에는 짓눌렸던 생각들이 하나씩 꼬리를 치켜들기 시작했다.

'이럴 줄 알았더라면 어디든지 가 숨거나, 진작으로 남으로라도 도피했을 걸…… 그러나 이 판국에 나를 감싸 줄 사람이 어디 있담. 의지할 곳은 다 나와 같은 코스를 밟았거나 조만간에 밟을 사람들이 아닌가. 일본인! 가장 믿었던 성벽이 다 무너지고 난 지금 누구를…….'

'그래도 어떻게 되겠지…….'

이 막연한 기대는 절박한 이 순간에도 그에게서 완전히 떠나 버리지는 않았다.

'다행이다. 인민 재판의 첫 코에 걸리지 않은 것만 해도……. 끌려간

---

[57] 닥터 리.

사람들의 행방은 전혀 알 길이 없다. 즉결 처형을 당했다는 소문도 떠돈다. 사흘의 여유만 더 있었더라면 나는 이미 이곳을 떴을지도 모른다. 다 운명이다. 아니 그래도 무슨 수가 있겠지……'

"쪽발이 끄나풀, 야 이 새끼야."

고함 소리에 놀라 이인국 박사는 흠칫 머리를 들었다.

때도 묻지 않은 일본 병사 군복에 완장을 찬 젊은이가 쏘아보고 있다. 춘석이다.

이인국 박사는 다시 쳐다볼 힘도 없었다. 모든 사태는 짐작되었다.

이제는 죽는구나. 그는 입속으로 뇌까렸다.

"왜놈의 밑바시,[58] 이 개새끼야."

일본 군용화가 그의 옆구리를 들이찬다.

"이 새끼, 어디 죽어 봐라."

구둣발은 앞뒤를 가리지 않고 전신을 내지른다.

등골 척수에 다급한 충격을 받자 이인국 박사는 비명을 지르고 꼬꾸라졌다.

그는 현기증을 일으켰다. 어깻죽지를 끌어 바로 앉혀도 몸을 가누지 못하고 한쪽으로 쓰러졌다.

"민족과 조국을 팔아먹은 이 개돼지 같은 놈아, 너는 총살이야, 총살……."

어렴풋이 꿈속에서처럼 들려왔다. 그러나 그에게는 그 말도 아무런 반항을 일으키지 못했다.

시간이 얼마나 흘렀을까. 자기 앞자락에서 부스럭거리는 감촉과 금속성의 부스럭거리는 소리를 듣고 어렴풋이 정신을 차렸다.

노란 털이 엉성한 손목이 시계 줄을 끄르고 있다. 그는 반사적으로 앞자락의 시계 주머니를 부둥켜 쥐면서 손의 임자를 힐끔 쳐다보았다. 눈동자가 파란 중대가리 소련 병사가 시계 줄을 거머쥔 채 이빨을 드러내고

---

58 밑받이. '발바닥을 핥는다' 보다 더 심한 욕설이다.

히죽이 웃고 있다.

그는 두 손으로 있는 힘을 다해 양복 안주머니를 감싸 쥐었다.

"홍…… 야뽄스키[59]……."

병사의 눈동자는 점점 노기를 띠어 갔다.

"아니, 이것만은!"

그들의 대화는 서로 통하지 않는 대로 손아귀와 눈동자의 대결은 그대로 지속되고 있었다.

병사는 됫박만한 손으로 이인국 박사의 손가락 끝에서 시계를 채어 냈다. 시계 줄은 끊어져 고리가 달린 끝머리가 이인국 박사의 손가락 끝에서 달랑거렸다.

병사는 밖으로 나가 버렸다.

'죽음과 시계…….'

이인국 박사는 토막 난 푸념을 되풀이하고 있다.

양쪽 팔목에 팔뚝시계를 둘씩이나 차고도 만족이 안 가 자기의 회중시계까지 앗아가는 그 병정의 모습을 머릿속에 똑똑히 되새겨 갈 뿐이다.

감방 속은 빼곡히 찼다.

그러나 고참자와 신입자의 서열은 분명했다. 달포가 지나는 사이에 맨 안쪽 똥통 위에 자리 잡았던 이인국 박사는 3분지 2의 지점으로 점차 승격되었다.

그는 하루 종일 말이 없었다. 범인 속에 섞여 있던 감방 밀정[60]이 출감된 다음 날부터 불평만을 늘어놓던 축들이 불려 나가 반송장이 되어 들어왔지만, 또 하루 이틀이 지나자 감방 속의 분위기는 여전히 불평과 음식 이야기로 소일되었다.

---

59 일본인을 비하하여 부르는 러시아 말.
60 몰래 사정을 염탐하는 일을 하는 사람.

이인국 박사는 자기의 죄상이라는 것을 폭로하기도 싫었지만 예전에 고등계 형사들에게서 실컷 얻어들은 지식이 약이 되어 함구령이 지상 명령이라는 신념을 일관하고 있었다.

그는 간밤에 출감한 학생이 내던지고 간 노어 회화 책을 첫 장부터 꼼꼼히 뒤지고 있을 뿐이다.

등골이 쏘고 옆구리가 결려 온다. 이것으로 고질이 되는가 하는 생각이 없지 않다. 아침저녁으로 기온이 사뭇 내려가고 있다. 아무리 체념한다면서도 초조감을 막을 길 없다.

노어 책을 읽으면서도 그의 청각은 늘 감방 속의 이야기를 놓치지 않고 있다. 그들이 예측하는 식대로의 중형으로 치른다면 자기의 죄상은 너무도 어마어마하다. 양곡 조합의 쌀을 몰래 팔아먹은 것이 7년, 양민을 강제로 보국대[61]에 동원했다는 것이 10년. 감정적인 즉결이 아니라 법에 의한 처단이라고 내대지만 이 난리 판국에 법이고 뭣이고 있을까. 마음에만 거슬리면 총살일 판인데…….

'친일파, 민족 반역자, 반일 투사 치료 거부, 일제의 간첩 행위…….'

이건 너무도 어마어마한 죄상이다. 취조할 때 나열하던 그대로 한다면 고작해야 무기 징역, 사형감인지도 모른다.

그는 방 안을 둘러보며 후―큰 숨을 내쉬었다.

처마 밑에 바싹 달라붙은 환기창에서 들이비치던 손수건만한 햇살이 참대자처럼 길어졌다가 실오리만큼 가늘게 떨리며 사라졌다. 그 창살을 거쳐 아득히 보이는 가을 하늘이 잊었던 지난 일을 한 덩어리로 얽어 휘몰아 오곤 했다. 가슴이 짜릿했다.

밖의 세계와는 영원한 단절이다.

그는 눈을 감았다. 마누라, 아들, 딸, 혜숙이, 누구누구…….

그러다가 외과계의 원로 이인국 박사에 이르자, 목구멍이 타는 것같이

---

61 보국대保國隊. 일제가 전쟁에 동원한 민간인 집단.

꽉 막혔다.

그는 헛기침을 하고 침을 삼켰다.

'그럼, 어쩐단 말이야, 식민지 백성이 별수 있었어. 날구 뛴들 소용이 있었느냐 말이야. 어느 놈은 일본놈한테 아첨을 안 했어. 주는 떡을 안 먹은 놈이 바보지. 흥, 다 그놈이 그놈이었지.'

이인국 박사는 자기 변명을 합리화시키고 나면 가슴이 좀 후련해 왔다.

거기다 어저께의 최종 취조 장면에서 얻은 소련 고문관의 표정은 그에게 일루의 희망을 던져 주는 것이 있었다. 물론 그것이 억지의 자위일지도 모른다고 생각되었지만.

아마 스텐코프 소좌라고 했지. 그 혹부리 장교, 직업이 의사라고 했을 때, 독또르 독또르 하고 고개를 기웃거리던 순간의 표정, 그것이 무슨 기적의 예감 같기만 했다.

이인국 박사는 신음 소리에 놀라 눈을 떴다.

복도에 켜져 있는 엷은 전등 불빛이 쇠창살을 거쳐 방 안에 줄무늬를 놓으며 비쳐 들어왔다. 그는 환기창 쪽을 올려다보았다. 아직도 동도 트지 않은 깜깜한 밤이다.

생똥 냄새가 코를 찌른다. 바짓가랑이 한쪽이 축축하다. 만져 본 손을 코에 갔다 댔다. 구역질이 난다. 역시 똥 냄새다.

옆에 누운 청년의 앓는 소리는 계속되고 있다. 찬찬히 눈여겨보았다. 청년 궁둥이도 젖어 있다.

'설산가 보다.'

그는 살 창문을 흔들며 교화소원을 고함쳐 불렀다.

"뭐야!"

자다가 깬 듯한 흐린 소리가 들려왔다.

"환자가……. 이거, 봐요."

창살 사이로 들여다보는 소원의 얼굴은 역광 속에서 챙 붙은 모자 밑의 둥그스름한 윤곽밖에 알려지지 않는다.

　이인국 박사는 청년의 궁둥이께를 손가락으로 가리키며 들여다보고 있다.

　"이거, 피로군, 피야."

　그는 그제서야 붉은빛을 발견하곤 놀라 소리를 쳤다.

　"적리[62]야, 이질……."

　그는 직업 의식에서 떠오르는 대로 큰 소리를 질렀다.

　"뭐, 적리?"

　바깥 소리는 확실히 납득이 안 간 음성이다.

　"피똥 쌌소, 피똥을……. 이것 봐요."

　그는 언성을 더욱 높였다.

　"응, 피똥……."

　아우성 소리에 감방 안의 사람들은 하나 둘 눈을 뜨며 저마다 놀란 소리를 쳤다.

　"적리, 이건 전염병이오, 전염병."

　"뭐, 전염병……."

　그제서야 교화소원이 문을 열고 들어왔다.

　얼마 후 환자는 격리되었고 남은 사람들은 똥을 닦느라고 한참 법석을 치고 다시 잠을 불러일으키질 못했다.

　이튿날 미결감 다른 감방에서 또 같은 증세의 환자가 두셋 발생했다. 날이 갈수록 환자는 늘기만 했다.

　이 판국에 병만 나면 열의 아홉은 죽는 길밖에 없다고 생각한 이인국 박사는 새로운 위험에 사로잡히기 시작했다.

　저녁 후 이인국 박사는 고문관실로 불려 나갔다.

　"동무는 당분간 환자의 응급 치료실에서 일하시오."

---

62 법정 전염병. 똥에 곱이 섞여 나오면서 뒤가 잦고 당기는 병으로 치사율이 높다.

이게 무슨 청천 벽력 같은 기적일까. 그는 통역의 말을 의심했다.

소련 장교와 통역관을 번갈아 쳐다보고 있는 그의 눈동자는 생기를 띠어 갔다.

"알겠소, 엥……?"

"네."

다짐에 따라 이인국 박사는 기쁨을 억지로 감추며 평범한 어조로 대답했다.

'글쎄 하늘이 무너져도 솟아날 구멍은 있다니까.'

그는 아무 표정도 나타내지 않으려고 이를 악물었다.

죽어 넘어진 송장이 개 치우듯 꾸려져 나가는 것을 보고 이인국 박사는 꼭 자기 일같이만 느껴졌다.

'의사, 이것은 나의 천직이다.'[63]

그는 몇 번이고 감격에 차 중얼거렸다. 그는 있는 힘을 다해 자기 담당의 환자를 치료했다. 이러한 일은 그의 실력이 혹부리 고문관의 유다른 관심을 끌게 한 계기를 만들어 주었다.

사상범을 옥사시키는 경우는 책임자에게 큰 문책이 온다는 것은 훨씬 후에야 그가 안 일이다.

소련 군의관에게 기술이 인정된 이인국 박사는 계속 병원에서 근무하게 되었다. 그러나 죄상 처벌의 결말에 대해서는 알 길이 없었다.

그는 이 절호의 기회를 최대한으로 활용하고 싶었다. 이제는 죽어도 여한이 없을 것만 같았다.

어떻게 하여 이 보이지 않는 구속에서까지 완전히 벗어날 수는 없을까.

---

63 이 구절만 보면 주인공은 마치 의사를 천직으로 아는 도덕적인 인물 같아 보인다. 그러나 이 말은 주인공은 살기 위하여 자기를 합리화하는 구실에 지나지 않는다는 것을 알 수 있다.

그는 환자의 치료를 하면서도 늘 스텐코프의 왼쪽 뺨에 붙은 오리알만한 혹을 생각하고 있었다.

불구라면 불구로 볼 수 있는 그 혹을 가지고 고급 장교에까지 승진했다는 것은, 소위 말하는 당성黨性이 강하거나 그렇지 않으면 전공戰功이 특별했음에 틀림없다는 생각이 들었다.

그것 하나만 물고 늘어지면 무엇인가 완전히 살아날 틈새기가 생길 것만 같았다.

이인국 박사의 뜨내기 노어도 가끔 순시하는 스텐코프와 인사말을 주고받을 수 있을 정도로 진전되었다.

이 안에서의 모든 독서는 금지되었지만 노어 교본과 당사黨史[64]만은 허용되었다.

이인국 박사는 마치 생명의 열쇠나 되는 듯이 초보 노어 책을 거의 암송하다시피 했다.

크리스마스를 전후하여 장교들의 주연이 베풀어지는 기회가 거듭되었다.

얼근히 주기를 띤 스텐코프가 순시를 돌았다.

이인국 박사는 오늘의 이 기회를 놓치지 않겠다고 마음먹었다.

수일 전 소군 장교 한 사람이 급성 맹장염이 터져 복막염으로 번졌다. 그 환자의 실을 뽑는 옆에 온 스텐코프에게 이인국 박사는 말 절반 손짓 절반으로 혹을 수술하겠다는 의사를 표명했다.

스텐코프는 '하라쇼'[65]를 연발했다.

그 후 몇 번 통역을 사이에 두고 수술 계획에 대한 자세한 의사를 진술할 기회가 생겼다.

이인국 박사는 일본인 시장의 혹을 수술하던 일을 회상하면서 자신 있

---

64 공산당 역사를 적은 책.
65 '하라쇼' 는 최고라는 뜻.

는 설복[66]을 했다.

'동경 경응대학 병원에서도 못하겠다는 것을 내가 거뜬히 해치우지 않았던가.'

그는 혼자 머릿속에서 자문 자답하면서 이번 일에 도박 같은 심정으로 생명을 걸었다.

소련 군의관을 입회시키고 몇 차례의 예비 진단이 치러졌다.

수술 일은 왔다.

이인국 박사는 손에 익은 자기 병원의 의료 기재를 전부 운반하여 오게 했다.

군의관 세 사람이 보조하기로 했지만 집도는 이인국 박사 자신이 했다. 야전 병원의 젊은 군의관들이란 그에게 있어선 한갓 풋내기로밖에 보이지 않았다.

그는 수술을 진행하는 동안 그들 군의관들을 자기 집 조수 부리듯 했다. 집도 이후의 수술대는 완전히 자기 진단 하의 왕국이라고 생각되었다.

그러나 아까 수술 직전에 사인한, 실패되는 경우에는 총살에 처한다는 서약서가 통일된 정신을 순간순간 흐려 놓곤 했다.

수술대에 누운 스텐코프의 침착하면서도 긴장에 찼던 얼굴, 그것도 전신 마취가 끝난 후 3분이 못 갔다.

간호부는 가제로 이인국 박사의 이마에 내맺힌 땀방울을 연방 찍어 내고 있다.

기구가 부딪는 금속성과 서로의 숨소리만이 고촉[67]의 반사등이 내리비치는 방 안의 질식할 것 같은 침묵을 헤살 짓고 있다.

수술은 예상 이상의 단시간으로 끝났다.

위생복을 벗은 이인국 박사의 전신은 땀으로 흠뻑 젖었다.

---

66 알아듣게 말을 하여 뜻을 따르게 하거나 받아들이게 하는 것.
67 고촉高燭 . 밝기의 도수가 높은 촉광

완치되어 퇴원하는 날 스텐코프는 이인국 박사의 손은 부서져라 쥐면서 외쳤다.

"꺼삐딴 리, 스바씨보.**68**"

이인국 박사는 입을 헤벌리고 웃기만 했다. 마음의 감옥에서 해방된 것만 같았다.

"아진, 아진**69**……. 오첸 하라쇼."

스텐코프는 엄지손가락을 높이 들면서 네가 첫째라는 듯이 이인국 박사의 어깨를 치며 칭찬했다.

다음 날 스텐코프는 이인국 박사를 자기 방으로 불렀다.

그가 이인국 박사에게 스스로 손을 내밀어 예절적인 악수를 청한 것은 이것이 처음이었다.

'적과 적이 맞부딪치면서 이렇게 180도로 전환될 수가 있을까. 노랑 대가리도 역시 본심에서는 하나의 인간임에는 틀림없는 것이 아닌가.'

"내일부터는 집에서 통근해도 좋소."

이인국 박사는 막혔던 둑이 터지는 것 같은 큰 숨을 삼켜 가면서 내쉬었다.

이번에는 이인국 박사가 스텐코프의 손을 잡았다.

"스바씨보, 스바씨보."

"혹 나한테 무슨 부탁이 없소?"

이인국 박사는 문득 시계가 머리에 떠올랐다.

그러면서도 곧이어 이 마당에 그런 이야기를 꺼낸다는 것은 오히려 꾀죄죄하게 보이지 않을까 하는 생각이 뒤따랐다. 그러나 아무래도 그 미련이 가셔지지 않았다.

이인국 박사는 비록 찾지 못하는 경우가 있더라도 솔직히 심중을 털어

---

68 영어 댕큐와 같은 뜻의 러시아 말.
69 러시아 말로 '넘버 원'이라는 뜻.

놓으리라고 마음먹었다.

그는 통역의 보조를 받아 가며 시간과 장소를 정확히 회상하면서 시계를 약탈당한 경위를 상세히 설명했다.

스텐코프는 혹이 붙었던 뺨을 쓰다듬으면서 긴장된 모습으로 듣고 있었다.

"염려없소, 독또르 리. 위대한 붉은 군대[70]가 그럴 리가 없소. 만약 있었다 하더라도 그것은 무슨 착각이었을 것이오. 내가 책임지고 찾도록 하겠소."

스텐코프의 얼굴에 결의를 띤 심각한 표정이 스쳐 가는 것을 이인국 박사는 똑바로 쳐다보았다.

'공연한 말을 끄집어내어 일껏 잘되어 가는 일에 부스럼을 만드는 것은 아닐까.'

그는 솟구치는 불안과 후회를 짓눌렀다.

"안심하시오, 독또르 리, 하하하."

스텐코프는 큰 웃음으로 넌지시 말끝을 막았다.

이인국 박사는 죽음의 직전에서 풀려나 집으로 향했다.

어느 사이 저렇게 노어로 의사 표시를 할 수 있게 되었느냐고 스텐코프가 감탄하더라는 통역의 말을 되뇌이면서…….

차가 브라운 씨의 관사 앞에 닿았다.[71]

성조기星條旗를 보면서 이인국 박사는 그날의 적기赤旗와 돌려온 시계를 생각하고 있었다.

응접실에 안내된 이인국 박사는 주인이 나오기를 기다리면서 방 안을 둘러보았다. 대사관으로는 여러 번 찾아갔지만 집으로 찾아온 것은 이번이 처음이다.

---

70 공산당 군대. 여기서는 소련 군을 가리킴.
71 다시 시간적 배경은 현재로 돌아온다.

3년 전 딸이 미국으로 갈 때부터 신세진 사람이다.

벽 쪽 책꽂이에는 〈조선왕조실록朝鮮王朝實錄〉〈대동야승大東野乘〉[72] 등 한적漢籍[73]이 빼곡히 차 있고 한쪽에는 고서古書의 질책帙冊[74]이 가지런히 쌓여져 있다.

맞은편 책상 위에는 작은 금동 불상 곁에 몇 개의 골동품이 진열되어 있다. 12폭 예서隸書[75] 병풍 앞 탁자 위에 놓인 재떨이도 세월의 때묻은 백자다.

저것들도 다 누군가가 가져다 준 것이 아닐까 하는 데 생각이 미치자 이인국 박사는 얼굴이 화끈해졌다.

그는 자기가 들고 온 상감진사象嵌眞砂[76] 고려 청자 화병에 눈길을 돌렸다. 사실 그것을 내놓는 데는 얼마간의 아쉬움이 없지 않았다. 국외로 내어 보낸다는 자책감 같은 것은 아예 생각해 본 일이 없는 그였다.

차라리 이인국 박사에게는 저렇게 많으니 무엇이 그리 소중하고 달갑게 여겨지겠느냐는 망설임이 더 앞섰다.

브라운 씨가 나오자 이인국 박사는 웃으며 선물을 내어 놓았다. 포장을 풀고 난 브라운 씨는 만면에 미소를 띠며 기쁨을 참지 못하는 듯 댕큐를 거듭 부르짖었다.

"참 이거 귀중한 것입니다."

"뭐 대단한 것이 아닙니다만 그저 제 성의입니다."

이인국 박사는 안도감에 잇닿은 만족을 느끼면서 브라운 씨의 기쁨에 맞장구를 쳤다.

---

72 조선 시대의 패관문학서. 야담, 야사, 수필, 전설, 설화 따위를 모아 놓은 책이다.
73 한자로 씌어진 고전 책들.
74 여러 권으로 된 한 벌의 책.
75 서체의 한 가지. 진나라 시대 옥사獄事 정막이 창안했는데, 어려운 한자 획을 알기 쉽고 이해하기 쉽게 쓴 것이 특징이다.
76 공예기법 가운데 하나. 금속 도자기, 나무 등의 거죽에 여러 가지 무늬를 새기고 그 속에 동銅을 박아 넣어 붉은 빛을 띠게 하는 것.

브라운 씨가 영어 반 한국말 반으로 섞어 하는 이야기를 들으면서 이인국 박사는 흐뭇한 기분에 젖었다.

"닥터 리는 영어를 어디서 배웠습니까?"

"일제 시대에 일본말 식으로 배웠지요. 예를 들면 '잣도 이즈 아갗도' 식으루요."

"그런데 지금 발음은 좋은데요. 문법이 아주 정확한 스탠더드 잉글리시입니다."

그는 이 말을 들을 때 문득 스텐코프의 말이 연상됐다. 그러고 보면 영국에 조상을 가진다는 브라운 씨는 알R 발음을 그렇게 나타내지 않는 것 같게 여겨졌다.

"얼마 전부터 개인 교수를 받고 있습니다."

"아, 그렇습니까?"

이인국 박사는 자기의 어학적 재질에 은근히 자긍을 느꼈다.

브라운 씨가 부엌 쪽으로 갔다오더니 양주 몇 병이 놓인 쟁반이 따라나왔다.

"아무 거라도 마음에 드는 것으로 하십시오."

이인국 박사는 보드카 한 잔을 신통한 안주도 없이 억지로라도 단숨에 들이켜야 속이 시원해 하던 스텐코프를 브라운 씨 얼굴에 겹쳐 보고 있다.

그는 혈압 때문에 술을 조절해야 하는 자기 체질에 알맞게 스카치 한 잔을 핥듯이 조금씩 목을 축이면서 브라운 씨의 이야기를 들었다.

"그거, 국무성[77]에서 통지 왔습니다."

이인국 박사는 뛸 듯이 기뻤으나 솟구치는 흥분을 억제하면서 천천히 손을 내밀어 악수를 청했다.

"댕큐, 댕큐."

어쩌면 이것은 수술 후의 스텐코프가 자기에게 하던 방식 그대로인지

---

77 국무성國務省. 미국의 국무성은 우리 나라의 외무부와 하는 업무가 비슷하다고 보면 된다.

도 모른다는 생각이 들었다.

이인국 박사는 지성이면 감천이라고, 나의 처세법은 유에스에이에도 통하는구나 하는 기고만장한 기분이었다.

청자 병을 몇 번이고 쓰다듬으면서 술잔을 거듭하는 브라운 씨도 몹시 즐거운 표정이었다.

"미국에 가서의 모든 일도 잘 부탁합니다."

"네, 염려 마십시오. 떠나실 때 소개장을 써 드리지요."

"감사합니다."

"역사는 짧지만, 미국은 지상의 낙토입니다. 양국의 우호와 친선에 도움이 되기를 바랍니다……."

"댕큐……."

다음날 휴전선 지대로 같이 수렵하러 가기로 약속하고 이인국 박사는 브라운 씨 대문을 나섰다.

이번 새로 장만한 영국제 쌍발 엽총의 총신을 머리에 그리면서 그의 몸은 날기라도 할 듯이 두둥실 가벼웠다. 이인국 박사는 아까 수술한 환자의 경과가 궁금했으나 그것은 곧 씻겨져 갔다.

그의 마음속에는 새로운 포부와 희망이 부풀어 올랐다.

신체 검사는 이미 끝난 것이고 외무부 출국 수속도 국무성 통지만 오면 즉일될 수 있게 담당 책임자에게 교섭이 되어 있지 않은가? 빠르면 1주일 내에 떠나게 될지도 모른다는 브라운 씨의 말이 떠올랐다.

대학을 갓 나와 임상 경험도 신통치 않은 것들이 미국에만 갔다 오면 별이라도 딴 듯이 날치는 꼴이 사나웠다.

'어디 나두 댕겨 오구 나면 보자!' [78]

문득 딸 나미와 아들 원식의 얼굴이 한꺼번에 망막으로 휘몰아 왔다. 그는 두 주먹을 불끈 쥐며 얼굴에 경련을 일으키듯 긴장을 띠다가 어색한

---

[78] 돈벌이와 명예를 위하여 미국 다녀온 사실을 어떻게든 써먹겠다는 야심을 드러낸다.

미소를 흘려 보냈다.

'흥, 그 사마귀 같은 일본놈들 틈에서도 살았고, 닥싸귀[79]같은 로스케 속에서 살아났는데, 양키[80]라고 다를까…… 혁명이 일겠으면 일구, 나라가 바뀌겠으면 바뀌구, 아직 이 이인국의 살 구멍은 막히지 않았다. 나보다 얼마든지 날뛰던 놈들도 있는데, 나쯤이야…….'

그는 허공을 향하여 마음껏 소리치고 싶었다.

'그러면 우선 비행기 회사에 들러 형편이나 알아볼까…….'

이인국 박사는 캘리포니아 특산 시가를 비스듬히 문 채 지나가는 택시를 불러 세웠다.

그는 스프링이 튈 듯이 부스에 털썩 주저앉았다.

"반도 호텔로……."

차창을 거쳐 보이는 맑은 가을 하늘이 이인국 박사에게는 더욱 푸르고 드높게만 느껴졌다.

1962년 7월호 《사상계》

---

79 도꼬마리. 국화과에 속하는 하루살이 풀이다. 온몸에 거친 털이 많은 모양이 꼭 러시아 군인들의 털북숭이 외모와 비슷하다.

80 미국인을 얕잡아 부르는 호칭.

절대로 **배반**하지 않는 친구를 사귀고 싶은가?

그렇다면 **책**과 사귀어라.

- 발로

손창섭

|1922~ |

1922년 평안남도 평양에서 태어나다. 한동안 만주, 일본 등지를 전전하다가 고학으로 일본 니혼 대학에 입학하다. 대학을 마치지 못하고 중퇴한 후 소학교 교원, 잡지 편집자 등으로 일하다. 1949년 《연합신문》에 〈얄궂은 비〉를 연재하다. 1952년 문예지 《문예》에 단편 〈공휴일〉이, 1953년 〈비 오는 날〉이 추천됨으로써 본격적으로 작가 생활을 시작하다. 그 이후 〈생활적〉, 〈미해결의 장〉, 〈인간동물원 초抄〉, 〈혈서〉 등의 문제작을 잇따라 발표하여 주목을 받다. 1955년 〈혈서〉로 《현대문학》 신인상을 받고 1959년 〈잉여인간〉으로 제4회 동인문학상을 받다. 1961년 자전소설 〈신의 희작戱作〉과 〈육체추肉體醜〉 발표 후 거의 작품을 발표하지 않고 일본으로 건너가 문단과 연락을 끊다.

대I표I작

〈비 오는 날〉(1953), 〈생활적〉(1953), 〈유실몽 〉(1956), 〈잉여인간〉(1958), 〈고독한 영웅〉(1958) 등의 단편과 장편 〈낙서족 〉(1959), 〈부부〉(1962), 〈인간교실〉(1963), 〈길〉(1969) 등이 있다.

〈비 오는 날〉은 6 · 25 전쟁 직후의 부산을 배경으로 동욱과 동옥 남매의 불행을 그린 작품이다. 작품의 시작부터 끝까지 비가 오는 음산한 풍경이 배경으로 깔리면서 이상 성격자인 동욱과 신체 장애자인 동옥의 절망과 무기력이 우울한 샹송처럼 음울한 문체로 표현되고 있다.

이 작품의 등장인물은 칙칙하고 음울하다. 상식을 깨뜨리는 스토리와 등장인물들은 일정한 거리를 두고 대치對峙하는 삶이다. 그들은 거의 모두 폐쇄적이고 비사회적이며 충동적이다. 이런 상징적 공간을 중심 배경으로 작품 속 인물들은 냉소와 자조自嘲, 애정의 마비, 분열된 정신 결격자로 살아간다.

동욱은 누이동생 동옥과 살고 있다. 소학교 시절 친구인 원구는 리어카로 잡화를 파는 행상을 하며 어렵게 살면서도 오히려 친구 동욱과 동옥의 생활을 걱정한다. 동옥은 그림 그리기를 좋아하는 감수성이 예민한 처녀이며 지체 부자유자인 그녀의 오빠 동욱은 영문학을 전공한 착실한 기독교도로 목사가 되고 싶어한다. 그러나 6 · 25 전쟁은 그들의 운명을 송두리째 바꾸어 놓았다. 월남 이후 동욱은 미군 부대를 전전하면서 초상화를 주문받아 오고 동옥은 집에서 초상화를 그리면서 간신히 생계를 꾸려나간다. 그들이 사는 곳은 인가와 멀리 떨어진 외딴 곳으로 폐가나 다름없는 집이다. 동옥이 사람 많은 곳을 싫어하기 때문이다. 계속 비가 내리

비 오는 날

는 날, 원구가 동욱의 집을 찾아갔으나 동욱은 냉담하게 맞았다. 방 안은 비가 새어 양동이를 받쳐 놓았는데 원구가 양동이에 가득한 빗물을 버리려다 쏟고 말았다. 그때 물을 피하려던 동욱이의 다리가 불구라는 것을 알게 된다. 원구는 그 후 비 오는 날이면 자주 그 집을 방문하고 동욱의 태도도 조금씩 달라져 갔다. 그러던 어느 날 동욱은 유일한 생계 수단인 초상화 작업을 못하게 되었다. 그래서 동욱은 원구에게 동생 동옥이 너무 불안해 하니 자주 찾아와 위로해 주라는 부탁을 원구에게 한다. 다시 비 오는 날 원구가 찾아가니, 동옥에게서 돈을 빌려 간 주인 노파가 도망가 버렸다는 소식을 듣는다. 그래서 동옥은 더욱 절망하고 있었다.

이 작품의 배경인 부산은 전쟁 통에 고향을 떠나 남으로 내려온 사람들이 모여 사는, 절망적인 삶을 살아가는 비극적인 도시이다. '폐가(동욱의 집)와 장마(날씨)' 라는 배경 또한 주제 의식과 밀접한 관련을 맺고 있다. 다른 소설들처럼 객관적인 인물 묘사보다는 처음부터 작가가 냉소적인 시각으로 인물을 주관적으로 관찰하는 특이한 소설 양식이다. 6·25라는 전쟁이 개인을 어떻게 황폐화시킬 수 있는지를 암시하는 뛰어난 작품이라고 할 수 있다.

학습길라잡이

구조분석

- **갈래** 단편소설. 전후소설.
- **주제** 전쟁의 극한적 사회 환경이 가져다준 개인의 무기력한 삶과 인간성 회복.
- **배경** 시간은 6·25 전쟁 직후. 공간은 피난지 부산의 변두리. 날씨 배경은 장마철.
- **시점** 3인칭 전지적 작가 시점.

등장인물

- **원구** 이 작품의 서술자이다. 동욱의 친구로서 동욱, 동옥 남매에게 온정을 베푸는 인물.
- **동욱** 여동생과 함께 초상화 주문을 맡아 생계를 꾸려 가는 인물. 전쟁의 피해자로 생활 능력이 부족하고 무기력한 인물.
- **동옥** 동욱의 여동생. 원구를 사랑한다. 소아마비 신체 불구자로 성격이 냉소적임. 초상화를 그리는 일을 함.

플롯

- **발단** 비가 내리는 날이면 원구에게는 동욱 남매의 음산한 생활 풍경이 떠오른다.
- **전개** 원구는 폐가나 다름없는 동욱의 집을 방문하여 그의 누이동생 동옥을 만난다.
- **위기** 동옥의 자조적인 웃음. 그들의 유일한 생계인 초상화 작업을 못하게 된다.
- **절정** 동욱이가 노파에게 돈을 떼이고, 세 들어 살던 집마저 떠나게 된다.
- **결말** 원구가 동욱이네 집을 방문했을 때 이미 그들은 떠나고 원구는 자책감에 빠지게 된다.

이것만은 놓치지 말자

손창섭 문학의 특징 7가지

손창섭은 전후 문학戰後文學의 대표 작가이다. 그의 작품에는 대부분 음울한 분위기와 비정상적인 불구성 인물들이 등장한다. 이것은 전후 문학의 상징적 의미를 띤다. 〈비 오는 날〉도 역시 그렇다. 음산한 풍경, 등장인물들의 무기력한 모습, 우울, 절망……. 이런 등장인물들의 정신적 불구성은 비 오는 날의 구질구질함과 연계되어 있다. 손창섭 문학의 특징을 하나씩 예를 들면 다음과 같다.

- 뚜렷한 결말이 없다.
- 냉소적이고 허무주의적이다.
- '~것이다'로 끝나는 문장이 많다.
- 작품마다 '방'의 묘사가 많다.
- 인물 묘사를 거의 하지 않는다.
- 배경이 음울하다.
- 마음이 비뚤어진 사람이나 불구, 병자가 많이 등장한다.

깊이 생각하기

1. 〈비 오는 날〉과 비슷한 주제를 가지고 있는 작품에는 어떤 작품들이 있는지 알아보자.

2. 작품 속에서 동욱이 무기력한 행동을 보이는 대목을 찾고 그 이유를 살펴보자.

3. 소아마비로 인해 냉소적으로 변한 동옥의 성격에 대하여 토론해 보자.

비 오는 날

이렇게 비 내리는 날이면[1] 원구元求의 마음은 감당할 수 없도록 무거워지는 것이었다. 그것은 동욱東旭 남매의 음산한 생활 풍경이 그의 뇌리를 영사막[2]처럼 흘러가기 때문이었다. 빗소리를 들을 때마다 원구는 으레 동욱과 그의 여동생 동옥東玉이 생각나는 것이었다. 그들의 어두운 방과 쓰러져 가는 목조 건물이 비의 장막 저편에 우울하게 떠오르는 것이었다. 비록 맑은 날일지라도 동욱이 오누이의 생활을 생각하면, 원구의 귀에는 빗소리가 설레이고 그 마음 구석에는 빗물이 스며 흐르는 것 같았다. 원구의 머릿속에 떠오르는 동욱과 동옥은 그 모양으로 언제나 비에 젖어 있는 인생들이었다.

동욱의 거처를 왕방[3]하기 전에 원구는 어느 날, 거리에서 동욱을 만나 저녁을 같이 한 일이 있었다. 동욱은 밥보다도 먼저 술을 먹고 싶어했다. 술을 마시는 동욱의 태도는 제법 애주가愛酒家였다. 잔을 넘어 흘러내리는 한 방울도 아까워서 동욱은 혀끝으로 잔굽[4]을 핥았다. 기독교 가정에서 성장했을 뿐 아니라 몇몇 교회에서 다년간 찬양대[5]를 지도해 온 동욱

---

1 비는 이 작품 전체의 우울하고 어두운 분위기를 만드는 배경이다.
2 영사막映寫幕. 스크린. 영사기나 환등기의 빛을 받아 영상을 보여 주는 막.
3 왕방往訪. 가서 찾아봄.
4 잔 둘레.
5 찬양대讚揚隊. 기독교 교회의 성가대.

의 과거를 원구는 생각하며, 요즈음은 교회에 나가지 않느냐고 물어보았다. 동욱은 멋적게 씽긋 웃고 나서 이따마큼 한 번씩 나가노라고 하고 그런 때는 견딜 수 없는 절망감에 숨이 막힐 것 같은 날이라는 것이었다.

동욱은 소매와 깃이 너슬너슬한[6] 양복저고리에, 교회에서 구제품[7]으로 탄 것이라는, 바둑판처럼 사방으로 검은 줄이 죽죽 간 회색 즈봉[8]을 입고 있었다. 무엇보다도 그의 구두가 아주 명물이었다. 개미 허리처럼 중간이 잘룩한데다가 코숭이[9]만 주먹만큼 뭉툭 솟아오른 검정 단화를 신고 있었다. 그건 꼭 채플린[10]이나 신음직한 괴이한 구두였기 때문에, 잔을 주고받으면서도 원구는 몇 번이나 동욱의 발을 내려다보는 것이었다.

그동안 무얼 하며 지냈느냐는 원구의 물음에, 동욱은 끼고 온 보자기를 끄르고 스크랩북을 펴 보이는 것이었다. 몇 장 벌컥벌컥 뒤지는데 보니, 서양 여자랑 아이들의 초상화가 드문드문 붙어 있었다. 그 견본을 가지고 미군 부대를 찾아다니며 초상화의 주문을 맡는다는 것이었다.

대학에서 영문과를 전공한 것이 아주 헛일은 아니었다고 하며 동욱은 닝글닝글 웃었다.[11] 동욱의 그 닝글닝글한 웃음을 원구는 이전부터 몹시 꺼렸다. 상대방을 조롱하는 것 같은, 그러면서도 자조적 自嘲的이요, 어쩐지 친애감조차 느껴지는 그 닝글닝글한 웃음은, 원구에게 어떤 운명적인 중압을 암시하여 감당할 수 없이 마음이 무거워지는 것이었다.

대체 그림은 누가 그리느냐니까, 지금 여동생 동옥이와 둘이 지내는데, 동옥은 어려서부터 그림을 좋아하더니 초상화를 곧잘 그린다는 것이

---

6 굵고 긴 털이나 풀이 부드럽고 성긴.

7 구제품 救濟品. 재해를 당한 사람을 돕기 위하여 보내는 물건. 여기서는 6·25 전쟁 때 전쟁 피해를 입은 우리 국민을 위하여 외국인들이 보내 준 전쟁 구호 물자(옷)를 가리킴.

8 즈봉(일본어 ズボン, 프랑스어 jupon). 양복 바지.

9 (구두 같은 것의) 뾰족하게 내민 앞 끝의 부분.

10 무성영화 시대를 대표하는 희극 배우. 그는 영화에 나올 때마다 독특한 모자와 헐렁한 바지와 커다란 구두를 신었다.

11 이 웃음은 암울한 세상에 대한 조롱과 무기력한 자신을 향한 자조적인 태도를 나타낸다.

다. 동옥이란 원구의 귀에도 익은 이름이었다. 소학교[12] 시절에 동욱이네
집에 놀러 가면 그때 대여섯 살밖에 안 되는 동옥이가 귀찮게 졸졸 따라
다니던 기억이 새로웠다. 동옥은 그 당시 아이들 사이에 한창 유행되었던
'중중 때때중 바랑 메고 어디 갔나'[13]를 부르고 다녔다.

　그 사이 20년이라는 세월이 흐르고 보니 동옥의 모습은 전연 기억도
남지 않았다. 동욱의 말에 의하면 지난번 1 · 4 후퇴 당시 데리고 왔는데,
요새 와서는 짐스러워 후회될 때가 있다는 것이었다. 그의 남편은 못 넘
어 왔으냐니까, 뭘 입때 처년데 했다. 지금 몇 살인데 미혼이냐고 묻고 싶
었지만, 원구는 혼기[14]가 지난 동욱이나 자기 자신도 아직 독신인 걸 생
각하고 여자도 그럴 수가 있을 거라고 속으로 주억거리며[15] 그는 입을 다
물었다. 동옥의 나이가 지금 25, 6세가 아닐까 하고 원구는 지나간 세월
과 자기 나이에 비추어서 속어림[16]으로 따져 보는 것이었다.

　술에 취한 동욱은 다자꾸[17] 원구의 어깨를 한 손으로 투덕거리며, 동옥
이 년이 정말 가엾어, 암만 생각해도 그 총기[18]며 인물이 아까워, 그런 말
을 되풀이하는 것이었다. 그러고는 다시 잔을 비우고 나서, 할 수 있나 모
두가 운명인걸 하고 고개를 흔드는 것이었다.

　동욱은 머리를 떨어뜨린 채 내가 자네람 주저 없이 동옥이와 결혼할
테야 암 장담하구말구, 혼잣말처럼 그렇게도 중얼거리는 것이었다. 종잡
을 수 없는 동욱의 그런 말에 원구는 무슨 영문인지 모르면서, 암 그럴 테

---

12 초등학교의 옛 이름.

13 대구 출신 시인 윤복진의 가사에 박태준이 곡을 붙인 동요. 가사의 전문은 다음과 같다.
'중중 때때중/바랑 메고 어디 갔나/중중 때때중/목탁 치고 어디 갔나/등등 등 넘어/
골목골목 동냥 갔지/강강 강 건너/이집 저집 동냥 갔지'

14 혼기婚期. 사람이 결혼하기에 알맞은 나이.

15 고개를 앞뒤로 끄덕이다.

16 마음속으로 헤아려 보는 것.

17 자꾸만.

18 총기聰氣. 총명한 기운.

지 하는 동욱의 손을 쥐어 흔드는 것이었다. 동욱은 음식집을 나와 헤어질 무렵에 두 손을 원구의 양 어깨에 얹고 자기는 꼭 목사가 되겠노라고 했다. 그것이 자기의 갈 길인 것 같다고 하며 이제 새학기에는 신학교에 들어가겠다는 것이었다. 어깨가 축 늘어져서 걸어가는 동욱의 초라한 뒷모양을 바라보고 서서 원구는 또다시 동욱의 과거와 그 집안을 그려 보며, 목사가 되겠노라면서도 술을 사랑하는 동욱을 아껴 줘야겠다고 생각하는 것이었다.

그 뒤, 원구가 처음으로 동욱을 찾아간 것은 40일이나 계속된 긴 장마가 시작된 어느 날이었다. 동래東萊 종점에서 전차를 내리자, 동욱이가 쪽지에 그려 준 약도를 몇 번이나 펴 보며, 진득진득 걷기 힘든 비탈길을 원구는 조심히 걸어 올라갔다. 비는 여전히 줄기차게 내리고 있었다. 우산을 받기는 했으나 비가 후려치고 흙탕물이 튀고 해서 정강이 밑으로는 말이 아니었다. 동욱이가 들어 있는 집은 인가에서 뚝 떨어져 외따로이 서 있었다.

낡은 목조 건물이었다. 한 귀퉁이에 버티고 있는 두 개의 통나무 기둥이 모로 기울어지려는 집을 간신히 지탱하고 있었다. 기와를 얹은 지붕에는 두세 군데 잡초가 반 길이나 무성해 있었다. 나중에 들어 알았지만 왜정 때는 무슨 요양원療養院[19]으로 사용되어 온 건물이라는 것이었다. 전면前面은 본시 전부가 유리 창문이었는데 유리는 한 장도 남아 있지 않았다. 들이치는 비를 막기 위해서 오른편 창문 안에는 가마니때기가 드리워 있었다.

이 폐가와 같은 집 앞에 우두커니 우산을 받고 선 채, 원구는 한동안 움직이지 않았다. 이런 집에도 대체 사람이 살고 있을까? 아이들 만화책에 나오는 도깨비 집이 연상됐다. 금시 대가리에 뿔이 돋은 도깨비들이 방망이를 들고 쏟아져 나올 것만 같았다. 이런 집에 동욱과 동옥이가 살

---

19 요양원療養院. 환자나 노인들이 쉬면서 치료받는 시설.

고 있다니 원구는 다시 한 번 쪽지에 그린 약도를 펴 보았다. 이 집임에
틀림이 없었다. 개천을 끼고 올라오다가 그 개천을 건너선 왼쪽 산비탈에
도 도대체 집이라고는 이 집 한 채뿐이었다.

원구는 몇 걸음 다가서며 말씀 좀 묻겠습니다 하고 인기척을 냈다. 안
에서는 아무런 응답이 없었다. 원구는 같은 말을 또 한 번 되풀이했다. 그
래도 잠잠하다. 차차 거세 가는 빗소리와 도랑물 소리뿐, 황폐한 건물 자
체가 그대로 주검처럼 고요했다. 원구는 좀더 큰 소리로 안녕하십니까?
하고 불러 보았다. 원구는 제 소리에 깜짝 놀랐다. 목에 엉켰던 가래가 풀
리며 탁 터져 나오는 음성이 예상외로 컸던 탓인지, 그것은 마치 무슨 비
명처럼 들리었기 때문이다.

그러자 문 안에 친 거적 귀퉁이가 들썩하며, 백지에 먹으로 그린 초상
화 같은 여인의 얼굴이 나타난 것이다. 살결이 유달리 희고 눈썹이 남보
다 검은 그 여인은 원구를 내다보며 좀처럼 입을 열지 않았다. 저게 동옥
인가 보다 하고 속으로 생각하며, 여기가 김동욱 군의 집이냐는 원구의
물음에 여인은 말없이 약간 고개를 끄덕여 보였을 뿐이다. 눈썹 하나 까
닥하지 않는 그 태도는 거만해 보이는 것이었다. 동욱 군 어디 나갔습니
까 하고, 재차 묻는 말에도 여인은 먼저처럼 고개만 끄덕했다. 그러고 나
서 원구를 노려보는 듯하는 그 눈에는 까닭 모를 모멸과 일종의 반항적
태도까지 서리어 있는 것이었다. 여인이 혹시 자기를 오해하고 있지 않나
싶어, 정원구라는 이름을 밝히고 나서 동욱과는 소학교에서 대학까지 동
창이었다는 것과 특히 소학 시절에는 거의 날마다 자기가 동욱이네 집에
놀러 가거나, 동욱이가 자기네 집에 놀러 왔다는 것을 설명해 주었다. 그
래도 여인의 표정에는 별다른 변화가 없었다. 원구는 한층 더 부드러운
음성으로 혹시 동욱 군의 여동생이 아니십니까? 동옥이라구…… 하고
물었다. 여인은 세 번째 고개를 끄덕여 보인 것이다. 그리고 비로소 그 얼
굴에 조소를 품은 우울한 미소가 약간 어리는 것이었다.

동욱이 어디 갔느냐니까 그제야 모르겠는데요 하고 입을 열었다. 꽤

맑은 음성이었다. 그러면 언제 들어올지 모르겠군요 하니까, 이번에도 동욱은 머리를 끄덕이는 것이었다. 무례한 동욱의 태도에, 불쾌와 후회를 느끼면서 원구는 발길을 돌이키는 수밖에 없었다. 동욱이가 돌아오거든 자기가 다녀갔다는 말을 전해 달라고 이르고 돌아서는 원구에게, 동욱은 아무런 인사도 하지 않았다.

물탕에 젖어 꿀쩍거리는 신발 속처럼 자기의 머리는 어쩔 수 없는 우울에 잠뿍 젖어 있는 것이라고 공상하며 원구는 호박덩굴 우거진 철둑 길을 걸어 나갔다. 그 무거운 머리를 지탱하기에는 자기의 목이 지나치게 가는 것같이 여겨졌다. 그것은 불안한 생각이었다. 얼마쯤 가다가 원구는 별 생각이 없이 걸음을 멈추고 뒤를 돌아보았다. 안개비 속으로 보이는 창연한 건물은 금방 무서운 비명과 함께 모로 쓰러질 것만 같았다.

자기가 발길을 돌리자 아마 쓰러질는지도 모른다는 생각에, 이제나 저제나 하고 집을 지켜보고 섰던 원구는 흠칫 놀라듯이 몸을 떨었다. 창문 안에 드리운 거적을 캔버스 삼아 그림처럼 선명히 떠올라 있는 흰 얼굴이 눈에 띄었기 때문이었다. 그것은 동옥의 얼굴임에 틀림없었다. 어쩌자고 동옥은 비 뿌리는 창문에 붙어 서서 저렇게 짓궂게 나를 바라보고 있는 것일까? 어려서 들은, 여우가 사람을 홀린다는 얘기가 연상되어 전신에 오한을 느끼며 발길을 돌이키는 원구의 눈앞에 찢어진 지우산을 받고 다가오는 사나이가 있었다. 다행히도 그것은 동욱이었다. 찬거리를 사러 잠깐 나갔다가 오노라는 동욱은, 푸성귀며 생선 토막이 들어 있는 저자구럭[20]을 한 손에 들고 있었다. 이 먼 델 비 맞고 왔다가 그냥 돌아가는 법이 있느냐고 하며 동욱은 원구의 손을 잡아끄는 것이었다. 말할 기력조차 잃은 사람처럼 원구는 묵묵히 뒤를 따라갔다. 좀 전의 동옥의 수수께끼 같은 태도는 더욱 이해할 수 없는 무거운 그림자가 되어 원구의 머리를 뒤집어씌우는 것이었다. 동욱에게 재촉을 받고 방 안에 들어서는 원구를 동옥은 반항적

---

20 시장 보러 갈 때 들고 다니던 망태기 같은 것. 새끼로 그물처럼 눈을 드물게 만들었다.

인 태도로 힐끔 쳐다보는 것이었다. 물론 일어서거나 옮겨 앉으려고도 하지 않았다.

비 오는 날인데다가 창문까지 거적대기[21]로 가리어서 방 안은 굴속같이 침침했다. 다다미 여덟 장[22] 깔리는 방 안은 다다미 위에다 시멘트 종이로 장판 바른 듯한 것이었다. 한편 천장에서는 쉴 사이 없이 빗물이 떨어졌다. 빗물 떨어지는 자리에 바께쓰[23]가 놓여 있었다. 촐랑촐랑 쪼르륵 촐랑, 빗물은 이와 같은 연속적인 음향을 남기며 바께쓰 안에 가 떨어지는 것이었다. 무덤 속 같은 이 방 안의 어둠을 조금이라도 구해 주는 것은 그래도 빗물 소리뿐이었다. 그러나 그 빗물 소리마저 바께쓰에 차츰 물이 늘어 갈수록 우울한 음향으로 변해 가는 것이었다.

동욱은 별로 원구와 동옥을 인사시키거나 소개하려 하지 않았다. 동욱은 젖은 옷을 벗어서 걸고 러닝셔츠와 팬츠 바람으로 식사 준비를 할 테니 잠깐만 앉아 있으라고 하고 부엌으로 나가는 것이었다. 부엌이라야 따로 있는 것이 아니라 비어 있는 옆방이었다. 다다미는 걷어서 벽 한구석에 기대어 놓아, 판장[24]뿐인 실내에는 여기저기 빗물이 오줌발처럼 쏟아졌다. 거기에는 취사 도구가 너저분하니 널려 있는 것이었다. 연기가 들어간다고 사잇문을 닫아 버리고 나서, 동욱은 풍로에 불을 피우노라고 부채질을 하며 야단이었다. 열 시가 조금 지난 회중시계를 사잇문 틈으로 꺼내 보이며 도대체 조반이냐 점심이냐는 원구의 질문에, 동욱은 닝글닝글하며 자기들에게는 삼시[25]의 구별이 없다고 했다. 언제든 배고프면 밥을 끓여 먹고 밥 생각이 없는 날은 종일이라도 굶고 지낸다는 것이었다.

동욱이가 부엌에서 혼자 바삐 돌아가는 동안 동옥은 역시 한자리에 앉

---

21 새끼와 짚으로 엮어서 만든 물건.
22 다다미는 일본식 돗자리. 다다미 여덟 장 크기의 방을 가리킨다.
23 양동이의 일본말.
24 널판장. 널빤지로 둘러친 벽.
25 아침, 점심, 저녁 세 끼니.

아 꼼짝도 하지 않았다. 동옥은 가끔 하품을 하며 외국에서 온 낡은 화보를 뒤적이고 있었다. 그러한 동옥이와 마주 앉아 자기는 도대체 무엇을 생각해야 하며 또한 어떠한 포즈를 지속해야 하는가? 원구는, 이런 무의미한 대좌對坐[26]를 감당할 수 없어 차라리 부엌에 나가 풍로에 부채질이나마 거들어 줄까도 생각해 보는 것이었다. 그러나 고만한 행동도 이 상태로는 일종의 비약飛躍이라 적지 아니한 용기가 필요했다.

그러는 동안 원구는 별안간 엉덩이가 척척해 들어옴을 의식하였다. 바께쓰의 빗물이 넘어서 옆에 앉아 있는 원구의 자리로 흘러내린 것이었다. 원구는 젖은 양복바지 엉덩이를 만지며 일어섰다. 그제서야 동옥도 바께쓰의 물이 넘는 줄을 안 모양이다. 그러나 동옥은 직접 일어나서 제 손으로 치려고 하지도 않았다. 앉은 채 부엌 쪽을 향하여, 오빠 물 넘어, 했을 뿐이었다. 동욱은 사잇문을 반쯤 열고 들여다보며 이년아, 네가 좀 치우지 못해? 하고 목에 핏대를 세웠다. 그러자 자기가 나서기에 절호한 기회라고 생각한 원구는 내가 내다 버리지 하고 한 손으로 바께쓰를 들어 올렸다. 그러나 한 걸음도 미처 옮겨 놓을 사이도 없이 바께쓰는 철거렁 하는 소리와 함께 한 옆이 떨어지며 물이 좌르르 쏟아졌다. 손잡이의 한쪽 끝 갈퀴가 구멍에서 벗겨진 것이었다.

순식간에 방바닥은 물바다가 되고 말았다. 여지껏 꼼짝도 않고 앉아 있던 동옥도 그제만은 냉큼 일어나 한 걸음 비켜서는 것이었다. 그 순간 동옥의 동작이 예사롭지가 않았다. 원구에게 또 하나 우울의 씨를 뿌려 주는 것이었다. 원피스 밑으로 드러난 동옥의 왼쪽 다리가 어린애의 손목같이 가늘고 짧았기 때문이다. 그러한 다리를 옮겨 디디는 순간, 동옥의 전신은 한쪽으로 쓰러질 듯이 기울어지는 것이었다. 동옥은 다시 한 번 그 가늘고 짧은 다리를 옮겨 놓는 일 없이, 젖지 않은 구석자리에 재빨리 주저앉아 버리고 말았다. 그러고는 희다 못해 파랗게 질린 얼굴에 독이

---

26 마주 보고 앉는 것.

오른 눈초리로 원구를 잡아먹을 듯이 노려보는 것이었다. 동옥의 시선을 피하여 탁류의 대하[27] 가운데 떠 있는 것 같은 공포에 몸을 떨며, 원구는 마지막 기력을 다하여 허우적거리듯 두 발로 물 괸 방을 허우적거려 보는 것이었다.

그 뒤로는 비가 와서 가게를 벌일 수 없는 날이면 원구는 자주 동욱이네 집을 찾아가는 것이었다. 불구인 신체와 같이 불구적인 성격으로 대해 주는 동옥의 태도가 결코 대견할 리 없으면서도, 어느 얄궂은 힘에 조종당하듯이 원구는 또다시 찾아가지 아니할 수 없는 것이었다. 침침한 방안에 빗물 떨어지는 소리가 듣고 싶어서일까? 동옥의 가늘고 짧은 한쪽 다리가 지니고 있는 슬픔에 중독된 탓일까? 이도 저도 아니면 찾아갈 적마다 차츰 정상적인 데로 돌아오는 동옥의 태도에 색다른 매력을 발견할 탓일까?

정말 동옥의 태도는 원구가 찾아가는 회수에 따라 현저히 부드러워지는 것이었다. 두 번째 찾아갔을 때 동옥은 원구를 보자 얼굴을 붉히었다. 그리고는 고개를 숙였다. 세 번째 찾아갔을 때는 원구를 보자 동옥은 해죽이 웃어 보인 것이었다. 그러나 그것은 우울한 미소였다. 찾아갈 때마다 달라지는 동옥의 태도가 원구에게는 꽤 반가운 것이었다. 인사불성에 빠졌던 환자가 제정신으로 돌아올 때처럼 고마웠다. 첫 번째 불렀을 때는 눈을 감은 채 아무런 반응도 없던 환자가, 두 번째 부르자 눈을 간신히 떴고, 세 번째 불렀을 때는 제법 완전히 눈을 떠서 좌우를 둘러보다가 물 좀 하고 입을 열었을 경우와 같은 반가움을, 원구는 동옥에게서 경험하는 것이었다.

두 번째 갔을 때는 지난번 빗물 쏟아지던 자리에 바께쓰가 놓여 있지 않았다. 그 자리에는 제창[28] 떼꾼히[29] 구멍이 뚫려 있었다. 주먹이 두어

---

27 탁류가 흐르는 큰 강.
28 저절로 알맞게.
29 구멍이 뚫린 모양.

개나 드나들 만한 그 구멍은 다다미에서부터 그 밑의 널판까지 뚫려 있었다. 천장에서 흘러내리는 빗물은 그 구멍을 통과해 널판 밑 흙바닥에 둔탁한 음향을 남기며 떨어졌다. 기실 비는 여러 군데서 새는 모양이었다. 널빤지로 된 천장에는 사방에서 빗물 듣는 소리가 났다. 천장에 떨어진 빗물은 약간 경사진 한쪽으로 오다가 소 눈깔만한 옹이 구멍으로 새어 흐르는 것이었다.

그날만 해도 원구와 동욱이가 주고받는 말에, 비교적 냉담한 동욱이었다. 그러나 세 번째 갔을 때부터는 원구와 동욱이가 웃을 때는 함께 따라 웃어 주는 것이었다. 간혹 한두 마디씩은 말추렴[30]에도 들었다. 그날은 일찌감치 저녁을 얻어먹고 돌아오려고 하는데 비가 하도 세차게 퍼부어서 자고 오는 수밖에는 없었다. 한 손에 우산을 들고 선 채 회색 장막을 드리운 듯, 비에 뿌얘진 창밖을 내다보며 망설이고 있는 원구의 귀에 고집 피우지 말고 자고 가라는 동욱의 말에 뒤이어, 이런 비에는 앞 도랑[31]에 물이 불어서 못 건너십니다, 하는 동옥의 음성이 들린 것이었다.

그날 밤 비로소 원구는 가벼운 기분으로 동옥에게 말을 걸 수가 있었던 것이다. 언제부터 그림 공부를 했느냐니까, 초상화 따위가 뭐 그림인가요, 하고 그 우울한 미소를 지어 보이는 것이었다. 원구는 동옥의 상처를 건드릴 만한 말은 일절 꺼내지 않았다. 어렸을 때 얘기가 나와서 어딜 가나 강아지 새끼처럼 쫓아다니는 동옥이가 귀찮았다는 말을 하고 중중 때때중을 자랑스레 부르고 다녔다니까 동옥의 눈이 처음으로 티없이 빛나는 것이었다. 갑자기 동욱이가 중중 때때중 하고 부르기 시작하자 동옥도 가느다란 소리로 따라 부르는 것이었다. 노래 소리가 그치고 나니 방안에는 빗물 떨어지는 소리가 유달리 크게 들렸다. 비가 들이치는 바람에 바깥 벽 판장 틈으로 스며드는 물은 실내의 벽 한구석까지 적시기 시작하

---

30 어느 한쪽만 이야기를 하는 것이 아니라 대화에 함께 끼여드는 것.
31 작은 개울.

는 것이었다.

그런데 이상한 것은 동옥을 대하는 동욱의 태도였다. 대수롭지 않은 일에도 이년 저년 하고 욕을 퍼붓는 것이다. 부엌에서 들여보내는 음식 그릇을 한 손으로 받는다고 해서, 이년아 한 손으로 그러다가 또 떨어뜨리고 싶으냐, 하고 눈을 흘겼고 남포에 불을 켜는 데 불이 얼른 댕기지 않아 성냥 알을 두 개비째 꺼내려니까 저년은 밥 처먹구 불두 하나 못 켜, 하고 노려보는 것이었다. 그럴 때마다 동옥은 말없이 마주 눈을 흘겼다. 빨래와 바느질만은 동옥의 책임이지만 부엌일은 언제나 동욱이가 맡아 한다는 것이었다. 동옥이가 변소에 간 틈에, 될 수 있는 대로 위로해 주지 않고 왜 그리 사납게 구느냐니까, 병신 고운 데 없다고 그년 맘 쓰는 게 모두가 틀렸다는 것이다. 우선 그림 값만 하더라도 얼마 전까지는 받아 오면 반씩 꼭 같이 나눠 가졌는데 근자에 와서는 동욱을 신용할 수가 없다고 대소에 따라 한 장에 얼마씩 또박또박 선금을 받고야 그려 준다는 것이었다. 생활비도 둘이 꼭 같이 절반씩 부담한다는 것이다. 동옥은 자기가 병신이기 때문에 부모 말고는 자기를 거두어 오래 돌봐 줄 사람이 없으리라는 것이다. 오빠도 언제든 자기를 버릴 것이 아니겠느냐, 그렇기 때문에 자기는 자기대로 약간이라도 밑천을 장만해 두어야 비참한 꼴을 면하지 않겠느냐고 한다는 것이었다. 그러한 동욱의 심중을 생각할 때 헤어져 있으면 몹시 측은하기도 하지만, 이상하게 낯만 대하면 왜 그런지 안 그러리라 하면서도 동욱은 다자꾸 화가 치민다는 것이다.

동옥은 불을 끄고는 외로워서 잠을 이루지 못한다고 했다. 반대로 동욱은 불을 꺼야만 안심하고 잠을 들 수가 있다는 것이었다. 동욱은 어둠만이 유일한 휴식이노라 했다. 낮에는 아무리 가만하고 앉았거나 누워 뒹굴어도 걸레처럼 전신에 배어 있는 피로가 가시지 않는다는 것이었다. 그러한 동욱은 심지를 낮추어서 아랑신하니 켜 놓은 불빛에도 화를 내어 이년아, 아주 꺼 버리지 못해 하고 소리를 질렀다. 동옥은 손을 내밀어 심지를 조금 더 낮추었다. 그러고 나서 누가 데려오랬나, 차라리 어머니하고 거기 있을 걸 괜히 왔지 하고 쫑알대는 것이었다. 그러자 동욱은 벌떡 일어나며 이년 다시 한 번 그 주둥일 놀려 봐라 나두 너 같은 년 끌구 오구 싶지 않았다. 어머니가 하두 애원하시듯, 다 버리구 가더라두 네년만은 데리구 가라구 하 조르기에 끌구 와 이 꼴이다 하고 골을 내는 것이었다.

동옥은 말없이 저편으로 돌아누웠다. 어렴풋이 불빛이 있음에도 불구하고 어둠이 가슴을 내리누르는 것 같아서 원구는 오래도록 잠을 이룰 수가 없었다. 동욱도 잠이 안 오는 모양이었다. 동옥 역시 필경 잠이 들지 않았으련만 죽은 듯이 가만하고 있었다. 후두둑후두둑 유리 없는 창문으로 들이치는 빗소리를 들으며, 40주야[32]를 비가 퍼부어서 산꼭대기에다 배를 묶어 둔 노아[33]네 가족만이 남고 이 세상이 전멸을 해 버렸다는, 구약 성경에 나오는 대홍수를 원구는 생각해 보는 것이었다.

그러다가 어렴풋이 잠이 들려고 하는 때였다. 커다란 적선[34]으로 생각하고 동옥과 결혼할 용기는 없는가 하는 동욱의 음성이 잠꼬대같이 원구의 귀를 스쳤다. 원구는 눈을 떴다. 노려보듯이 천장을 바라보며 그는 반듯이 누워 있었다. 동욱의 입에서 다시 무슨 말이 흘러나올지도 모른다는 긴장을 느끼면서. 그러나 동욱은 아무 말이 없었다. 빗물 떨어지는 소리만이 여전히 계속되고 있을 뿐이었다.

원구가 또다시 간신히 잠이 들락 할 때였다. 발치 쪽에서 빠드득 하는 이상한 소리가 났다. 원구는 정신을 바짝 차리고 귀를 재웠다. 뱀에게 먹히는 개구리 소리 비슷한 그 소리는 뒷벽 쪽에서 들리는 것이었다. 원구는 이번에는 상반신을 일으키고 앉아 귀를 기울이는 것이었다. 그 바람에 동욱이도 눈을 떴다.

저게 무슨 소리냐고 한즉, 뒷방의 계집애가 자면서 이 가는 소리라는

---

32 40일 밤낮.
33 구약 성서 '창세기'에 나오는 대홍수 이야기에 나오는 인물. 의로운 사람이어서 하느님은 큰 배(방주)를 이용하여 가족과 함께 살 수 있도록 했다.
34 적선積善. 착한 일.

것이었다. 이 뒷방에도 사람이 사느냐니까 육순이 넘은 노파가 열두 살 먹은 손녀를 데리고 산다고 했다. 그 노파가 바로 이 집 주인인데 전차 종점 나가는 길목에 하꼬방[35] 가게를 내고 담배, 성냥, 과일, 사탕 같은 것들을 팔아서 근근이[36] 생활해 가고 있다는 것이었다. 뒷집 소녀는 잠만 들면 반드시 이를 간다는 것이었다. 동욱도 처음 며칠 밤은 그 소리에 골치를 앓았지만 요즘은 습관이 되어 괜찮노라고 했다. 이러한 방에서 빗물 떨어지는 소리와 이 가는 소리를 듣고 지나면 아무라도 신경과민이 될 것이라고 생각하며, 원구는 좀 전에 동욱이가 잠꼬대처럼 한 말의 의미를 되새겨 보는 것이었다.

4, 5일 지나서였다. 오래간만에 비가 그치고 제법 날이 훤해져서 잡화를 가득 벌여 놓은 리어카[37]를 지키고 섰노라니까, 다 저녁때 원구의 어깨를 툭 치는 사람이 있었다. 동욱이었다. 그는 역시 소매와 깃이 다 처진 저고리와 검은 줄이 간 회색 즈봉을 입고 있었다. 옷이라고는 그것밖에 없는 모양이라 비에 젖은 것을 그냥 짜서 말리곤 해서 여기저기 구김살이 져 있었다. 그보다도 괴이한 채플린 식의 검정 단화의 주먹 같은 코숭이가 말이 아니었다. 장화 대용으로 진창을 막 밟고 다녀서 온통 흙투성이였다. 그러한 동욱의 꼴에 원구는 이상하게 정이 갔다.

리어카를 주인집에 가져다 맡기고 와서 저녁을 같이 하자고 원구는 동욱의 손을 끌었다. 동욱은 밥보다도 술 생각이 더 간절하다고 했다. 두 가지 다 먹을 수 있는 집으로 원구는 동욱을 안내했다. 술이 몇 잔 들어가 얼근해지자 동욱은 초상화 '주문 도리'를 폐업했노라고 했다. 요즘은 양키들도 아주 약아져서 까딱하면 돈을 잘리거나 농락당하기가 일쑤라는 것이다. 거기에다 패스 없는 사람의 출입을 각 부대가 엄중히 단속하기 때문에 전처럼 드나들 수가 없다는 것이었다. 며칠 전에는 돈 받으러 몰

---

35 하꼬箱子 . 상자처럼 생긴 작은 판잣집을 가리킴.
36 겨우겨우.
37 자전거 바퀴로 만든 수레. 사람이 끌거나 민다.

래 들어갔다가 순찰 장교에게 걸려서 하룻밤 몽키 하우스[38]의 신세를 지고 나왔다는 것이다.

더구나 요즘은 국민병 수첩까지 분실했으므로 마음 놓고 거리에 나와 다닐 수도 없다는 것이었다. 분실계를 내고 재교부 신청을 하라니까, 그 때문에 동회로 파출소로 4, 5차나 쫓아다녀 봤지만, 까다롭게만 굴고 잘 들어주지 않는다는 것이다. 까짓거 나중에는 삼수갑산엘 갈망정[39] 내버려 둘 테라고 했다. 그래 차라리 군에라도 들어가 버릴까 싶어, 마침 통역 장교를 모집하기에 그 원서를 타러 나왔던 길이노라고 했다. 어디 원서를 좀 구경하자니까 동욱은 능글능글 웃으며 수속이 하두 복잡하고 번거로워 아예 단념하고 말았다는 것이다.

동욱은 한동안 말이 없이 술잔을 빨고 앉았다가, 가끔 찾아와서 동옥을 좀 위로해 주라는 것이었다. 세상 사람들이 모두 자기를 조소하고 멸시한다고만 생각하고 있는 동옥은, 맑은 날일지라도 일절 바깥출입[40]을 않고 두더지처럼 방에만 처박혀 산다는 것이다. 그리고 모든 사람에게 반감을 품고 있다는 것이다. 그러한 동옥도 원구만은 자기를 업신여기지 않고 자연스레 대하여 준다고 해서 자주 찾아와 주기를 여간 기다리지 않는다고 했다.

초상화가 팔리지 않게 된 다음부터는 동옥은 초조와 불안 속에서 한층 더 자신의 고독을 주체하지 못해 쩔쩔맨다는 것이었다. 동욱은 그러한 동옥이가 측은해 못 견디겠노라고 했다. 언젠가처럼, 내가 자네람 동옥이와 결혼할 테야, 암 하구말구 동욱은 고개를 주억거리는 것이었다. 술집을 나와 동욱은 이번에도 원구의 손을 꼭 쥐고 자기는 기어코 목사가 되겠노라고 했다. 동옥을 위해서나 자기 자신을 위해서나 그것만이 이 무거운

---

38 규칙을 위반한 군인들을 가두는 영창營倉을 가리키는 은어.
39 삼수갑산三水甲山은 조선 시대의 귀양지인 함경남도 지방 산골을 가리킨다. '삼수갑산에 갈 망정'은 어떤 결심을 하게 될 때 맞닥뜨려야 할 최악의 상황을 강조하는 표현이다.
40 외출.

짐을 조금이라도 덜 수 있는 유일한 길인 것 같다는 것이었다.

그 뒤에 한번은 딴 볼일로 동래까지 갔던 길에 동욱이네 집에 잠깐 들른 일이 있었다. 역시 그날도 장마는 구질구질 계속되고 있었다. 우산을 접으며 마루에 올라서도 동욱만이 머리를 내밀고 맞아 줄 뿐 동옥의 기척이 없었다. 방에 들어가 보니 동옥은 담요로 머리까지 푹 뒤집어쓰고 죽은 사람처럼 누워 있었다. 이틀째나 저러고 자빠져 있다고 하며 동욱은 그 까닭을 설명했다. 동옥은 뒷방에 살고 있는 주인 노파에게 동욱이도 모르게 2만 환이나 빚을 주고 있었는데, 노파는 이 집까지도 팔아먹고 귀신같이 도주해 버렸다는 것이다. 어제 아침에 집을 산 사람이 갑자기 이사를 왔기 때문에 그 사실을 알았는데, 이게 또한 어지간히 감때 사나운 자[41]여서 당장 방을 비워 내라고 위협하듯 한다는 것이다. 말을 마치고 난 동욱은 요 맹꽁이 같은 년아, 글쎄 이게 집이라구 믿고 돈을 줘 하고 발길로 동옥의 옆구리를 걷어찼다. 이년아, 2만 환이면 구화[42]로 얼만 줄 아니, 200만 환이야, 내 돈을 내가 떼였는데 오빠가 무슨 상관이냐구, 그래, 내가 없으면 네년이 굶어 죽지 않구 살 테냐? 너 같은 병신이 단 한 달을 독력[43]으로 살아? 동욱은 다시 생각해도 악이 받치는 모양이었다.

원구를 위해 동욱은 초밥을 만든다고 분주히 부엌으로 들락날락했으나 원구는 초밥을 얻어먹자고 그러고 앉아 견딜 수는 없었다. 그보다도 동옥이 이틀 동안이나 아무것도 먹지 않고 저러고 누워 있다고 하니, 혹시 동욱이가 잠든 틈에라도 몰래 일어나 수면제 같은 것을 먹고 죽어 있지나 않는가 싶어 불안한 생각이 솟았다. 원구는 조금이라도 더 앉아 견디기가 답답해서 자리를 일어서며 아무래도 방을 비워 주어야 하겠거든 자기도 어디 구해 보겠노라고 하니까, 동옥이가 인가人家 많은 데를 싫어하기 때문에 이 근처에다 외딴 집을 구하는 수밖에 없다는 동욱의 대답이

---

41 억세고 사나운 사람.

42 구화舊貨. 예전 돈.

43 독력獨力. 혼자 힘.

었다.

그 뒤로는 원구도 생활에 위협을 느끼기 시작했다. 한 달 가까이나 장마로 놀고 보니 자연 시원치 않은 장사 밑천을 그럭저럭 축나게 된 것이다. 원구가 얻어 있는 방도 지리한 비에 습기로 눅눅해졌다. 벗어 놓은 옷가지며 이부자리에까지도 곰팡이가 끼었다. 그의 마음속까지 곰팡이가 스는 것 같았다. 이런 날, 이런 음산한 방에 처박혀 있자니, 동욱과 동옥의 일이 자연 무겁고 우울하게 떠오르는 것이었다. 점심때가 되어서 원구는 퍼붓는 비를 무릅쓰고 집을 나섰다. 오늘은 동욱이와 마주 앉아 곰팡이 슨 속을 씻어 내리며, 동옥이도 위로해 줘야겠다고 생각하고 원구는 술과 통조림을 사 들고 찾아갔다.

낡은 목조 건물은 전과 마찬가지로 금방 쓰러질 듯 빗속에 서 있었다. 유리 없는 창문에는 거적도 그대로 드리워 있었다. 그러나, 동욱이, 하고 원구가 불렀을 때 곰처럼 마루로 기어 나오는 사나이는 동욱이가 아니었다. 이 집에 살던 젊은 남녀는 어디 갔느냐는 원구의 물음에, 우락부락하게는 생겼으되 맺힌 데가 없이 어딘가 허술해 보이는 40 전후의 그 사나이는, 아하 당신이 정丁 뭐라는 사람이냐고 하고 대답 대신 혼자 머리를 끄덕끄덕하는 것이었다. 원구가 재차 묻는 말에 사나이는 자기가 이 집 주인이노라 하고 나서, 동욱은 외출한 채 소식 없이 돌아오지 않게 되었고, 그 뒤 동옥 역시 어디로 가 버렸는지 모르겠다는 것이었다. 동욱이가 안 돌아오는 지는 열흘이나 되었고 동옥은 바로 2, 3일 전에 나갔다는 것이다.

원구는 더 무슨 말이 없이 서 있었다. 한 손에 보자기 꾸러미를 들고 한 손으로는 우산을 받고 선 채, 원구는 사나이의 얼굴만 멍하니 바라보는 것이었다. 원구는 그대로 발길을 돌려 몇 걸음 걸어가다가 되돌아와 보자기에 싼 물건을 끌러 주인 사나이에게 주었다. 이거 원, 하며 주인 사나이는 대뜸 입이 헤벌어졌다. 그러고는 자기 여편네와 아이들이 장사 나갔기 때문에 점심 한 그릇 대접할 수는 없으나 좀 올라와 담배라도 피우고 가라고 권하는 것이었다.

무슨 재미로 쉬어 가겠느냐고 하며, 원구가 돌아서려니까, 주인은 잠깐만 하고 불러 세우고 나서, 대단히 죄송하게 되었노라고 하며 사실은 동욱이가 정 누구라고 하는 분이 찾아오면 전해 달라고 편지를 맡기고 갔는데, 그만 간수를 잘못해서 아이들이 찢어 없앴다는 것이다. 그래도 아무 말 않고 멍청히 서 있는 원구를 주인 사나이는 무안한 눈길로 바라보며, 동욱은 아마 십중팔구 군대에 끌려 나갔을 거라고 하고, 동옥은 아이들처럼 어머니를 부르며 가끔 밤중에 울기에, 뭐라고 좀 나무랐더니, 그 다음날 저녁에 어디론가 나가 버렸다는 것이다.

죽지나 않았을까, 자살을 하든 굶어 죽든…… 하고 혼잣말처럼 중얼거리며 돌아서는 원구의 등에다 대고, 중요한 옷가지랑은 꾸려 갖고 간 모양이니 자살을 할 의사는 없었음이 분명하고, 한편 병신이긴 하지만 얼굴이 고만큼 밴밴하고서야 어디 가 몸을 판들 굶어 죽기야 하겠느냐고 주인 사나이는 지껄이는 것이었다. 얼굴이 고만큼 밴밴하고서야 어디 가 몸을 판들 굶어 죽기야 하겠느냐는 말에, 이상하게 원구는 정신이 펄쩍 들어 이놈 네가 동옥을 팔아먹었구나 하고 대들 듯한 격분을 마음속 한구석에 의식하면서도, 천근의 무게로 내리누르는 듯한 육체의 중량을 감당할 수 없이 그는 말없이 발길을 돌이키었다.

이놈, 네가 동옥을 팔아먹었구나 하는 흥분한 소리가 까마득히 먼 곳에서 자기를 향하고 날아오는 것 같은 착각에 오한을 느끼며, 원구는 호박덩굴 우거진 밭두둑 길[44]을 앓고 난 사람 모양 휘청거리는 다리로 걸어 나가는 것이었다.

1953년 《문예》

---

44 밭두렁 길.

하근찬

|1931~ |

　　1931년 경북 영천읍에서 태어나다. 15세 때 전주 사범학교에 입학했으나 교원검정시험에 합격하여 학교를 중퇴하고 한동안 초등학교 교사로 근무하다가 1954년 부산 동아대학 공학부 토목과에 입학하다. 1957년 《한국일보》 신춘문예에 단편 〈수난이대〉가 당선되어 문단에 데뷔하다. 이해 동아대를 중퇴하고 군에 입대하다. 1958년 제대 후 오랫동안 《교육주보》, 《새교실》 등 교육 관련 신문 잡지사에 근무하다. 1969년부터 직장을 떠나 전업 작가 생활을 시작하다. 1970년 《신동아》에 장편 〈야호〉를 연재하고 단편집 〈수난이대〉를 간행하다. 이후 장편 〈안개는 풍선처럼〉, 〈월례소전〉, 〈달섬 이야기〉 등을 쓰다. 1998년 보관문화훈장을 받다.

대 | 표 | 작

〈수난이대〉(1957), 〈나룻배 이야기〉(1959), 〈흰 종이 수염〉(1959), 〈왕릉과 주둔군〉 (1963), 〈일본도〉(1971), 〈월례소전〉(1978), 〈산에 들에〉(1981), 〈작은 용〉(1986), 〈징깽맨이〉(1990), 〈제국의 칼〉(1995) 등이 있다.

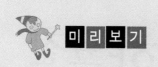
미리보기

　〈수난 이대受難二代〉는 일제 강점기와 6 · 25전쟁을 겪으면서 순박한 농촌 마을의 어느 부자父子가 겪는 수난의 실상을 다룬 단편소설로, 민족 전체의 수난의 역사가 개인이나 가족에게 어떤 상처를 입히고 있는가를 생생하게 그리고 있는 작품이다. 아버지와 아들은 각각 전쟁을 겪으며 불구가 된다. 아버지는 한쪽 팔을 잃었고 아들은 한쪽 다리를 잃었다. 이 이대二代에 걸친 비극을 통하여 작가는 전쟁의 역사가 우리 민족에게 남겨준 처절한 아픔과 불행을 현실로 가져온다. 시대적 배경이 된 전쟁은 주인공의 삶의 조건이 되고 있다. 즉 아버지와 아들이 겪은 수난은 그들 가족 단위의 수난이자 우리 민족이 겪은 수난의 의미를 동시에 표현하는 주제인 것이다.

　〈수난 이대〉의 중요한 공간적 배경은 '외나무다리'이다. 아들을 업고 아버지가 건너가는 이 다리는 주제를 드러내는 동시에 작품을 유기적으로 구성하는 장치이다. 즉 허술하고 불안한 이 다리는 비극적 역사를 상징하는 것과 함께 그 극복의 가능성을 암시하고 있다. 부자가 진한 핏줄의 정으로 서로의 장애를 보완하면서 함께 외나무다리를 건너는 것은 좌절과 갈등의 수렁에서 화해와 단합으로 새로 출발하는 아름다운 모습이고 참담한 비극적 상황에 대한 단호한 극복이다.

　〈수난 이대〉는 훌륭한 점이 많은 작품이다. 무엇보다 서민적인 삶의 모

수난 이대

습이 아주 소박하고 리얼하게 형상화되어 있다. 투박한 경상도 사투리, 단문으로 주고받는 대화, 한쪽 팔을 잃었지만 분노나 원망을 하기보다 자신의 운명을 묵묵히 받아들이는 아버지, 아들의 긍정적인 태도 등 이런 점들 때문에 이 작품에서는 구수한 사람의 냄새가 풍기는 것이다. 아주 향기롭고 매력적인 요소들이다.

학습길라잡이

구조 분석

- **갈래** 단편소설. 전후소설. 가족사소설.
- **주제** 민족적 역사적 수난의 현실과 그것을 극복하는 의지.
- **배경** 시간은 일제 강점기 말부터 6·25 전후. 공간은 경상도 어느 작은 농촌 마을과 1940년대 남양군도.
- **시점** 혼합 시점(전지적 작가 시점+작가 관찰자 시점).

등장 인물

- **박만도(아버지)** 일제 때 남양군도에 징용으로 끌려갔다가 한쪽 팔을 잃는다. 수난의 아픔을 극복하려는 의지가 있는 긍정적이고 낙천적인 인물.
- **박진수(아들)** 6·25전쟁에 참전하여 한쪽 다리를 잃고 귀향한다. 수난을 수용하여 꿋꿋하게 살려는 의지가 잔잔히 엿보인다.

수난 이대

◆

　진수가 돌아온다. 진수가 살아서 돌아온다.[1] 아무개는 전사했다는 통지가 왔고, 아무개는 죽었는지 살았는지 통 소식이 없는데, 우리 진수는 살아서 오늘 돌아오는 것이다.

　생각할수록 어깻바람이 날 일이다. 그래 그런지 몰라도 박만도는 여느 때 같으면 아무래도 한두 군데 앉아 쉬어야 넘어설 수 있는 용머리재를 단숨에 올라 채고 만 것이다. 가슴이 펄럭거리고 허벅지가 뻐근했다. 그러나 그는 고갯마루에서도 쉴 생각을 하지 않았다. 들 건너 멀리 바라보이는 정거장에서 연기가 물씬물씬 피어오르며 삐익 기적 소리가 들려왔기 때문이다. 아들이 타고 내려올 기차는 점심때가 가까워 도착한다는 것을 모르는 바 아니다. 해가 이제 겨우 산등성이 위로 한 뼘가량 떠올랐으니, 오정이 되려면 아직 차례 멀은 것이다. 그러나 그는 공연히 마음이 바빴다. 까짓것, 잠시 앉아 쉬면 뭐 할 끼고.

　손가락으로 한쪽 콧구멍을 누르면서 팽! 마른 코를 풀어 던졌다. 그리고 휘청휘청 고갯길을 내려가는 것이다. 내리막은 오르막에 비하면 아무것도 아니었다. 대고 팔을 흔들라치면 절로 굴러 내려가는 것이다. 만도는 오른쪽 팔만을 앞뒤로 흔들고 있었다. 왼쪽 팔[2]은 조끼 주머니에 아무

---

1 작품의 서두부터 '살아 돌아온다' 는 말을 반복함으로써 독자의 흥미는 높아진다.

렇게나 쑤셔 넣고 있는 것이다. 3대 독자가 죽다니 말이 되나. 살아서 돌아와야 일이 옳고말고. 그런데 병원에서 나온다 하니 어디를 좀 다치기는 다친 모양이지만, 설마 나같이 이렇게사 되지 않았겠지.[3]

만도는 왼쪽 조끼 주머니에 꽂힌 소맷자락을 내려다보았다. 그 소맷자락 속에는 아무것도 든 것이 없었다. 그저 소맷자락만이 어깨 밑으로 덜렁 처져 있는 것이다. 그래서 노상 그쪽은 조끼 주머니 속에 꽂혀 있는 것이다. 볼기짝이나 장딴지 같은 데를 총알이 약간 스쳐 갔을 따름이겠지. 나처럼 팔뚝 하나가 몽땅 달아날 지경이었다면 그 엄살스런 놈이 견뎌 냈을 턱이 없고말고. 슬며시 걱정이 되기도 하는 듯 그는 속으로 이런 소리를 주워섬겼다.

내리막길은 빨랐다. 벌써 고갯마루가 저만큼 높이 쳐다보이는 것이다. 산모퉁이를 돌아서면 이제 들판이다. 내리막길을 쏘아 내려온 기운 그대로, 만도는 들길을 잰걸음 쳐 나가다가 개천 둑에 이르러서야 걸음을 멈추었다.

외나무다리가 놓여 있는 조그마한 시냇물이었다. 한여름 장마철에는 들어설라치면 배꼽이 묻히는 수도 있었지만 요즈막엔 무릎이 잠길 듯 말 듯한 물인 것이다. 가을이 깊어지면서부터 물은 밑바닥이 환히 들여다보일 만큼 맑아져 갔다. 소리도 없이 미끄러져 내려가는 물을 가만히 내려다보고 있으면 절로 잇속이 시려 온다.

만도는 물 기슭에 내려가서 쭈그리고 앉아 한 손으로 고의춤을 뜯어 헤쳤다. 오줌을 찌익 갈기는 것이다. 거울 면처럼 맑은 물 위에 오줌이 가서 부글부글 끓어오르며 뿌우연 거품을 이루니 여기저기서 물고기 떼가 모여든다. 제법 엄지손가락만씩 한 피리[4]도 여러 마리다. 한 바가지 잡아서 회쳐 놓고 한 잔 쭈욱 들이켰으면……. 군침이 목구멍에서 꿀걱했다.

---

2 박만도는 한쪽 팔이 없다.
3 아들 역시 불구가 되었다는 암시를 하고 있다.
4 피라미. 몸길이 10~16cm. 강이나 개울 상류 지역 맑은 물에 사는 고기.

고기 떼를 향해서 마른 코를 팽팽 풀어 던지고, 그는 외나무다리를 조심히 디뎠다.

길이가 얼마 되지 않는 다리였으나 아래로 물을 내려다보면 제법 아찔했다. 그는 이 외나무다리를 퍽 조심하는 것이다. 언젠가 한번, 읍에서 술이 꽤 되어 가지고 흥청거리며 돌아오다가, 물에 굴러 떨어진 일이 있었던 것이다. 지나치는 사람이 없었기에 망정이지, 누가 보았더라면 큰 웃음거리가 될 뻔했었다. 발목 하나를 약간 접쳤을 뿐, 크게 다친 데는 없었다. 이른 가을철이었기 때문에 옷을 벗어 둑에 널어놓고 말릴 수는 있었으나 여간 창피스러운 것이 아니었다. 옷이 말짱 젖었다거나 옷이 마를 때까지 발가벗고 기다려야 한다거나 해서가 아니었다. 팔뚝 하나가 몽땅 잘려져 나간 흉측한 몸뚱이를 하늘 앞에 드러내 놓고 있어야 했기 때문이었다. 지나치는 사람이 있을라치면, 하는 수 없이 물 속으로 뛰어 들어가서 얼굴만 내놓고 앉아 있었다. 물이 선뜩해서 아래턱이 덜덜거렸으나, 오그라 붙는 사타구니를 한 손으로 꽉 움켜쥐고 버티는 수밖에 없었다.

"흐흐흐……."

그때 일을 생각하면 지금도 곧 웃음이 터져 나오는 것이다. 하늘로 쳐들린 콧구멍이 연방 벌름거렸다.

개천을 건너서 논두렁길을 한참 부지런히 걸어가노라면 읍으로 들어가는 한길이 나선다. 도로변에 먼지를 부옇게 덮어쓰고 도사리고 앉아 있는 초가집은 주막이다. 만도가 읍네 나올 때마다 꼭 한 번씩 들르곤 하는 단골집인 것이다. 이집 눈썹이 짙은 여편네와는 예사로 농을 주고받는 사이다.

술방 문턱을 들어서며 만도가,

"서방님 들어가신다."

하면, 여편네는,

"아이 문둥아 어서 오느라."

하는 것이 인사처럼 되어 있었다. 만도는 여간 언짢은 일이 있어도 이 여편네의 궁둥이 곁에 가서 앉으면 속이 절로 쑥 내려가는 것이었다.

주막 앞을 지나치면서 만도는 술방 문을 열어 볼까 했으나, 방문 앞에 신이 여러 켤레 널려 있고, 방 안에서 웃음소리가 요란하기 때문에 돌아오는 길에 들르기로 했다.

신작로에 나서면 금시 읍이었다. 만도는 읍 들머리에서 잠시 망설이다가, 정거장 쪽과는 반대되는 방향으로 걸음을 옮겼다. 장거리[5]를 찾아가는 것이었다. 진수가 돌아오는데 고등어나 한 손[6] 사 가지고 가야 될 거 아닌가, 싶어서였다. 장날은 아니었으나, 고깃전에는 없는 고기가 없었다. 이것을 살까 하면 저것이 좋아 보이고 그것을 사러 가면 또 그 옆의 것이 먹음직해 보이고 그것을 사러 가면 또 그 옆의 것이 먹음직해 보였다. 한참 이리저리 서성거리다가 결국은 고등어 한 손이었다. 그것을 달랑달랑 들고 정거장을 향해 가는데, 겨드랑 밑이 간질간질해 왔다. 그러나 한쪽밖에 없는 손에 고등어를 들었으니 참 딱했다. 어깻죽지를 연방 위아래로 움직거리는 수밖에 없었다.

정거장 대합실에 들어선 만도는 먼저 벽에 걸린 시계부터 바라보았다. 2시 20분이었다. 벌써 2시 20분이니 내가 잘못 보나? 아무리 두 눈을 씻고 보아도 시계는 틀림없는 2시 20분이었다. 한쪽 걸상에 가서 궁둥이를 붙이면서도 곧장 미심쩍어 했다. 2시 20분이라니, 그럼 벌써 점심때가 겨웠단 말인가? 말도 아닌 것이다. 자세히 보니 시계는 유리가 깨어졌고 먼지가 꺼멓게 앉아 있었다. 그러면 그렇지. 엉터리였다. 벌써 그렇게 되었을 리가 없는 것이다.

"여보이소 지금 몇 싱교?"

맞은편에 앉은 양복쟁이한테 물어보았다.

"10시 40분이오."

---

5 장터가 있는 거리.

6 생선을 두 마리씩 세는 단위. 예를 들면 큰 것의 배에 작은 것을 끼워 놓은 자반고등어 두 마리를 한 손이라고 부른다.

"예, 그렇교."

만도는 고개를 굽실하고는 두 눈을 연방 껌벅거렸다. 10시 40분이라, 보자 그럼 아직도 한 시간이나 넘어 남았구나.

그는 안심이 되는 듯 후유 숨을 내쉬었다. 궐련을 한 개 빼물고 불을 댕겼다. 정거장 대합실에 와서 이렇게 도사리고 앉아 있노라면, 만도는 곧잘 생각키는 일이 한 가지 있었다. 그 일이 머리에 떠오르면 등골을 찬 기운이 좍 스쳐 내려가는 것이었다. 손가락이 시퍼렇게 굳어진 이끼 낀 나무토막 같은 팔뚝이 지금도 저만큼 눈앞에 보이는 듯했다.[7]

바로 이 정거장 마당에 백 명 남짓한 사람들이 모여 웅성거리고 있었다. 그 중에는 만도도 섞여 있었다. 기차를 기다리고 있는 것이었으나, 그들은 모두 자기네들이 어디로 가는 것인지 알지를 못했다. 그저 차를 타라면 탈 사람들이었다. 징용에 끌려 나가는 사람들이었다. 그러니까, 지금으로부터 12, 3년 옛날의 이야기인 것이다.

북해도[8] 탄광으로 갈 것이라는 사람도 있었고 틀림없이 남양군도[9]로 간다는 사람도 있었다. 더러는 만주로 가면 좋겠다고 하기도 했다. 만도는 북해도가 아니면 남양군도일 것이고, 거기도 아니면 만주겠지, 설마 저희들이 하늘 밖으로사 끌고 가겠느냐고 아무렇지도 않은 듯이 그 들창코로 담배 연기를 푹푹 내뿜고 있었다.[10] 그러나 마음이 좀 덜 좋은 것은 마누라가 저쪽 변소 모퉁이 벚나무 밑에 우두커니 서서 한눈도 안 팔고 이쪽만을 바라보고 있는 때문이었다. 그래서 그는 주머니 속에 성냥을 두고도 옆 사람에게 불을 빌리자고 하며 슬며시 돌아서 버리곤 했다. 홈으로 나가면서 뒤를 돌아보니 마누라는 울 밖에 서서 수건으로 코를 눌러

---

7 이 구절 다음부터 시간적 배경이 과거로 바뀌면서 만도는 팔을 잃기까지의 일들을 회상한다.
8 홋카이도. 일본의 북쪽 지방.
9 남양군도南洋群島. 태평양의 적도를 중심으로 그 부근에 있는 크고 작은 여러 섬을 가리킴.
10 박만도의 낙천적인 성격을 나타내고 있는 표현이다.

대고 있는 것이었다. 만도는 코허리[11]가 찡했다. 기차가 꽥꽥 소리를 지르면서 덜커덩! 하고 움직이기 시작했을 때는 정말 속이 덜 좋았다. 눈앞이 뿌우옇게 흐려지는 것을 어쩌지 못했다. 그러나 정거장이 까맣게 멀어져 가고 차창 밖으로 새로운 풍경이 획획 날아들자, 그만 아무렇지도 않아지는 것이었다. 오히려 기분이 유쾌해지는 것 같기도 했다.[12]

바다를 본 것도 처음이었고, 그처럼 큰 배에 몸을 실어 본 것은 더구나 처음이었다. 배 밑창에 엎드려서 꽥꽥 게워 내는 사람들이 많았으나, 만도는 그저 골이 좀 띵했을 뿐 아무렇지도 않았다. 더러는 하루에 두 개씩 주는 뭉치 밥을 남기기도 했으나, 그는 한꺼번에 하루 것을 뚝딱해도 시원찮았다. 모두 내릴 준비를 하라는 명령이 떨어진 것은 사흘째 되는 날 황혼 때였다. 제가끔 봇짐[13]을 챙기기에 바빴다. 만도도 호박덩이만한 보따리를 옆구리에 덜렁 찼다. 갑판 위에 올라가 보니 하늘은 활활 타오르고 있고, 바닷물은 불에 녹은 쇠처럼 벌겋게 출렁거리고 있었다. 지금 막 태양이 물 위로 뚝딱 떨어져 가는 것이었다. 햇덩어리가 어쩌면 그렇게 크고 붉은지 정말 처음이었다. 그리고 바다 위에 주황빛으로 번쩍거리는 커다란 산이 둥둥 떠 있는 것이었다. 무시무시하도록 황홀한 광경에 모두들 딱 벌어진 입을 다물 줄 몰랐다. 만도는 어깨마루를 버쩍 들어 올리면서, 히야 고함을 질러 댔다. 그러나, 섬에서 그들을 기다리고 있는 것은 숨막히는 더위와 강제 노동과 그리고, 잠자리만씩이나 한 모기 떼…… 그런 것뿐이었다.

섬에다가 비행장을 닦는 것이었다. 모기에게 물려 혹이 된 자리를 벅벅 긁으며, 비 오듯 쏟아지는 땀을 무릅쓰고, 아침부터 해가 떨어질 때까

---

11 콧등의 위쪽 잘룩하게 들어간 부분.
12 일제는 1938년 태평양전쟁을 벌이면서 이른바 '국가총동원법'을 만들어 조선인 노동자들을 모집하다가 1941년부터는 아예 강제 징용을 하기 시작했다. 이때 징용으로 끌려간 한국인들은 탄광, 철도 공사장, 군수 공장 등의 가혹한 환경 속에서 혹사를 당해야 했다.
13 물건을 등에 지기 위하여 보자기로 싼 짐.

지 산을 허물어 내고, 흙을 나르고 하기란, 고향에서 농사일에 뼈가 굳어진 몸에도 이만저만한 고역이 아니었다. 물도 입에 맞지 않았고, 음식도 이내 변하곤 해서 도저히 견디어 낼 것 같지가 않았다. 게다가 병까지 돌았다. 일을 하다가도 벌떡 자빠지기가 예사였다. 그러나 만도는 아침저녁으로 약간씩 설사를 했을 뿐, 넘어지지는 않았다. 물도 차츰 입에 맞아 갔고, 고된 일도 날이 감에 따라 몸에 배어드는 것이었다. 밤에 날개를 차며 몰려드는 모기 떼만 아니면 그냥저냥 배겨 내겠는데, 정말 그놈의 모기들만은 질색이었다.

사람의 일이란 무서운 것이었다. 그처럼 험난하던 산과 산 틈바구니에 비행장을 다듬어 내고야 말았던 것이다. 허나 일은 그것으로는 끝나는 것이 아니고, 오히려 더 벅찬 일이 닥치는 것이었다. 연합군의 비행기가 날아들면서부터 일은 밤중까지 계속되었다. 산허리에 굴을 파들어 가는 것이었다. 비행기를 집어넣을 굴[14]이었다. 그리고 모든 시설을 다 굴속으로 옮겨야 하는 것이었다.

여기저기서 다이너마이트 튀는 소리가 산을 흔들어 댔다. 앵앵앵 하고 공습경보[15]가 나면 일을 하던 손을 놓고 모두가 굴 바닥에 납작납작 엎드려 있어야 했다. 비행기가 돌아갈 때까지 그러고 있는 것이었다. 어떤 때는 근 한 시간 가까이나 엎드려 있어야 하는 때도 있었는데, 차라리 그것이 얼마나 편한지 몰랐다. 그래서 더러는 공습이 있기를 은근히 기다리기도 했다. 때로는 공습 경보의 사이렌을 듣지 못하고 그냥 일을 계속하는 수도 있었다. 그럴 때는 모두 큰 손해를 보았다고 야단들이었다. 어떻게 된 셈인지 사이렌이 미처 불기 전에 비행기가 산등성이를 넘어 달려드는 수도 있었다. 그럴 때는 정말 질겁을 하는 것이었다. 가장 많은 손해를 입는 것도 그런 경우였다. 만도가 한쪽 팔뚝을 잃어버린 것도 바로 그런 때

---

14 격납고格納庫 를 말한다. 비행기를 넣어 두고 고치거나 숨기는 장소이다.
15 폭격기가 오고 있다는 것을 알리는 경보.

의 일이었다.

　여느 날과 다름없이 굴속에서 바위를 허물어 내고 있었다. 바위 틈서리에 구멍을 뚫어서 다이너마이트[16]를 장치하는 것이었다. 장치가 다 되면 모두 바깥으로 나가고, 한 사람만 남아서 불을 당기는 것이다. 그리고 그것이 터지기 전에 얼른 밖으로 뛰어나와야 되었다. 만도가 불을 당기는 차례였다. 모두 바깥으로 나가 버린 다음 그는 성냥을 꺼냈다. 그런데 웬 영문인지 기분이 꺼림칙했다. 모기에게 물린 자리가 자꾸 쑥쑥 쑤시는 것이다. 걱죽걱죽 긁어 댔으나 도무지 시원한 맛이 없었다. 그는 이맛살을 찌푸리면서 성냥을 득 그었다. 그래 그런지 몰라도, 불은 이내 픽 하고 꺼져 버렸다. 성냥 알맹이 네 개째에서 겨우 심지에 불이 당겨졌다. 심지에 불이 붙는 것을 보자 그는 얼른 몸을 굴 밖으로 날렸다. 바깥으로 막 나서려는 때였다. 산이 무너지는 소리와 함께 사나운 바람이 귓전을 후려갈기는 것이었다. 만도는 정신이 아찔했다. 공습이었던 것이다. 산등성이를 넘어 달려든 비행기가 머리 위로 아슬아슬하게 지나가는 것이었다. 미처 정신을 차리기도 전에 또 한 대가 뒤따라 날아드는 것이 아닌가. 만도는 그만 넋을 잃고 굴 안으로 도로 달려들었다. 달려들어 가서 굴 바닥에 아무렇게나 팍 엎드러져 버리고 말았다. 고 순간이었다. 꽝! 굴 안이 미어지는 듯하면서 다이너마이트가 터졌다. 만도의 두 눈에서 불이 번쩍 났다.

　만도가 어렴풋이 눈을 떠 보니, 바로 거기 눈앞에 누구의 것인지 모를 팔뚝이 하나 놓여 있었다. 손가락이 시퍼렇게 굳어져서, 마치 이끼 낀 나무토막처럼 보이는 것이었다. 만도는 그것이 자기의 어깨에 붙어 있던 것인 줄을 알자, 그만 으아! 하고 정신을 잃어버렸다.

　재차 눈을 떴을 때는 그는 폭신한 담요 속에 누워 있었고, 한쪽 어깻죽지가 못 견디게 쿡쿡 쑤셔 댔다. 절단수술切斷手術은 이미 끝난 뒤였다.

　쨰액―기차 소리였다.[17] 멀리 산모퉁이를 돌아오는가 보다. 만도는

---

16 노벨상을 만든 노벨이 발명한 폭발 약.

앉았던 자리를 털고 벌떡 일어서며, 옆에 놓아두었던 고등어를 집어 들었다. 기적 소리가 가까워질수록 그의 가슴은 울렁거렸다. 대합실 밖으로 뛰어나가 홈이 잘 보이는 울타리 쪽으로 가서 발돋움을 하였다. 째랑째랑하고 종이 울자, 한참 만에 차는 소리를 지르면서 달려들었다. 기관차의 옆구리에서는 김이 픽픽 풍겨 나왔다. 만도의 얼굴은 바짝 긴장되었다. 시꺼면 열차 속에서 꾸역꾸역 사람들이 밀려 나왔다. 꽤 많은 손님이 쏟아져 내리는 것이었다. 만도의 두 눈은 곧장 이리저리 굴렀다. 그러나 아들의 모습은 쉽사리 눈에 띄지 않았다. 저쪽 출찰구[18]로 밀려가는 사람의 물결 속에, 두 개의 지팡이를 의지하고 절룩거리며 걸어 나가는 상이 군인[19]이 있었으나, 만도는 그 사람에게 주의를 기울이지는 않았다. 기차에서 내릴 사람은 모두 내렸는가 보다. 이제 미처 차에 오르지 못한 사람들이 홈을 이리저리 서성거리고 있을 뿐인 것이다. 그놈이 거짓으로 편지를 띄웠을 리는 없을 건데……. 만도는 자꾸 가슴이 떨렸다. 이상한 일이다, 하고 있을 때였다. 분명히 뒤에서,

"아부지!"

부르는 소리가 들렸다. 만도는 깜짝 놀라며 얼른 뒤를 돌아보았다. 그 순간, 만도의 두 눈은 무섭도록 크게 떠지고 입은 딱 벌어졌다. 틀림없는 아들이었으나, 옛날과 같은 진수는 아니었다. 양쪽 겨드랑이에 지팡이를 끼고 서 있는데, 스쳐 가는 바람결에 한쪽 바짓가랑이가 펄럭거리는 것이 아닌가.

만도는 눈앞이 노오래지는 것을 어쩌지 못했다. 한참 동안 그저 멍멍하기만 하다가, 코허리가 찡해지면서 두 눈에 뜨거운 것이 핑 도는 것이었다.

"에라이 이놈아!"[20]

---

17 과거의 회상은 끝나고 시간적 배경은 현실이 된다.
18 기차나 배에서 내린 손님들이 표를 내고 들어오는 곳.
19 전쟁이나 전투에서 부상당한 군인.

만도의 입술에서 모지게 튀어나온 첫마디였다. 떨리는 목소리였다. 고등어를 든 손이 불끈 주먹을 쥐고 있었다.

"이기 무슨 꼴이고, 이기."

"아부지!"

"이놈아, 이놈아!"

만도의 들창코가 크게 벌름거리다가 훌쩍 물코[21]를 들이마셨다. 진수의 두 눈에서는 어느 결에 눈물이 꾀죄죄하게 흘러내리고 있었다. 만도는 모든 게 진수의 잘못이거나 한 듯 험한 얼굴로,

"가자, 어서!"

무뚝뚝한 한마디를 내던지고는 성큼성큼 앞장을 서 가는 것이었다. 진수는 입술에 내려와 묻는 짭짤한 것을 혀끝으로 날름 핥아 버리면서, 절름절름 아버지의 뒤를 따랐다.

앞장서 가는 만도는 뒤따라오는 진수를 한 번도 돌아보지 않았다. 한눈을 파는 법도 없었다. 무겁디무거운 짐을 진 사람처럼 땅바닥만을 내려다보며, 이따금 끙끙거리면서 부지런히 걸어만 가는 것이다. 지팡이에 몸을 의지하고 걷는 진수가 성한 사람의, 게다가 부지런히 걷는 걸음을 당해 낼 수는 도저히 없었다. 한 걸음 두 걸음씩 뒤지기 시작한 것이, 그만 작은 소리로 불러서는 들리지 않을 만큼 떨어져 버리고 말았다.

진수는 목구멍을 왈칵 넘어오려는 뜨거운 기운을 꾹 참노라고 어금니를 야물게 깨물어 보기도 하였다. 그리고 두 개의 지팡이와 한 개의 다리를 열심히 움직여 대는 것이었다.

앞서 간 만도는 주막집 앞에 이르자, 비로소 한 번 뒤를 돌아보았다. 진수는 오다가 나무 밑에 서서 오줌을 누고 있었다. 지팡이는 땅바닥에 던져 놓고, 한쪽 손으로는 볼일을 보고, 한쪽 손으로는 나무 둥치를 감싸

---

20 불구가 된 아들을 보는 순간 받은 충격과 절망감이 아들에 대한 모진 비난으로 표현되었다.
21 콧물.

안고 있는 모양이 을씨년스럽기 이를 데 없는 꼬락서니였다. 만도는 눈살을 찌푸리며, 으음! 하고 신음 소리 비슷한 무거운 소리를 내었다. 그리고 술 방 앞으로 가서 방문을 왈칵 잡아당겼다.

기역자판 안에 도사리고 앉아서 속옷을 뒤집어 까고 이를 잡고 있던 여편네가 킥 하고 웃으며 후닥닥 옷섶을 여몄다. 그러나 만도는 웃지를 않았다. 방문턱을 넘어서면서도 서방님 들어가신다는 소리를 지르지 않았다. 아마 이처럼 무뚝한 얼굴을 하고 이 술 방에 들어서기란 처음일 것이다. 여편네가 멋도 모르고,

"오늘은 서방님 아닌가배."

하고 킬킬 웃었으나, 만도는 으음! 또 무거운 신음 소리를 했을 뿐 도시 기분을 내지 않았다. 기역자판 앞에 가서 쭈그리고 앉기가 바쁘게,

"빨리빨리."

재촉을 하였다.

"핫다나, 어지간히도 바쁜가배."

"빨리 곱빼기로 한 사발 달라니까구마."

"오늘은 와 이카노?"

여편네가 쳐 주는 술 사발을 받아 들며, 만도는 휴유—하고 숨을 크게 내쉬었다. 그리고 입을 얼른 사발로 가져갔다. 꿀꿀꿀, 잘도 넘어가는 것이다. 그 큰 사발을 단숨에 말려 버리고는, 도로 여편네 눈앞으로 불쑥 내밀었다. 그렇게 거들빼기로 석 잔을 해치우고사 으으윽! 하고 게트림[22]을 하였다. 여편네가 눈을 휘둥그레져 가지고 혀를 내둘렀다.

빈속에 술을 그처럼 때려 마시고 보니, 금세 눈두덩이 확확 달아오르고, 귀뿌리가 발갛게 익어 갔다. 술기가 얼큰하게 돌자, 이제 좀 속이 풀리는 성싶어 방문을 열고 바깥을 내다보았다. 진수는 이마에 땀을 척척 흘리면서 다 와 가고 있었다.

---

22 거만스럽게 거드름을 피우며 하는 트림.

"진수야!"

버럭 소리를 질렀다.

"이리 들어와 보래."

"……."

진수는 아무런 대꾸도 없이 어기적어기적 다가왔다. 다가와서 방문턱
에 걸터앉으니까, 여편네가 보고,

"방으로 좀 들어오이소."

하였다.

"여기 좋심더."

그는 수세미 같은 손수건으로 이마와 코 언저리를 싹싹 닦아 냈다.

"마 아무 데서나 묵어라. 저 국수 한 그릇 말아 주소."

"야."

"곱빼기로 잘 좀……. 참지름²³도 치소, 알았능교?"

"야아."

여편네는 코로 히죽 웃으면서 만도의 옆구리를 살짝 꼬집고는, 소쿠리
에서 삶은 국수 두 뭉텅이를 집어 들었다.

진수가 국수를 훌훌 끌어 넣고 있을 때, 여편네는 만도의 귓전으로 얼
굴을 갖다 댔다.

"아들이가?"

만도는 고개를 약간 앞뒤로 끄덕거렸을 뿐, 좋은 기색을 하지 않았다.
진수가 국물을 훌쩍 들이마시고 나자, 만도는,

"한 그릇 더 묵을래?"

하였다.

"아니예."

"한 그릇 더 묵지 와."

---

23 참기름의 사투리.

"고만 묵을랍니더."

진수는 입술을 싹 닦으며 뿌시시 자리에서 일어났다.

주막을 나선 그들 부자는 논두렁길로 접어들었다. 아까와 같이 만도가 앞장을 서는 것이 아니라, 이번에는 진수를 앞세웠다. 지팡이를 짚고 찌그뚱찌그뚱 앞서가는 아들의 뒷모습을 바라보며, 팔뚝이 하나밖에 없는 아버지가 느릿느릿 따라가는 것이다. 손에 매달린 고등어가 대고[24] 달랑달랑 춤을 추었다. 너무 급하게 들이마셔서 그런지, 만도의 뱃속에서는 우글우글 술이 끓고 다리가 휘청거렸다. 콧구멍으로 더운 숨을 훅훅 내불어 보니 정신이 아른해서 역시 좋았다.

"진수야!"

"예."

"니 우째다가 그래 됐노?"

"전쟁하다가 이래 안 됐심니꺼. 수류탄 쪼가리에 맞았심더."

"수류탄 쪼가리에?"

"예."

"음."

"얼른 낫지 않고 막 썩어 들어가기 땜에 군의관이 짤라 버립디더. 병원에서예. 아부지!"

"와?"

"이래 가지고 우째 살까 싶습니더."

"우째 살긴 뭘 우째 살아? 목숨만 붙어 있으면 다 사는 기다. 그런 소리 하지 말아."[25]

"……."

"나 봐라. 팔뚝이 하나 없어도 잘만 안 사나. 남 봄에 좀 덜 좋아서 그

---

[24] 자꾸.

[25] 이것도 팔자거니 하고 운명에 순응하는 만도의 성격이 잘 드러난다.

렇지, 살기사 왜 못 살아."

"차라리 아부지같이 팔이 하나 없는 편이 낫겠어예. 다리가 없어노니, 첫째 걸어 댕기기에 불편해서 똑 죽겠심더."

"야야. 안 그렇다. 걸어 댕기기만 하면 뭐 하노, 손을 지대로 놀려야 일이 뜻대로 되지."

"그러까예?"

"그렇다니. 그러니까 집에 앉아서 할 일은 니가 하고, 나댕기메 할 일은 내가 하고, 그라면 안 되겠나, 그제?"

"예."

진수는 아버지를 돌아보며 대답했다. 만도는 돌아보는 아들의 얼굴을 향해 지그시 웃어 주었다.[26]

술을 마시고 나면 이내 오줌이 마려워지는 것이다. 만도는 길가에 아무 데나 쭈그리고 앉아서 고기 묶음을 입에 물려고 하였다. 그것을 본 진수는,

"아부지, 그 고등어 이리 주소."

하였다. 팔이 하나밖에 없는 몸으로 물건을 손에 든 채 소변을 볼 수는 없는 것이다. 아버지가 볼일을 마칠 때까지, 진수는 저만큼 떨어져 서서 지팡이를 한쪽 손에 모아 쥐고, 다른 손으로 고등어를 들고 있었다. 볼일을 다 본 만도는 얼른 가서 아들의 손에서 고등어를 다시 받아 들었다.

개천 둑에 이르렀다. 외나무다리[27]가 놓여 있는 그 시냇물이다. 진수는 슬그머니 걱정이 되었다. 물은 그렇게 깊은 것 같지 않지만, 밑바닥이 모래흙이어서 지팡이를 짚고 건너가기가 만만할 것 같지 않기 때문이다.

---

26 아들을 향한 부정 父情을 표시하는 만도.

27 외나무다리는 박만도가 읍내로 나갈 때는 살아 돌아올 아들을 만나러 가는 희망의 다리였지만 지금은 불구가 된 아들과 함께 건너야 하는 절망의 다리이다. 그러나 한 팔이 없는 아버지와 한쪽 다리가 없는 아들이 서로 남은 신체를 이용해서 이 다리를 건넘으로써 위기상황을 벗어나는 새로운 삶의 의지를 상징하기도 한다.

외나무다리는 도저히 건너갈 재주가 없고……

진수는 하는 수 없이 둑에 퍼지고 앉아서 바짓가랑이를 걷어 올리기 시작했다. 만도는 잠시 멀뚱히 서서 아들의 하는 양을 내려다보고 있다가,

"진수야, 그만두고, 자아 업자."

하는 것이었다.

"업고 건느면 일이 다 되는 거 아니가. 자아, 이거 받아라."

고등어 묶음을 진수 앞으로 민다.

"……"

진수는 퍽 난처해 하면서, 못 이기는 듯이 그것을 받아 들었다. 만도는 등허리를 아들 앞에 갖다 대고, 하나밖에 없는 팔을 뒤로 버쩍 내밀며,

"자아, 어서!"

진수는 지팡이와 고등어를 각각 한 손에 쥐고, 아버지의 등허리로 가서 슬그머니 업혔다. 만도는 팔뚝을 뒤로 돌리면서, 아들의 하나뿐인 다리를 꼭 안았다. 그리고,

"팔로 내 목을 감아야 될 끼다."

했다. 진수는 무척 황송한 듯 한쪽 눈을 찍 감으면서, 고등어와 지팡이를 든 두 팔로 아버지의 굵은 목줄기를 부둥켜안았다. 만도는 아랫배에 힘을 주며, '끙!' 하고 일어났다. 아랫도리가 약간 후들거렸으나 걸어갈 만은 했다. 외나무다리 위로 조심조심 발을 내디디며 만도는 속으로, 이제 새파랗게 젊은 놈이 벌써 이게 무슨 꼴이고. 세상들 잘못 만나서 진수 니 신세도 참 똥이다, 똥.

이런 소리를 주워섬겼고, 아버지의 등에 업힌 진수는 곧장 미안스러운 얼굴을 하며,

'나꺼정 이렇게 되다니, 아부지도 참 복도 더럽게 없지, 차라리 내가 죽어 버렸더라면 나았을 낀데……'

하고 중얼거렸다.[28]

만도는 아직 술기가 약간 있었으나, 용케 몸을 가누며 아들을 업고 외

나무다리를 조심조심 건너가는 것이었다. 눈앞에 우뚝 솟은 용머리재가
이 광경을 가만히 내려다보고 있었다.

1957년 1월 〈한국일보〉

---

28 등에 업히고 업는 행위를 통해서 부자는 '서로 이해하고 격려해 주는 관계'를 회복한다.

강신재

|1924~2001|

　　　　　　서울 남대문로에서 태어나다. 경기여고를 졸업하고
이화여전 가사과에 입학했으나 2학년 때 결혼하게 되어 중퇴하다. 1949
년《문예》에 김동리 추천으로 단편 〈얼굴〉, 〈정순이〉를 발표함으로써 문
단에 나오다.

대 | 표 | 작

〈절벽〉(1959), 〈젊은 느티나무〉(1960), 〈임진강의 민들레〉(1962), 〈이 찬란한 슬픔을〉(1964), 〈그대의
찬 손〉(1965), 〈오늘과 내일〉(1966), 〈숲에는 그대 향기〉(1990) 등이 있다.

미리보기

　〈젊은 느티나무〉는 1960년에 종합잡지 《사상계》에 발표되어 작가 강
신재를 단번에 폭발적인 인기 작가로 만들어 준 화제작이다. 6·25 전쟁
직후 젊은이들이 겪는 정신적 혼란과 좌절의 모습을 그리고 있는 이 작품
을 가리켜 당시의 비평가들은 젊은이들의 사랑을 아주 청신한 기법으로
형상화했다고 극찬했다. 피 한 방울 섞이지 않은 남남이면서도 법률적으
로는 남매 사이인 두 젊은 남녀의 청순한 사랑을 통해서 젊은이들의 섬세
한 감수성과 인생과 사랑에 대한 산뜻한 감각 등을 상큼하게 표현하고 있
다. 특히, 이 작품은 사회적 금기로 여겨지는 '근친간 남녀의 사랑'을 용
기 있게 다루고 있고 그 사랑 때문에 일어나는 갈등이 주된 사건 전개의
흐름이다. 자칫하면 통속적 구성이 될는지도 모르는 설정이다. 그러나 18
세의 소녀가 '금지된 사랑'을 하면서 경이로운 눈으로 인생을 경험하기
시작하는 모습은 이 작품을 통속의 함정에서 구해 내고 있다. 작가는 갈
등을 보편적이고 윤리적인 차원에서 해결하지 않는다. 때묻지 않은 영혼
을 소유한 소녀가 이러한 정신적 시련을 어떻게 극복하는가에 큰 비중을
두고 있는 것이다.

　'그에게는 언제나 비누 냄새가 난다'는 첫머리는 주인공이자 서술자인
숙희의 민감한 감수성을 잘 나타내고 있다. 숙희는 그(현규)가 풍기는 이
비누 냄새를 실제로 맡을 수 있기도 하지만 그것보다는 영혼 속으로 느끼
고 있는 현규의 냄새이기도 하다. 이 비누 냄새로 상징되는 숙희의 사랑

젊은 느티나무

은 상대방과 결합하려는 욕망으로 가득 찬 사랑이라기보다는 실체가 없는 관념적인 사랑이다. 숙희는 현규를 향한 사랑 때문에 괴로워하면서도 그의 누이동생이라는 자신의 위치를 잊지 않는 현명함도 있다.

학습길라잡이

구조 분석

- **갈래**　단편소설. 성장소설.
- **주제**　현실적인 장애를 극복하고 순수한 사랑을 성취하는 청춘 남녀의 아름다운 사랑.
- **배경**　시간적 배경은 6·25전쟁 직후 1950년대. 공간적 배경은 서울 시내에서 떨어진 S촌과 느티나무가 있는 시골.
- **시점**　1인칭 주인공 시점.

등장인물

- **나(숙희)**　주인공이며 서술자. 이복 오빠 현규를 사랑하는 18세의 여고생. '근친상간' 이라는 윤리적 갈등을 겪으며 이룰 수 없는 사랑에 괴로워한다.
- **그(현규)**　22세의 대학생. 숙희의 이복 오빠. 이복 동생 숙희를 이성으로 느끼며 사랑에 빠져 고민한다.
- **엄마**　남편과 사별한 후 므슈 리와 재혼한다.
- **므슈 리**　현규의 아버지이자 숙희의 새아버지. 과묵한 경제학 교수.
- **지수**　현규의 친구이며 장관 아들. 숙희를 좋아하여 연애 편지를 보낸다.

플롯

- **발단**　어머니의 재혼으로 나는 새아버지 므슈 리의 집에서 살게 되고 여기서 이복 오빠 현규를 만난다.
- **전개**　나는 현규를 이성으로 느끼고 사랑의 감정을 갖기 시작한다.
- **위기**　오빠 친구인 지수가 나에게 연애 편지를 보내 오자 현규가 질투한다. 두 사람은 서로 사랑하는 마음을 확인한다.
- **절정**　괴로운 마음을 안고 시골로 내려간 내가 괴로운 시간을 보내고 있을 때 현규가 찾아온다.
- **결말**　서로의 감정을 이해하고 먼 훗날을 약속하며 각자 현재의 길을 가기로 다짐한다.

비누 냄새

18세의 민감한 감수성을 지닌 숙희가 이복 오빠에게서 느끼는 '체취'다. 비누 냄새는 상큼하고 순수하다. 그러나 비누를 먹을 수 없듯이 또한 비누 냄새처럼 느끼는 현규(오빠)에 대한 감정은 사회적으로 금지된 사랑이다. 그래서 숙희는 현규의 곁을 떠나는 것이다.

젊은 느티나무

현규는 헤어질 생각으로 떠난 숙희를 찾아가 만난다. 그리고 자신들의 사랑을 오래 키워 가기 위하여 다시 헤어지자는 약속을 한다. 이는 또 다른 만남을 위한 헤어짐이다. '느티나무'는 이런 두 사람의 약속을 듣고 지켜봐 주는 대상이다. 동시에 숙희에게는 육체적으로 결합할 수 없는 오빠의 '몸'이기도 하다. 숙희가 느티나무를 끌어안는 마지막 장면에서, 숙희는 느티나무를 끌어안으며 오빠에 대한 사랑을 자제한다. 느티나무는 꿈을 잃지 않는 젊음의 상징이다.

 깊이생각하기

1. 이 작품에서 첫머리에 나오는 '비누 냄새'와 마지막 장면에 나오는 '젊은 느티나무'가 상징하는 것이 무엇인지 토론해 보자.

2. 숙희와 현규는 법률적으로는 근친近親이 된다. 이 두 사람의 사랑에 대하여 어떻게 생각하는가?

젊은 느티나무

◉

1

그에게는 언제나 비누 냄새가 난다.

아니, 그렇지는 않다. 언제나라고는 할 수 없다.

그가 학교에서 돌아와 욕실로 뛰어가서 물을 뒤집어쓰고 나오는 때면 비누 냄새가 난다. 나는 책상 앞에 돌아앉아서 꼼짝도 하지 않고 있더라도 그가 가까이 오는 것을—그의 표정이나 기분까지라도 넉넉히 미리 알아차릴 수 있다.

티셔츠로 갈아입은 그는 성큼성큼 내 방으로 걸어 들어와 아무렇게나 안락의자에 주저앉든가, 창가에 팔꿈치를 짚고 서면서 나에게 빙긋 웃어 보인다.

"무얼 해?"

대개 이런 소리를 던진다.

그런 때 그에게서 비누 냄새가 난다. 그리고 나는 나에게 가장 슬프고 괴로운 시간이 다가온 것을 깨닫는다. 엷은 비누의 향료와 함께 가슴속으로 저릿한 것이 퍼져 나간다—이런 말을 하고 싶었던 것이다.

"뭘 해?"

하고, 한 마디를 던져 놓고는 그는 으레 눈을 좀더 커다랗게 뜨면서 내 얼굴을 건너다본다.

그 눈동자는 내 표정을 살피려는 것 같기도 하고 어쩌면 그보다도, 나에게 쾌활하게 웃고 떠들라고 권하고 있는 것 같기도 하다. 또 어쩌면 단순히 그 자신의 명랑한 기분을 나타내고 있는 것에 불과한지도 모른다.

어느 편일까?

나는 나의 슬픔과 괴롬과 있는 대로의 지혜를 일점에 응집시켜 이 순간 그의 눈 속을 응시하지 않을 수 없다.

나는 알고 싶은 것이다.

그의 눈 속에 과연 내가 무엇으로 비치는가?

하루 해와, 하룻밤 사이, 바위를 씻는 파도 소리같이, 가슴에 와 부딪고 또 부딪고 하던 이 한 가지 상념에 나는 일순 전신을 불살라 본다.

그러나 매일 되풀이하며 애를 쓰지만 나는 역시 알 수가 없다. 그의 눈의 의미를 헤아릴 수가 없다. 그래서 나의 괴롬과 슬픔은 좀더 무거운 것으로 변하면서 가슴속으로 가라앉아 버리는 것이다.

그리고 다음 찰나에는 나는 그만 나의 자연스러운 위치―그의 누이동생이라는, 표면으로 보아 아무 시스러움도 불안정함도 없는 나의 위치로 돌아가 있지 않으면 안 될 것을 깨닫는다.

"인제 오우?"

나는 이렇게 묻는다.

그가 원한 듯이 아주 쾌활한 어투로, 이 경우에 어색하게 군다는 것이 얼마만한 추태인가를 나는 알고 있다.

내 목소리를 듣고는 그도 무언지 마음 놓았다는 듯이,

"응, 고단해 죽겠어. 뭐 먹을 거 좀 안 줄래?"

두 다리를 쭈욱 뻗고 기지개를 켜면서 대답을 한다.

"에에, 성화라니깐, 영작 숙제가 막 멋지게 씌어져 나가는 판인데……."

나는 그렇게 투덜거려 보이면서 책상 앞에서 물러난다.

"어디 구경 좀 해. 여류 작가가 될 가망이 있는가 없는가 보아 줄게."

그는 손을 내밀며 몸까지 앞으로 썩 하니 기울인다.

"어머나, 싫어!"

나는 노트를 다른 책들 밑에다 잘 감추어 두고 아래층으로 내려가서 냉장고 문을 연다.

뽀오얗게 얼음이 내뿜은 코카콜라와 크래커, 치즈 따위를 쟁반에 집어 얹으면서 내 가슴은 비밀스런 즐거움으로 높다랗게 고동치기 시작한다.

그는 왜 늘 내 방에 와서 먹을 것을 달라고 할까? 언제나 냉장고 앞을 그냥 지나 버리고는 나에게 와서 달라고 조른다.

어떤 게으름뱅이라도 냉장고 문을 못 열 까닭은 없고, 또 누구를 시키는 것이 좋겠다면 부엌 사람들께 한마디 하는 편이 나을 것이다.

군소리를 지껄대거나 오래 기다리게 하거나 그렇지 않더라도 줄곧 먹을 것을 엎지르거나 내려뜨리거나 하는 나를 움직이기보다는 쉬울 것이 확실하다.

'어쩐 셈인지 나는 이런 따위 일이 참말 서툴다. 좀 얌전하고 재빠르게 보이려고 하여도 도무지 그렇게 되질 않는다.'

쟁반을 들고 돌아와 보면 그는 창밖의 덩굴장미께로 시선을 던지고 옆 얼굴을 보이며 앉아 있다. 무엇을 생각하는지, 내가 곁에 있을 때는 보이지 않는 조용히 가라앉은 눈초리를 하고 있다. 까무레한 피부와 꽤 센 윤곽을 가진 그의 얼굴을 이런 각도에서 볼 때 나는 참 좋아진다. 나에게는 보이려 하지 않는, 혼자만의 표정도 무언지 가슴에 와 부딪는다.

그의 머리통은 아폴로의 그것처럼 모양이 좋다. 아주 조금 곱슬거리는 머리카락이 몇 올 앞이마에 드리워 있다.

"고수머리는 사납다던데."

언젠가 그렇게 말하였더니,

"아니, 그렇지 않아. 숙희, 정말 그렇지 않아."

하고, 그는 진심으로 변명을 하려 드는 것이었다. 나는 그저 농담을 하였을 뿐이었는데…….

오늘도 그는 그렇게 내 방에서 쉬고 나더니,

"정구 칠까?"

하며 자리에서 일어섰다.

"응."

"아니, 참 내일부터 중간 시험이라구 하잖았든가?"

"괜찮아. 그까짓 거……"

사실 시험이고 무엇이고 없었다. 나는 옷 서랍을 덜컹거리며 흰 쇼트 팬츠와 곤색 셔츠를 끄집어내었다.

"괜히 낙제하려구."

하면서도 그는 이내 라켓을 가지러 방을 나갔다.

햇볕은 따가웠으나 나뭇잎들의 싱싱한 초록 사이로 서늘한 바람이 지나가곤 한다. 우리는 뒷산 밑 담장께로 걸어갔다. 낡은 돌담의 좀 허수룩한 귀퉁이를 타고 넘어서 옆집 코트로 미끄러져 들어간다.

옆집이라고 하는 것은 구왕가에 속한다는 토지의 일부인데 기실 집이라고는 까마득히 떨어져서 기와집이 두어 채 늘어서 있고 이쪽은 휘엉하니 비어 있는 공터였다. 그 낡은 기와집에 사는 사람들은 이 공터를 무슨 뜻에선지 매일 쓸고 닦고 하여서 장판처럼 깨끗이 거두어 오고 있었다.

"아깝게시리……. 테니스 코트나 만들면 좋겠는데, 응 그러면 어떨까?"

어느 날 돌담에 가 걸터앉아서 내려다보던 끝에 그런 제의를 했다.

처음에는 그는 움직이려 하지 않았으나 결국 건물께로 걸어가서 이야기를 해 보았다.

이튿날 우리는 석회를 들고 가 금을 그었다. 또 며칠 후에는 네트를 치고 땅을 깎아 아주 정식으로 코트를 만들어 버렸다.

그렇게까지 할 줄은 몰랐을 주인이 야단을 치면 걷어 버리자고 주춤거리며 일을 했는데 호호백발의 할아버지인 그 집주인은 호령을 하지 않을 뿐더러 가끔 지팡이를 끌고 나와 플레이를 구경하는 것이었다.

이렇게 나이 많은 노인네의 표정은 언제나 나에게는 판정하기 어려운 것이지만 특히 이 할아버지의 경우는 그러하였다. 구태여 말한다면 웃고 있는 것 같기도 하고 신기해 하고 있는 것 같기도 했지만 또 동시에 하늘 밖의 일을 생각하는 듯 아득해 보이기도 하였으니 기묘했다.

한두 번은 담을 넘는 나의 기술을 적이 바라보고 분명히 무슨 말을 할 듯이 하더니 그만 입을 봉하고 말았다. 말을 했자 들을 법하지도 않다고 짐작을 대었는지 알 수 없었다. 어쨌든 그곳은 아주 좋은 우리의 놀이터인 것이다.

물리학 전공의 그는 상당히 공부에도 몰리고 있는 눈치였으나 운동을 싫어하는 샌님도 아니었다.

테니스를 나는 여기 오기 전에도 하고 있었지만 기술이 부쩍 는 것은 대부분 그의 덕분이다. 그가 내 시골 학교의 코치보다도 더 훌륭한 솜씨를 갖고 있음을 알았을 때의 나의 만족이란 이루 말할 수도 없는 것이었다.

머리가 둔한 사람이 나는 도저히 좋아질 수 없지만 또 운동을 전연 모른다는 사람도 매력적이라고 생각할 수 없다. 스포츠는 삶의 기쁨을 단적으로 맛보여 준다. 공을 따라 이리저리 뛰면서 들이마시는 공기의 감미함이란 아무것에도 비할 수 없다.

나는 오늘 도무지 컨디션이 좋지가 못하였다. 이렇게 엉망진창인 때면 엉망진창인 대로, 또 턱없이 좋으면 좋은 그대로 적당히 이끌고 나가 주는 그의 솜씨가 적이 믿음직해질 따름이었다.

"와아, 참 안 된다. 퇴보일로인가 봐."

"괜찮아. 아주 더워지기 전에 지수랑 불러서 한번 시합을 할까?"

하늘이 리라빛으로 물들 무렵 우리는 볼들을 주워 들고 약수터께로 갔다.

바위틈으로 뿜어 나는 물은 이가 시리도록 차갑고 광물질적으로 쌉쓰름하다.

두 손으로 표주박을 만들어 떠내 가지고는 코를 틀어막고 마신다. 바위 위로 연두색 버들잎이 적이 우아하게 늘어지고, 빨간 꽃을 다닥다닥 붙인 이름 모를 나무도 한 그루 가지를 펼친 것으로 보아, 이런 마심새를 하라는 샘터는 아닌 모양 같지만 우리는 늘 그렇게 하여 왔다.

"약수라니 많이 마셔. 약의 효험이나 좀 볼지 아나?"

"멋 때매?"

"멋 때매는? 정구 좀 잘 치게 되나 보려구 그러지."

이렇게 시끌덤벙 떠들던 샘가였다.

그런데 오늘 바위 언저리에는 조그만 표주박이 하나 놓여 있었다. 필시 그 할아버지가 갖다 놓아둔 것이 분명하였다.

"오늘부터 얌전히 마셔야 해."

"산신령님이 내려다보신다."

정말 한동안 음전하게 앉아서 쉬었다. 그리고 그는 허리를 굽혀 표주박으로 물을 떴다. 그는 그것을 내 입가에 대어 주었다. 조용한, 낯선 표정을 하고 있었다. 나에게는 보이는 일이 없는, 자기 혼자만의 얼굴의 하나인 것 같았다.

나는 아주 조금만 마셨다. 그리고 얼굴을 들어 그를 바라다보고 있었다. 그는 나머지를 천천히 자기가 마셨다.

그리고 표주박을 있던 자리에 도로 놓았으나 아주 짧은 사이 어떤 강한 감정의 움직임이 그 얼굴을 휘덮은 것 같았다. 그는 내 쪽을 보지 않았다.

나는 돌연 형언하기 어려운 혼란 속에 빠져 들어갔으나 한 가지의 뚜렷한 감각을 놓쳐 버리지는 않았다. 그것은 기쁨이었다.

나는 라켓을 둘러메고 담장께로 걸어갔다.

'오빠.'

그는 나에게는 그런 명칭을 가진 사람이었다.

'오빠.'

그것은 나에게 있어 무리와 부조리의 상징 같은 어휘이다.

그 무리와 부조리에 얽힌 존재가 나다.

나는 키보다 높은 담장 위에서 뛰어내렸다. 그리고 뒤도 안 돌아보고 정원 안을 걸어갔다.

운동화를 벗어 들고 맨발로 걷는다. 까실까실하면서도 부드러운 잔디의 촉감이 신이나 양말을 신고 디딜 생각을 없이 한다.

"발바닥에 징을 박아 줄까? 어디든지 구두 안 신고 다니게 말야."

그는 옆에 있는 때면 이런 소리를 한다.

"맨발로 풀 위를 걸으면 고향에 온 것 같아. 아니 내가 나 자신에게 돌아온 것 같은 그런 맘이 드는걸……."

나는 중얼중얼 그런 소리를 지껄이는 것이나 저녁 이맘때가 되면 별안간 거의 수습할 수 없을 만큼 감정이 엉클리곤 하므로 그 뒤로는 할멈처럼 입을 봉하고 아무런 대꾸도 하질 않는다.

시무룩해 가지고 테라스 앞에 오면—그 안 넓은 방에 깔린 자색 양탄자, 이곳저곳에 놓인 육중한 가구, 그 안에 깃들인 신비한 정적, 이런 것들을 넘겨다보면—그리고 주위에 만발한 작약, 라일락의 향기, 짙어진 풀내가 한데 엉겨 뭉쿳한 이 속에 와서 서면—나는 내 존재의 의미가 별안간 아프도록 뚜렷이 보랏빛 공기 속에 떠 있는 것을 보는 것이다.

내가 잠시 지녔던 유쾌함과 행복은 끝내 나의 것일 수는 없고, 그것은 그대로 실은 나의 슬픔과 괴로움이었다는 기묘한 도착倒錯 을, 나는 어떻게도 처리할 길이 없다.

오누이…….

동생…….

이런 말은 내 맘속에 혐오와 공포를 자아낸다.

싫다.

확실히 내가 느껴 온 기쁨과 즐거움은 이런 범주 내에서 허용될 수 있는 것이 아니었다.

날마다 경험하는 이 보랏빛 공기 속에서의 도착은 참 서글픈 감촉을 갖고 있었다. 나는 그의 곁에 더 오래 머무를 용기조차 없어진다.

검은 눈을 끔벅이면서 그는 또 농담이라도 할 것이다. 내게 더 웃고 더 쾌활해지라고 무언중에 명령할 것이다.

그가 내게 해 줄 수 있는 일은 그것뿐이다.

오늘 나는 가슴속에 강렬한 기쁨을 안았던 까닭에 비참함도 더한층 큰 것만 같았다.

나는 그곳에 한동안 서 있었다. 그리고 볼을 불룩하니 해 가지고 마루로 올라갔다.

번들거리는 마룻바닥에 부연 발자국이 남아난다. 그렇게 마루가 더럽혀지는 것이 어쩐지 약간 기분 좋다. 몸을 씻고는 옷을 갈아입으면서 창으로 힐끗 내다보았더니 그는 등나무 밑 결상에 앉아 있었다. 무릎 위에 팔꿉을 짚고 월계 숲께로 시선을 던진 모양이 무언지 고독한 자세 같아 보였다. 그도 조금은 괴로운 것일까? 흠, 그러나 무슨 도리가 있담? 까닭 없이 그에 대해 잔인해지면서 나는 그렇게 혼잣말을 하였다.

나는 방에 불도 켜지 않고 밖에서 보이지 않을 구석에 가만히 앉아 내다보고 있었다. 주위가 훨씬 어두워진 연에 그는 벤치에서 일어났다. 그리고 사라지기 전에 한참 내 창문께를 보며 서 있었다.

나는 어느 때까지나 불을 켜지 않았다.

저녁을 먹으러 내려가지도 않았다.

그 대신에 그가 마시다 만 코크의 잔을 집어 들었다. 그리고 가만히 입술을 대었다. 아까 그가 내가 마신 표주박에 입술을 대었듯이……

2

'그'를 무어라고 부르면 마땅할까.

오빠라고 불러야 한다는 것이 나의 운명이다.

재작년 늦겨울 새하얀 눈과 얼음에 뒤덮여서 서울의 집들이 마치 얼음사탕처럼 반짝이던 날 므슈 리에게 손목을 끌리다시피 하며 이곳에 도착한 나에게 엄마는 그를 이렇게 소개했다.

"숙희의 오빠예요. 인사를 해. 이름은 현규라고 하고."

저 진보랏빛 양탄자 위에 서서 나는 그의 얼굴을 바라보았다.

"문리과 대학의 수재란다. 우리 숙희두 시골서는 꽤 재원이라고들 하지만 서울 왔으니까 좀 어리벙벙할 테지. 사이좋게 해 줘요."

엄마의 목소리는 가벼웠으나 눈에는 두려움이 어려 있는 것 같았다. 엄마는 열심히 청년의 큰 눈을 주시하고 있었다.

브이네크의 다갈색 스웨터를 입고 그보다 엷은 빛깔의 셔츠 깃을 내보인 그는, 짙은 눈썹과 미간 언저리에 약간 위압적인 느낌을 갖고 있었으나 큰 두 눈은 서늘해 보였고, 날카로움과 동시에 자신自信에서 오는 너그러움, 침착함 같은 것을 갖고 있는 듯해 보였다. 전체의 윤곽이 단정하면서도 억세고, 강렬한 성격의 사람일 것 같았다. 다만 턱과 목 언저리의 선이 부드럽고 델리킷하여 보였다.

'키도 어깨 폭도 표준형인 듯하고…… 흐응, 우선 수재 비슷해 보이기는 하는걸…….'

하고 나는 마음속으로 채점을 하였다. 물론 겉보매만으로 사람을 평가할 만큼 나는 어리석은 계집애는 아니었지만.

내가 그의 눈을 쏘아보자, 그는 눈이 부신 사람 같은 표정을 하면서 입술 한쪽으로 조금 웃었다. 그것은 약간 겸연쩍은 것 같기도 하였지만, 혼자 고소하고 있는 것 같이도 보였다. 자기를 재어 보고 있는 내 맘속을 환히 들여다보는 때문일까? 그러자 나는 반대로 날카로운 관찰을 당하고 있는 듯한 긴장을 느꼈다.

그러나 그는 지극히 단순한 태도로,

"참 잘 왔어요. 집이 이렇게 너무 쓸쓸해서 아주 좋지 못했는데……."

하고 한 손을 내밀어서 내 손을 잡았다.

나를 도무지 어린애로만 보았다는 증거일 게고 또 아마 엄마의 감정을 존중한 결과였을 것이다.

아닌 게 아니라 엄마의 얼굴에는 일순 안도와 만족의 표정이 물결처럼 퍼져 갔다. 나는 이 청년이 엄마에게 어떤 존재인지를 짐작하였다. 말하자면 그들 인공적(?) 모자 관계에 있어서는 항상 세심한 배려가 상호간에 베풀어져야 하는 것이다.

므슈 리는 매우 대범한 성질이어서 만사를 복잡하게 받아들이지는 않는 것 같았다. 그는 그저 미소를 띠고 우리를 바라다볼 뿐이고, 내가 고단할 게라는 소리를 몇 번이나 하였다.

어쨌든 그는 그로부터 나를 숙희라고, 쉽고도 간단하게 불러오고 있다.

"헤이, 숙!"

하기도 한다. 그리고 나에게 무조건 관대하였다. 지나칠 만큼. 그래서 때로는 섭섭할 만큼.

그러므로 그가 이즈음 내 방에 와서 배가 고프다고 한다거나 손 같은 데 약을 발라 달라고 하게 된 것은 나에게는 대단히 귀중한 변화인 것이다.

그것은 어쨌든 내 편에서는 그를 오빠라고는 도저히 부를 수 없었다. 처음에는 너무 생소하여서, 그리고 나중에는 또 다른 이유들로.

이것은 므슈 리를 아버지라고 부르기 어렵기보다는 몇 갑절이나 힘든 일이었다. 나는 자기가 대단한 고집쟁이인지, 또는 부끄럼쟁이인지 분간할 수 없다. 나의 이런 곤란을 그도 엄마도 어느 정도 알고 있는 모양으로 요즈음은 내가 그 말을 피하려고 이리저리 애를 쓰지 않고도 적당한 대답을 할 수 있도록 저편에서 고려하여 말을 걸어 준다. 이런 의미에서 사양 없이 나를 곤경에 몰아넣곤 하는 것은 므슈 리 한 사람뿐이다.

서울 와서 1년 남짓 지내는 새에 나는 여러 모로 조금씩 달라진 것 같다. 멋을 내는 방법도 배웠고 키가 커지고 살결도 희어졌다. 지난 4월에는 미스 E여고에 당선되어서 하루 동안 학교의 퀸 노릇을 하였다. 바스트가 약간 모자랄 거라고 나는 생각하고 있었는데 압도적으로 표가 많이 나와서 내가 오히려 놀랐다. 엄마는 좋아서 어쩔 줄 몰랐고 므슈 리는 기막히게 비싼 팔목시계를 사 주었다.

그(현규)는 별 말을 하지 않았다. 농담조차 하지 않았다. 축하한다고 한 번 그것도 아주 거북살스런 투로 말하고는 무언지 수줍은 것 같은 얼굴을 하고 있었다. 그런 것을 보니까 나는 썩 기분이 좋았다.

삶의 기쁨이란 말을 나는 이제 이해한다.

이 집의 공기는 안락하고 쾌적하고, 엄마와 므슈 리와의 관계로 하여 약간 로맨틱한 색채가 감돌고 있기도 하다. 서울의 중심에서 떨어진 S촌의 숲 속의 환경도 내 마음에 들고, 므슈 리가 오래전부터 혼자 살아왔다는 담쟁이덩굴로 온통 뒤덮인 낡은 벽돌집도 기분에 맞는다.

그(현규)는 엄마에게 예절 바르고 친절하고, 므슈 리는 내가 건강하고 행복스런 얼굴만 하고 있으면 어느 때고 지극히 만족해 하고 있다. 그는 어느 사립 대학의 경제학 교수인데 약간 뚱뚱하고 약간 호인다워 보인다. 불란서와 아무 관계도 없는 그를 므슈라고 속으로 부르고 있는 까닭은 어느 불란서 영화에서 본 한 불쌍한 아버지의 모습과 그가 닮아 있기 때문이다. 므슈 리는 불쌍하지 않다. 오히려 지금은 참 행복하다. 그러나 이렇게 호의 덩어리 같은 사람은 자칫하면 ─ 주위가 나쁘면 ─ 엉망으로 불행해질 것같이 보이는 것이다.

괴테의 베르테르 같은 청년의 비극에는 날카로운 아름다움이 있다. 그러나 우리 므슈 리 같은 타이프의 슬픔에는 오직 비참만이 있을 듯하다.

'우리 엄마가 그의 곁에 와 준 것은 얼마나 다행한 일이었을까!'

엄마는 줄곧 집에만 들어앉아 있으나 행복해 보였고 예부터 특징이던 부드러운 목소리가 한층 더 부드러워진 것 같다. 다만 엄마는 엄마의 행복에 대해서 한편으로 죄스러움 같은 것을 느끼고 있는 듯한 눈치로서 그래서 바깥으로 나다니지도 않고 큰 소리로 웃는 일도 없는 것 같았다. 그러나 그는 늘 고운 옷을 입고 있었고 엷게 화장을 하고 있었다. 이 일도 내 마음에 흡족하였다.

그러나 이곳에는 뜻하지 않은 괴로움이 또한 있었다. 현규에 대한 감정은 언제나 내 맘을 무겁게 하고 있다. 너무나 고통스럽게 여겨질 때는 여기 오지를 말았더면 하고 혼자 중얼대는 일도 있다. 그러나 그 생각은 오래가지 않는다. 나는 만약 내 생애에서 한 번도 그를 만나는 일이 없이 죽고 말 경우라는 것을 생각해 보면 가슴이 서늘해지기까지 한다. 아무 일도 이루어지지 않아도 좋았다. 나는 그를 만났다는 일만으로 세상의 어느 여자보다도 행복한 것이다. 그의 곁에서 호흡하고 있는 기쁨을 무엇으로 바꿀 수 있을까?

그러나 나는 여전히 슬프고 초조한 것도 사실이다. 정직히 말한다면 내 기분은 1분마다 달라진다.

므슈 리가 요즘 외국을 여행 중인 것은 내게는 하나의 구원과도 같다.

아침마다 행복 그것 같은 얼굴로 인사를 하지 않아도 좋고 저녁마다 시간에 식당에 내려가지 않아도 좋기 때문이다.

"돌아오실 때까지 눈감아 줘, 응 엄마. 시간 지키는 거 나 질색인 줄 알잖우? 먹고 싶은 때 먹고 안 먹고 싶은 때 안 먹고 그럴게, 응?"

므슈 리가 떠나는 즉시로 나는 엄마에게 이렇게 교섭을 하였다. 사실 현규의 얼굴을 보는 일이 두려운 때가 점점 찾아오는 것만 같다.

그는 대개 엄마와 함께 저녁을 드는 모양이었다.

3

예절 바른 그가 식당에서 엄마의 상대를 하고 있을 동안 나는 멍하니 창가에 앉아서 저물어 가는 하늘을 바라다보고 있다. 군데군데 작은 집들이 몰려 있는 촌락과, 풀숲과 번득이는 연못 같은 것들이 있는 넓은 들판 너머에 무디게 빛나며 강이 흐르고 있다. 강은 날씨와 시간에 따라 플래티나같이 반짝이기도 하고 안개처럼 온통 보얗게 흐려 버리기도 한다. 하늘이 보랏빛으로부터 연한 잿빛으로 변하여 가는 무렵이면 그 강도 부드러운 회색 구름과 한 덩이가 되었다.

나는 여러 가지 감정이 뒤범벅이 된 혼란 상태에서 자기를 건져 내야 한다고 어두운 강물을 바라보며 늘 생각하는 것이었다. 마음 가는 대로 몸을 내맡길 수 없는 것이 나의 입장이고 또 그 마음 가는 일 자체에 대해서도 분열된 생각을 수습할 수가 없었다.

현규를 사랑한다는 일 가운데 죄의식은 없었다. 그런 것은 있을 수 없었다. 그러나 엄마와 므슈 리를 그런 의미에서 배반하는 것은 곧 네 사람 전부의 파멸을 의미하는 것이었다. 파멸이라는 말의 캄캄하고 무서운 음향 앞에 나는 떨었다.

이곳에 오기 전에 나는 시골 외할아버지 집에 있었다. 3, 4년 전까지는 엄마와도 함께, 그리고 그 후로는 할머니, 할아버지와 단 셋이서. 일하는 사람들은 여럿 있었고 과수원을 지키는 개도 여러 마리, 그 중에는 내가 특별히 귀여워한 진돗개 복동이도 있었지만 나는 언제나 못 견딜 만큼 적적하였다. 엄마가 서울로 떠난 후에는 마음이 막 쓰라린 것을 참아야 했지만 그 엄마가 같이 있었을 때에라도 나는 우리의 생활에서 마음 든든하다거나 정말로 유쾌하다거나 하는 느낌을 가져 본 일은 없다.

젊고 아름다운 엄마가 언제나 조용히 집 안에서 세월을 보내고 있는 일은 내게 어떤 고통을 주었다. 그 무릎 위에는 늘 내게 지어 입힐 고운 헝겊 조각이나 털실 같은 것이 얹혀 있었지만, 그리고 그 입에서는 늘 나에 관한 이야기가 흘러나왔지만 나는 그것이 불만이고 불안하기조차 하였다.

그런 걸 만들어 주지 않아도 좋으니 다른 애들 엄마처럼 집안 살림에 볶이어서 때로는 악도 쓰고 나더러 야단도 치고 어린애도 둘러업고 다니고—말하자면 그녀 자신의 생활을 하고 있으면 나도 흐뭇할 것 같았다. 할아버지도 나에게와 마찬가지로 엄마에게도 그저 유하고 부드럽기만 하였다.

엄마의 그림자 같은 생활은 언제부터 시작되었는지 기억할 수 없다. 사변과 함께 우리가 시골 할아버지 댁으로 내려가던 때, 그러니까 지금부터 10년쯤 전에도 이미 그랬고 또 그보다 전 서울서 국민학교에 입학하던 즈음에도 역시 그런 느낌이던 것을 잊지 않고 있다.

'아버지'에 관하여 나는 아무것도 모른다. '돌아가셨다'는 설명을 언

젠가 들은 적이 있었으나 어쩐지 정말 같지 않다는 인상으로 남아 있었다. 사변 후에,

　"너의 아버지는 돌아가셨다."

하고 할머니가 일러 주셨는데 이때의 말투에는 특별한 것이 깃들여 있어서 그 후로는 그것이 진심이거니 여기고 있다. 아마 나의 엄마와 아버지는 내가 아주 어릴 때부터 별거하고 있었고 그러는 사이 그들은 다시 만나는 일도 없이 사별하고 만 모양이었다. 어쨌든 나는 내 부친에 관해서 아무런 지식도 감정도 갖고 있지 않다. '윤' 이라는 내 성이 그로부터 물려받은 유일의 것이지만 흔한 성이라고 느낄 뿐이다.

　므슈 리가 피난지에서 할아버지의 과수원을 찾아온 것은 어떤 경위를 지난 뒤였는지 나는 알 수 없다. 그날 나뭇가지에 걸터앉아서 사과를 베어 먹고 있노라니까 좀 뚱뚱한 낯선 신사가 걸어왔다. 대문 앞에서 망설이듯이 멈추었다가 모자를 벗어 들고 걸어 들어왔다. 나무 밑을 지나갈 적에 사과씨를 떨구었더니 발을 멈추고 쳐다보았으나 웃지도 않고 그냥 가버렸다. 도무지 어수선하기만 하다는 얼굴이었다. 나중에 방 안에서 정식으로 인사를 하였는데 그때의 판단으로는 나무 위로부터 환영받은 일은 까맣게 기억하지 못하는 것 같았다.

　그는 하룻밤 체류하지도 않고 되돌아갔다. 그리고 할아버지와 할머니에게는 대단히 중요한 의논 거리가 생긴 모양이었다. 밤에 가끔 사과밭 사이를 혼자 걷는 엄마를 보게 되었다.

　므슈 리는 한 번 더 다녀갔다. 그리고 얼마 후에 엄마는 상경하였다.

　"애초에 그렇게 혼인을 정했더면 애 고생을 안 시키는 걸……."

　어느 날 옆방에서 할머니가 우시며 수군수군 그런 소리를 하시는 걸 듣고 놀랐다.

　"그럼 우리 숙희는 안 태어났을 것 아뇨? 공연한 소릴……."

　"그저 팔자 소관이죠. 경애가 생각을 잘못 먹었다느니보다도……."

　애어멈이라고 하지 않고 그렇게 엄마의 이름을 대는 것을 듣고 나는

엄마의 젊은 시절을 생각하며 미소 지었다.

그림자처럼 앉아서 내 블라우스 같은 것을 매만지는 엄마를 보는 서글 픔은 이제 없어졌다. 엄마가 그럭저럭 행복해진 듯한 것은 기뻤으나 뼈저 리게 쓸쓸한 것도 사실이었다. 나는 밤낮 커단 소리로 노래를 부르고 있 었다. 산모퉁이 길을 학교에서 돌아오는 때도 사과나무의 흰 꽃 밑에서, 또 빨간 봉선화가 핀 마당에서도,

"이애야, 그렇게 큰 소릴 내면 남들이 웃는다."

할머니는 가끔 진정으로 그런 소리를 하셨다. 재작년 늦은 겨울 므슈 리가 내려와서 나를 데려가겠다고 우겨댔을 때 제일 놀란 사람은 나 자신 이었다. 두 분 노인네도 더러 망설였다. 그러나 므슈 리의 끈기 있는 태도 에 양보를 하는 수밖에 없는 눈치여서, 노인네들은 그만 풀이 없었다. 나 는 므슈 리가 할머니 할아버지에게,

"무엇보다 엄마가 그걸 원하고 있으니까요. 말은 안 하지만 절실히 바라고 있는 걸 내가 아니까요."

하고, 열심히 이야기하는 것을 보다가 그만 싱그레 웃고 말았다. 나 보기 에 할아버지 할머니는 이미 설복되어서, 므슈 리가 만약 그 연설을 잠시 끊기만 한다면 이내 대답을 할 것 같은데 그는 마치 그들이 결단코 나를 놓지는 않으리라고 굳이 믿는 사람처럼 애걸복걸을 하는 것이었다. 그가 말을 하면서 나를 힐끗 보았을 때 나는 조그맣게 끄떡여 보였다. 그랬더 니 그는 말을 뚝 끊고 벙글 웃더니 손수건을 꺼내서 이마를 닦았다. 이래 서 나는 서울 E여고로 전학을 하였다.

나는 생각한다.

므슈 리와 엄마는 부부이다. 내가 그를 아버지라고 부르기 어려운 것 은 거의 그런 말을 발음해 본 적이 없는 습관의 탓이 크다.

나는 그를 좋아할뿐더러 할아버지 같은 이로부터 느끼던 것의 몇 갑절 이나 강한 보호 감정—부친다움 같은 것도 느끼고 있다.

그러나 나는 그의 혈족은 아니다.

현규와도 마찬가지다. 그와 나는 그런 의미에서는 순전한 타인이다. 스물두 살의 남성이고 열여덟 살의 계집아이라는 것이 진실의 전부이다. 왜 나는 이 일을 그대로 알아서는 안 되는가?

나는 그를 영원히 아무에게도 주기 싫다. 그리고 나 자신을 다른 누구에게 바치고 싶지도 않다. 그리고 우리를 비끄러매는 형식이 결코 '오누이'라는 것이어서는 안 될 것을 알고 있다.

나는 또 물론 그도 나와 마찬가지로 같은 일을—같은 즐거움일 수는 없으나 같은 이 괴로움을.

이 괴롬과 상관이 있을 듯한 어떤 조그만 기억, 어떤 조그만 표정, 어떤 조그만 암시도 내 뇌리에서 사라지는 일은 없다. 아아, 나는 행복해질 수는 없는 걸까? 행복이란 사람이 그것을 위하여 태어나는 그 일을 말함이 아닌가?

초저녁의 불투명한 검은 장막에 싸여 짙은 꽃향기가 흘러든다. 침대 위에 엎드려서 나는 마침내 느껴 울고 만다.

4

"숙희야, 나 이런 것 주웠는데……."

일요일 아침 아래층으로 내려가니까 소파에 앉아 있던 엄마가 손에 쥐었던 봉투 같은 것을 들어 보였다.

"뭔데?"

나는 가까이 갔다.

그리고 좀 겸연쩍어졌지만 하는 수 없이,

"어디서 주웠수, 이걸?"

하면서, 손을 내밀어 그것을 잡으려고 하였다.

"잠깐……거기 좀 앉아 보아."

엄마는 짐짓 긴장한 낯빛을 감추려고 하면서 앞의 의자를 가리켰다.

나는 속으로 픽 하고 웃음이 나왔으나 잠자코 거기에 가 걸터앉았다.

지수는 K장관의 아들이다. 언덕 아래 만리장성 같은 우스꽝스런 담을 둘러친 저택에 살고 있다. 현규랑 함께 정구를 치는 동무이고 어느 의과대학의 학생인데 큼직큼직하고 단순하게 생겨 있었다. 지프차에다가 유치원으로부터 고등학교까지의 동생들을 그득 싣고 자기가 운전을 하여 가곤 한다.

나도 두어 번 그 차를 얻어 탄 일이 있다. 한 번은 현규와 함께였으니까 사양할 것도 없었고 다른 한 번은 시내에서 돌아오는 길목이라 굳이 싫다는 것도 이상할 것 같아서 탔다.

"작은 학생들이 오늘은 하나도 없군요."

"나 있는 데까지 시간 안에 오는 놈은 태워 가지고 오고 그 밖엔 뿔뿔이 재주대로 돌아오깁니다. 기차나 마찬가지죠."

그러한 그가 걸맞지 않게 적이 섬세한 표현으로 러브레타를 써 보냈다고 해서 나는 우습게 생각하는 것은 아니다. 그러나 엄마의 엄숙한 표정은 역시 약간 넌센스가 아닐 수 없었다.

"글쎄, 이게 어디서 났을까?"

"등나무 밑 걸상에서."

"오라, 참 게다 놨었군."

"오오라, 참이 아니야. 숙희는 만사에 좀더 조심성이 있어야 해요. 운동을 하구 난 담에두 그게 뭐야? 라켓은 밤낮 오빠가 치워 놓던데."

흐흥 하고 나는 웃었다.

"편지 보낸 사람에게 첫째 미안한 일 아니야?"

"참 그래. 엄마 말이 옳아."

그리고 나는 편지를 잡아채었다.

"귀중한 물건인가? 엄마 좀 읽어 봄 안 되나?"

"읽어 봐두 괜찮아. 안 되는 거라면 게다 놔둘까? 감추지."

나는 조금 성가셔졌다.

"그럼 안심이군. 사실은 벌써 읽어 봤어."

"아이, 엄마두."

"그런데 엄마가 얘기하고 싶은 건 숙희가 자기 주위에 일어나는 일들을—이런 편지에 관한 거라든지 또 그 밖의 일들을, 혼자 처리하지 말고 그 요점만이라도 엄마한테 의논해 주었으면 좋겠어. 그건 그렇게 해야만 하는 거야."

듣고 있는 사이에 나는 점점 우울해져서 잠시라도 속히 이 자리에서 떠나고 싶은 생각밖에는 없어졌다.

"엄마가 언제나 숙희 편에 서서 생각하리라는 건 알고 있겠지?"

"응."

나는 선 대답을 해 놓고 천천히 밖으로 걸어 나갔다.

'엄마의 아들을 사랑하고 있어요.'

이렇게 말한다면 엄마는 어떤 모양으로 내 편에 서 줄까?

엄마 힘에는 미치지 않는 일이었다. 므슈 리의 힘에도 미치지 않는 일이었다.

나는 편지를 주머니에 구겨 넣고 아침 이슬로 무릎까지 폭삭 적시면서 경사진 풀밭을 걸어 내려갔다. 되도록 사람을 만나지 않을 방향으로—멀리 늪이 바라다보이는 쪽으로 천천히 걸음을 옮겨 갔다. 아카시아의 숲이니 보리밭이니 잡목 곁을 지나갔다.

현규와의 사이는 요즘 어느 때보다도 비관적인 상태에 놓여 있는 것 같았다. 나는 그와 마주치기를 피하고 있는 것 같았다. 나는 그와 마주치기를 피하고 있었다. 웃고 농담을 하고 아무것도 아닌 체 헤어지는 고통이 참기 어려운 것이다. 그가 예사 얘기를 하여도 나는 공연히 화를 냈다. 그러면 그는 상대를 안 해 주었다.

머리 위에서 새들이 우짖었다. 하늘은 깊은 바닷물 속같이 짙푸르고 나무 잎새들은 빛났다. 여름이 무르익어 가고 있었다. 상수리 숲이 늪의 방향을 가려 버렸으므로 나는 풀 위에 앉아 턱을 괴고 생각에 잠겼다.

세계적인 발레리나가 되어 보석처럼 번쩍이면서 무대 위에서 그를 노려보아 줄까?(한 번도 귀담아들은 적은 없지만 내 발레 선생은 늘 나에게 야심을 가지라고 충동을 한다.) 그러면 그는 평범한 못생긴 와이프를 데리고 보러 왔다가 가슴이 아파질 터이지. 아주 짧은 동안 그것은 썩 좋은 생각인 듯 내 맘속에 머물렀다. 그러고는 물거품처럼 사라져 없어졌다. 그러고는 이어 그에게 아무것도 바라지를 말고 식모처럼 그저 봉사만 하는 일에 감사를 느끼자는 생각이 떠올랐다. 그러자 슬픈 마음이 들기도 전에 발등 위로 눈물이 한 방울 굴러 떨어졌다.

나는 일어나서 돌아가려고 하였다. 그때 와삭거리고 풀 헤치는 소리가 등 뒤에서 나며 늘씬하게 생긴 세터가 한 마리 나타났다. 그 줄을 쥐고 지수가 걸어왔다. 건강한 체구에 연회색 스포츠 웨어가 잘 어울린다. 그의 뒤에서 열 살 전후의 사내애와 계집아이가 둘 장난을 치면서 달려 나왔다. 지수는 나를 보고 좀 당황한 듯하였으나 이내 흰 이를 보이고 웃으면서 다가왔다.

"안녕하셨어요? 산봅니까?"

"네, 돌아가는 길이에요."

아이들은 우리를 새에 두고 떠들어대면서 잡기 내기를 한다. 지수는 한 아이를 붙들어 세터를 맨 줄을 들려 주고는 어서 앞으로들 가라고 손짓하였다.

우리는 잠자코 한동안 함께 걸었다. 아카시아의 숲새 길에서 그는 앞을 향한 채 불쑥,

"편지 보아 주셨소?"

하고, 겸연쩍은 듯한 소리를 내었다.

"네."

"회답은 안 주세요?"

나는,

"네. 어떻게 써야 할지 모르겠어요."

했다.

그는 성급하게 고개를 끄떡거렸다. 귀가 좀 빨개진 것 같았다.

"그러나 여하간 제 의사를 알아주시긴 했겠죠?"

나는 그렇다고 하였다. 그리고 이야기를 끝맺기 위해서 현규가 가까이 또 정구를 치자고 하더라는 말을 했다.

"네, 가죠."

그도 단번에 기운을 회복하며 대답하였다.

그는 휘파람을 불기 시작했다. 그의 휘파람을 들으며 집 가까이까지 왔다.

"오늘 대단히 기뻤습니다. 감사합니다."

그는 조금 슬픈 어조로 인사를 하였다. 그리고 내 어깨로 기어오르는 풀벌레를 떨구어 주었다.

"안녕히 가세요. 그리구 연습 많이 하세요. 저희들 팀은 아주 세졌으니 깐요."

그는 다른 일을 생각하고 있는 듯 입술을 문 채 끄떡끄떡 하였다.

잡석을 접은 좁단 층계를 뛰어오르자, 나는 곧장 내 방으로 올라갔다. 지수가 하듯이 휘파람을 불고 있었다. 어쨌건 기운을 잃어서는 안 된다는 생각이었다. 내 팔뚝이나 스커트에는 아직도 풀과 이슬의 냄새가 묻어 있는 듯했다. 나는 기운차게 반쯤 열린 도어를 밀치고 들어선다.

뜻밖에도 거기에는 현규가 이쪽을 보며 서 있었다. 내가 없을 때 그렇게 들어오는 일이 없는 그라 해서 놀란 것은 아니었다. 그는 몹시 화를 낸 얼굴을 하고 있었다. 너무도 맹렬한 기세에 나는 주춤한 채 어떻게 할지를 모르고 있었다.

"어딜 갔다 왔어?"

낮은 목소리에 힘을 주고 말한다.

"……"

"편지를 거기 둔 건 나 읽으라는 친절인가?"

그는 한 발 한 발 다가와서, 내 얼굴이 그 가슴에 닿을 만큼 가까이 섰다.

"……."

"어디 갔다 왔어?"

나는 입을 꼭 다물었다.

죽어도 말을 할까 보냐고 생각했다.

별안간 그의 팔이 쳐 들리더니 내 뺨에서 찰칵 소리가 났다.

화끈하고 불이 일었다. 대번에 눈물이 빙글 돌았으나 그는 거들떠보지도 않고 방을 나가 버렸다.

나는 멍청하니 창밖으로 시선을 던졌다.

연회색 셔츠를 입은 지수가 숲새 길을 걸어가고 있는 것이 보였다. 그리고 조금 전에 지수가 풀벌레를 털어 주던 자리도 손에 잡힐 듯이 내려다보였다.

전류 같은 것이 내 몸속을 달렸다. 나는 깨달았다. 현규가 그처럼 자기를 잃은 까닭을. 부풀어 오르는 기쁨으로 내 가슴은 금방 터질 것 같았다. 나는 침대 위에 몸을 내던졌다. 그리고 새우처럼 팔다리를 꼬부려 붙였다. 소리내며 흐르는 환희의 분류가 내 몸속에서 조금도 새어 나가지 못하도록.

5

나는 어떻게 하면 좋을까?

밤에 우리는 어두운 숲 속을 산보하였다.

어두운 숲 속에서 우리는 손을 잡고 걸었다.

그리고 나는 그에게 안겨 버렸다.

나는 어떻게 하면 좋을까?

어떻게 해야 할지 점점 더 알 수 없어진다.

여하간 나는 숲 속에 가는 일을 그만두어야 한다.

지금 확실히 말할 수 있는 일은 그것뿐이다.

학교에서 돌아오니까 엄마가 기다린다고 안방으로 가라고 했다. 요즈음 인사도 않고 나가고 들어오던 나는 우선 가슴이 철꺽 내려앉았다.

"인제 오니? 그런데 얼굴이 파랗구나. 어디 나쁜 것 아닌가?"

엄마는 내 이마에 손을 얹어 보았다.

"오빠는 밤 늦어야 돌아오고 숙희도 이렇게 부르지 않음 보기 어렵고……."

엄마는 조금 웃었다. 아무것도 알지 못하는 웃음 같았다.

"……편지가 왔는데 어쩌면 엄마가 미국에 가야 할지 모르겠어. 그렇게 되면 1년이나 아마 그쯤은 못 돌아올 것 같은데 숙희하고 오빠를 버리고 가기도 어렵고……. 그래 싫다고 몇 번이나 회답을 냈지만……."

엄마는 조금 외면을 하였다.

"어떨까? 오빠는 찬성을 해 주었는데."

그러면서 내 눈 속을 들여다보았다.

"나도 좋아요."

우리는 그러면 구체적으로 어떻게 되는 걸까 멍하니 생각하면서 나는 대답하였다.

"고맙다. 그럼 구체적으로 어떻게 할지는 내일이라도 의논하지. 큰댁 할머니더러 와 계셔 달랄까? 그래도 미덥잖긴 마찬가지고……."

큰댁의 꼬부랑 할머니는 사실 오나 마나 마찬가지였다. 엄마가 없는 이 집에서 어떤 일이 일어나려고 하는 걸까?

현규와 단 둘이 있어야 할 일을 생각하니 얼굴에서 핏기가 가시었다. 아무도 막아 낼 수 없는, 운명적인 사건이, 이미 숲 속에 가지 않는 것쯤으로는 어찌할 수도 없는 벅찬 일이 생기고야 말 것이다.

잠을 잘 수 없었다. 내 온 신경은 가엾은 상처처럼 어디를 조금만 건드려도 피를 흘렸다.

며칠이 지나니까 나는 더 견딜 수 없어졌다. 할머니한테 갔다 온다고 우겨 대어서 서울을 떠났다.

다시는 그곳에 돌아가지 않으리라고 결심하였다. 다시는 학교에 다니지도 않으리라고 마음먹었다. 내 삶은 일단 여기서 끝막았다고 그렇게 생각을 가져야만 이 모든 일이 수습될 것같이 여겨졌다. 그것은 칼로 살을 도려내는 듯한 아픔이었다. 그러나 다른 무슨 일을 내 머리로 생각해 낼 수 있었을까?

날이면 날마다 나는 뒷산에 올라갔다. 한 시간 남짓한 거리에 여승들의 절이 있다. 나는 절이라는 곳이 몹시 싫었으나 거기를 좀더 지나가면 맘에 드는 장소가 나타났다. 들장미의 덤불과 젊은 나무들의 초록이 바람을 바로 맞는 등성이었다.

바람을 받으면서 앉아 있곤 하였다. 젊은 느티나무의 그루 사이로 들장미의 엷은 훈향이 흩어지곤 하였다.

터키즈블루의 원피스 자락 위에 흰 꽃잎은 찬란한 하늘 밑에서 이내 색이 바래고 초라하게 말려들었다.

그러고 있다가 시선을 들었다. 다음 찰나에 나는 나도 모르게 일어서 있었다. 현규였다.

그는 급한 비탈을 올라오고 있었다. 입을 일자로 다물고 언젠가처럼 화를 낸 것 같은 얼굴이었다. 아니 일자로 다문 입은 좀 슬퍼 보여서 화를 낸 것 같은 얼굴은 아니었다.

그가 2, 3미터의 거리까지 와서 멈추었을 때 나는 내 몸이 저절로 그 편으로 내달은 것 같은 착각을 느꼈다. 사실은 그와 반대로 젊은 느티나무 둥치를 붙든 것이었다.

"그래, 숙희, 그 나무를 놓지 말아. 놓지 말고 내 말을 들어."

그는 자기도 한두 걸음 뒤로 물러서면서 말하였다. 그 얼굴에는 무언지 참담한 것이 있었다.

"숙희는 돌아와서 학교에 가야 해. 무엇이고 다 잊고 공부를 해야 해. 나도 그렇게 할 작정이니까. 우리는 헤어져 있어야 해. 헤어져서 공부해야 해. 어머니가 떠나시려면 비용도 들 테니까 집은 남 빌려 주자고 말씀 드렸어. 내가 갈 곳도 생각해 놓고. 숙희도 어머니 친구 댁에 가 있으면 될 거야. 그렇게 헤어져 있어야 하지만, 숙희, 우리에겐 길이 없는 것은 아니야. 내 말을 알아들어 줄까?"

그는 두 발로 땅을 꾹 딛고 서서 말하였다. 나는 느티나무를 붙들고 가늘게 떨고 있었다.

"그때 숲 속에서의 일은 우리에게는 어찌할 수도 없는 진실이었다. 우리는 이 일을 부정하고는 살아가지도 못할 게다. 우리는 만나기 위해서 헤어지는 것이야. 우리에겐 길이 없지 않아. 외국엘 가든지……."

그는 부르쥔 손등으로 얼굴을 닦았다.

"내 말을 알아줄까, 숙희?"

나는 눈물을 그득 담고 끄덕여 보였다. 내 삶은 끝나 버린 것이 아니었다. 나는 그를 더 사랑하여도 되는 것이었다.

"이제는 집에 돌아오겠다고 약속해 주겠지? 내일이건 모레건 되도록 속히……."

나는 또 끄덕여 보였다.

"고마워, 그럼."

그는 억지로처럼 조금 미소하였다.

그리고 빙글 몸을 돌려 산비탈을 달려 내려갔다.

바람이 마주 불었다.

나는 젊은 느티나무를 안고 웃고 있었다. 펑펑 울면서 온 하늘로 퍼져 가는 웃음을 웃고 있었다. 아아, 나는 그를 더 사랑하여도 되는 것이었다.

1960년 1월호 《사상계》

전력을 다하지 않으면

훌륭한 독서는 불가능하다.

- 베네트

김승옥

|1941 ~ |

        1941년 일본 오사카에서 태어나서 전남 순천에서 유년 시절을 보내다. 1948년 여순반란 사건 때 부친이 죽다. 1960년 서울대 불문학과에 입학하다. 대학 시절 《산문시대》 동인으로 활동하면서 김현, 최하림, 이청준, 서정인 등과 교유하다. 1962년 《한국일보》 신춘문예에 〈생명연습〉 당선으로 문단에 나오다. 1960년대의 지적 우울 등을 감각적 터치와 화려하고 혁명적인 문체로 그린 문제작을 잇따라 발표하다. 1965년 서울대를 졸업, 이 해에 〈서울 1964년 겨울〉로 '동인문학상'을 받다. 1967년 〈감자〉로 영화감독에 데뷔하고 〈어제 내린 비〉, 〈영자의 전성시대〉 등의 시나리오를 쓰다. 1977년 〈서울의 달빛 0장〉으로 '이상문학상'을 받다. 1980년 이후 기독교의 수행을 위하여 집필 활동을 중단하다.

대|표|작

〈환상수첩〉(1962), 〈건〉(1962), 〈누이를 이해하기 위하여〉(1963), 〈무진기행〉(1964), 〈서울 1964년 겨울〉(1965), 〈서울의 달빛 0장〉(1977) 등이 있다.

〈무진기행〉은 이상과 현실 사이에서 갈등하는 한 지식인의 자화상을 통하여 1960년대 지식인의 내면 풍경을 생생하게 표현한 작품이다. 이 작품은 '떠남→돌아옴→다시 떠남'의 구조로 되어 있다. 이것을 '길'이라는 상징적 배경 속에서 방황하는 인간의 삶의 행방을 내면 의식의 흐름에 따라 그려 내고 있다.

〈무진기행〉에서의 '나(윤희중)'는 현실적으로 출세한 인물이다. 그런 내가 고향 무진으로 돌아온다. 나는 무진에서 젊은 날 한때 골방 속에 유폐되다시피 살아야 했다. 고통스럽고 쓸쓸했던 아픈 추억이다. 그래서 번민과 고통이라는 내면적 공허감을 떨치지 못하는 고독한 인물이다. '나'의 젊은 날을 상징하는 것은 '안개'이다. 앞을 볼 수 없는 안개로 인하여 절망하지 않을 수 없는 의식이 주제를 심화해 나간다. 안개의 이미지로 상징되는 '무진'이라는 공간은 그동안 내부에 은밀히 웅크리고 있던 것에 대한 일탈逸脫과 욕정이라는 끈질긴 욕망의 장소이다.

'출세한' 시골 출신 주인공은 부잣집 딸인 아내 덕에 제약회사 전무 승진을 앞두고 있다. 그러나 그러한 자신의 처지에 심한 부끄러움을 느끼고도 있다. 고향 무진에 와 보니 그러한 자신의 세속성에 더욱 죄의식을 느끼며 과거의 순수했던 청년 시절로 돌아갈 것을 꿈꾼다. 그러나 결국 서울로 올라오라는 아내의 전보는 그 모든 것을 일순간에 원점으로 돌려놓

무진기행

는다. 그래서 순수의 무진을 떠나 세속의 서울로 향하는 자신에 대해 주인공은 부끄러움과 죄의식을 느끼는 것이다. 이러한 과정을 통해 무진과 서울, 과거와 현재, 그리고 순수와 타락의 관계가 명확히 드러난다. 서울은 분명 인간적인 것과 거리가 먼 곳이지만 반드시 돌아와야 할 터전이다. 이 두 개의 삶에서 방황하고 있는 1960년대 지식인의 내면 풍경이, 시적이고 서정적이면서도 화려한 문체로 이어진다.

구조 분석

- **갈래** 단편소설.
- **주제** 고향 무진을 방문하는 한 젊은이가 겪는 이상과 현실 사이의 갈등.
- **배경** 시간은 물질 만능주의와 허무주의가 만연했던 1960년대 초. 공간은 안개로 대표되는 어린 시절의 허무를 물씬 느끼게 해 주는 상상의 공간인 무진과 현실적으로 타락한 공간인 서울.
- **시점** 1인칭 주인공 시점.

등장인물

- **나(윤희중)** 30대 초반의 제약회사 간부. 부잣집 데릴사위로 출세가 보장되어 있으나 허무주의에 빠진 채 방황하는 인물.
- **하인숙** 서울에서 음악대학을 나온 후 무진에서 음악 선생을 하고 있는 여성. 무진을 탈출하려고 애를 쓰나 그대로 무진에 눌러 산다.
- **조** '나'의 무진중학 동창생. 고시에 합격한 뒤 세무서장으로 부임했다. 출세와 성공에만 관심 있는 세속적인 인물.
- **박** 하 선생을 좋아하고 주인공을 존경하는 후배.

플롯

- **발단** 고향 무진으로 내려온 주인공은 무진에 들어서면서부터 어둡고 괴로웠던 과거의 추억에 휩싸인다.
- **전개** 집으로 찾아온 후배 박과 함께 출세한 친구 조를 방문한다. 그곳에서 음악 선생 하인숙을 만난다.
- **위기** 어두운 밤길을 하 선생과 걸으면서 주인공은 그녀에게서 우울했던 지난날 자신의 모습을 발견한다.
- **절정** 성묘 길에 본 술집 작부의 자살 시체와, 첫날부터 육체적 관계를 맺게 되는 하인숙을 통하여 주인공은 자신의 청년 시절을 다시 만나게 된다. 하지

만 주인공은 순수했던 과거와 세속화된 현재의 자신 사이에서 심하게 갈등한다.

■ **결말**   '급상경' 하는 아내의 전보를 받고 주인공은 과거의 나(순수했던 나)를 배신하여, 현재(현실 속의 나)를 좇아 무진을 떠난다.

 이 것 만 은 놓 치 지 말 자

지식인의 이중적 태도

무진을 찾은 주인공은 무진에서 자기 정체성을 찾는다. 골방 속의 삶, 징병, 폐병, 홀어머니 ……. 그래서 그동안 서울에서 안락한 생활과 여유 있는 생활을 하면서 잃어버렸던 진짜 자기 모습을 사랑하고 싶어진 주인공은 자기의 과거 모습을 떠올리는 음악 선생 하인숙을 만나자마자 곧장 친해지는 것이다. 그러나 아내가 보낸 전보 한 통으로 주인공은 과거의 나를 배신한다. 하인숙에게 아무런 약속도, 아무런 연락도 하지 않은 채 서울의 삶으로 돌아오는 것이다. 주인공의 이런 행동은 바로 지식인의 이중성이다. 세속화된 인물들을 비판하는 주인공도 별수 없이 세속의 힘을 믿고 세속의 삶을 택하는 것이다.

안개, 햇빛, 바람……

〈무진기행〉은 1950년대 전후 문학에서 탈피하여 우리 문학의 새로운 지평을 열어 준 획기적인 작품이다. 이전에 발표된 다른 작가들의 작품과는 감수성이 전혀 다르다. 등장인물 이외의 자연을 인간 의식의 흐름을 대변해 주는 존재로 등장시키고 있기 때문이다. 이 작품

속에서 배경으로 처리되는 바람, 햇빛, 안개 등이 그러하다. 특히 안개의 경우, 단순한 자연 환경으로서의 안개가 아니다. 안개는 무진에 살고 있는 인물들의 허무의식을 나타내는 상징물이다. 발표 당시 비평가들은 입을 모아 이 작품을 가리켜 '감수성의 혁신'이라는 말로 평가했다.

 깊이생각하기

1. '안개'가 상징하는 의미가 무엇인지 자유롭게 말해 보자.

2. 주인공(윤희중)이 무진을 떠나면서 부끄러움을 느낀 이유를 말해 보자.

3. 주인공 아내는 어떤 형의 인물인지 토론해 보자.

무진기행

버스가 산모퉁이를 돌아갈 때 나는 '무진 Mujin 10 km' 라는 이정비[1] 를 보았다. 그것은 옛날과 똑같은 모습으로 길가의 잡초 속에서 튀어나와 있었다. 내 뒷좌석에 앉아 있는 사람들 사이에서 다시 시작된 대화를 나는 들었다.

"앞으로 10킬로 남았군요."

"예, 한 30분 후에 도착할 겁니다."

그들은 농사 관계의 시찰원들인 듯했다. 아니 그렇지 않은지도 모른다. 그러나 하여튼 그들은 색 무늬 있는 반소매 셔츠를 입고 있었고 데드롱직織[2]의 바지를 입었고 지나쳐 오는 마을과 들과 산에서 아마 농사 관계의 전문가들이 아니면 할 수 없는 관찰을 했고 그것을 전문적인 용어로 얘기하고 있었다. 광주光州에서 기차를 내려서 버스로 갈아탄 이래, 나는 그들이 시골 사람들답지 않게 앉은 목소리로 점잔을 빼면서 얘기하는 것을 반수면半睡眠 상태 속에서 듣고 있었다. 버스 안의 좌석들은 많이 비어 있었다. 그 시찰원들의 대화에 의하면 농번기[3]이기 때문에 사람들이 여행을 할 틈이 없어서라는 것이었다.

"무진[4]엔 명산물이…… 뭐 별로 없지요?"

---

1 한 지역에서 다른 지역에 이르는 거리를 표시하기 위하여 도로나 철로가에 세워둔 비석.
2 일본 데이진 섬유회사가 개발한 가볍고 질긴 화학 섬유.
3 농사일이 아주 바쁜 시기. 모낼 때부터 모 맬 때까지를 보통 농번기라고 말한다.

그들은 대화를 계속하고 있었다.

"별 게 없지요. 그러면서도 그렇게 많은 사람들이 살고 있다는 건 좀 이상스럽거든요."

"바다가 가까이 있으니 항구로 발전할 수도 있었을 텐데요?"

"가 보시면 아시겠지만 그럴 조건이 되어 있는 것도 아닙니다. 수심이 얕은 데다가 그런 얕은 바다를 몇백 리나 밖으로 나가야만 비로소 수평선이 보이는 진짜 바다다운 바다가 나오는 곳이니까요."

"그럼 역시 농촌이군요."

"그렇지만 이렇다 할 평야가 있는 것도 아닙니다."

"그럼 그 5, 6만이 되는 인구가 어떻게들 살아가나요?"

"그러니까 그럭저럭이란 말이 있는 게 아닙니까?"

그들은 점잖게 소리 내어 웃었다.

"원, 아무리 그렇지만 한 고장에 명산물 하나쯤은 있어야지."

웃음 끝에 한 사람이 말하고 있었다.

무진에 명산물이 없는 게 아니다. 나는 그것이 무엇인지 알고 있다. 그것은 안개⁵다. 아침에 잠자리에서 일어나서 밖으로 나오면, 밤사이에 진주해 온 적군들처럼 안개가 무진을 뺑 둘러싸고 있는 것이었다. 무진을 둘러싸고 있던 산들도 안개에 의하여 보이지 않는 먼 곳으로 유배당해 버리고 없었다. 안개는 마치 이승에 한恨이 있어서 매일 밤 찾아오는 여귀女鬼가 뿜어내 놓은 입김과 같았다. 해가 떠오르고, 바람이 바다 쪽에서 방향을 바꾸어 불어오기 전에는 사람들의 힘으로써는 그것을 헤쳐 버릴 수가 없었다.

---

4 무진은 소설 속의 가상의 지명이다. 다만 작가의 고향이 순천이기 때문에 '순천 반도' 어느 곳을 염두에 두고 썼으리라는 추측은 가능하다.

5 '안개'는 이 작품을 이끄는 중요한 제재이다. 현진건의 〈운수 좋은 날〉에서 우중충하게 내리는 비가 암시하는 것처럼 '안개'는 무언가 궁금한 이야기가 전개되리라는 암시를 하고 있다.

손으로 잡을 수 없으면서도 그것은 뚜렷이 존재했고 사람들을 둘러쌌고 먼 곳에 있는 것으로부터 사람들을 떼어 놓았다. 안개, 무진의 안개, 무진의 아침에 사람들이 만나는 안개, 사람들로 하여금 해를, 바람을 간절히 부르게 하는 무진의 안개, 그것이 무진의 명산물이 아닐 수 있을까!

버스의 덜커덩거림이 좀 덜해졌다. 버스의 덜커덩거림이 더하고 덜하는 것을 나는 턱으로 느끼고 있었다. 나는 몸에서 힘을 빼고 있었으므로 버스가 자갈이 깔린 시골길을 달려오고 있는 동안 내 턱은 버스가 껑충거리는 데 따라서 함께 덜그럭거리고 있었다. 턱이 덜그럭거릴 정도로 몸에서 힘을 빼고 버스를 타고 있으면, 긴장해서 버스를 타고 있을 때보다 피로가 더욱 심해진다는 것을 알고 있었지만, 그러나 열려진 차창으로 들어와서 나의 밖으로 드러난 살갗을 사정없이 간지럽히고 불어가는 6월의 바람이 나를 반수면 상태로 끌어넣었기 때문에 나는 힘을 주고 있을 수가 없었다.

바람은 무수히 작은 입자粒子로 되어 있고 그 입자들은 할 수 있는 한, 욕심껏 수면제를 품고 있는 것처럼 내게는 생각되었다. 그 바람 속에는, 신선한 햇볕과 아직 사람들의 땀에 밴 살갗을 스쳐 보지 않았다는 천진스러운 저온低溫, 그리고 지금 버스가 달리고 있는 길을 에워싸며 버스를 향하여 달려오고 있는 산줄기의 저편에 바다가 있다는 것을 알리는 소금기, 그런 것들이 이상스레 한데 어울리면서 녹아 있었다. 햇볕의 신선한 밝음과 살갗에 탄력을 주는 정도의 공기의 저온, 그리고 해풍海風에 섞여 있는 정도의 소금기, 이 세 가지만 합성해서 수면제를 만들어 낼 수 있다면 그것은 이 지상地上에 있는 모든 약방의 진열장 안에 있는 어떠한 약보다도 가장 상쾌한 약이 될 것이고, 그리고 나는 이 세계에서 가장 돈 잘 버는 제약회사의 전무님[6]이 될 것이다. 왜냐하면 사람들은 누구나 조용히 잠들고 싶어하고 조용히 잠든다는 것은 상쾌한 일이기 때문이다……

---

6 주인공의 신분이 제약회사 전무라는 것이 은연중에 상상으로 드러나고 있다.

그런 생각을 하자 나는 쓴웃음이 나왔다. 동시에 무진이 가까웠다는 것이 더욱 실감되었다. 무진에 오기만 하면 내가 하는 생각이란 항상 그렇게 엉뚱한 공상들이었고 뒤죽박죽이었던 것이다.

다른 어느 곳에서도 하지 않았던 엉뚱한 생각을, 나는 무진에서는 아무런 부끄럼 없이, 거침없이 해내곤 했었던 것이다. 아니 무진에서는 내가 무엇을 생각하고 어쩌고 하는 게 아니라 어떤 생각들이 나의 밖에서 제멋대로 이루어진 뒤 나의 머릿속으로 밀고 들어오는 듯했었다.

"당신 안색이 아주 나빠져서 큰일났어요. 어머님의 산소에 다녀온다는 핑계를 대고 무진에 며칠 동안 계시다가 오세요. 주주 총회에서의 일은 아버지하고 저하고 다 꾸며 놓을게요. 당신은 오랜만에 신선한 공기를 쐬고 그리고 돌아와 보면 대회생 제약회사의 전무님이 되어 있을 게 아니에요?"

라고 며칠 전날 밤, 아내가 나의 파자마 깃을 손가락으로 만지작거리며 나에게 진심에서 나온 권유를 했을 때도, 가기 싫은 심부름을 억지로 갈 때 아이들이 불평을 하듯이 내가 몇 마디 입안엣소리로 투덜 댄 것도, 무진에서는 항상 자신을 상실하지 않을 수 없었던 과거의 경험에 의한 조건반사였었다.

내가 좀 나이가 든 뒤로 무진에 간 것은 몇 차례 되지 않았지만, 그 몇 차례 되지 않은 무진행이 그러나 그때마다 내게는 서울에서의 실패로부터 도망해야 할 때거나 하여튼 무언가 새 출발이 필요할 때였었다. 새 출발이 필요할 때 무진으로 간다는 그것은 우연이 결코 아니었고 그렇다고 무진에 가면 내게 새로운 용기라든가 새로운 계획이 술술 나오기 때문도 아니었었다. 오히려 무진에서의 나는 항상 처박혀 있는 상태였었다. 더러운 옷차림과 누우런 얼굴로 나는 항상 골방 안에서 뒹굴었다. 내가 깨어 있을 때는 수없이 많은 시간의 대열이 멍하니 서 있는 나를 비웃으며 흘러가고 있었고, 내가 잠들어 있을 때는 긴긴 악몽들이 거꾸러져 있는 나에게 혹독한 채찍질을 하였었다.

나의 무진에 대한 연상의 대부분은 나를 돌봐 주고 있는 노인들에 대하여 신경질을 부리던 것과 골방 안에서의 공상과 불면不眠을 쫓아 보려고 행하던 수음手淫과 곧잘 편도선을 붓게 하던 독한 담배꽁초와 우편배달부를 기다리던 초조함 따위거나 그것들에 관련된 어떤 행위들이었었다. 물론 그것들만 연상되었던 것은 아니다. 서울의 어느 거리에서고 나의 청각이 문득 외부로 향하면 무자비하게 쏟아져 들어오는 소음에 비틀거릴 때거나, 밤늦게 신당동新堂洞 집 앞의 포장된 골목을 자동차로 올라갈 때, 나는 물이 가득한 강물이 흐르고, 잔디로 덮인 방죽이 시 오리 밖의 바닷가까지 뻗어 나가 있고, 작은 숲이 있고, 다리가 많고, 골목이 많고, 흙담이 많고, 높은 포플러가 에워싼 운동장을 가진 학교들이 있고, 바닷가에서 주워 온 까만 자갈이 깔린 뜰을 가진 사무소들이 있고, 대로 만든 와상臥床[7]이 밤거리에 나앉아 있는 시골을 생각했고 그것은 무진이었다. 문득 한적閑寂이 그리울 때도 나는 무진을 생각했었다. 그러나 그럴 때의 무진은 내가 관념 속에서 그리고 있는 어느 아늑한 장소일 뿐이지 거기엔 사람들이 살고 있지 않았다. 무진이라고 하면 그것에의 연상은 아무래도 어둡던 나의 청년靑年이었다.

그렇다고 무진에의 연상이 꼬리처럼 항상 나를 따라다녔다는 것은 아니다. 차라리 나의 어둡던 세월이 일단 지나가 버린 지금은 나는 거의 항상 무진을 잊고 있었던 편이다. 어제저녁 서울역에서 기차를 탈 때도, 물론 전송 나온 아내와 회사 직원 몇 사람에게 일러둘 말이 너무 많아서 거기에 정신이 쏠려 있던 탓도 있었겠지만, 하여튼 나는 무진에 대한 그 어두운 기억들이 그다지 실감나게 되살아오지는 않았다. 그런데 오늘 이른 아침, 광주에서 기차를 내려서 역 구내를 빠져나올 때 내가 본 한 미친 여자가 그 어두운 기억들을 홱 잡아 끌어당겨서 내 앞에 던져 주었다. 그 미친 여자는 나일론의 치마저고리를 맵시 있게 입고 있었고 팔에는 시절에 맞추어 고른 듯한 핸드백도 걸치고 있었다. 얼굴도 예쁜 편이고 화장이

---

7 누워서 잘 수 있도록 만든 평평한 가구.

화려했다. 그 여자가 미친 사람이라는 것을 알 수 있는 것은 쉬임 없이 굴리고 있는 눈동자와 그 여자를 에워싸고 서서 선 하품을 하며 그 여자를 놀려 대고 있는 구두닦이 아이들 때문이었다.

"공부를 많이 해서 돌아 버렸대."

"아냐, 남자한테서 채여서야."

"저 여자 미국말도 참 잘한다. 물어볼까?"

아이들은 그런 얘기를 높은 목소리로 하고 있었다. 좀 나이가 든 여드름쟁이 구두닦이 하나는 그 여자의 젖가슴을 손가락으로 집적거렸고 그럴 때마다 그 여자는 여전히 무표정한 얼굴로 비명만 지르고 있었다. 그 여자의 비명이, 옛날 내가 무진의 골방 속에서 쓴 일기의 한 구절을 문득 생각나게 한 것이었다.

그때는 어머니가 살아 계실 때였다. 6·25사변으로 대학의 강의가 중단되었기 때문에 서울을 떠나는 마지막 기차를 놓친 나는 서울에서 무진까지의 천여 리 길을 발가락이 몇 번이고 부르터 터지도록 걸어서 내려왔고, 어머니에 의해서 골방에 처박혀졌고 의용군[8]의 징발도 그 후의 국군의 징병도 모두 기피해 버리고 있었었다. 내가 졸업한 무진의 중학교의 상급반 학생들이 무명지無名指[9]에 붕대를 감고 '이 몸이 죽어서 나라가 선다면……'을 부르며 읍 광장에 서 있는 추럭들로 행진해 가서 그 추럭들에 올라타고 일선으로 떠날 때도 나는 골방 속에 쭈그리고 앉아서 그들의 행진이 집 앞을 지나가는 소리를 듣고만 있었다.

전선이 북쪽으로 올라가고 대학이 강의를 시작했다는 소식이 들려왔을 때도 나는 무진의 골방 속에 숨어 있었다. 모두가 나의 홀어머님 때문이었다. 모두가 전쟁터로 몰려갈 때 나는 내 어머니에게 몰려서 골방 속에 숨어서 수음을 하고 있었다. 이웃집 젊은이의 전사 통지가 오면 어머

---

8 전쟁이나 사변을 당하여 민간인 지원병으로 조직한 군대.

9 엄지손가락부터 세어서 네 번째 손가락. '약지'라고도 부른다.

니는 내가 무사한 것을 기뻐했고, 이따금 일선의 친구에게서 군사우편이 오기라도 하면 나 몰래 그것을 찢어 버리곤 하였었다. 내가 골방보다는 전선을 택하고 싶어해 하는 것을 알고 있었기 때문이다. 그 무렵에 쓴 나의 일기장들은 그 후에 태워 버려서 지금은 없지만, 모두가 스스로를 모멸하고 오욕[10]을 웃으며 견디는 내용들이었다. '어머니, 혹시 제가 지금 미친다면 대강 다음과 같은 원인들 때문일 테니 그 점에 유의하셔서 저를 치료해 보십시오…….' 이러한 일기를 쓰던 때를, 이른 아침 역 구내에서 본 미친 여자가 내 앞으로 끌어당겨 주었던 것이다. 무진이 가까웠다는 것을 나는 그 미친 여자를 통하여 느꼈고 그리고 방금 지나친 먼지를 둘러쓰고 잡초 속에서 튀어나와 있는 이정비를 통하여 실감했다.

"이번에 자네가 전무가 되는 건 틀림없는 거구. 그러니 자네 한 일주일 동안 시골에 내려가서 긴장을 풀고 푹 쉬었다가 오게. 전무님이 되면 책임이 더 무거워질 테니 말야."[11]

아내와 장인 영감은 자신들은 알지 못하는 사이에 퍽 영리한 권유를 내게 한 셈이었다. 내가 긴장을 풀어 버릴 수 있는, 아니 풀어 버릴 수밖에 없는 곳을 무진으로 정해 준 것은 대단히 영리한 짓이었다.

버스는 무진 읍내로 들어서고 있었다. 기와 지붕들도 양철 지붕들도 초가 지붕들도 6월 하순의 강렬한 햇볕을 받고 모두 은빛으로 번쩍이고 있었다. 철공소에서 들리는 쇠망치 두드리는 소리가 잠깐 버스로 달려들었다가 물러났다. 어디선지 분뇨糞尿 냄새가 새어 들어왔고 병원 앞을 지날 때는 크레졸[12] 냄새가 났고, 어느 상점의 스피커에서는 느려 빠진 유행가가 흘러나왔다. 거리는 텅 비어 있었고 사람들은 처마 끝의 그늘에 쭈그리고 앉아 있었다. 어린아이들은 빨가벗고 기우뚱거리며 그늘 속을

---

10 명예를 더럽히고 욕되게 함.
11 주인공이 고향 무진을 방문하는 데는, 사위를 후계자로 만들려는 장인과 아버지를 부추
  겨 남편의 출세를 노리는 아내의 음모가 숨겨져 있다.
12 소독제.

걸어 다니고 있었다. 읍의 포장된 광장도 거의 텅 비어 있었다. 햇볕만이 눈부시게 그 광장 위에서 끓고 있었고 그 눈부신 햇볕 속에서, 정적 속에서 개 두 마리가 혀를 빼물고 교미를 하고 있었다.

저녁 식사를 하기 조금 전에 나는 낮잠에서 깨어나서 신문 지국들이 몰려 있는 거리로 갔다. 이모님 댁에서는 신문을 구독하고 있지 않았다. 그렇지만 신문은, 도회인이 누구나 그렇듯이 이제 내 생활의 일부로서 내 하루의 시작과 끝을 맡아보고 있었던 것이다. 내가 찾아간 신문 지국에 나는 이모님 댁의 주소와 약도를 그려 주고 나왔다. 밖으로 나올 때 나는 내 등 뒤에서 지국 안에 있던 사람들이 그들끼리 무어라고 수군거리는 소리를 들었다. 아마 나를 알고 있는 사람들이었던 모양이다.

"……그래애? 거만하게 생겼는데……."

"……출세했다지?……"

"……옛날……폐병……."

그런 속삭임 속에서, 나는 밖으로 나오면서 은근히 한마디를 기다리고 있었다. 그러나 결국 '안녕히 가십시오'는 나오지 않고 말았다. 그것이 서울과의 차이점이었다. 그들은 이제 점점 수군거림의 소용돌이 속으로 끌려 들어가고 있으리라. 자기 자신조차 잊어버리면서, 나중에 그 소용돌이 밖으로 내던져졌을 때 자기들이 느낄 공허감도 모른다는 듯이 수군거리고 또 수군거리고 있으리라.

바다가 있는 쪽에서 바람이 불어오고 있었다. 몇 시간 전에 버스에서 내릴 때보다 거리는 많이 번잡해졌다. 학생들이 학교에서 돌아오고 있었다. 그들은 책가방이 주체스러운 모양인지 그것을 뱅뱅 돌리기도 하며 어깨 너머로 넘겨 들기도 하며 두 손으로 꺼안기도 하며 혀끝에 침으로써 방울을 만들어서 그것을 입 바람으로 훅 불어 날리곤 했다. 학교 선생들과 사무소의 직원들도 달그락거리는 빈 도시락을 들고 축 늘어져서 지나가고 있었다. 그러자 나는 이 모든 것이 장난처럼 생각되었다.

학교에 다닌다는 것, 학생들을 가르친다는 것, 사무소에 출근했다가

퇴근한다는 이 모든 것이 실없는 장난이라는 생각이 든 것이다. 사람들이 거기에 매달려서 낑낑댄다는 것이 우습게 생각되었다.

이모 댁으로 돌아와서 저녁을 먹고 있을 때, 나는 방문을 받았다. 박朴이라고 하는 무진중학교의 내 몇 해 후배였다. 한때 독서광이었던 나를 그 후배는 무척 존경하는 눈치였다. 그는 학생 시대에 이른바 문학소년이었던 것이다. 미국의 작가인 피츠제랄드[13]를 좋아한다고 하는 그 후배는 그러나 피츠제랄드의 팬답지 않게 아주 얌전하고 매사에 엄숙하였고 그리고 가난하였다.

"신문 지국에 있는 제 친구에게서 내려오셨다는 얘길 들었습니다. 웬일이십니까?"

그는 정말 반가워해 주었다.

"무진엔 왜 내가 못 올 덴가?"

그렇게 대답하며 나는 내 말투가 마음에 거슬렸다.

"너무 오랫동안 오시지 않았으니까 그러는 거죠. 제가 군대에서 막 제대했을 때 오시고 이번이 처음이시니까 벌써……."

"벌써 한 4년 되는군."

4년 전 나는, 내가 경리經理의 일을 보고 있던 제약회사가 좀더 큰 다른 회사와 합병되는 바람에 일자리를 잃고 무진으로 내려왔던 것이다. 아니 단지 일자리를 잃었다는 이유만으로 서울을 떠났던 것은 아니다. 동거하고 있던 희姬만 그대로 내 곁에 있어 주었던들 실의失意의 무진행은 없었으리라.

"결혼하셨다더군요?"

박이 물었다.

"흐응, 자넨?"

"전 아직. 참, 좋은 데로 장가드셨다고들 하더군요."

13 〈위대한 개츠비〉라는 작품으로 유명한 미국 작가.

"그래? 자넨 왜 여태 결혼하지 않고 있나? 자네 금년에 어떻게 되지?"

"스물아홉입니다."

"스물아홉이라. 아홉 수가 원래 사납다고 하데만, 금년엔 어떻게 해 보지 그래?"

"글쎄요."

박은 소년처럼 머리를 긁었다. 4년 전이니까 그 해의 내 나이가 스물아홉이었고, 희가 내 곁에서 달아나 버릴 무렵에 지금 아내의 전남편이 죽었던 것이다.

"무슨 나쁜 일이 있었던 건 아니겠죠?"

옛날의 내 무진행의 내용을 다소 알고 있는 박은 그렇게 물었다.

"응, 아마 승진이 될 모양인데 며칠 휴가를 얻었지."

"잘되셨군요. 해방 후의 무진중학 출신 중에선 형님이 제일 출세하셨다고들 하고 있어요."

"내가?"

나는 웃었다.

"예, 형님하고 형님 동기 중에서 조형하고요."

"조라니 나하고 친하게 지내던 애 말인가?"

"예, 그 형이 재작년엔가 고등고시[14]에 패스해서 지금 여기 세무서장으로 있거든요."

"아, 그래?"

"모르셨어요?"

"서로 소식이 별로 없었지. 그 애가 옛날엔 여기 세무서에서 직원으로 있었지, 아마?"

"예."

"그거 잘됐군. 오늘 저녁엔 그 친구에게나 가 볼까?"

---

14 여기서 말하는 고등고시는 '행정고시'를 뜻함.

친구 조는 키가 작았고 살결이 검은 편이었다. 그래서 키가 크고 살결이 창백한 나에게 열등감을 느낀다는 얘기를 내게 곧잘 했었다. '옛날에 손금이 나쁘다고 판단 받은 소년이 있었다. 그 소년은 자기의 손톱으로 손바닥에 좋은 손금을 파 가며 열심히 일했다. 드디어 그 소년은 성공해서 잘살았다.' 조는 이런 얘기에 가장 감격하는 친구였다.

"참, 자넨 요즘 뭘 하고 있나?"

내가 박에게 물었다. 박은 얼굴을 붉히고 잠시 머뭇거리다가 모교에서 교편을 잡고 있다고, 그것이 무슨 잘못이라도 되는 것처럼 우물거리며 대답했다.

"좋지 않아? 책 읽을 여유가 있으니까 얼마나 좋은가. 난 잡지 한 권 읽을 여유가 없네. 무얼 가르치고 있나?"

후배는 내 말에 용기를 얻었는지 아까보다는 조금 밝은 목소리로 대답했다.

"국어를 가르치고 있습니다."

"잘했어. 학교 측에서 보면 자네 같은 선생을 구하기도 힘들 거야."

"그렇지도 않아요. 사범대학 출신들 때문에 교원 자격 고시[15] 합격증 가지고 견디기가 힘들어요."

"그게 또 그런가?"

박은 아무 말 없이 씁쓸한 미소만 지어 보였다.

저녁 식사 후 우리는 술 한잔씩을 마시고 나서 세무서장이 된 조의 집을 향하여 갔다. 거리는 어두컴컴했다. 다리를 건널 때 나는 냇가의 나무들이 어슴푸레하게 물 속에 비쳐 있는 것을 보았다. 옛날 언젠가, 역시 이 다리를 밤중에 건너면서 나는 이 시커멓게 웅크리고 있는 나무들을 저주했었다. 금방 소리를 지르며 달려들 듯한 모습으로 나무들은 서 있었던 것이다. 세상에 나무가 없다면 얼마나 좋을까 하고 생각하기도 했었다.

---

15 사범대 출신이 아닌 사람이 교사가 되기 위해서 치르는 자격 시험.

"모든 게 여전하군."

내가 말했다.

"그럴까요?"

후배가 웅얼거리듯이 말했다.

조의 응접실에는 손님들이 네 사람 있었다. 나의 손을 아프도록 쥐고 흔들고 있는 조의 얼굴이 옛날보다 윤택해지고 살결도 많이 하얘진 것을 나는 보고 있었다.

"어서 자리로 앉아라. 이거 원 누추해서…… 빨리 마누랄 얻어야겠는 데……."

그러나 방은 결코 누추하지 않았다.

"아니 아직 결혼 안 했나?"

내가 물었다.

"법률 책 좀 붙들고 앉아 있었더니 그렇게 돼 버렸어.[16] 어서 앉아."

나는 먼저 온 손님들에게 소개되었다. 세 사람은 남자로서 세무서 직 원들이었고 한 사람은 여자로서 나와 함께 온 박과 무언가 얘기를 주고받 고 있었다.

"어어, 밀담들은 그만 하시고, 하酬 선생, 인사해요. 내 중학 동창인 윤 희중이라는 친굽니다. 서울에 있는 큰 제약회사의 간사[17]님이시고 이쪽 은 우리 모교에 와 계시는 음악 선생님이시고. 하인숙씨라고, 작년에 서 울에서 음악대학을 나오신 분이지."

"아, 그러세요. 같은 학교에 계시는군요."

나는 박과 그 여선생을 번갈아 가리키며 여선생에게 말했다.

"네."

여선생은 방긋 웃으며 대답했고 내 후배는 고개를 숙여 버렸다.

---

16 대학 출신인 '나'에게 기죽기 싫고, 그래서 고졸 출신인 조는 은근히 자기가 고시 공부한 사람이라는 걸 과시한다.

17 어떤 단체나 모임의 일을 맡아서 처리하는 사람.

"고향이 무진이신가요?"

"아녜요. 발령이 이곳으로 났기 땜에 저 혼자 와 있는 거예요."

그 여자는 개성 있는 얼굴을 가지고 있었다. 윤곽은 갸름했고 눈이 컸고 얼굴 색은 노리끼리했다. 전체로 보아서 병약한 느낌을 주고 있었지만 그러나 좀 높은 콧날과 두꺼운 입술이 병약하다는 인상을 버리도록 요구하고 있었다. 그리고 카랑카랑한 목소리가 코와 입이 주는 인상을 더욱 강하게 하고 있었다.

"전공이 무엇이었던가요?"

"성악 공부 좀 했어요."

"그렇지만 하 선생님은 피아노도 아주 잘 치십니다."

박이 곁에서 조심스런 목소리로 끼어들었다. 조도 거들었다.

"노래를 아주 잘하시지. 소프라노[18]가 굉장하시거든."

"아, 소프라노를 맡으시는가요?"

내가 물었다.

"네, 졸업 연주회 땐 '나비부인' 중에서 '어떤 개인 날'[19]을 불렀어요."

그 여자는 졸업 연주회를 그리워하고 있는 듯한 음성으로 말했다. 방 바닥에는 비단의 방석이 놓여 있고 그 위에는 화투짝[20]이 흩어져 있었다. 무진이다. 곧 입술을 태울 듯이 불타 들어가는 담배꽁초를 입에 물고 눈으로 들어오는 그 담배 연기 때문에 눈물을 찔끔거리며 눈을 가늘게 뜨고, 이미 정오가 가까운 시각에야 잠자리에서 일어나서 그날의 허황한 운수를 점쳐 보던 화투짝이었다. 혹은, 자신을 팽개치듯이 기어들던 언젠가의 놀음판, 그 놀음판에서 나의 뜨거워져 가는 머리와 떨리는 손가락만을 제외하곤 내 몸을 전연 느끼지 못하게 만들던 그 화투짝이었다.

---

18 여성이 낼 수 있는 가장 높은 음역 音域 의 소리로 노래 부르는 성악가.

19 '나비부인' 은 푸치니가 작곡한 걸작 오페라 이름. 1900년경 일본의 나가사키가 무대. 이 오페라 중에서도 나비부인이 아리아로 '어떤 개인 날' 을 부르는 대목이 가장 유명하다.

20 화투짝은 이곳에 있는 사람들이 아주 세속적인 인물들이라는 것을 암시한다.

"화투가 있군, 화투가."

나는 한 장을 집어서 소리가 나게 내려치고 다시 그것을 집어서 내려치고 또 집어서 내려치고 하며 중얼거렸다.

"우리 돈내기 한판 하실까요?"

세무서 직원 중의 하나가 내게 말했다. 나는 싫었다.

"다음 기회에 하지요."

세무서 직원들은 싱글싱글 웃었다. 조가 안으로 들어갔다가 나왔다. 잠시 후에 술상이 나왔다.

"여기엔 얼마쯤 있게 되나?"

"일주일가량."

"청첩장 한 장 없이 결혼해 버리는 법이 어디 있어? 하기야 청첩장을 보냈더라도 그땐 내가 세무서에서 주판알 퉁기고 있을 때니까 별수도 없었겠지만 말이다."

"난 그랬지만 청첩장 보내야 한다."

"염려 마라. 금년 안으로는 받아 볼 수 있게 될 거다."

우리는 별로 거품이 일지 않는 맥주를 마셨다.

"제약회사라면 그게 약 만드는 데 아닙니까?"

"그렇죠."

"평생 병 걸릴 염려는 없겠습니다그려."

굉장히 우스운 익살을 부렸다는 듯이 직원들은 방바닥을 치며 오랫동안 웃었다.

"참 박 군, 학생들한테서 인기가 대단하더구면. 기껏 5분쯤 걸어오면 될 거리에 살면서 나한테 왜 통 놀러 오지 않았나?"

"늘 생각은 하고 있었습니다만……."

"저기 앉아 계시는 하 선생님한테서 자네 애긴 늘 듣고 있었지……. 자, 하 선생 맥주는 술도 아니니까 한잔 들어 봐요. 평소엔 그렇지도 않던 데 오늘 저녁엔 왜 이렇게 얌전을 피우실까?"

"네 네, 거기 놓으세요. 제가 마시겠어요."

"맥주는 좀 마셔 봤지요?"

"대학 다닐 때 친구들과 어울려서 방문을 안으로 잠가 놓고 소주도 마셔 본걸요."

"이거 술꾼인 줄은 몰랐는데."

"마시고 싶어서 마신 게 아니라 시험 삼아서 맛 좀 본 거예요."

"그래서 맛이 어떻습디까?"

"모르겠어요. 술잔을 입에서 떼자마자 쿨쿨 자 버렸으니까요."

사람들이 웃었다. 박만이 억지로 웃는 듯한 웃음이었다.

"내가 항상 생각하는 바지만, 하 선생님의 좋은 점은 바로 저기에 있거든. 될 수 있으면 얘기를 재미있게 하려고 한다는 점, 바로 그거야."

"일부러 재미있게 하려고 하는 게 아녜요. 대학 다닐 때의 말버릇이에요."

"아하, 그리고 보면 하 선생의 나쁜 점은 바로 저기 있어. '내가 대학 다닐 때'라는 말을 빼 놓곤 얘기가 안 됩니까? 나처럼 대학엔 문전에도 가 보지 못한 사람은 서러워서 살겠어요?"

"죄송합니다."

"그럼 내게 사과하는 뜻에서 노래 한 곡 들려주시겠어요?"

"그거 좋습니다."

"좋지요."

"한번 들어 봅시다."

사람들이 박수를 쳤다. 여선생은 머뭇거렸다.

"서울 손님도 오고 했으니까……. 그 지난번에 부르던 거 참 좋습디다."

조는 재촉했다.

"그럼 부릅니다."

여선생은 거의 무표정한 얼굴로 입을 조금만 달싹거리며 노래를 부르기 시작했다. 세무서 직원들이 손가락으로 술상을 두드리기 시작했다. 여선생은 '목포의 눈물'을 부르고 있었다. '어떤 개인 날'과 '목포의 눈물'

사이에는 얼마만큼의 유사성이 있을까? 무엇이 저 아리아[21]들로써 길들여진 성대에서 유행가를 나오게 하고 있을까? 그 여자가 부르는 '목포의 눈물'에는 작부酌婦[22]들이 부르는 그것에서 들을 수 있는 것과 같은 꺾임이 없었고, 대체로 유행가를 살려 주는 목소리의 갈라짐이 없었고, 흔히 유행가가 내용으로 하는 청승맞음이 없었다. 그 여자의 '목포의 눈물'은 이미 유행가가 아니었다. 그렇다고 '나비부인' 중의 아리아는 더욱 아니었다. 그것은 이전에는 없었던 어떤 새로운 양식의 노래였다. 그 양식은 유행가가 내용으로 하는 청승맞음과는 다른 좀더 무자비한 청승맞음을 포함하고 있었고, '어떤 개인 날'의 그 절규보다도 훨씬 높은 옥타브의 절규를 포함하고 있었고, 그 양식에는 머리를 풀어헤친 광녀狂女의 냉소가 스며 있었고, 무엇보다도 시체가 썩어 가는 듯한 무진의 그 냄새가 스며 있었다.

그 여자의 노래가 끝나자 나는 의식적으로 바보 같은 웃음을 띠고 박수를 쳤고 그리고 육감으로써랄까, 나는 후배인 박이 이 자리에서 떠나고 싶어하는 것을 알았다. 나의 시선이 박에게로 갔을 때, 나의 시선을 박은 기다렸다는 듯이 자리에서 일어났다. 누군지가 그에게 앉아 있기를 권했으나 박은 해사한 웃음을 띠며 거절했다.

"먼저 실례합니다. 형님은 내일 또 뵙지요."

조는 대문까지 따라 나왔고 나는 한길까지 박을 바래다주려고 나갔다. 밤이 깊지 않았는데도 거리는 적막했다. 어디선지 개 짖는 소리가 들려왔고 쥐 몇 마리가 한길 위에서 무엇을 먹고 있다가 우리의 그림자에 놀라 흩어져 버렸다.

"형님, 보세요. 안개가 내리는군요."

과연 한길의 저 끝이, 불빛이 드문드문 박혀 있는 먼 주택지의 검은 풍

---

21 오페라에서, 오케스트라의 반주가 있는 독창곡을 말함.
22 막걸리나 소주 같은 술을 파는 술집에서 술을 따라 주면서 손님을 접대하는 여자.

경들이 점점 풀어져 가고 있었다.

"자네, 하 선생을 좋아하고 있는 모양이군."

내가 물었다. 박은 다시 해사한 웃음을 띠었다.

"그 여선생과 조 군과 무슨 관계가 있는 모양이지?"

"모르겠습니다. 아마 조형이 결혼 대상자 중의 하나로 생각하고 있는 거 같아요."

"자네가 그 여선생을 좋아한다면 좀더 적극적으로 나가야 해. 잘해 봐."

"뭐 별로……."

박은 소년처럼 말을 더듬거렸다.

"그 속물들 틈에 앉아서 유행가를 부르고 있는 게 좀 딱해 보였을 뿐이지요. 그래서 나와 버린 거죠."

박은 분노를 누르고 있는 듯이 나직나직 말했다.

"클래식을 부를 장소가 있고 유행가를 부를 장소가 따로 있다는 것뿐이겠지, 뭐 딱할 거까지야 있나?"

나는 거짓말로써 그를 위로했다. 박은 가고 나는 다시 '속물' 들 틈에 끼었다. 무진에서는 누구나 그렇게 생각하는 것이다, 타인은 모두 속물들이라고. 나 역시 그렇게 생각하는 것이다, 타인이 하는 모든 행위는 무위[23]와 똑같은 무게밖에 가지고 있지 않은 장난이라고.

밤이 퍽 깊어서 우리는 자리에서 일어났다. 조는 내가 자기 집에서 자고 가기를 권했다. 그러나 다음 날 아침에 잠자리에서 일어나서 그 집을 나올 때까지의 부자유스러움을 생각하고 나는 기어코 밖으로 나섰다. 직원들도 도중에서 흩어져 가고 결국엔 나와 여자만이 남았다. 우리는 다리를 건너고 있었다. 검은 풍경 속에서 냇물은 하얀 모습으로 뻗어 있었고 그 하얀 모습의 끝은 안개 속으로 사라지고 있었다.

"밤엔 정말 멋있는 고장이에요."

---

23 아무것도 하지 않음. 그런 상태.

여자가 말했다.

"그래요? 다행입니다."

내가 말했다.

"왜 다행이라고 말씀하시는 줄 짐작하겠어요."

여자가 말했다.

"어느 정도까지 짐작하셨어요?"

내가 물었다.

"사실은 멋이 없는 고장이니까요. 제 대답이 맞았어요?"

"거의."

우리는 다리를 다 건넜다. 거기서 우리는 헤어져야 했다. 그 여자는 냇물을 따라서 뻗어 나간 길로 가야 했고 나는 곧장 난 길로 가야 했다.

"아, 글루 가세요. 그럼……."

내가 말했다.

"조금만 바래다주세요. 이 길은 너무 조용해서 무서워요."

여자가 조금 떨리는 목소리로 말했다. 나는 다시 여자와 나란히 서서 걸었다. 나는 갑자기 이 여자와 친해진 것 같았다. 다리가 끝나는 바로 거기에서부터, 그 여자가 정말 무서워서 떠는 듯한 목소리로 내게 바래다주기를 청했던 바로 그때부터 나는 그 여자가 내 생애 속에 끼어든 것을 느꼈다. 내 모든 친구들처럼, 이제는 모른다고 할 수 없는, 때로는 내가 그들을 훼손하기도 했지만 그러나 더욱 많이 그들이 나를 훼손시켰던 내 모든 친구들처럼.

"처음에 뵈었을 때, 뭐랄까요, 서울 냄새가 난다고 할까요, 퍽 오래전부터 알던 사람처럼 느껴졌어요. 참 이상하죠?"

갑자기 여자가 말했다.

"유행가."

내가 말했다.

"네?"

"아니 유행가는 왜 부르십니까? 성악 공부한 사람들은 될 수 있는 대로 유행가를 멀리하지 않았던가요?"

"그 사람들은 항상 유행가만 부르라고 하거든요."

대답하고 나서 여자는 부끄러운 듯이 나지막하게 소리 내어 웃었다.

"유행가를 부르지 않으려면 거기에 가지 않는 게 좋다고 얘기하면 내 정간섭이 될까요?"

"정말 앞으론 가지 않을 작정이에요. 정말 보잘것없는 사람들이에요."

"그럼 왜 여태까진 거기에 놀러 다녔습니까?"

"심심해서요."

여자는 힘없이 말했다. 심심하다, 그래 그게 가장 정확한 표현이다.

"아까 박 군은 하 선생님께서 유행가를 부르고 계시는 게 보기에 딱하다고 하면서 나가 버렸지요."

나는 어둠 속에서 여자의 얼굴을 살폈다.

"박 선생님은 정말 꽁생원이에요."

여자는 유쾌한 듯이 높은 소리로 웃었다.

"선량한 사람이죠."

내가 말했다.

"네, 너무 선량해요."

"박 군이 하 선생님을 사랑하고 있다는 생각을 해 본 적은 없었던가요?"

"아이, '하 선생님 하 선생님' 하지 마세요. 오빠라고 해도 제 큰 오빠 뻘이나 되실 텐데요."

"그럼 무어라고 부릅니까?"

"그냥 제 이름을 불러 주세요. 인숙이라고요."

"인숙이 인숙이."

나는 낮은 소리로 중얼거려 보았다.

"그게 좋군요."

나는 말했다.

"인숙인 왜 내 질문을 피하지요?"

"무슨 질문을 하셨던가요?"

여자는 웃으면서 말했다. 우리는 논 곁을 지나가고 있었다. 언젠가 여름 밤, 멀고 가까운 논에서 들려오는 개구리들의 울음소리를, 마치 수많은 비단 조개 껍질을 한꺼번에 맞비빌 때 나는 듯한 소리를 듣고 있을 때 나는 그 개구리 울음소리들이 나의 감각 속에서 반짝이고 있는, 수없이 많은 별들로 바뀌어져 있는 것을 느끼곤 했었다. 청각의 이미지가 시각의 이미지로 바뀌어지는 이상한 현상이 나의 감각 속에서 일어나곤 했었던 것이다. 개구리 울음소리가 반짝이는 별들이라고 느낀 나의 감각은 왜 그렇게 뒤죽박죽이었을까. 그렇지만 밤하늘에서 쏟아질 듯이 반짝이고 있는 별들을 보고 개구리의 울음소리가 귀에 들려오는 듯했었던 것은 아니다. 별들을 보고 있으면 나는 나의 어느 별과 그리고 그 별과 또 다른 별들 사이의 안타까운 거리가, 과학 책에서 배운 바로써가 아니라, 마치 나의 눈이 점점 정확해져 가고 있는 듯이, 나의 시력에 뚜렷하게 보여 오는 것이었다. 나는 그 도달할 길 없는 거리를 보는 데 홀려서 멍하니 서 있다가 그 순간 속에서 그대로 가슴이 터져 버리는 것 같았다. 왜 그렇게 못 견디어 했을까. 별이 무수히 반짝이는 밤하늘을 보고 있던 옛날 나는 왜 그렇게 분해서 못 견디어 했을까.

"무얼 생각하고 계세요?"

여자가 물어 왔다.

"개구리 울음소리."

대답하며 나는 밤하늘을 올려 봤다. 내리고 있는 안개에 가려서 별들이 흐릿하게 떠 보였다.

"어머, 개구리 울음소리. 정말예요. 제겐 여태까지 개구리 울음소리가 들리지 않았어요. 무진의 개구리는 밤 열두 시 이후에만 우는 줄로 알고 있었는데요."

"열두 시 이후에요?"

"네, 밤 열두 시가 넘으면, 제가 방을 얻어 있는 주인댁의 라디오 소리도 꺼지고 들리는 거라곤 개구리 울음소리뿐이거든요."

"밤 열두 시가 넘도록 잠을 자지 않고 무얼 하시죠?"

"그냥 가끔 그렇게 잠이 오지 않아요."

그냥 그렇게 잠이 오지 않는다. 아마 그건 사실이리라.

"사모님 예쁘게 생기셨어요?"

여자가 갑자기 물었다.

"제 아내 말씀인가요?"

"네."

"예쁘죠."

나는 웃으면서 대답했다.

"행복하시죠? 돈이 많고 예쁜 부인이 있고 귀여운 아이들이 있고 그러면……."

"아이들은 아직 없으니까 쬐끔 덜 행복하겠군요."

"어머, 결혼을 언제 하셨는데 아직 아이들이 없어요?"

"이제 3년 좀 넘었습니다."

"특별한 용무도 없이 여행하시면서 왜 혼자 다니세요?"

이 여자는 왜 이런 질문을 할까? 나는 조용히 웃어 버렸다. 여자는 아까보다 좀더 명랑한 목소리로 말했다.

"앞으로 오빠라고 부를 테니까 절 서울로 데려가 주시겠어요?"

"서울에 가고 싶으신가요?"

"네."

"무진이 싫은가요?"

"미칠 것 같아요. 금방 미칠 것 같아요. 서울엔 제 대학 동창들도 많고……. 아이, 서울로 가고 싶어 죽겠어요."

여자는 잠깐 내 팔을 잡았다가 얼른 놓았다. 나는 갑자기 흥분되었다. 나는 이마를 찡그렸다. 찡그리고 또 찡그렸다. 그러자 흥분이 가셨다.

"그렇지만 이젠 어딜 가도 대학 시절과는 다를걸요. 인숙은 여자니까 아마 가정으로 숨어 버리기 전에는 어느 곳에 가든지 미칠 것 같을걸요."

"그런 생각도 해 봤어요. 그렇지만 지금 같아선 가정을 갖는다고 해도 미칠 것 같은 생각이 들어요. 정말 맘에 드는 남자가 아니면요. 정말 맘에 드는 남자가 있다고 해도 여기서는 살기가 싫어요. 전 그 남자에게 여기서 도망하자고 조를 거예요."

"그렇지만 내 경험으로는 서울에서의 생활이 반드시 좋지도 않더군요. 책임, 책임뿐입니다."

"그렇지만 여긴 책임도 무책임도 없는 곳인걸요. 하여튼 서울에 가고 싶어요. 절 데려가 주시겠어요?"

"생각해 봅시다."

"꼭이에요, 네?"

나는 그저 웃기만 했다. 우리는 그 여자의 집 앞에까지 왔다.

"선생님, 내일은 무얼 하실 계획이세요?"

여자가 물었다.

"글쎄요. 아침엔 어머님 산소엘 다녀와야 하겠고, 그러고 나면 할 일이 없군요. 바닷가에나 가 볼까 하는데요. 거긴 한때 내가 방을 얻어 있던 집이 있으니까 인사도 할 겸."

"선생님, 내일 거긴 오후에 가세요."

"왜요?"

"저도 같이 가고 싶어요. 내일은 토요일이니까 오전수업뿐이에요."

"그럽시다."

우리는 내일 만날 시간과 장소를 약속하고 헤어졌다. 나는 이상한 우울에 빠져서 터벅터벅 밤길을 걸어 이모 댁으로 돌아왔다.

내가 이불 속으로 들어갔을 때 통금 사이렌[24]이 불었다. 그것은 갑작스럽게 요란한 소리였다. 그 소리는 길었다. 모든 사물이 모든 사고思考가 그 사이렌에 흡수되어 갔다. 마침내 이 세상에선 아무것도 없어져 버렸다. 사이렌만이 세상에 남아 있었다. 그 소리도 마침내 느껴지지 않을 만큼 오랫동안 계속할 것 같았다. 그때 소리가 갑자기 힘을 잃으면서 꺾였고 길게 신음하며 사라져 갔다.

내 사고만이 다시 살아났다. 나는 얼마 전까지 그 여자와 주고받던 얘기들을 다시 생각해 보려 했다. 많은 것을 얘기한 것 같은데 그러나 귓속에는 우리의 대화가 몇 개 남아 있지 않았다. 좀더 시간이 지난 후, 그 대화들이 내 귓속에서 내 머릿속으로 자리를 옮길 때는, 그리고 머릿속에서 심장 속으로 옮겨 갈 때는 또 몇 개가 더 없어져 버릴 것인가. 아니 결국엔 모두 없어져 버릴지도 모른다. 천천히 생각해 보자. 그 여자는 서울에 가고 싶다고 했다. 그 말을 그 여자는 안타까운 음성으로 얘기했다. 나는 문득 그 여자를 껴안고 싶은 충동에 사로잡혔다. 그리고……아니, 내 심장에 남을 수 있는 것은 그것뿐이었다. 그러나 그것도 일단 무진을 떠나기만 하면 내 심장 위에서 지워져 버리리라. 나는 잠이 오지 않았다. 낮잠 때문이기도 하였다. 나는 어둠 속에서 담배를 피웠다. 나는 우울한 유령들처럼 나를 내려다보고 있는 벽에 걸린 하얀 옷들을 흘겨보고 있었다. 나는 담뱃재를 머리맡의 적당한 곳에 떨었다. 내일 아침 걸레로 닦아 내면 될 어느 곳에. '열두 시 이후에 우는' 개구리 울음소리가 희미하게 들려오고 있었다. 어디선가 한 시를 알리는 시계 소리가 나직이 들려왔다. 어디선가 두 시를 알리는 시계 소리가 들려왔다. 어디선가 세 시를 알리는 시계 소리가 들려왔다. 어디선가 네 시를 알리는 시계 소리가 들려왔다. 잠시 후에 통금 해제의 사이렌이 불었다. 시계와 사이렌 중 어느 것 하나가 정확하지 못했다. 사이렌은 갑작스럽고 요란한 소리였다. 그 소리는 길었다. 모든 사물이 모든 사고가 그 사이렌에 흡수되어 갔다. 마침내 이 세상에선 아무것도 없어져 버렸다. 사이렌만 이 세상에 남아 있었다.

---

24 통행금지를 알리기 위하여 내는 소리. 1982년 이전까지, 우리나라 거의 모든 지역은 대체로 밤 12시부터 아침 4시까지 통행을 금지하고 있었다.

그 소리도 마침내 느껴지지 않을 만큼 오랫동안 계속할 것 같았다. 그때 소리가 갑자기 힘을 잃으면서 꺾였고 길게 신음하며 사라져 갔다. 어디선가 부부들은 교합交合[25] 하리라. 아니다. 부부가 아니라 창부와 그 여자의 손님이리라. 나는 왜 그런 엉뚱한 생각을 하고 있는지 알 수 없었다. 잠시 후에 나는 슬며시 잠이 들었다.

그날 아침엔 이슬비가 내리고 있었다. 식전에 나는 우산을 받쳐 들고 읍 근처의 산에 있는 어머니의 산소로 갔다. 나는 바지를 무릎 위까지 걷어 올리고 비를 맞으며 묘를 향하여 엎드려 절했다. 비가 나를 굉장한 효자로 만들어 주었다. 나는 한 손으로 묘 위의 긴 풀을 뜯었다. 풀을 뜯으면서 나는, 나를 전무님으로 만들기 위하여 전무 선출에 관계된 사람들을 찾아다니며 그 호걸웃음을 웃고 있을 장인 영감을 상상했다. 그러나 나는 묘 속으로 들어가고 싶었다.

돌아가는 길은, 좀 멀기는 하지만 잔디가 곱게 깔린 방죽[26] 길을 걷기로 했다. 이슬비가 바람에 뿌옇게 날리고 있었다. 비를 따라서 풍경이 흔들렸다. 나는 우산을 접어 버렸다. 방죽 위를 걸어가다가 나는, 방죽의 경사 밑 물가의 풀밭에, 읍에서 먼 촌으로부터 등교하기 위하여 온 학생들이 모여서 웅성거리고 있는 것을 보았다. 나이 많은 사람들이 몇 사람 끼어 있었고 비옷을 입은 순경 한 사람이 방죽의 비탈 위에 쭈그리고 앉아서 담배를 피우며 먼 곳을 바라보고 있었고 노파 한 사람이 혀를 차며 웅성거리고 있는 학생들의 틈을 빠져나와서 갔다. 나는 방죽의 비탈을 내려갔다. 순경 곁을 지나면서 나는 물었다.

"무슨 일입니까?"

"자살 시쳅니다."

순경은 흥미 없는 말투로 말했다.

---

25 남자와 여자가 하는 성교.
26 물이 범람하는 것을 막기 위하여 쌓은 둑.

"누군데요?"

"읍에 있는 술집 여잡니다. 초여름이 되면 반드시 몇 명씩 죽지요."

"네에."

"저 계집애는 아주 독살스러운 년이어서 안 죽을 줄 알았더니, 저것도 별수 없는 사람이었던 모양입니다."

"네에."

나는 물가로 내려가서 학생들 틈에 끼었다. 시체의 얼굴은 냇물을 향하고 있었으므로 내게는 보이지 않았다. 머리는 파마였고 팔과 다리가 하얗고 굵었다. 붉은색의 얇은 스웨터를 입고 있었고 하얀 스커트를 입고 있었다. 지난밤의 새벽은 추웠던 모양이다. 아니면 그 옷이 그 여자의 맘에 든 옷이었던가 보다. 푸른 꽃무늬 있는 하얀 고무신을 머리에 베고 있었다. 무엇인가를 싼 하얀 손수건이 그 여자의 축 늘어진 손에서 좀 떨어진 곳에 굴러 있었다. 하얀 손수건은 비를 맞고 있었고 바람이 불어도 조금도 나부끼지 않았다. 시체의 얼굴을 보기 위해서 많은 학생들이 냇물 속에 발을 담그고 이쪽을 향하여 서 있었다. 그들의 푸른색 유니폼이 물에 거꾸로 비쳐 있었다. 푸른색의 깃발들이 시체를 옹위[27]하고 있었다. 나는 그 여자를 향하여 이상스레 정욕이 끓어오름을 느꼈다. 나는 급히 그 자리를 떠났다.

"무슨 약을 먹었는지 모르지만 지금이라도 어쩌면……."

순경에게 내가 말했다.

"저런 여자들이 먹는 건 청산가립[28] 니다. 수면제 몇 알 먹고 떠들썩한 연극 같은 건 안 하지요. 그것만은 고마운 일이지만."

나는 무진으로 오는 버스 안에서 수면제를 만들어 팔겠다는 공상을 한 것이 생각났다. 햇볕의 신선한 밝음과 살갗에 탄력을 주는 정도의 공기의

---

27 부축하여 호위하는 것.
28 독성이 매우 강한 '시안화칼륨'을 가리키며 사람이 먹으면 즉사한다.

저온, 그리고 해풍海風에 섞여 있는 정도의 소금기, 이 세 가지를 합성하여 수면제를 만들 수 있다면……. 그러나 사실 그 수면제는 이미 만들어져 있었던 게 아닐까. 나는 문득, 내가 간밤에 잠을 이루지 못하고 뒤척거리고 있었던 게 이 여자의 임종을 지켜 주기 위해서가 아니었을까 하는 생각이 들었다. 통금 해제의 사이렌이 불고 이 여자는 약을 먹고 그제야 나는 슬며시 잠이 들었던 것만 같다. 갑자기 나는 이 여자가 나의 일부처럼 느껴졌다. 아프긴 하지만 아끼지 않으면 안 될 내 몸의 일부처럼 느껴졌다. 나는 접어 든 우산에 묻은 물을 휙휙 뿌리면서 집으로 돌아왔다. 집에는 세무서장인 조가 보낸 쪽지가 기다리고 있었다.

'할 일 없으면 세무서에 좀 들러 주게.'

아침밥을 먹고 나는 세무서로 갔다. 이슬비는 그쳤으나 하늘은 흐렸다. 나는 조의 의도를 알 것 같았다. 서장실에 앉아 있는 자기의 모습을 보여 주고 싶은 거다. 아니 내가 비꼬아서 생각하고 있는지 모른다. 나는 고쳐 생각하기로 했다. 그는 세무서장으로 만족하고 있을까? 아마 만족하고 있을 게다. 그는 무진에 어울리는 사람이다. 아니, 나는 다시 고쳐 생각하기로 했다. 어떤 사람을 잘 안다는 것 아는 체한다는 것이 그 어떤 사람의 입장에서 보면 무척 불행한 일이다. 우리가 비난할 수 있고 적어도 평가하려고 드는 것은 우리가 알고 있는 사람에 한하는 것이기 때문이다.

조는 러닝셔츠 바람으로, 바지는 무릎 위까지 걷어붙이고 부채를 부치고 있었다. 나는 그가 초라해 보였고 그러나 그가 흰 커버를 씌운 회전의자 위에 앉아 있는 것을 자랑스러워하는 듯한 몸짓을 해 보일 때는 그가 가엾게 생각되었다.

"바쁘지 않나?"

내가 물었다.

"나야 뭐 하는 일이 있어야지. 높은 자리라는 건 책임진다는 말만 중얼거리고 있으면 되는 모양이지."

그러나 그는 결코 한가하지 않았다. 여러 사람들이 드나들면서 서류에 조의 도장을 받아 갔고 더 많은 서류들이 그의 미결함[29]에 쌓여졌다.

"월말에다가 토요일이 되어서 좀 바쁘다."

그는 말했다. 그러나 그의 얼굴은 그 바쁜 것을 자랑스럽게 여기고 있었다. 바쁘다. 자랑스러워할 틈도 없이 바쁘다. 그것은 서울에서의 나였다. 그만큼 여기는 생활한다는 것에 서투를 수 있다고나 할까? 바쁘다는 것도 서투르게 바빴다. 그리고 그때 나는, 사람이 자기가 하는 일에 서투르다는 것은, 그것이 무슨 일이든지 설령 도둑질이라고 할지라도 서투르다는 것은 보기에 딱하고 보는 사람을 신경질 나게 한다고 생각하였다. 미끈하게 일을 처리해 버린다는 건 우선 우리를 안심시켜 준다.

"참, 엊저녁, 하 선생이란 여자는 네 색시감이냐?"

내가 물었다.

"색시감?"

그는 높은 소리로 웃었다.

"내 색시감이 그 정도로밖에 안 보이냐?"

그가 말했다.

"그 정도가 뭐 어때서?"

"야, 이 약아빠진 놈아, 넌 빽 좋고 돈 많은 과부를 물어 놓고 기껏 내가 어디서 굴러온 줄도 모르는 말라빠진 음악 선생이나 차지하고 있으면 맘이 시원하겠다는 거냐?"

말하고 나서 그는 유쾌해 죽겠다는 듯이 웃어 대었다.

"너만큼만 사는 정도라면 여자가 거지라도 괜찮지 않아?"

내가 말했다.

"그래도 그게 아니다. 내 편에 나를 끌어 줄 사람이 없으면 처가 편에서라도 누가 있어야 하는 거야."

그가 대답했다. 그의 말투로는 우리는 공모자였다.

---

[29] 아직 해결하지 않거나 결정하지 않은 서류들을 보관해 두는 상자.

"야, 세상 우습더라. 내가 고시에 패스하자마자 중매쟁이 막 들어오는
데……. 그런데 그게 모두 형편없는 것들이거든. 도대체 여자들이 성기
하나를 밑천으로 해서 시집가 보겠다는 고 배짱들이 괘씸하단 말야."

"그럼 그 여선생도 그런 여자 중의 하나인가?"

"아주 대표적인 여자지. 어떻게나 쫓아다니는지 귀찮아 죽겠다."

"퍽 똑똑한 여자일 것 같던데."

"똑똑하기야 하지. 그렇지만 뒷조사를 해 보았더니 집안이 너무 허술
해. 그 여자가 여기서 죽는다고 해도 고향에서 그 여자를 데리러 올 사람
하나 변변한 게 없거든."

나는 그 여자를 어서 만나 보고 싶었다. 나는 그 여자가 지금 어디서
죽어 가고 있는 것처럼 생각되었다. 어서 가서 만나 보고 싶었다.

"속도 모르는 박 군은 그 여자를 좋아한대."

그가 말하면서 빙긋 웃었다.

"박 군이?"

나는 놀라는 체했다.

"그 여자에게 편지를 보내어 호소를 하는데 그 여자가 모두 내게 보여
주거든. 박 군은 내게 연애 편지를 쓰는 셈이지."

나는 그 여자를 만나 보고 싶은 생각이 싹 가셨다. 그러나 잠시 후엔
그 여자를 어서 만나 보고 싶다는 생각이 되살아났다.

"지난봄엔 그 여잘 데리고 절엘 한번 갔었지. 어떻게 해 보려고 했는데
요 영리한 게 결혼하기 전까지는 절대로 안 된다는 거야."

"그래서?"

"무안만 당하고 말았지."

나는 그 여자에게 감사했다.

시간이 됐을 때 나는 그 여자와 만나기로 한, 읍내에서 좀 떨어진 바다
로 뻗어 나가고 있는 방죽으로 갔다. 노란 파라솔 하나가 멀리 보였다. 그
것이 그 여자였다. 우리는 구름이 낀 하늘 밑을 나란히 걸어갔다.

"저 오늘 박 선생님께 선생님에 관해서 여러 가지 물어봤어요."

"그래요?"

"무얼 제일 중요하게 물어보았을 것 같아요?"

나는 전연 짐작할 수가 없었다. 그 여자는 잠시 동안 키득키득 웃었다. 그리고 말했다.

"선생님의 혈액형을 물어봤어요."

"내 혈액형을요?"

"전 혈액형에 대해서 이상한 믿음을 가지고 있어요. 사람들이 꼭 자기의 혈액형이 나타내 주는—그, 생물 책에 씌어 있지 않아요?—꼭 그 성격대로이기만 했으면 좋겠어요. 그럼 세상엔 손가락으로 꼽을 정도의 성격밖에 없을 게 아니에요?"

"그게 어디 믿음입니까? 희망이지."

"전 제가 바라는 것은 그대로 믿어 버리는 성격이에요."

"그건 무슨 혈액형입니까?"

"바보라는 이름의 혈액형이에요."

우리는 후텁지근한 공기 속에서 괴롭게 웃었다. 나는 그 여자의 프로필[30]을 훔쳐보았다. 그 여자는 이제 웃음을 그치고 입을 꾹 다물고 그 커다란 눈으로 앞을 똑바로 응시하고 있었고 코끝에 땀이 맺혀 있었다. 그 여자는 어린아이처럼 나를 따라오고 있었다. 나는 나의 한 손으로 그 여자의 한 손을 잡았다. 그 여자는 놀라는 듯했다. 나는 얼른 손을 놓았다. 잠시 후에 나는 다시 손을 잡았다. 그 여자는 이번엔 놀라지 않았다. 우리가 잡고 있는 손바닥과 손바닥의 틈으로 희미한 바람이 새어 나가고 있었다.

"무작정 서울에만 가면 어떻게 할 작정이오?"

내가 물었다.

"이렇게 좋은 오빠가 있는데 어떻게 해 주겠지요."

---

30 옆에서 본 얼굴 모습.

여자는 나를 쳐다보며 방긋 웃었다.

"신랑감이야 수두룩하긴 하지만…… 서울보다는 고향에 가 있는 게 낫지 않을까요?"

"고향보다는 여기가 나아요."

"그럼 여기 그대로 있는 게……."

"아이, 선생님. 절 데리고 가시잖을 작정이시군요."

여자는 울상을 지으며 내 손을 뿌리쳤다. 사실 나는 내 자신을 알 수 없었다. 사실 나는 감상感傷이나 연민으로써 세상을 향하고 서는 나이도 지난 것이다. 사실 나는, 몇 시간 전에 조가 얘기했듯이 '빽이 좋고 돈 많은 과부'를 만난 것을 반드시 바랐던 것은 아니지만 결과적으로는 잘되었다고 생각하고 있는 사람인 것이다. 나는 내게서 달아나 버렸던 여자에 대한 것과는 다른 사랑을 지금의 내 아내에 대하여 갖고 있었다. 그러면서도 나는 구름이 끼어 있는 하늘 밑의 바다로 뻗은 방죽 위를 걸어가면서, 다시 내 곁에 선 여자의 손을 잡았다. 나는 지금 우리가 찾아가고 있는 집에 대하여 여자에게 설명해 주었다.

어느 해, 나는 그 집에서 방 한 칸을 얻어 들고 더러워진 나의 폐를 씻어 내고 있었다. 어머니도 세상을 떠나간 뒤였다. 이 바닷가에서 보낸 1년. 그때 내가 쓴 모든 편지들 속에서 사람들은 '쓸쓸하다'라는 단어를 쉽게 발견할 수 있었다. 그 단어는 다소 천박하고 이제는 사람의 가슴에 호소해 오는 능력도 거의 상실해 버린 사어死語[31] 같은 것이지만 그러나 그 무렵의 내게는 그 말밖에 써야 할 말이 없는 것처럼 생각되었었다. 아침의 백사장을 거니는 산보에서 느끼는 시간의 지루함과 낮잠에서 깨어나서 식은땀이 줄줄 흐르는 이마를 손바닥으로 닦으며 느끼는 허전함과 깊은 밤에 악몽으로부터 깨어나서 쿵쿵 소리를 내며 급하게 뛰고 있는 심장을 한 손으로 누르며 밤바다의 그 애처로운 울음소리에 귀를 기울이고

---

31 과거에 사용했으나 지금은 사용하지 않게 된 언어.

있을 때의 안타까움, 그런 것들이 굴껍데기처럼 다닥다닥 붙어서 떨어질 줄 모르는 나의 생활을 나는 '쓸쓸하다' 라는, 지금 생각하면 허깨비 같은 단어 하나로 대신시켰던 것이다.

바다는 상상도 되지 않는 먼지 낀 도시에서, 바쁜 일과 중에, 무표정한 우편배달부가 던져 주고 간 나의 편지 속에서 '쓸쓸하다' 라는 말을 보았을 때 그 편지를 받은 사람이 과연 무엇을 느끼거나 상상할 수 있었을까? 그 바닷가에서 그 편지를 내가 띄우고 도시에서 내가 그 편지를 받았다고 가정할 경우에도 내가 그 바닷가에서 그 단어에 걸어 보던 모든 것에 만족할 만큼 도시의 내가 바닷가의 나의 심경에 공명할 수 있었을 것인가? 아니 그것이 필요하기나 했었을까? 그러나 정확하게 말하자면, 그 무렵 편지를 쓰기 위해서 책상 앞으로 다가가고 있던 나도, 지금에 와서 내가 하고 있는 바와 같은 가정과 질문을 어렴풋이나마 하고 있었고 그 대답을 '아니다' 로 생각하고 있었던 듯하다. 그러면서도 그는 그 속에 '쓸쓸하다' 라는 단어가 씌어진 편지를 썼고 때로는 바다가 암청색[32]으로 서투르게 그려진 엽서를 사방으로 띄웠다.

"세상에서 제일 먼저 편지를 쓴 사람은 어떤 사람이었을까요?"

내가 말했다.

"아이, 편지, 정말 편지를 받는 것처럼 기쁜 일은 없어요. 정말 누구였을까요? 아마 선생님처럼 외로운 사람이었겠죠?"

여자의 손이 내 손 안에서 꼼지락거렸다. 나는 그 손이 그렇게 말하고 있는 듯한 느낌이 들었다.

"그리고 인숙이처럼."

내가 말했다.

"네."

우리는 서로 고개를 돌려 마주 보며 웃음 지었다.

---

32 검푸른 빛.

우리는 우리가 찾아가는 집에 도착했다. 세월이 그 집과 그 집 사람들만은 피해서 지나갔던 모양이다. 주인들은 나를 옛날의 나로 대해 주었고 그러자 나는 옛날의 내가 되었다. 나는 가지고 온 선물을 내놓았고 그 집 주인 부부는 내가 들어 있던 방을 우리에게 제공해 주었다. 나는 그 방에서 여자의 조바심을, 마치 칼을 들고 달려드는 사람으로부터, 누군가 자기의 손에서 칼을 빼앗아 주지 않으면 상대편을 찌르고 말 듯한 절망을 느끼는 사람으로부터 칼을 빼앗듯이 그 여자의 조바심을 빼앗아 주었다. 그 여자는 처녀는 아니었다. 우리는 다시 방문을 열고 물결이 다소 거센 바다를 내어다 보며 오랫동안 말없이 누워 있었다.

"서울에 가고 싶어요. 단지 그거뿐예요."

한참 후에 여자가 말했다. 나는 손가락으로 여자의 볼 위에 의미 없는 도화를 그리고 있었다.

"세상엔 착한 사람이 있을까?"

나는 방으로 불어오는 해풍 때문에 불이 꺼져 버린 담배에 다시 불을 붙이며 말했다.

"절 나무라시는 거죠? 착하게 보아 주려는 마음이 없으면 아무도 착하지 않을 거예요."

나는 우리가 불교도라고 생각했다.

"선생님은 착한 분이세요?"

"인숙이가 믿어 주는 한."

나는 다시 한 번 우리가 불교도라고 생각했다. 여자는 누운 채 내게 조금 더 다가왔다.

"바닷가로 나가요 네? 노래 불러 드릴게요."

여자가 말했다. 그러나 우리는 일어나지 않았다.

"바닷가로 나가요, 네? 방이 너무 더워요."

우리는 일어나서 밖으로 나왔다. 우리는 백사장을 걸어서 인가가 보이지 않는 바닷가의 바위 위에 앉았다. 파도가 거품을 숨겨 가지고 와서 우리가 앉아 있는 바위 밑에 그것을 뽑어 놓았다.

"선생님."

여자가 나를 불렀다. 나는 여자 쪽으로 고개를 돌렸다.

"자기 자신이 싫어지는 것을 경험하신 적이 있으세요?"

여자가 꾸민 명랑한 목소리로 물었다. 나는 기억을 헤쳐 보았다. 나는 고개를 끄덕이며 말했다.

"언젠가 나와 함께 자던 친구가 다음 날 아침에 내가 코를 골면서 자더라는 것을 알려 주었을 때였지. 그땐 정말이지 살맛이 나지 않았어."

나는 여자를 웃기기 위해서 그렇게 말했다. 그러나 여자는 웃지 않고 조용히 고개만 끄덕거렸다. 한참 후에 여자가 말했다.

"선생님, 저 서울에 가고 싶지 않아요."

나는 여자의 손을 달라고 하여 잡았다. 나는 그 손을 힘을 주어 쥐면서 말했다.

"우리 서로 거짓말은 하지 말기로 해."

"거짓말이 아니에요."

여자는 방긋 웃으면서 말했다.

"'어떤 개인 날' 불러 드릴게요."

"그렇지만 오늘은 흐린걸."

나는 '어떤 개인 날'의 그 이별을 생각하며 말했다. 흐린 날엔 사람들은 헤어지지 말기로 하자. 손을 내밀고 그 손을 잡는 사람이 있으면 그 사람을 가까이 가까이 좀더 가까이 끌어당겨 주기로 하자. 나는 그 여자에게 '사랑한다'고 말하고 싶었다. 그러나 '사랑한다'라는 그 국어의 어색함이 그렇게 말하고 싶은 나의 충동을 쫓아 버렸다.

우리가 바닷가에서 읍내로 돌아온 것은 저녁의 어둠이 밀려든 뒤였다. 읍내에 들어오기 조금 전에 우리는 방죽 위에서 키스를 했다.

"전 선생님께서 여기 계시는 1주일 동안만 멋있는 연애를 할 계획이니까 그렇게 알고 계세요."

헤어지면서 여자가 말했다.

"그렇지만 내 힘이 더 세니까 별수 없이 내게 끌려서 서울까지 가게 될걸."
내가 말했다.

집으로 돌아와서 나는 후배인 박이 낮에 다녀간 것을 알았다. 그는 내가
'무진에 계시는 동안 심심하시지 않을까 하여 읽으시라' 고 책 세 권을 두
고 갔다. 그가 저녁에 다시 오겠다고 하더라는 얘기를 이모가 내게 했다.
나는 피로를 핑계로 아무도 만나기 싫다는 뜻을 이모에게 알려 두었다. 이
모는 내가 바닷가에서 아직 돌아오지 않았다고 대답하겠다고 말했다. 나
는 아무것도 생각하고 싶지 않았다, 아무것도. 나는 이모에게 소주를 사
오게 하여 취해서 잠이 들 때까지 마셨다. 새벽녘에 잠깐 잠이 깨었다. 나
는 이유를 집어낼 수 없이 가슴이 두근거렸는데 그것은 불안이었다. '인숙
이' 하고 나는 중얼거려 보았다. 그리고 곧 다시 잠이 들어 버렸다.

나는 이모가 나를 흔들어 깨워서 눈을 떴다. 늦은 아침이었다. 이모는
전보 한 통을 내게 건네주었다. 엎드려 누운 채 나는 전보를 펴보았다.

'27일 회의 참석 필요, 급상경바람 영'

'27일' 은 모레였고 '영' 은 아내였다. 나는 아프도록 쑤시는 이마를 베
개에 대었다. 나는 숨을 거칠게 쉬고 있었다. 나는 내 호흡을 진정시키려
고 했다. 아내의 전보가 무진에 와서 내가 한 모든 행동과 사고를 내게 점
점 명료하게 드러내 보여 주었다. 모든 것이 선입관 때문이었다. 결국 아
내의 전보는 그렇게 얘기하고 있었다. 나는 아니라고 고개를 저었다. 모
든 것이, 흔히 여행자에게 주어지는 그 자유 때문이라고 아내의 전보는
말하고 있었다. 나는 아니라고 고개를 저었다. 모든 것이 세월에 의하여
내 마음속에서 잊혀질 수 있다고 전보는 말하고 있었다. 그러나 상처가
남는다고, 나는 고개를 저었다. 오랫동안 우리는 다투었다. 그래서 전보
와 나는 타협안을 만들었다. 한 번만, 마지막으로 한 번만 이 무진을, 안
개를, 외롭게 미쳐 가는 것을, 유행가를, 술집 여자의 자살을, 배반을, 무
책임을 긍정하기로 하자. 마지막으로 한 번만이다. 꼭 한 번만, 그리고 나

는 내게 주어진 한정된 책임 속에서만 살기로 약속한다. 전보여, 새끼손가락을 내밀어라. 나는 거기에 내 새끼손가락을 걸어서 약속한다. 우리는 약속했다.

그러나 나는 돌아서서 전보의 눈을 피하여 편지를 썼다.

'갑자기 떠나게 되었습니다. 찾아가서 말로써 오늘 제가 먼저 가는 것을 알리고 싶었습니다만 대화란 항상 의외의 방향으로 나가 버리기를 좋아하기 때문에 이렇게 글로써 알리는 것입니다. 간단히 쓰겠습니다. 사랑하고 있습니다. 왜냐하면 당신은 제 자신이기 때문에, 적어도 제가 어렴풋이나마 사랑하고 있는 옛날의 저의 모습이기 때문입니다. 저는 옛날의 저를 오늘의 저로 끌어 놓기 위하여 있는 힘을 다할 작정입니다. 저를 믿어 주십시오. 그리고 서울에서 준비가 되는 대로 소식 드리면 당신은 무진을 떠나서 제게 와 주십시오. 우리는 아마 행복할 수 있을 것입니다.'

쓰고 나서 나는 그 편지를 읽어 봤다. 또 한 번 읽어 봤다. 그리고 찢어 버렸다.

덜컹거리며 달리는 버스 속에서 나는, 어디쯤에선가, 길가에 세워진 하얀 팻말을 보았다. 거기에는 선명한 검은 글씨로 '당신은 무진읍을 떠나고 있습니다. 안녕히 가십시오' 라고 씌어 있었다. 나는 심한 부끄러움을 느꼈다.[33]

1964년 10월호 《사상계》

---

33 '부끄러움을 느꼈다' 는 마지막 한 마디를 통하여 주인공 '나' 는 현실로 돌아간다. 무진에서의 행동이 순수한 데 비해서 비도덕적이라는 뜻을 함축하고 있는 것이다.

육체는
슬프다.
아아, 나는 만 권의 책을 읽지 못한다.
- 말라르메

이미륵

|1899 ~ 1950|

1899년 황해도 해주에서 태어나다. 1917년 경성의학전문에 입학하다. 1919년 3 · 1 운동에 가담했다가 일본 경찰에 쫓겨 상하이로 망명하여 임시정부 일을 돕다. 1920년 독일에 도착하여 1921년 뷔르츠부르크대학교에서 의학 공부를 계속하다. 1923년 하이델베르크대학교, 1925년 뮌헨대학교에서 동물학과 철학을 전공하다. 1928년 뮌헨대학교에서 박사 학위를 획득하다. 1931년 《다메 Dame》지에 〈하늘의 천사〉를 발표한 후부터 민족적인 경향이 짙은 독일어 작품들을 신문 · 잡지에 수시로 발표하다. 1946년 장편 〈압록강은 흐른다〉가 독일에서 발간되어 베스트셀러가 되다. 1947년 뮌헨대학교 동양학부 강사로 일하다. 1950년 3월 위암으로 죽다. 유해는 뮌헨 교외의 묘지에 묻히다. 본명은 이의경 李儀景 .

대 | 표 | 작

〈압록강은 흐른다〉(1946).

유려하고도 간결한 필치로 한국의 풍습과 산하 그리고 인정을 서정적인 문장으로 그려 낸 이 작품은 소설 형식을 빌린 작가의 자서전이라고 할 수 있다. '수암과 같이 놀던 시절'로 시작하여 '파리의 붉게 타는 향수'에 이르기까지 24장으로 구성된 작품이다. 1946년 뮌헨의 피퍼출판사에서 출간된 〈압록강은 흐른다Der Jalu Fliesst〉는 제2차 대전 직후 '독일어로 씌어진 가장 훌륭한 문장'이라는 평가를 받으며 독일의 중고등학교 교과서에 실리기도 했고, 서평만 해도 100여 편이 쏟아져 나온 문제작이다.

이미륵은 경성의학전문학교 학생 시절, 3·1 독립운동에 주동적으로 참가했다가 일제의 탄압을 받아 일본 경찰을 피해 조국을 떠났다. 30년에 걸친 그의 독일 생활은 고국에 대한 그리움과 향수, 고향에 대한 추억과 우수 등으로 점철되었다. 그래서 그의 모든 작품에는 이런 민족적인 체취가 짙게 배어 있다. 서양인들이 한국을 낯선 땅으로 알고 있던 시절, 이미륵은 문학 활동을 통하여 해외에서 한국인의 이미지를 드높였다. 그는 한국적인 인간미를 작품으로 보여 줌으로써 독일 지식인들과 독자들을 경탄시켰다. 독일에 살면서도 이미륵은 '한국의 아들'이었다. 그의 대표작인 〈압록강은 흐른다〉는 이런 그의 민족애가 유감없이 표현된 작품이었다. 소박하고 간결한 문체로 묘사한 유년 시절은 문화의 차이를 뛰어넘어 세계의 독자들에게 인간에 대한 근원적인 향수를 불러일으켰다. 장롱 위에 숨겨 놓은 꿀을 훔쳐 먹다 들켜 혼난 이야기며, 손톱에 봉숭아 꽃

압록강은 흐른다

물 들이는 누나의 기억, 쑥뜸질의 공포, 잠자리채 이야기 등은 아주 토속적인 한국의 이야기이면서 동시에 세계인들도 공감하는 유년 시절 이야기였던 것이다.

그러나 이 작품은 이미륵 개인의 이야기만은 아니라 구한말에서 일제 침략기에 이르는 격동기의 우리들 모습을 객관적으로 그린 것이라고도 할 수 있다. 서당에서 구식 교육을 받다가 신식 학교에서 받는 충격과 혼란, 좌절과 도전, 의학도로서의 생활, 그리고 3·1 운동, 일제에 붙잡히지 않기 위하여 압록강을 넘는 과정 등은 우리 역사의 한 모습이기도 한 것이다.

〈압록강은 흐른다〉는 무엇보다도 쉽다. 어려운 단어도 거의 없고 문장도 소박하고 간결하다. 스토리 또한 단순해서 편하게 읽을 수 있다. 이것은 이미륵이 출판사 사장에게 보낸 편지에서 "내가 소년 시절에 체험한 일들을 소박하게 그려 보인 것에 지나지 않습니다. 나는 이러한 체험들을 서술하는 데 장애가 되는 기술적이고 설명 투인 묘사는 모두 피했습니다"라고 말한 그대로이다.

학습길라잡이

구조 분석

- **갈래** 장편소설. 성장소설.
- **주제** 근대화의 여러 가지 모습과 새로운 세상에 대한 동경.
- **배경** 시간적 배경은 1910년대 전후, 공간적 배경은 한국과 유럽.
- **시점** 1인칭 주인공 시점.

등장인물

- **나(미륵)** 소년 시절에 사촌형 수암과 함께 한학을 배운 후, 경성의과대학에
  진학했다가 중국으로 망명, 다시 독일 유학 길에 오른다.
- **수암** 나의 어린 시절 가장 소중했던 친구이자 사촌형. 지독한 장난꾸러기.
- **아버지** 새로운 시대 변화에 어려움을 겪지만 아들에게 신학문을 배우도록
  지원하는 지혜로운 인물.
- **어머니** 아들을 사랑하고 아들의 장래를 위하여 헌신한다. 남편이 죽은 후
  집안 대소사를 모두 감당한다.

플롯

- **발단** 사촌형 수암과 어린 시절을 함께 보내며 일찍이 아버지에게서 천자문
  등을 배운다. 수암은 독약을 먹고 죽을 뻔하기도 하고 습자지로 연을
  만들기도 한다.
- **전개** 나는 연극 구경도 하고 동네 아이들과 패싸움도 하면서 성장했다. 아
  버지가 병석에 눕자 문중 회의가 열리고 그 결과 나는 수암과 헤어져
  아버지와 함께 시골로 가게 된다.
- **위기** 우리 나라가 일본에 합병당했다. 아버지의 병세가 점점 나빠졌다. 몹시
  날씨가 더운 날 목욕하러 갔다가 아버지는 쓰러져 결국 돌아가신다. 나
  는 어머니의 권유로 학교를 그만두고 시골 송림마을로 내려간다.
- **절정** 새로운 세계를 동경하던 나는 열심히 공부하여 경성의학전문학교에

입학한다. 서울에서 학교를 다니는 동안 나는 많은 좋은 친구들을 만난다.

■ **결말** 3학년 때 3·1 독립운동이 일어나 나는 시위에 참가한다. 이 때문에 일본 경찰에 쫓기게 되어 어머니의 말씀을 좇아 국경선인 압록강으로 도피한다. 그곳에서 중국으로, 다시 독일로 간다. 독일에서 추억에 잠겨 생활하고 있는데, 고국에서 날아온 첫 소식은 어머니가 세상을 떠나셨다는 슬픈 소식이었다.

 이것만은놓치지말자

아름다운 문장, 시적인 표현

"사철은 어떻게 계속되니?" "춘, 하, 추, 동." "봄은 어떤 아름다움을 가져오니?" "산에는 꽃이 피고, 뻐꾸기는 계곡에서 노래한다." "여름에는 무엇이 아름답니?" "가랑비가 밭에 내리고, 담장에는 버들이 푸르다." "가을에는 무엇이 아름답니?" "시원한 바람이 들에서 속삭이고, 시든 잎이 나무에서 떨어지고, 달이 외로운 뜰을 비친다." "겨울엔 무엇이 오니?" "언덕과 산에 흰 눈이 덮이고, 길에는 아무 나그네도 없다."

이 작품에 나오는 주인공과 셋째 누나의 대화이다. 이 작품에는 자연을 사랑하고 고국 산하를 그리는 작가의 마음이 녹아 있다. 이 마음이 서정적이고 시적詩的인 문장으로 잔잔한 감동을 이끌고 있는 것이다.

'성장소설'에 대하여

〈압록강은 흐른다〉처럼 주인공이 유년 시절부터 청년 시절에 이르는 사이에 자기를 발견하고 정신적으로 성장해 나가는, 이를테면 자신을 내면적으로 형성해 나가는 과정을 묘사한 소설을 가리킨다. 다른 이름으로는 '교양소설'이라고도 한다. 괴테의 〈빌헬름 마이스터〉, 서머셋 모음의 〈인간의 굴레〉, 노발리스의 〈푸른 꽃〉, 켈러의 〈녹색의 하인리히〉, 토마스 만의 〈마魔의 산〉, 헤르만 헤세의 〈유리알 유희〉 등은 대표적인 성장소설이다.

 깊이생각하기

1. '압록강'은 작가에게 어떤 의미였으며 무엇을 상징하고 있는지 이야기해 보자.

2. 주인공이 어린 시절부터 어른으로 성장하기까지의 이야기를 담은 소설을 '성장소설'이라고 한다. 한국 문학 작품 중 '성장소설'에는 어떤 작품이 있는지 알아보고, 이 작품과 비교해 보자.

3. 한국인이 외국어로 발표한 문학 작품들이 적지 않다. 이런 경우 이 작품을 작가가 살고 있는 나라의 문학으로 봐야 하는지, 한국 문학으로 편입해야 하는지 토론해 보자.

압록강은 흐른다

✖

수암과 같이 놀던 시절

수암— 나와 함께 자라난 내 사촌형의 이름이다.

내가 아직껏 생생하게 기억하고 있는 맨 처음 우리들 사이의 일은 별로 즐거운 것은 아니었다. 그 무렵 우리들의 나이가 얼마였는지는 생각나지가 않는다. 그때 아마 내 나이가 다섯 살이었고, 그는 다섯 살 남짓했을 것이다.

어느 날 저녁, 우리들은 가느다란 꼬챙이로 한문책의 어려운 글자를 짚고 있는 아버지 앞에 함께 앉아 있었다. 수암은 그 글자의 뜻을 알아내야만 했다. 아침에 배웠던 것을 지금은 까마득히 잊고 만 것 같았다. 그는 아버지가 연거푸 물었는데도 꿀 먹은 벙어리처럼 잠자코 있기만 했다.

아버지는 공명심[1]이 많은 사람으로 이미 죽은 아우의 아들에게 그처럼 어려운 한문을 일찍부터 가르치기 시작했던 것이다.

"이 글자는 채소를 말한다. 한자로는 어떻게 읽지?"

성미 급한 스승이 물었다.

"채!"

수암이 얼른 대답했다.

---

1 공명심功名心. 공을 세우거나 실적을 올려 명예를 얻고 싶어하는 욕심.

"잘했다."

아버지는 그를 칭찬한 다음,

"다음 글자는 무어라고 읽지?"

이것은 첫 번 것보다 훨씬 어려운 것 같았다.

수암은 입을 꼭 다문 채 눈을 내리깔고 방구석을 여기저기 곁눈질하면서 난처한 듯 나를 쳐다보았다.

그러나 나는 그를 어떻게 도와줄 수가 없었다. 나도 아직 그 글자를 읽을 수가 없었기 때문이었다.

"야, 이 바보녀석아!"

아버지는 버럭 소리를 질렀다. 그러자 수암의 가느다란 눈에서 눈물이 주르르 흘러내려 신기하고 어려운 글자를 적셨다. 그것은 무척 나를 슬프게 했다.

수암은 나의 어릴 때의 동무였다. 우리는 늘 함께 놀았고 아침저녁을 같이 먹었고 어디든지 함께 다녔었다. 우리 집에는 많은 아이들이 있었다. 나에게는 세 누이가 있었고, 수암에게는 누이가 두 명 있었다. 그래서 모두 일곱 명이었다. 그리고 또 구월九月이란 애가 있었다. 그녀는 방 청소며 아기 보는 일이며 모든 것을 도맡아 하는 하녀였지만 역시 어린애들 축에 끼어 있었다.

그들은 다 우리 두 사람보다는 나이가 들었고, 서로 같이 놀 수 없는 계집애들이었다. 그래서 우리 둘만이 늘 함께 있었다. 내가 기억하고 있기엔 우리는 다 같이 짙은 갈색 옷고름이 달린 분홍 저고리와 회색 바지를 입었고 또 같은 검은빛 가죽신을 신었었다. 수암의 나이가 나보다 반 년밖에 많지 않아서 우리들이 그처럼 달리 생기지만 않았던들 서로 혼동되어 쌍둥이로 취급되었을 것이다. 그는 뚱뚱하고 힘센 살결을 한 조그마한 사내아이였고 꽤 평평한 볼에는 도도록하게[2] 살이 올라 있었다.

---

2 조금 솟아 모양이 볼록하게.

그는 유난히 눈에 띄는 엷은 눈과 거의 입술이 없는 입과, 예쁘장한 코를 가지고 있었다. 나는 그와 어울리지 않게 바짝 마르고, 길고 큼직한 눈과 큰 코를 가지고 있었다.

우리들은 따로따로 떼어 놓을 수 없는 단짝이었다. 웃을 때도 같이 웃고 울 때도 같이 울었다.

다행히 어머니가 방에 들어와서 우리를 밖으로 끌어갔었다.

"애들을 너무 꾸짖지 마세요!"

어머니는 이렇게 말한 다음,

"학교에 가게 되면 곧 배울 것 아니에요?"

했다. 우리는 어머니 덕분에 가까스로 그 방에서 풀려 나온 것이었다.

해는 언제나 우리들이 노는 뒤뜰을 아주 잘 비춰 주었다. 이 조용하고 넓은 뜰에서 우리는 아무런 방해도 받지 않고 잘 놀 수 있었다. 낮에는 아무도 이곳을 찾아오지 않았기 때문이었다. 그럴 뿐만 아니라, 날이 무덥기만 하면 옷을 훌렁 벗고, 알몸으로 돌아다닐 수도 있었다. 이 마당은 높은 담장으로 둘러싸여 있었기 때문에, 이웃 사람이란 아무도 우리를 바라볼 수 없었고, 또 야채를 뜯으러 오는 누이들이나 하녀 구월이에게는 부끄러워 할 게 없었다.

수암은 길고 곧은 호[3]를 파서 내가 가져다 준 평평한 돌로 덮었다. 그 호의 한쪽을 더 파서 아궁이를 만들고 다른 쪽에는 굴뚝을 만들었다. 우리는 돌 사이의 틈을 흙으로 메워 연기가 굴뚝을 통해 올라가도록 만들었다. 수암이 나에게 가르쳐 준 '놀이'는 아주 재미있었다.

수암은 결코 아버지가 말한 것처럼 바보가 아니었다. 그는 착하고도 영리한 애였다.

또 한번은, 우리 고장의 아이들은 누구나 알아야만 하는 잠자리채 만

---

3 호壕. 구덩이.

드는 법을 가르쳐 주었다. 가느다란 버들강아지[4]로 동그라미를 만들어서
는 길다란 장대에 매다는 것이었다. 이 채를 들고 우리는 거미줄을 찾으
러 다녔고 끝내 그 채를 거미줄로 꽉 채웠다. 고운 잠자리가 날아가는 것
을 보자마자 이 잠자리채를 들고 쫓아가 되도록 날세게 휘저었다.

수암은 운이 좋게도 곧잘 잠자리를 잡았고, 또 조심스럽게 채에서 내
려 엄지와 장지로 두툼한 배를 잡고는 꼬리를 될 수 있는 대로 앞으로 굽
혀선 잠자리가 제 꼬리를 물도록 하였다. 풍뎅이를 잡으면 넓고 반들반들
한 돌 위에 거꾸로 눕혀 오랫동안 날개를 치며 춤추게 만들었다. 그건 정
말 재미있었다.

걷기에 지치면 우리들은 짚베개[5]에 앉아서 햇볕을 쪼였다. 이 뒤뜰에
는 우리들 놀이터 외엔 채소밭과, 물이 말라 버린 얕은 우물과 큼직한 창
고가 있었다. 담 밑에는 봉선화가 피었었고 채소밭에는 오이며 호박이며
참외와 수박의 희고 노란 꽃이 피어 있었다. 수많은 붉은 열매가 여는 큰
석류나무도 서 있었지만, 너무 시기 때문에 우리는 열매를 따지 않았다.

우리 집에는 뜰이 여러 군데 있었다. 뒤뜰은 집 뒤에 있었기 때문에 그
렇게 불렀다. 원형으로 지어진 집채는 방이 여섯, 부엌과 마루가 있었으
며 한가운데 뜰이 있고 여자들이 쓰는 안마당이 있었다. 그곳에는 화분
과, 오리집과 비둘기장이 있었다. 몸채 앞에는 중문이 있는 낮은 담으로
갈리어진 두 뜰이 있었다. 오른편 쪽의 아버지의 사랑에 이르는 마당은
샘뜰이라고 불리었다. 우물이 있었기 때문이었다. 높은 문과, 줄지은 객
실로 둘러싸인 왼쪽 뜰은 바깥뜰이라고 불리었다. 우리들은 이 뒤뜰에서
만 놀 수 있었다.

날씨 좋은 어느 날 오후, 수암은 놀이를 그만두고 나를 안뜰로 데리고
가서 깊숙하고도 어둠침침한, 이른바 식모[6]방으로 ― 우리들이 좀처럼 들

---

4 버드나무의 꽃. 솜처럼 바람에 날려 흩어짐.
5 짚으로 엮어 만든 베개.
6 식모食母. 남의 집에 고용되어 주로 부엌일을 맡아 하는 여자. 현재는 '가정부'라고 부름.

어가지 않는— 끌고 갔다. 나는 그가 언제나 신나는 일을 궁리하고 있다는 것을 잘 알기 때문에 좋아서 따라갔다. 거기서 그는 얼마 동안 장롱 앞에 서서 그 위에 놓여 있는 빛나는 갈색의 단지를 근심스럽게 쳐다보았다.

나는 이 단지를 본 적은 있으나 거기에 무엇이 들어 있는지는 몰랐다.

수암은 베개를 여러 개 포개 놓고 장롱에 올라가려고 하였다. 나는 밑에서 할 수 있는 대로 도와주었다. 그는 몇 번이나 나둥그러졌다. 한국의 베개는 평평하지를 못하고 길고 둥글기만 해서 딛고 오르기가 어려웠다. 그렇지만 그는 종내 그만두지를 않고 끝내는 장롱 위에 올라갔다. 그는 오랫동안 그 위에 서 있었는데, 그가 입맛을 다시는 듯한 소리가 들렸다. 나는 먹는 게 뭐냐고 물었다. 그는 대답도 없이 그냥 입맛만 다셨다. 그러고는 한참 만에 꿀을 좀 내려 주겠다고 말하였다.

그는 왼손으로 장롱 모서리를 잡고 오른손을 단지 속에 처넣어 조심스럽게 내리려고 하였다. 그러나 위태위태하게 포개 놓은 베개가 무너졌으므로 그는 데구루루 방바닥에 굴러 떨어지고 말았다. 그는 꿀 묻은 손으로 여기저기를 더듬고 허위적거려서 먹음직한 누런 빛깔의 꿀이 얼마 남지 않고 말았다. 그런데도 나는 그의 손을 말끔히 핥은 다음, 앞으로 어떤 일이 닥쳐올 것인가를 알지도 못하면서 그냥 좋아서 돌아왔다.

저녁에 우리는 그에 대한 벌을 받아야만 했다. 수암은 자기 어머니 방에서, 그리고 나는 우리 어머니 침실에 누워 있다가 난데없이 불려 나갔다. 참외나 배나 무슨 먹을 것을 주시려나 하고 우리는 큰방에 들어갔다. 집안 여인들은 못마땅한 얼굴을 하고 앉아 있었다. 구월이는 조심스럽게 베개를 하나씩 살펴보면서 혀를 차고[7] 있었고, 두 어머니는 우리를 샅샅이 훑어보았다.

수암은 잔뜩 풀이 꺾여 시무룩해진 표정으로 나를 바라보며, 베개 때문에 우리들의 비밀이 들통났다는 것을 눈짓하여 알려 주었다.

---

7 마음에 들지 않거나 언짢을 때 혀를 찬다. 쯧쯧.

수암의 어머니인 숙모가 장롱에 올라갔었느냐고 물었다.

수암은 입을 꼭 다문 채 매를 들고 서두르는 자기 어머니를 쌀쌀하게 흘겨보았다.

숙모는 매를 들어 우리 둘의 볼기를 때렸다. 나는 아파서 그만 소리를 내고 울어 버렸지만 수암은 용하게 참고 견뎠다. 그는 의당 매를 맞는 게 당연한 일이라는 것을 알고 있는 것 같았다. 그는 울지도 항의하지도 않고 말없이 나를 데리고 밖으로 나왔다.

독약을 먹은 장난꾸러기

매일 아침 수암은 아버지에게서 한문 글자 네 자씩 배웠다. 나는 조용히 그 옆에 앉아서 그가 놓여 날 때까지 기다렸다. 그는 잘 알지를 못하였다. 그가 네 자를, 처음에는 한 자씩, 나중에는 모두 합해서 뜻과 그 음을 따라 이야기하기까지는 퍽 오래 걸렸다.

얼마 후에는 나도 함께 배우게 되었다.

어느 날 아침, 우리 훈장은 새 책을 내놓으면서 말하였다.

"옆에서 구경만 할 때는 지났다. 너도 이제부터 배워야 한다."

그 책은 수암의 것과 똑같이 파란 실로 노란 표지를 꿰맨 것이었다. 나는 곧 책장을 폈고 아버지는 나에게 첫 줄의 네 글자를 가르쳐 주었다. 그것이 나에겐 무척 엄숙하게 느껴져서 나는 온몸과 정신이 마비된 것처럼 멍하니 앉아 있었다.

수암은 이제부턴 자기 홀로 그 고역을 치르지 않아도 좋게 되어서 좋아하고 있었다.

얼마 후에 우리는 습자[8]를 배우게 되었다. 그것은 읽기보다 훨씬 즐거

---

8 습자習字. 붓글씨를 연습하는 일.

왔다. 우리들은 제각기 필통과 많은 종이를 받았고, 맨 처음으로 먹을 가는 것을 배웠다. 벼루[9]의 오목하게 들어간 곳에 물을 붓고, 손가락만한 굵기의 먹을 물이 기름처럼 될 때까지 갈았다. 먹[10]에서는 향기로운 냄새가 났다. 그 다음 우리들은 큰 붓으로 한 획 한 획을 '습자책'에 따라 썼다. 그러기에는 여간 참을성이 있어야 했다. 우리가 처음 쓴 글자는 다름 아닌 '천天'자였다. 우리는 백 번도 더 연습을 거듭했다. 청소부가 총채를 쥐듯이 단단히 쥐고, 말끔한 종이 위를 위에서 아래까지 쭉 내려썼다. 손가락은 온통 먹물투성이가 되었다. 그걸 되는 대로 바지에 쓱 문질러 버리고는 다시 써 내려갔다. 나보다 훨씬 성미가 급한 수암은, 습자는 나보다 나았지만, 그 성미 탓으로 연회색 바짓가랑이에 검은 먹물을 몇 갑절 더 묻혔다. 그뿐만 아니라 우리들의 분홍색 옷소매에도 점점 더 검은 물이 들어 갔다. 이렇게 습자 공부를 한 첫날, 집안 여자들은 모두 놀랐으나 우리들은 벌을 받거나 하지는 않았다.[11]

아버지는 우리들을 감싸 주었고,

"그건 명필의 자랑거리이니라."

하며 웃었다.

가장 언짢은 것은 손이었다. 한 번 먹물에 젖은 손은 다시는 깨끗해지지를 않았다. 먹은 수없이 많은 손금에 배어 씻겨지지 않았다. 사람들은 우리를 종종 먹동墨童이라고 놀렸다. 매일 아침 우리들의 손을 씻겨 주어야 했던 구월이는 혀를 차면서,

"나는 네 손이 더 검은지 까마귀발이 더 검은지 알고 싶어."

했다.

'천'자 다음에는 '지地'자를 썼고, '현玄', '황黃'의 차례대로 천자문을 썼다. 그러나 우리는 방의 장판을 더럽혀서는 안 되었기 때문에 안채

이미륵 압록강은 흐른다

의 마루에서만 썼다. 그 다음 곧 이어 또 '일日', '월月', '성星', '신晨'
을 썼다.

공부가 끝나면 우리는 금방 아버지 방에서 나와야만 했다. 아버지가
부르지 않으면 다시 들어갈 수 없었다. 아버지 일을 방해해서는 안 되었
다. 또 자주 찾아오는 손님들을 괴롭혀서는 안 되었다. 그건 우리에게 너
무나 서운한 일이었다. 왜냐하면 이 방에는 아주 신기한 물건들이 그득했
기 때문이었다.

그러나 어느 날 오후, 이 방이 마침 비어 있었다. 부모님과 숙모는 밖
에 나가고 없었다. 그래서 우리들은 그 방에 들어가서 무슨 물건들이 있
는가를 마음 놓고 뒤져 보았다. 교의[12]며 책상이며 나무담뱃곽이랑 돌담
뱃곽을 뒤져 본 다음 벽장문을 열어 봤을 때, 아주 재미있는 물건들이 나
왔다. 족자[13]며, 모자 상자며, 북 치듯 두드릴 수 있는, 잘 울리는 장기판
이 들어 있었다. 장롱 왼편에는 흙빛의 나무로 된, 수없이 많은 서랍이 있
는 높다랗고 신비한 상자가 있었다. 그 많은 서랍은 억울하게도 모두 잠
겨 있었다. 있는 힘을 다해서 잡아당겨 보아도 빠지지 않았다.

그런데 수암은 갑자기 왼편에 있는 자그마한 열쇠를 찾아서 서랍을 하
나씩하나씩 차례로 열었다. 우리는 그 속에 있는 신기한 물건들을 샅샅이
뒤져 보았다. 그래서 그 큰 불행이 일어났던 것이다.

우리는 위험한 물건이 있으리라고는 꿈에도 생각지 않고 서랍 속을 뒤
졌다. 그 속에는 굵고 흰 구근球根[14]이며 가느다란 나무줄기며 갈색의 조
각이며 그 밖에 숱한 물건들이 들어 있었다.

나는 약간 단맛이 도는 가느다란 나뭇가지를 씹어 보았고, 수암은 그 동
안 연거푸 뒤지면서 많은 거무튀튀한 환약[15]이며 흰 알약을 먹고 있었다.

---

12 교의 交椅. 의자.

13 족자 簇子. 그림 · 글씨 따위를 표구하여, 벽이나 기둥에 걸거나 두루마리처럼 말아 두도
록 만든 물건.

14 알뿌리. 땅속에 있는 식물체의 일부가 알 모양으로 비대하여, 양분을 저장한 것.

그러더니 그는 어찌 된 셈인지 갑자기 잠잠해지며 가만히 앉아 있었다.

"미악!"[16]

그는 언제나 나에게 색다른 일을 알리려 드는 때처럼 부드러운 음성으로 불렀다. 그는 '르'와 '으'를 발음할 수 없었기 때문에 나를 그렇게 불렀다.

"미악, 물을 좀 갖다 줘!"

내가 물을 한 그릇 떠다 주었더니 그는 단숨에 다 마셔 버렸다. 그리고 까무러지듯[17] 한동안 그냥 앉아 있었다.

"미악, 내 목 좀 봐 줘!"

그는 부르짖으면서 입을 크게 벌렸다. 목구멍은 벌겋게 부어 있었다. 내가 그 이야기를 하자 그는 눈물을 흘리면서,

"죽었구나!"

하고 슬픔에 젖은 소리를 냈다.

우리는 모든 걸 그대로 내버려둔 채 안채로 달려갔다. 누이들이 모여들고 구월이를 부리나케 어른들에게로 보냈다.

목구멍은 점점 더 부어오르는 것 같았다. 수암은 호흡이 가빠졌다.

불쌍한 수암―.

그가 이처럼 가엾게 보인 적은 아직껏 한 번도 없었다. 간신히 숨을 내쉬면서 방바닥에 누워 있는 그가 나를 빤히 쳐다보았다. 마치 나와 영영 작별을 고하는 것 같은 시선이었다.

이윽고 아버지가 의원을 데리고 달려왔다. 무엇을 먹었느냐고 캐물으면서 검은 약을 한 그릇 마련하였다.

이 거무스레한 약은 참으로 신통했다. 이튿날 수암은 회복되었다. 다만

---

15 환약丸藥. 약재를 가루로 만들어 반죽하여 작고 동글동글하게 만든 약. 정제錠劑.

16 약이 독해서 혀가 잘 돌지 않아 '륵'을 발음하지 못하고 '악'으로 발음했음.

17 정신이 가물가물해지듯.

그는 여느 때보다 얼마간 조용해졌고, 쓴 약을 마다하지 않고 들이켰다.

　의원은 이 사건을 계기로 수암의 몸속에 있는 많은 다른 병을 발견한 것 같았다. 이때부터 수암은 자주 진찰을 받아야만 했고 여러 가지 약을 먹어야만 했다. 그 검은 약이 자기의 목숨을 건져 주었다는 것을 알았기 때문인지 쓴 약을 잘도 마셨다. 그러나 훔쳐 먹은 죄에 대한 진짜의 벌을 받아야 할 짓궂은 날이 수암을 기다리고 있었다. 그가 아직은 누워 있기 때문에 특별한 벌을 받지 않았지만, 피둥피둥한 나는 받지 않을 수 없었다. 나는 숱한 꾸지람과 매를 맞았으나 아무렇지도 않았다. 다만 수암이 죽지 않고 살아난 것만이 기뻤을 뿐이다. 그러나 그는 나보다 훨씬 더 언짢은 일을 견뎌야만 했던 것이다.

　무더운 어느 날 오후, 그는 사랑방에 온 의원에게로 끌려갔다. 의원은 등에 쑥뜸질[18]을 해야겠다고 설명을 늘어놓았다. 수암은 모든 것을 자세히 설명한 뒤에 결국 의원 앞에 꾸부려 앉았다.

　"내 곁에서 떠나지 마, 응?"

　수암은 이렇게 나더러 말했다.

　"응! 안 떠날게."

　나는 똑똑히 대답해 주었다.

　두 어머니는 그가 조용히 있도록 그의 손을 잡았다. 의원은 두 개의 회록색 쑥 뭉치를 수암의 벌거벗은 등에다 올려놓고는 그 꼭지에 불을 붙였다.

　"벌써 연기가 난다, 수암아."

　나는 속삭이듯 말하였다.

　"아프지 않니?"

　의원이 물었다.

　"아니."

---

18 병을 고치기 위하여, 약쑥을 비벼 혈穴에 해당하는 몸의 부위에 올려놓고 불을 붙여 그 뜨거운 열로 자극을 가하는 치료법.

수암은 야무지게 대답했다. 그러나 얼마 후에

"앗, 뜨거!"

수암은 질겁을 하고 소리쳤다.

"조금 더 참아야 해! 쑥 기운이 살 속에 푹 배어야 한다."

의원은 딴 쑥 덩어리를 만지작거렸다.

"아이구— 탄다. 타!"

수암은 비명을 올렸다.

"미약, 등에 있는 것 좀 빨리 치워줬!"

"잠깐만 참고 견뎌!"

어머니들은 나를 옆으로 밀쳐내면서 말하였다.

"빨리 없애줬! 미악아— 으윽 살이 탄다, 타—"

그는 연거푸 소리를 질렀다.

"할 수 없어, 수암아."

"빨리 빨리! 미악 미악아—"

이 가슴을 찢는 듯한 광경은 수암의 욕지거리로 끝장이 났다.

"야, 이 망할 자식의 의원아! 이 개자식아!"

그는 마구 지껄였다.

이런 온갖 어려움 속에서도 우리는 쉬지 않고 한문책을 익혔다. 그 책은 '천자문千字文'이라고 표지에 씌어 있었다. 꼭 천 자가 적혀 있었고 네 글자는 서로 운韻[19]을 맺고 있었다. 이 책은 원 제목 외에도, 부제로 백발서白髮書라고 써 있었다. 그 뜻을 아버지는 우리가 이 책을 다 끝냈을 때 비로소 가르쳐 주셨다.

아버지의 말씀에 의하면 이 책의 저자는 죄수였다고 한다. 그는 젊은 청년으로서 중국 천자天子[20]의 사형 선고를 받았다는 것이었다. 그러나

---

19 한시漢詩에서 소리와 음조가 비슷한 시행詩行의 끝 부분.

그는 뛰어난 시인이었기 때문에 그를 아끼던 신하들은 그의 구명[21]을 간청했고, 천자는 그에게 몹시 어려운 과제를 내 주면서 이걸 풀기만 하면 살려 주겠노라고 했다는 것이다. 그건 다름이 아니라 천자天子가 아무렇게나 모아 놓은 천 개의 글자를 가지고 하룻밤 동안에 훌륭한 시를 짓는 일이었다. 사형을 선고받은 이 시인은 그 과제를 다 풀었다고 한다. 그러나 다음 날 아침 이 시를 가지고 천자 앞에 갔을 때, 천자는 그를 알아보지 못하였다. 자기의 생명을 결정하는 이 하룻밤 사이에 그는 하얀 백발노인으로 변해 버렸던 것이다. 그렇지만 시가 너무나 훌륭하였으므로 천자는 그의 시에 대한 천분天分[22]을 깨닫고 생명을 구해 주었다는 것이었다.

우리는 아버지 무릎 앞에 잠자코 앉아서 이 이야기를 퍽 감동 깊게 들었다. 우리는 그 시인이 저지른 죄가 무엇인지는 끝내 모르고 말았다. 그러나 죽음과의 투쟁에서 그의 머리가 하얗게 세어 버렸다는 것이 우리를 아주 슬프게 하였었다.

아버지가 선생을 청하여서 바깥채에 서당을 차리고, 친한 집안 아이들을 청하였을 때 우리들의 생활에는 큰 변동이 일어났다. 서른 남짓이나 되는 사내아이들과 한 계집아이가 있었다. 우리 둘은 이때부터 매일 아침 낯선 훈장 앞에서 종일토록 읽고, 쓰고, 그의 감독을 받지 않을 수 없었다. 우리들에겐 이 새로운 생활이 마음에 들지 않았다. 왜냐하면 우리들은 저녁때까지 고스란히 앉아 꼼짝 못하고 배워야만 했기 때문이었다.

쉬는 시간이 되면 다른 애들과 어울려 노는 것이 여간 재미있지 않았다. 그 애들은 우리들에게 많은 새로운 놀이를 가르쳐 주었었다.

아이들이 별나게 열심히 하는 놀이에 '제기'라고 부르는 것이 있었다.

---

20 중국에서 황제를 가리키는 말.
21 구명救命. 사람의 목숨을 구하는 것.
22 타고난 재능.

그것은 구멍 뚫린 엽전과 종이로 만들었다. 그걸 한 발로 높이 차올리고, 땅에 떨어지기 전에 다시 다른 발로 높이 차올렸다. 이렇게 해서 떨어뜨리지 않고 가장 오래 반복하는 애가 이겼다. 보통은 서로 이기려는 경쟁심과 즐거움에서 제기를 찼고, 어떤 애들은 진 아이들을 비웃고 놀려 대거나 팔목을 두 손가락으로 힘껏 갈겨 주는 재미로 제기를 차는 아이들이 있었다. 또 어떤 아이들은 구운 콩이나 밤을 걸고 하는 아이들도 있었다. 수암은 열심히 제기차기에 끼어들었다. 그러나 막판에는 싸우기 일쑤였고 주먹다짐이나 발로 차기로 끝장을 보곤 하였다.

습자지로 만든 연鳶

수암은 큰 사랑방 곁의 작은방에서 일에 몰두하고 있었다. 그는 길다란 대나무를 가느다랗게 쪼개어 날이 새파랗게 선 칼로 반반하게 될 때까지 말끔하게 다듬고는, 정서를 하여 둔 습자지에다 동그란 구멍을 내었다.[23]

그러고는 종이에 나비를 그렸다. 그 가느다란 대나무 살과 종이에다 풀칠을 해 말려서 연을 만들었다. 우리들은 집 앞의 성벽을 타고 애들이 연 날리는 것을 자주 보았고, 우리들도 그런 연을 오래전부터 무척 가지고 싶었다. 우리들의 이런 소망은 물론 다른 많은 것들을 부모님들은 금지했으므로 지금까지 이룰 수가 없었다.

딴 애들의 연을 잘 살펴본 수암은 자기 스스로 연을 만들었다. 나는 연방 재주 있는 사촌의 솜씨를 경탄하면서 연이 하늘 높이 올라갈 것을 생각하니 사뭇 즐거워져서 곁에서 그를 거들어 주었다.

이튿날 우리는 뒤뜰에서 몰래 첫 실험을 했다. 그러나 연은 올라가기

---

[23] 수암이 만드는 연은 '방패연'이다. 이것은 한국의 대표적인 연이다.

는커녕 자꾸만 땅바닥으로 처박히기만 했다. 수암이 실 끝을 잡아맨 반대 방향으로 되도록 빨리 달릴 때마다 나는 몇 번이나 연을 높이 던져 보았다. 하지만 안타깝게도 연은 띄워지지를 않았다. 풀이 꺾인 수암은 전의 것보다 더 얇은 대나무 살과 얄팍한 종이로 다른 연을 만들었다.

그러나 이것도 결국 띄워지질 않았다. 수암은 차례차례 자꾸만 새 연을 만들었다. 종이는 많이 있었다. 매일 석 장의 새 종이를 받았다. 그 중의 두 장은 글을 썼지만 마지막 한 장은 연 만드는 데 쓰고 있었다. 그런데다가 작은방에는 수많은 종이 뭉치가 있었고, 그는 그걸 종종 썼던 것이다. 저녁에는 이 방에 아무도 오지 않았기 때문에 그는 아무 거리낌 없이 일을 할 수가 있었다. 나는 노곤하고 약간 실망한 채 내 방으로 돌아와 버렸다.

나는 벌떡 드러누워서 병풍[24]의 그림을 바라보는 게 좋았다. 병풍은 여덟 가지 그림으로 그려져 있었다. 산이며, 바위며, 시내며, 다리며, 기러기가 날아가고 있는 바닷가가 그려져 있었다. 그 그림들은 은은한 촛불 아래서 무척 아름답게 빛나고 있었다. 그 중에서도 소를 타고 피리를 부는 목동의 그림이 내 마음을 끌고 있었다. 그는 큰 수양버들 아래를 지나 멀리 언덕 뒤로 보일락말락 아슴푸레 숨겨져 있는 마을로 돌아가는 것 같았다. 나는 햇빛이 드리운 오솔길이며, 그 위를 어슬렁어슬렁 걸어가는 소가 좋았고, 마치 귓전에 피리 소리를 듣는 듯한 취할 것 같은 마음에 저절로 흐뭇하고 끝없는 평화를 느끼는 것 같았다.

내가 혼자 있을 때는 가장 나이 어린 셋째 누나가 자주 찾아오곤 했다. 그 누나는 나보다 두 살이 많았고, 집안에서 '셋째'라고 불렀다. 그녀

---

24 병풍屛風. 바람을 막거나 무엇을 가리기 위하여, 또는 장식용으로 방 안에 치는 물건. 대개 직사각형으로 짠 나무틀에 종이를 바르고 그 위에 그림이나 글씨 등을 붙여 펴고 접을 수 있게 이었음.

는 참으로 별난 소녀였다. 저녁에 뒷마당에 모여 앉아 온갖 장난으로 재잘거리고 즐기는 다른 누나들과 달랐다. 그녀는 별과 달과 해는 물론이고, 제비며 토끼며 범이라든가 가난한 농사꾼과 나무꾼에 관한 숱한 전설과 동화를 알고 있었다. 누나가 들려주던 이야기에 이런 것이 있었다.

한 젊은 나무꾼이 나무를 하러 산에 갔다. 그런데 산 언덕배기에서 도토리 하나가 굴러 내려왔다.

"이건 어머니께 드리고."

하고 그는 호주머니에 넣었다. 그러자 다시 새 도토리가 굴러 왔다. 그럴 적마다 나무꾼은 어머니를 생각하고 호주머니에 집어넣었다. 그가 저녁 때 집에 돌아왔을 때, 그는 도토리가 모두 눈부신 황금이 되어 버렸다는 것을 발견하였다.

또 다른 동화에서는 가난한 한 어부가 큰 강에서 고기를 잡고 있었다고 했다. 그는 온종일 한 마리도 잡지 못하고 빈손으로 돌아갈 걱정에 사로잡혀 있었다. 저녁때가 다 되어서야 그는 겨우 은처럼 비늘이 번쩍이는 큰 도미를 잡을 수 있었다. 그러나 이 고기가 너무 불쌍했기 때문에, 그는 다시 물 속에 놓아주었다. 이튿날 아침, 남해의 용왕이 그를 데려가서는 '보물단지'로 그에게 보답을 하였다. 바로 그 살려 준 도미가 용왕의 아들이었던 것이다. '보물단지'에서는 무엇이든지 어부가 원하는 것이 쏟아져 나왔다고 했다.

딴 누나들처럼 셋째는, 대부분 남자애만을 가르치는 우리 학교에 오지는 않았다. 여자들은 어머니나 늙은 부인들에게 가사를 배워야만 했다. 그러나 셋째는 그러기엔 아직 어렸었다. 나는 자주 누나가 마당가에 앉아서는 봉선화를 따서 작은 손가락에 감는 것을 보았다. 셋째는 그걸로 손톱을 발갛게 물들였고 그걸 곱게 여겼다. 그리고 나는 이따금 그 누나가 방에서 두꺼운 책을 읽고 있는 것도 보았다. 셋째는 즐겨 전설과 소설을 읽었다. 그녀가 읽은 책은 어려운 한자로 씌어진 책이 아니고, 다만 스무 자 가량으로 이루어진 알기 쉬운 한글로 쓰여 있었다. 한글에서는 한 글자가 '하늘'이니 '땅'이니 '달'이니 '해'니 하지 않고 다만 '아' 또는 '오', '에', '가', '나'라고 한다고 셋째는 차례로 나에게 이야기해 주었다.

셋째는 아주 일찍부터 유모에게 배웠었기 때문에 그때 이미 온갖 소설을 읽을 수 있었다. 이 간단한 우리들 고유의 글을 '한글'이라고 하였고, 간단한 이야기며 전기며 소설 등에 쓰여 대부분 학교를 다니지 않았던 부인들이 읽도록 만들어졌었다.

셋째는 자주 나를 가르쳐 주었다. 누나는 나에게 수數와 축제일祝祭日이며 생일生日이며, 그 밖에 많은 것들을 알려 주었다. 누나가 옛날 이야기를 해 주지 않고 팔짱을 긴 채 내 옆에 앉아 있을 때는, 나는 그녀가 이윽고 무슨 질문을 하려니 눈치를 챘다.

"사방을 어떻게 부르니?"

"동, 서, 남, 북."

"색에는 어떤 게 있니?"

"청, 황, 홍, 백, 흑."

"사철은 어떻게 계속되니?"

"춘, 하, 추, 동."

"봄은 어떤 아름다움을 가져오니?"

누나가 계속해서 물었다. 셋째는 사철의 아름다움을 말하는 많은 문자를 가르쳐 주었고, 나는 그것을 외어야만 했다.

"산에는 꽃이 피고 뻐꾸기가 계곡에서 부른다."

"옳아! 여름에는 무엇이 아름답니?"

"가랑비가 밭에 내리고 담장엔 버들이 푸르다."

"가을에는 무엇이 아름답니?"

"시원한 바람이 들에서 속삭이고, 시들은 잎이 나무에서 떨어지고, 달이 외로운 뜰을 비친다."

"잘했어. 겨울엔 무엇이 오니?"

"언덕과 산에 흰 눈이 덮이고 길에는 아무 나그네도 없다."

"넌 참 영리해."

누나는 나를 잔뜩 칭찬해 주었다.

어느 날 저녁 나는 다시 수암이 무엇을 하나 싶어서 비밀창고로 갔다. 그동안 그는 숱한 조그마한 연을 시험해 보았다. 이제 그는 아주 큰 연을 만들려 하고 있었다. 그는 나에게 둥근 구멍 아래 검은 색으로 나비를 그리게 했다. 그 사이 그는 대나무 살을 깎았다. 풀은 끓고 있었고 인두는 화롯불 속에 꽂혀 있었다. 우리는 하나씩 하나씩 종이에 붙였다. 그때 갑자기 문이 활짝 열리면서 아버지가 우리 앞에 서 있었다. 우리는 소스라치게 놀랐다. 어쩔 줄을 몰랐다. 수암은 연을 황급히 숨길 수는 없었다. 아버지는 벌써 모든 것을 보아 버린 후였다.

그는 우리와 연과 찢어진 종이 뭉치를 한참 동안 어리벙벙하게 훑어보다가 화를 내어 버럭 소리를 질렀다.

"밖으로 나와!"

우리는 애지중지 아끼던 연을 그냥 팽개치고 끌려 나갔다.

"얘는 그저 내가 하는 것을 보고 있었을 뿐입니다."

수암은 나를 벌하지 않도록 변명을 해 주었다.

이튿날 아침에 벌이 돌아왔다.

연을 만든다는 것은 그리 나쁜 일이 아니지만 습자를 하기 위해서 받은 종이를 함부로 써 버렸다는 소행 때문이었다. 훈장은 손가락만한 굵기의 회초리를 여러 개 곁에 놓고 있으나 이제까지는 한 번도 쓰지 않았던 것이다. 이제야 우리들은 평온한 학교의 첫 표본으로서 선례[25]를 보이게 되었다. 다른 아이들은 우리 말썽꾸러기가 방 한가운데 앉아 있는 동안, 우리들의 꼬락서니를 구경하기 위하여 뱅 둘러쌌다.

훈장의 꾸지람— 은 너무 엄숙하였다. 지나치게 엄숙하였다.

---

25 선례 先例. 근거가 괴는 앞의 예.

훈장은 관[26]을 쓰고, 우리들의 비행[27]을 다시 한 번 세세히 설명하였다. 그러고는 매를 잡고는 단단한가 어떤가를 살폈다. 얼마나 무서웠던지. 그러고는 수암을 보고 종아리를 걷어 올리라고 했다. 수암은 심히 거슬리는 듯 매를 넘겨다보다가 꼼짝도 하지 않고 앉아 있었다.

"제 발로 좀 오지 못하겠나?"

훈장은 그를 보고 소리 질렀다.

수암은 한숨을 내쉬면서 그 앞으로 갔다. 바짓가랑이를 걷어 올렸다. 매는 연거푸 종아리를 내려쳤고 수암은 급기야 울음을 터뜨리고 말았다. 그러면서도 그는, 나는 아무런 잘못도 없고, 자기가 연을 만드는 것을 옆에서 보고만 있었을 뿐이라고 했다. 그렇지만 나도 세 차례의 매를 맞았다. 무척 아팠다. 그러나 그까짓 것은 아무것도 아니었다. 따끔한 아픔쯤은 견뎌 낼 수 있었으나 우리를 몹시 동정하는 눈초리로 옆에서 보고 있는 아이들의 눈앞에서 매를 맞는 치욕감이 못 견디게 고통스러웠다.

(이하 줄임)

1946년 독일 《파이퍼출판사》

---

26 관冠. 머리에 쓰는 쓰개의 한 종류. 신분이나 격식에 따라 여러 가지가 있음.
27 잘못한 일.